國家社科基金重大招標項目
國家古籍整理出版專項資助項目
北京師範大學中華文化研究與傳播學科交叉平臺項目

清代詩人別集叢刊

杜桂萍 主編

金兆燕集

呂賢平 輯校

人民文學出版社

圖書在版編目（CIP）數據

金兆燕集/杜桂萍主編；呂賢平輯校. —北京：人民文學出版社，2018
（清代詩人别集叢刊）
ISBN 978-7-02-014759-5

Ⅰ.①金… Ⅱ.①杜… ②呂… Ⅲ.①古典詩歌—詩集—中國—清代 Ⅳ.①I222.749

中國版本圖書館 CIP 數據核字(2018)第 278431 號

責任編輯　葛雲波
裝幀設計　黄雲香
責任印製　任　禕

出版發行　人民文學出版社
社　　址　北京市朝内大街 166 號
郵政編碼　100705
網　　址　http://www.rw-cn.com

印　　刷　三河市西華印務有限公司
經　　銷　全國新華書店等

字　　數　745 千字
開　　本　880 毫米×1230 毫米　1/32
印　　張　33.125　插頁 3
印　　數　1—2000
版　　次　2018 年 12 月北京第 1 版
印　　次　2018 年 12 月第 1 次印刷

書　　號　978-7-02-014759-5
定　　價　140.00 圓

如有印裝質量問題，請與本社圖書銷售中心調换。電話：010-65233595

清代詩人別集叢刊總序

杜桂萍

昔人謂『文以興教，武以宅功』。古時國家以興學崇教爲首務，議禮以定制度，考文以興禮樂，乃有文治彬彬稱盛。於今文化强國，亟需傳承弘揚優秀傳統文化。古籍整理作爲其中關鍵之一環，具有極爲重要的意義。近三十年來，古籍整理日趨興盛，已經成爲學術研究的時代熱點和文化傳承的日常內容。各類型的整理工作可圈可點，各維度的文獻整合則又增添了別樣的景觀。新世紀以來，明清文獻整理和研究異軍突起，引人注目，無疑是古籍整理領域的重頭戲。

清代詩文文獻的整理受到日益成爲重點，並非始於當下。相比於清代戲曲、小說文獻的整理，清代詩文獻的整理工作開始並不算晚，幾乎與清詞的整理同步啟動。可惜的是，儘管有好古敏求之士多次倡導，皆因時機不夠成熟等原因而沒有形成規模和氣候。其中主要的因素，當與清詩數量巨大直接相關。據估算，清人各種著述總約有二十萬種，其中詩文集超過七萬種，存世約四萬種，有作品傳世的詩人約十萬家，有詩文集存世的作家當在萬人以上，詩歌作品近千萬首。其收藏情況尚需進一步調查，有不少文獻散藏民間，以及相關文獻狀態駁雜不易辨析等因素，也是很多工作難以輕易展開的重要原因。總之，難以一時彙爲全璧，始終是《全清詩》文獻整理難以提上日程的最爲直接的因素。

儘管如此，相關的學術準備始終在進行著，且日見規模。譬如，上世紀由上海古籍出版社出版的《中國古典文學叢書》、中華書局出版的《中國古典文學基本叢書》（以別集論，前者約收一百二十種，後者約收九十種），都包含了一定數量的清代詩人别集（至二〇一六年，前者共收九種，後者共收四種）。新推出者新意頗多，如陳永正《屈大均詩詞編年輯校》（上海古籍出版社二〇一七年版），而一些修訂重版者則顯爲精進，如俞國林《吕留良詩箋釋》（中華書局二〇一五年初版，二〇一八年再版），從不同維度爲清代别集文獻的整理和研究提供了新的理念和視野。其他出版機構也在留意清人别集的整理和研究，如國家圖書館出版社影印出版《清代家集叢刊》（徐雁平、張劍主編）、鳳凰出版社陸續推出《中國近現代稀見史料叢刊》（張劍、徐雁平、彭國忠主編）等。人民文學出版社也在高度關注這一重要領域，先後出版推出《明清别集叢刊》、《乾嘉詩文名家别集叢刊》等，集中力量於明清文人别集的整理和研究，實有後來居上之勢。凡此也表明，學界和出版界皆已體現出高度的學術自覺，意識到清代詩文文獻的重要性。尤其是人民文學出版社，已不僅僅著眼於名家之作，對那些於文學史、文學生態等發生重要影響的文人及其文獻遺存也予以關注，這既符合文獻整理的基本原則，又有利於彰顯文學研究的開放性視角以及多維度的路徑拓展。

正是在這樣的學術語境中，我擔任首席專家的國家社科基金重大招標項目《清代詩人别集叢刊》於二〇一四年獲批，有計劃的系統性的清代詩人别集整理工作得以展開，相關成果陸續成編，彙爲《清代詩人别集叢刊》。

我們並没有選擇原書影印的整理方式，而是奉行了『深度整理』的基本原則。以影印方式整理，固然可以使研究者得窺作品之原貌，也有利於及時呈現和保護一些珍稀古籍版本，如上海古籍出版社出版的《清代詩文集彙編》、國家圖書館出版社出版的《清代詩文集珍本叢刊》等，都具有重要的學術價值。不過，點校、注釋、輯佚等整理方式無疑更能體現出古籍整理的學術深度。事實上，隨著文化語境的改變和學術研究的深入，文獻整理的功能也在不斷拓展，不僅應提供基礎性的文獻閱讀，還應具有學術研究的諸多要素，即在學術史的視野中呈現文獻生成的複雜過程和創作主體的生命形態，而這正是《清代詩人別集叢刊》選擇『深度整理』方式的理念和前提。

『深度整理』指向和强調『整理即研究』的古籍整理思想與學術精神。以窮盡文獻爲原則，以服務於學術研究爲目的，於整理過程中注入更明確、豐富且具有問題意識的科學研究內涵，使古籍整理進一步參與當代學術發展。也就是說，在一般性整理的基礎上，借助於多種方法的綜合運用，爬梳文獻，考證辨析，去僞存真，推敲叩問，完成一部既收羅完備、編排合理，又在借鑒以往研究成果基礎上推進已有研究、表達最具前沿性的科研創獲的詩人別集整理本。這既是古籍整理基本要義的延伸和拓展，也符合與時俱進的學術發展訴求，應是整理工作之旨歸所在。

如是，《清代詩人別集叢刊》突出了以下幾個方面的整理工作。

一、前言。『前言』的撰寫，不泛泛介紹作者生平和創作的一般狀況，而注重於文獻、文學、文化等視角，對著者生平進行考述，對著述版本源流加以梳理，對別集的文學價值、影響進行具有文學史意義的判斷。『前言』應是一篇具有較强學理性、權威性和前沿性的導讀佳作。

二、版本。別集刊刻與存世情況往往因人而異，或版本複雜，或傳本稀少。『必先定其底本之是非，而後可斷其立說之是非。』（段玉裁《與諸同志書論校書之難》）廣備眾本，謹慎比對，選出最佳的工作底本和主要校本，讓新的整理本爲學界放心使用，成爲清詩研究的新善本和定本。

三、輯佚。清代文獻去今未遠，除大量別集、總集外，清人手稿、手札、書畫題跋等近年時有發現，散存於方志、家譜的各類佚文亦在不斷披露中。故以求全爲目的，盡力輯佚，期成完帙，並合理編纂。務使每一種整理本成爲該詩人作品的全本，這也是提升整理本學術含量的重要舉措。

四、附錄。附錄豐富與否是新整理本學術含量高低的重要標誌，精心編撰豐富的附錄資料實爲另一種形式的研究。如年譜簡編以及從族譜方志、碑傳志銘、評論雜記中勾稽出的相關研究資料等，對全景式展現詩人生命歷程十分必要。然有時文獻繁雜，需經過精心淘擇和判斷，强化『編纂』意識，避免文獻堆積，又能充分體現深度整理的學術含量。

古籍文本生成於歷史，負載了豐富的歷史文化信息。對於整理者而言，不僅應使古籍文本能夠被有效閱讀，還應借助閱讀活動等促其進入公共和現實視域，成爲當下文化結構的有機組成部分。也就是說，整理活動本身應始終處於在場的文化狀態，立足於學術史，並直面其所處之研究領域的一些難點、疑點和熱點問題，進而通過整理過程中的辨析、考論解決文學演進中的某一方面或幾個方面的問題，形成專題性研究，這是深度整理應達成的重要目的。所以，整理活動其實是一個思維創新的過程，指向的是知識和觀念整合的結果。考訂史實，發現文本之間的各種意義和多層面內涵，使之成爲當代人可閱讀的文本，並參與歷史文化建設，其實也是在回答我們進入歷史的方式。

總之，以窮盡文獻、審慎校勘爲路徑，以堅實、充分的文獻史實研究爲基礎，通過對文獻的慎用和智用，借助歷史的、邏輯的思路甚至心靈的啟迪，系統、全面地收集、篩選史料，勾連、啟動其內在聯繫，從而將古籍整理與史實研究深度結合，强化了整理性學術著作的研究內涵，是一種真正包含了主體自由性的學術實踐活動。這種由專門研究完善古籍整理、由古籍整理深化專門研究的深度整理方式，對整理者的研究意識和整理本的學術含量都提出了更高的要求，不僅標示了整理觀念和方法上的更新，更是當代學術發展的必然訴求。我們願努力嘗試之，並推出一系列具有較高水準和重要學術意義的整理成果。

前言

金兆燕，字鍾越，號棕亭、椶亭子，別號全椒山中人、蕪城外史、蘭皋生，生於康熙五十七年（一七一九），卒於乾隆五十六年（一七九一），安徽全椒人。清代著名詩人、戲曲家。

全椒金氏，由浙西遷入，綿延歷數百年而不墜。金兆燕《俞藕生西泠展墓録序》云：『余先世本浙西人，自始祖遷全椒，以武勳爲百戶，年少從戎，失其祖父名字，故後世子孫入浙求譜，不得左驗，至於兆燕，已十有四世矣。』金姓的全椒始祖，有文字記載的可追溯到金印，經金惟精、金湛然輩，家世發旺。金湛然子輩金九陛、金九殿、金九章、金九貢，在科舉上斬獲不斷而在全椒盛極一時。王鑄《國子先生全集》序云：『全椒以科第、文學世其家，綿延歷數百年而不墜者，首推金氏。』四世祖金九陛（一五七三—一六四四），《東林列傳》、（雍正）《廣西通志》、《光緒重修安徽通志》、康熙及民國版《全椒縣志》皆有傳。《東林列傳》卷二三《金光辰金九陛列傳》言其『爲人博學慷慨，好持大節』。九陛侄光辰爲崇禎朝僉都御史，《明史》卷二百四十有傳，袁枚《子不語》卷二三《雷火救忠臣》敘其事。兆燕父金榘（一六八四—一七六一），吳烺《泰然齋集跋》云：『先生之爲人，行誼尤卓卓，與人酬應，跬步不苟，介然不欺其志……先大夫（按：指吳烺父吳敬梓）每數忠信篤敬之士，必爲先生首屈一指。』李斗《揚州畫舫録》卷十：『金兆燕，字鍾樾（按：『樾』誤，當爲『越』），號棕亭，安徽全椒人。父榘字絜齋……子臺駿，字筱村，名諸生。孫璡……自榘至璡稱爲金氏四才子。』

金兆燕十三歲即隨父讀書，吴烺《泰然齋集跋》云：『先生（按：指金榘）家貧甚，攜棕亭兄奔走四方，就館席於瞜城、廣陵間。』乾隆六年（一七四一），兆燕娶全椒晉氏，二人貧賤相守，如同道知己。乾隆十年（一七四五），金榘任安徽休寧縣學訓導，兆燕隨任一年，多次往來於新安等地。先後於蕪湖、揚州、蘇州、嘉興等地坐館作幕。乾隆十二年（一七四七），兆燕赴南京應試，舉於鄉。自乾隆十三年（一七四八）兆燕赴京一應會試，直到乾隆三十一年（一七六六）八應會試，始得以第三甲十八名進士及第。錢仲聯《清詩紀事》引廖景文《罨畫樓詩話》：『我友老而獲雋者二人，一爲全椒金棕亭兆燕，一爲婁村畢紹庵鎮。』乾隆二十三年（一七五八），入揚州盧見曾幕府。乾隆三十三年（一七六八），官揚州府學教授；乾隆四十四年（一七七九），遷國子監博士〔二〕，升監丞，分校《四庫全書》；乾隆四十六年（一七八一），辭官後南歸而絕意仕進，客揚州江春康山草堂，『居邗上，齒髮日凋』（錢仲聯《清詩紀事》引楊鍾羲《雪橋詩話續集》語），曾入揚州詞曲局修曲〔三〕。乾隆五十四年（一七八九）歸家，五

〔二〕《清史列傳》卷七十一所云『（金兆燕）乾隆三十一年進士，官國子監博士，改揚州教授』有誤。秦國經主編《清代官員履歷檔案全編》（華東師範大學出版社一九九七年版）第二一册一七九頁載金兆燕自呈履歷：『臣金兆燕，安徽滁州全椒縣進士，年五十八歲。由現任江蘇揚州府教授，遵川運軍糧例，捐國子監博士，雙月選用。本年四月，分簽掣國子監博士缺，敬繕履歷，恭呈御覽，謹奏。乾隆四十四年十一月三十日。』金兆燕由揚州府教授改國子監博士。詳見陸蓴庭《金兆燕年表》。

〔三〕張其錦《淩次仲先生年譜》卷一記載揚州詞曲局修曲人員：『全椒金棕亭博士（兆燕）、退谷（璉）（整理者按：當爲『退若（璡）』之誤）、筱村（臺駿）。』

十六年（一七九一）終老於故鄉。

全椒金家與吳家世爲婚媾，金榘與吳敬梓是連襟，與吳敬梓堂兄吳檠（岑華）是表兄弟，三人『金蘭相契惟三君』〔二〕。幼年時期兆燕即常隨父金榘往來於吳檠書房溪上草堂，參與長輩們詩酒聚會，父執輩吳檠、吳敬梓的學識、情操及人品等給兆燕影響尤多，耳濡目染的文人生活氛圍也引領著兆燕對文學興趣及人生的方向。乾隆十九年，兆燕揚州謀生，淪落揚州的還有吳敬梓，兆燕與吳敬梓朝夕相處，惺惺相惜，十月吳敬梓猝死於揚州，金兆燕撫櫬親送金陵；兆燕還是吳敬梓《儒林外史》的最早刊刻人（金和《儒林外史跋》）。吳檠離世前將其書稿《溪上草堂集》託付兆燕，吳檠辭世後，金兆燕陸續將吳檠的詩文詞等付梓刻印，並爲之序跋。

金兆燕交遊十分廣泛，其自言『我生性癖愛結交，良朋彙取如征茅』（《棕亭詩鈔》卷一三《次宋瑞屏韻，題范芝巖邗江話雨圖》），文人墨客、鹽商、藝人等無所不交。少年時期，父親金榘常攜其拜訪前輩時賢，並參與他們吟詩聯句等。雍正九年（一七三一）拜謁張鵬翀於揚州旅邸，沈德潛《棕亭小草》序云：『鍾越少年領鄉薦，方與計偕，詩才不讓南華，他日成就豈出南華下哉？』乾隆十年（一七四五），兆燕新安（休寧）隨父任一年及後來多次往來於新安，曹學詩、鄭來、吳宁、吳寬、方東萊、方集三等徽州詩人都與兆燕交情深厚，兆燕十分珍重這些友情，尤其推重他們的品行。乾隆十四年（一七四

〔二〕 金榘《冬日邀蘭溪、半園、敏軒小集，而蘭溪以事不至，次日詩來，依韻酬之》，《泰然齋詩文集》卷三，清道光二十六年刻本。

九），兆燕以詩投謁在吳門主講紫陽書院的沈德潛，乾隆二十二年（一七五七）赴鄭燮桌會。鄭燮《板橋集·題蘭竹石調寄一剪梅》云：『乾隆二十一年二月三日，予作一桌會，八人同席，各攜百錢以爲永日歡。座中三老人、五少年：白門程綿莊、七閩黄瘦瓢與燮爲三老人；丹徒李御蘿村、王文治夢樓、燕京于文濬石鄉、全椒金兆燕棕亭、杭州張賓鶴仲謀爲五少年。午後，濟南朱文震青雷又至，遂爲九人會。因畫九畹蘭花，以紀其盛。』兆燕與箇中人物多有交遊，王伯敏説：『從記載的事績看，他著比李葂、楊法等更近「八怪」。』〔二〕乾隆二十三年（一七五八），兆燕在揚州就學於劉映榆先生，與四方文士交流、探討學問，袁枚《隨園詩話》卷五記載：『乾隆戊寅，盧雅雨轉運揚州，一時名士，趨之如雲。其時劉映榆侍講掌教書院，生徒則王夢樓、金棕亭、鮑雅堂、王少陵、嚴冬友諸人，俱極東南之選。』乾隆十九年（一七五四），入京參加春試，與蔣士銓相識定交，兩人會試落榜後以詩詞唱和而互相慰勉。乾隆三十七年蔣士銓初開安定書院講席，兆燕庭謁，蔣贈以詩集，自後兩人交往甚密，蔣士銓稱『多情只有金夫子，一醉花前一惘然』〔三〕。兩人在戲曲創作上也多有切磋，彼此視爲同道知己。此外，遊覽、宴集或詩歌唱和中經常交往的還有沈大成、袁枚、程晉芳、趙翼、王又曾、吳錫麒等人。兆燕四方交遊，眼界漸開，胸襟益大。

〔二〕金兆燕所畫的題材，不是歷代畫家之所取，譬如他畫《賭博圖》、《三啞圖》、《行樂圖》、《綠葉梅花圖》都很別出新裁，作爲『八怪』之外而近於『八怪』者。惜不見其畫。參見王伯敏文《揚州『八怪』之所以『怪』》。

〔三〕蔣士銓著，邵海清校，李夢生箋《忠雅堂集校箋》，上海古籍出版社一九九三年版，第一三〇〇頁。

這其中，入盧見曾幕府與任揚州府學教授又是其人生的兩個重要階段，在兆燕的整個人生階段具有典型性，影響深遠。自乾隆十二年舉於鄉，兆燕便不斷赴京參加會試，直到乾隆三十一年（一七六六）八應會試始中進士，其間游幕與應舉交織。乾隆二十三年，入盧見曾幕府，在『俊彦如雲』的盧幕幕客中前後四年，與幕中如惠棟、沈大成、程綿莊諸人『居上客，右操槧著書』相比，兆燕成了盧幕中『爲新聲，作諢劇，依阿俳諧，以適主人意』的文學侍從之臣。盧見曾時出醉筆，任意揮灑，此類場景，兆燕感受尤深，自感『委屈遷就』，『强爲人歡』，其《程綿莊先生〈蓮花島傳奇〉序》所寫委屈、羞辱之感，決非造作語，它刻畫出金兆燕不得已爲文人，又不肯爲尋常文人的難堪。尤为难得的是，一生坎壈的兆燕卻始終不失古道熱腸，其爲人仗義，樂善好施。任揚州府教授期間，提倡風雅，嘉勉後進。黄承吉《夢陔堂文集》卷五《金棕亭先生集序》：『先生名重海内數十年，於吾鄉爲尤著，一官秉鐸，非有聲氣之緣、延攬之力，而聞望所至……』孫星衍、王復、黄承吉、淩廷堪等無不得其鼓勵與提攜，王復云『詩壇十載奉珠盤，誰似先生學舍寬』（《晚晴軒稿》卷五《邗上雜詩八首》），淩廷堪云『慚愧先生曾説項，殷勤仍爲掃柴關』，『淮濱落拓，疲宜博士之羊；邗上經過，冷合廣文之飯』（《校禮堂詩集》卷五《甲辰二月至揚州，金棕亭先生招飲兼贈二律，即席次韻》、《校禮堂文集》卷九《謝金棕亭博士惠鰣魚蒸餅啟》）。多年以後，憶及兆燕的愛才之舉及照顧幫助，依然使他們充滿感激，情不能已。

金兆燕才思敏捷，少時即頗有聲名，袁枚《隨園詩話》曰：『余平生所見敏於詩者四人……一爲金進士兆燕，俱可以擊缽聲終，萬言倚馬。』兆燕喜言笑，語多詼諧，王昶輯《湖海詩傳》云：『生平不耐靜坐，愛跳躍，多言笑，故時人目爲「喜鵲」。』兆燕自稱『憨如升木猱，狂似跳枝鵲』（《棕亭詩鈔》卷五

《彭念堂攜具招同吳鶴關、汪心來、胡牧亭集王櫟門寓齋，即送余與心來登舟歸新安》）。民國版《全椒縣志》云：『家本寒素，嗜宴客。或譏其汏侈類鹽商家習氣。兆燕聞之，誦《魯論》自調曰：「師也過，商也不及。」』性格加之才情使其頗顯豪放不羈之狀，吳宁云其『愁塡小令，醉放長歌，豈才士之新聞，實狂奴之故態』（《棕亭古文鈔》卷首吳宁序）。若將金兆燕之『狂怪』特性置於揚州文化的背景下便不難理解，如王伯敏所言，沒有人提到金兆燕爲『八怪』，但作爲『八怪』之外而近於『八怪』者，金兆燕是無可異議的，正如蔣士銓所云，這些人物『皆風流跌宕之輩也』。作爲乾隆時期文壇上的活躍人物，金兆燕名重海內數十年，而在揚州尤爲顯著，自家寫道：『揚州歌吹地，爲我托命巢』（《棕亭詩鈔》卷一八《次吳梅查送行韻留別》）。金兆燕與揚州互相親密，其與諸多文人唱和往來，進一步推動了文化的發展。

金兆燕一生著述丰厚，活躍於乾隆時期的文壇，詩詞文曲兼備，其《國子先生全集》近三十二萬字。其中古文鈔十卷，古文一百二十七首；駢體文鈔八卷，文九十九首；詩鈔十八卷，詩一千三百二十二首；詞鈔七卷，詞四百十首，除詩、詞、文外，尚有傳奇《旗亭記》等。

乾嘉時期，名家輩出。舒位《重刻足本乾嘉詩壇點將錄》仿《水滸傳》排座次的形式，金兆燕即名列其中，也足以說明其地位及影響。〔二〕作爲乾隆時代活躍於揚州的詩人，金兆燕與諸家皆有往來，如乾隆三大家，翁方綱、沈德潛等，兆燕廣泛吸收他們長處，正如吳錫麒在《棕亭古文鈔》序中說：『先生

〔二〕　舒位《重刻足本乾嘉詩壇點將錄》，《續修四庫全書》一七〇五冊，一七三頁。

興來如贈，情往若荅，縱橫排宕，又不可以派別繩之』，對性情的崇尚是金兆燕詩學思想的重要方面，『六經同貫，而詩獨以道性情』，『詩以道性情，而詩之教則曰「温柔敦厚」，吾嘗持此二語以驗諸古人，大抵其性情厚者，其詩未有不厚者也』。他認爲『六經惟《詩》爲天籟，委巷歌謡、閨房晏笑皆足以自鳴而不設之程度』（《棕亭古文鈔》卷五《汪芾谷詩序》、《曹忍菴詩鈔序》、《盧復庵詩序》）。其極力宣導文章要表現個人之真精神與面目，以自身生活境遇、情感、思想等融入到詩歌中，達到『足以自鳴』，往往唱歎之間，歡愉慘惻之思，溢於言語之外，取得『一往情獨深，三復不能已』（卷首江炎《讀吴中吟》）的效果。其詩多植根於現實生活的豐富體驗，閲歷既富，體驗又深，故能寫出真性情，沈德潛序其詩曰『淩空飛動，縱橫變滅，如蛟龍之不可捕捉』，王昶《蒲褐山房詩話》稱『棕亭游黄山諸作，奇崛可喜』。凡歎苦嗟悲等皆能得心應手，或空靈杳渺，或沖淡閑淨，或險怪奇崛，都不乏充沛的情感寄寓，劉錦藻撰《清朝續文獻通考》論金兆燕曰：『集中五七古皆一氣卷舒，近體於流動之中，極研煉之致，宜其爲當時詩家所傾倒也。』金兆燕並不十分看重詞，在《吴穀人竹西歌吹跋》中説：『往來朋箋大率以長短句爲酬答，然不自收拾，隨手散去，《下里巴人》雖數千人和之，不足貴也。』《棕亭詞鈔》中酬答、贈序及題詩、題畫之作尤多，作者充分發揮了詞的交往和娛樂功能，一些豔冶之作顯示出兆燕風流藴藉的方面，更多的詞則於相思離别中抒發個人懷抱，這與他在《方竹樓詞序》中强調詞要謹守『温柔敦厚』之詩教，摒棄『東坡、稼軒滑易之習』的詞學思想一致，嚴迪昌《清詞史》認爲中期『浙西詞派』分成『浙江的杭嘉湖地區、江蘇的蘇州地區，以及寓居揚州的皖籍人氏』三塊，並且都直接或間接地與厲鶚有著交遊或淵源關係。金兆燕是『寓居揚州的皖籍人氏』，其與吴烺、程名世、江昉、江立、王昶、王鳴盛、趙文哲、吴錫麒等人多交遊並且在其詞中多有表現，其詞當置於這樣的背景下理解。金兆燕重視文學的載道傳統，其文章有比較濃厚的宗經明道色彩〔二〕，一些文章十分講究義理、考證及辭章的結合，這一方面看出當時桐城派對他的影響，實際上也有家法在。金榘的父親針對時文的寫作曾寫下《塾訓》一文（《棕亭古文鈔》卷十附），傳授給他的子孫，兆燕文章能以時文的章法來寫，努力將『古文』與『時文』接通。其古文及駢文中，傳、記、序尤爲出色，如《告廣文公文》、《亡室晉孺人傳》、《祭葛母唐太孺人文》、《吴二匏司馬詩序》等描寫日常生活、家庭瑣事，感情真摯動人，顯然是從《塾訓》中汲取不少養分。同時，與其『温柔敦厚』詩學主張一致，兆燕强調『詩古文詞務發抒性情，不屑屑絺章繪句，自卓然成一家言』（《李息齋先生詩詞偶刻序》），將細瑣題材引入載道言志的古文中來，使他的文章創作更貼近生活。

當然，必須要看到尽管金兆燕飽受肉體與精神的折磨，憂生之嗟不少，然而，在啼饑號寒的背後，金詩缺少一種力度與質感，未能生出嬉笑怒罵的精神與氣概，但這又決非兆燕一人之過。事實上，封建社會個體價值的實現有時又不得不以人格的獨立與精神的自由爲交換，這已不是這裏所能論述，故

〔二〕金兆燕的婦女觀體現出他思想的保守性和封建性。在《汪母程太宜人傳》中，金兆燕説：『今余爲揚州學官，嘗欲裒集一郡之貞節軼事，著《廣陵淑女編》，以爲風化之助。』他爲『貞女』、『節婦』作傳，認爲能夠起到矯勵末俗的作用。或者夫死而守寡、或毁身而守節，他以爲烈女之死是禮教和理學的勝利，要以此來宣揚禮教，叫別人做理學的信徒。其詩文中歌頌烈女，褒揚節婦，鼓吹貞女、節婦行爲佔據相當的比重。

不贅敘。

金兆燕著述經過幾次整理刊刻，嘉慶十二年丁卯（一八〇七），《棕亭詩鈔》由其子金臺駿刻印，據王復《晚晴軒稿》卷八《金篠村過訪，並出示尊人棕亭先生遺集，將謀剞劂，話舊述懷成詩五十韻，即送其還全椒》詩記述，金臺駿爲刊刻父親遺作曾向其求助。《棕亭詞鈔》、《棕亭古文鈔》、《棕亭駢體文鈔》則由金兆燕之孫金珉編次，曾孫金疇、金醍校字刻印。《棕亭古文鈔》卷首王城跋云：『丙申三月，爲武林之游，沿棹而西，訪璞生於章門客舍，久别忽聚，樂極平生，間出先生遺稿，皆徵君丈手録本。詩十八卷，徵君丈丁卯刻於揚州，版旋燬，璞生又重鋟之。兹將補刊古文、駢體及詞凡二十五卷，屬城爲董其役……而《國子先生集》，徵君丈刻之於前，璞生繼其志於後，遂裒然成巨帙，以快當世爭覩之耳目，豈亦有數存乎其間耶？』丁卯年，金兆燕詩集由其子臺駿刻成，這也是刊刻金兆燕詩文集最早的時間記載，此本是爲《棕亭詩鈔》最早刻本，梁同書《全椒金樱亭同年兆燕樱亭詩石刻跋》云：『予居京師七年，樱亭同年時相過從，每譚甚洽。及戊寅歸里後，數十年音問間闊，而樱亭於十年前歸道山，竟未聞也。今令子篠村臺駿寄示王夢樓太守《樱亭詩石刻》……』與上述十分吻合，惜版毁壞。版毁後，臺駿次子璞生金珉重刻，而《棕亭詩鈔》題名頁所寫依然是『嘉慶丁卯年刊』，説明其所刻詩鈔確乎依乃父臺駿《棕亭詩鈔》本翻刻（版毁壞，所刻書或者依舊在）。除『詩鈔』外，金珉還補刻刊印金兆燕古文、駢文及詞，即道光十六年丙申初刻之《國子先生集》本（王城跋中所稱『國子先生集』），刻書未用此名，此時也還未有『國子先生全集』之書名，依舊分而稱之爲《棕亭詩鈔》、《棕亭古文鈔》、《棕亭駢體文鈔》及《棕亭詞鈔》，并將他人之序、跋、題辭等置於《棕亭古文鈔》之卷首。〔一〕《續修四庫全書》收錄《棕亭詩鈔》、《棕亭古文鈔》及《棕亭駢體文鈔》，其稱《棕亭詩鈔》是據復旦大學圖書館藏清嘉慶十二年贈雲軒刻本影印，《棕亭古文鈔》與《棕亭駢體文鈔》是據復旦大學圖書館藏清道光十六年贈雲軒刻本影印。其各集版本也確如其所述，《棕亭詩鈔》其題名頁爲『嘉慶丁卯年刊 贈雲軒藏板』，《棕亭古文鈔》、《棕亭駢體文鈔》題名頁皆云『道光丙申年刊 贈雲軒藏板』，《續修四庫全書》未收詞鈔，多半是未獲《棕亭詞鈔》刻本之故。實際上，《續修四庫全書》所收即金珉道光十六丙申本。

《清代詩文集彙編》所收錄《國子先生全集》（包括詩、文、詞），封面由王鑄題寫書名『國子先生全集』六字。《國子先生全集》單列卷首一卷，其所收他人所題之序、跋、題辭與道光丙申本《棕亭古文

〔一〕這裏還有一個看似矛盾的地方，即《續修四庫全書》所收《棕亭古文鈔》卷首的題辭的落款時間是在丁卯後，如戴均元跋後落款是：『道光戊戌年仲春』，這其實也不矛盾，因爲金珉是將詩文集刻完後，不斷地請人作序及題辭等，如王鑄序即云：『適璞生自章門寓書告余近補刊先生古文、駢體、詩餘成，丐余一言弁其首』，其落款是『道光丙申秋九月』，黄承吉《金棕亭先生集序》亦云：『戊戌四月，汪曉樓歸自豫章，手一編來，云是金棕亭先生全集，其文孫璞生文學屬以寄予，且丐爲序者，予受而卒讀焉……集凡文十卷，駢體八卷，詩十八卷，詞七卷，璞生於丙申刊成。今二載始獲讀，方恨其晚』，這些皆能説明這一方面問題，即金珉於道光十六年丙申重刻乃祖詩鈔，并補刻其古文、駢體、詩餘後，又請戴均元、黄承吉等分別作序跋（於道光十八年戊戌寫成），加之前此他人爲兆燕詩、文、詞所作之序、跋、題辭等而成一卷，因《棕亭詩鈔》是金珉在其父臺駿刻本的基礎上翻刻而成，故他人之序、跋、題辭等皆置於《棕亭古文鈔》之卷首。

鈔》卷首所收諸篇排序略異，其中吴錫麒序與吴宁序互調，且未收杭世駿與程廷祚二人《題辭》。卷首還有『總目』，卷首末頁有牌記『江西省甲戌坊乙照齋監刊』。《清代詩文集彙編》與《續修四庫叢書》所收《棕亭詩鈔》題名頁皆爲『嘉慶丁卯年刊 贈雲軒藏板』，每卷卷末皆無編校説明，僅第十八卷卷末有『揚州磚街青蓮巷内柏華陞刻』牌記，《棕亭古文鈔》及《棕亭駢體文鈔》題名頁皆有『道光丙申年刊 贈雲軒藏板』，每卷卷末皆有『道光歲次丙申，孫珉謹編次，曾孫醻、醍校字』的編校説明；《清代詩文集彙編》所收《棕亭詞鈔》題名頁有『道光丙申年刊 贈雲軒藏板』，每卷卷末標注：『道光歲次丙申，孫珉謹編次，曾孫醻、醍校字。』盡管《續修四庫全書》及《清代詩文集彙編》所收《棕亭詩鈔》、《棕亭古文鈔》及《棕亭駢體文鈔》題名頁顯示版本信息完全相同（目前所見幾種《棕亭詩鈔》、《棕亭古文鈔》及《棕亭駢體文鈔》題名頁顯示版本信息皆如上述），但是《續修四庫全書》與《清代詩文集彙編》所收金兆燕之詩、文有許多相異處，《續修四庫全書》所收詩、文中很多錯訛及不當處在《清代詩文集彙編》本中已得到改正，《清代詩文集彙編》本其編排體例與《續修四庫全書》也有了很大的不同，如『國子先生全集』的題名，詩文詞前面有『卷首』以及『總目』等，可以肯定《續修四庫全書》與《清代詩文集彙編》所收金兆燕的詩文是不同時期的刻本，而且《清代詩文集彙編》所收顯然系後來的版本。那麼，《清代詩文集彙編》本所收金兆燕《國子先生全集》究竟刊刻於何時？ 又北京圖書館古籍館現存《棕亭詞鈔》兩冊七卷本，題名頁刻有『道光丙申年刊，贈雲軒藏板』標識，每卷正文後有『重校録』字樣，卷末標注：『道光歲次丙申，孫珉謹編次，曾孫醻、醍校字。』第一卷『重校録』後有金珉所寫一段文字：『道光二十四年仲夏孫男珉重校謹識。』其《棕亭詞鈔》内容與《清代詩文集彙編》本所收同。據此可知：

金珉於道光十六年丙申重刻乃祖詩鈔，并補刻其古文、駢體、詩餘後，又於道光二十四年甲辰重校刊刻，并正式定書名爲《國子先生全集》。

李靈年主編《清人别集總目》云金兆燕《棕亭古文鈔》、《棕亭駢體文鈔》、《棕亭詩鈔》、《棕亭詞鈔》一名《國子先生全集》，有兩個版本存世，一是道光十六年贈雲軒刻本，一是光緒二年刊本。筆者翻閲安徽省圖書館所收藏金兆燕著述，主要有三種：其一是《國子先生全集》四十三卷，存三十七卷（七册），包括首一卷，《棕亭古文鈔》十卷，《棕亭駢體文鈔》八卷，《棕亭詩鈔》十八卷；其二是《國子先生集（二種）》（四册），包括《棕亭古文鈔》十卷、《棕亭駢體文鈔》八卷；其三是《國子先生集》四種四十三卷（十六册），包括《棕亭古文鈔》十卷、《棕亭駢體文鈔》八卷、《棕亭詩鈔》十八卷、《棕亭詞鈔》七卷，另有首一卷。館藏目録稱第一種著述的出版日期是光緒二年，其他兩種皆道光年間。其中，光緒二年刊刻的《國子先生全集》卷首新增謝永泰作《重刊國子先生全集序》，卷首總目末頁有『皖城倒扒獅左集文堂刊』牌記，卷首之他人所題之序、跋、題辭等内容及順序與《續修四庫全書》所收録《棕亭古文鈔》之卷首完全相同，所收詩、文之内容亦完全相同，此本實爲道光十六年丙申本之翻刻；《國子先生集（二種）》卷首總目末頁無牌記，而卷首之他人所題之序、跋、題辭及《棕亭古文鈔》十卷、《棕亭駢體文鈔》八卷等内容及順序與《清代詩文集彙編》所收録《國子先生全集》之卷首及駢文、古文内容亦完全相同；《國子先生集》四種四十三卷則與《清代詩文集彙編》所收録《國子先生全集》同。這後兩種本與道光二十四年甲辰本同。

綜之，《國子先生全集》存世本中，其版本系統有兩種，即金珉道光十六年丙申初刻之《國子先生集》本與道光二十四年甲辰金珉重校并刊刻《國子先生全集》本。

凡例

一、本整理本以道光甲辰本《國子先生全集》（包括《棕亭詩鈔》、《棕亭古文鈔》、《棕亭駢體文鈔》、《棕亭詞鈔》）（簡稱『甲辰本』）爲底本，校以道光丙申本《國子先生集》（簡稱『丙申本』）。

一、詩文編次：本書編排順序依甲辰本，即古文鈔、駢體文鈔、詩鈔、詞鈔依次排列。金兆燕詩文集外輯補列於正文後。

一、附錄：（一）陸萼庭著《清代戲曲家叢考·金兆燕年表》對於金兆燕一生重要事件皆有所及，本書參考前人時賢撰述，印證兆燕及他人詩文詞，融匯己見，編成《金兆燕年譜簡編》。（二）金兆燕的生卒年及家世考证。（三）金兆燕詩文集所載之序、跋、題辭、記文不少，丙申本與甲辰本收錄略異，作爲附錄一個部分。另有光緒二年所刻《國子先生全集》收錄謝永泰所作序一篇亦一併收錄。黄承吉、梁同書所作序、跋各一首，各本皆未收錄，作爲補遺置其後。（四）金兆燕主要交遊人物的小傳。

一、底本的衍、訛、脱、倒處，一律出校；與底本有異文或有參考價值者，一律出校。

一、凡形近致誤者，徑改本字，不出校；凡無關緊要之虚詞異文，不出校；凡異體、通假、古今字，除生僻者外，均不出校。

一、異體字、俗體字，一般徑改爲正體；避諱字亦改回本字。凡字跡漫漶不清、空缺而無法校定者，用缺字符（□）標示。

一、底本中題下句間之雙行注文，本書均予照録，并以單行排列，字體與字號與正文相異，以示與正文有所區别。

目録

棕亭古文鈔卷之四

棕亭古文鈔卷之五

棕亭古文鈔卷之六

棕亭古文鈔卷之七

棕亭古文钞卷之八

棕亭古文钞卷之九

棕亭古文鈔卷之十

棕亭駢體文鈔

棕亭駢體文鈔卷之一

賦

棕亭駢體文鈔卷之二

序

棕亭駢體文鈔卷之三

序

椶亭駢體文鈔卷之四

啟

椶亭駢體文鈔卷之五

啟書

椶亭駢體文鈔卷之六

書疏文

棕亭駢體文鈔卷之七

文　祭文

棕亭駢體文鈔卷之八

祭文　跋　贊　銘　連珠

棕亭詩鈔

棕亭詩鈔卷之一

棕亭詩鈔卷之二

棕亭詩鈔卷之三

棕亭詩鈔卷之四

棕亭詩鈔卷之五

棕亭詩鈔卷之六

椶亭詩鈔卷之七

棕亭詩鈔卷之八

棕亭詩鈔卷之九

棕亭詩鈔卷之十

棕亭詩鈔卷十一

棕亭詩鈔卷十二

棕亭詩鈔卷十三

棕亭詩鈔卷十四

棕亭詩鈔卷十五

棕亭詩鈔卷十六

棕亭詩鈔卷十七

棕亭詩鈔卷十八

棕亭詞鈔

棕亭詞鈔卷之一

棕亭詞鈔卷之二

棕亭詞鈔卷之三

棕亭詞鈔卷之四

棕亭詞鈔卷之五

棕亭詞鈔卷之六

棕亭詞鈔卷之七

作品輯補

詩

集聯

文

附錄

棕亭古文鈔

椶亭古文鈔卷之一

滁州水患議

滁之郡多山少水，林麓回環，峰巒列峙。所謂水者，不過山澗小溪，非有江、漢、汝、淮之險，濟、河、漳、渭之深也。故自古及今，大抵多旱患，而鮮水患。按《水經》「滁水出浚遒縣」，而州志圖則發源皇甫山，穿城西而東，由伏家灣、烏衣鎮至三汊河，與全椒水合流，出六合二套口之江。韋左司所詠《滁州西澗》，卽西門外入城之水也。名之曰澗，其非深且廣者可知矣，安得横溢而爲患哉？數年來屢苦水患者，蓋因河身淤塞，故每至山水暴漲，下流壅滯，遂旁溢而爲圩田害耳。全椒自三汊河以上，每見水涸之時，土人卽於河中築垻，凡舟楫往來，垻主必重索其利，而後開垻以行。彼小人第知營一朝之利，而不知水涸則亘土於河中，水至，則衝平而塡於河底，日復一日，焉有不淤塞而壅滯者？水之爲患，大約以此。欲除其患，莫若濬河之下流而深之，下流深則其去速，而不至闕於上而不行。

今觀全椒之陳家淺、六合之爛泥灘數處，深不及脛，舟楫過之必膠，其淺如是，水之至也，安得不障礙而泛濫乎？誠於其淺處深之，淤塞處清之，水性就下，雖有暴漲，不數日而可安瀾也。而議者多持開河之説，或云金陳港，或云孟子觜，或云張家堡，其説不一，而總之皆不可行。金陳港、孟子觜當河之上流，拒江之衝，其不可開，最易明者。卽張家堡，舊有河影，數年前曾鳩其功。不知自張家堡出六合之江，尚數百里也，其路最遙，其去宜緩，而水涸時尚憂竭澤；若自張家堡出浦口之江，纔數十里耳，水雖盛，不一洩而無餘乎？爲此說者祇計水患，而未計旱患者也。且卽其說而水患亦未可除，蓋水之發也，多值夏秋之交，正江潮最盛之時。江潮逆流而上，山水順流而下，兩相薄而其勢猖獗，則其患必有百倍於昔者。是欲去水患，不反以益水患乎？《周禮》曰：『逆地阞〔一〕，謂之不行；水屬不理孫，謂之不行。』開河者所謂『逆地阞而不理孫』者也，則曷若濬舊河之行其所無事也？至若旣濬之後，卽宜禁人築垻，或置閘以啟閉之，自可永無水患，且無旱患。揆之理勢，似乎可行，故敢陳管見如是。

語曰：『朝長而夕涸。』曰：滁夫朝長而夕涸，則方苦留水之無術矣，奈之何汲汲焉驅水而去之也哉！

【校記】

〔一〕『阞』，底本作『泐』，誤，據《周禮》改。下同。

茶仙亭考

滁之勝曰醉翁亭、豐樂亭，皆以廬陵二記得傳。厥後，曾南豐作《茶仙亭記》，亦與廬陵媲美。然則記以亭傳耶？亦亭以記傳耳。

顧今之瑯琊山，無所謂茶仙亭者。訪之寺僧，云：『建於宋紹聖中，圮廢已久。』噫！何醉翁、豐樂亭與記俱赫赫在人耳目，獨茶仙有記而無亭耶？且紹聖去今未久，卽令荒蕪榛莽，當有遺址。乃寺尚存，而亭已廢。設南豐當日不作此記，今日無復知有茶仙亭矣。夫啜茶，幽人韻事也。時當春夏，勝友招邀，尋花藉草，翻陸羽之經，擎盧仝之盌，清風颯颯披拂襟袖間，想仙靈自然可通，而一觴一詠之餘，亦不可少此佳趣。不然，山肴野蔌，盡成腥羶；泉香酒洌，徒供酩酊。其何以解醉翁之酲，而又何以盡豐樂之景耶？南豐有知，應亦憾斯亭之不復也。滁固多好古君子，倘起而重葺之，詎非善繼南豐之志者哉？而其人亦可因以傳矣。

夏時冠周月論

《春秋》者，正名定分、尊王討逆之書也。而首以夏時冠周月，是明示改朔之意，而陰啟天下不臣之心。千載麟經反爲亂臣賊子之口實，豈聖人垂教之意乎？歷觀諸家之議，或據經傳，或核時令，而呂氏大圭、熊氏朋來之説尤詳，至朱子證以《周禮》、《孟子》，更爲精確。然第辨周月之非冠以夏時，而未及論夏時之不可以冠周月也。《記》曰：『天無二日，土無二王，家無二主，尊無二上。』今以夏、周並尊，是二王矣。《春秋》之例，王人雖微，必序諸侯之上，重王也。以重王之故，則雖微賤之臣，公侯尚不得而冠之，豈王之上而反可以已滅之朝、久革之令冠之？夏時冠周月，是時冠月乎？直夏冠周矣。以夏冠周，則周爲夏屈，所謂從周之意安在？以本朝之上而有可以冠之者，是君父之前而可以陵之也。何以示天下？何以教萬世？

《公羊傳》曰：『春者何？歲之始也。』《詩》毛傳云：『一之日，十之餘』，『周正月也』，疏云：『猶一月之日也。』一者，數之始。既以爲始，得不以爲春乎？王者以爲春，百姓得不以爲春乎？百姓以爲春，史官得不以爲春乎？史官以爲春，夫子因魯史而得不以爲春乎？《春秋》者，魯史記之本名也。錯舉四時以爲名，必先其首者，夫子仍之爾。使史本書冬，夫子又焉得而改之哉！且名亦有不可滯者。四月無陰謂之陰月，十月無陽謂之陽月，周正非春而謂之春，亦何不可？天子命之，斯群下不得而易之矣。《陳寵傳》曰：『冬至之節，陽氣始萌』，『天以爲正，周以爲春』。而熊氏亦曰：『陽生於子卽爲春，陰生於午卽爲秋』，是周正可春，確有至理。卽秦正建亥，斷不可春。使夫子生於秦時，亦未敢以夏時冠秦月也。當時列國用時亦各不同，如杞用夏正，宋用殷正，晉亦用夏正，然第行之一國，不敢號召於天下，況著書以垂萬世乎！

漢之治《春秋》而爲大儒者，無過於董仲舒，而《春秋繁露》第云『春正月者，承天地之所爲也，繼天之所爲而終之也』，而亦無夏時周月之意，足以見此説之不可通矣。文定蓋泥於『行夏之時』一語，而爲此膠柱鼓瑟之説，以曲解聖經。諸家第博考時月，以爲飛鉆湼籥之術，而不知此説一誤，則何以尊王？何以討逆？何以正名而定分？一展卷而卽與《春秋》之旨相背，非細故也，豈區區時月之失考而已乎？

張承庵先生傳

先生諱世駿，字鴻緒，亦號承庵，故大學士文和公之長孫，鎮安府知府鑑亭公之子也。家世詳陳文懿公所撰文和公神道碑內。

先生少孤，文和公尤篤愛之。當文和公持節鉞莅滇南時，先生甫髫丱，與諸叔父共讀書官署，晝夜不懈。是時，苗疆初定，滇南稱樂國，犀珠金玉舄奕於達官大吏之側，而文和公守澹泊若儒素，未嘗以豐貂縟錦飾其家兒。先生性質實，無奢綺態，對人若不能言，而內鑒明了。文和公既入相，先生隨歸京師里第，以運判起家，試用兩淮。揚俗侈靡，先生之來揚也，群以爲相國之孫久居督撫之署，今來作熱官，熏灼必倍，且年少自不免紈綺習。而先生擔一囊，挈二老僕，僦數椽之舍以居，見人則退然、吶然，如見嚴父兄，不妄發一語。揚之人初疑之，繼駭之，或有非笑之者。今二十年如一日，始人人愛而敬之也。

居揚數年，以憂去。後十年，復來揚。時先生季父東皋司馬與同官，先生年長於季父，而季父之母郭太宜人猶在堂，亦就養於真州監掣之署。先生歲時家慶肅拜，唯謹事季父，不敢有一言忤。同僚共集群議，各持是非，詢及先生，先生但曰：『吾叔云何，吾遵吾叔命耳。』試用淹歲，尚未得實官食俸，而恬然、夷然。或委以承乏，則欣然就之，必力其事；或代者至，復怡然授之，無少戀靳。嘗謂人曰：『吾欲學阮長之，以芒種前一日去耳。』性無他嗜好，亦不喜見賓客，惟日飲酒讀書。奴子持公服，傳呼輿人，白將謁上官，則踟躕逡巡，顧左右曰：『爾姑緩我。』持身謹約，居家儉觫，而賙卹族黨，憐拯義故，雖傾罄不吝。既管泰壩掣務，益以廉慎自勵，曰：『吾宰相孫，倘簠簋不飭，隳家聲矣。』乾隆三十九年七月十七日卒於泰壩官廨，年四十二，子三人。

金兆燕曰：班氏敘漢事，於江充、息夫躬險詖浮薄之後，繼以萬石、周、張，其教人崇厚務本之意，至深遠矣。承庵少而席豐，終其身守之以約，不亦難與？語云：『根之深者，其實遂；膏之沃者，其光遠。』吾於承庵而知文和公之單厚孔固也。

朱朗圃先生傳

先生姓朱氏，名士鈺，字式如，號朗圃。其先居江浦，後遷全椒。曾祖宏憲，順治辛卯舉人，直隸完縣知縣。祖大來，父程，皆有聲庠序間，後以先生貴，贈封如其官。

先生父少孤，贅里中陶進士家。陶公宦沔陽，先生生於官署，陶公抱置膝上，曰：『形家謂吾族當有名，外孫此其是矣。』性至孝，童丱時，讀書外家。家南郊，而外家居東郭，每晨隨父後，由山麓渡河入書塾。山谿間有竹樹數畝，爲邑人楊氏園，嘗與父同憩園外，父謂之曰：『吾最樂此地，兒亦知愛之乎？』先生曰：『兒他時當購此以奉大人。』父笑而異之。舅氏亦謂其有聱才，許字以女。後舅氏早亡，外家亦中落，先生母攜其姪婦，待年於家。先生弱冠多才，詩、古文皆卓然有法。入鄉學，即以副榜貢成均，雍正丙午，膺鄉薦爲多士魁。由是譽漸高，東諸侯爭欲延至門下，先生以侍養故，勿許也。癸丑，成進士，觀政兵部。是時，世宗憲皇帝詔徵天下博學鴻詞之士，海內操觚翰者輻輳都下，公卿欲以先生之名入薦牘。先生曰：『吾奉天子之命觀政於此，蓋將以良有司望我也，敢薄親民之官爲不足爲，而欲獵居清要乎？』固辭不應。後數年，謁選得廣西貴縣知縣。粤地多貧瘠，而貴獨殷。除書下，人皆相慶以富可立致。先生曰：『吾得薄祿以養親，足矣。小子初入仕版，奈何不以居官牧民之道告而爲是云云乎？』乃親奉兩尊人涉江踰嶺抵治所。太孺人於官舫中指示荊楚風景，每談幼時隨任往事及諸兄姊之言，以爲樂。太公曰：『憶吾因貧爲贅壻，與汝母攜汝隨外祖自沔歸家時，忽忽已四十年，豈料吾兩人復與汝至此？吾今日無他願，惟願汝做好官，數年不罹罪謗，仍送我兩老人生過此地，歸死於家，斯已耳。』先生頓首於舟中，曰：『敢不如命！』將入境，食於逆旅，太公與太孺人坐南向，先生捧巵匜侍立。觀者曰：『官老矣，尚宦爲？』太公曰：『吾非官，官者，我此子也。』衆皆訝而敬之。太孺人性慈厚，每聞受杖聲，輒斂箸不食。嘗讞囚，已有左驗，搒之猶不肯承。先生泣，謂之曰：『吾知汝情實，汝何苦茹刑？吾母爲汝不食三日矣。』囚曰：『有是乎？』獄乃定。邑中有訟其子者，至於庭，其子稽顙，牽父裾歸，曰：『吾不忍以不孝爲孝子笞也。』遂痛自悔責，終其身無忤焉。貴邑爲苗獞雜處之地，頑獷剽悍，以格鬭爲俗，人不知書。先生一日奉太公游於郊，見群兒角觝戲，太公曰：『諸小兒不皆蠢蠢者，江南邨塾中亦不過是，是在教之而已。』先生乃輟俸爲講肆，資之讀書，於是貴人皆知向學。其他除陋規、嚴保甲、修橋梁諸善政，靡不具舉。數年，大吏將以上考遷其官，先生曰：『吾敢忘吾父舟中之言乎？』乃陳情乞歸養，歸則出橐中金買楊氏園並近郭田數畝，以供甘旨。日奉兩尊人乘筍輿，觀於園。園中益種竹，名之曰『筠晦』，鄉人群稱爲『朱孝子園』云。終養後，年未滿六十，有勸之復出者，先生曰：『嚮者同親之官，今忍獨去乎？』遂終其身不再仕，年七十卒於家。子易準，早慧，工文辭，有識量。

金兆燕曰：先府君與先生有連：先生之母，兆燕之母之姑；兆燕之母，先生之妻之從姊也。兆燕幼時至先生家，見太孺人姑婦相對縫紉於窗下，鬓髻上鍼縷毵毵然，滿壁揭《感應篇》、《陰騭文》及《觀音大士咒》，殆遍爲善無不報，其信也夫！

沈溶溪先生傳

溶溪先生姓沈氏，名景瀾，字尚賓，長洲人也。高祖應明，前明進士，官武選司郎中。曾祖世奕，官洗馬；祖旭，初官編修，皆於本朝以進士起家。父曾同，以薦舉爲廣東東莞知縣，計最遷番禺。先生，其長子也。少穎悟，總角應童子試，輒冠其曹。爲諸生時，卽喜論時政得失，每舉漢唐已事爲符證，常如其言。雍正壬子，應順天鄉試，族弟慰祖爲同考官，遂以迴避，卷中式。癸丑，成進士，改庶吉士。丙辰，散館授編修。當是時，今上初御極，選詞臣課諸王學，先生奉詔入怡邸。一日王問諸客曰：『河間獻王有雅材，何謂也？』先生以『大雅之材三十一，小雅之材七十四』對，王歎其洽，益重之。居翰林八年，擢湖廣道監察御史，先生曰：『言官，朝廷耳目也，可終日閉戶作老經師乎？』遂謝怡邸出。遇事廉察侃直，論奏不少阿會。有獄未決，上命廷議之，先生與法司議不合，法司曰：『當入。』先生曰：『當出。』兩持不相下，或曰：『請並上之，以聽聖裁。可乎？』疏既入，上特可先生奏，罷群議，眾皆服，不敢言。然先生宅衷寬，持論平，每有召對，必曲體人情以爲言，不肯爲矯激之説。《備荒》、《漕弊》二疏萬餘言，皆切中時務，讀者至比爲漢之賈誼、唐之陸贄云。

先生慎交遊，簡酬應，宦京師二十年，往來客僅數十人。僦廬南城委巷中，驢一頭，車一兩，帷幰皆毹裂，人不知爲御史宅也。甲子、丁卯，兩爲順天同考官，所得皆知名士，然無一舊相識者。請急家居日，與少時義故游讌，或曰：『以君之貴，當有以自重。』先生曰：『吾在官，則天子之臺諫也；在家，則諸父兄之子弟耳。吾不與儕輩伍，將挾包苴，持竿牘，與地方之大吏交乎？』乾隆十六年春，上南巡至蘇州，先生隨番禺公後，迎鑾道左，父子俱被恩賚，一時榮之。皇太后萬壽，先生入都祝延，遂留補廣東道御史，署巡城事。久之，番禺公疾，復乞歸，侍湯藥，不眠不澣者四閲月，蟣蝨緣衣領出，無惰容。番禺公殁，先生年已五十有五，骨立柴毁，終日作嬰兒號，遂得瘵。既葬，除服，病愈劇，逾年亦卒。子六人：之棟、猶龍、文炳、玉田、燕喜、繼高，皆能文有聲，玉田早卒。

金兆燕曰：古之以治術顯者，其始多以文章進。文章者，其既弁之髦，已陳之芻狗哉！沈氏多文人，而先生獨以風采經濟著，焦明之翮固不藉於腹毳也已。

汀州司馬吳君二匏傳

余與二匏及其伯兄松原交結二十餘年，中間離合不常，難屈指數。二匏之官汀州，過揚州與余飲，盡醉而别。未半年，松原書來曰：『二匏已死，請子爲傳。』嗚呼！曩者與二匏舉觴劇談時，安知不數月卽爲之作傳哉？乃追憶生平，綜其大略，以寄松原，其又以增松原之悲也。

二匏吳君諱寬，字拱芍。因與前明匏庵先生同姓名，故自號二匏。吳氏爲新安望族，二匏家歙之西鄉路口，世以文學著稱。父早歿，祖蕙邨先生愛之尤篤。八九歲時，與伯兄松原共讀書，卽私相唱和，蕙邨先生或見之曰：『此吾家中林蘭蕙也。』二匏性警慧，邨程太宜人自稱未亡人後，慘戚勞瘁，無一日歡。二匏方童丱卽曲體親心，恂恂若處子，針線筐篋之物一一皆識其處，太宜人有所索，卽持以獻太宜人。嘗戲謂之曰：『吾有此得力閨媛，尚肯令其遠嫁哉？』後與松原先後入庠序，著文行名，歙人目之爲『路口二吳』，蓋以比道助附子也。

乾隆辛未，車駕南巡，安徽學使雙公遴入府，五州風雅之士將以獻賦行在，先期麇集於姑孰使院，一日課詩，一日課賦，一日詩賦並課。嚴冬短晷，筆凍指僵，無不瑟縮歎咨，而二吳生衣敝縕，策蹇驢，自新安風雪中捧檄而至，一日成數十藝，瓌偉奇麗，舉坐皆驚，雙公得之，如獲異寶。既獻賦，兄弟皆召試入等，賞賚甚渥。雙公喜甚，卽拔二匏貢成均。後視學至徽郡，登黄山，憩問政紫霞閣，招鄭布衣來、方文學儻與二吳生茶話竟日。二吳卽席成聯句一百韻紀其事，歙人至今以爲美談。丁丑春，二匏再召試，賜舉人，授中書舍人。官十餘年，秩滿遷汀州司馬。卒，遺孤三人。初，二匏之得中書舍人也，留其妻侍養，攜一妾、一子、一老嫗、一短童入京師，僦居委巷中，以一驢曳破車，朝夕入直內閣。歸或不能舉火，則入市貰不托與家人分食，終不肯有所丐貸。俄妾又生二子，家累益重。而二匏以思母得疾，常中夜不能寐，逮曙卽入朝，迎觚棱曉光作小楷，恭錄綵綸，如是累年，遂眚一目。於是請急歸省，又留其妾與子侍母側，隻身再赴都供職。是時，上方留意雅樂，頒《九宮大成》於樂部，輔國公瑤華主人延二匏入咸邸，同校宫譜，爲新樂府播之管絃，一時有李嶠才子之目。然二匏思母益甚，每於笙歌鼎沸之時，或向隅獨歎，中夜即悲泣不自勝，枕褥盡濕。既得汀州司馬，即日束裝就道，曰：『吾可以常侍吾母矣。』遄行南歸，至家，省母、兄，見妻子，約到官三月後即遣信迎養，移兄嫂妻妾子姪輩全家入閩，爲聚首之樂。既至閩，到官視事僅半月而卒，閩之仕者無不哀之。

生平樂易慈厚，與人無忤，官西清時，以文望爲宰輔所重，然持議不阿時好，有不可者，齗齗爭論，既伸其説，當軸者亦深韙之。到汀郡，接士民以誠，雖莅官僅半月而卒，後有聞之流涕者。幼，初學爲詩，即能作長短句，故生平尤愛倚聲。二匏卒後，江東人遂無有能作綺語者。

金兆燕曰：二匏官中書十餘年，時以不得養母爲念，既得外任，仍不獲盡一日之養，二匏其不瞑矣哉！古人以禄不逮養爲憾，如二匏者，抑更可憫矣！世有居顯官、擁厚貲而終其身未謀一日之養者，其於二匏爲何如也？

戴耕烟先生傳

耕烟先生者，浙江仁和人。萍居揚州，謫遷遼東，自稱耕烟老人，遼人咸呼爲耕烟先生。先生狀欣皙，美鬚髯，骯髒自喜。於書無所不讀，尤好兵家言。父蒼，明監軍道，與海賊戰，斷肋破腦不仆，以勇聞。

先生年十二，詠淮陰釣臺曰：『有能匡社稷，無計退饑寒！』諸老宿皆賞之，監軍獨不悦，曰：

『是詩讖也。』康熙十三年三藩逆命，仁皇帝命康親王率師駐浙。王聞先生名，禮聘之。爲王陳天下大勢如指掌，且曰：『三孽不足慮，可計日擒。』王喜，延之上座。大兵勦閩賊，僞將馬九玉屯九龍山，我師不得進。衆方議戰守未決，先生曰：『守固不可，戰亦非計，誠得説九玉而降之。即用以導，上策也。』王卽命先生往，果如所言。時僞總兵劉進忠兵最盛，王假先生監軍道職招撫之，先生單騎入賊營，夾道列戟如薺。進忠方持劍，啖人頭，飲酒，呼先生入。比至，足未定，卽厲聲曰：『汝畏否？』先生曰：『我來救汝，汝當德我，我何畏哉！』進忠遽無以應，曰：『壯士能飲乎？』命左右持巨瓢至。先生仰首，擲其瓢於地，曰：『賊衆旦夕且盡殲，乃强我飲鬼酒。』進忠惶迫，出位謝。先生曰：『揮衆退，吾與爾言。』進忠屏左右，延入室，自酌獻。先生與語，未淹刻，大呼曰：『言盡此！』進忠俯首揮涕曰：『諾，諾。』卽探懷中劄，授之曰：『勉之，勿忘今日！』進忠遂降。韓大任以兵數萬來歸，王疑其詐，使先生覘之。先生謂大任曰：『爾禍至矣。』大任愕然。先生曰：『君旣投誠，而擁衆自衛，能使人無疑乎？十步之間，一夫可縛，雖衆何益！祇自取死耳。』大任曰：『然則奈何？』先生曰：『釋爾甲，卻爾衆，隻身歸命。王必憐汝，是轉禍爲福也。』大任曰：『吾固欲持兩端，因便取事，今知之不可爲矣。』遂並馬詣軍門，其餘寇江機、楊一豹、葛如篁皆以次傳檄定。大軍之討鄭國信也，造戰艦需十三丈桅，不可得，閩督遣先生入山求木。過期，牙門將持軍帖至，曰：『取首繳。』衆皆大驚，不知所爲。先生乃謂使者曰：『我首可爲木耶？軍令不得不然耳。』於是日夜製機器，運木下，見督曰：『木至矣！恐廢事，故戴首見將軍。』督笑曰：『軍令不得不然耳。』初，督與先生有郤，欲以是中先生。及聞木至，乃大喜，稱其才，厚勞餽之。

十五年，以父喪歸。未免，王趣令赴軍。時臺灣尚未平，製衝天砲以獻。會班師，遂隨王入京師。見上，試《春日早朝詩》，授翰林院侍講，偕高士奇直南書房，旋移直養心殿。紅毛國獻蟠腸鳥鎗，上謂其使曰：『是中國所有也。』命先生倣造之，以十鎗賚其使歸。上謂先生曰：『法瑯器，中國所無，汝能思得其理乎？』奉詔五日，成以進。西洋南懷仁謂衝天砲出其國，造之一年不成。上命先生造，八日成。上大悦，率群臣親試之，即封砲爲『威遠將軍』，鐫治法、官名，以示不朽。衝天砲，子在母腹，母送子去，從天而下，片片碎裂，鋭不可當。後征噶爾靼，以三砲墮其營，遂大捷。在南書房時，與西洋徐日昇纂《律呂》，議不合，及砲成，懷仁慚且憤，交謀傾之。侍衛趙某有寵，悍恣，廷呼先生名，先生叱之，某愬於內，上曰：『爾當師之！』某受詔來謁師，北面頓首，面項盡赤，不言而退。

張獻忠養子之子陳宏勳，投誠爲部郎，性狡鷙。一日，召先生飲，出家僮百餘，持白棓舞庭下。舞止，雁行立，庨翼客前。宏勳持椀酒，跪曰：『吾將有所丐，許我，釂此；不許，死棓下。』先生曰：『爾何事？』宏勳曰：『我欲金三千。』先生笑，叱之曰：『賊！是區區者，安用此獰猙！』爲舉椀，一飲盡。宏勳曰：『券之。』先生笑曰：『賊！賊！』遂書券去。宏勳來取金，得金而不歸券，索無已。先生之子京恚曰：『是谿壑，安可填！』拔劍擊之，誤中几。宏勳怒，揮健僕數十人，入室恣掠。先生訟宏勳以刼，而宏勳誣先生以逋。當是時，噶爾靼方捷，將議封，趙某與西洋人乘間力構之。上不忍寘於法，詔徙關東，籍瀋陽。先生至瀋陽，鬻書畫賣文自給。常冬夜擁敗絮臥冷炕，淩晨踏堅冰入山，拾榛子以療饑。年七十八，卒。

先生性孝友，好施予。年四歲，撫其父所斷肋曰：『恨兒不生是時以殺賊！』母周淑人嚴下，嘗掌批先生。先生捧母手，急索杖。後遂私寘杖遍諸處，母怒，卽自奉杖受撻，終身不衰。奔父喪，淚灑地盡血，左目遂盲。少與弟行，逢猘犬，以身衛弟，傷左股，歸而不言。父命持金有所鬻，道逢賣女者，持其女哭，卽以金與之。婚夕大寒，雨雪，謂新婦曰：『吾將以若奩拯凍人。』婦曰：『諾。』遂括釵珥諸器服，一夕遍施盡。新婦曳布裳，椎髻廟見。富商聞之，爭相効，活數千人。幼劬書得瘵，有善療者曰：『用艾四十九壯可愈也，然奇痛須縛之。』先生曰：『丈夫死不受縛，痛何傷？』灸背七處，五臟沸聲如瓶笙，烟裊裊自口鼻出，終灸，屹立不爲動，病遂痊。

先生抱經世大略，凡象緯、勾股、戰陣、河渠之學，靡不究悉。總河俞成龍得其《治河十策》，至今多用之。詩雄勁，畫盡諸家所長，書兼董、米。子四：長京；次亮，武舉；次亨，進士，歷官齊河知縣，敦行能詩，工草書，與李鍇、陳景元齊名，號遼東三老；次高，郡諸生，早卒。高子秉瑛，進士，歷官內外皆有聲。初，監軍有難，周淑人奉其姑避於梓潼廟，夢神以兒授之，姑婦同所夢，遂生先生，故名先生曰梓，字文開云。

金兆燕曰：三藩之變，東南洶洶。仁皇帝赫然一怒，群寇皆殲。仁義之師，豈有敵哉！兆燕賤，不獲窺戎籍，悉本朝掌故。嘗往來浙東西，欲攟拾舊聞，而當年民獻尠有存矣。茲以所聞於先生之子亨者，緝爲傳，俟作史者採焉。亨，純慤人也，述其先，必無讆語。

棕亭古文鈔卷之二

吳硯農傳

乙未之歲，嘉平小除，吳君硯農攜紅梅一盆，佐以樽酒，奓門而入，造膝而請曰：『子諸我爲生傳有日矣。吾一生坎壈，今年尤甚。屈指生平知己惟大司馬胡公、奉宸卿汪公、揚州司馬高公、滁州太守朱公；而文字之交惟君與袁公簡齋、蔣公苕生兩太史。今胡、汪、高、朱四公已爲異物，袁、蔣兩公又天各一方。歲云暮矣，孰華予者？君請滿引一觴，速成此傳，以遣予懷之鬱鬱也。』予乃對盆梅，引巵酒，濡筆而爲之。傳曰：

君名光國，字廷曜，一字硯農。嶔嵜歷落，骯髒人也。喜讀書，能詩，工篆、隸、楷法。籍於歙，僑於揚，徧游燕、晉、楚、蜀名山大川之區，兩除雲南大理永昌司獄。雅量高遠，智局深厚，海內鉅公皆以管葛之器相待。曾祖鴻博節霞公以其兄祭酒鱗潭公之第三子爲嗣，是爲青崖先生。先生負奇才，淡於世味，日研覈秦漢古碑碣以爲樂，隸書與鄭簠齊名。梅莊吳氏科第仕宦震耀里閭，而青崖先生獨隱居高尚，時人謂爲『牡丹叢裏一枝蘭』，蓋異之也。青崖先生生西文先生，爲名諸生以老。西文先生生子三，君其長也。年十三，祖父沒，家益貧。里人有汪公棣邨者善相士，相君曰：『此真寶器，惜不耀其光耳。然視專神定，壽者相也。吾相吾亦壽而貧，食我收我，非此安託？』遂以女妻之。汪公學山，君之姑丈也，亦奇君才，委以禺筴之業，數年致饒。

君事母孝，未嘗頃刻離，母沒，始奉父命入京師，以貲就職。時金川不庭，廷議西伐，大京兆胡公輔經略傅公以行，置君於幕府，君與胡公言多秘計。師至，賊已降君，所言皆未克用。制府策，公重君才，欲聞之上，授以官。君以老父在，不願也，即日辭去。俄除大理司獄，未抵任，以父憂歸，服除，補永昌。行有日矣，往別汪公敬亭。初，君之貧也，敬亭以重幣招之，經理鹺務，兩人遂爲莫逆交。至是，敬亭病方劇，執手語曰：『予病，必不起，而兒子性選懦，非克家材也，君竟棄而不顧耶？』君曰：『人生得一知己可以不恨，是一臠者何足啖哉！君勿言，吾辭官而佐宇周矣。』宇周者，敬亭之子，仁厚士也。以父執待君，君所謀無或抵牾。宇周總理鹺務，兩辦南巡大差，疊邀聖眷者，皆君匡贊之力也。君生平不苟取於人，而每樂濟人之急。歸里葬親，開土不吉而更無買山之資，呼搶欲殉。舅氏憐之，贈以地，君潸然曰：『吾父生不妄受人之財，豈死而妄臥人之地耶？』罄橐中金奉之，乃窆。嘗歲暮雨雪，已斷薪米，而朱太守書至，餉米二十斛，乃謂其內子曰：『是非貧兒暴富耶，當思所以惠人者矣。吾有童蒙師，故已久，遺妻窮且老，必無炊也。』遂分米餽之。司馬高公既沒，遺孤曰文照，字東井，年少能文，君以故人子愛之最篤，每至揚必厚款之。東井舉於鄉，無力上公車，君百計爲之助，乃與計偕。君之外舅，老益貧，子孫皆先卒，惟兩曾孫尚幼，不能養也，君養之，葬之，無遺憾。有弟二人，友愛無間言；子三人，教之嚴且篤，甫童丱即慎選明師誨之。揚州有李進士晴山先生者，方嚴士也，通諸經，工舉子業，然人以其孤峻不敢延，君獨具厚聘，庀精膳，請以爲家塾師。今其伯仲兩嗣君皆有根柢之學，而作文直追古大家云。

蕪城外史曰：余宦遊揚州最久，然磊落之友如硯農者，蓋不數人也。數年來，茗生主安定講席，簡齋時至揚州文酒之會，座上無硯農不樂。硯農其以我輩爲海鷗鳥乎？今硯農之年纔逾六十，視古釣璜之客猶稚齒也。他日盡抒其才，以爲世用，其行事必有罄竹帛不勝書者，而余之言亦藉以爲嚆矢也已。

戴遂堂先生傳

遂堂先生姓戴氏，名亨，字通乾。其先，浙之仁和人；父梓，具文武才，佐王師平閩有功，入直南書房，賦詩稱旨，授翰林侍講，詔徙奉天，遂爲奉天之承德人。先生性質慤，少失明，年十五復能覩物，始讀書。康熙癸巳舉於鄉，辛丑成進士，授河間府教授。河間府縣學舊有田數十頃，爲彊佃所隱，先生請釐於上官，同寮皆選懦不敢署名。田既歸，則環而言曰：『願少分以潤窮宦。』先生曰：『分以潤雖少，私也。吾久均此田矣。』乃出袖中籍，各授之，獨以田之歸於己學者，資諸生膏火，不以圭粒自私，下縣人士皆以不得隸府學爲恨。歲饑，太守煮粥爲賑，命先生董其事。自冬迄春賑數月矣，用不足，將罷，入見太守，曰：『窮黎恃粥慶更生，再兩月方可食新，若遽罷之，仍死耳。』太守曰：『力竭矣，奈何？』先生曰：『某見公前日娶婦，計新婦歸裝，尚可備兩月賑也。』守大喜，從之。居數年，以父憂解職。起補順天府教授。順天有夫死守節而以子貴受封者，列狀請旌。吏議不當旌，先生曰：『以夫貴受封，理無改適，不旌，可也；若以子貴受封而不旌，是以子之貴掩母之節也。且撫孤至成立而受封，尤節婦所難得者。不旌，惡乎可？』大尹韙其言，據以入告，得旨允行，著爲令。秩滿，擢齊河縣知縣。齊河歲大饑，旁縣承上官指，多不報；即有報者，亦輕其狀，賑薄，殣死枕藉。先生獨請穀數萬石，上官雖重違其意，心實恚之。會有構者，遂被劾免。既免官，僑居京師，授徒自給。有一富人延爲童子師，先生緼袍敝屨，據榻授經。賓客皆王公貴人，列坐以觀，先生無忤色。次日主人持裘服爲贈，先生固卻之。初，女兄適閩中富氏，富氏故宦家，中落，不能自存。先生奉母至齊河，太夫人有憂色，先生曰：『是必爲吾姊也。』乃遣使盡遷其家以北，給養之。少弟高，夫婦早喪，遺孤秉瑛方數歲，撫之如己子。在官時，一姪兩甥與先生之子廷璋同服食，見者不能別。命秉瑛讀書，廷璋習騎射，或曰：『君愛子不若愛弟之子也。』先生曰：『吾因材教之而已。』秉瑛成進士，官儀徵、昭文兩邑，令迎先生來江南，南方之學者爭交禮之。於是，先生與數詩人往還外，其他客屏不與通。或時攜一童，扶一杖，臨江登山，路人以得識其面爲幸。祖櫬攢浙，百年未封，先生行求而葬之。訪昆族，則皆盡矣。有道士敝衣冠，棲古廟廡下，詢之，則同高祖弟也，執其手泣，解所衣衣之，同載歸。

雲南陳進士憲圖，相識逆旅，客京師，貧甚，先生時給周之。其鄉人之顯有所餽，憲圖不受也。既而病於僧舍，先生舁至家，躬爲煮藥；死，殯於家，爲之服朋友之服，有來弔者三日哭。此尤近世所罕也。

先生狷介，寡交遊，貴人欲一識其面不可得，獨惓惓於貧賤交，終身如一日。論學尚實行，黜空談。治經不傍前人門戶，時於漢宋諸儒外特創一解。生平專攻詩，雄深雅健，諸體皆工，與李鍇、陳景元齊名，有『遼東三布衣』之目。善草書，嗜飲，醉後作書愈謹嚴有法。晚好道家言，自謂得尹真人性命雙修之訣，曰：『吾一生所志皆不遂，今學仙殆可遂乎！』乃自號曰遂堂。年七十客揚州，病痁卒，病中猶與楚人丁姓者談養生焉。有《慶芝堂詩集》十二卷。子二：長廷璋，武舉，候補千總；次廷璧。

錢恕齋先生傳

先生諱元龍，字學山，恕齋其自號也。錢氏自五代時武肅王顯貴，子孫蕃衍，至宋建炎間伯乙公占籍潤州，逮前明成化時可新公始遷揚郡，傳六世，至琳莽公，以高年碩德恭逢世宗憲皇帝御極覃霈，受八品秩，先生之考也。琳莽公生三子，先生最少。生九齡，母某太儒人卒，哀毁如成人。十歲時隨父送祖柩歸葬潤州。是時冬日晷短，未至兆域，數里叢薄，中有虎突出，舁櫬徒卒皆驚逸，琳莽伏地上護柩，哀號不知所措。先生直前當之，虎遂帖耳而去。既弱冠，讀書焦山，山側有潮音洞，洞中有一叟，聞讀書聲卽往來竊聽。後於先生將歸之夕，叟忽奓門而入，通款曲，縱論古今及導引吐納之術，謂先生曰：『吾居此數百年，無有可授，以道者觀，子骨相非凡，肯從我去乎？』先生曰：『吾方讀書，養親，作人世事，何暇從汝爲也？』語訖，而叟入石罅中，不可復見。琳莽歿，先生已逾四十。伯兄先卒，先生與季弟經營生産，作估客，奔走江淮間，不數年獲貲甚鉅。人或求心計之法，先生曰：『貪賈三之，廉賈五之，我無貪，故鮮失耳。』既饒於財，深以自封爲恥。族鄰有賙，鄰里有卹，卜新墓，修舊冢，扁舟至杭求先世譜牒、遺像，自武肅以下分冊十二部，裝潢完好以歸。晚歲長子物故，愛壻亦殞，悲悼之餘，遂謝絕人事，杜門不出，日以著書課孫自娛。所注有前明程允升《幼學書》、《蒙師》，皆用以課授；更有《史略》、《種樹》各書，皆採輯廣博，該見洽聞。初，先生未冠時，有相之者曰：『此子不科第而享盛名，不官職而受殊榮，不攝養而躋耄耋。』後先生棄舉子業，專意譔著《幼學》一書，海內奉爲圭臬。

今上南巡，賜貂皮、荷包、藏香、克食，以儒林郎候選州同職，銜恩加頂帶二級，鄉里榮之。壯歲往來江湖，持籌握算，精力疲劻。晚歲日事編摩，每至夜分不寐，而年至八十有二，神明不衰。然則潮音洞中之叟謂其骨相不凡，而以十齡童子能卻猛獸，殆其所得於天者厚與？子四人：鼎、鼒、鼑、鼏，皆賢而才。女一人，適孝廉項夢魁，項沒後，厲志食貧，苦節自守。孫十四人，承重者，鼎長子之濬也。曾孫四人。

蕪城外史曰：余嘗讀《管子・弟子職》、朱子《小學》諸書，而歎豫教之不可不早也。《論衡》有云：『十五之子，其猶絲也。』可不慎與？恕齋先生軼事，余得之同年友秦西壥觀察甚詳。西壥，其戚屬，所傳必有據。余獨愛《幼學》之注，其有功於蒙養者至矣。

汪君雪礓傳

雪礓汪君，名大忞，字中也，本籍新安婺源，世居巘峿山下。祖某遷揚州。父舸，以詩、字名江左，書法師黃涪翁，尤工長短句，嘗校讎《山谷全集》並《山中白雲詞》，鐫之曰：『吾一生精力在此。』雪礓生而慧，喜讀書，少年即以風雅爲性命。寓公之在揚州者如陳玉几、厲樊榭、江冷紅，皆師事之。操觚不肯率爾，詩社共集，一吟一詠必細膩推敲，與人尺牘一字不苟下。年過三十，家中落，父客死漢上，雪礓與其弟阪隱以菽水養母，不肯丐貸於人。後楚中故人以其父之喪至，殯廣儲門外之聞角庵，兄弟單席同臥草中，絕粒不食者旬日。嘗冬日無纊，夏日無幬，母子三人束腹相對，而吟誦聲達戶外也。性愛潔，嗜獨，且多病，年至五十方娶。四十之外，貧不能自存，每燈下爲人以百字鐫方寸玉，至除夜，檢古墨數十笏易薪米，而鑒賞古書畫及銅玉器獨得秘訣，經其品題，聲價重十倍。凡事工心計，多智謀，嘗謂人曰：『馬雖駿，服於皁，不能馳也；鷹雖悍，縶於絛，不能擊也。吾嘗有用世之志，今老矣，聊以吾之術昌吾家，可乎？』江君鶴亭聞其言，異之，遂交其人，託爲心腹之友，事無巨細皆委之。五十之時，有無化居，所往輒利至。六十遂擁貲作巨室，以其本身資秩請誥命，榮兩世，封其母爲太恭人。熊太恭人年八十，雪礓徧徵輦下好友祝嘏之辭，而袁太史簡齋自白門郵其文以爲祝。黃君稼堂將赴趙州任，以其家貲付雪礓會計，不數年倍息歸之。黃君歿，其子年少，綜禺筴，事事皆藉指南。其待朋友以至誠，不以死生異視，大率類此。

小玲瓏山館者，馬徵君秋玉、佩兮兄弟與陳、厲諸群作詩地也。雪礓幼即往來其間，後購之以養母，其楣楹題識不改舊觀，曰：『先達之遺蹟，小子灑掃是幸，曷敢沒諸？』丁未秋日，姑蘇友人錢景開至，雪礓喜甚，大治具召客，曰：『石湖西磧，吾生平不能忘，今將作數旬塵外遊。攜長笛，坐千人石看中秋月，然後歸，採菊花與諸君作重九也。』八月三日，大笑出門去。甫半月，錢君即以其病來告。又一日，則曰：『雪礓死矣。』嗚呼，慟哉！

金兆燕曰：雪礓居貧守約，年將五十，小有構會，不十年而家道成，何其暴也。然充其幹局，若在三國時，不下周瑜、黄蓋，乃僅以陶朱之末技肥其家也，斯真阨矣。

吳半崖傳

吳君半崖，歙縣人也，家住石橋，童時矯矯自好，歙之大族吳姓者半居溪南，科甲相望，而半崖以寒畯與之相埒。父少時服賈在外，半崖既成童，謂其母曰：『父終年勞悴川塗，爲謀生計，而兒在家中坐食，非所以説親也。男兒讀書不必求以進身，兒將挾所能爲人籌畫生計，他日得江山之助以展其才，公孫卜式庶可冀也。』乃由浙至吳，趨京口，遂停櫂不渡。鎮江有油棧，其利甚豐，半崖爲之化居，纖悉不苟，數年而利市三倍。十八歲歸里完娶，未半年即出，於是往來於豫章沔漢之間，積貨居奇於南北；通州懋遷，聲名洋溢燕齊之地。半崖年甫弱冠，而與人相交，有老輩所不能及者。二十六歲復入楚，居漢口鎮。漢口爲江沔通衢，百貨麕集，半崖持心計，左右致贏，必厚有所蓄，始一歸里，今經四十餘年矣。一子，甫象勺之年，即攜之作客，曰：『是不可以荒於嬉也。』一日，謂其子曰：『吾少年貧窶，無負郭之田可以資生。今之所以養我父母者，皆我半生勤苦以斂之者也。吾父與母年相若，而兩老人至今尚未克安聚一室，吾將速吾父歸，爲汝娶婦，使汝繼吾之業而大振之。吾母持家勤儉，茹長齋，喜布施，吾總角時即以内典教我，嘗誨我曰：「通儒書，尤須諳佛理。」吾將以吾之家付於汝，汝克孝祖父母，不違色養，吾將皈依釋氏以終矣。』其子懼其言之必行也，乃徧請親族友朋極力沮之。有友人善丹青者謂之曰：『子有斯志，不必有斯事也。與其爲宏袾，曷如作龐藴乎？』於是寫其容，衣袚尼之衣，戴毘盧之帽，一缾一鉢位置几上。半崖喜曰：『是真我心也，真我相也，嗣後吾子孫懸之影堂，吾即於淨土中託生蓮花下乎！』乃屬余爲之生傳以永之。

金棱亭曰：余少年亦好學佛，逮晚歲讀《華嚴》而笑世之佞佛者，妄也。善財童子天寶在身，五十三參始終不倦，豈僅蹈襲半偈作口頭禪者所可及乎？半崖勉之。博施濟衆，儒者猶以爲難，而法瑗脱衣施貧，不厭不倦。然則姚少師作和尚不終，見嗤於婦人，其有以乎？傳曰：『行矣，不在多言。』

節母張孺人傳

孺人姓張氏，浙江仁和人也。父子元，篤誠好善，教子女以質實，不苟笑言。孺人幼習姆訓，婉娩聽從，讀《班誡》，能通大義，繡工箴黹冠其曹。年十餘，隨姑姊躬蠶事，晝夜不懈，育蠶以豐。二十二歸同里田君西成。田氏系本青州，後遷浙之上虞，明時有隱君子曰：『田守素者，西成之遠祖也。愛西湖山水之勝，徙居仁和。四傳至西成之父賡南，與其兄信皆相友愛，遂以西成爲信皆後。』當是時，信皆貧甚，西成謀所以養其親者，將棄書遠遊爲服賈計，孺人曰：『吾舅姑以君爲似續，將以昌其家，今君舍所業而他圖，則終其身無顯揚之日矣。』遂鬻簪珥，躬紡績，以奉甘旨，俾西成一志於學。卒以高才生受知於學使者，補博士弟子員，爲一黌之雋。未幾，舅沒姑老，家益貧，而孺人色養不懈。姑久病蓐食者數年，厠牏、中帬皆孺人躬自澣濯。初，西成居父喪以毁成疾，遂日困憊，竟以是不起。西成於綿惙時執孺人手，曰：『老母衰病，四孤幼羸，恐汝不堪此任也，奈之何？』孺人曰：『吾斷不以一死殉君而棄君之母與孤於不顧。君往矣，生者之事，我自爲之，君勿復念。』後數月，姑亦沒，孺人仰天椎心，幾死者再。旁觀者皆酸鼻，孺人曰：『吾今以婦代子，附身附棺，無使有悔也；以母代父，以養以教，必使有成也。』於是，執姑之喪必備禮，而教四子皆成立，飲冰茹蘖者三十餘年。一日，孺人之子墉跪膝下請於孺人，曰：『吾母節孝，古人所難，今已逾三十年，可以邀旌典，流芳名矣。』孺人曰：『吾守節之日，年已三十有餘，不合例也。』墉曰：『婦人之齒不外聞，減數歲則可矣。』孺人曰：『惡！是何言與！吾生平無一事之欺，無一言之誑，今乃自誣其年，以上欺天子乎？』墉兄弟遂不敢固請，而日謀所以傳孺人者。乾隆甲午秋，墉與揚州教授金兆燕相遇於東臺，述孺人之事而求爲之傳。

金兆燕曰：古人云：『死節易，撫孤難。』孺人獨爲其難，其志良苦矣。孺人之軼事，鄉里長老皆能言之，而卒以年歲不符，不肯以上達天聽。其質實有過人者，宜其四子皆賢且才，而不爲末俗浮薄之行所漸染也與！

黃稼堂太守傳

稼堂先生諱凝，字幼安，姓黃氏，浙江仁和人也。系出江夏香功之後，宋南渡時徙居臨安，數傳至七世祖半邨公，有隱德。又數傳至祖憲懷公，讀書食貧，不求仕，生三子，長夭三公，次壬有公，第三子早沒。

夭三公卒時，大宗無後，壬有公僅甫得稼堂。年九歲，憲懷公謂壬有公曰：『小宗繼大宗，禮也。』

遂以稼堂後天三公。是時，弟兄已異居，嗣母薛太恭人見稼堂玉立，不比常兒，鍾愛之尤甚，謂壬有公曰：『未亡人以鍼黹供朝夕，三遷之教，力有不能，願仍依本生父督訓之。』壬有公曰：『吾不敢以其爲兄之子而異視之也。』遂以稼堂歸，課程尤力。壬有公惜近日士習專以帖括爲事，而束經史於高閣，及一旦膺民社，遂若面牆蹶而僵，誰之咎也？於是稼堂初學操觚，即縱之讀古人書，凡一切兵農名法之學有關於經濟者，靡不令之熟究潛玩而誦習之。十歲時，以事出錢塘門，夜不能歸，徘徊湖上，乃入一大宅，供具悉備，飲饌甚歡。忽有群騶至，交困之不可解。正危殆中，聞騶從聲傳呼：『迎江西知府！』群騶皆退避，己身入肩輿中，豁然而醒，則初陽臺下墟墓間也。既長，娶元配張恭人，後即客居常州，爲戚友營會計事。俄，張恭人沒，家益貧，僅攜錢不滿百，徒步至揚州，僦居古廟，無以自存，乃至淮安，居湛真寺。寺僧聞谷善相人，見之驚曰：『此非恒人也！』厚衣食之，揄揚於當路。富貴之家、諸大吏及禺筴之豪，皆引以爲上客。稼堂客淮揚既久，兼與大吏遊，兩郡中挾厚貲好心計者，經稼堂指示，利市三倍。瓜洲朱氏有女，擇偶不諧，其家曰：『吾女相法當富貴，不可以配寠人。』擇稼堂妻之。婚之夕，婢僕傢具皆假貸。既娶之後，家漸豐。友人之所共居廢者無不致贏。而稼堂構大宅，居揚州新城，爲巨室，歸杭省墓，敦請壬有公來就養。壬有公戀西湖之勝，安土重遷，謂稼堂曰：『汝但足我湖山游賞費，使汝諸弟皆飽暖，不以累余，則我與親戚情話，勝於客揚州錦繡鄉也。』

稼堂性伉爽，好賙急，施藥施櫘，無歲不爲。置福緣庵後義冢五十九畝，以掩露胔。凡戚友之丐貸者，靡不如意畀之。又數年，讀《漢書·寧成傳》『仕不至二千石，賈不至千萬，安可比人乎』，廢書而歎，蹶然而起，曰：『吾不名一錢，赤身至揚州，以有今日，吾之所有，不以急公，將安用之？且終日勞勩，疲紈精神，爲人謀錢刀、子母之利，孰若盡瘁國家，展其所學，庶畢生精力置之有用之地，不至唐捐也。』乃遵川運新例，入貲，選授直隸趙州知州。趙州爲古邯鄲鉅鹿之地，民俗勁獷，轄五屬邑。自理本州，有專治，有統率，兼守令之責，近接京都，差務絡繹，自昔以爲難治。稼堂莅數月，舉之裕如。上官皆有新任，如老吏之目，然順理準情，待百姓如骨肉。其有下戶之猾，君於大豪者，必置之極法，故里端惡子匿跡銷聲，召、杜、龔、黃，人人尸而祝之，社而稷之也。

鑾輿巡幸，兩辦紅杏園、衆春園行宫陳設，疊蒙恩賚。大憲皆以爲能，委署順德府知府，計典遂膺『卓異』，首薦引見，面奉俞旨，陞授江西撫州府知府。上官日，舟過淮揚，擊纜入湛真寺，而聞谷已寂，淮揚故舊落落如晨星。乃買田入之寺，與諸相識酹酒盡歡而行，由揚子江過天門，入彭蠡，至南昌，諸大僚執手相慶，謂叔度之來何暮也。臨川居山水之中，民淳訟簡。稼堂視事數月，鎮以清淨，飲以恬和，曰：『此不可以鷹擊毛摯爲也，吾將效汲長孺，臥理之矣。』然稼堂素有能聲，他郡積案未了者，多使雜治之，觀察諸公駸駸虛座以待〔一〕。倏於三月初十日早起視事畢，擎粥一甌，咯血數升而卒。子五人，至慧，朱恭人出；至筠、至廉、至馥、至瑞俱庶出。

金兆燕曰：余於甲戌、乙亥之交，往來淮揚，卽與稼堂相識，見其氣度端雅，議論卓犖，悚然敬之。後余作揚州學官，而稼堂僦居舊城，相隔不數武，時相過從，有疑事必以質，兩家內人亦相視如姊妹，昔周瑜與黄蓋升堂見妻不啻過也。今余衰老綴旒，仍鰥居作客，而見朱恭人之髽而扶櫬以至揚也，朱恭人以稼堂之傳屬於余，余滋慟矣。

【校記】

〔一〕『觀』，道光丙申本作『粥』。

王恭人傳

余讀《漢書》至《翟方進傳》，未嘗不歎後母之愛何其篤也。若梓潼文季姜撫前後八子如一，且爲其前子王博作袠寫書，較之翟母之織屨，養也而兼以教矣。

余欲裒輯近今後母之德，以爲世勸。聞揚城中有比部鄭君翼之繼配王恭人者，恭人休陽望族，自曾祖僑居於揚，閱四世，皆以孝友任恤著聲江淮間。恭人生四月，失怙襁褓中，有相之者曰：『此女賢而貴，但無年耳。』母張太安人曰：『吾欲其壽，安望其貴？』年未笄，授以《孝經》、《論語》、《女誡》諸書，一過目輒能背誦，人咸稱其異，張太安人獨憂之曰：『吾聞王勃、李賀曾不得三十，慧故也。男子且然，況女子乎？吾恐相者之言驗也。』比部元配謝恭人，少司寇未堂公愛女也。謝恭人卒，子兆理纔三歲，比部之父澂江封公臮母吳太恭人憐其失母之孫，謂比部曰：『爲汝擇繼室大難，稍不慎則祥覽之事，其奈之何？』比聞王氏有女能孝其親，敬其兄，讀書知大義，曰：『是可以母吾孫矣。』乃命比部委禽焉。

恭人歸時年二十一，兆理一見恭人，牽衣索笑，不異所生。恭人廟見後卽朝夕顧復，時其燠寒、飲食、起居極纖悉之務，必躬親檢視，不以委之乳媼。謝恭人所遺簪珥衣襦，或以爲忌，恭人曰：『前恭人名公卿女，鍾郝禮法，皆吾師範，蕭規曹隨，又何忌焉？且使膝下兒見之，如其母在，不尤愈耶？』兆理既就傅，每從家塾歸，恭人必率之夕見於舅姑。時與群兒戲，恭人必躇階隨之，慮其仆也。舅姑或勸之曰：『茲事婢僕能爲之，汝何勩焉？』恭人曰：『知之，然心終放不下耳。』比部督課，兆理有不率，笞撻之，恭人力爲營護，且曰：『折葼之教，以慈濟嚴。兒尚幼，恐不堪也。』然於兆理不少姑息，每夜篝燈令其習復，且使預誦來日之課，略上口，然後命之休。錮童竈妾有媟辭猥語於其側者，必痛訶之，曰：『蒙以養正，斯言豈可入其耳哉？』兆理從兄兆珏入庠序，恭人謂兆理曰：『汝伯父爲名諸生，賫志以沒，今汝兄克自立，繼其先勤學之效也。汝家代有文人，汝從父東亭公以名進士官刑曹；秦川公獻賦行在，受聖天子特達之知，入直薇省。汝若及幼年拾青紫，隨汝父官京師，俾祖父母膺兩世封誥，豈不益徵厚德之報，承觀無窮？小子勉之！』

今年四月，兆理十齡，其生日與恭人同，物賀者盈門。恭人焚香拜於謝恭人木主前，顧兆理酹巵酒曰：『吾生兩男一女皆不育，今雖有身，然所冀者，此子成立耳。吾姊其陰佑之，並佑吾以終鞠此子也。』越半月，生一女，産後遘疾卒，春秋二十有六。所生女方浹辰，兆理哭踴不絕，哀毁如成人。人皆異其穎而孝，而群謂恭人愛育之誠摯，有以感之也。

贊曰：溫溫恭人，懿德醰醇。孝乎惟孝，仁者安仁。哺翼遺鷇，噓培義根。黃壚不朽，彤管常新。

棕亭古文鈔卷之三

定郎小傳

徐郎定定，字雙畦，小名雙喜，吴趨人也。美姿容，有雅韻，五歲能歌，六歲按笛，八歲學簫鼓，暗誦唐人絕句、宋人小令數十首，皆贏曉文義。十五挾藝游揚州，揚州沈君江門老於琴，自號夢琴生，無人能傳其指法。徐郎欲學之，江門曰：『欲學吾琴，當先定爾神。』因更其名曰『定定』，誨之琴，自是人皆呼爲定郎云。

乾隆乙亥春，余至姑蘇，登虎丘，過山塘，見群少年聯臂而嬉，有曳淡碧衫者風致嫣然，數顧之，流眄再三，穿柳陰去。丙子秋，余客揚州，友人程君竹垣以所作《定定曲》示余，且曰：『此人雖歌者，然有翰墨癖。吾欲召之度曲，以侑君觴，君當投以詩，勿靳也。』次夕招飲，余以事牽，獨後至，至則酒將闌。定郎已薄醉，倚簫而歌，聲纏緜如不勝情。紅潮暈頰，目矚矚與燭光相映。曲終，起視余曰：『郎君若曾相識者，何故？』余亦諦視之，曰：『此山塘柳陰下少年也。』詢之果然。余狂喜曰：『自去春見汝後，意忽忽如有所失，自以爲落花飛絮，定不再逢，乃今得聚於此。』即席步竹垣韻作長歌貽之，余染翰，定郎歌臨川《尋夢》曲子。曲未終而詩成，擲筆拍其肩曰：『今日尋著夢矣。』乃停曲讀余詩，讀詩聲尤清圓可聽。讀畢謂余曰：『郎君詩，我雖不甚解，然在吳中觀諸名士作詩，未有如此速者，郎君有異術乎？』旋以巨觥進曰：『乞更填一詞以賜余。』時已大酣，起步庭除，滿簾月色如畫，步三匝成長調一闋。

自是友朋文酒之讌，無日無定郎。吳君梅查將游棲霞，集同人爲詩贈行。吾宗錢塘冬心先生聞座上之有定郎也，闖而入，同人皆大快。有一客不能詩而來獵酒，酒半，詆定郎，定郎不能堪，反脣，客大怒，橫詈揎袖，座客皆愕眙。主人引怒者去，乃更酌。定郎泣下沾襟，取袖中便面，摧燒之，蓋日者此客之所贈也。侍君鷺川睨而戲之曰：『頃所逐惡客，吾明日當頂禮謝之，不然安得見此梨花帶雨狀。』徐以羅巾拭面擱目而顧曰：『諸郎君亦知我，儂爲可憐人乎！』余嘅然曰：『此子亦人耳，乃淪落如此。余窮於世久矣，舉世無知我者，而定郎愛我獨摯，我必有以傳定郎，使定郎不朽者。定郎其勿恨。』於是，靦然大喜曰：『誠如是乎？』乃引滿以屬，脱指上金彄以贈，曰：『持此爲念，郎君其毋忘今夕之言。』

蓋是時，定郎來揚州已數月矣，雖聲譽籍甚，而以不善夤緣，不能逢迎，故尚無托足地，僦居小巷中，室僅容膝，一榻一几，階下秋花數種，掩映簾箔，衾幬整潔無點塵，非甚相愛不得入其室。余寓居花園巷之祇園庵，鄰家笙歌徹旦，嘗與余坐月下，聽隔牆歌聲，遙爲按拍，分刌不差。閱案上昔人詩，有『謝郎衣』三字，問何典。余以《敘小志》謝耽、蘇紫蓊事告之。次夕歸，著吾衫履去，曰：『此謝郎衣也。』余居揚不匝月，然無時離定郎。或無他友，則獨與余步出城，園亭蘭若，隨意所往。每夕陽將墜，晚烟橫樹，秋風淒然，輒對余侘傺，斟愖不怡者良久。詰之，終不肯言。一日謂余曰：『予不耐囂雜，揚州不可久居。如得爲郎君詩弟子，常侍左右，則出泥塗而升青雲矣。郎君其有意乎？』余曰：『吾非不欲挈汝去，但勢不能耳。然吾豈忘汝者？吾自有挈汝之術。』乃遍集同社，召畫者爲定郎寫真。定郎對畫者坐，諸客環之。時時擥小鏡自照，畫者曰：『其形可似，其神光離合不能似也。』畫既成，指畫中人謂余曰：『吾命不如此人，此人能隨郎君去，吾不能，不如一也；吾轉眼憔悴，而此人終身少年，不如二也；吾風塵追逐，與潦倒伶工相伴，恨不能卻，而此人枕葄於清辭麗句中，與名詩人游天下名山水，不如三也。』余曰：『彼亦有不如爾者。』曰：『何謂？』曰：『不如爾能吹簫度曲，推襟送抱耳。』謁冬心先生，先生捧其手曰：『向如此人加一怒字，便俗矣。』蓋謂夫己氏也。先生有所畫梅花大軸，極自賞，裝池嚴整，富商以數十金購之，不可得。定郎欲之，而丐余爲之請。先生曰：『此畫易孔方兄則俗，贈徐兄則雅。』竟以贈，且以畫扇題詩副焉。程君筠榭聞余爲定郎寫真也，大治具，召客觀定郎容。定郎抱其容至，曰：『諸郎君各題一詩，當各獻一歌以報。』江君雲溪與筠榭不相識，招之，欲勿赴，余曰：『定郎在。』遂欣然往。陳君竹町、閔君玉井，是日皆有他社會，皆先成詩去。薄暮，玉井復至，曰：『吾爲定郎，火迫成社中詩，來聽歌也。』筠榭編菊爲屏，規其心以爲牖，定郎立牖中，如彩霞之托明月。是夕也，燈影花光，歌情酒態，使人意消，余飲最樂。梅查招余浴，焦君五斗與焉。途遇定郎，紿之同行，婉轉推卻，不肯共浴。余固泥之，則曰：『浴罷，郎有詩然後可。』余曰：『敢不如命。』五斗曰：『果爾，吾沽酒市蟹以待洪文。』棕亭年七十矣，聞之，趨而來，亦同浴。定郎解衣入浴，羞澀閃避，姿態橫生。梅查曰：『真所謂三尺寒潭浸明玉矣。』浴畢，肌膚暢悦，兩輔如初日芙蓉，見之者目不能瞬。余以犀梳爲之理髮，作五絡辮，捧視之不自知，其魂越心蕩也，卽成詩四章酬之。解纜之夕，竹垣取酒以餞，命之歌，歌數聲而哽咽不能終曲。余亦不復能舉觴，口占小詩爲別，竹垣和之。命肩輿送余出城，定郎坐余膝上，垂簾耳語，淚漬襟袖。至舟中，執手黯然而別。余開舲，望束炬照定郎循河干入城去，忽忽復憶山塘柳陰下瞥見時也。

椶亭子曰：人之相與，豈偶然哉？交臂之遇，藏之於心，乃成膠漆，不亦奇與？吾在都門，見唱連像者及所謂白臉慣侍酒者，皆俗惡不可近。如定郎者，真天人矣。玉井先生目之曰『雅人深致』，冬心先生曰『疑其胷中有數百卷書』，皆言其韻勝也。嗚呼！四海之内具真賞者有幾人哉？

汪母程太宜人傳

宜人姓程氏，新安程君渭侯之女，江君東搏之配也。江與程，皆僑居揚州，業筴，世爲婚姻。程氏爲篁墩望族，擢甲科，居顯要者，後先相望。渭侯秉其先人之訓，習儉好禮，門内秩如，婚嫁有式。宜人爲渭侯之第五女，父母尤憐愛之。三四歲時，渭侯嘗置膝上，詠左思《嬌女詩》，撫其頂曰：『是女必能以才名爲吾家作曹豐生、謝道韞者，正恐聓才難得耳。』越數歲，授以《論語》、《女誡》諸書，略觀卽能闇誦其句。紝紃組織能出新意，紛帨鞶袠之繡，見者詫爲鍼神。醯醢煎和得調劑之妙，有鼎娥膳祖所不能及者，都竈厮養皆驚譽之。待左右侍女寛惠慈和，無疾言厲色，然終日端靜矜莊，婢僕過其前者不敢有謔浪語。於時東搏之尊人劬庵公棄世已久，母許太宜人稱未亡人，持門戶，訓子以嚴，以故，東搏雖生於富厚，而居處不淫，飲食不溽，不與裙屐少年相往來。渭侯曰：『劬庵以名諸生賫志無年，其後必有興者。其未亡人能教子如是，其子能率教如是，是可以歸吾女也。』許太宜人聞之曰：『吾久稔程氏之女之端慧克勤，但吾家孤寡相依，難以遣媒氏下達。今聞程公之言，吾之願也，亦先夫之志也，敢他求乎？』於是，委禽以聘，甫及笄，卽來歸焉。

時東樽亦尚在未冠，而愨謹老成，閨門之內不苟訾笑。子婦雍容，日侍堂前，抑搔扶持，毋躁毋怠。許太宜人嘗謂宜人曰：『吾自有新婦，遂覺氣體怡愉，古人之所謂視無形、聽無聲者，其新婦之謂矣。』俄，許太宜人歿，東樽與宜人哀毀骨立。居喪備禮，凡楄柎、絞衾、附身、附棺之具，必誠必信。卒哭後猶居堊室中，苄蒻不納，專席而坐，宜人不敢遣女奴問以家事。東樽愛靜樂閒，好金石之學，蓄古法書、名畫、彝卣鼎鬲之屬甚夥，掃除一室，焚香瀹茗，吟玩其間。一切米鹽淩雜之務，宜人皆細爲擘畫，不以攖東樽心。里中姻族以事至江淮者無虛日，來有輭脚，去有餽贐，各滿其願，無德色，無倦容。他如捐歉歲之租入，修孔道之橋梁；衣凍者以綿，給死者以櫘；育嬰有堂，施藥有局，救生有船，東樽種種厚德皆宜人有以助之也。

東樽以州牧注選銓部，累恩加級，誥授奉直大夫。宜人膺五花之封，服命婦之服，席處豐腴，而蚤起晏眠，操作不懈，中裠衵服躬自澣濯，食不兼味，衣無襐飾。樸儉勤勞，蓋其天性然也。東樽大功兄弟六人，皆相愛如同胞。宜人善和妯娌，門內無間言，姻戚問遺，婢僕往來，茝蘭佩帨之贈，篤摯周洽，至老不衰。生三子，皆不祿；一女，教以閨訓，適從姪志洛，亦著賢聲。無何，東樽卒，宜人呼天搶地，慟不欲生，水漿不入口者七日。諸姻鄰尊親委曲寬譬，以撫孤大義相規勉，乃强起曰：『死節易，撫孤難，必欲我爲其難者乎？黐黏膠脜，吾惟力是竭爾！』乃以兄公西平次子振鵠服衰爲嗣，以蕆成事。

振鵾，字溟高，克家子也。宜人視如己出，溟高亦善體親心，慈孝交著，聞者羨之。東榑綿惙之時，謂宜人曰：『吾死無他憾，但修宗譜未成，以是爲不瞑耳。』宜人舉以告溟高，溟高曰：『作室厎法尚欲肯其堂構，況宗譜之大乎？小子之責，焉敢不蘉？』於是，晝夜排纂，力謀剞劂。書既成，宜人率溟高以魚菽之祭，告成於東榑栗主之前，欷歔含淚謂溟高曰：『汝父今日其瞑目於九原矣。』西平晚年歸老新安，宜人諭溟高厚致甘旨之奉。逮西平卒，問至，溟高柴棘殊常，然不敢號踊於宜人之側。宜人曰：『本生之親，服降而恩不降，詎得以我故而不用汝之情乎？吾何忌焉？』命之朝夕哭如禮。東榑與同堂弟穎長、旭東，室居相鄰，東榑卒後，穎長、旭東每逢朔望必走嫂氏所，揖問起居，宜人必命溟高綜家政之要，一一諮稟，惟謹。辛卯冬，穎長率淮南北眾商入京師，恭襄皇太后萬壽慶典，宜人謂穎長曰：『叔受天子恩至深且重，此行惟以恪勤將事，鞍馬之勞、冰霜之苦，所勿計也。』其明於大義如此。卒年六十有四。誥封宜人，子一人、孫二人。

蕪城外史曰：余與穎長、旭東結文字之契者有年，每於詩社談讌之餘，爲余道其嫂氏之內行甚悉。今余爲揚州學官，嘗欲裒集一郡之貞節軼事，著《廣陵淑女編》，以爲風化之助。揚州雖古稱靡曼之地，然五烈並峙，爲他邦之所無，其閨門徽懿可以備管彤者，必不乏也。今觀宜人之事其姑、相其夫、教其子，以有成也，豈非巾幗中之大賢與？是殆江淮清淑之氣所鍾而成者耶？抑程、江兩氏累德者深，而仍秉黃山、白嶽扶輿鬱積之厚耶？昔程華仲先生著《新安女行錄》，歙之婦女皆欲羼名其書以爲榮，若宜人者，是可以錄矣。

汪夫人傳

夫人姓唐氏，歙人也。自始祖昌大，世居槐塘，族茂業殷，代著聞譽。父孔綦公有幹局，挾貲遊吳下，愛錫山惠泉之勝，遂家焉。夫人，其幼女也，性恪勤，不苟呰笑，年甫齔即暗誦《孝經》、《女誡》諸書，針黹縫紉能自出新意爲鞶帨式。汪君槲堂之母吳太夫人，夫人之表姑母也。兩家一居揚，一居常，舟楫往來，問使不絕。吳俗工蠶織，嘗聞夫人育蠶幾箔，織布幾端，每鄹然問，家眾曰：『揚之人能如是乎？安得唐家姪女來揚州作婦，則江北之俗化於勤矣。』俄，槲堂元配歿，即遣媒氏下達，聘夫人爲繼妻。

夫人之歸於汪也，年甫踰笄。時吳太夫人已稱未亡人，多疢恙，而家政紛賾，一稟指撝。夫人廟見後，先意承志，視聽於無形聲，椎髻練裳，操作不懈。太夫人謂槲堂曰：『吾嘗欲此女來江北作閨師，不料今果爲吾兒婦也。』即取生平服用器物，盡以賜之。逾兩月，太夫人即棄養，夫人盡哀盡禮，凡楄柎、絞衾、飯含之具，致極誠信，外姻至者交口稱之。先是，槲堂之從弟偉存夫婦早亡無嗣，而偉存之母葉太夫人猶在堂。夫人謂槲堂曰：『一門之內，獨叔姑向隅不樂，君何以安？請所以爲後者。』遂以次子熊繼之。迨葉太夫人歿，即以一身任兩房家政，食指不下數百，夫人以徽柔之性、綜覈之才襄助之，至戚婚嫁代爲經理者無虛歲，雞鳴而起，夜分而寐，雖鍘童竈妾林立階下，而一戹一匜必躬自檢閱，不肯告勞。無何，子熊殤，夫人哭之極慟，曰：『脩短之數，吾寧不知？但念一綫之延，不能不爲之肝腸寸斷耳！ 然天欲絶之，吾必欲續之，吾尚有子可再繼也。』復以少子清繼之。

己丑春，三子與長女夭亡。夫人以積勞之軀疊遭傷慘，精神日就衰耗。而黻堂好結納，賓客盈門，且綜理鹺務，當路倚之爲左右手，夫人時出一謀爲之佽贊，必中機宜。黻堂謂夫人曰：『昔楊敞之妻著參語之勳，趙昂之妻有九奇之助，吾今者不更求幕中人矣。』乾隆庚寅春，黻堂赴天津庀待供頓，膺寵錫之榮，夫人服冠帔，拜恩中庭，内外姑娣姒環觀稱羡。而夫人益自悚惕謙下，謂諸人曰：『吾女子何以報國，惟有時以婦德遍相勸勉，願人皆貞順，家無勃谿，庶不負聖天子睢麟之化耳。』辛卯春，黻堂又赴泰安，而夫人抱病已久，猶强起辦裝，凡傔從、資糧、屝屨之屬，必一一躬自檢視。時婢子挾持，送黻堂出戶外，曰：『夫子受恩深重，今復迎鑾道左，恭覲天顔，榮幸已極。渡河以後，風沙漸高，惟宜慎自攝調，以期成禮，毋以閨中病軀爲念。疾雖革，必忍死待君也。』黻堂就道後，夫人卽臥蓐不起，然猶於枕上命女奴製菹醢，備酒漿，待黻堂歸來召客。閲月，黻堂歸，細詢輦路所經，天語所及，傾耳不倦，有如平昔，徐執黻堂手，凝睇曰：『吾真待君來也。』翼日遂卒，年三十有二，誥封夫人。子三人，長灝，次涓，皆蚤慧；次清，出繼。女二人。

蕪城外史曰：黻堂家揚州，常客於全椒。余全椒人也，而居揚最久。余聞吾里人道黻堂之才，且謂其有賢內助，揚之人亦云然。《詩》曰：『鼓鐘於宮，聲聞於外。』《易》曰：『閑有家，悔亡。』吾於黻堂信之矣。夫人得所天而席豐厚，宜若俯仰愉恬以養其生，而勞劬盡傷，遂中道夭。麥不終夏，花不濟春，叢蘭芣苢之歎，在巾幗且不免焉。然則文人九命之説，詎不信夫？

汪母江恭人傳

恭人姓江氏，新安歙人也。始祖汝剛爲歙州牧，有惠政，百姓愛之，其子孫遂家於歙。歙之人名其所居曰『江邨』。高祖左衛以純孝旌，曾祖文甫、祖公冕皆世其德，父聖一負幹才，有器局，理鹺務，聲稱兩淮。恭人，其幼女也，生端慧，齒未齓，讀書內塾，聲琅琅出戶外，聞者不知其爲女子也。

既笄，歸汪君素庵。維時，素庵之父筠軒先生及嫡母何太夫人皆棄世，而母孫太夫人治家嚴肅，門以內上下數百人，僮手指千，賓客盈館舍，恭人於酒漿醯醢之屬，必一奉孫太夫人指揮，不敢自爲豐儉。歲朝月朔，捧巵匜，隨諸姒雁行立堂下，尺步不踰。孫太夫人於冢介婦中少有恚怒，恭人卽悚息不遑，必俟顏旣霽，更從容怡愉，別進一言，然後退。素庵性至孝，孫太夫人昕夕膳羞，必躬親檢點，然後下食，錋童竈妾不使少有過差。恭人早夜惴惴，惟恐不得堂上歡心，委曲順承，視聽於無形聲。緣是，孫太夫人亦愛恭人爲最篤。恭人生平沈靜寡言笑，婢僕中有詬誶者，見恭人至，卽肅然斂容以退，不敢復有聲，然恭人從未有疾言厲色加之也，故姻黨中皆目恭人爲女中黃叔度云。汪氏萍居揚州，雖數世皆返葬新安，孫太夫人之歸而合窆也。恭人曰：『吾安可不奉吾姑以歸？』及既葬，又曰：『吾安可遽違吾姑而去？』於是，偕素庵廬墓里中者浹歲。暇則與鄰婦、邨女、饁耕、採茶者道古列女遺事於墟落間，意泊如也。後爲長子廷琯納婦。復歸新安，至則先展孫太夫人之墓，甫下拜，涕泗交頤，見者皆感動。其先所識之鄰婦邨女，有遠嫁及物故者，皆一一詳詢之，唏噓惻愴見於顏面。先是，素庵之第四兒嫂早亡無嗣，孫太夫人言之輒哽咽，迨素庵生次子廷琤，恭人喜曰：『吾姑之志慰矣。』遂即以廷琤繼嗣之，其明於大義如此。

恭人體素豐，少疾病，以經營喪葬勞劬之後，又疊遭門内多故，早夜憂思，精神遂漸衰憊，歸里時道嬰痰疾，幾至不起。越五年，竟卒。卒之夕，猶手持一杯，歡笑如平日。未幾，以手足不仁爲言，扶就榻，則目瞑矣。

恭人年十八而嫁，五十二而殁，三十餘年，事事可作閨訓，兹僅撮其大者。子三：長廷琯，次廷琤出繼，次廷珏，皆令器也。孫炳、煌，俱幼。

蕪城外史曰：余讀《新安女行録》，知名賢之澤孔長也。新安爲程朱闕里，喪祭皆秉文公家法，故其女子習見而熟頌之，若江恭人之所以事孫太夫人者，可謂盡禮也已。

張孺人傳

孺人姓張氏，陜之蒲城人也。明中葉有張雙樓者，以貲雄關中，而愛江淮風土，因以禺筴之業寄居揚州，子孫遂隸籍焉。大父候補浙江運副菘園先生、父候選知府考亭先生皆有幹局，世其家。孺人少聰穎，年數歲讀班氏《女誡》諸書，即能通大義，爲小婢子講説大父母前。菘園嘗曰：『此女必作不沐櫛，諸生不當僅求之巾幗隊也。』迨及笄，事兩世尊人，愉色婉容，朝夕不離左右；雖居素封，而鍼黹操作日有課程。年十九，歸吳君德宣。時德宣之祖母某太宜人年已八十，廟見之夕，喜動顔色，顧謂尊章嵋川先生曰：『新婦宜男、孝順、富貴，古人以是爲祝辭，今新婦容端性温，自克孝順、富貴、宜男，願吾老人一一見之。』嵋川平生純孝，夕膳晨饈非躬自檢視不敢進，孺人佐堂上經營家政，蚤作夜眠，不以爲瘁。後某太宜人卒，嵋川毀幾滅性，德宣與其弟洛初朝夕慰勸，而終難寬譬，支牀雞骨，宿疾逾深。孺人佐德宣調藥餌，具糜粥，數月不懈。未幾，嵋川即世，孺人盡哀盡禮，門内外無間言。體素尫，日食不盈甌，而時時多病，恐禖屏之祝不能早如願，無以承堂上歡，年未三十即爲夫置側室，樛木之德遠近稱之。德宣守先人家範，重厚篤誠，嵋川殁後，詩箋畫稾遍爲收拾，孺人於箱篋中得寸楮斷縑，必敬謹付德宣藏弆，不敢遺墜。張氏居揚州，吴氏居真州，舟行七十里，朝發夕至。孺人雖已嫁，而一歲之中數歸省，猶以相隔異地，不克朝夕繼至爲憾，故每一來歸，即兼旬踰時而後返。笱婦、浣女往來水濱者無不熟識其面，輕帆往來，皆指而目之曰：『此吴家娘子歸省船也。』戊子秋，復至揚省其父，遂患癠而返，既弗愈，又就醫母家，而疾愈甚，竟以是卒，年僅三十二云。

蕪城外史曰：嵋川，吾老友也。余往來鑾江，必與嵋川作數夕談，聞其家事最悉。十餘年來，嵋川殁，嵋川之兄與弟㬎其猶子先後相繼殁，今又見其冢婦之不禄也。悲夫！

高太恭人傳

吾友吴魯之祖母高太恭人，年八十矣，將以今歲之臘月稱觴，太恭人含淚向魯曰：『吾安敢爲若之祖母哉？汝必欲壽吾，則於吾死後求一必傳之人，作一必傳之文，使吾瞑目，足矣。』太恭人於乾隆五十三年六月五日卒，魯遵遺命來乞文，余乃爲之傳曰：

太恭人姓高氏，揚州江都人，兵部職方司員外郎吳惇園先生濂之簉室也。惇園之嫡妻方太恭人生子如棠，是爲栘田公。太恭人生子如桂，爲秋巖公，惇園以其伯兄無出，甫晬卽命爲伯兄子，後生三子：魯、莢、廷夔。魯與莢皆有幹才。太恭人又生一女，適同里汪氏。惇園歿，太恭人年四十矣，與其嫡子冢婦協和治家，一秉惇園之舊，奉事方太恭人，恪謹承順，門以內無間言。與方太恭人愛其女尤摯，女之歸於汪也，未期而寡。汪氏故饒裕，食指浩繁，女以幼婦事翁姑，克總家政，族里間，有懷清臺之譽。觀其女，知其母，太恭人之聲稱由此益重。迨後吳氏家中落，栘田棄舊宅，遷徙無常，太恭人委順處之，無幾微不豫色。栘田以秋巖之少子廷夔爲後，廷夔殤，栘田仍無子，其歿也，遂以秋巖之長子魯爲後。太恭人與其冢婦唐太恭人共庀家政，而門戶日益凋落。唐太恭人者，名家達宦之女，與太恭人共貧窶，以教子孫，臧獲輩無敢掉罄。魯之嗣栘田，而仍爲太恭人之孫也，年已二十餘矣，太恭人教之備至，愛之尤深。曾孫履垣生，太恭人喜而且泣，謂魯曰：『汝家門戶衰薄，事業凋零，汝祖嫡庶子僅二人，以我所生子爲兄後，而嫡子之嗣子又殤，乃復以汝爲後。吾時惴惴焉，如千金之係一髮。今汝得子，汝祖真有後矣。汝篤學能文，與海內之名士交相洽，汝子必能成立，大其家聲。然我老，恐不克見，汝其力教之。』履垣於十六歲卽入泮宮，擅文譽。魯又生履基、履墀兩子。太恭人年登八十，顧孫曾一堂以爲慶，爲吳氏女宗，以秋巖急公之例受恩，封爲太恭人。其歿也，外姻至者皆哭之慟云。

金兆燕曰：禮以男子爲重，故父在，爲母齊衰期。然觀於高太恭人，其重蓋不啻男子也。吳氏珠成、惇園兩兄弟，止太恭人生一子，秋巖爲珠成後，惇園之嫡子又以秋巖之長子爲後，是珠成、惇園皆以太恭人得有後，乃太恭人今日之孫則爲方太恭人之嫡孫，而不得以太恭人爲祖母。使非我皇上推明錫類之恩新例，定庶祖母功服，則魯於太恭人竟無服矣。余嘗讀杜詩『骨肉滿眼身羈孤』之句，爲之三歎。今吳氏兩房共孫二人，曾孫四人，皆太恭人所出，而太恭人身後不得有斬杖之人爲之承重，豈非天之厚其德而厄其遇歟？然姜嫄之廟百世不祧，吳氏子孫之於高太恭人當如是矣。

汪孺人傳

乾隆乙未八月之廿有八日，我友硯農吳君之內子汪孺人以久病卒。卒之前一日，執硯農手曰：『聞君將請金教授棕亭作生傳，有之乎？我婦人無可傳，君之傳卽我之傳也。曷促之成，使我得生見之以瞑目。』硯農曰：『若無憂！若死，我必屬棕亭作佳傳以傳若。』孺人乃笑頷之。自是遂不言，越夕而卒。傳曰：

汪孺人者，歙詩人執齋明經之孫女，而徵仕郎棣邨先生之女也。幼養於外家，外祖母曁舅氏皆愛之，教之女紅、書史，靡不精繕。外祖母歿，舅氏方遠出，孺人年甫十三，楄柎絞衾，一皆其所措辦，外家異之。後緣母病歸侍，俄祖母曁母相繼歿，而父與兄皆客揚州，孺人與其嫂經營兩世之喪，內外稱善。父歸，且痛且慰，曰：『是真女丈夫也！不可以耦猥壻。』於是，復游揚州，且陰選佳子弟。當是時，吳君硯農以名家子中落，食貧，棲托於姑丈汪學山氏。棣邨過學山，見束髮少年軒軒霞舉，心目驚眴。學山曰：『是梅莊吳氏子，大司成鱗潭先生、博學鴻詞節霞先生之裔也。其祖與父皆負才抱道，不展其志，而此子器宇不凡，天或者將與其門乎？』棣邨曰：『吾有女，不願妻富貴人，而願妻磊落人。如此子者，可以妻矣。』時硯農之父西文先生以名諸生攻苦場屋，終日手一編，不問家人生産，而孺人之姑汪太孺人孱且病，孺人廟見後即與硯農摒擋家事。承堂上歡，姑姊妯娌皆相得無間；執翁姑之喪，竭哀盡誠，棄奩具，卜葬地。人以硯農之孝，孺人有以成之云。

硯農負不羈才，游燕入蜀，隻身行數千里。乾隆癸亥，金川不賓，朝廷命大京兆胡公、副相國忠勇公聲其罪，討之。硯農見胡公，抵掌論時事，慷慨激昂。胡公奇其才，將置之幕府制府策，公亦欲奏其名授以官，而硯農急於省侍，卒不就而歸。歸之日，囊槖蕭然，而孺人以鍼黹謀養，無怨色。後硯農選授雲南大理府司獄，行半道以憂歸。服闋，補永昌，慨然謂孺人曰：『吾本欲以薄禄養親，今親不可養，何以禄爲？』孺人曰：『君之言是也，且君方受敬亭汪公之托，可委而去之與？』人以是益重硯農之然諾不苟，有古烈士風，皆孺人之助也。孺人母歿後，父衰老，客居於揚，朝夕視膳，親問燠寒。父歿時，孺人方抱疴，家人秘不以聞。孺人心動，强起，視之，一痛幾絶。先是，孺人之母柩停於家者三十餘年，孺人竭力厝殯宫。至是，送父喪歸里，乃克合葬。

孺人性溫淑，側室陳先舉長男，孺人保抱攜持如自己出。越一年，孺人生次男，側室又生少子並兩女，子女五人均鳲鳩之養，無所等衰。長男如庚、次男如鳳，俱嗜學能文。如庚入邑庠，孺人喜甚，謂如鳳曰：『古者，弟不先兄舉，今汝兄已售，汝何憂哉？益肆力於學而已。』其明於大義如此。年六十一卒。

蕪城外史曰：龍門、蘭臺皆無《列女傳》，豈不以無成代終，不必有所表見與？然異參昴奇光偕鴻隱，至今猶豔稱之。黼佩負戴，茍有同心，顯與晦可度外置也。若孺人者，真佳耦哉！

棕亭古文鈔卷之四

浦㧖子傳

浦琳,字天玉,揚州江都人。少孤貧,十餘歲無立錐地,日持箒掃街市積土棄礫,至河濱淘漾之,得分釐以自給。夜則宿街亭中爲巡邏。有遺金於路者,琳覓其人數日,還之,其人欲分其半以贈,琳曰:『吾日掃街塵,足以不餒,子之金有盡,吾之金無窮也。』卒謝去之。

琳不讀書而好行善,見人有骨肉相傷、朋友相棄者,必力爲勸救之。一日過市肆,聞坐客説評話,悦之,曰:『爲善爲惡,其報彰彰如是,奈何世之人如叩槃捫燭,擿埴而索塗哉?』遂日取小説家因果之書,令人誦而聽之,聽一過輒不忘。於是潤飾其辭,摹寫其狀,爲人覆説。聽之者靡不動魄驚心,至有欷歔泣下者。揚城士女爭豔羨之。琳體肥,右手短而捩,人呼之曰『㧖子』。春秋佳日,絃管雜遝中必招致浦㧖子説書,以爲豪舉。琳於是挾厚貲,益利濟人。嘗冬日説范叔綈袍故事,曲盡凍丐之狀,於富室諸女郎前且曰:『我少年時亦猶是也,我將罄所蓄,製綿襖,施凍人,種來生溫燠。』諸女郎感其言,盡發囊篋,侍女竈妾亦有脱簪珥以助者。是冬祈寒,雪深三尺,而城內外乞兒無不挾纊者,琳之力也。揚城街道久未修治,溝渠堙塞,每霖潦則不可行。琳曰:『吾幼以街爲食,今可忘街事乎?』倡議捐修，數月而工畢。琳終身不衣繡段，食止魚肉，見山海珍錯則不下箸，曰：『貧賤人安可折後世福耶？』無子，有女四人，以其壻李姓之子爲孫，名繼宗。而傳其技於弟子，張秉衡、陳天工皆有聲譽。年五十六卒。

金棕亭曰：賢者好讀書，不能讀者亦好聽書，耳治與目治一也。昔柳敬亭挾其技，遂與名公卿遊，浦琳之名雖未聞於當路，然席豐履厚，至於沒齒且能作諸善緣，鄉里稱爲長者，詎不偉哉？青州劉跛子見知於司馬溫公，遂爲奇士。㧌子不好名，無知己耳。使其俯仰隨人，稍結交於當世，安知不與柳麻子共千古也？

亡室晉孺人傳

孺人卒於乾隆四十八年十月二十五日，踰月渴葬，未有志銘。既小祥，兒子臺駿請於余曰：『大人爲人作傳多矣，盍爲吾母立傳？』余應之曰：『古者，婦人無傳。自劉向編《列女》，范蔚宗作《後漢書》，乃因之有《列女傳》。汝母處隆盛之世，隨余以卑秩受七品封，無異形可述，不傳可也。然一二瑣事有可以爲子孫訓者，試爲汝告之。』

孺人姓晉氏，余同里人，年二十歸於余。余家貧甚，孺人家亦貧，嫁之夕，假他氏衣飾迎以至。廟見後，脱釵釧，易裙襖，入廚操作，無幾微不豫色。是時，余以鄉試失解而得補獲雋者之缺，爲廩膳生。聞者且慰且賀，孺人曰：『此小得失，何足言？大丈夫當以文行高天下，富貴貧賤，身外事也。』余時爲他宅童子師，所得脩贄皆以奉堂上，私室不名一錢。同里吳岑華先生，父執也，贈余白金三兩，適孺人伯父有市肆在蒙塾之側，謂孺人曰：『以此置吾肆，每日與爾子錢三。』孺人諾之。余蚤出暮歸，歸卽持三錢來，孺人一月可得九十錢而私用足。丁卯歲，余與外舅同舉於鄉，或謂孺人曰：『汝聞夫捷不如父捷之喜，何也？』曰：『吾父老矣，不可以更有待矣。』戊辰會試，余與外舅俱下第，余歸新安省視先府君於休邑署中，而外舅客游山左，俄卒於歷城，凶問至，孺人水漿不入口者數日，然以隨任官署，泣而不敢哭。府君曰：『聞赴而哭，禮也。』乃設位遙奠，命之哭，孺人一哭失聲悶絕者竟夕。奔喪歸里，由新安、富春取道杭州，至京口渡江而北。塊居舟中，終日掩袂。余上嚴陵釣臺，謂孺人曰：『此古之高士，伊之妻，仙人梅福女也。』孺人泣曰：『君慕嚴子陵是也，梅仙此時可再見乎？』嗚咽久之。

仲妹之夫，孺人之從弟也，迎娶歸，與余同舟抵京口，孺人誡其弟曰：『此地人稠雜，而汝屢登岸，以鮮服遨其間，盍慎諸？』是夜，果被偷兒盡竊其衣以去。府君致仕歸，家益貧，余爲菽水客游四方，視膳謁醫惟孺人是賴。辛巳落第歸省，府君病已篤，與孺人扶持左右，晝夜不眠者三月。治喪甫畢，冰雪之中仍卽鞿驅而出。是時，行者持空囊，居者無儲粟，但於靈幃前相持，一慟而別，回顧孺人身上尚無複襦也。丙戌，余得第，聞璡孫生，既南旋，仍留滯邗上，而孺人於九月染時疾，幾殆，余聞之遽歸。既愈後，余詢孺人致疾之由，孺人曰：『九月十四日君舅忌辰，捧杯酒酹木主前，因思今年兩事皆君舅所最望之切者，而獨不得見，淒哽於中，垂淚而食，因致疾耳。』戊子春，余得揚州教授，將之任，孺人曰：『骨肉至親，待食者衆，恐廨舍不能容也。』乃獨與余先至署，拓其旁宇，盡迎以來。署以內食指七百，一日食五斗米，內外大小井井然。每日餔，以巨案羅柈椀竟丈餘，孺人一一均授之畢，然後食。或自食無鮭菜，則均分已罄矣。庚寅夏，冢媳亡，有人欲爲臺駿謀繼室者，孺人曰：『君以從弟之寡妻孤子鞠育至今，今其子已長，尚未婚，一不了事也；亡友之子攜之來者，才俊人也，已爲之聘，亦當娶矣。』於是先爲從子娶，爲亡友之孤娶，而後爲臺駿繼娶焉。長女早寡，攜其孤女大歸。有高郵秀才在賓館中，孺人器其才，以外孫女妻之。秀才曰：『吾孤貧，僅有一弟，吾贅於此，吾弟將若之何？』孺人曰：『招汝弟來，可共處也。』其弟甫十歲，處余家數年，遂讀書能文，克自成立。孫璡，童幼能詩，友人有女年相若，亦讀書，耽吟詠，欲以儷之。孺人曰：『娶婦，嫻女工，在中饋，足矣。閨房之中朝夕唱和，男子則學業荒，女子則家政廢，甚不可也。』卒辭之。余以知縣需次迫就銓，孺人曰：『君才疏而性曠，不可任百里也。』乃以國子官遷擢去。己亥冬，余入京供職，孺人挈全家以歸。辛丑，余歸里，孺人年六十矣。壬寅爲璡孫納婦。癸卯，余客揚州，孺人卒於家。

椶亭子曰：不用婦言而亡，古人悔之。余以國子官請急歸里，絕意仕進，仍得於山水花月之地，嬉娛暮年，孺人一言之力也。交游半天下，而知己乃在閨中，詎不異與？

任領從爾雅注疏箋補序

《爾雅》一書，非經也，蓋周秦之間經師各記其義，以備遺忘者。其時毛、鄭諸人未出，説經者無所依，以爲訓詁。黌舍之中，但以是編遞相録授，亦如漢之《急就》、唐之《蒙求》云爾。是書也，古之里塾童子所朗悉者，今之槁項黃馘、自命尊宿者猶不能窺其一隙，豈古與今降才爾殊哉？今人之不如古者，其端有二：一在攻舉業者耗其精於揣摩之文，一在談風雅者溺其志於浮華之學。二者臧穀之亡羊，一也。

任君領從於書無所不讀，而不肯以虛夸無用之文入其目，一日以所譔《爾雅注疏箋補》示余，余讀之兩月始竟，考據精覈，議論閎偉，真郭、邢之功臣，詎僅爲尠見者饋貧之糧哉？

昔胥臣多聞，子產博物，見稱於列國，故曰：『登高能賦，可以爲大夫。』今之抱《兔園冊》者既不足與言，而一二苕穎之士又復以嘲弄風月、虛竊謏聞而究之，蘭蕙莫辨，蟹蜞不分，廣座之中偶舉蟲魚，循聲愧默，亦可羞矣。昔羅鄂州自謂其書『指毛命獸，見末知根』，『其負如山，其涵如海』，自譽如此，而人不以爲夸。任君之書，真無愧斯言，而猶欿然，深不自足，質其疑於擿埴冥行如余者。充任君之所學，其可以管蠡窺測之也哉？

韋云吉儀禮章句序

朱子謂《儀禮經》不分章，所以難讀，然古之學者先離經而後辨志，則章固宜分句，尤不可苟也。《論語》之『孝乎惟孝』，《書》之『延洪』，《孟子》之『陶冶舍』、『子叔疑』，句讀殊而意義遂別，如此者殆難枚舉。譬之於樂，章不分，則亂其宮而不諧；句不分，則众其拍而不協。欲其始終條理繹如、皦如，不亦難哉？昔魯徐生善爲容，至以容爲禮官，而子孫世守之，使讀經而於其登降、進退、出入、上下之際分合不清，則其容誤矣。他經語助多，易於爲句，《儀禮》排比質實，非心會其意而身體之，有不易得其句讀者。韋君云吉家傳禮教，受是書於庭而肆力焉。凡鄭氏、敖氏之解，聶氏、楊氏之圖，精覈覃研，既爲《儀禮集解》一書，而尤慮讀者之陟無其桄而渡無其筏也，乃更爲之章句，使開卷瞭然，不致有期期艾艾之苦。經師授業，先以是書具訓於蒙，則呻其佔畢，不必多其訊言，其亦事半而功倍矣。

辨證録序

人之一身猶天地也，天地之道，誠而已矣。誠則形，形則著，誠於中未有不形於外者也。脈之妙處不可傳，故以病之形狀證之，而腹内之癥結見矣。兩之以九竅之變，參之以九藏之動，猶折獄者五聲之聽云爾。顧病之爲證，紛紜雜出，多在疑似之間，失之毫釐，謬以千里。兩造相爭，各執其左驗以爲質，非明斷之吏，鮮不爲其所惑者。是在虚心善鞫，細以辨之而已。扁鵲何以知魯公扈之志强而氣弱？蓋見其足於謀而寡於斷也；何以知趙齊嬰之志弱而氣强？蓋見其少於慮而傷於專也。夫偕生之病，尚有可驗之證，況在皮膚腠理之間者哉？此朱華子辨證之録所以爲治方之凖繩也。雖然，豈惟人哉？『牛夜鳴則庮；羊泠毛而毳，羶；犬赤股而躁，臊；鳥皫色而沙鳴，貍；豕盲視而交睫，腥；馬黑脊而般臂，螻。』凡有血氣，莫不皆然。誠之不可揜者，彰彰如是。人惟未克，先積其誠而與之遇斯誤者多耳。由是推之，堯舜三代，榮衛沖和，無病者也；周末之病，痿痺；秦嬴之病，狂躁；漢之病，内傷不治；唐之病，外邪不解；宋以虚弱而潰於癰疽；明以沈迷而傷於藥餌。皆有其證而皆未能辨之，以至於亡也。明乎此者，可以醫人，可以醫國。

楊氏族譜序

楊氏自四世五公而後，惟關西爲巨族，其散居他處者皆寶震之裔也。自唐世履道、新昌、靖恭三家鼎峙，其支派蕃衍，遂難鳩族而沿泝之矣。江右楊君效先，以其族之大而涣也，譜之以貽其後人。其子鳳文、恢文、蔚文、紹文，纘承其志而書以成。余自幼識效先，而與恢文交最久。鳳文、蔚文爲名諸生，有鄉里令譽，余神交之。一日，恢文出其譜示余，余讀之而有感也。唐世之楊，無論矣，卽明之建安、新都赫赫一時者，不數百年，其子孫皆不可識，豈非門祚使然與？抑亦家乘之不修也。恢文以青烏之術世其業，海内閥閲之昌熾者，半由其父子營度之力居多。宜乎，救貧之絕學久而彌彰，而三喜集門，可爲君家兄弟預券也。

俞氏支譜序

《禮》曰：『别子爲祖，繼别爲宗，繼禰者爲小宗』，『有五世而遷之宗』。夫五世而遷自爲小宗，則較之大宗如九逵之道、九派之河，其塗愈歧而易迷，其源愈遠而難泝。故古者立宗法，必先考支分，支爲宗之條幹，而實所以衛宗者也。自後世宗支不明，而族姓遂紊。琅邪、太原兩王不同祖，博陵、清河兩崔不共族，迨至末流專重族望，遂至唐祖李耼、宋祖趙武，荒渺支離，不可致詰，豈非支之不明，遂宗之莫考耶？

嘉興俞氏自給諫公立名中朝，編修、檢討兩公大闡其學，家聲以振。檢討公之子巽園先生遷居揚州，文行冠江左，子安國益纘其家學，聲嘖嘖兩淮間。今少司空劉公掌教安定書院時奇其才，以女弟妻之。安國兄弟五人俱孝友，能文章，其下大功、同財之弟兄皆佼佼可造。俞氏遷揚州甫三世耳，而根深實茂，隱然爲磐石之宗。嗚呼，是豈無所本與？古者，大夫去國，必載宗祏而行。馬、班成史書，自敘其世德甚悉。葛藟之芘，豺獺之祭，人之情一也。

安國一日葺其支譜示余，而索余言以爲弁。余受而讀之，世系謹嚴，分合明晰，上以接嘉興之大宗而不失之鑿，下以開揚州之小宗而不慮其譌，語簡意質，紀載詳備，雖家乘也，而三長備焉。昔俞之先世如拊之醫、瑞之琴，皆以絕特之能，獨有千古。安國承其弓冶之世業而益大之，其樹立必有大過人者，其於俞氏殆爲不祧之宗也已。

《詩》曰『本支百世』，自今以後，繼繼承承，月有所增，歲有所續，他日考國史者將於此採擷焉，豈第供肉譜之學作氏族之志也乎？

送朱澹泉歸涇上序

昔人以富貴而歸故鄉爲晝錦之榮，此何其視富貴太重，而所以待故鄉者太輕也！士君子抱道在身，懷才欲試，斷不能因重去其鄉，而遂終懷其寶而不用於世。如我之道既行，而才既展，則用世之愿既畢，而思鄉之情倍深矣。如是，則富貴可也，不富貴亦可也。如必衣錦而後晝行，則被褐而懷玉者將終其身夜行乎哉？

朱君澮泉客游於東諸侯者三十餘載，一日命舟楫載家累，自揚州泝江而上，將歸於涇川。兆燕，澮泉之深友也，舉酒而酌之，且曰：『君之客久矣，何歸之決也？』澮泉曰：『余客游半世，囊無一文，豈若位尊多金者歸以自豪云爾哉？余既老且病，視天下所居之地無如吾鄉之樂，吾歸吾鄉，吾處安宅矣。』兆燕曰：『君之先人亦終老於鄉者乎？』澮泉曰：『先君子亦老而後歸者也。先君子生不肖於南昌，六齡失恃，至十二歲，先君子命之曰：「吾甚思歸而不可得，今遣汝歸，使知鄉里土風，異日不至爲桃梗之泛也。」不肖家居三載，復至江右，受業於夏知畏夫子之門，同學者爲裘叔度、饒霽南諸君。二十歸娶，家益貧，老父尚客游不獲返，輾轉困窮者十餘年，嘗隻身負空囊，入都門，圖進取之階，迄無一成，途窮而返，遂慨然曰：「歲月逝矣，必待取科名、登仕版而後有濟於物，恐終身爲濩落之材也。苟足行其志，何必尸其名於是？」歷應諸侯之聘，居幕府者三十餘年，然性如壹宿之雎，不喜屢移棲息所，游歷者惟吳江一縣，常、鎮、揚三府，蘇藩、淮運兩司而已。吳江令王公藻垣、常州守黄公靜山、鎮江守蘇公紫翔、揚州守曹公瞿園、蘇方伯、郭公予肩、彭公六鈞、許公吉人、淮運使盧公抱孫、趙公恒齋、蔣公戟門、鄭公退谷、邊公霽峰，此十三君子者莫不推腹心以相待〔一〕，而吾惟自殫樸誠，勉竭心力，硜硜愚拙，不敢自欺以欺人，是以賓主之交始終契合，從無半塗而廢也。今者鬢髮皓然，兩目已眚，豈能復了官事哉？憶昔奉先君子暨繼母歸里就養，先君子沒後卽歸先母之櫬，合葬家山。吾本不欲暫離丘墓，乃以饑驅而出，心耕筆耒至於頹齡，吾何嘗一日忘吾故里哉？且吾中年喪妻，晚年喪子，備嘗荼毒，而今者孤孫業已成童，兩幼兒俱離襁褓，桑榆之景尚可自怡。且吾弟與吾同客居者十餘年，今亦漸就衰白，相攜而歸，閉戶匡居，聯吟對酌，致足樂也。吾歸吾鄉，吾處安宅矣。』

兆燕聞之，肅然思，愴然念也。人之求富貴而不返其鄉者，聞朱君之言，其亦可以省哉？爰次其語，爲之序，以貽之。

【校記】

〔一〕十三，底本作『十二』，上句提及實十三人，兹改。

李息齋先生詩詞偶刻序

吾椒楊道行先生，當有明隆、萬間以風雅播海内，與王、李齊名。距今二百年，無復誦其遺集者，里人亦罕道其姓氏。蓋近日士大夫類皆操帖括，發策決科，而斯道廢閣，不講久矣。息齋李先生，余大父行也，少磊落拔俗，於書無所不窺，詩古文詞務發抒性情，不屑屑絺章繪句，自卓然成一家言。且篤於孝友，弱冠偕伯兄寓園先生隨父宰龕江，多所贊佐，是不獨其所學者邃，亦其才有不可及者也。性孤高，少許可，凡有所作，惟弟兄迭相唱和。寓園没後，先生悲不自勝，益閉戶不與人接，嘗弔影獨憐，淒然成詠，得數十章，曰《雨牀淚草》。晚年司訓會城，爲白門騷壇領袖，尋遷練川，遽告歸。年過六旬，猶鋭意古人之學，屏跡小齋，朝夕溫經史數卷，累月不出，而雒誦聲達戶外。嘗一日邀余飲，謂余曰：『昨夢病革，呼君就牀第，示君詩曰：「千秋不朽事，相託意珍重。不爲作佳傳，定遺君腹痛。」此夢甚奇，君識之，勿負所託也。』余曰：『小子譾陋，胡能表章先生萬一？然恐貽己疾，安敢辭？』相視大噱，引滿舉白，盡歡而退。今年春，將游天台，因檢《淚草》與《二酉秋吟》及長調四闋，合梓入行笈，而命余爲序，因縷述先生生平，使誦其詩詞者想見其爲人，無異乎讀先生之傳，且以知吾椒擅風雅者，前有道行，後有先生也。

吳魯齋詩集序

魯齋客死而無嗣，返葬新安，始得族人三歲子以爲之後。寡妻食貧，爨烟不繼，其門生崇明張君既經紀其喪，且哀輯其遺詩以付諸梓，而索序於余。余惟魯齋之持身居家，事事以敦篤誠摯、不欺其心爲學，宜天之所以報魯齋者必厚。乃魯齋早歲舉於鄉，迄不得一第，宦游江東，攝令篆幾徧數郡，而終未真除。兩子已成童，輒中道夭，悼亡後家於異地，續就昏姻，遂鬱鬱成疾以沒。嗚呼！天之所以待魯齋者，固若是其酷與？雖然，天之於魯齋不可謂不厚也。使魯齋貴而富，富而有子，而持身居官，事事不可以對人，不惟弄麈伏獵貽譏身後，即秋壑、鈐山，風雅蓋世，穢彌著耳。其視魯齋爲何如者？然則魯齋今日固可以無恨也。

魯齋詩長於諷諭，尤喜表微闡幽。褒揚忠孝之大節，傷離贈別之作語必感人，蓋其性情之地有獨深焉者也。夫詩家沈薶，詩瓢沒滅，古人之抱憾者何限，而所忠所得獨《封禪》諛媚之辭，身歿而其言立，乃不朽耳。魯齋有知，其以余言爲然乎哉？

方密庵詩序

詩與字，古人之所以教，小學也。三代以上，人人童而習之，家喻而戶曉焉。故其時無書家，亦無詩家。書盛於魏晉，書之衰也；詩盛於唐宋，詩之衰也。使如燕之函、粤之鏄，人人能之，則鍾王、李杜，其名不足稱也已。自有明以經義取士，而詩與字遂爲學人之賸技，才俊之士卽出其餘力以爲之，而兼之者蓋寡是。豈才之有偏至哉？進取之道不係乎此，則亦隨其天之所至而已。

密庵先生以書法獨步者數十餘年，今讀其詩集，知其於吟事之專，亦復有如池水之盡黑而退筆之成冢者。是殆欲合鍾王、李杜爲一人，而獨有千古也與？

方密庵制藝序

『惟古於文，必己出，降而不能，乃剽竊』。是言也，吾嘗疑之：『剽竊者雖不工，然所剽者猶古也；既曰己出，則己之文云爾，何古之有哉？』乃今讀密庵之文而信之。密庵於書無所不讀，而其作文則不肯蹈襲他人一字。及脱稾示人，人讀之者或以爲思泉、震川，或以爲正希、大士，不名一物，而一篇出，必有一古人肖之。密庵顔其所居之室曰『茹古齋』，其意深矣。

汪午晴花韻山房詞稾序

憶昔二十年前隨宦休邑，每於城西柳塘尋方壺先生舊蹟，愛其山水明秀，使人意消，知此中有絕妙好辭在。閱十餘年，午晴太史作宰興化，余亦爲揚州教授，以公事趨府，見於廨舍，一見如平生交。暇日以所作《楊花疊韻詞》寄示，讀之不忍釋手，乃知霞箋玉滴之奇自其家法。昔日之徘徊柳塘，求其人而不得見者，乃今得亟見之。自是郵筒往來，大半皆長短句。厥後以憂去官，萍居郡城，遂與余相鄰比，更唱迭和無間朝夕。今將入都門謁選人，瀕行之際，索一言以弁其詞稾。

余嘗謂：『詞家少於詩家，而詞人之嗜詞必甚於詩人之好詩，猶夫嗜茶者少於酒人，而其嗜之篤亦倍於酒人也。』昔年旅食京華，交游中談此藝者甚夥。今璞函已爲異物，蘭泉猶在軍中，辛楣已持服歸里，余所識詞家止施郎中小鐵、侍監丞補堂尚在輦下。近日揚光蜚聲，珥四庫之筆者趾踵相接，必有出其餘技，寄嗜於倚聲者。試以余言質之，當以爲何如也？

何金谿皖游草序

己巳秋，金谿先生將赴皖江，余踵門爲別，見禿襟朱纓踞坐者數人，或怒而呼，或撫掌而笑，似詈似謔，大抵操土音，余不辨也。先生出，坐者起而譁，余叵耐退立於其堂西偏，見先生從容與之語，神色自若。言畢，探懷中詩揖余，曰：『阿蒙城二喬宅，吾神游久矣。乃今獲如願，小別不足道，聊以爲紀行發端耳。』蓋先生緣蜚語牽連，故被逮赴質，乃名在鞫簿者三年，而讀書日益勤，譔著日益富，大吏亦以此重先生，白其事，得不坐。比歸，相見喜甚，索其游橐，紙勞墨瘁不可讀。今年春，乃鈔錄成帙，乞余言爲弁。余取而讀之，未嘗不歎先生之人之不可及也。

莊子云：『簸糠眯目，則天地四方易位；蚊蝱噆膚，則通昔不寐。』人當寢食細務，稍有棖觸，猶未免怒於室，色於市，其有被重誣而處之若無事如先生者乎？今讀先生詩，於山川形勢及昔賢忠烈與興衰治亂之所以然，無不據見核聞，析其微，正其謬，而絕不作一不平之鳴，以傷溫柔敦厚之旨。噫！是亦可以見其所學矣。夫人惟所學者大，而後得志則足爲世用，不得志亦足以自娛而不爲物累。若夫拂逆之至，稍自好者皆能夷之，曾何足以入學道者之胷而芥蔕之哉？余故讀其詩而論之如此，至其詩之工，則能詩者自識之，余不復贅也。

鄭竹泉先生詩序

兆燕昔在新安時，入龍尾山買硯，大者、小者、方者、圓者、如斧形者、如風字者、金星者、眉紋者，共得三百餘硯，擇其細膩者數十，作字時一一試之，稍不稱意，屏之勿復用，至今所寶而貯之者得三硯焉。又入黄山買松，俯者、仰者、拳而曲者、支離而拏攫者，共得二百餘松，擇其古秀者植之盆中，裁之以翦，牽縛之以繩，每晨起循玩，有不當意者輒棄之，數年來僅留五松。始吾之見硯與松也，無不以爲佳石也，奇卉也，精而遴之，硯得其三，松得其五，慨然曰：『使吾非盡購此硯與松，安能得此硯之三，松之五？然使吾盡存此硯與松，人又安知此三者爲硯之尤，五者爲松之特乎？』

鄭丈竹泉先生以詩名海內者四十年，乃手删其稾，僅存數百餘篇，兆燕取而讀之，返虛入渾，積健爲雄，司空表聖之所謂第一品也。昔張爲作《主客圖》，以白居易爲廣大教化主，蓋亦震驚其卷帙之富耳。高、岑、王、孟，合之不及《長慶集》之半，而千秋壇坫奉爲大家，詩之傳又在多乎哉？吾於先生之自訂其詩而忽憶吾之松與硯也，因述之，以質於先生。

汪茉谷補錄詩冊序

汪君茉谷捧一冊，泫然告余曰：『此吾先大夫恬齋先生《邗江雅集》中諸前輩詩也，作者共十三人，先大夫詩已刊置集中，獨未書入此冊。蓋是時以他事牽率，未遑援筆，或更欲删潤以致稽遲，後羼入他帙中不復檢視，因遂遺忘之也。茲事距今已三十三年，而靈光巋然，惟閔丈玉井在，小子於陳編叢雜中得此，悲不自勝，爰敬錄先大夫作，並述其顛末，且與家弟愚谷各和一章附諸紙尾，感歲月之易流，悼良會之不再。將持此冊，徧求海內諸名宿題詠其後，以志不忘，子其爲我序之。』余受而讀之，益歎茉谷之能繼其先志，而不使隕墜也。記曰：

父沒而不忍讀父之書，手澤存焉爾。夫人子朝夕侍庭，忽忽不覺，及父沒之後，則斷簡零編、片楮隻字皆不可復得之物，其忍棄諸敝簏而漫不省視與？茉谷之寶襲是冊而不敢失墜，蓋誠有大不忍於中者也。當時作者共十三人，不爲不多矣。乃三十餘年僅存一老，又何其澌滅之易如此也！友朋會合，飲酒賦詩，當其時亦似無足致羨，而轉首之間，偶一追憶，遂爲此生難再之事，又況千秋萬歲寂寞身後者乎？古人之於金谷、蘭亭，必誌其歲月，列其姓名，良有以也。此冊爲乾隆癸亥閏四月二十六日集張漁川四科南軒試惠山泉而作，同用黄涪翁韻。會者：厲樊榭鶚、程皀溪夢星、王梅洪藻、馬嶰谷曰琯、半查曰璐、方環山士庶、西疇士庭、陳竹町章、對漚皋、陸南圻鍾輝、閔玉井華。其時恬齋先生玉樞齒居程、厲之間，爲詩社魁首。今諸君子已歸道山，不聞松下清風猶有荊産，而玉井一叟，八十之年，衰病無嗣，見者慨然。然則茉谷、愚谷坐擁遺書，日對其先人手澤而吟諷之，其真人生之厚幸，而恬齋先生之所以貽留之者，可不謂久且遠也夫？

椶亭古文鈔卷之五

汪茮谷詩序

六經同貫，而詩獨以道性情。情者，性之所發也，則忠孝其大端矣。孔子論士而本之於稱孝稱弟，論詩而推之於事父事君。然則人苟不自篤其性情，而攝之於忠孝，則才雖華，不可以爲士也；句雖工，不可以爲詩也。

吾友汪君茮谷席累世讀書之業，家本素封，而於聲色狗馬之習一無所好，獨好爲詩。蓋其先尊人恬齋先生於邗江雅集諸老中爲巨擘，以詩名海内者數十年。茮谷與其兄若弟少承庭訓，方入小學即課以有韻之文，故茮谷之於詩如饑渴之於飲食，無頃刻廢。負郭有園，饒於水石，日與諸昆季唱酬不倦。每撫其遺構，懷厥先澤，輒興明發之思，相與勸勉。迨翠華臨幸，錫名九峰，感異數而紀鴻恩者，一篇之中，三致意焉。蓋其性情之真摯，有得於天者，故其詩溫柔敦厚，纏綿悱惻於有唐初、盛、中、晚之界，不斤斤模擬而密咏恬吟，無一不合古人之尺度。余與茮谷以詩交垂三十年，而茮谷之詩則進而益上，每有唱和，輒自愧不能及。今茮谷屢受天子恩顧，行且以其忠孝之忱洋溢於筆墨者，舉而措諸行事焉，吾知茮谷其又以餘事作詩人也。

禹門詩稿序珠湖釋如震慧海

余少讀九僧詩而嘆，文字禪中以定生慧，非鈍根人所可企及。後游宦揚州，凡郡城大刹無不遍歷，而以風雅作世外緣者，僅建隆寺之夢因、金粟菴之竹溪結契最密。夢因示寂後，余遷官入都，遂與揚州舊侶如隔塵夢。數年來仍客邗上，則建隆學詩之僧道揆已化去，巨超游蹤不返，但時過金粟，與竹溪作往來，二老而已。一日，在竹溪座上逢一僧，讀其詩，清而有味，澹而彌旨，大異之。僧曰：『予十五六時，在建隆方丈曾一面君，君忘之乎？伊時，予卽學韻語，而未敢以質大方也。』余回憶二十年前如蕉鹿之夢，侘傺久之，應器在手，草鞋在脚，何日是放下著也？因書數語弁之。乾隆丁未秋日。

朱冷于蜨夢詞序

乙亥之春，客游吳門，寓居鄭丈竹泉之胡蝶秋齋，時風雨浹旬，杜門不出，主客拗歡，日成小令數闋，以相娛嬉。

一日，有客笠屐叩門，冒雨入室，則朱冷于先生也。竹泉爲兩家驛騎，談諧甚歡。翌日至冷于齋中，罄讀其生平所作《蜨夢詞》全帙。時天宇新霽，庭花亂開，命酒狂飲，至日下舂，兩少君各出牋箑索句，與冷于相訂秋風買棹作林屋之游。後余客禦兒，遂不克果此約。又數年，再過之，則冷于已歸道山，兩嗣君亦以事他出，彳亍門庭，悵然而返。每於燈昏月墮、客懷寥闃之時，未嘗不追憶舊游，忽忽如夢。今年右陶同學因苕溪仇君霞村寓書於余，且以《蜨夢詞》雕本索余爲序，孤館寒窗，冷唫數過，五中悽鬱，不異聞笛山陽。人生似夢，此語亦老生常談耳，然以余與冷于一見遂訂久要，一別遽成千古，夢緣之幻，殆無有甚於此者。冷于今日夢耶？醒耶？霞牋玉滴中栩栩然呼之欲出，他日一棹平江，與右陶諸君子重敘十年之舊，其又於夢中說夢也夫。

揚州古觀音寺同戒錄序

佛說有云：『波羅提木叉住，則我法住；波羅提木叉滅，則我法滅。是故衆僧於望晦再說禁戒，謂之布薩。』布薩者，淨住也，謂身口意如戒而住也。夫天人師以一大事因緣出現於世，應跡西乾，法流東土。諸經之中，戒經爲最，而其教人乃矜矜於妄念、攀緣、日用纖悉之事，至於食必應器，起必著衣，行必偈咒，臥必右脅，乃至三千威儀、八萬細行，若取斯人而一一束縛之，夫佛豈好爲是束縛斯人之具哉？此正所以憐愍後世弟子，而渡之以筏也。

息凡和尚得一生補處，於宣州出家，飛錫至揚，披荒刹而居之，曰『古觀音寺』。初至之日，敗簀破垣，不蔽風雨。息公修三十七品菩提道法，誓不退轉。道力所被，感動十方，皆獲檀波羅密。不數寒暑，金碧煥然，勤行之士聞風麇集。今於甲午春爲諸弟子登壇說戒，而請余一言爲敘。余於揚城內外招提蘭若無不徧歷，但有高行僧必與作方丈友，然實力修持作苦行頭陀者無如息公，而息公語余曰：

『吾精力盡於此矣，吾豈能必諸人之盡克回向哉？吾以盡吾心而已。』余曰：『法猶燈也，戒猶籠也。師知爲籠而已；燈以傳燈，安知其所終極哉？抑又聞之：「學道如餐蔗，愈進愈佳。」今日諸有學無學人，一聞師説，皆作新發意菩薩，譬如旃檀香風，悦可眾心，從此由戒生定，由定生慧，捉一草，拈一花，皆可悟道，乃知嚴淨毘尼真非束縛斯人之具也。高謝四流，俯宏六度，願心空及第歸者，各各勉之。』

游子吟序

《詩》三百篇，自《生民》、《玄鳥》，上陳稷契，下迄陳靈公，千五六百歲之間，其列國之風俗，貞慝、盛衰、治亂之由，靡所不載。惜《南陔》、《白華》，孝子之詩，亡其二焉。夫人子終日侍庭闈，盡潔白之養，愉色婉容自發舒而不可已。至於眷戀庭闈，心不遑安，則幽憂憔悴有魂夢靡依者，故束廣微補《詩》而首以《游盤》爲戒也。然《陟岵》、《鴇羽》、《四牡》諸作，無非孝子行役之詩。唐人以詩相贈遺，京華祖餞，大抵緣歸覲而賦者爲多；至久客於外，省視無日，征衣手線，東野之所爲悲吟而隕涕矣。

吾師年甫强仕卽棄官歸養，乃方及瓜代而以蜚語被議，解組後留滯者三年。僧寮獨處，望雲思親，每於暮鼓晨鐘、燈昏月黑之時，未嘗不徬徨侘傺，對影潸然。今年冬，事雪，將歸，取數年所作都爲一帙，顔曰《游子吟》。兆燕受而讀之，喟然歎曰：『吾師真純孝人也。』夫人必於其至性有不可解之故，然後窮通、得喪百變於前，而其方寸之真意不汩，卽一舉一動、一呻一吟皆流露於不自已。不然者，絺章繪句，言雖工，無當也。古之人，一講學而門人歸養者半。讀夫子之詩，吾知叱馭者皆迴車矣。

修禊詩序

三月修禊，八月修禊，皆古禮也。顧修禊之事，見於《漢志》及《晉書》、《南史》，後之人踵而行之者更不一而足。獨修禊之事，則一舉於唐之歐陽行周，所謂貞元十二年與安陽邵楚萇輩同修禊於長安永崇里之華陽觀者是也；再舉於元之王常宗，所謂至正二十六年與鄉人周景延輩同修禊於嘐城登龍觀之南樓者是也。自唐至元季，遙遙數百年，歐、王而外無聞焉。余蓋讀兩家之文，輒悠然神往，而歎古禮之不行於後，此其一也。

余友廣陵徐子蓺農，爲閣於所居之右。乙酉秋，八月既望，招諸同人落之。是夕也，明月正中，觴詠互發，得七言詩各一章。余以爲有當於古人修禊之義，因取以顏其閣。翌日，徐子彙諸同人詩爲一冊，屬余序。余爲詳考顛末，著於篇，庶傳諸好事者知修禊之禮，常宗後又數百年復行於吾輩也。

閨秀方采芝詩集序采芝名芬，大興人

文章之道，不可以有所爲而爲之也，況於詩者所以道性情乎？唐以詩取士，宜乎應制舉者家蘇李而戶沈宋矣，而所傳試律多萎薾不足觀，是何也？青衿之子，非盡天姿卓犖、軼倫超群之才。其豐腆者，有外誘之紛；其瀫素者，有饑寒之累。求知溫卷如寢闢曝繭之不遑，雖有聰明，日以蔽錮，及幸而弋獲，又以爲筌蹄而棄之矣。豈非有所爲而爲之，而爲之終不至歟？若閨中之秀則不然，無科名之歆羨，無官職之希冀，無交游聲譽之馳騖，於此而有負異稟、承世業者出焉，必能滲慮澄思，有鵠袍舉子所萬萬不及者。既無計功謀利之心，則宇泰定者，天光發焉。嗚呼，是安得而不工乎？采芝爲吾友方君藕塘之女，垂髫時，余讀其詩而異焉。年甫及笄，已窺古人堂奧。今其叔父介亭筮仕湖南，將兄弟挈家以往。采芝自幼隨宦東南，名勝之區，題咏殆遍，今又將以洞庭之波、衡岳之雲，大昌其詩，其所遭何其幸與！余比年來薄宦都門，與二方結莫逆契，每敝車羸馬自官曹歸，輒望二方之廬作中道憩，采芝有所作，必以示余。兹且隨侍遠去，余亦齒落髮白，逝將歸老田間，他日班姬之史、韋母之經，采芝所以自有千古者，應愈進而愈上，而余老人寂寞蔣廬，遷延趙蔭，尚可於郵筒往來，快覩其全豹。吾知其不以有所爲而爲者，必無所爲而不臻其極矣。於其行，姑書此於詩卷之端，以爲之券。

汪恬齋先生詩集序

兆燕十三四時侍家大人讀書揚州，暇日隨諸賓客游城南葭湄園，主人出一編示客，客傳讀交賞，兆燕從旁窺觀，未測涯涘，然已能强識數語向儕輩暗誦之。後往來吴越間，吴越間詩人多言揚州汪恬齋先生者。兆燕曰：『是葭湄主人也，余童時卽識之。』己卯春，復客揚州，而先生歸道山已數年矣。

兆燕自見先生詩，服膺者三十載，竟不獲以其所業就正先生，每獨過葭湄園，烟蒼水白，亭宇半傾，輒侘傺不怡而去。庚辰秋，聞揚人之望幸者葺治林亭，至於南郭葭湄園又重新焉，乃復過之，遂與先生之子椒谷相識，訂文字交。既得讀椒谷詩，復向椒谷請先生全集讀之，乃知先生蘊藉深厚，醖粹沖融，蓋於詩中獨得正大之情、中和之氣。而向之剽竊一二流連景物之句，遂以爲先生詩者，殊可笑也。辛巳，落第南歸，舟中無事，復取先生之詩日讀數過，因嘅想三十年中如夢如幻。昔之共游葭湄者，不但老輩零落，卽同垂髫髪、年齒相齊者，亦半爲異物，而家大人老病家居，兆燕不獲日侍几杖，猶逐逐於輭紅塵中，而卒無所遇也，咎滋甚矣。

吴鋏儂詩序

四十年前，余客揚州，一時皖江詩人如方南堂、馬湘靈輩，皆以風雅名宿掉鞅於竹西紅橋之間，余以稚齒追隨其後，與諸君子作忘年交。

江淮人士數雅材者，必以桐城爲稱首。後二十年再客揚州，則老輩凋落，流風盡矣。數年來，一官落拓，齒髪漸衰，無復少壯時意興。而於皖江友人往來茲土者，獨喜與唱酬，霑洽如平生懽，此亦莊子所云『踉位其空，聞足音而喜』之意也。

鋏儂先生以名孝廉注籍縣令，又以中正榜擢國子學官，皆未任。而以簡拔，先來興化，爲鄉校師。余見鋏儂之初至也，其氣豪，其言皆有物，既心折之。後以公事往來，文讌無虚日，因得取其全集讀之，而嘆其才與學之不可及也。夫以銕儂之才與學，陟金門，上玉堂，燕許、沈宋自可比肩，而乃冷官數載，留滯海濱，徒以瘠土饑黎紆軫，其蒿目腐心之寤嘆而發爲咏歌。讀銕儂之詩，偉其志而不能不嘅其遇矣。然銕儂年富氣盛，今且報最以遷，其施設正未可限量。他日昌其身以昌其詩者，必大有在，而方、馬諸君子亦且爲禽息之陰慶也與！

盧復菴詩序

《詩緯・含神霧》云：『詩者，持也。』劉熙《釋名》云：『詩者，之也。』是二説者，一取義於手，一取義於足。蓋嘗論之，人不能徒手以終日也，文士之簡策、武夫之弓矢、農之耒、商賈之籌，各有所持，有不可以相易者矣；人不能禁足以終身也，川行者資舟，陸行者資車，適楚粤者北其背，適燕代者南其踵，各有所之，有不可以相隨者矣。故六經惟《詩》爲天籟，委巷歌謡，閨房晏笑，皆足以自鳴而不設之程度。至後世之論詩者，揣聲按形，絺章繪句，定之爲格，分之爲品，釐之爲主、客之圖，劃之爲初、盛、中、晚之界。噫！是何異於攣其手而釱其足耶？於以欲其執之而不舍，行之而不懈焉，難矣。

復菴盧君慷慨多幹才，生平寡所嗜慕，顧獨好爲詩。爲秀水丞數年，吟帙益富。一日，盡出其詩以示余，而索余言以爲弁，余因之有感焉。夫人少年束修，立志遠大，其胸懷未有不爽朗自喜者。迨沈淪卑位，屈伏無以自伸，包苴竿牘與手習，旌軷馬廄與足習，苟非有君形者存，亦安能嘯咏自得，絕無所動於中乎？復菴於是爲不可及矣。我國家任賢使能，不限資格，多有以下僚而洊膺顯秩，擁旄鉞者。昔人謂『本流既大，不能復唱《渭城》』，復菴勉之！執之而不舍，行之而不懈，由此而守牧而卿尹，終其身如哦松之日焉，則於道其庶幾乎！

王介祉詩序

唐詩人唐求以其生平之詩貯之大瓢，浮之於江而死；而微之、樂天至互録其稿，付之兩家後人，若惟恐其不傳者。元、白何自愛如是，而求何太不自惜如是哉？噫！吾知之矣。元與白處豐適之境，生平無求不足，所冀者惟身後名耳。唐山人窮約困頓，其生也不足自存，其身後之名又安足以潤枯骨？故憤激而投之於江而不顧。噫！其亦可悲也已。

吾友王君介祉，詩益工，遇益窮，奔走於四方者二十年，所如輒躓，年未四十，卒以客死。今其弟次岳裒其遺集，請太史袁公爲之序，將付之梓人，而囑余贅一言於其後。余曰：『此則次岳之事耳，於介祉何有哉？使介祉於棲屑無託之時，有人欲持其詩爲弓衣之繡、碧紗之籠者，吾知不若惠以一裘，贈以一紵也。今介祉死矣，從此而人人以其詩瓣香而尸祝之，豈復有絲毫裨補於介祉哉？少陵云：「千秋萬歲名，寂寞身後事。」』余讀介祉之詩，益以重悲介祉也。

吴二匏司馬詩序

二十年前，余在新安，與路口二吴結文字交。伯子松原、仲子二匏有《蘭蕙林》詩文合刻，余已弁一言以爲之序。今年秋，松原寓書於余，索序二匏之詩。嗚呼！余何忍序二匏之詩也哉？

憶余初識二匏時，更唱迭和，一月必有數篇，一年遂成一帙。同學者或譏其作爲無益，逮二匏獻詩行在，召試得官，一介書生受聖天子特達之知，置身華要，詩於此尚爲無益也乎？然吾謂詩真無益於二匏也。二匏少小不出里門，兄弟相依，不離跬步，日侍寡母之側以相娛嬉，雖蕭然居荒村，而俯仰足以自適。自奉職西清，遠離膝下，夢寐徬徨，無日不以母兄爲念。及外轉一官，冀獲迎養，而下車旬餘，其身遂殁，母與兄並未得一言永訣。嗚呼！詩之爲益於二匏也，顧如是乎？使二匏謇吃無文，不知風雅爲何物，而終其身不出里門，兄弟相依，不離跬步，日侍寡母之側以相娛嬉也，二匏之所益大矣。今序二匏之詩而適聞太宜人之訃，既以增余之悲，而寄序於松原，知又益以增松原之悲也。嗚呼！余何忍序二匏之詩也哉。

謝藴山太守寄餘草序

揚與潤雖分郡而治，而樓櫓雉堞對影於烟波出没間，相距僅一舍所。編修謝公由詞垣擢守鎮江，時兆燕已教授揚州五六年，每於京口友人傳誦公之篇什，雖零章斷句，必心誌之。然官守有局，不敢渡江而爲踰境之謁也。甲午春，公遷揚州，兆燕乃得於版謁之暇罄讀公集。於是，數年來所竊誌之句無不一一窺其全豹，如登縣圃而觀玉也，如入鄧林而度材也，如過宮錦之坊而披其繢繡也。竊疑夫公之耽於吟事如此，其於官事得無有所遺歟？抑亦如古之坐嘯畫諾者之不必親其事歟？乃公則日坐堂皇，理庶政，綱舉目張，百廢具舉。於是益嘆公之才之不可及也。夫本流既大，卽不暇唱《渭城》。一行作吏，此事遂廢，人人嘆之。公則事益劇，心益閒，恬吟密咏，曠然怡然，絕不似身在簿書叢委中者。公常曰：『心暇故神清，神清故其政不迫。』斯言也，政之本也，亦卽詩之源也。公之不可及者，又豈獨其才也與？公自爲諸生，及登館閣，所著詩文甚夥，今偶舉居鎮江詩數十首付之剞劂，名曰《寄餘草》，蓋公之心所寄者大，而其餘獨寄乎詩也。太白云：『賢人當重寄，天子借高名。』請以爲公詠焉。然公家太傅，雖受朝寄，而東山之志始末不渝，則公視公之所寄，又何一非餘也與？

楊夢羽詩稿序

余前年游虞山，見明詩人楊夢羽手稿二冊，其子孫珍秘之，蓋三百年矣。今年客兩淮都轉盧公幕中，爲公言之，公欣然致書於督糧胡公，向楊氏索其稿，將授剞劂氏，時江陰夏丈震軒見之，嘆曰：『有是哉，三百年前故紙堆中之物，至今乃大發其光也。使夢羽當時隨手散棄，則其爲灰燼也久矣。吾少隨先師楊文定公游，方從事於心性之學，後爲國子官，掌數省書院教，專意治經，不暇爲有韻之語。今老矣，惟以吟咏性情，自適其天而已。顧興之所至，或口號而無稿，或脱稿後不自收拾，故詩雖多而存者益寡。請自今年始，效夢羽，皆錄之册，數百年後或亦有都轉盧公其人者，未可知也。』余聞夏丈之言而有感焉。昔劉賓客、白太傅以其唱和之作裝爲兩軸，一付劉之子，一付白之姪。唐求貯其詩於瓢，浮之江，人得之者皆知其爲唐山人詩瓢也。然則操觚之士殫精苦思、槁項黄馘而欲播其名於後世者，其先自爲寶惜也與！

五人詩社序

古者三人爲眾，五人爲伍。才相均，學相儷，性情相洽，一時而有五人，可謂盛矣。真州，詩衢也，結契山水、吟弄風月者無慮數十百家，而方君竹樓元鹿、介亭和吳君晉堂崇桂、蒲江崇政、詹君石琴肇堂，獨爲五人之社。此五人者，才相均也，學相儷也，性情無不相洽也，一月必數聚，每聚必有所作，奇則共賞，疑則共析。當其吟興飆發，逸情雲上，五人相對，直自以爲嶽之峙、星之聯、味之燮和、音之協比，天壤之大，無有足與其豪末者。嗚呼，斯亦至樂也已！昔歐陽公作睢陽五老之會，其詩與圖至今傳寶之。五君者，各負其文章、經術用世之具，而年俱富强，將各展所學，以策名清時。他日游宦四方，分鑣以騁，雖千里，詩筒可以互答而求，如今日一室之中，嶽峙星聯，味燮和而音協比，則必俟槁項黄馘，亦如歐、宋歸田之後，吾恐精亡氣衰，必未能若今日之樂矣。

五君以余言爲然，而懼斯會之不易永也，乃繪之爲圖，而屬余記所言，以爲其詩帙之弁。

新安七子詩序

憶乙丑之冬，隨先君子入新安，至今忽忽已三十年。其時朋簪往來，前輩有曹震亭、鄭松蓮諸先生稱老宿；同儕則二吳松原、二匏、二方集三、東來各擅美才，每相角，不肯下。余每自休邑入郡城，即與諸君子登潛虬之山，望雲門之峰，分韻唱和，必數日，然後去。甲戌之春，先君子致仕歸里，余時下第，居京師，不獲與諸君子，別逮今三十年，每逢新安人士，無論識與不識，皆依依同臭味。而歲月遷流有如逝水，昔年帬屐之交半爲異物。今年秋，吳大松原來揚訪余官署，爲言近日七子之才，嘆羨不置。余亦以未得交其人、讀其詩爲憾。冬日，吳子、張子同來投謁，并以七子詩見示，諈諉作弁言。余以耳順之年匏繫冷官，舊學日蕪，幾如廢井；七君子者方苕發穎豎，其光上騰，擿埴索塗之人又何能以爲糠粃之導？然莊子不云乎『逃空虛者，聞人足音跫然而喜』，見新安之人，讀新安之人之詩，無異新安江上搖艇重游也，益不禁今昔之感也已。

許月溪詩序

吾鄉三十年前以風雅自任、力追古人者，惟比部吳岑華先生。憶兆燕童丱時，隨先君子往來於岑華之溪上草堂，惟時座上賓友則有章丈晴川、吳丈文木，一時唱詶之盛甲於江淮。一日，岑華舉許君月溪詩有云『風來小院花如雨，門掩深山日似年』，共相吟賞。余時雖未知詩，然已能心解其意，謹誌之不忘。後數年，始知許君爲吾黨獨行之士，又數年始得交於許君。許君家故貧，居荒村中，授徒養母，門前桃花數十株，映帶溪流，暇則手一編，長吟花下，見者意其非常人。然其貌寢而性樸，不喜與城市聲華子弟游，以故里門外罕有知許君者。

今上振興風雅，仿唐人取士之法，遐陬僻壤無不爲聲韻之學。翠華南幸吾鄉，英異之才以獻詩蒙顯擢者，疊有其人。而許君抱其所學，日孤吟於荒村老屋之中，若不知人世間有衒文干遇之事。嗚呼，許君之於詩，其真無所爲而爲之者矣。唐之詩人無過韓、杜，然少陵之三大禮賦、昌黎之《上宰相書》，每讀其文，輒爲泚汗。朱居士之屬、唐山人之瓢，蕭然世外，獨有千古，其視樓頭沈宋，亦何殊蟬露之於蜣丸哉？余頻年奔走衣食，舊學日蕪，不復能陶冶性靈，步趨往哲，每一歸里，必過許君之廬，求其詩而讀之，未嘗不嘆其風骨神韻日健日遒，有非塵勞中人所可及者。莊子云：『安排而去化，乃入於寥天一。』丁之解牛、扁之斵輪，其心蓋有獨樂乎此者，豈嘗以是爲徇世之具哉？今岑華諸君墓木已拱，而余與許君亦復漸就衰白，酒闌更深，回思三十年前往事，不禁相對長喟。昔人喻此身爲露電泡影，所不可沒者，惟此區區耳。燃燈續書，余安得不自顧而瞿然也？

趙甌北詩集序

古人謂胸中有萬卷書，足下行萬里路，然後可以下筆爲文。是二者，一可以自己爲之，一不得自己爲之者也。窮約之士有志讀書，懷餅就抄，坐肆借閱，無所不可，至欲千里裹糧，則力絀矣，且倀倀安所之乎？故《四牡》、《皇華》大抵非《北門》詩人所能賦也。

甌北先生於書無所不讀，徵引故實如數家珍，溝猶瞀儒讀之，舌撟而不能下。扈蹕長楊，北逾邊塞；從軍洱海，南越滇黔。擁麾百粵之地，叱馭五嶺之鄉。身在行間，謀參機要。凡夫山川阨塞，林箐險阻，氣候寒燠之殊，風俗剛柔之别，靡不見諸吟咏，大放厥詞。萬卷之書，既足以供其驅遣；而耳目未歷之境，雲詭波譎，又足以震疊而張皇之。然則天之所以昌其身而昌其詩者，豈人之所能望，而亦豈先生之所能自主者乎？昔宗炳晚歲，張名山之圖而卧游之。今先生悦志林泉，游屐不出數百里外，手此一編，時自省覽，卽以爲卧游之圖可也。後世子雲未易可得，千家注杜，百家注蘇，是所望於來者矣。

張淑華閨秀綠秋書屋吟稿序

三代以前，女子無不知書，故三百篇多閨幃之作，而姓氏無傳焉。自後世德教衰，治經之士以此梯榮，而謂婦人無與乎此，故一二著作家如蔡文姬、班大家，遂若景星鳳凰之爍人耳目。至鄙學瞀儒反有泥『無攸遂，在中饋』之説，而謂泓潁之事非閨中所宜者，則尤怐愗之見也。

淑華夫人爲吾友黄子秋平之配，於詩無所不工。或以秋平之貧爲嘆，而謂夫人之命適窮於詩，余曰：『是何言也？』秋平學古人之學，其子無假年甫志學而讀書等身，詩文皆驚其長老。瓜牛廬中，父子、夫妻更唱迭和，肅如雍如，似集良友。揚州城中豐屋蔀家，持粱刺齒肥者，有一能如是者乎？昔王霸名在《逸民》，其妻別入《列女》，分耀史策，千古榮之。他日《文苑傳》中，三人同垂不朽，則天之賚之者爲何如？而區區以太夫人不忘挽鹿車時期之，抑目論矣。

學宋齋詞韻序

詞之體，上不可以侵詩，下不可以侵曲，惟韻亦然。顧亭林撰《音學五書》〔一〕，謂：『今人所讀之聲，古人不知也，漸久漸譌，遂失其本音耳。』余心韙其言，嘗怪詞韻踳駁，苦無善本。其韻有半通者，輒注如某某字之類，學者將何所適從？詞之有姜張，猶詩之有杜韓，塡詞用韻而不步趨姜張，汎濫固失之放，拘守亦失之隘矣。今觀四子所輯，考覈既精，删併更確，將見海內倚聲之家，人挾一編，而詞韻自是有定式，豈非藝林之快事乎？

【校記】

〔一〕『顧亭林』，底本作『顧林亭』。清乾隆刻本吳烺、江昉輯《學宋齋詞韻》所收金兆燕序『顧林亭』作『顧寧人』。顧亭林字寧人。兹改。

棕亭古文鈔卷之六

曹忍菴詩鈔序

詩以道性情，而詩之教則曰『溫柔敦厚』，吾嘗持此二語以驗諸古人，大抵其性情厚者，其詩未有不厚者也。有唐三百年，作者無慮數千人，而性情之最厚者無如杜工部，故工部之詩傑出於三百年中，亦無如其厚者。其意厚，則其氣、其味無不與之俱厚。『生逢堯舜君，不忍便訣絕』、『當擬報一飯，況懷辭大臣』，嗚呼，何其厚也！

余自弱冠奔走四方，識天下之詩人甚夥，然交游往來獨見其性情之厚者，惟忍菴曹君一人。忍菴交余最晚，而愛余最摯。余年幾倍忍菴，而忍菴不厭余而疏之，賞奇析疑、勸善規過，惟余言之爲聽。余嘗諦察其事親交友之間，無不將以纏綿敦篤之意。忍菴性情之厚，蓋得之於天，故其詩之厚亦如其性情，而非力學之所能强者。忍菴作詩十餘年，篇帙已富，今年甫屆而立，自取其十餘年之作，汰存若干首，付之梓人，而索余言以爲弁。余知忍菴之深，故推本言之，使海内讀忍菴之詩者如見忍菴之爲人也。夫忍菴於事親交友間，既人人知其厚矣。今行且敭歷中朝，翺翔輦下，《卷阿》忠愛之忱，其流露於筆墨者，不知更當何若？他日全集既成，必有駕《會昌一品》而上者。余雖老，尚當有以序之。

蘭堂詩鈔序

甲辰冬日，寓居康山之麓課花閣中，寒窗短晷，旅思紛如。羅君庭珠以其先尊人《蘭堂遺集》見示，且以三都皇甫之役諉諉於余，余因之而有感也。

憶余年十三四時，隨先君子讀書揚州，下榻於羅氏之宅，其時景文先生高年碩望，屏跡家居。長子東萬先生才名冠兩淮；第四子需材先生，蘭堂之父也，以名諸生抱出群之志。同懷兄弟七，業俱成。與余同年共硯席者，則東萬先生之第三子本儀，字逵羽。是時，羅氏宅內食指數千，爲揚城甲族。後十餘年，余以公車北上，過揚州謁需材先生，則不第其父與兄不可得見，而逵羽之與余同歲者已墓有宿草也。後十餘年，再過揚州，而需材先生歸道山，蘭堂閉戶著書，罕接人事。又十餘年，余官教授來揚州，則蘭堂又已物故。於今老屋數楹，庭珠奉母其中者，猶余童子時蹴鞠椓釘處也。回憶五十餘年，如夢如幻，如野馬、陽燄，不可捉搦。昨歲，舟泊響水橋，肩輿入寶鈔門，見夫闤都出入之衆臂相交、趾相錯者，與五十年前曾不少異，而細數其人，其爲五十年前之人者有幾乎？今余與庭珠共朝夕，且爲序其先集以應之。再數十年，庭珠憶今日，其亦如余之憶昔年也。庭珠年尚少，已能以風雅世其家聲。蘭堂詩不止此，此沈、鮑兩名家所慎選而出者，管中一斑可以知全豹矣。

岳水軒黄歙吟詩序

古之傑才多出幕府，少陵終身不偶，而嚴中丞猶能以工部員外俾昌其詩。後世無版職，故雋出之士磨盾鼻作書者，但因人作遠游而已。

昔晤水軒岳先生於都下，爲余道其生平游歷甚悉。今先生已歸道山，而令子捧其最後遊稿《黄歙吟》見示。歙爲吾少年游憩之地，而齊安則入楚時停泊登眺處也。展卷莊誦，如尋舊遊，因思先生行萬里路時，一鞭馬上，意氣如雲，而今日蕭寺一棺，塊然於黑月空廊之際，舊日相識無過而問之者。人生世上，其真如蜉蝣衣裳，不足以把玩也。雨後秋燈，怊悵書此，紛來百感，不知所云。

乾隆丁未七月既望書於邗江旅寓之秋聲館。

俞耦生西泠展墓録序

余先世本浙西人，自始祖遷全椒，以武勳爲百戶，年少從戎，失其祖父名字，故後世子孫入浙求譜，不得左驗，至於兆燕，已十有四世矣。每過武林，無由訪先人之冢墓，即交游中有杭州金氏者，亦無由聯綴宗支，辨别昭穆。芒乎！芴乎！徒付之浩歎而已。

俞子耦生遷揚州甫兩世，殷殷然懼先世之詒謀一旦隕越，西泠展墓，冒雨登山，於其阡壟碑碣一草一木之微，靡不曲討詳稽，傳之不朽。余讀之，再三感喟，乃知聖賢冢墓之記，爲功者大。而讀書之士，未有不以敬宗收族爲重務者也。俞氏累葉以文章名世，爲西泠望族。可儀堂之遺書，海內傳誦，其聲光所被，自足以映徹九泉。而耦生兄弟暨其諸子姪又以風雅文學噪譽江淮，譬之草木，宗生族茂，盡發扶輿之靈氣。於其既也，必以其條幹移植別區，然後益加繁縟。蓋取精者多收效斯廣，理固然也。他日邗上子孫，必有與西泠同其盛者，請以吾言券之。

鄭蘭陔蜀道詩序

蜀中山川奇勝，自少陵題詠後，乃如五丁開鑿，始闢鴻濛。自是遊茲土者，靡不鐫鑱造化，力竭其才，以與景物相赴。逮本朝漁洋山人《蜀道集》，凌轢百家，噓吸萬狀，而奇觀止矣。蘭陔鄭君以閩中著族績學工詩，其譔著皆能嗣其先世。一日與余遇於都門，出其橐中稿見示，則皆赴任時蜀道中詩也。雄傑蒼秀，不名一家，而於古昔興廢、名賢遺蹟之地，尤流連憑弔，三致意焉。今人所號稱能詩者，類皆批風抹月，覓閉門之句，及至躬覽形勝，轉苦儉腹枯豪，索然如寒竽廢井之無以自見。以是而欲入主客之圖，自命騷雅，蓋亦可恧也已。蘭陔有幹局，擅能吏才，作令數年卽書上考，擢要職，而於堆案相仍之下益富吟帙。昔坡公謂錢穆父『電掃庭訟，響答詩筒』，以觀蘭陔，不信然與？今蘭陔復奉簡命，仍赴西川，感興所至，必又有大殊於昔者。

昔少陵屢至蜀，詩境皆各不同；漁洋《蜀道集》與《雍益集》亦各殊異。祖餞之下，攬袂依依，他日郵函遠寄，更誦新篇，當不須再披棧道騾綱之圖，而已如置身於劍閣也矣。

羅雪香詩稿序

歐陽公云：『物莫不聚於所好，而好常得於有力。』吾謂詩文之事尤然。小邑村巷之人，僻處窮門，朝夕鄰里，抱一卷書，孳孳謀生之不暇，雖有異才奇質，而限於見聞，未易觀厥成矣。

羅子雪香，余世講也。少年時見其在家塾循循讀書，好爲奇字之問，余嘗以英俊目之。近數年作客楚中，歸則詩卷束牛腰，不下千餘首。余間取而讀之，謂之曰：『子少年才力如此，老夫甘拜下風矣。』雪香以豪上之氣，壯盛之年客居漢上，日所交接大抵皆席豐履厚、酣豢之子，而雪香一客數年，絕不染浮浪之習。偶有贈答，若老頭巾訓子弟語。兩年來，屏居里門，作《南陔》、《白華》之養，無日不讀書，亦無日不作詩。余寓廬與雪香居處最近，不數日卽持所作見質，不以余爲老耄而棄之。余也樂與之談，賞析不倦，乃知雪香之所好，專在於是。篇帙之富有若千首，今擇其最稱意之作，付之剞劂，雪香勉之。爲之不已，必以是名昌其詩，正所以昌其身也。

余老病將歸，頗有繼見之志，他日一棹邗江，重逢舊雨，並讀新作，當可滿引一觴而爲之續序也。

汪訒菴于役詩序

昔宋歐陽文忠有《于役志》，而前明嚴介溪亦有《于役賦》。介溪之爲人不足重，故其文無道之者；歐陽之志亦第紀其舟車之經歷、頓泊之歲時，而篇什亦不著焉。豈非勞於形者攖其寧，固有所不暇也與？

訒菴汪君以都水郎官督修泰陵，往還數旬。既蕆事，出其囊中之作，遂已盈帙，是豈獨其詩爲不可及哉？吾知其幹局有不凡者矣。六官之事，惟考工爲最繁，鳩數十百烏合之人，待數十百淩雜之物，稽其良楛，察其勤惰，營造有式，程限有期，是雖資稟精彊之人未有不朝奮而夕劬者。乃訒菴於雜遝煩囂之地，條理秩如，不事張皇而欽工已竣，塵坌版築之間密詠恬吟，無異於左熏爐而右茗椀者。惟其整是以暇，以此爲相，則謝安石之圍棋賭墅也；以此爲將，則祭弟孫之雅歌投壺也。又豈區區志與賦之所可並埒者哉？

方竹樓詞序

丙子丁丑間，余客儀徵令署，得與方君竹樓時時覿面。竹樓愛作長短句，余每倚聲和之，詞箋往來，一月幾數十紙。嗣是入運使幕十年，作教授十二年，皆在揚州，與竹樓相距數十里，每相見必以詞稿相賞析。今年夏，竹樓聞余將遷官入都邸，特命櫂來與余別，且出其詞，索余一言以爲弁。

余謂詞盛於宋元，而宋元以來詩人兼能詞者終鮮，則其難易可知也。經生晉儒謂塡詞能壞詩格，而戒人勿爲。余曰：『此語不但不知詞，且不知詩也。』古人以『溫柔敦厚』爲詩教，至白石、玉田、草窗輩，謹守此四字以爲詞，而遂集大成於千古，蘇、陸諸詩人或斂手焉。詞亦何負於詩哉？竹樓詩豪縱雄偉，而詞則專仿姜、張，無東坡、稼軒滑易之習。左畫圓，右畫方，真異才也！昔日嘗謂前輩詩詞兼工者，惟厲孝廉樊榭，今其墓木已拱。而揚人詞學之精，無如閔徵君玉井及江橙里、雲溪叔姪。茲竹樓重與余會，則橙里遠游，雲溪臥病，玉井一老頽然如枯木之枝，余亦悤悤畫驢券，不復能與竹樓再倚聲也。書罷悵然。

己亥六月既望。

重訂曇花記傳奇序

唐時自金輪修《三教珠英》，而操觚家徵引二氏之書，遂如瓶瀉水，若網在綱。至玉溪薈萃俟鯖，鬱爲異彩，信乎象白猩脣，非貧家奠果者可咄嗟辦也。赤水《曇花記》膾炙人口，正如大官廚富於儲偫，故隨手飣餖，飫人孔多。在傳奇中，亦如三藏之有《華嚴》矣。但枝葉太繁，排場太板，賞心几桉則有餘，悅目氍毹則未足也。話山先生爲之薙其冗雜，剔其榛蕪，腔調之未協、搬演之未洽者，一一改絃而更張之。李入郭軍，壁壘改觀，赤水有知，定發後世子雲之歎耳。

程緜莊先生蓮花島傳奇序

緜莊先生，今之師伏也。昔年試鴻詞不第，歸益治經，後以經學舉，復報罷，先生之遇可謂窮矣。然先生遇益窮而志益高，自兩居京輦後，未嘗復屈有司。度《蓮花島》之作，蓋自爲立傳，而與天下共白其欲表見於世者耳。

兆燕少無學殖，日抱簡牘爲諸侯客，以餬其口。戊寅冬，與先生同客兩淮都轉之幕，先生居上客，右操槧著書。而兆燕不自知恥，爲新聲，作諢劇，依阿俳諧，以適主人意。主人意所不可，雖繆宫商，乖拍度以順之不恤。甚則主人奮筆塗抹，自爲創語，亦委曲遷就。蓋是時，老親在堂，缾無儲粟，非是則無以爲生，故淟涊含垢，强爲人歡。然每與先生一燈相對，辨質經史，縱論古人，因各訴其生平之轗軻阨塞，未嘗不慷慨悲懷，終夜而不寐也。是時，先生曾爲余言《蓮花島》之大畧，而行笥無稿本。越七年，乃以全部寄示余，余卒讀而深歎之。使先生得志而行其所學，則《蓮花島》中之奇功偉業當炳於丹青，著之史策，乃不得已而僅託之子虚烏有，爲氍毹頃刻之觀，以悦婦人孺子之目，豈不惜哉？然先生著書等身，從未屈柔翰爲他人借面，即傳奇遊戲之作，亦必自攄胷臆，獨有古今，則先生於文字之際猶未似其時命之乖蹇也。昔王式受狗曲之詈，轅固罹彘圈之辱，申公胥靡，瀼中翁不獲與女徒復作同享其報。古之治經者必如張禹、馬融輩，乃可以泰其身而昌其學。然則抱高尚之志者，其終於蓮花之島也夫？

嬰兒幻傳奇序

佛門以童真出家，易修易證性命圭旨，亦謂童子學仙，事半功倍。老子曰：嬰兒『終日號而不嗄』，嬰兒不知『牝牡之合而峻作』。古今來能爲嬰兒者方能爲聖，爲賢，爲忠，爲孝，爲佛，爲仙。三教雖殊，保嬰則一。孟子曰：『大人者，不失其赤子之心者也。』雖然，赤白和合之後，安浮陀時異，歌羅邏時異，至於嬰兒，已非混沌無竅時比矣。讀《聖嬰兒》傳奇者，其勿以爲泥車瓦狗之戲也可。

汪半堂制義序

四十年前，與半堂角試邑里，每一藝出，諸曹偶皆伈伈俔俔，頫首下之。余時竊名黌塾，諸長老皆爭爲拂拭，余亦沾沾自喜，舉趾甚高。然見半堂文，未嘗不心折之也。後余兩人既聯襟袂，復申之以婚姻，乃形迹則反疏於童丱時。余操三寸不律游東諸侯三十年，行篋中無舉子業。半堂則授經近邑，雋乂皆出其門，後生末學，經半堂口講指畫，必卓然成大家。今已齒豁髮禿，頽然老矣，猶與諸生徒按課程，不爽時日。嗚呼，非深思而有得者顧能如是也！與庖丁之解牛也，痀瘻之承蜩也，輪扁之斲輪也，末技之瑣瑣者耳，而莊生以之喻道，故『用志不紛，乃凝於神』，『制之一處，無事不辦』。古人之言，豈欺我哉？

今年春，半堂來揚州訪余。官舍一燈，兩白髮相對黯然，追憶四十年前，如項領之駒不受羈縶，乃忽忽幾時，而少年歲月遂付之夢幻泡影中也。可慨也夫！

吳涇陽制義序名授晜

唐以詩取士，而李杜不登科。遇合，命也。操其技而善之，其光有不可掩者矣。涇陽先生屏心壹志於經義之中，少年斲輪，老而彌篤，持其所學，品藻文囿，經其指授者，取青紫如拾芥。然年至八十，神明不衰，槖筆入棘闈，氣益壯。今鐫其晚歲所作一編，將以效顧雲《鳳策聯華》之卷，求知己於輦下，吾知五老榜中必見其穎脱焉。今天子壽考作人，耆儒入場卽蒙特恩異數，先生必欲以其文得之，而不欲聽長安中舍布衣而被玄黄之謠也。嗚呼，可謂勇矣！唐許棠晚年登第，嘗曰：『自得一第，筋骨輕健，愈於少年。』故《金華子》謂成名乃孤退之還丹〔一〕。余攷棠於咸通中貧困甚，謁馬戴而卹之，然後名振十哲。吾子勉之！今日安知不有馬戴其人者哉？丁未秋日書。

【校記】

〔一〕『退』，《金華子雜編》及其所本之《唐摭言》，並《唐語林》卷七、《唐才子傳》卷九均作『進』。

江成嘉試草序名德量

余教授揚州五年，而登鄉薦者邑庠爲多，郡庠或數年不獲一雋，竊深自咎。豈博士之官失職與？抑諸生之不自蘉也？今年秋，學使者彭公歲試揚州，召兆燕而語之曰：『舊來新進生分入府學，如進矛然授之以錞，故進額雖多，佳士殊少。今以前茅置府學中，爲諸邑作顏行，將來拔萃而起者必大異疇昔矣。』余聞是言，始悟郡庠之所以遜於邑庠也。耕耨者種以蕛稗，雖有良農，能爲嘉穀乎？鼓鑄者鎔以鉛錫，雖有良冶，能爲精金乎？覆試之日，彭公指新近一生，曰：『是儀徵之第一人，在諸邑中惟東臺一生與之爲瑜亮耳。』余諦視之，則江子成嘉也，喜甚，因白於彭公曰：『此子之伯父與父皆以博學擅風雅才，此子七八歲卽能文章，府學得之，實爲厚幸。』彭公大喜曰：『吾聞江左有兄弟齊名，人稱爲松泉、蔗畦，兩才子者是其伯父與父與？』對曰：『是也。』彭公曰：『是真可謂不鏤自彫者矣。』既畢試，成嘉持其文來謁，余讀之，既歎江氏之多才，且以服彭公之能知人也。昔長文、孝先繼元方、季方之後，各著名稱，爲漢魏人士之冠。余二十年前與松泉、蔗畦結文字之交，今成嘉與其兄庭凱又克方駕，一門之盛，豈偶然哉？成嘉既賦樂泮，庭凱定將繼之。妹先姊行，固無害也，因書其卷首以貽之。

程中之試草序

新安程氏自篁墩先生而後代有夙惠，余幼客揚州，聞人談皀溪太史少年捷悟之事，輒爲抃躍。後十餘年，太史歸田著書，余獲爲三徑之游，與其群從子弟分牋授翰於五貺樓中。筠榭年甫弱冠，踔厲風發，語必驚人，與余結契最密。後余復來揚州，而筠榭之子中之已能入吟席，賦高軒，又有神童之目。瑤華之林柯葉相繼，益令蒲柳望秋，自驚歲月之易得矣。今年春，以事赴真州，適筠榭送其子就邑令試，並車同行，借宿僧舍，往返僅三日，相唱和得數十首，中之皆能賡續其句。入試之晨，余與筠榭攜其左右手，鵠立堂皇下，見其神宇端定，如大將援枹臨陣之狀，決其必克。今果數試皆前茅，文字出卽膾炙人口。昔管輅年未成童，已爲一黌之儁，單子春謂『聽其言論，正似司馬犬子游獵之賦』，蓋才鋒既淬，發不可當，非鈍根人所能强擬也。夫龍媒之生，冀其千里；豫章之木，期爲棟梁。遇合，命也，績學力行在我而已。荀子云：『少而學，如日出之暘。』筠榭故常自教兒，余更以是言爲客座之獻。

程謐齋試草序

余與筠榭先生訂交三十年，其諸郎君皆芝玉之秀。長君中之以神童之才早入黌塾，余既弁數言於其角試之藝而梓之。越九年，中之以第二人食廩餼，而季弟謐齋亦游於庠，人未嘗不歎庭訓之不可及也，然亦知筠榭之所以教其子者乎？

筠榭之言曰：『子弟必先處以曠寂之境，而後可以攝其神智而用志不紛，城市之中非讀書地也。』於是挈其家而居於柘溪者閲六寒暑。漁歌樵唱而外，耳無所聞也；湖光山色而外，目無所見也。烟霞書卷交瀹其性靈，故發而爲文自有超乎塵壒之表者，他人卽强效之，而雅俗既判，仙凡遂殊矣。筠榭屏跡柘溪，惟父子相和而不交一人。今中之才名已與乃翁相埒，其諸弟又聯袂而起。人之樂有賢父兄也，詎不信哉？

程平泉試草序

昔人之以兄弟齊名者指不勝屈，而王氏三珠，勃爲著；竇氏五桂，儼爲超。再索之英，力致競爽，不得令腰鼓譏評，滕其口説也。

平泉爲中之之弟，謐齋之兄。中之前十餘年卽以神童游庠塾，前年謐齋亦入黌序，人或有妹先姊行之歎。乃平泉學益力，文益工，今年中之中拔萃科，平泉遂入郡學，爲余上首弟子，白眉之名一時鵲起。余乃歎程氏之多才，而吾筠榭先生式穀之教爲不可及也。憶昔與同社諸君子賦詩飲酒於筠榭齋中，中之方十餘歲，平泉、謐齋皆不滿十齡，而授簡秩如，必使置之泓穎之旁，無敢有與比舍群兒爲騎竹椓釘之戲者。後筠榭挈家居柘湖，以烟波魚鳥之趣發抒性靈，鼓盪真宰。每有所作，必使諸子繼組之以爲樂，故中之、平泉、謐齋三弟兄皆有連步接武之目，而其餘總丱又皆瑤環瑜珥，稱其家兒。古人以多男爲多累，如筠榭者有鸞鳳而無虎豹，雖至漢張蒼百二十男子，又何慮哉？

程一亭試草序

程生一亭，亡友筠榭先生之少子也。丁亥之夏，與筠榭聯詩社，而其長子中之補博士弟子員，以角試藝相質，余喜而序之。嗣是乙未、丁酉兩年，平泉、謐齋相入泮，余正爲揚州教授，皆以數言弁其文以行。迨筠榭既歸道山，而余官京師，與中之兄弟相間闊者數載。今仍作揚州之客，與中之對門而居，遂得共數晨夕，無間風雨。今年十月，一亭獲雋游黌，其三兄挈之來見，以文示余，且曰：『余兄弟皆得先生爲皇甫士安，今仍敢以弁言請。』余聞其言，且喜且戚，憶中之入泮之歲，一亭始生，余與同社諸子縱飲筠榭齋中，一時意氣甚盛。後余官於此，而筠榭攜家居寶應之柘湖，六七年始歸，歸不數年而沒。今余重游於此，而昔年詩社中人大半不可復見，獨余頹然一老⿰忄備〔一〕，見其兄弟四人之文而爲之作序，其亦可慨也已。中之舉拔萃科，文譽翕然。明年秋賦，四子同登，筠榭可以無憾。抑余聞之，古人願爲人兄，不願爲人弟。一亭十歲之後，怙恃俱失，而少年敦重，不讀底下之書，不交浮華之友，與諸哲兄怡怡一堂，日以誦習爲事。昔羊堪甫生五子，長和最少，早孤，而羊叔子大爲獎譽，蓋有以也。一亭勉之！焦明六翮，老夫當拭目以觀矣。乙巳仲冬日。

【校記】

〔一〕⿰忄備，底本作『備』，據文意改。⿰忄備同『憊』。

朱方來錦千兄弟試藝序

古人於大功同財之兄弟並席而坐，易衣而出，處同方，學同師，故康樂、惠連並非同父，而池塘一夢獨有今古也。余昔年教授揚州，卽聞揚城朱氏兄弟能行其德，有古人風。近年自國子官請急南歸，仍客邗上，朱師周翁因其子方來與余兒臺駿襟袂相連，乃命同其兄配青從游於余。時配青已入泮，方來方應童子試，愔愔大雅，無佻達苟且之習。聞其叔父履吉翁亦善教其子，其子錦千早有文譽。今年春，方來、錦千分占江都、甘泉籍應試，郡太守各取冠軍，兩邑之人無出其兄弟之右者。學使者來試兩人，遂同雋焉。試旣竣，方來偕錦千持其文來謁余，英英玉立，皆大成志器。古人云：『一第溷子耳。』此二人者，豈長以一衿溷者乎？萬里之程，始於發軔，吾所以樂其始者，正將以觀其終也。此時，師周翁之母年九十，神明不衰，子五人，一堂養志；諸孫十餘人，皆克家能文。古所謂王氏一門人人有集者，不過是矣。家之昌，國之瑞也。紫芝朱草不可於如鍼如豆，時見之耶？茲兩人鐫其同試之作以問世，余因題數語以爲之弁，使人知兩生之善學由於兩翁之善教也。

貞孝周聘吳次姑五十壽序

古人論：『貧賤憂戚，玉汝於成；而富貴福澤，厚吾之生。』此言其理之常然，而士君子褆躬守道則獨任其志，不避其險，不歆其夷，不慕其報，以一意行之而矢成其志。此自古志士仁人豪傑之所爲，非可望之巾幗中也。乃今於吾先老友吳指香中翰之次女見之。

四十年前，余客揚州，與指香定交，作文酒之會，聞有琅琅讀書聲自閨中出者，指香曰：『吾兩女，此其小者，吾尤愛之，厥名芝芳，字以貞白。』後凡角詩分韻，必命貞白撿其書捧出，無或舛遺。指香性情豪邁，客都中，與故鄉之酒人周某者相契，遂以貞白許配其次子夢槐。其時，夢槐與貞白方稚齡。後指香南歸，周留京中，兩姻九載未之見，而周氏之子游學他郡，數年不歸，並無音問。後指香催周氏娶婦，而周以子未歸來，難以迎婦。又三年後，指香皇皇覓其吉凶之信。周氏赧之，遂以子無歸期，女難久守，當官具狀，情願退婚。

指香時應召試，欽賜舉人，中書門戶赫然，媒妁踵至。貞白請於父曰：『游學他方，非同物故，一旦歸來，奈之何？兒左右不離膝下，願長事吾父以待伊，伊卽遲之十年、二十年，無礙也。必欲改適，惟死而已。』指香憐之，遂寢其議。周氏以子不歸，媳不來，翁媪衰病，貧困益深。周翁殁，貞白以在親室不敢成禮而素服三年，常遣人省問老姑，多方慰藉。指香官中翰，入京供職，貞白勤儉督家，多所寄餉以補其乏。後指香獲罪，戍通羈北五載，貞白閉中閨，不見一人，茹齋繡佛，晝夜祈禱。指香嗣孫年始髫，貞白養之以慈，訓之以嚴，以箴帨佐讀書，不辭勞勩。指香戍滿歸，貞白聞信躍如，始開中門，灑掃書室，整理花樹。故人老友終日談諧，貞白力辦酒饌以博親歡，雖古之姜詩、茅容，不逮也。

貞白今年二月年五十，溯其守貞之始，已滿年例。當今聖天子壽考，作人於遐方僻壤之民，有奇節異操可端風化者，尤所愛惜而表章之。地方大吏將攟其事以入告焉，而余與貞白之父數十年風雅之交，知其事最悉，謹覶縷以爲壽言，且以爲當事之採風者告。

張母陶孺人六十壽序

滁州統全椒爲直隸州，全椒去滁五十里，媚族相望。余十數歲應童子試，客州城，與州之俊乂納交。有名諸生張星舟者，豪上士也，數與往來； 自二十外隨先君任，不復至滁。鄉舉後，客遊數十年不歸。逮五十，始以領憑作揚州教授，持全椒狀見州太守。駐滁四五日，而星舟之子夢香來見，且請隨至揚州讀書。蓋是時，其父殁已三載，其諸弟尚少，隨余讀書，母陶太孺人之命也。

太孺人爲名家女，工德皆具。初嫁時，家豐腆，事舅姑以孝，教子以嚴。舅翁績學力行，僅以廩膳貢成均，而星舟復賫志以殁。夢香之來從也，太孺人送至門，訓之曰：『吾兒性慧而體弱，里中無良師，故遣汝行。然父母欲子之榮而又憂子之有疾，遠家從師，其慎之矣。』夢香處余官舍數年，學益勤，文益工，爲督學使者所驚契。乙酉選拔，朝考優等，都中人皆引重之。己亥恩科，余送鄉試，與夢香並兩弟竹軒、杉岑同寓，而夢香之病已篤。是歲冬，余遷擢博士，入都。辛丑，聞夢香已物故。數年來，余客揚州，其仲弟竹軒亦館揚城，朝夕繼見。竹軒力守古人之學，詩與文皆不作近人語，家益貧，債日迫，束修所入不足以供菽水。前年夢香之妻、今年竹軒之妻相繼淪喪。竹軒塊居客館，日念老母與兩弟，儉歲無儲，鬱伊終日。重九之日詣余，言曰：『吾母於十月上澣年六十矣，使吾兄尚在，如二十年前時，尚可製錦延客作平原十日之飲。今將隻身而歸，率吾弟拜吾母於堂下，未知是日何以爲饗？吾思富貴之家必走使持幣丐名公卿一言，以爲其父母之壽，某安能之？其專以先生之言持歸老屋，誦之吾母之前以爲樂乎？』余曰：『古人愛敬其人而洗腆致養，皆曰爲壽無生辰之舉也。生辰器幣，唐末始有之，而馮道在晉天福中爲上相，尚不記生日，不受器幣祝壽之文。前明之陋習也，笙歌酒食之場，賓從雜遝，其十二屏中但有赫然一撰文貴人名，以爲光寵。介眉既過，置之箱篋中，聽其自朽，問其子孫，亦不知文中何所云。其赫然撰文，貴人亦不知其有是作也，如是而已。而子於貧賤困窮之際，尚欲我世外閒人一言以爲樂，而我回憶五十年前童少舊事，如夢如幻。不第君之先人不可見，即苕發穎豎如令兄者，亦早棄予。將來君與兩弟以奇文致顯仕，而太孺人耄耋期頤，躬享其樂，回思今日，不又如青鏡之浮雲哉？是爲序。

汪鈍叟七十壽序

語云：『富貴福澤以厚吾之生也。』夫人仕宦得志，致身通顯，坐享萬鍾，此亦富貴之極致，而古今所不易得者。然晨而待漏，暮而延賓，秉燭而草封事，擾擾焉，惴惴焉，安見有能厚其生者？處富貴之中而以福澤厚其生，惟公子之與封君耳。然兼之者爲難，兼之而酣豢之習中之者深，無咎無譽，飽食以終老，此庸庸之福，君子又羞稱之。

吾嘗觀於海州分司汪公之太翁鈍叟先生，而知其合公子、封君爲一人而又能不爲公子、封君酣豢之習所中也。先生爲司農公之孫，觀察公之子，生於膏粱錦繡之中而淡泊其志，劬勞其身，自少已然。觀察公歷外内十數任，先生無不朝夕左右，恪其子職。同年誼故，登其堂者不知先生之爲貴介子弟也。時伯叔弟兄多列膴仕，先生少屈其傲岸不群之氣，奔走貴游，未有不掇巍科致清要者。而先生閉户讀書，尚友古人，門以外可羅雀。逮觀察公罷官棄世，中丁多故，家貲蕩然，先生率其妻若子，屏居城外委巷中，朝釜無烟，而城中姻黨可援者從不一至其室。年過五十，始稍出其心計，爲什一之謀，不數年遂以至裕，乃命其二子訓之曰：『吾家世受國恩，惜吾老，不能效公孫、卜式之所爲，以報朝廷。今天子方撻伐西戎，不惜以數千百萬餉士卒，我輩安坐家食，於心安乎？大兒恪謹，可待吾老；次兒有用世才，當乘時以圖進取也。』於是，分司公承命，援川運例，赴銓，來官兩淮。先生又訓之曰：『鹽官，羶窟也。極意廉潔，尚無以自白於人，況隨俗波靡乎？胡威豎子，且能問絹；陶母婦人，猶必封鮓。今後爾若以不飭之物來啖而翁，必受大杖，勿宥也！』故分司公督泰壩數年，清操流播人口。逮至海州，商竈無不頌其德者。然則先生始於富貴，終於富貴，而無一富貴之念芥蔕其胸中也。今先生年登七袠，而强健如四五十人，則其生之厚，固有得之天而培之人者，區區富貴之福澤又不足言矣。故因祝嘏之辰而覼縷其顛末，以侑一觴焉。是爲序。

比部吳漁浦先生壽序

昔武王之銘曰『恭則壽』，而孔子之論仁知，亦曰『仁者壽』。然則延年益算之術，無踰此兩言矣。蓋惰慢不設於身體，則其氣清明；谿刻不存於胸懷，則其宇廣大。清明廣大，壽之原也。灌莽叢薄，枝葉迫迮，望秋而零；蒼松古柏，離立相讓，不傾不側，而榯立千載。是非恭之象乎？虎狼相噬，獵者得之；騶虞不踐生草而翺翔靈囿，無傷之者。是非仁之效乎？吾於比部漁浦吳公信之。

公生平退然若不勝衣，呐呐然如不出諸其口。見人困厄，百計以賙卹之，貲産所入，半耗於睦姻交友、往來縞紵之贈。爲比部，極意平反，務求其萬一可生之道。雜治詔獄讞成，每爲之終日不食。以余所見，當世士大夫多矣，恭而仁，無如公者，然則公自有得壽之方也與！憶昔四十年前，兆燕隨先君子讀書於鈔關河下羅氏之宅，公之猶子來受經，與余同塾爲友。公之尊人贈君公梟公伯兄時相過從，公隨諸父兄後，退然抑然，終夕不儳一語。後先君子又適館於公家，爲公少弟師，則與公益相引契，如骨肉親。公官西曹時，余每計偕入都，必相見而喜，相別而悵，青芻白飯之惠，下逮奴馬。今余宦游揚州，公已懸車數載，樂志家國，遂得奉几杖，與公作忘年交，春秋伏臘之會無虚歲。然嘗竊覘公之容貌、辭氣，則仍然四十年前，隨諸父兄後，退然抑然之狀也。公之恒其德如此，享大年而膺榮譽，豈偶然哉？抑余更有慨者：余之初識公也，余年方童，公年尚未及壯；一轉瞬間，公已耆耋，余亦衰老。昔之與先君子爲執友者，惟公與公之伯兄歸然並存，時時與余談往昔事。而揚城中，昔之鐘鳴而鼎食者今或不見，其子孫亦無人道其姓氏焉。然則造物之厚報公與？公之自永其年者，其故不可深長思與？孟陬穀旦爲公誕降之辰，余既拜公於堂，因追叙生平而覼縷以爲公壽。公其手斟一觴，而益追懷往事，爲之一陶然、一喟然也。

吴青崖先生八十壽序

青崖先生，兆燕之父執也。憶昔四十年前，兆燕隨先君子來揚州，授經於河下羅氏之宅。時先生之居與羅氏隣，嗣君疇遠日抱書入塾，與兆燕及羅兄逵羽同年歲，若弟昆。先生之太翁蜚英先生年已七十，先生少先君子十二歲，賓主款洽，愛敬交并。兆燕與疇遠、逵羽兩兄每聞先君子與太翁暨先生昆仲輩雄談劇論，竊聽以喜。見先生侍太翁側，愉色肅容，先意承志，孺慕之愛溢於眉宇。先君子輒向人嘖嘖稱嘆之，且舉以爲兆燕訓。蓋是時兆燕未成童，先生年甫逾壯，回憶曩游，如昨日事，乃忽忽四十餘年。先生壽登大耋，而兆燕已齒豁頭童，年近六十矣。古人每謂『膏粱紈綺，易於損和』，故富貴所自有者，惟壽不可知。此蓋方隅之見，而非篤論也。富貴福澤本所以厚吾之生，顧用之者何如耳？惟聖賢修其身而戩其穀，故被袗鼓琴，自獲期頤之壽。而周之望奭、漢之蒼禹，皆享大年，未聞介眚祈耇定爲山澤之癯也。先生文孫芬餘中翰以名孝廉入西清，聲譽翕然，先生疊膺紫誥，席豐履厚者數十年，今且爲曾孫娶婦，而精神强健有少壯所不能及者。大憲異之，藉其才綜理鹺務。先生寅而出，酉而入，與群後輩齗齗持公議，無倦容，裙屐少年見之靡不咋舌。此豈賦於天者獨有異與？蓋其躬行儉德，處膏不潤，日以淡泊寧静之道慎守其身，故腐腸之藥、伐性之斧，皆不得投其間而抵其隙也。先君子往來揚州，交游最盛，今惟先生與先生之仲弟漁浦員外，兆燕猶得撰杖屨，談往事焉。故捧一觴於先生之前，而覼縷以爲之祝。

陳藩翁九十壽序

兩淮鹾務行於江之南者，以白門爲界。京口距揚州城僅數十里，而淮引之艘不得越江而渡，以故鎮江雖近而畛域分，白門雖遠而聲氣浹。其於白門風土人情、嘉言懿行，兩淮之人無不備悉，其顛末如指諸掌者，職是故也。

吾輩於數十年前即聞會城中有篤厚君子陳藩翁者，其居家之孝友則萬石君之門風也，其持身之高潔則閔仲叔之介節也，其襟懷之浩落、性情之爽朗則周瑜之飲醇、樂廣之披霧也。揚之人業鹾於白下者，歸而傳述其瑣事細行及其家子弟率教之謹嚴，無不以爲太丘復生，元方、季方之復出也。又數年，聞翁七十矣，其健如四五十人也。又數年，聞翁八十且欽賜粟帛矣。翁之健如昔，而孫曾則日多也。

客歲之春，翁之長孫官西蜀，而次孫則以鹽官筮仕兩淮，揚之人聞其至，無不爭相謁敬，詢翁之起居，且欲備聞近日之道範以爲私淑之資，乃知翁已沐恩封。今年且壽登九秩，而其健仍如七十時，無少異也。夫壽至九十，蓋人生難得之數矣，數至九而大全，河洛之數自一至九，由九而衍之，其數無窮，而要不能有加於九之外也。九九之術以之千齊而桓公以霸，然則官山府海擁禺筴之利者，舍九九，其何以哉？箕疇至九而五福備用，是知翁之以德獲壽者，蓋得天地之全數，而相衍於無盡也。翁之孫某某先生，爲上憲所重。委攝參軍之篆，夙夜在公，與吾輩朝夕繼見，於是聞翁之嘉言懿行尤倍於平日。適值翁攬揆之辰，故共捧一觴，張錦屏以爲之祝。是爲序。

嚴漱古先生七十壽序

自昔漢唐諸侯得以徵聘賢才，署爲丞掾，而英奇傑特之士遂多出於版職之中。少陵贈高達夫詩云：『十年出幕府，自可持旌麾。』蓋古之人以此爲仕進之路，故懷抱利器者每輻輳於是焉。至於今，則鞍馬依人，閉置以老，自非經濟足以蓋世而爵祿不入於心者，鮮肯曳裾而投足焉。捷宦之徑一變而爲大隱之鄉，時爲之也。

余少年時，往來浙東西，嘗聞杭州有兩名世才，曰漱谷嚴先生、西顥汪先生。後卽得交西顥，復與西顥同客兩淮運使官齋，共晨夕者匝歲。維時漱谷先生則居鹽政之幕，雖兩相聞，然不獲相見也。今余爲揚州學官，先生之子春林亦官鹽運經歷，余既與春林結兄弟之好，遂得拜先生與牀下，而時時以其所學就正於先生。先生爲人醇粹沖和，不露圭角，而明於料事，決於知幾。嘗與余杯酒間備道其生平閱歷，北至塞垣，南沿海壖，凡兩戒之山河、九邊之阨塞，歷歷如指諸掌，數十年督撫大吏之成敗功罪皆一一洞悉其本原，而不同於膚説目論、人云而亦云者。使先生操尺寸之柄，爲所欲爲，其立顯功而享榮名者當未易更僕數，乃僅以生平抱負爲他人作借箸之籌。德宜尸祝而草野不知，功可銘勒而朝廷不聞。至於今槁項黄馘，匿跡銷聲，徒與詩客酒人冷吟閒醉於烟虹寂寞之地。豈先生既不近名，而天既以世俗浮慕之名不足以溷先生，而別有所以厚報先生者耶？

先生弱冠失怙，年甫壯即奔走四方，求甘旨以養母。輪蹄舟楫、朔雪炎風，辛苦備嘗，而精力亦愈强健。嘗入節使幕中，總持其政，簿領之積，堆案相仍，炳燭夜分無幾微倦勌態，老鈴下窺牖，嘆息而去。而所謂節使者，但坐嘯畫諾而已。是蓋其稟賦之厚，有百倍於人者，故年至杖國，而飲酒一舉數十觥，賦詩下筆成數千言。花月之夕，朋曹親串以曲讌招者無虛日，未嘗以勞劇辭不赴。由此而耄耋，而期頤，固無待賓筵之祝。而春林善繼善述，將以先生隱被斯民之澤，一一發皇而揚厲之。官日以顯，養日以隆，覃霈之封層累益上，而先生方且扶杖含飴，日見其孫曾之接武而起，而回念當日庾公之樓、郗生之帳，所謂坐嘯而畫諾者，其人半已烟銷灰滅，其子若孫亦多委頓窮困而無所依薄。然則天之所以報先生者，詎不厚與？先生以辛卯仲春之三日壽七十，先數月即渡江歸西湖，與故鄉之老友作真率會，賦詩四章，遍邀諸同人爲繼組之作，而春林將於季春之吉，迎請至揚，稱觴爲壽，先以屏障之言諉於余。余雖獲受教於先生之日淺，而先生引以爲忘年之交，所以知先生者最悉，因放筆爲文若干言，以塞春林之請。春林其先寄求訶潤於先生，且以質之西顥先生，其以余言爲何如也？

江都尉陳清溪五十壽序

自古以守、令爲親民之官。吾謂：『守之親民不如令，令之親民不如尉也。』唐以科目取士，舉人之獲登進士者，初授官則以尉，數年轉階卽爲御史。其視尉，蓋綦重與！我國家慎重，官方無散冗之職，而一邑之中，丞簿或不必備，無不設尉者。其僻簡之地，寧無令而有尉，故尉之數較令多一焉，豈非以與民親者莫若尉與？

余爲揚州教授十二年矣，所見丞倅不下數十人，而切切視民事如己事者，惟江都尉陳公清溪爲甚。陳公，太丘之裔也，隨其叔祖宮詹公官京師，遂占籍都門。少年博學能文，聲譽籍籍而屢試不售，年未冠卽棄帖括，習刑錢之學。隨其兄樸被來江左，東諸侯交口稱之。性純孝，所得脩脯皆寄歸養親，不肯以絲毫爲飲博費。篤於友愛，隨兄客游，自任勞勩；妹氏諸甥，同居一室，入其家雍雍如也。聞母病，卽兼程歸，親侍湯藥，衣不解帶者兩月。時兩兄皆遠客千餘里外，慎終之事，己獨任之。初官當陽漳河口巡檢，旋移河溶兼署遠安尉。桐城鐵松姚公子之守安陸也，謂僚屬中無如陳公者，一切疑獄皆委治之。俄署荊門建陽司，兼署安陸、經照二篆。時緬匪跳梁，委辦軍政，一官四印，眠食俱廢，而盤根錯節無不洞合機宜。上游上其功，蒙恩議敘，人皆榮之。公之返荊門也，士民奉綵衣、張繡蓋者，遮迾塞路，由建陽至河溶，五十里香燈相接，雖督撫大僚之遷官而去者，無此景色也。署荊門時，以外艱去官。時姚公移武昌，卽延之入幕，倚賴在諸客上。後揀發江南，初署如皋石莊巡檢，復署江浦尉，旋借補江都，至今已六載矣。守令屢易，無不重公之德、愛公之才者。街巷之中，三尺童子皆呼公爲慈父母。而公於公餘之暇，濁酒一樽，殘書數卷，蕭然如未遇寒士。日以經史課其子爲異材，令子受業於安定山長吳並山先生之門，作文殊有師法，取巍科如反掌也。

今年小春二日爲公五十誕辰，寅僚士庶爭謀製錦屏、獻康爵焉。余時將遷官入都，行有日矣。群謂余曰：『君與陳公交最契，悉其爲人，而作文不作妄語，障上之文，非君不可，其勿以束裝不暇辭也。』余曰：『有是哉，焉敢辭？』乃於祖帳餞筵之傍，乘醉濡毫走筆而爲之序。

李母俞太孺人七十壽序

今年春，余奉簡命，教授揚州。將之官，表弟李子端舒出祖於郊，擥袂而請曰：『嘉平之月爲吾母稱七衮觴，願得兄一言以爲壽。』余維太孺人之壼行淑德籍籍鄉閭間，余小子譾陋不文，亦何能稱述萬一？然太孺人之備全福，享大年，固自有道，余小子知之最詳，不可不向媚鄗閥閱之家覼縷其事，以爲諸巾幗勸也。

憶余弱冠時，爲塾師於太孺人之家。於時嘉定公致仕家居，息園公盡色養之道，太孺人實襄佐之。余之初入塾爲蒙師也，稚衣丫髻出而抱書者，爲太孺人之庶長子。太孺人顧復之篤、督課之勤，往來其家者皆不知非太孺人出也。後此子不祿。又數年而始生端舒，又生端舒之弟。於時，先君子休陽公致仕家居，太孺人則又延入賓館，命端舒受經。余時久客游，每歸覲必起居太孺人，見太孺人顧復之篤、督課之勤猶昔日也，卽端舒兄弟亦不自知非太孺人出也。嗚呼，可謂難矣！

嘗考之《詩·周南》一十一篇，言女德者十；《召南》一十四篇，言女德者九。然《樛木》、《小星》，詩人每於嫡庶間三致意焉。自二《南》之化衰，而江沱遂有作矣。求如《詩》所云『終溫且惠，淑慎其身』者，古今來詎有幾哉？然則端舒兄弟今日之克自成立，誦先人之芬，將爲國家有用之才，而以鸞誥金花榮其堂上者，固嘉定公父子兩世厚德之報，而實太孺人之溫惠淑慎，有以徵祥而召和也。蓋太孺人爲孝廉俞靜菴公之女。靜菴公才兼文武，學足燕詒，至今其孫曾皆有令譽，故其女子之適人者莫不有賢淑聲，爲里黨法。古人謂『芝草無根，醴泉無源』，是豈然歟？抑余重有感焉。

昔先君子與嘉定公以胏附爲莫逆交，歲時讌集，兆燕必隨先君子後，撰杖執爵，一時之客，工詩善弈者參錯於庭。屈指計之，僅三十年事耳，而當日主客遂無一存者；太孺人閨中之侶，翁之妾三人、夫之妾二人，當日之所共事酒漿者，今亦不可復見；卽末坐少年如余小子者，亦已齒脱髮禿，頽然就衰。而太孺人則猶健飯健步，享大年而備全福。《易》曰：『恒其德，貞；婦人吉。』然則太孺人之以貞恒而逢吉也，豈不有道也哉？

循檄白下，秋露橫江；北望家山，青入衣帶；篷窗獨坐，有觴於懷。乃走翰爲此，以寄端舒。端舒其於稱慶之日捧觴於堂，向太孺人誦之，太孺人其囅然一笑，憶及三十年前單衣破帽、咿唔東舍之一童子師也。

外姑曾母胡太孺人七衮壽序

乾隆丙戌嘉平朔，爲吾外姑胡太孺人七十誕辰。兆燕於數旬之前束裝將出，跽而請曰：『小子貧窶，無以爲母壽者，敢寄一詩以佑康爵，可乎？』太孺人曰：『汝客游四方，恃戔戔詞鋒爲生活計，慣以膚闊不根之談塗飾人耳目久矣，其又將以此紿老身哉？吾自稱未亡人後，攻苦擊淡，撫兩子至壯歲，有朝靡夕，垂二十年。今兩目昏眵，病骨柴立，尚清晨紉綴，篝燈至夜半不克休，我何壽之有哉？汝欲壽我，即以我之生平閱歷、饑寒無措狀直書數語，使後之人知之可耳。摭華貢諛，無庸向我聒也，我何壽之有哉？』

兆燕曰：『是乃母之所以壽也。不見夫庭前之樹乎？其始萌也，幾遭踐踏者屢矣，數年之後又加翦伐焉。今茲扶疎婆娑，喬幹竦立，衢枝密樾，蔭芘一家，而夏之烈日、冬之積雪，寒暑其所獨受，無有能代之者。然以視夫弱蔓叢葩熠耀於階砌者，菀枯榮落不知閱幾春秋矣。憶兆燕三十時，幸得與外舅同舉於鄉，當時都下之集百餘人。二十年後，橐筆入禮闈者十無一二，其中掇巍科、登膴仕，炫赫一時者，亦已衣狗浮雲，變態萬狀。孰是其可常者乎？故《易》之贊坤德曰「安貞」，《詩》之美葛覃曰「無斁」，蓋言壽也。今膝前二子皆成立。長者早有文譽，以第一人入上庠；次亦竭力事親，克奉甘旨。年近上壽而動履矍鑠，神明不衰，此人間之至福也。高孫、荀潘之妻，翟方進、王祥之母，雖睎是，其可得乎？』太孺人囅然笑曰：『利口哉！然吾無以易也。』乃於設帨之日召集諸子女外孫環列於座，各賜一巵。兆燕於三百里外舉酒遥祝，自引巨觥，既醉之後，筆飽墨酣，遂謰謱而爲之序。

椶亭古文鈔卷之八

陳母查太夫人五十壽序

在《易》兑下坎上，其象爲『節』，而聖人繫之曰『苦節不可，貞』，至六四則曰『安節，亨』，九五則曰『甘節，吉』。虞翻氏之言曰，六四『有應於初，故「安節亨」』，九五『得正居中』，『故「甘節吉」』。自古厲志之儒、獨行之士，當其艱貞秉操於萬難自處之際，風雨撼搖，雷霆震虩，幾幾有不克終日之勢。而險阻既過，萬象怡愉，居之而彌安也，味之而愈旨也，緜緜延延，丕承丕顯而無有極也。乃知安於其苦必獲所甘，聖人非令人畏厭其苦而避之也。

太守體齋陳公既治揚之明年，政成俗美，四境和樂。維時太夫人年甫五十，參佐僚屬舉酒爲慶，體齋公拱而言曰：『吾母，苦節之母也。吾之爲吾母子也，年甫六歲，吾母以吾爲子而卽罹先君子之艱也，年甫十九歲耳。先君子大故之後，吾母已誓以身殉，吾祖母指吾而謂之曰：「汝知我以此兒爲汝子之意乎？古人云：「撫孤難。」吾不欲汝爲其易者耳，且汝止知殉夫之爲義，而不知棄其夫之母與其孤之爲大不義也。」吾母迺强起食息，上以承堂上歡，下以鞠藐孤，供甘脆，延師資，靡不自十指出。憶吾八九歲時，吾母與吾共一篝燈，以鍼黹伴夜讀，天寒油凍，燈熒熒縮如豆。吾祖母聞吾讀書聲，愈爽朗，喜謂吾母曰：「是兒必能不負汝，今日但恨吾不及見耳。」逮數年，祖母老且病，吾母於醫藥、含斂諸大事竭力盡瘁，哀毁之深，感動鄰里。數年之内，營葬、娶婦，以一身獨力支持，不假旁貸。蓋勤儉其素性，而經畫之才復足以濟之。故自余成進士後，官吏部者九年，長安之地，米珠薪桂，而吾母以一歲廩祿樽節調劑，賴以不匱。居揚一載，家政悉如在京邸時，俸入之外一無沾潤，而賓從僮僕，食指近千，各得其所願無歉，至一切讞獄矜疑皆稟慈訓。揚州之地，舊俗侈靡，力諭以崇儉樸、慎蓋藏爲務。余小子之在内在外服官十餘年，倖得藉手以告無過者，皆吾母之訓也。』

於是參佐僚屬共舉一觴而言曰：『太夫人生平苦節如此，固宜其有今日之大榮而安享祿養，以至遐齡爲天下後世之女士勸也。』昔王博讀書，其母季姜爲之作衮，後以大年而致奇福，内外冠冕百有餘人；翟方進之母織屨長安，及方進封侯爲相，親見其富貴。以德獲福，蓋如桴鼓影響。從此太夫人維祺之壽與公之官爵勛名日進無疆，如川方至，他日沙堤黄閣，退食從容，太夫人以入座起居疊膺鸞誥，瑤環瑜珥祥萃一門。回憶終宵課讀，一燈熒熒時，亦何異登岸而回視洪濤哉？『澤上有水』之占，其敬爲太夫人獻之。是爲序。

汪母陸太恭人七十壽序

古人養老於春，故《周禮》曰『春養耆老』，《豳》詩曰『爲此春酒，以介眉壽』，潘岳之賦《閒居》亦曰：『熙春寒往』，太夫人『近周家園』。然則春日於養老爲宜，而有家園以養其親者，尤宜於春也。

歲在閼逢敦牂孟陬之下旬一日，爲主政汪君茮谷母陸太恭人七十設帨之辰。於時汪氏之别業九峰園中，梅璨其英，竹潤其翠，石丈離立如九老之棃顔，鮐背拱揖而獻壽。茮谷奉太恭人繡帔錦輿，偕其弟姪輩周覽園亭，斠春醪以養食。親串執友與茮谷綜理鹺務者謀所以侑康爵，僉曰：『太恭人之懿行淑德可以備彤管之紀者，吾儕更僕數之且不能盡。今將陳金玉、列鼎俎、鳴笙鏞以爲太恭人壽，而太恭人性厭奢綺，非所樂也。椶亭金子游宦於揚州者數十年，爲茮谷唱酬好友，知太恭人之壼德最悉，索其文，書之屏障，俾里鄙一共榮觀而俱有則傚，庶可以壽太恭人乎！』乃相與㕘戺而以文爲請。余曰：『諸君子知所以壽太恭人，而未知太恭人之所以壽也。君不見夫九峰之園乎？園自茮谷尊人恬齋先生吟誦其中，始名爲葭湄園。僻處城南，不與西北諸名勝相接。面硯池之水，枕古渡之橋，蕭瑟寂歷，人罕至焉。自恬齋先生㬎茮谷昆季培之、護之，一樹一石無使失所。迨蓄極而彰，翠華屢幸，其地榮錫今名，遂爲廣陵園亭之冠，迨今且十年矣。使當日視爲河濱葭菼之地，不甚愛惜，委於榛蕪，其能有今日之揚聲蜚光，勒崇名而表異寵也乎？然則人惟能自貴其身，而後天必思所以位置其身而不肯與泛泛者同類。而一視太恭人之初備箴於恬齋先生也，矜莊而齋遬，敏給而勤幹，及其育茮谷、愚谷諸君，而受誥命之榮，則愈謙抑而柔恭，寬簡而慈和，蓋終其能兼周伯仁之母之才、崔道固之母之德。隱而必彰，貞而能久，殆與九峰之園有合撰者乎？稱慶之後，春日方長，行看桃李之芳菲，魚鳥之騰躍，九十春光且與太恭人難老之算，共繇繇而無竟也。』是爲序。

汪閬洲七十壽序

昔先君子客嘉定之南翔，與新岸鮑君硯田同邸寓，見其人至誠純樸，作事有經緯，遂與作忘年交。硯田曰：『惜先生未見我表兄汪閬洲也。余之母，閬洲之姑。余生五日而母見背，少小養於外家，與閬洲如親手足。閬洲甫當弱冠時，父兄俱客游在外，家止祖父母與其母持家。閬洲年雖少而方嚴恬穆，人咸以東南鄒魯中人待之，生徒甚衆。脩脯所入，供兩代菽水及病母藥餌外，不以一文入私槖。母病時，每旦夕誦《金剛般若經》，以祈佛佑。病三載而愈，咸以爲至誠所感云。

乾隆戊辰，先君子作休邑司訓。休邑與歙相鄰比，有事謁郡守，則沿歙之西南鄉以往，常攜兆燕過槐塘，欲求閬洲訂交而不可得。槐塘有汪洽聞者，古君子也，言閬洲之事甚悉，曰：『閬洲以頻年學俸不足餬口，已作邗上之游，爲救窮計，其弟名增琪者在邵伯鎮，將與之謀而冀有所遇也。乃前日有家書至，知其弟以病歸，留滯揚城逆旅中。閬洲馳視之，稱藥量水，旦夜無少息。而回念高堂千里外，並無貲以寄甘旨，既勞且憂，更得寒疾。兄弟對榻呻吟，感動行路。伊孝友，其本性也。』先君子目兆燕，曰：『汝識之，此《獨行傳》中人也，他日必求爲益友焉。』乾隆辛丑，余自京職請急歸，客邗上江鶴亭方伯家。方伯羅珍羞，作雅樂，醉客於康山下。滿堂賓客意氣炫然，有一客處儕偶中，靜默無語。余問硯田，硯田曰：『此余表兄汪閬洲也。』其子斗張迎養在此數年矣。』回憶先君子之言，一見而成莫逆交。

甲辰正月，閬洲之伯母年八十，沒於揚。閬洲與其妻臮諸子視湯藥及終，治喪盡哀禮，無豪髮憾。人謂余曰：『閬洲前歲之請伯母來揚就養也，人或以太夫人春秋高，不宜遠涉，獻疑，而閬洲不應，固請之來。』今觀於此，則知其用心之苦也。蓋閬洲之伯父客沒漢陽，遺孤增琪未周歲，太夫人守節，撫孤至於成立。比受室生子，而增琪夫婦相繼亡，太夫人復含淚撫孫，乃未幾而孫又夭，曰：『吾何以生爲哉？吾當侍先人於地下矣。』遂誓不食。閬洲跽而請曰：『姪婦方有娠，脱生男當奉以爲後。長房次子可以爲三房後，三房次孫亦可以爲二房後也。』後純生卽以爲增琪嗣，孤寡纍纍，惟閬洲是賴。篤於孝友若閬洲者蓋難其人矣。閬洲謂余曰：『我生平攻舉子業最久，而未食其報。今以吾第三子紱問業於君，君其幸傳導之。』紱字黼平，沈篤能文章，英雋器也。學三年，幾獲雋矣。其兄斗張欲其佽助以養老親也，乃使之與賓幕中人有幹濟者游，以練其識，閬洲於是挈其眷以歸，今三年矣。

己酉正月，斗張謂余曰：『吾父於月下澣慶七十，吾兄弟皆不克歸里捧一觴以爲介。念吾父一生孝友敦篤，然諾不欺，勤儉持身，樂善不倦。畢生訓誨門徒，無不本以誠敬。迄今雖以恩例得布政司經歷職，誥贈兩代，而粥粥然仍不改三家村學究。時念生平竭力於祖塋祖祠及和婣睦族之事，常爲兒輩訓。君其善述，吾將寄以爲屏障光焉。』余曰：『尊大人，余數十年神交而不可得見者也。今一別三年矣，余老病難支，不能爲他人作嫁，逝將歸掩敝廬，卜家食之吉。暇或策蹇仍作新安之游，與尊大人作高年雅會，則今日數言不又可作將來之話具耶？』乃不辭而序之如此。

夏寔原配黃孺人五十壽序

古者，天子禮陽教，后妃理陰教，乾坤之義若對待然。乃助天子以爲教者，自司徒、樂正而下，以至酇長、閭胥皆有專職，豈后妃深處宫闈獨有潛移默化之方，使海内閨門一稟彤管之訓，而無須設官分職相助爲理與？蓋古者大夫、士之妻無非淑女，其夫能爲一邦子弟之師，其妻即能爲一邦子弟之妻之範。綱舉目張，身動影隨，故不必專設女官，而公宫、宗室之教，風行海内而無遺也。

六合夏君寔原攜其内子黃孺人司訓揚州郡學之四年，揚城人士頌黃孺人之壼教者，與寔原之政聲相埒。余與寔原同官寮，而寔原後至。孺人與老妻如女兄弟，每歲時令節，老妻庀廚饌，遣女奴迓孺人相過作内集，余署中有先君子之老妾暨余一妹、二女、一媳、一吾友孤子之婦，余妹及余長女各攜稚女一，余次女攜一兒一女，余媳攜一兒二女，吾友孤子之婦攜女二，婦孺十數人環伺客，若屏障然。孺人對十數人一一溫語慰問，茝蘭佩帨之贈，下至廚孃竈妾，靡有不周。老妻嘗謂余曰：『黃孺人，今之鍾、郝也。』孺人謂老妻曰：『吾夫之伯母，吾之姑也。吾夫五歲失恃，雖有繼母，實祖父母是依。吾之姑謂吾夫之能勤其學，而又鍾愛於吾也，遂來議婚。吾母歎曰：「奈繼母何？」吾父曰：「是何言與？漢之翟方進、晉之王祥，無妻者與？有孝婦，益有孝子是在，吾女勉之耳。」吾自歸夏氏後，小産三，大産二，痧痘之症各一，吾姑某太儒人調護之，噢咻之，竟忘爲姑之待媳，直勝於母之待女，夫何繼母之有哉？故吾盡脱簪珥，爲小郎娶婦，不以累舅姑之懷。姑没後，哭之，目盡腫。今十餘年來，米鹽瑣屑獨力支持。子女雖非己出，而寒暑疾病刻刻在抱。今吾臂不一握，飯不一甌，目終夜不交睫，安得復有如吾姑者爲之調護而噢咻之乎？』言訖卽雙淚承睫。老妻謂余曰：『黃孺人乃女中之曾、閔也。鍾與郝何足道哉？』余與寔原所遭之境同，而老妻與孺人，其性情局量又復相同。揚之人士皆傳孺人之壼教，謂其克爲一邦子弟之妻之範，余豈可無一言以著之《女誡》諸書之後哉？爰於孺人五十設帨之辰，奉一觴以爲祝而序之如此。

六一泉記

凡物之顯晦，莫不有其數。或顯於當時，晦於後世；或顯於後世，晦於當時；或當時顯焉，既而晦焉，晦而復顯焉。然吾安知其晦也，非天之欲其久顯不沒而故爲是埋藏伏匿、愛惜保護，蓄之久而發其光者著耶？

滁之瑯玡醉翁亭側六一泉者，卽玻瓈沼也，而舊志以讓泉當之。章衡云『甘如醍醐，瑩如玻璃』，然滁人皆莫知其所。後縣令魏公峴游泉上，見一石沒沼中，隱隱有文，曳而上，乃『玻瓈沼』三字，因知六一泉卽玻瓈沼云。石以沈沒得全，字畫分明，古拙可愛。使此石不沈於沼中，人皆知之，則當時顯矣，而或者銷泐於風雷雨雪，剝蝕於薄蘚蝸蟲，磨滅於搨工好事者之手，後之人欲求所謂玻瓈沼者，於何考之？歐陽公嘗云：『庶子泉，昔爲流谿，今山僧塡爲平地，起屋其上。問其泉，則指一大井曰：「此庶子泉也。」』使向者無此片石，有問玻瓈沼者，必指讓泉而告之曰：『此玻瓈沼矣。』然則石之沈沒於水而人莫知其所者，安知非天之欲其久顯不没而故爲是埋藏伏匿、愛惜保護，蓄之久而發其光者著耶？嗚呼，獨斯泉也與哉？

吴母程太孺人貞節記

吴薗穭、斝芍兄弟造我，請曰：『吾母苦節三十年，鞠兩不肖以至於成立，今年六十矣。兩不肖困守一編，跧伏里巷，不能取青紫禄養其親，邀當世士大夫之譽，懼吾母之淑德懿行不彰於後世也。吾子幸據其顛末備記之，我兩人將莊誦於老母之側而侑一觴焉。』余曰：『吾自入新安，即聞歙有程華仲先生著《新安女行録》，貞操奇節，靡不悉載，授其女，女能背誦之，是非太孺人乎？』兩君肅然而起曰：『是也。』『又聞歙有吴承翼先生，刲股以療祖母疾，夫妻皆稱純孝，是非子之先君子與太孺人乎？』兩君黯然以思，曰：『是也。』『又聞歙有苦節母，夫亡後，家徒四壁立，上養衰翁，下育兩孤，喪葬婚娶無不取資於女紅鍼黹。教其子，有不率，必加夏楚，且慟哭於亡夫之靈，以冀其子之哀而奮也。是非太孺人之生平，人人所傳道者乎？』兩君潸然掩袂而相顧，曰：『誠是也，斯言盡之矣。』聞之《禮》有曰：『寡婦之子非有見焉，弗與爲友。』蓋誠有見於母教之難能，而重勉人孤以立德也。

吾於歙得友三人焉，薗穭、斝芍外，則有方東萊。東萊亦僅有老母，而與二吴居爲鄰。余往來兩家，笑語竟日，非道義之言不敢出諸口。蓋兩家之母於其子之客至，必遣人覘其行止言論，以卜其賢否，其庸鄙無行者屏勿許入。余嘗雪暮抵二吴宅，薗穭他出，斝芍方擁敝裘讀書，燈熒熒出戶外。相見歡甚，沽酒對酌。炙至，味甚美。余訝曰：『空山寒夜，安所得此？』䜣芍曰：『此儲以供老母者，嘉客至，分其半以爲餉，勿哂其不豐而吐之也。』余曰：『此孝子之饌，慈母之餕餘，敢不飽與？』再拜，食之而盡。又嘗宿東萊舍，秋夜將半，月照四山如畫。與東萊攜手出步，叩吳氏門，䜣芍啓扉甚速。余笑曰：『斷君清夢，得無恚我？』䜣芍曰：『吾兄客游，獨吾一人侍老母側。老母尚於燈下課諸孫夜讀，督家人春明日糧，吾敢獨先寢與？』菌穭之游豫章也，道過休邑，謁家大人於官署，視其目睫隱隱有餘淚，當食，不肯下箸。詢之，曰：『晨與老母別，不能相舍。老母念我，今日必不午餐也。』坐客皆爲之輟箸，欷歔者久之。䜣芍館於堨田，隔一溪與家相望；菌穭館於梅村，離家三里而近。余與菌穭飲於梅村之館，欲留共宿，固不可，曰：『今夕未奉母命，斷不敢宿外舍。』其兄弟之事其母者如此，則太孺人之教其子者可知矣。

夫節母之於子不難於慈，而難於嚴。婦人舐犢之愛本易姑息，又重以煢煢孤露，惟恐不永其天年，則篤於愛而疏於教者有之，卒至終身惰廢，無所成就，隳其家聲者，比比然也。今菌穭、䜣芍操行純潔，於書無所不讀，詩、古文辭直與古人爲曹偶，聲名籍甚，而太孺人加意督責如童丱時，不少寬。辛未春，鑾輿南幸，選宿學能文者試行在，菌穭、䜣芍並入彀，聖眷優渥，繒紵繁袠賚自内府。兄弟各捧天子所賜物，陳於太孺人堂上。太孺人召而訓之曰：『自汝父棄汝時，汝兩人，大者始九歲，小者始六歲。吾惴惴焉，以兩人之不克保其朝夕是懼，今皆得納婦且抱子矣。回憶昔日，忽忽已三十年。三十年中，艱難萬狀，吾與汝二人備嘗之。今老身已蒙朝廷恩旌其閭，汝兩人又受聖天子特達之知，俱叨異數。此皆汝父德孝之報，而汝祖若宗所默佑之者。自今以往，汝兩人能致身清時，則出其所學，上報國家；

即不然，終老敝廬，而束修之入可以供菽水，娱我暮年，人品文章必期式於今而傳於後。有子若此，吾即可以下報汝父於九原而不愧。如其躁進干榮，苟且以圖富貴，雖五鼎以供，我老人有食不下咽耳。不願汝有此也。』藺穭、錤芍頓首於階下，曰：『小子謹識吾母之訓，不敢忘。』噫！斯言也，匪獨藺穭、錤芍不敢忘，我輩皆當敬佩之，不可忘也。故並記之，以復二君之請。

汪晴嵓春風晴雪圖記

余昔官揚州時，底山吴子時相過從，迨後客於此，或數年必一見。戊申正月，快雪時晴，几席間半有春氣，底山持一圖來謁，索余爲記。余諦視之，曰：『高峰右偏，側身西望，目營心醉，浩然與天地爲春者，非子也耶？其餘皆不之識也。』底山曰：『此汪子晴嵓之《春風晴雪圖》也。側步嵓間，自梅花中出者爲芮君春亭；蒼顔白髮，東睇高松而春在眉宇者爲汪叟天益；與叟並立，粹然恬然若芳蘭之竟體者，則晴嵓也；踏雪下山者，汪君翠桁；自松間出迎之而對語者，汪君咸中。余五人者，皆晴嵓朝夕講貫之人，而相與以成其德者也。』

兆燕閲之而有感焉。大地之中，同此春風，同此晴雪，富貴中人，以擾攘失之；貧賤中人，以抑鬱失之。今六君子者，登高臨深，俛仰自得，造物化機，共相領會春風沂水之樂，即於此焉見之，金谷蘭亭不足喻也。抑余更有進焉，晴嵓於圖中，年最少，而師事、友事者，皆能以融和之景物薰陶其性情，將見齒長德成，出爲世用，而膏澤之及物，皆諸君子相與以有成也。余雖老，尚能援筆記之。

杞菊廬記

古人專攻其業不懈而造於神，則其精力之所感召，雖天地不得以靳之，如橘之有井，杏之有林，其利益於人，若有鬼神陰相之者，非所以私便一身之圖也。

松莊薛君以醫名吳下者數十年，活人無算。年六十，有穹窿山道人以杞菊餉之，適滇南太守張公少儀於萬里外遥寄一畫軸爲壽，則杞菊圖也。薛君異之，爰闢其所居春雨樓之東偏而别爲一室，名之曰『杞菊廬』。後數年，余至姑蘇，遂因其友人翁君東如索余記之。余維杞之爲物見於《詩》，鞠之爲物見於大戴之《記》，李氏《本草》則以此二物爲輕身導氣、延年益壽之上藥。松莊之名其廬，豈以蓬萊之村、酈泉之谷自私其身已哉？莊周氏曰：『天地一蓬廬也。』聖王在上，調八風，順四時，民無夭札，物無疵癘，則埏紘之内恢恢一杞菊之廬矣。吾知松莊之所志者，大也。《洪範》之五福，以壽爲先，而孔子之論壽，必歸之仁者。夫醫，仁術也，松莊操是術而擴充之，則壽身者在是，壽世者亦在是。若必效天隨子之宅而種之、蒔之，僅食其實而餐其英焉，則不第爲董奉、蘇耽之所竊笑，而亦豈山人與太守殷勤相貺之意哉？是爲記。

枳籬記

枳，芬木也，橘逾淮則爲之。芳㪍蘊於內，芒刺周於外，其秉君子之德而善爲周身之防者與！故立身之道，譬諸揵六枳而爲籬也。籬之爲物，有所悍於外，而無所壅於內，君子處世當如是矣。『德枳維大人，大人枳維公，公枳維卿，卿枳維大夫，大夫枳維士』，『國枳維都，都枳維邑，邑枳維家，家枳維欲無疆』。古人之重上下相維，遞爲藩蔽如此。嗚呼，豈不慎哉？自昔有國有家者，大抵豐其屋，蔀其家，而不能植其樊援，內不見外，外不衛內，其埶不可終日矣。

汪君訒菴綿潭中有枳籬焉，屬余爲記，因書以遺之。

棕亭古文鈔卷之九

鮑竹溪同老會圖記〔一〕

《詩》之詠《杕杜》也，一則曰『不如我同父』，再則曰『不如我同姓』。《禮》曰：『五世袒免，殺同姓也。』夫一人之身，初分之，則爲兄弟，分之又分，以至於十世百世，派衍支繁，而得姓則一，猶之乎兄弟也。

余三十年前隨宦新安，與歙縣潛虬山下之鮑秀才薇省交。薇省爲余言，其先世棠樾村時瑩公有宗老之會，常欲倣而行之。余韙其言，卒未果也。後讀《李空同集》所以記棠樾宗老之會者甚詳，尤心慕之。乾隆癸卯正月之初，揚州程明經中之持鮑竹溪先生《同老會圖》，索余爲記。竹溪，棠樾人，即時瑩公之裔也。余昔不獲至棠樾一識竹溪，今得披是圖，如與竹溪作對面談，且全識圖中諸老焉。

嗚呼，盛矣！今之人聯聲氣，侈結納，每言四海之内皆兄弟，而其聚族之人或交臂不能道其名字，甚有摩錢煮豆，令人起尺布斗粟之歎者，抑又何也？聞竹溪之風，其亦可以少愧矣。余客游三十餘年，故里疎曠，少年時釣游侶伴邈若山河，每誦東坡瑞草橋瓜子炒豆之語，輒爲心怦怦動。逝將掉臂入山，與樵漁兄弟相問答，不知齒相埒者尚有幾人？倘能效先生之風，亦繪之以問世，則余之厚幸也夫。

【校記】

〔一〕會，底本闕，據正文補。

南樓眺月圖記

徐州太守牛公治績既成，訟庭無事，時與幕下諸賓，或臨池揮翰，或坐花賦詩，或分曹校射，一時勝引名流無不麇集。暇日命畫工各貌其像爲《南樓眺月圖》，屬海内文人吟詠其事。圖中，樓前左柱偉貌英姿，倚闌挺立者，太守公也；右偏一老，鶴髮蒼顔者，會心陳君也；扶杖樓前，且迎且顧者，斂齋徐君也；手執桂枝，露頂凭欄者，南珍金子也；月窗右檻，手持佛手，若有所思者，補山沈君也；左側並立，倚薄窗間者，淨意陳君也；卻立西偏，手拍陳君之肩者，菱溪葛子也；花間緩步，攜琴持璧而來者，恕堂蔡君也。樓前皎月在天，與紗籠燭輝相暎；桂香蓉豔，滃鬱露氣中；階下之桐，牆畔之蕉，颯颯有秋聲入耳。殆酒罷歌闌，三更夜靜時也。古人一時歡讌，遂慨然有千古之懷，蘭亭之會、西園之集，至今披其圖如見其人。

徐爲南北之衝，河流環抱，畚鍤紛總，俗悍民疲，使非平日經畫裕如，奠斯民於袵席，則太守與諸君子又安能乘此良夜，長嘯花月之間哉？昔坡公待客於黄樓之上，謂自太白後世無此樂已三百年。使當日以吹笛飲酒、乘月而歸之景象繪圖而傳於世，則後之人定當於桓山泗水間如將遇之。余知攬斯圖者，既以考公之治績，而兼欲一一識諸君子之姓名也。因覼縷而爲之記。

洪鑄先先生畫像記

世人讀《老子》之書，不得其用意之所在。逐響尋聲，無不以老氏爲遁於虛，淪於無，而無所事於天下者，是大不然，老子之志猶孔子之志也。周衰禮廢，上下僣露，文武之舊章，蕩然無存。是時，學古之士稍知先王之道者，靡不蠹然傷之。而老氏者，世爲史官，以其身繫斯道之存亡，而不克一展其用，不得已而投其身於遐荒絶漠之地，以冀其少有設施而存斯文之一綫。故其出關而西也，卽吾夫子浮海居夷之心。而五千言中有所不忍道者，其徒莊周、列禦寇之倫皆未足以窺其隱也。吾故曰：以天下爲心而汲汲於行其道者，孔子而外，惟老子耳。

揚州洪鑄先先生抱負偉重，於書無所不窺。年既衰，鍵戶卻掃，日吟玩自適，非平生厚德之交，罕見其面。人以先生孤迥離群，有誚其絶物而立者，有羨其守雌以老者，余以爲皆未知先生者也。先生少時攻舉子業，與其兄發聲里閭，一時有『二洪』之目。後其兄取高第，歷仕宦，而先生卒老於場屋。然黌塾之士讀先生之文，得其津筏而獲儁以去者，蓋踵相接也。先生豈無志於世者哉？歲庚辰，先生之子錫曈成進士，先生曰：『是區區者而不予畀，予固知予之命不足以行予之所學也。』兆燕與先生之子爲深友，而先生引爲忘年交。一日與先生語次，及《老子》之書，而因以平日之論《老子》者質之先生。先生曰：『有是哉！子之見，與我同也。我常慕老子之爲人，而因以我之貌，貌老子出關之貌，子知我且知老子者，其爲我記之。』余笑曰：『先生其以兆燕爲徐甲也已。』

重修節巖琇禪師塔院記

《記》有云：『古不修墓。』釋之塔、儒之墓也不修云者，言葬之至慎，無待於修云爾。至於甎甓之剝落、屋宇之傾頹，有不得不敝而改作者，此孝子仁人之用心，儒與釋無二道也。

節巖琇公以西蜀儒家子童真出家，四方參學，晚得忞公指示，大振宗風，最後住揚州之救生寺，世壽六十七而般涅槃。其時康熙丙戌之八月一日也，距今乾隆甲辰，蓋八十僧臘矣。塔院在西廊之西壁外，歲久不治，掃塔者蠹然心惻。後竹溪和尚主方丈位，大新寺宇；筠谷和尚繼之，益爲葺構。獨節祖塔院日益墜壞，筠谷慨然，謂其本支伯叔兄弟曰：『是不可以謀之婆羅門優婆塞也，吾輩子孫忍坐視乎？』乃鳩集諸法嗣，得銀若干兩，重修寶塔，覆以高甍，於甲辰八月一日落成。

是日也，鳴大法螺，震大法鼓，僧俗麕集，香花圍繞。心出家人全椒金兆燕目擊其盛，合十讚歎曰：『善哉！善哉！琇公見性歸空，視此塔如已陳芻狗，而子若孫嗣其法，必護其塔，即此見有因有果，其理彰彰。今世之人，生爲流隸，死爲轉屍，其身不知其祖父之丘墓，而委骨之地，其子孫亦不之知，餓鬼寒林充塞殆遍。其甚者惑於青烏家言，欲以父母之遺骸，津其子孫之利祿，蓄哀不葬，日久歲深，至楄柎腐爛而不可舉。抑或數葬數遷，使枯腐無寧晷，是不第吾儒之罪人，亦釋氏之所謂入地獄如箭者也。』

余嘉筠谷之事，而益歎琇公之法能流衍於無窮，因爲之記，以永之貞石。其輸資之嗣，皆載其名於碑陰。

金粟庵碑記

出安江門，循中埂右轉，迤邐而下，過古渡橋，北行而西，渡略彴，循掃垢山脚西行墟墓間，望叢灌之中，竹籬環繞數百畝，藏精舍一區，則金粟庵也。

余與庵主竹溪大和尚結方外之交者二十年。後竹溪主寶筏寺方丈，余亦自揚州遷國子博士以去。乾隆辛丑秋，請急南歸，復客揚州。則竹溪已罷講，仍居庵中，習禪養老，泊然無營。余有句贈之云：『我已休官君退院，白雲深處兩閒人。』蓋紀實也。一日，竹溪謂余曰：『老僧精力盡於此庵，恐後世子孫不知緣起及諸檀越布金願力，而不思所以守之也。及今其爲我記之。』余笑謂之曰：『浮屠不三宿桑下，師尚未能放下著耶，試姑爲我言之。』竹溪曰：『庵本楊姓夫婦出家之地，其時止草舍三間，奉觀音大士。後有張居士仙洲者病危惙，夢大士教以方，疾遂愈。愈後又夢大士謂之曰：「吾住竹門內茅屋中，不蔽風雨，子其圖之。」一日，至南郭外，有老夫婦二人倚竹扉持觀音咒，憬然有悟，入其室，則大士像即夢中所見者，乃改易棟宇，新厥居焉。楊氏夫婦歿後，延先師祖某公臮先師某和尚居之，迨老僧相繼住持之日，而大檀張居士、蔚彤、芳貽臮芳貽之子敬業，相次施金，不異須達長者。今之曲房連簃，修亭爽榭，冬燠而夏清，使往來人士徜徉於桂馨梅馥之中而談笑終日者，皆諸居士之力，而老僧辛苦以締構者也。』余聞之而有感焉。《書》曰：『若考作室，既底法，厥子乃弗肯堂，矧肯構？』《詩》曰：

『如竹苞矣，如松茂矣，兄及弟矣，式相好矣，無相猶矣。』夫古人作一室而必計及其子孫，且及其子孫之兄弟，誠慮之周而欲其久而不替也，而況以道相傳者耶？夫七佛五宗密授心印，獨臨濟子孫至今蕃衍。語云『挈瓶之智，守不假器』〔一〕，亦謂其能守焉耳。竹溪以創爲守，後世卽以守爲創，可乎？竹溪名祖道，姓范氏，文正公之裔也，故其志趣猶有施貧活族之遺意云。諸檀越施金及置買田畝之數，載諸碑陰，俾後之人有所考焉。是爲記。

【校記】

〔一〕『守』，底本作『手』，據《文選·張衡〈東京賦〉》、《三國志·魏志·田豫傳》改。

重建泰州樊川鎮水陸寺記

如來以無邊身、常樂我淨、四大充滿盡虛空際，隨應説法，舍衛國祇陀園皆不足爲立脚地，況肯三宿桑下哉？顧有學無學人新發意，熏習四禪，求得須陀洹阿斯含以至阿耨多羅三藐三菩提果，則非廣集善友，勤修白業，盡面壁之功，老老大大終無住處。故自榆欓經來之後，寶坊初地遍南瞻部洲，而洛陽伽藍處處皆堪紀述也。

泰州樊川鎮水陸寺創建唐代，歷宋、元、明，興替迭更，不啻千萬劫。我朝康熙二年，曾一修葺，然寶殿傾頹，金容剝落，飯僧田畝爲一闡提蕩廢殆盡。乾隆六年，松真和尚爲各鎮檀越延主方丈，乃造東西兩樓，贖歸田七十餘畝。後其徒樂也老人又贖歸田三十餘畝。至是而時節因緣不期而至。二十三年，樂也示寂，傳法振正，深觀三昧，大振門風。至二十八年，本鎮樊氏長者有子曰某，今佛名某，發心出家，行頭陀行，具六波羅蜜，乞貧乞富，日食一麻，所募金錢積之鉅箭，不數年而寺宇重建，趺光重新，開堂傳戒，望旛幢而來集者百數十人。嗚呼，可謂盛矣！從此，四方學者入不二門，證無生忍，得煖法、頂法，住不可思議解脱，皆於是乎在。可無一言以記之與？寺爲基若干畝，屋若干間，講法之堂、香積之櫥、湢室溷軒，井井皆具。塔院墳塋地若干畝，高下水田共一百零八畝。後之繼者，雖不能增廣之。亦當謹護持之，我佛天眼是證是鑒，勿使罡風吹墮羅刹。善哉，善哉！

崔鳴岡施建隆寺菜田記

浮屠之法待食於人，故托盋沿門乞貧乞富，惟一飯之是急。鮭菜，飯之輔也，自薙染守木叉後，凡鳥獸蟲魚之味不得入口，一麻一麥而外惟纏齒之羊供下箸耳。故農圃並稱，饑饉同慮，菜之爲功實大。

泰州崔君名岐，字鳴岡，信善樂道，今之檀波羅蜜也。偶至郡城，過建隆寺，見僧衆午食惟飯一盂，鹽數顆，喟然歎曰：『富人厭膏粱，貧士飽藜藿，此纍纍者並菜羹不具乎？』寺主夢因和尚起而謂之曰：『運水擔糞，頭陀之職，非僧惰也，無地奈何？』崔君曰：『吾將爲諸僧謀之。』適寺東有焦姓菜田二十畝求售，崔君遂購以施寺爲常住，伊蒲之供於是上堂，僧衆皆得捽茹斷虀，段食無缺。一日，蕪城外史與和尚出寺，觀菜田青潤滿目，曰：『是不第足供齋廚，亦可助詩興也。但不知何處得此禪味耳。』和尚曰：『吾將以百歲羹澆二紅飯爲獻，肯飽此乎？』余曰：『是足以滌我塵土腸胃矣。』飯罷無事，乃援筆作記以貽之。乾隆甲午秋日。

慧因寺募化齋糧疏代

自昔舍衛之國、羅筏之城次第經行，不辭循乞，蓋學佛原非求食，而忍饑實難誦經，故應器隨身，不能無待於長者之檀波羅蜜也。

慧因叢林爲輦路豫游之第一境界，城闉清梵，四境皆聞，日夕挂單著倍於他所。今值儉歲不登，大眾束腹。福先忝爲上首，惻然憫之。然坐釘關、擊竹柝者實繁有徒，增上慢耳，豈值拈花一笑哉？聊敷數語，告諸能仁，如不嫌饒舌寒山，請大家書一貞字。乾隆乙未季秋謹疏。

郭定水道士募造舟啟

蠲去邪累，澡雪心神，卽吾儒存養之功，而釋家入不二門之法也。定水仙翁棄官學道，棲終南山五十年，乾隆戊申，年一百二十四矣，與余見於揚州，矍鑠其貌，醇粹其容，日行數十里，談笑至夜分不倦。叩其所得，曰：『余惟無妄念而已。』今將造一舟，游戲江湖以自適。濟川作楫，吾輩之任也；布帆之贈，諸君子其有意乎？

募修萬松渡啟

輿梁徒杠，古之制也。若水道衝衢，舸艦往來之地，則橋不可建，仍需乎舟渡矣。揚州萬松渡者，汪氏萬松主人之所建也。當日汪上章翁既建萬松亭於平山堂側，因自號曰萬松主人。一日，欲詣運河之南，而糧漕正擁，上下之舟不絕，粥渡者索直居奇，且多欹側傾危之患，乃另設此渡，邑人稱之爲萬松渡云。萬松主人歿後，此渡無人照料，船隻日壞，馬頭漸傾，過之者蒿目趦趄焉。本坊居民不忍坐視，乃鳩工庀材以續修之。馬頭裖以大石，渡船易以堅木，操舟者必選好手。但慮工程浩大，非一人之力所克勝也，特設募簿抄化，以蕆其功。諸君子往來此渡者各發善心，克襄盛舉，則萬松主人之功緜延不敝，亦當爲禽息之陰慶也已。

吳穀人竹西歌吹跋

余游宦揚州二十餘年，往來朋箋大率以長短句爲酬答，然不自收拾，隨手散去。《下里巴人》雖數千人和之，不足貴也。穀人太史《竹西歌吹》一帙，半係昔年賡唱之作。長安秋雨寂寞，苔牀欹枕讀之，覺酒醲香濃，忽忽如前日事。潞汶至江淮，風帆僅匝月耳，迴首歡場，固非竹林之寺、桃花之源，不可再到者。逝將布韈青鞋放浪於四橋烟雨之際，想李漢老玉堂清夢，定猶在疎籬茅屋間也。庚子秋日書於都門邸舍。

方漱泉游草跋

今年秋，漱泉自西江乘舟過彭蠡，赴金陵應省試，湖中候風三日，張帆後不三日遂達白下。舟中居未浹日，得賦一篇、文一篇、往體今體詩共六首。唐人覓舉，多以其行篋所弆，求知己於公卿間，故顧雲以《鳳策聯華》獲譽，而王維亦哀其生平得意之作，邀貴主品藻，然後以解頭登第。文章至此，可謂不幸。漱泉以淩厲一世之才自寫胷臆，烟波雲濤中高吟酣叫，自足陶峴之樂，並不求有賞識袁宏者。余不見漱泉十五年，而詩筆益工，意氣益豪。古人謂『虎氣必騰上』，今其時矣。戊子中元日。

跋吴岑華先生集後

右《溪上草堂集》幾卷、賦幾首、古今體詩共若干首、詩餘若干首，刻於乾隆丙子仲春。越三月工竣，於時距先生之歸道山已七年矣。

兆燕自幼好爲韻語，每侍家大人與先生談，竊聽不倦。後先生被薦入都，間隔數載。己未歸里，獨引余相唱酬。辛酉冬，計偕北上，乙丑登第，官西曹。余亦以從宦新安，不復相聚，中間衹戊辰春在都下，己巳春在里門，暫一合併。而先生遂於庚午夏捐館舍。聞易簀時，持是編囑其老僕，留以付余。余亟索而藏之。數年來，入吴、入楚、入燕，無日不攜之行篋，每於孤館昏燈、蓬窗明月之下，展誦一過，輒爲失聲。凡遇海内名流，與先生或相知或不相知，靡不取而共讀，有爲之長喟欷歔者，蓋誠知先生之才而悲其命也。昔先生病中，余寄書促其裒訂授梓，先生答以『棲心白業，萬念灰冷，副墨名山，無非泡幻』。余甚懼吉光片羽不能復留人間。乃撒手之餘，猶以是爲惓惓而託之小子。是知生天慧業，歷劫不銷，固有未能與過眼烟雲一齊放下者矣。是書處余篋凡數載，今其嗣子克讀父書，傳之不朽。心燈未熄，先生於此，其淩雲一笑也乎？先生古文及駢體無一不工，而遺稾近多散佚，茲以余所藏得完。昔人云：『千秋萬歲名，寂寞身後事。』洵可慨已！

北黟山人集跋

兆燕二十年前隨先君子入新安，往來歙之巖鎮，得楞香先生梅莊詩，讀之並求所謂梅莊者，與同人觴詠其下，吸松泉，倚娑羅樹，想見先生宦成歸養之樂。嘗與松原、二匏兩吴君作梅莊雜詠以紀之。

數年來，於揚州得交吴君廷耀，詢知其爲梅莊後人，益相敬重。一日，廷耀過余，雀躍大喜曰：『司成公全集之版至揚州矣。』又憮然淚下，曰：『非我好友，幾使我負疚地下。』余聞其言，錯愕不可解，詢之，則知此集與其家乘之版已爲族中人攜至姑蘇，鬻於坊賈，而徐君友竹代爲轉購以歸也。少陵云：『千秋萬歲名，寂寞身後事。』故波間之瓢、草裹之家，達者直視爲委蜕物。然取精多，用物宏，必有足以自永之道，而不隨劫運爲乘除者。先生之集將失，而復得，而轉獲賢子孫保護而流傳之，吾知先生之精爽，必有與是集以俱存者也。廷耀讀書識大義，交友有古人風，其三子皆英雋物。公侯之子孫必復其始，則先生其有以默相之與？

戴蕁浦詩集跋

余弱冠時，與京口詩人鮑步江訂文字交，爲余言其里中風雅之士，以蕁浦戴君爲稱首，余心儀之。歲丁卯，余舉於鄉，蕁浦亦雋京兆試，乃數十年同年之友，而聞聲相思，獨無緣一識其面。今年春，余以國子博士來官京師。同年生官輦下者爲獻歲之集，則蕁浦白髮酡顔，昂然上座，蓋年已近七十矣，方且需次銓曹，將以銅墨之職自試，余見而壯之。次日囊其生平所作詩數千首以示余，且曰：『余之詩，就正於海内名宿者衆矣，其賞析訶潤實獲我心者，頗有其人。然聞子素有直諒多聞之譽，試爲我爬羅而搜剔之，雖引繩批根，勿惜也。』余受而讀之，凡五旬而卒業。余與蕁浦甫定交，乃讀其全詩，如朝夕周旋數十載者。蓋蕁浦讀書多，聞道早，雖奔走四方，而不爲婞嫛之態以諧俗，故其詩皆敦厚質實，必力追古作者而後已。三復讀之，益信步江之非妄歎也。憶三十年前初來京師，九衢連袂之友如雲如虹，余亦壯年，盛氣淩轢，其間乃不轉瞚而落落晨星，半爲異物。今仍得與蕁浦一燈相對，樽酒論文，不可謂非厚幸也。他日蕁浦以其所學得一邑而小試之，絃歌之化，樂觀厥成。

山川風俗譜入聲詩者必非俗吏之所能爲，而余一官落拓，萬事灰冷，廢棄筆硯垂二十年，齒落面皺，無一字可質知己，則真所謂臃腫支離，匠石之所不顧者已。爰率臆縱書，以殿其後，而復於蕁浦。

尊浦其亦有感於余言也夫。

夢因上人詩集跋

唐之詩僧不下百餘人，惟《杼山集》高挹群言，不傍他人門戶，故其時有『霅之晝，能清秀』之語。夫清在神，秀在骨，非但有蔬筍氣便可冒爲之也。

二十年前初與夢因定交，卽舉此語以證於史君茗湄。茗湄深然余言，因謂今日詩僧可當清秀之目者，惟夢因上人一人而已。夢因爲人恬雅蘊藉，蓋以韻勝者，其神清，故無塵雜之念；其骨秀，故無鈍笨之態，讀其詩如見其人也。昔朱放、張繼、皇甫曾諸人與靈一爲塵外友，自夢因示寂後，余遂無塵外友矣。悲夫！

棕亭古文鈔卷之十

程竹垣聽清閣小草跋

余與竹垣訂莫逆交數年。竹垣擅吟壇重譽，所作古今體詩數千首。今偶錄近作數篇，鐫爲小幅。或有怪其太少者，余曰：『買菜乎？求益也。吉光片羽，威鳳一毛，全體見焉。』古人隻字之工，半語之雋，卓絕千古，正不在多爲贅語，效詅癡符耳。張爲《主客圖》以白居易爲廣大教化主，賞其工，非羨其卷帙之富也。他日竹垣全集出，必有以雞林遠購者。靈蛇之珠，大不盈握，君亦試觀其光彩，可矣。

汪秀峰印譜跋

昔人謂『讀書須先識字』，余謂識字須先識篆書，篆書既明，則上泝之可以窮源，下沿之可以匯流，而譌書俗字不得入其胷臆矣。古人教數與方名，以爲小學，今之所謂六體、八體、大小篆書，卽古之方名也。古人童而習之，今人黑白紛如也，可乎？三代之世，去今二千餘年，其器物之僅留者，千萬中不得一二。獨其同文之書傳之至今，如親與古人接其面目，而鐘鼎尊彝亦藉以爲甄辨之據而得其真贋。

篆書之所係，顧不重哉？

秀峰先生來游揚州，一襆一笥，蕭然如窶旅人，而秦漢印章數百，皆襲以古錦，列置几案間，客有過之者，卽出以相質。一鈕一黈，辨之必精，考之必確，口吟諷而手摩挲，朝夕不輟。嘗謂余曰：『昔人錢、馬皆有癖，吾惟癖此冷銅數片耳。』余笑曰：『子殆將以《説文》癖匹《左傳》癖乎？』别後寄印譜誣諉作跋，因述其語以歸之。

慶芝堂詩集跋

余自癸酉春自楚入燕，至甲戌秋始歸里。舊侶相見，備詢游歷。余曰：『吾此行有三得：泝九江，得見廬山；道經齊魯，得見泰山；居都下，得見遼東戴遂堂先生。然亦有三憾：過廬山而未觀瀑布，過泰山而未登日觀，見先生而未獲讀其全集，盡聞其緒論也。』

蓋余自童時卽聞北地有所謂『遼東三老』者，一爲李徵君眘山，一爲陳布衣石閭，其一則先生也。私心嚮往，每於友人之自北來者或傳其零章斷句，必珍重省錄，藏之篋衍。甲戌落第後，客居尠歡，求所謂三老之蹤跡而物色之。有知之者曰：『眘山、石閭已棄人間世，惟遂堂巋然獨存。』余亟訪謁，一見如平生歡，互出其所作以相質，不作一面諛語。未幾，先生就養於其猶子藍輝明府儀徵官署，余亦匆匆南歸。丙子春，客杭州，遇先生於吳山之麓，執手大快，遂相與俱歸江北，留館真州共數晨夕者半載。一日，盡出其生平所作以示余，余讀之旬日而卒業，躍然喜，復爽然自失，如河伯之見海若，望洋而歎也；如聞張樂洞庭之野，滿谷滿阬而守神塗郤也。余夙昔愛南朱北王之作，奉爲圭臬。厥後聞趙秋谷『貪多』、『愛好』之論，始稍稍厭去之。將爲泝流尋源之學，而風塵奔走，日不暇給。今讀先生詩，乃知返虛入渾，自有境地，從前之紛紛耳食，盡成土苴矣。先生詩上自漢魏，下逮初盛唐諸大家，皆擷精取液，如金入冶而熔鑄之，不肯稍降一格以徇時目。而於贈離賦別、感生傷死之際，尤纏綿悱惻，委曲動人，蓋其性情真摯，有流露於不自知者。

兆燕辱先生知己之愛，爲忘年交，故不揣檮昧，敬綴數語於簡末。憶昔初見先生時，問江南名士，余以鮑海門對，先生曰：『吾神交此人久矣。』因示以懷海門詩，且備詢其游歷居處。後來江南，遂與成莫逆契。余族叔麟洲訪詩學於先生，先生館之幸舍，歿而爲之殯殮，哭之甚哀。余所交海内名流殆遍，而愛才好士未見有如先生者。雅材百五，而《谷風》、《伐木》詩人三致意焉。後之讀先生詩者，其亦知所興起也夫。

書王汝嘉汝璧詩文稾後

《周禮》本俗有六，兄弟、師儒、朋友，皆曰『聯』。聯者，同道同術，不徒形氣之謂也。

王君昆季自蜀中數千里泛舟而下，由楚而吳而越，凡風景之變幻、江山之奇麗、川塗寒燠之異，宜見諸嘯詠者，若壎篪之迭奏焉。昔李氏集名《花萼》，竇氏集名《連珠》，古人每豔稱之。然一門之中人人有集者，獨推王氏。今兩君以兄弟爲師友，騰光飛聲，必有駕五之三、少而上者，王孫公子其不鏤而自雕與？聞王君昔年嘗萍居含山，含山去吾邑僅百里，乃絕未相聞。今年秋，同客揚州，始克讀其文而願交其人。遠求騏驥，不知近在東鄰，余滋恧矣。

秦西堈西湖雜詠詩跋

昔人於里居之地，綜覈見聞，抒其才藻，不難震動耳目，如竹垞檢討之《鴛湖櫂歌》，驚倒一世，至今稱爲絕唱。然此特莊舄之越吟耳，若行李經過之地，愛其景光，蹔爲留滯，雖有雅材，不暇排纂矣。西堈先生客武林不浹日，而西湖雜詠之作至三十首，徵引賅博，有朝夕湖上之人所不及知者。信乎胷中有萬卷書，乃可足下行萬里路也。

答汪艾塘書

辱足下不棄，執弟子禮，欲問途老馬。僕衰瞶荒落，安能有所裨益？然念與尊公結交文字之契者數十年，而溘然先逝，能不玉成佳器以慰下泉？竊以讀書之道，窮經爲本，詞章爲末；立身之道，孝弟爲本，才華爲末。狂瞽之談且作乘韋之先，以後有所譔著，寄來評閱可也。

黄鈍壽獨立圖説

《管子》曰：『去欲則宣，宣則靜，靜則精，精則獨，獨則明，明則神矣。』鈍壽先生以幹局之才游諸侯間，無時不與人共處，而自寫其照曰『獨立』，於此可以知先生之抱也。夫人苟不自有其獨，則纍纍隨行，役役逐隊，吾且喪我，安能濟人？明乎獨立之旨，則一世可渾同也。相其光，同其塵，守其獨也。心醉六經，目營四海，無在而非獨。若僅以爲前不見古人，後不見來者，而念天地之悠悠，則不靜不精，而獨之神不著。

馬大寶字其玉説

吴伶馬大寶，色藝雙絕，挾技游揚州，名籍甚，與甘泉龍明府若柔奴之愛坡公。明府亦喜其嫵媚可人，無棃園習氣，字之曰『其玉』，囑余爲之説。余惟《毛詩》有云『溫其如玉』，玉之德，無不有，而尤莫妙於溫，故溫柔爲詩教，而溫潤爲玉情。人而能溫，則得春氣多，而眉宇之間盎然可愛。溫至於玉，溫之極也；人如玉溫，斯爲玉人也已。《淮南子》云『賓玉之山，土木必潤』，龍公其賓玉之山也哉！

贈君公塾訓跋《塾訓》附錄

學生要用心讀書，虛心受教，外面不可結交匪人，館中不可優游虛度工夫，要勇猛、沈潛、精進，不可自恃。讀書要實實記得，講書要實實領會得，讀文須擇其靈動有生發者讀之。作文要體貼書理，要揣摩聖賢語氣，前後要有步驟，有針線思路，又要生發得開。在題理上尋，不是多引經書之説。凡一題到手，睜開眼孔，放開手筆，將題之前後左右、虛處實處周詳審度，實實在在自出心裁，做一番新樣文字出來方好。而頭一篇更要緊，頭一篇之破題承起講尤著實要緊，不可草草混過。起講頭須要有意思，有體格，有氣燄，不可纖小取憎至於小學。論則隨意生發，無所不可，愈出愈奇，愈奇愈正，手舞足蹈，左宜右有，自入佳境，但不可冗沓駁雜以起厭耳。書法要筆筆端楷，亦開卷引人歡喜之一端也。勉之勉之！切記切記！

此先君子少時，祖父自京中所寄諭也。兆燕初讀書，先君子即以此付之。至臺駿十歲，兆燕又以此授。後臺駿授之璡。丙午秋，璡殁，檢其篋笥，則此紙完然，與所讀經書同襲。昔趙簡子以訓辭，書二簡，授伯魯、無恤。無恤誦其辭甚習，求其簡，出諸袖中。璡年少能文，好學不倦，克家之器也。乃年甫逾冠，僅以諸生食餼，四年而亡。喪予祝予！抱慟曷極！今仍命臺駿裝池弆之，他日我祖我父在天之靈，使如顧況之再得非熊，而恭衍此訓於無斁，豈非大幸也歟！乾隆五十二年歲次丁未仲春孫男兆燕謹識。

不孝數年來，無日不與大人在離別中也，至今日而爲永離長別之日矣。嗚乎，痛哉！

憶不孝七歲失恃，大人以慈兼母，以嚴兼師，鞠育恩勤，靡所不至。今日矗識之無，不敢面牆自棄者，皆大人之教也。詎意不肖之身重負罔極，年將半百，一事無成，潦倒風塵，求升斗之養而不可得，寄人宇下，奔走連年，致使大人衰病龍鍾，不能藉不孝一日左右扶持之力，不孝之罪尚可逭哉？

蓋不孝自弱冠後，即與大人聚首之日寡矣。歲丙辰、丁巳，大人客嘉定二年；辛酉、壬戌、癸亥，客揚州三年；甲子各館他舍；至乙丑冬，隨任休邑，朝夕侍奉者僅一年耳。丁卯，歸里鄉試；戊辰，就試禮闈；己巳，又送晉氏妹于歸；庚午，就蕪湖館，旋入太平使院幕；辛未，授徒松蘿山中；壬申，又計偕赴北；癸酉，自吳而楚而燕；甲戌，下第南還，而大人已致仕歸里。當是時，傾囊倒篋，並無半歲之儲，相顧咨嗟，難以存濟。故不孝六月抵家，八月即饑驅而出，隻身居揚州，四月所謀無一成者，殘冬風雪，典裘而歸。除夕侍大人飲，慘然不歡。乙亥人日，即復出門，顧影茫茫，靡所稅駕。於是轉徙他鄉，客鳩茲者一月，客姑蘇者兩月。孟夏之初，始得入石門之幕，蓋至是而不孝始長爲遊子矣。屈指遊歷，由石門而儀徵、而昭文、而揚州，中間復三至都門。七年之中，雖屢次歸覲，而旋歸旋出，蓋未嘗與大人有彌月之聚也。大人自丙寅中風後，言語謇澀，行步遲緩，皆以爲老人常態耳。懸車以來，猶能授經訓徒，與親故相酬酢，故不孝頻年歸來，尚可勉强復出。去冬省覲，見大人氣血俱虧，精神全耗，乃定計閉戶作鄉里塾師，以謀菽水。大人曰：『汝且應此次會試，倘得一第，卽歸養吾老可也。』詎知不孝毷氉京華之日，卽大人呻吟牀笫之時乎！六月至揚州，猶未知大人四月已病甚也。方擬暫停征轡，少謀脩脯，至八月然後言歸。七月七日接大人手諭，始知抱恙已久，急欲一見。不孝神魂失措，憂懼交加，星夜奔馳，入門拜大人於牀下，相對掩泣，未嘗不痛自切責，深悔此番北行之大誤也。是時，晝不能行、夜不能眠者，蓋已四閱月矣。所幸飲食尚未甚減，藥餌尚可頻進。不孝已私誓跬步不離左右，而大人知家無擔石，難以久居，中秋之夜猶促不孝出門。不孝重違大人意，而寸衷如割，又有不忍對大人言者。輾轉遷延，不肯就道，而里門之內又實無生計可圖。中夜飲泣，無可告訴，惟冀大人病漸痊，體漸健，不孝得數十金束脩之入，卽可朝夕庭闈侍奉几杖。夫何八月之末，舊疾轉增，至九月而半，匕不進者旬日，遂舍不孝而長逝也耶？嗚呼！痛哉！痛哉！

大人數年來固常常病，不孝未獲一嘗湯藥，獨至今歲，不孝歸而侍疾，竟不克延。不孝卽捐糜頂踵從大人於地下，亦不足贖不孝之罪也已。大人最愛兩孫，雖衰病，猶以課孫爲務。自次孫冬郎殤後，尤憐長孫三元最篤，彌留時，呼三元在側，猶錯呼冬郎。前日，不孝於書頁中，見大人手書片紙云：『今春，夢冬郎牽衣言：「孫苦甚，待祖父來攜持。」我大哭而寤。』今大人舍三元撫冬郎矣。大人爲不孝諭冬郎曰：『汝毋謂汝苦也，汝卽幸而長成，亦不過忍饑誦經。橐筆爲他人作活，其苦殆甚。今汝有祖父相依，汝卽不苦。汝其善侍祖父，勿更念汝父汝母與汝兄也。』不孝於里門終無生活計，明年仍當客遊。從此不孝將出，大人其尚扶杖而送乎？不孝將歸，大人其尚倚閭而望乎？雲山綿邈，客舍蕭條，再盼大人平安數字而不可得矣。不孝拙於逢時，半通尺組，自知無分。然卽倖叨寸進，濫邀一官，亦不過飽妻子，豢奴僕耳。其猶能坐大人於堂上，而進一觴、嘗一臠哉？昔王逸少，年未四十，便作誓墓之文。不孝願得積橐金，置墓田數畝，奉大人與吾母四孺人安妥兆域。妻子苟不凍餒，不孝卽廬墓讀書，輯大人遺稾壽世，誓不靦顔依人，碌碌作蒯緱之客。但今日欲家居，則無以爲生；欲客游，則不忍離殯次。徬徨瞻顧，進退觸藩，大人其如不孝何？不孝其如大人何哉？

大人生平行誼，表表在人耳目，四方交游皆能言之。不孝將備述，以丐當代名家作爲志傳，垂之不朽。今第揮灑血淚，向大人覼縷而長號焉，蓋亦猶夫臨行拜別之瑣瑣也。大人乃竟無一言以爲答耶？嗚呼！痛哉！

祖靈文

哀念府君，棄予小子。歲序再週，天運如駛。喪期有終，永慕無已。三年之内，重哀累傷。叔父仲弟，先後云亡。同居有妹，復慟新孀。欒欒棘人，衣食奔走。丙舍白雲，登高回首。淚隕朝雙，腸迴日九。歸來入室，慘入心脾。孤姪猶弱，寡妹何依？九泉應念，獨力難支。今夕釋衰，明朝襆被。風雪關山，蒼茫無際。一經堪守，半菽難圖。何時閉戶，終讀遺書。

祭晉孺人文

嗚呼慟哉！前月我歸，孺人在牀。病已六月，左體半僵。未及一旬，忍淚而別。匆匆數言，便爲永訣。明知死別，乃作生離。今日歸來，棄我如遺。作活依人，萬事牽掣。藥不克稱，殯不克視。余持賻助，來奠汝靈。哭汝三日，旋又遄征。明年再歸，謀汝安宅。相期他年，與汝同穴。暮齡棄職，本爲懷安。仍復乖吝，饑走江關。囊悲緘哀，率彼曠野。不若尋君，女青亭下。

祖靈文

嗚呼孺人，明日去矣。棄我敝廬，永幽瘞矣。我每出門，孺人治裝。執手送我，有淚數行。明日孺人，往卽幽宅。僅一宵留，遂千古別。莊盆既鼓，趙蔭如馳。昌黎有言：『其幾何離？』送君遣車，駐我征軑。三尺既封，一鞭孤往。我去誰顧？我歸誰親？他日我返，宿草已陳。

哭璡文

維乾隆五十一年，歲次丙午，九月辛未朔越初十日庚辰期服，祖兆燕設齋於揚州之金粟庵，哭奠冢孫皇清廩膳生璡之靈，曰：昨初三日，汝父來，知汝已於閏七月二十四日死矣。嗚呼慟哉！八月我尚有兩諭寄汝，而不見汝一字，心正憂疑，恐汝癲癇本疾太劇，孰意汝竟以瘧痢亡耶？揚城朋友皆知汝父不在我側，不以汝死告我，孰意汝父在江省鄉試，家人亦不以聞。直至試畢而歸，始知之耶！今我神氣昏散，不能多與汝談，擬於季冬歸家葬汝，撫棺致慟，覼縷言之。昌黎有云：『其幾何離？』嗚呼慟哉！

祭璡文

嗚呼！吾與汝，祖孫也，而讀書論文，直一忘年之朋友耳。憶在揚州郡學時，汝方五歲，已識數千字。取李賀《高軒過》命汝讀，三寓目即闇誦不誤，因謂汝曰：『此人年僅二十七耳。』汝曰：『天之厄才人如是。』因欷歔不樂。吾謂汝父曰：『吾家門祚衰薄，此兒稍癡騃，則善矣。』後數年，汝十一歲應童試。學使者，吾同年友也，亟賞汝詩賦，於正試日謂汝曰：『今日試題搭截，汝若不能爲，即作一句題亦可。』汝遂作一句題。而學使者謂人曰：『金璡詩文俱佳，但與通場不同題，於例有礙，抑作佾生可耳。』汝於是愧憤而歸。至十六歲，吾自國博請急歸，見汝文字皆已老成，而詩章多悲鬱句，人皆異之。吾曰：『當文帝時而痛哭流涕，賈生之所以不永年也。』次年爲學使徐條甫先生所賞，以第一人入泮。

余時客居於揚，而汝來省吾，且將迎娶，寓居馬氏之小瓏瓏山館，蓋昔日厲樊榭諸君唱和處也。松竹滃翳，亭館爽塏，結夏數月最歡。或同人作詩會，則汝必有警句動人。七月三日，汝侍我燈下讀書，揮汗寫劉琦《黃鵠賦》一通乃寢。中夜聞夢魇聲，呼汝起。汝曰：『被毛人壓於身。』吾曰：『汝夢也。』逡巡復寢。吾臥醒，又聞汝聲，再喚汝，天已明矣。察汝神形不屬，如醉如癡。是時，汝父。館他宅，汝母居舊城母家，而汝急欲見母，吾已遣呼汝父。汝索衣冠向空作三跪九叩禮，曰：『拜辭天地。』禮未畢，汝父至，汝又向我與汝父叩首，曰：『拜辭尊長。』汝父正錯愕相顧，吾曰：『並不遠別，叩首何爲？』於是三肩輿同至汝母所，而汝不肯出輿，强牽之出，則闖然如異物狀。汝外祖及外祖母視汝母，不知所爲。汝急索《周易》讀之，聲如歌曲，語我曰：『此鎭邪，我枕畔常置此書。』至此遂成狂易疾矣。於是遷汝於南門雷壇養病，謁醫召巫無虛日。吾虔禱於斗姥，爲汝持齋三年。病稍間，而婚期近，人皆以汝未可婚。吾曰：『彼雖癲，然不可無婦。』汝外舅亦明大義，不我郤。婚之夕，井井成禮，病以漸瘳。次年科試，則以一等五名補廩。徐公曰：『汝文字沖融恬和，不似有病者。』攻苦益力，於八月至江省應鄉試，忽於初四日舊恙復發，踉蹌而歸。至十月而汝祖母歿，吾歸葬之。歸家後，見汝與人不浹洽，若自有一天地者。葬之夕，則哀號成禮，毫無病容。十二月十四夜，汝父宿壙中，汝與吾同宿茅舍，縱談一夜。次日成墳，吾卽就道，復來揚州。自此，三年之中，止與汝書札往來，不復見汝面矣。今汝父卜於十二月十日，安厝汝於祖母塋中汝母墓側，而吾以羈窮不克歸。僅於汝父將行，覼縷作書以寄汝，汝竟無一字答我耶！嗚呼，慟哉！

棕亭駢體文鈔

棕亭駢體文鈔卷之一

賦

閏月定時成歲賦

五部肇起，四選錯行；溟涬罔極，坱圠難名。章蔀紀元，莫窮其藴；遲留逆伏，孰探其精？始於大撓創建，繼以洛下經營。先其算命，靡有攲傾。蓋陽中以生，陰中以成；朔則唯虚，氣則必盈。合天地之終數，因章歲之常經。於是再扐歸奇，三年置閏。日與天會多五日，而麗天稍遲；月與日會少五日，而麗天遲甚。周髀、宣夜不外此以相推，蓋天、渾儀悉由兹而相印。九六變而不越其恒，三五包而不爽其信。爾乃或短至，或長至；爲陰月，爲陽月。燠年寒歲，不慮其偏毗；苦雨淒風，無憂其淩節。驗晷刻於蓮漏，紀晦朔於蓂莢。數則有積有奇，道則或黄或黑。一登一降，尋六體之變遷；孰度孰營，妙九重之圜則。且也閏以正時，時以作事。雖五勝之相乘，實三微之無異。鳴鳩拂羽，知東作之方殷；征鴈横天，警西成之有自。雲油雨沛，纁夏潤其灰台；雷辰龍旋，玄冬布其陰翳。析因夷隩，疊作平陂；蠢假愁中，互爲更替。青陽白藏，主之者各有其神；赤熛汁光，司之者皆名爲帝。履端於始，兩間盡啟其機；歸邪於終，千歲可坐而致。察中氣之參差，得再閏於五歲。是以奉若天道，敬授人時。審其王相，驗厥孤虛。魄鍊金門，抱重光而復旦；氣調玉燭，配兩大之無私。璧合珠聯，映榮光於宗動；階平垣繞，測秘兆於員儀。顯爍兮光含王字，寒芒兮色正天旗。南面無爲，居門中而出治；東風入律，奉正朔以奚違。於是啟閉有常，至分有定。由小周以成大周，悉大同而復大順。以窺九天，以齊七政。時惟再中，運方孟晉。廟廊遵夏正之宜，草野登春臺之勝。雕雲霎霴，呈五色之奇峰；平雨葢葍，挺千年之瑞應。山中春早，群情與舜日以俱舒；御宿祥多，萬姓戴堯天而共慶。

古硯賦

紗帷晝暖，烏几無塵。扈斑既設，陟理斯伸。抽象管之虎僕，啟豹囊之龍賓。乃有佳石，浥露浮津。韻鏗鏘乎鳳味，紋隱躍夫龍鱗。凸起鼇心，石末暈浮青而黕黕；圓環璧水，天波皴淺碧以粼粼。播佳名於璧友，擅雅號於結鄰。誠金聲而玉德，作筆陣之堅城。

夫其夏鼎侔形，陰山煥彩。氣列宿以如珠，光涵星而似琲。仲由之創云遙，尼父之遺斯在？溯功懋於結繩，得帝鴻之墨海。原其所產，各著名邦。爲端爲歙，或吉或相。鼉島崚嶒，激千層之淜湃；龜頭崱屴，挺百仞以昂藏。西山之烏久著，東州之褐稱良。美成都之栗玉，重虢地之稠桑。涵碧池邊，厂懸片石；斧柯山上，車碾阿香。溪尋黯淡之源，一盂深黑；河沒臨洮之底，萬頃蒼茫。豈第王官之邃谷，獨標異跡於秦王。爰極旁搜，於稽其族。渤海金堅，于闐鐵熟。絹澄汾水之泥，刀剖廣南之竹。漆則給於青宮，攄亦浮於綠澳。蜯投庾子之懷，瓷識傳家之蓄。琉璃之色晶晶，瑪瑙之光煜煜。

銅雀記漳流之恨，臺矗嵯峨；　玉蟾留晉冢之愁，水含沸濤。　煖滴三冬之酒，冰釋流澌；　瑞生一夜之禾，穗成叢簇。固王粲之所難銘，亦唐詢之所未錄。而要不若斯硯之堪結夫古歡，而玩之不足也。

爾其光搖金線，脈劈紅絲。豆斑雨潤，蓮葉雲披。生成鴝眼，琢就馬蹄。眉勻長短，指列高低。鳳蓋翔而欲翥，鳳臺峙而不移。幻風濤之奇象，抱松磬之幽姿。黃丸魚躍，紫卵龍遺。入崔抱而鄭重，出米懷而淋漓。玉溪則曾鐫古篆，子雲則亦草玄攤。甄氏閨中，色映贈來之枕；　楊妃殿上，汗沾捧後之衣。綜奇觀之紛若，媲分題與終葵。而乃什襲有年，光芒未翳。護以鐵而常堅，養以綾而不敝。賦成釀酒之缸，覓自裁衣之肆。幾經維翰之穿，未入君苗之炬。毀從褒谷以長埋，著就襄陽而久瘞。奇峰六六，應懷李主之宮；　妙質雙雙，誰掘鄭坊之地。瓦三足以尚安，鼓四環而猶綴。非范氏之遺孫，定王家之傳壻。但見馬肝碟砥，龍尾巃嵸，形如天而如月，字爲呂而爲風。烏石屏前，玄香馥馥；　雪方池內，縹沫融融。許商湖邊，慨良綠之不再；　湘妃廟裏，知入夢以何從。晃粉月於紙窗，無復觀魚之騎；　誦金經於琳札，難尋飛鴿之蹤。空獨守其鈍靜，伴鬅頭之頑童。然而代有傳人，循環未已。暫養晦於筆耕，豈終淪其花蕊？　苟獻璞於彤廷，斯騰輝於綈几。帀銀帶以相參，弆金匣而無瑕。偕毛穎以同升，共松滋而並使。軍麾卽墨，封宜萬石之榮；　樣識郎官，値詎三錢之鄙？　誠研説以無窮，助賡歌於喜起。

亂曰：　古硯生兮溪之濱，追琢溫潤浮紫雲。淬妃守之光常新，千年不損葆其真。感一朝之拂兮，寧守黑以終身。

菱溪石賦 以空水相鮮霽山瀉色爲韻

覽環滁之勝概，尋廬陵之芳蹤。羌園林之非昔，徒侘傺乎東風。獨有菱谿之石，常留椒麓之中。矸然以潔，穹然以隆。鬱千山之翠黛，排兩顆之玲瓏。磊磊兮外硌，碌碌兮內空。緬其由來，荇溪之涘。嫌名偏諱，行密之割據威雄；妙記爭傳，李濆之文章旖旎。溯始則劉金之故物，著名則歐公之移徙。六存其二，小者尤美。硱磳磈硊，俊雄之跋扈依然；豁閉谽谺，太守之風流宛爾。靜觸豐嶺之雲，泠沁釀泉之水。或凹或凸，參差傑僛。爾其風光明媚，萬卉爭妍。幽林鳥語，古澗鷗眠。賴磥砨之點綴，標異致於亭前。紅羊藫澑，碧獸苔鮮。露湛湛，雨娟娟。攲可倚也，磬則踞焉。爰藉之以醒酒，曾何異於平泉。

若夫映平野之遙嵐，聳空山之曉霽。沆瀣鬱乎其中，朝陽生乎其際。一北一南，相爲伉儷。洵兩美之必合，俱外秀而中惠。若經媧手，寧惟五色之奇；如出米懷，應循再拜之例。而且陰陽並列，雲色霞章。款小吏於牀頭，潤沾宿雨；望夫君於山上，翠斂寒香。取而支之，織女之機自穩；椎而碣之，通侯之印生光。寶劍久藏，氣俱藹藹；孤桐一叩，聲必硠硠。卽未經追琢之力，已無殊金玉之相。

爾乃永峙山巔，常臨水汊。積雪媷於冬，赫曦暴於夏。學學朝朝，堯堯夜夜。千章老木介乎其間，一線月光穿乎其罅。是則竇憲所不能勒，李廣所不能射。獨幽谷之泠泉，得環之而低瀉也。想其離塵絕俗，屏跡寬閒。歲寒霜落，粼粼清灣。劉氏之宅既廢，朱氏之園常關。水出永陽之嶺，西經皇道之山。每寒潮之過此，輒孤咽而潺潺。空青黯黮，冷翠媥爛。僵臥者不起，取去者無還。非醉翁之賞拔，將奇景之都删。而今也點染林泉，流連楮墨。神於秋里之爐，爛若螭潭之色。梅蔭其旁，亭翼其側，於焉嬉遊，于焉憩息。豈非一經夫品題，遂傳佳話於無極。從茲磐石之常安，自永千年而不泐。

松蘿茶賦以采茶分雀舌賜茗出龍團爲韻

緊松蘿之異境，鍾靈秀於無垠；豁神嚻之窅窱，矗仙的之糾紛。轇葛坱圠，晻藹荙菖。萬頃雲鋪，碧對黄山而並峙；一痕黛鎖，青從白嶽以遙分。樹五衢而散彩，花四照以舒珍。深逕坡陀，怪石繡藤蘿之色；奇材樸樕，斷崖藏梗梓之文。乃更滋夫瑞草，毓馨鬯而布芳芬。夫其爲檟爲蔎，爲荈爲茗，擬梔子以差同，方丁香而可並。暗拆欲萌之甲，朝雨霏霏；齊驚未剖之芽，春雷隱隱。帶縈萱草，綠綠小岸以風微；花臥薔薇，白浸寒宵而露冷。

爾其春嶺㭋㭋，春漪若若若若；露斂山腰，霞生崖脚。雕雲靉靆，巢棲啁哳之禽；槧日曈曨，林響鴝鵒之雀。於是繡闥婀娜，蘭閨綽約，無不曳華袿、被素㪾。輕纖刻玉，擷珠蕾以微拈；皓腕凝酥，觸金芽而欲㪚。筠籠滿貯，如逢挑菜之人；綵褏同攜，似赴條桑之約。惟時初過雨後，尚怯春寒；蜃窗未啟，犀帖初安。小閣溫馨，火調文武；重幃匼匝，香燥爛煸。烓竈烟濃，喜烏薪之正爇；泥爐灰冷，知瑞炭之將殘。一握春芽，焙銀絲之細細；半簝明月，堆玉片之團團。

若夫龜甲屏開，蝦鬚簾揭。溽暑方收，涼颸乍咽。庭多錢起之賓，座滿王濛之客。六斑換取，解醒消般若之湯；七盌擎來，通仙得穆陀之葉。色凝粥面，花淰淰以輕浮；香泛雲腴，聲颼颼其未歇。翠濤細啜，覺清潤之盈喉；碧乳初嘗，已幽香之在舌。洵獨建夫湯動，曾何僾於水厄。亦或華筵邀月，綺席臨風。醅浮螘緑，脯裛虬紅。既擅雋熬之美，復呈煮瀹之工。乃傾霞脚，更覓雲龍。松風謖謖，檜雨濛濛。活火生烟，避鶴翎之纚縰；嫩湯沸雪，澄蟹眼之圓融。爰考遺經，其産非一。蒙頂埋雲，丫山燭日；乳窟泉流，丹丘草密。武昌山上，橘投秦叟之懷；瀑布泉中，飯具虞君之室。葉葉千重，花花五出。鳳亭龍井，依稀留騎火之名；鶴嶺鳩阬，仿佛得探春之迹。要不若郭第之真傳，始可盡槲源之妙質。夫其火績卽儲，水功斯繼。緑糝塵飛，紫揉茸細。小甌傳哥定之遺，古鼎倣宣和之製。乳花泛後，停秀碧以初勻；金蠟溶時，映輕紅而欲碎。疑松雲之單影，翠色低分；似蘿月之浮光，緑痕淺綴。銷金帳裏，底須誇太尉之風；成象殿前，詎必詫尚方之賜。

而乃鳳髓晶晶，蟬膏皠皠，陽岸朝耕，陰林暮采。和凝社散，知茗戰以何時；劉縞堂空，嘲酪奴而誰解。撩鬢絲於禪榻，愁颺殘花；酹唫客於秋墳，魂銷斷靄。然而性多癖嗜，學有專家。問寶唐山上之遺蹤，猶傳玉疊；尋啄木嶺前之舊蹟，尚起金沙。況夫新安江邊，濃陰殢翳；齊雲巖畔，繁樾周遮。峰炷香爐，羃𧫴之烟籠碧藹；山憑玉几，浽微之雨潤黄芽。斯卽陸羽經中，篇篇琢玉；鮑娘賦裏，字字生霞。苟古人之可作，應無不滌煩破悶于兹茶也。

月潭賦以澄泓百頃規圓如月爲韻

新安大好山水，襟六州而帶百城。鍾東南之靈氣，擅宇內之香名。練水縈洄，繞千巖之巀嶭；浙溪淆潗，環萬嶺之崢嶸。爰有異境，黝然一泓。港如丁卯，溝若甲庚。體團圞而似月，不偕蚌蛤以虧盈。

夫其深疑無底，圓則成規。一圍瀲灩，百頃淪漪。紫蓼青蘋，幻出閻浮之樹；白蘋紅荇，疑搴仙桂之枝。倘求李主之仙，可攜手而入也；似協夏王之夢，乃乘舟而過之。相厥深潭，含風波靜。匼匝無偏，周遭惟整。匪促纖阿之馭，風轉輪馳；豈效姮娥之粧，光瑩鏡冷。詫霓裳之乍奏，碎響濺濺；訝鶱樹之濃鋪，清輝耿耿。紛魚鳥之聱耴，詎必輪蟾兔之精；浸巖壑之靈瓏，卽此是山河之影。誠哉叔度之汪汪，孰測澄波之於千頃。於是挂片帆於中溜，縱一葦之所如。望兩山之對峙，儼岌岈之雙閭。弄波操檝，臨風揚裾。乃溯洄于南港，採菱芡與茭蕖。俯馮夷之宮，忽瞻瑤闕；入鮫人之室，乃逢望舒。鶩鶃以浮波，逆之而去；牛紛紛而照水，喘焉以趨。

蓋其杳然而窪，瑩然以澄。白雲夜布，沆瀣朝騰。信七寶之合成，居然圓潔；豈一鉤之易缺，遂露觚楞。竊藥而來，好伴淩波之女；畫蘆縱巧，空輸鑿壁之僧。看夾岸之舒光，何勞翦紙；呼片桴而徑度，安用梯繩。彳亍潭濱，曠然而悦。遙黛舒青，輕雲曳白。泉挂天紳，雨餘月額。籠晚烟之羃䍥，兩岸柳絲；槧朝日之曈曨，一灣松樾。藤綠高閣，聳浩刼之三千；苔繡虛龕，拱應真之八百。恍若登玉宇而上瓊樓，挹遍體之圓光於終夕。神則維清，體則常圓。映天光而湛湛，罩雲影而娟娟。赤斧真人，偶向泉先而結魯；寒簧仙子，定逢龍女以爭妍。

於是三五佳期，春秋令節，卽將月以比潭，還將潭而印月。上下寒光，雙輪齊揭。採蓮紅袖，應招折桂之人；擁楫黃頭，好載乘槎之客。是則黃山頂上，難覩茲不夜之觀；白嶽峰頭，未見此長明之色。聊體物以舒毫，已寒光之沁骨。

耕耤之賦 以時和氣清原隰滋榮爲韻

綺塍埇堘，繡壤參差。阡留宿澤，陌布新菑。揚輕輿於蟠埰，潤彊檕於牛坻。爰有百畝耤田於茲，皇帝乃布其明詔，命我公履畝而耕之。一易再易，以植以滋。奉國典而重民事，慶穰穰而樂熙熙。於時晴原坱圠，廣野葐蒀。一輪槧日，萬縷雕雲。冰澌堅腹，橛冒陳根。遙嵐嶁溟而鬱茀，濃瀣勺濼而溫馨。土膏脈起，于耜糾紛。青壇嶽立，矗于高原。爾其千乘轀轔，雙旌殢翳。郅偈旖旎於轇葛，洪頤彇環其組麗。觀者纚矗以舉繆，從者騈隱以淫裔。輪輻轟其雷震，襜褕颺而雲蚺。拂萬壑之朝烟，迎千山之爽氣。衛嚴旁午，路指夷庚。乃莅東郊，蕭蕭馬鳴。張翠幕，結青紘，挽洪縻，脱輻衡。蘭株序進，蒠犗斯犅。陰虹陽蠠，骨重神清。撫紺韇之連蜷，操黛耜之晶瑩。爲廣爲袤，或由或橫。九推旣遍，澤澤其耕。

若夫農祥晨正，氣燠以和。淺渚皺浪，滮池揚波。蘭唐香皉，蕙晦春多。山駊騀以被繡，陵嶛嶕以排羅。雨滌修製，烟縈短蓑。庶人終畝，長我嘉禾。卽耕而種，翼翼與與。紅翻穲稏，翠漾穮穮。稻名再熟，米號重思。穗低鳳冠，莖綴龍枝。是任是負，如京如坻。信堪式夫五耦，唯不害其三時。大有載登，紀其租籍，乃貯神倉，我庾維億。

天子曰：俞康侯之力，畛畷宂隆，穧穛粱稷，靡有不宜，無燥無濕，銘而之勳，鐫之鼎鼐。上以光治績於鸞坡，下以永謳思于龍隰。乃頒璽札，召以霓旌。位之四輔，玉鉉光榮。調元鈞軸，握樞台衡。鑁麥殿中，上民情之劬勸；觀耕臺上，訂往制之攲傾。菖葉杏花，燮理恊天時之正；綾縚麻拂，儉勤襄帝制之宏。此固潘安仁操觚之所未悉，岑文本握管之所難賡。唯我朝之特典，而著之以爲萬世之經者也。

蕙櫋賦

惟緜潭之勝境，實蘊奇而毓幽。吐烟雲於菌閣，納嵐靄于層樓。桂棟排空，香霏霏而遙集；葯房貯煖，氣滃滃而未收。乃由蕙櫋，構于修宇，敞透月之簾櫳，映穿虹之楣梠。影抛紅豆，墜鸜母之餘糧；響落丹崖，撒狙公之賸芧。芝房在側，蘭室相承。軒開霧入，牖啟霞蒸。寶焰迓朝曦之過，冰輪看皓月之升。整架上之芸編，好延韻士；檢函中之貝葉，欲問高僧。於是幃幕高張，窗櫺盡拓。坐眾香之國以傾樽，遊不夜之天而張樂。百晦春滋，千叢曉錯。妙香清處，濬覓句之幽情；翠帶飄時，感懷人之舊約。對蕙有歎，倚櫋而歌。歌曰：『緜之潭兮清且漣，滋我蕙兮馨以妍。澧蘭沅芷兮紛相捐，獨與蕙契兮相樂以終年。』

瓊花圖賦爲張瘦桐作

伊茲花之抱質，秉太始之潔清。陋紅糝之俗豔，競寶璐之芳名。月浸其魄，露凝其精，紛葳蕤之素蘤，擢勁直之修莖。亭號無雙，仙聚有八。粉嫮酥攢，霜封雪壓。吸沆瀣兮淋漓，布絪緼兮坱圠。縐紋瀫于瑶池，碎衍波于鑾札。則有白鳳才人，冰心高士，辨名類物，覈真祛似。既玉蕊之難並，亦鄭瑒之非是。爰倩化工之圖繪，爲析名葩之表裏。繽繽紛紛，瑣瑣委委，千態萬狀，分肌擘理。連筒抽其小心，承跗擢其纖趾。築脂刻玉，扶女瑩於蜃窗；烟視媚行，逢藐姑之仙子。乃爲歌曰：『與佳期兮瑶臺，墮瓊瑰兮盈懷。訪玉勾兮何處，扃洞門兮不開。盼揚州之烟月，悵千載以低回。』

通州通判汪黼廷新建廳堂賦

三島仙都，五瑯勝境。地接丹霄，天開碧鏡。迎若木以飛騰，駕洪濤而掩暎。門闕駢羅，邑居隱賑。明珠懸不夜之城，碧樹繞長春之徑。則有政調禺筴，廨近亭場。中春積雪，暑路飛霜。植燮調之根本，作轉運之津梁。功成化洽，作爲斯堂。於是紫瀣爲屏，丹山倚壁。排傑閣之修修，披惠風之習習。繞庭瑞草，種南國之紅蘭；入座嘉賓，集東都之赤舄。既饒勝引，復值良辰。槧日之雲乍散，催花之雨方新。唱鳴鳥於木末，戲游魚於水濱。一天澄霽，四野濃春。爾其綺席陳，華筵啟。既載清酤，復傾甘醴。臑東海之胎蝦，烹南溟之仙鯉。妙歌吐豔，皓彩舒晴。借庭前之羯鼓，催海上之鼉更。仰作作之，秋星明河未落；聽刁刁之，曉籟眾樂皆停。士庶咸歡，主賓既懌。乃作新歌，以永今夕。歌曰：『瑯山山色對堂皇，紫極遙占旭日光。願借麻姑千歲酒，共君此夕一傳觴。』

棕亭駢體文鈔卷之二

序

贈門人俞默存序

蓋聞譙周弟子，半西蜀之儒生；李膺門人，盡東都之傑士。河汾設教，薛收獨受《元經》；天祿校書，侯芭能傳奇字。聚沙而雨，寒水爲冰。知古人之非窕言，詎今茲之難僂指。然而鑄顔雕辛，磨杵維艱。朝韱夕苞，弈碁無異。所以咿唔終歲，究同刻楮之難成；譾愜頻年，幾見烝沙之有獲。事有讖夫目論，術仍等於心師。

余也學愧恖聞，識慚管見。未諧壯志，聊借童觀。乃抗韓愈之顔，遂入杜栖之室。口講指畫，結草折巾。欻於攻木之餘，快夫撥麷之樂。接之用拙，道而勿牽。迅如下瀨之船，矯似翔雲之鵠。周情孔思，略藐乎毚楮之間；李室莊門，踸踔其窔宧之內。三年學技，群羨屠龍；一鳴驚人，俱瞻翥鳳。初階尺木，行舒天上之鱗；乍拂潛珪，共詑泥中之寶。豈第殘膏賸馥，已霑丐之有年。因如茵藹緹油，且作程於遐世矣。更申一語，用以相規。先器識而後文章，允矣古賢之訓；師道德而朋仁義，韙哉先達之言。四海堪營，天下卽爲己任；六經可醉，聖人只此心同。千丈喬松，加繩墨而後成大廈；連城良璧，經礛礑而乃入華堂。我所珍若珠船，幸以銘之錦帶。今日導夫先路，敢言宋玉之有靈均；他時待以後堂，庶猶戴崇之於張禹云爾。

寄贈葛繩武二十初度序

殿名端命，憶繡瓦之千堆；關號清流，望鬟雲之一片。潮偏帶雨，縈別緒于緑波；閣自凝香，貯離懷于白晝。訊候則錦幖可奪，問年則元服初加。聊寄蕪詞，以伸積愫。

夫其才如宋玉，獨擅牆東；人似徐公，偶居城北。魏收蝴蝶，粉膩香融；崔珏鴛鴦，烟柔雨媚。書榼則千層柳篋，束以牛腰；筆牀則幾朶江花，生於虎僕。奉輿將母，永日循陔；投轄留賓，深宵折翌。五紋綵縷，香生荀令之衣；百鍊青銅，色映何郎之面。相如才調，綦組成文；景滁年華，芳蘭竟體。拜袞則無殊鄧禹，行攀月下之枝；懸弧則略似田文，恰近天中之節。

燕也屈顔已悴，潘鬢將凋。齋種白楊，胸臆只塡愁之句；窗窺朱鳥，海天無行樂之期。寄語吾賢，勉旃來日。百年鼎鼎，難回過隙之駒；萬里茫茫，好翥摶風之翮。三千上客，共驚才子揮毫；二十中郎，寧讓古人獨步？夢中路熟，姑尋君于喜客泉邊；嶺上雲多，定憶我于醉翁亭畔。

送汪經耘入都應試序

柳烟靄靄，籠別路之逶迤；杏雨霏霏，點征衫之裿𧙕。斑蘭車耳，軟塵隨繡轂以迷蒙；霎靆山眉，麗日襯雕鞍而歷錄。林外鉤輈鳥語，競和驪歌；橋邊攲亞花枝，如隨鶴轡。踟躕判袂，諸君既祖道以牽情；慷慨傾樽，賤子請濡毫而讕語。

夫其家聲赫奕，里名冠蓋之鄉；人地清華，庭種科名之草。溯本源於廣惠，瓜紹千年；問燕翼於司農，羽儀四國。北朝閥閱，崔㥄則父子齊名；東漢簪裾，馬援亦祖孫濟美。王子安蚤歲讀書，摘師古之瑕；蘇廷碩韶齡詠賦，訂義成之句。溫馨香裹，握景滌之芳蘭；駘蕩風前，驚魏收之胡蝶。觸棖踏甃，既練爽而研昏；列錦鋪茵，亦枕經而葄史。數遍綠珠之押，晨誦簾虛；剔殘青玉之燈，宵吟檠短。王文中之几席，盡董常、姚義之徒；蕭夫子之門牆，皆盧異、王恆之侶。下帷三載，焠掌彌勤；奪幟千軍，撥麷何異。早拔茅於槐市，摩來獵碣十圍；更驂乘於桂宮，窺得姮娥半面。固已聲華藉藉，擅伏波隱鵠之稱；況復著述彬彬，擷浴碧夢紅之豔。斯卽珪潛泥下，自有輝騰；縱令錐處囊中，定知穎脱。

兹當宣室求賢之日，正值鎖闈校士之年。聞呦鹿以驚心，聽荒雞而起舞。郵籤僂指，盼遠道之三千；驛路攄懷，送春光之百六。寒潮易水，好尋擊筑之人；曉月盧溝，久待題橋之客。搓酥滴粉，應空北地胭脂；琢玉堆瓊，不染東華塵土。紛紛擲果，爭看潘岳以停車；嶽嶽談經，齊爲朱雲而折角。

聲傳輦下，何勞溫卷朱門；名達禁中，底用題詩紅葉。竚見初桃梯月，玉斧無雙；併將高步登瀛，墨瀍第一。漾吟魂於夢裏，穩替劉滋；聞私喚於酒邊，相看楚潤。李詩謝賦，乍添蘭省之輝；劉井柯亭，頓壯木天之色。縱驥程之秋駕，在此行乎；展鳳翮於春池，洵非妄矣。

於是漸溪波綠，映行色之輝煌；箬嶺峰青，亘離情之繾綣。盈盈諸客，俱彈貢禹之冠；落落鄙人，獨掩唐衢之袂。衯裶縞紵，知前途誰不識君；憔悴風塵，問今日何以處我。聽踏歌之聲於小岸，翻送汪倫；薦凌雲之賦於上林，還希楊意云爾。

戴聲振西園圖題詞序自序云：『余意中園也。』

今夫九天宮闕，半屬虛談；三島樓臺，大都幻影。芝田蕙圃，誰逢負耒之人；紫宮青城，孰是運斤之客。華林沁水，侈陳帝子之園亭；梓澤平泉，豔説公侯之邸第。然而轉瞬烟銷，回眸電掣。綺疏繡桷，空留紙上描摹；烟棟雲楣，只賸空中渲染。固不若寸心接構，憑意輪神馬以遙馳；尺幅丹青，借墨瀋筆痕而永托也。

海陽戴君者，泉石畸人，烟霞韻客。聽鸝聲於樹下，酒載閒情；灑雞汁於碑前，文傳麗句。數椽老屋，門迎六六之峰；半畝幽居，地僻三三之徑。燈熒局室，攤滿架之瑤編；烟裊疎簾，對一庭之玉樹。枕經葄史，董仲舒目不窺園；練爽研精，高文通坐而漂麥。避世則牆東侘傺，容膝聊安；逃名而竈北蕭條，寤歌弗告。而乃性善雕幽，情耽素隱。靈臺默運，幻柳塘花徑之奇觀；玄府冥搜，現月榭風亭之異境。真形靡定，依稀於心軀神遇之間；　讆語何妨，指點于影匿聲銷之外。

於是晴川吴子，解衣盤薄，蘸筆淋漓。助爾荒唐，偶奪化工之妙；　置君丘壑，更傳阿堵之神。菱荴而花發午橋，縹緲而烟浮未石。青舒鷹眼，籬横六枳以觰沙；　翠皺龍鱗，堂映四松而羃䍥。琅琅扣玉，密篠吟風；　的的垂珠，寒藤浥露。魚槐傍春流之岸，小水濎濙；　鳥笯懸暮靄之林，濃陰殢翳。顧辟彊之池館，秀麗偏多；　韋嗣立之山莊，逍遥不少。在造之者憑虛結撰，惟自闢夫心田；　而繪之者蹋實捫摸，洵獨營夫意匠矣。

僕也經鋤未暇，筆耒多荒。雲樹牽愁，盼家園而不見；　風塵催老，肖巖築以何時。枕中遊仙子之鄉，雞聲夢斷；　海上駭大人之市，蜃氣潮回。偶爾披圖，静對空明之色；　翛然握管，難傳虛響之音。聊綴蕪詞，用賡蘭韻。半帆竹葉，可能載客子之魂；　一幅輞川，早已愈幽人之疾。

何金谿廣陵懷古詩序

蕪城古堞，才人作賦之鄉；　隋苑長堤，騷客興懷之地。憶昔鶴跨之年，曾擅蝶驚之號。一抹輕紅，赬霞塹日；　半篙柔緑，碧浪皺雲。璚樹娉婷，漾花魂而淡泞；　玉簫淒咽，吹月魄以昏黄。廿四橋邊，畫舫盪荷香於霧夕；　十三樓上，綺疏籠樺燭於春宵。舞鸜鴒於芳筵，非無讕語；　握蚼蛉之雕管，時有狂言。一夢迷離，十年蕭瑟。空記徵歌舊侣，無殊塵影之依稀；　何圖班草新交，忽覩錦囊之炫耀。瑶編乍展，如置我於二分明月之中；　麗句長謠，恍遇君於萬頃秋濤之際。諷其原唱，豔生潘岳之花；原唱，潘太史偉作。賡以全篇，秀暈何郎之粉。

嗟乎！古人不作，來日大難。何勞代泉下之愁，且須盡杯中之物。喜此日水萍歡聚，共掎裳於六六峰頭；擬他時烟柳招邀，更聽笛於三三徑畔。

何金谿詞集序

新安勝地，舊産詞人。馮延巳譽重南唐，聶冠卿名高北宋。至若松風橫笛，荒廬留洺水殘吟；烟樹層樓，古寺賸竹洲麗句。紅塵翠麓，程東山之感慨何多；玉滴霞箋，汪方壺之悲哀不少。凡此海陽諸老，尤爲宇内交稱。觀殘膏賸馥之胥沾，知餘韻流風之未絶。蓋千山環繞，雖非畫船歌舫之鄉；而一水清深，實爲騷客才人之窟。

僕也趨庭隨宦，杖策論交。灑地花天，大抵斷腸之調；周情柳思，無非把臂之人。則有東海名家，小山通隱。柳移江漢，韶齡訂庾信之文；稻刈琅邪，綺歲辨徐陵之句。插架之書萬卷，古錦斕斑；依山之樹千章，名園墆翳。八叉賦手，握金管以生花；五夜吟肩，聳玉樓而對影。更精樂句，閒愛倚聲。沈酣於草窗竹屋之編，高據夫石帚梅溪之座。隨拈一語，皆雅韻以滿襟；偶出全函，索鄙言而爲弁。研晴窗之麝墨，閉戶朝吟；爇寒室之蚖膏，擁爐夜讀。因君綺語，發我狂言。郎中之花影徒工，學士之微雲易散。芙蓉秋苑，難叨協律之榮；楊柳曉風，空博梢公之誚。金經貝葉，且同參鸚鵡新禪；紙帳梅花，好速了鴛鴦舊債。

吴祺芍惆悵詞序

今使交柯布葉，枝枝皆銷恨之花；重閣連簃，處處盡忘憂之館。則烏翔勁翮，奚爲過悲谷而彷徨；蛟縱潛鱗，何事蟄愁潭而偃蹇。然而蒼垠易缺，皓魄多虧。選夢羅幃，宜樕乏長圓之局；移春彩檻，女夷無久駐之輪。捧琬璧之芳心，絲絲篆碧；拾珠璣之寶唾，點點啼紅。故滴粉搓酥，大抵斷腸之調；而裁雲縫月，無非悽耳之音也。

祺芍吳子夙擅文豪，偶耽詞隱。金荃蘭畹，摘奇豔於琅箋；石帚梅溪，貯幽香於珊管。既含宮而嚼徵，亦戞魄而淒神。裒厥全編，名爲《惆悵》。烏絲闌界成鑾札，如縈縹緲思烟；紅牙板拍向瓊筵，似聽䨩䨮淚雨。何必綠珠喉裏，始有新聲；早知赤玉胷中，定無宿物。嗟乎！氤氳百濯，錦衾留不散之香；滴瀝三危，釦砌泣易晞之露。左譽簾前舊夢，秋水春山；法明酒後枯禪，曉風殘月。試看他年漢老，何似茅舍疎籬；爲語此日屯田，且去淺斟低唱。

戴西園集唐詩序

西園先生琬璧爲心，琅玕滿腹。合綦列繡，研作賦之春秋；摘豔薰香，老著書之歲月。更饒逸興，別具閒情，集遍三唐，吟成一卷。

笑顰無非借面，轉移靡不從心。鐫造化於筆端，召精靈於腕底。香名百合，異味同馨；樹號五衢，殊根連理。珠穿螘線，映玓瓅以輝聯；錦織龍梭，煥繽紛而色麗。注醇醧於玉窪，十酒同傾；散仙蕊於瑤臺，千葩齊落。戈鋋戢舂，聽軍令之指揮；鯖鮓駢羅，萃侯家之調燮。天上作女牛之合，氏妁參媒；爐中鍊嬰姹之魂，銅奴錫婢。水趨四瀆，任溝渠畎澮之爭流；廈構千間，羨杞梓楩楠之並列。儼攀安而提萬，欲起陳人；豈竊沈而偷任，聊爲剿説。想當日燕函粵鎛，各有專長；詎今茲巴嬥吳歈，遂難合奏。噉蜂房之蜜，須知採擷辛勤；披狐腋之裘，請看縫紉縝密。位君何所，身居作述之間；顧我而嬉，意在有無之際。

春華小草序

金烏冉冉，谷何故而長悲；碧落懵懵，天雖高而善泣。庾開府終朝閉戶，無術驅愁；江醴陵鎮日濡毫，惟工賦恨。登樓王粲，少卽辭家；題柱相如，貧兼逆旅。胭脂井畔，思渺渺于西風；白鷺洲邊，客茫茫而南渡。當衛玠過江之日，正王喬遊洛之年。群説子房，何殊美女；競傳平叔，卽是神仙。

文鱧魚油，斑管灑千篇之麗；氣浮龍鮓，松滋成五色之奇。量曹植之才，寧惟八斗；分柳惲之技，何只十人。是以不乏越吟，因而盡成楚些。賈逵碑上，有字皆金；李賀囊中，無言不錦。應得江山之助，稱才子以何慚；乃深雲樹之思，寄鄙人而作跋。深藏小篋，須薰迷迭之香；朗誦明窗，且浣薔薇之露。嗟乎！玉杯製就，人嫉董相之才；金闕傳來，詩寫韓翃之句。衍波箋上，曉寒徒夢自深宮；庫露真中，俗眼恐束之高閣。

何金谿姑蘇覽古詩序

高閣鎖寒烟於大道，天與詩材；荒城棲落日於空山，地多古意。鞭絲乍裊，閒愁隨青草以芊緜；帆影纔懸，往恨共緑波而蕩漾。江山滿目，何限興亡；風雨長征，無邊感慨。所以弔古縈懷之什，大都悲歌作客之人。至若端居息踵，飽看門外之山；匡坐頤神，閒命空中之酒。則灑龍賓之賸汁，衹注蟲魚；倚鴉舅於殘陽，惟評風月。縱流觀圖譜，堪爲宗炳臥遊；而放眼山川，難挾左慈幻術。傅會盡偃師之妙，終屬寃言；描摹窮道子之工，總多讆語。

然而《馬蹄》、《秋水》，半莊生寄寓之談；香草美人，皆屈子牢騷之料。矗胷中之五嶽，便爾崚嶒；數海外之九州，居然舄奕。握管記滕王之閣，韓昌黎豈必親登；吮毫賦天台之山，孫興公幾曾徧歷。況夫江淹多恨，庾信長愁。拾灰莫辨其心，投杼誰明其詐。指灼痕以爲癩，謠諑方多；謂申椒其不芳，練要何益？索居寡合，岸幘而惟欲箋天；寂處無聊，戟手則猶能罵鬼。酒寒燈灺，呼萬古之精靈；筆憤墨飛，代千秋而痛哭。杯借他人之手，塊壘頻澆；劍爲不平之鳴，鍔鋒俱厲。此金谿先生所爲，閉戶里門而有姑蘇覽古之作也。

嗟乎！寒潮落月，誰招伍員之魂；舊宅斜陽，難覓專諸之里。而乃雕幽鏤祕，如聞響屧於空廊；戛魄淒神，似望錦帆於故渚。憑彩毫而寫恨，走狗塘枯；拂素紙以銷魂，採香逕杳。豈非天賦豪情，性耽愁癖。傅燮之悲身世，無此淒涼；阮籍之哭窮途，遜茲抑塞者哉。僕也居本畏人，情深懷古。十年結客，難尋季札之交；百怪入腸，每弔要離之墓。試浣薔薇而快讀，更陳葑菲之贈言。自古圖霸爭雄，轉首失黃池之路；從來矜能負勢，到頭成紫玉之烟。麋鹿臺前，久喚醒繁華之夢；干鏌匣裏，寧關心細碎之讎。爲語吾賢，那知許事。盧芻白馬，已偕游於心驅神遇之中；畫舫青樽，且預訂於耳熱酒酣之際。

何筠臯皖城懷古詩序

茫茫天塹，六朝關塞之區；浩浩江流，千古英雄之淚。阿蒙故壘，寒林之夜月昏黃；皖伯荒臺，古道之斜陽蕭瑟。繫馬喬公，宅畔紅顏偕翠靄以銷沈；揚帆魯帥，城頭素旗共銀濤而滅沒。瑤尊命酒，能無懷古之思；斑管拈毫，總是傷心之句。夫其風流詄蕩，意態沖融。霧夕霞朝，家住青楊之巷；雲林烟嶺，人依黃海之峰。偶襆被以遨遊，遂掎裳而登眺。大艑載月，朗吟呼海上之鯨；古寺披雲，矯首盼山中之鶴。秋燈明處，戍樓之霜柝三更；旅夢回時，野店之荒雞一片。裁成七字，開元大曆之音；構以四章，供奉拾遺之調。嗟乎！江山滿目，祇供才子沾衣；珠玉隨風，未許他人拾唾。粧亭如沐，知小姑定嫁彭郎；粉面常新，信仙子終輸平叔也。

詠花詩序

雕雲四照，枝橫光碧堂前；暖霧千層，影覆夜摩天上。錦闌玉砌，宵留未睡紅粧；彩檻金鈴，春戀餘香翠幄。擔風握月，早懸琬璧之心；翦碧紉丹，共詫珊瑚之舌。倩夢中之彩筆，化作瑤魂；憑空際之香風，結成瓊想。芙蓉城裏，新加九錫之名；薝蔔林中，好認眾香之國。

嗟乎！封姨十八，無非妒色之人；隋苑三千，孰擅裁春之巧。而乃代癡紅而譏過，閒趁蜂忙；替怨綠以言愁，黠偷鶯慧。將毋繪郎中之影，空腐吟毫；括御史之香，徒留恨譜。然而一聲羯鼓，幾令喚作天公；千朵鬘華，疑是散來天女。看秋光於七夕，輸君吉慶之花；問釀法於五加，示我文章之草。

贈方聖述先生序

風和日麗，家家看造榜之天；肉奮絲飛，處處聽解神之曲。鰕湖鷲嶺，一片春烟；竹杖花瓢，幾郫社酒。而僕也又偕計吏，將書驢券以遄征；忽憶良朋，偶過龍門而作別。翦西窗之燭，扣鉢狂歌；開北海之樽，持杯讕語。頻呼賤子，爲述家公。索四駢六儷之蕪辭，表八俊三君之雅範。

蓋歙西方聖述先生者，我友方子集三之尊人也。夫其家多隱德，斗中懸孝弟之名；世濟芳聲，海內著元英之號。韶齡穎慧，破甕浮毬；綺歲端凝，停淵峙嶽。沖融器宇，殷阿源有德有言；散朗襟懷，李普濟入麤入細。接人用拙，持己扼敧。排難解紛，毀庚市懷中之玉；　襞情卷欲，擲華歆地上之金。高談則辟易千人，岸巾自異；　秘計則盧牟六合，借箸多奇。投轄留賓，萃沈謝曹劉之侶；　揚帆作客，遍漢湘章貢之區。凡厥數端，皆堪縷述。

然而春葩滿樹，必緣根本之生機；　秋潦灌河，惟恃源頭之活水。使閫閾未敦其天性，雖折節萬夫之上，總屬窕言；　苟壎箎稍戾夫雍和，則抗懷千載之前，能無恧色。乃更徵其粹行，實足挽夫頹風。萊子荊蘭，曳蜀錦吴綾而裣襟；　殷郎瓜果，盈貊盤蠻榼以膨脝。魚寄筒中，波隨夢遠；　飯留鐺底，粒共心焦。既多養志之歡，彌篤因心之愛。柳公綽小齋會食，無間昏昕；　姜伯淮大被同眠，何分寒暑。迨至原鴒影斷，傷弱羽之先凋；　冰鳥恩深，育孤雛而代哺。付夢中之座席，屢有嘉祥；　饋林下之饌盤，略無難色。蓋其真醇有本，故祇修孝友以作家肥；　因而推暨靡窮，無非佩仁義以爲身寶。封榛闢之高壟，堂斧巋然；　妥栗主以崇祊，楠榱煥若。敬宗收族，譜成蘇氏之亭；　賙厄恤嫠，粥設黔敖之路。鍘童竈妾，約不苦以王褒；　枌社莩親，火待舉夫平仲。綜其素行，君真不愧古人；　仰厥芳規，人競呼爲長者。其才具也既如彼，其德性也又如此。是固宜馳驅詄蕩，黼黻隆平。柱槐占孫偓之榮，庭棗應趙瑩之瑞。而乃棲心澹泊，屏跡塵囂。鹿柴鶯巢，寄傲逍遥之谷；　笛牀琴薦，怡情安樂之窩。齋署小眠，彝鼎晃罘罳而暎日；　園名獨樂，松篁繞筣笆以吟風。搜嫏嬛宛委之奇編，較魯魚而謀剞劂；　購淳化宣和之秘本，辨真贗以付裝池。是又其命意孤騫，適情蕭澹。丹轂朱輪之輩，寧堪與把臂而遊？　青城紫府之儔，猶未免盱衡而歎者矣。敢伸鄙語，用質大方。飲猶差勝夫公榮，遊豈獨因乎仲舉。此日驪駒歌罷，姑別君于東風駘蕩之前；　他時白雁書來，定憶我于北斗闌干之下。

棕亭駢體文鈔卷之三

序

萬明府詩集序萬君名世寧，江陵人

羅含宅畔，家餘蘭菊之香；王粲樓前，人得江山之助。暮雨灑湘娥之淚，青草黃陵；斜陽開估客之船，白沙翠竹。由來勝地，定産才人。行吟多楚些之音，屬和盡陽春之調。於是紅綾煜爚，敷桂影於東堂；墨綬繽紛，布棠陰於南國。敬亭雲起，謝玄暉吟眺之鄉；秋浦波明，李供奉酣歌之地。控清潭之赤鯉，仙慕琴高；尋古寺之白雲，詩留杜牧。雙鳧到處，水秀山明；五袴傳來，牧謳樵語。乃以垂簾之暇，偶工刻燭之奇。坐訟庭而響答詩筒，顧掾吏而電馳文陣。印牀花覆，閒拈斑管而愔愔；琴薦苔侵，獨擘瑤箋而纚纚。清風徧挹，久欽水薤之操；明月相迎，更探松蘿之窟。蘇窮鄉之涸鮒，路入新安；懸鄰郡之枯魚，人懷舊德。黃山晴海，盡生遠眺之情；白嶽枯松，堪作孤吟之伴。小胥抄就，字字生香；巨集編成，篇篇琢玉。豈第政成三異，茅簷盡呼姓名兒；定知聲徹九天，槐座看豎忠爲韻。

葯畊上人詩序

十里之紅樓，䙪䙦盡是摩登；千年之白業，沈淪誰尋般若。而乃綺羅叢裏，獨參大覺之禪；簫鼓聲中，解出罔明之定〔一〕。螢飛古苑，悟刼火於無生；柳拂長堤，識空花之最幻。芙蕖根淨，真獨拔夫污泥；薝蔔香清，誰更同其臭味。然而鍊心於寂，固惟擒毒蟒之躞跜；證道以言，亦何取啞羊之躑躅。使面壁而全無文字，則一百八聲佛號，持槵珠亦屬宼言；閣筆而不事推敲，則《四十二章》真詮，啟榆欓幾同贅語。所以樹皮木葉，空山多悟後之詩；鷲嶺龍宮，古寺有續殘之句也。顧氣未除夫酸餡，則筆難吐以香雲。何圖花月之場，獲誦烟霞之句。探囊中之餘智，君是支郎；翻臺上之遺經，我慚謝客。千聲苕帚，敢自詡無礙辨才；六脚蜘蛛，好與證幾番公案。倘許借觀社會，敢辭居士攢眉；何時暫破工夫，聊爲俗人拭涕。

【校記】

〔一〕「罔」，底本作「岡」。罔定，即無定，佛教用語，兹改。

陳彭年詩集序

今夫趨神空谷，非無閉門覓句之人；匿影幽巖，不乏仰屋著書之士。然而嘯詠乏江山之助，振采終難；編摩無賞析之功，擿華匪易。至若攢綺羅於几席，不解裁紉；置礲砥於門庭，罔知磨錯。則班香宋豔，枉依騷雅之壇；月榭風亭，虚住神仙之窟。既玩日愒時之鮮獲，將地靈人傑之謂何。

惟我彭年陳子者，品重三君，才逾八斗。王恭春柳，濯月魄以常新；景滌芳蘭，抱香心而自貴。家傍採蓮之渚，慣聽吳歈；居鄰響屧之廊，每逢越豔。左神洞壑，堪尋奇蹟於仙靈；北郭園亭，足丐殘膏於往哲。宮中梧落，秋心早入毫端；江畔楓明，好句自盈篋裏。而且偏能取友，結向嵇於翠竹林中；轉益多師，儕董薛於白牛溪上。所以揚波學海，擊溟水之三千；抑且掉鞅詩衢，騁雅材之百五也。

僕也性耽結客，語鮮驚人。浪跡江湖，愛蠟阮孚之屐；寄情翰墨，空攜李賀之囊。爲尋廡下之伯通，喜遇車前之仲舉。甫入芝蘭室內，心醉芬馨；如游睢渙水邊，目迷藻績。辱承誣諉，莫罄揄揚；聊綴小言，以呈大雅。君真雄伯，頓令余焚硯窗前；僕本恨人，莫向我碎琴市上。

方東來詩集序

巖碕秀麗，任彦昇露冕之鄉；山水清佳，徐士績擁麾之郡。阮溪懸瀑天紳，則競繞千峰；歙浦濺濤泉脈，則遥通五嶺。居斯地也，爰有人焉。鐫琬璧以爲心，琢琅玕而作骨。徐勉綺歲，爭傳祈霽之文；宗慤韶齡，夙抱乘風之志。文成三唾，珠滿行間；賦就八叉，香生字裏。荼蘼小院，鶯銷弄晚之魂；楊柳高樓，蝶選酣春之夢。少陵溪上，千朵萬朵之花；庾信園中，三竿兩竿之竹。峻涇預癖，枕荇書倉；崔聖張顛，縱横墨海。固知技分柳惲，何止足了十人；才較盧郎，無不誇爲八米矣。

僕也新安江上，久爲搖艇之遊；舊雨燈前，偶作班荊之話。吳少微故里，定多臺閣文章；于方外仙區，豈少烟霞韻格。遍爲僂指，盡淩顔轢謝之儔；靡不醉心，切附呂攀嵇之願。乃有𢓊芍吳子，離席而起，攘袂而言。美玉固重於連城，芳草豈遺於十步。採珠璣於南海，誠若君言；求騏驥於東鄰，無如臣里。於是車停薄笨，便款膺門；巷轉逶迤，共披蔣徑。斯時也，水邊祓禊，湔裙之士女紛闐；邨畔解神，賽社之歌弦競沸。而乃玄亭寂寂，獨揵戶以抄書；白晝愔愔，正循廊而索句。攬衣一笑相呼，避客何深；揮麈片言便訝，此君小異。蓋自昔長箋短版，已久窺安石碎金；而今茲麗句清辭，乃盡覩士衡積玉。君真健者，在鄙人何敢貢諛；僕亦狂生，於餘子未曾妄歎。勿笑論詩草裏，已幸逢此日玄英；敢言作序賦前，竟竊比當年皇甫。

韋葯仙詩序

半邨黃葉，停鞭歸秋士之廬；一穗紅燈，促膝話江關之夢。檢琳琅於篋裏，大有異書；引商羽於里中，非無同調。展千番之側理，香滿行間；研半笏之輕烟，光生字裏。夫其敲金戛玉，鏘元和、大曆之音；鍊爽研昏，劇供奉、拾遺之壘。此固吾黨之所共讓，而亦海內之所通稱，無待鄙人更爲贅説，獨是因君侘傺，觸我嚬呻。片鐵池中，聞哀弦而自躍；孤桐嶺上，叩石鼓而應鳴。是用一言，聊陳四座。今夫銅溝金穴，綺羅鄧許之家；綬笥笏囊，冠蓋金張之里。園林夾道，蘭亭梓澤之豪奢；粉黛充幃，宋子齊姜之豔冶。此自華胥世界，別有行仙；夫豈薄福文人，所堪側想。

若乃山中拾橡，澤畔撈蝦。守先人之敝廬，悅親戚之情話。綠蓑青箬，徜徉遊釣之鄉；赤米白鹽，宛轉庭闈之下。安牀竈北，足企脚以高眠；避世牆東，堪解衣而偃息。則閉門覓句，卽顑頷以何傷；仰屋著書，縱窮愁其奚憾。而乃危檣側柁，偏爲風波之民；破棧羸車，慣作星霜之客。登樓王粲，歲歲依人；叩門陶潛，年年乞食。吳頭楚尾，橫江看帆影千重；趙北燕南，古道望戍旗一片。洗征衫之塵漬，半是啼痕；聽孤館之寒蛩，無非離思。縱使江山有助，屢滿奚囊；其如霜雪無情，偏侵客鬢。嗟乎！顧相如之四壁，題柱何心；歷鄒衍之九州，立錐無地。是知灞橋柳色，朝朝代客子以魂銷；巫峽猿聲，處處爲征人而腸斷。何必道旁土偶，方憐桃梗之常漂；因知枋下鶯鳩，競笑鵬溟之靡息矣。君猶小住，好閒哀遊覽於鈔胥；僕復遄征，且共訴飄零於杯酒。

閨秀曹荇賓玉暎樓詩序荇賓名柔和，上海孝廉黃文蓮室

自昔軒中寫韻，共驂仙嶺之鸞；車上贈詩，獨引層霄之鳳。傳爲異蹟，豔厥芳聲。第事既近於荒唐，則文或疑其附會。至若廡下諸傭，不少梁鴻之婦；田間野叟，亦多冀缺之妻。然偕隱而不文，豈無才之爲貴。伴車允於翦刀池畔，幾曾窺螢照之書；坐郗璿於瑇瑁裝前，未必諳鵞群之帖。所以聞雞挽鹿，不乏令範於閨闈；而銘菊頌椒，獨擅香名於翰墨也。星槎黃子，詩壇雄伯，文苑上流。偶於班草之交，爲誦詠蒲之作。白藤書笈，尋琬璧之新編；黃紙帽箱，檢珠璣之碎槖。裒爲巨集，索我小

言。盥薇露而低吟，香生字裏；染松烟而細寫，光耀行間。錦字與織女爭華，麗彩共姮娥競爽。足令子山閣筆，不敢代他人作與婦之書；固宜東美傾心，猶欲向孤館尋比肩之夢矣。遙想陌頭柳色，定知凝粧者悔覓封侯；竚看馬上花枝，可許不櫛者同稱進士。

華亭張大木先生幻花庵詞鈔序〔一〕

蓋聞靈花四照，自多婀娜之枝；仙露三危，必無醶醨之味。山賓玉而土潤，川濯錦而波明。華鯨鏗無射之鐘，眾音皆貫；巨堰躍蕤賓之鐵，群籟胥調。豈徒繡鞶帨以爲工，拾香草而自佩已哉。

《幻花庵詞鈔》者，華亭張大木先生之遺稾也。先生擷芳詩囿，濬派詞源。都荔鬱窅窱之香，孔鸞振熠燿之羽。偶分餘技，足了十人；更愛倚聲，遂成數帙。郎中花影，豔生䰐纚之箋；女壻微雲，色映蚼蛉之管。柳三變應爲斂手，張王孫乃有替人。僕也學謝書淫，性耽音癖。懷鄉雲外，閒情但付柔奴；寄跡籠中，瑣語惟抄星子。觸左轡舊時之恨，秋水春山；悟法明醉後之禪，曉風殘月。舞柘枝於老婦，顏忸何堪；夢秋駕於真師，心儀斯在。竊窺大雅，聊綴小言。

【校記】

〔一〕『花』，底本闕，據正文及張梁本集名補。

沈沃田先生栖香詞序

蓋聞珠銜龍頷，餘輝燭萬里之陰；翠集鸞翎，片羽著九苞之彩。臨洞庭而張樂，阮谷先盈；按王會以爲圖，羽旌咸備。雖智探囊底，無勞頗牧之全軍；而巧入棘端，彌見般倕之妙術也。沃田先生九峰真逸，八詠名家。排巨翮於雲間，建高標於天外。東西陸氏，近接芳鄰；大小毛公，遠宗絶學。桓君山人欽素相，楊子雲家有玄亭。圖籍等身，既任筆廣談之緯繣；宫商應手，復周情柳思之紛披。蓋先生詄蕩爲懷，迍邅感遇。攬衣征路，遍榕城桂嶺之鄉；結襪天涯，盡橘弟槐兄之輩。逢曲中之舉舉，不少狂言；贈席上之輕輕，便多綺語。歸郎帳裏，貯舊夢以迷離；鄂渚舟中，對新波而宛轉。倚尚書之紅杏，春意誰知；拂司馬之青衫，淚痕斯在。淺斟低唱，柳屯田安用浮名；茅舍疏籬，李漢老只懷幽谷。所以鳳頭豹尾，久標赤幟於詞場；因之玉滴霞箋，競寫烏絲於樂部。井華汲處，盡是新聲；錦帊織來，無非麗句。作山谷空中之語，慣寄柔情；悟法明醉後之禪，頓成慧解。處處託李奇之曲，人人停王豹之謳。在諸家，既把臂以入林；而賤子，尤傾心而抽簪也。嗟乎！春風香繡，憶舊夢之都非；夜雨冰絲，渺奇緣之難再。衍波幾幅，年年只賦曉寒；題鴂一聲，悤悤又催春暮。飛柳綿於枝上，對此何堪；皺池水於風前，干卿甚事。銅琶鐵板，趁此宵且唱江東；春樹暮雲，知他日定懷渭北。

蘭谷詞序

文人失職，每致嘅於當門；騷客無聊，獨寄懷於紉佩。萋萋空谷，誰搴澤畔之芳；寂寂枯琴，且譜山中之操。挈梅弟馨兄之侶，一花而香已有餘；賡紅腔紫韻之聲，十步而玩之不足也。先生氣馥堪吹，體芳共挹。入君章之室內，不蒔繁蕪；尋摩詰之盆中，祗留仙卉。偶耽綺語，別具閒情。按拍選聲，借作驅愁之計；敲宮戛徵，聊爲破悶之方。烟雲任厥雕鎪，筆墨供其游戲。倚尚書之紅杏，春在毫尖；對學士之微雲，秋生腕底。香薰豆蔻，宜裝玳匣以深藏；露浣薔薇，乍捧琅箋而快讀。似澡銀塘之水，百節皆馨；如簪繡帽之英，千人共羨。將見井華汲處，歌曉風殘月之章；竚看御札傳來，寫寒食春城之曲。人世難逢開口，且須投玉女壺中；此花原是前身，好相遇木蘭舟上。

汪圭峰飛鴻堂印譜序

糾蝸涎於苔壁，似欲書愁；縈龍腦於蕙爐，偏工寫恨。水中科斗，分明留太古文章；雲外蛟螭，彷彿散諸天簿牒。然而《凡將》、《急就》，誰披宛委之編；《篇海》、《說文》，半蝕羽陵之蠹。雖復繡褫錦贉，留款識於宣和；蚊脚鵠頭，鐫姓名於盉鼎。麟蹲玉鈕，龜轉瑤函；黝黈雖工，烏焉屢舛。竊來晉鄙，將真贋難分；倒用司農，亦模糊其靡辨。譬之吳綾機上，早經緯之全乖；楚舞盤中，偶步趨之失節。徒供姍笑，詎免瑕疵。何圖新樣之奇觀，不失古歡之遺範。頡皇史籀，對此非遙；程邈衛恒，方斯尚恧。忽訝千秋蟲鳥，生面重開；頓令百代蜼彝，舊塵盡滌。佩天上黄神之印，雲雷隨豁落圖開；漬宫中紅桂之膏，風月與綢繆記永。持來寒具，敢復污靈寶之書；玩罷貞瑉，好細認苔華之字。倘獲賜蒙刓後，則迴鸞翥鳳，何須尋瘞鶴之銘；如許呑向夢中，則縈蚓塗鴉，庶不誚買驢之券。

江橙里集玉田詞序

鯖合五侯之美，葱渫皆調；酒含百味之英，蘭馨斯發。珠穿乙乙，遂成瓔珞之奇觀；錦織層層，全藉組紃之妙手。然撏撦詩句，不過五言七言；若排比詞家，或易同音同調。未有抉百弓之畎澮，另起波瀾；卸七寶之樓臺，自爲榱桷。如橙里詞人之《集玉田詞》句者也，蓋其好之既專，故爾契之最密。本杼併而機合，自軸運而輪隨。意必標新，語惟仍舊。牽橘柚槐榆而爲兄弟，雜金銀鉛汞而配丁壬。信手拈來，無非妙諦；操觚立就，不似陳言。裁月縫雲，別具神工之巧；迴黄轉綠，全憑竘匠之心。前無古人，後難繼者。割白雲之片片，知惟君能向山中；記紅豆之聲聲，可許我同聽花下。

可姬詩序

蓋聞才子一生，半多蕙歎；文人九命，未免蘭摧。珠樹易凋，誰挽子安之駕；玉樓遽召，難招長吉之魂。自昔傷心，同爲短氣。至若深閨弱質，偶愛吟哦；不櫛書生，自耽鉛槧。斯雖奪江郎之奇筆，無望貂蟬；即令通伏氏之遺經，豈謀青紫？固宜造物之所不妒，而彼蒼之所垂憐者矣。而乃頌椒文麗，不克延年；索燭詩工，只堪鑄恨。女青亭畔，盡礲桃詠絮之才；易遷館中，多染柳薰梅之伴。誌朝雲之墓，欲碎鸞牋；拈小玉之釵，空悲燕冢。靈均呵壁，難問愁天；精衛塡波，莫量苦海。此張子所以刻可姬之詩，而爲之腸斷也。

嗟乎！綵雲易散，原難堅泡幻之身；詩卷長留，即永偕笄珈之老。春風開繡帙，何須呼妙子於稠桑；夜月聽哀吟，定尚伴郎中於花影云爾。

棕亭駢體文鈔卷之四

啟

乞鄭松蓮書啟

蓋自大鳥雙翮，人傳次仲之仙；孤松一枝，世仰崔瓊之聖。右軍而外，承旨以前，溯厥名家，難爲僂指。然而扇持柳惲，詎秘奇蹤；裙曳羊欣，獲留佳蹟。蕺山老嫗，能盈市上金錢；曇礦荒邨，永著人間墨寶。使第中宵畫被，未許旁觀；亦惟侵曉書塵，祇堪自喻。則茂漪弟子，誰覩簪花；杜度精微，空傳琢玉。雲峰多幻，劍氣難逢。縱善心師，終慚腕劣。昔年邗上，素仰芳名；今日浙江，幸親芝宇。絲繩玉尺，高風瞻處士之星；青碧丹巖，遠操銘幽人之宅。邇者丘亭夢斷，蘭暑涼生。偶遇同心，攜來便面。箕張昴萃，驚隸體之端嚴；槎蹷藤懸，訝草書之逸勍。鵲頭蝨脚，比擬難工。鷹峙鸞驚，形摹詎似。展陳遵之牘，愛玩無窮；捫索靖之碑，徘徊不舍。麥光紙上，疑繞雲烟；栗尾管中，應韜綺繡。從此過昭陵之隧，不復思真本於蘭亭；如其投庾翼之懷，儼頓還舊觀於章草。

兆燕錐穿自恧，鐙撥無從。竊學夫人，舉止每慚其羞澀；徒憎餓隸，形容難變其拘攣。永歌習而未工，戈法補而終贋。幸免識丁之誚，閒尋脈望於牙籤；非關諱丙之期，空守淬妃於璃匣。睹酒家之壁，競慕清標；書夢裏之碑，恨無幻術。遙瞻鐵限，敬致瓊箋。伏乞蕙帳濡豪，蕉窗染墨。雲蜚五朵，連蜷翡翠之牀；水滿一泓，瀲映蟾蜍之腹。三十步望船肅拜，曷任怔營；五千言握管通神，庶無靳惜。用是懸之帳裏，庋以梁間。⿱北冗筆精毫〔一〕，日臨模其百本；貞珉綺石，留椎拓於千秋。錦蹕生輝，玉池煥色。此日鸞籠開處，共賞心於春水波中；他時鶴板傳來，看揎袖於御簾影下。

【校記】

〔一〕『⿱北冗』，底本此字從北從宛，疑爲『⿱北冗』的訛字或俗字，據文意改。《韻會》：『同濡。』

吳碧波先生六十壽屏啟

伏以雲飛青陸，延陵觀樂之時；日麗朱轓，襄渚流觴之候。珠履森齊夫槐柳，三豆筵開；璚箋紛祝乎岡陵，九酘酒熟。綺䩉靉靆，堂披君子之風；繡陌縱横，野泛社翁之雨。杏蕊共雕雲煥彩，蘭膏偕粉月騰輝。九十春多，八千算永。恭惟先生隱之雅望，季重清才。問箭簳於名邦，淮南豪俊；呈鉥搅於上國，江左華腴。杜荀鶴草兆科名，鄭康成里多冠蓋。門施梐枑，炊金饌玉之家；堂滿貂蟬，附翼攀鱗之侶。知公侯之必復，爰英異之篤生。文豔魚油，綺歲協桓驎之韻；光騰虎氣，韻齡具荀羨之才。甫當蘭成射策之年，久抱方朔上書之志。蜚聲鳳闕，簉羽鵷班。遂釋褐以朝天，乃鳴琴而出宰。楓宸題柱，九衢傳燕市之名；竹閣垂簾，三輔紀泉州之績。千邨羃䍥，香河則雨徧春田；萬竈溫暾，碧海則霜飛暑路。蘆臺鴉散，空山圍聖母之祠；花縣人歸，曠野聽神君之頌。迺政成撫字，爭仰羨乎雙凫；而最報循良，更超遷乎五馬。虎符在握，白登之霜月俱清；鹿影隨車，紫塞之塵沙不擾。李陵臺上，番馬宵眠；蘇武城頭，渴羌朝款。坐莎廳而晝靜，久淡宦情；聽笳管以秋懷，常縈鄉思。洪波虎渡，競快歌馮；紞鼓雞鳴，終難借寇。攜去鬱林之石，何異琅玕；擎來合浦之珠，無非薏苡。入君章之室內，蘭菊猶存；坐景節之齋前，莧茄斯在。家著一經之訓，庭留萬石之風。長君則槐市陰濃，已簞抽夫上舍；次君亦芸窗日麗，早軔發乎天衢。含飴列錦褓之華，萱草盡緋袍之彥。展也名家盛事，猗歟聖世嘉徵。兹當修禊之辰，恰值杖鄉之歲。年周甲子，金莖舒不老之花；日守庚申，碧奈發長春之樹。芹芽努碧，魚標隨曲水以彎環；桃浪翻紅，鳥語入深林而格磔。御人歸之，緩緩綵紝長牽；挽春去之，堂堂花茵列坐。細草映踏青之履，裙幄珊環；飛英依蘸碧之衫，柳圈匼匝。取油花而點水，預卜期頤；掣鈴索以牽絲，俱供指使。斕斒晝錦，燦爛朝霞。某等德重二君，情深二仲。愛襲蕙蘭之氣，香滿中林；竊叨縞紵之父，名馳上國。雲裝烟駕，半松喬僊祿之儔；綺菜琅葱，盡賸臛煎熬之美。按秦箏而排雁柱，聲和餳簫；礲越砥以拭鷞膏，光浮水劍。會邀撲蝶，聊以代枌社之歡；酒載聽鸝，卽此勝蘭臺之聚。摟上鞦韆之駕，共作飛仙闌；來玳瑁之筵，且呼樂聖。傳語青楊之巷，同瞻紫障之輝。謹啟。

汪母王太孺人九十帳辭啟

伏以嘉平紀序，金烏躔婺宿之輝；大呂調元，玉琯協羽音之奏。北堂高而芝蘭繞砌，色射楓林；

南極燦而玳瑁開筵，香浮橘釀。受介福於王母，詒令祉於文孫。小歲初臨，大年是屆。恭惟太孺人太原壼範，酇水閨師。代著文章，海內仰青箱之學；門高棨戟，橋邊傳朱雀之名。笙鶴清香，遙聞天上；舄鳧佳話，常挂人間。祖德宗功，洵淵源之有自；廷推鄉譽，信流播之無虛。篤生偉人，既擅鬚眉俊杰；鼇爾女士，復傳巾幗芳徽。縏袠衿纓，競説閨中之秀；筐筥錡釜，克尸牖下之齋。西窗賡道韞之詩，風搏絮影；東觀著惠姬之史，鐙閃藜輝。逮作配於平陽，遂嗣音於越國。溯其先世，曾邀天上緋魚；景厥尊章，高折月中丹桂。肯堂肯構，彬彬乎詩禮鴻儒；良冶良弓，奕奕然膠庠妙選。維時《內則》，咸重孺人。調琴瑟於房中，奉敦牟於堂上。潘請靧，湯請洗，必敬必戒，勤劬乎三日五日之燂；井親繘，臼親嗟，何有何無，黽勉夫二鬴四鬴之給。鹿車挽月，甘同鮑氏清貧；燕麥飄春，聊樂巴家驟富。春秋洽比茝蘭，聯媚戚之歡；早晚修嚴鳧鴨，忌比鄰之惱。練裳葛屨，無斁煩撋；甕牖繩樞，不辭補葺。雖膝下人琴侘傺，蝶夢依稀；而庭前頭角崢嶸，龍文競爽。慈孫養志，何殊上表之情；新婦承歡，大有乳姑之孝。蘭心蕙質，珠光皆南浦之珍；桂窔辛楣，玉潤盡東牀之彥。兼之孫曾繼起，索已逾三；行見雲礽迭興，麗將不億。茲杪冬之五日，正華誕之九旬。恰乎乾數之隆，筴雖九而未究；永協坤貞之吉，蓂既五而猶生。金猊爇送暖之香，爐烟叆叇；銀祘壓卻寒之骨，簾影夷猶。鮐背負朝暉，竹杖拄罘罳之外；鶴髮看戲綵，板輿乘宧窔之間。雪藕冰桃掩映，凍梨浮垢色；嶺梅隄柳紛披，枯樹發陽春。帛絮賜自上方，衣裳綷縩；粟肉頒從內府，醬醋紛紜。何須面藥奇方，顏無奸黣；疑有凔花妙術，身轉康彊。誠哉地上行地[一]，展矣人間老福！某等忝綠衣之末坐，愧彤管之無文。曩叨鮑叔之如，締素交而三代；願上成風之頌，祝黃髮以千秋。鼓擊細腰，春草發喧豗之籟；輔生齯齒，臘脂含潃瀡之香。茅葉蓋奚頭，氣盎醃醰凝。緹齊春雲斟罣內，光浮瀲灩泛凹心。帨設華堂，齊快大觀於晝錦；籌添海屋，將同無竟於員丘。敬邀八蜡之賓，共侑三升之觶。謹啟。

【校記】

〔一〕『地』，道光丙申本作『仙』。

吳母晉太孺人六十徵詩啟

蓋聞千尋勁竹，青鸞翔三素之雲；百歲貞松，白鹿餐九危之露。香名迷迭，經煎焚而馨豔逾濃；劍翳夫襓，加礲淬而光芒愈煥。從來才子，半吐奇於陟危履險之秋；自昔名家，多奮志於錯節盤根之下。如日幽潛之必發，定屬坎壈之頻遭。在鬚眉而其理不誣，豈巾幗而其塗或異。

吳母晉太孺人，江北名家，淮南華胄。遡其簡籥，雲中聞緱嶺之笙；譜厥箕裘，天上賜河汾之繡。李星朗曜，長流則雅善平反；槐蔭蘢蔥，學市則尤明經術。太孺人幼而端淑，長益柔嘉。書著豐生，聯袂協惠班之侶；詩成道韞，摛豪喧太傅之庭。香茗新詞，綺交繡錯；簪花妙格，鳳泊龍漂。迺以西晉之名規，爰作東吳之嘉耦。先疇可述，祖德堪陳。棗拂庭前，卜趙瑩之必貴；槐生柱上，知孫偓之將榮。侍讀公鵲起金閨，鸞棲粉署。早夢懷中之錦，旋探上苑之花。並韡跗而枝發五衢，標淡墨而人呼四傑。固已華腴籍甚，閥閱巋然。逮鄉賢公樹物望於一邦，洎主政公纘家聲於三世。牀頭置笏，人驚崔儼之家；座上彯纓，客盡鄒陽之輩。而某年世臺則崢嶸虎觀，跐跋雞壇。粹行晶瑩，璧雙宣而無考；雄文的皪，珠九曲以皆穿。楊彪爲伯起之孫，公侯必復；謝萬實藍田之聳，弱冠知名。維時太孺人潔爾蘋蘩，佩其璜組。桃酸芍醬，無勞脯掾之經營；蜀錦吴綾，共詫鍼神之紉綴。紫茸帳裹，馬倫多侃直之言；青玉案前，德曜擅清高之譽。無何而圓冰乍缺，遽歎鸞孤；斷竹空悲，欻驚鳳靡。金刀鋩掩，看碧落以瞢瞢；瓊樹枝凋，瘞黄壚而鬱鬱。從此菤葹之草心，緣屢拔以多傷；遂令臨岳之絃調，值偏彈而倍苦。春閨畹晚，半欄獨活之花；曉雨迷濛，三尺孤生之樹。剪刀池涸，螢入夜以青寒；脂粉塘枯，蛾當秋而緑皺。貞疑化石，悴顔共石髮以鬖髿；志切履冰，泫臉映冰錢而沸潏。所以風傳梓里，久已欽曹憲之芳規；因而名達楓宸，特爲表巴清之雅操。此觀型百世，漢劉向所以成書；著範千秋，宋尚宫於焉作論者也。抑有説焉，尤其難者。今夫河間姹女，唯知舂石上之粱；譙國夫人，只愛張馬前之繖。李波小妹，盡日搴幬；馮衍悍妻，終朝抵掌。吹篪道上，相矜老嫗之能；恤緯閨中，未識孤嫠之職。一自代諸臣而作謚，便思倚健婦而持門。道旁爭遺秉滯穟之餘，室中起新婦小郎之釁。縱三從之無忝，已七誡之多違。而太孺人淵塞爲心，溫恭成性。魚租雁税，總淡泊以無營；椎髻練裳，屏鉛華而不御。五夜禮龍華之懺，燈晃蓮臺；九天散鴿座之花，香生柰苑。大觀在上，甘節維亨。知泰運之將隆，信坤貞之有慶。縱蘭心萎後，恒嗟江氏才君；而柘館移來，競羨阮家孝緒。竚見魚軿八座，定伸捧檄之情；旋膺鸞誥五花，大慰倚門之望。

茲序逢乎五月，正年屆夫六旬。堂敷萲帶以忘憂，人對竹⿱竹猗而共醉。虹丹九轉，並寒饌以俱陳；霜散千堆，偕甘瓜而齊進。申王座上，蛇以冷而常蟠；李相盤中，龍欲飛而還貯。錦棚高矗，響傳九子之鈴；茵席平鋪，風動七輪之扇。青枝散彩，槐樾連蜷；緑葯垂珠，蓮房窋窡。遏雲檀板，郭郎之舞袖淒娑；蔽日檯林，齊女之歌喉宛轉。酒浮螘綠，鶴觴飛雪檻之間；脯臭虯紅，麟拂挂冰山之外。某等堂躋白玉，管佩彤箴。才愧潘安，未克代任妻而作賦；學慚晁錯，每思緣伏氏以傳經。伏冀夢篆才人，熏香詞客。錫之琬璧，佐板輿三徑之歡；寵以圭璋，表松蓋千年之操。此日椒圖煥彩，共掎裳於碧慮屏前；他時蘭藹生輝，應受籙於緋羅天上。謹啟。

徵趙某翁配陳孺人六十壽言啟〔一〕

蓋聞易氣錬形，犢子配連眚之侶；飛輪浮景，木公偶戴勝之仙。自昔坤貞，同乎乾健。故編成劉向，特標巾幗之芳型；而號錫義成，不滅鬚眉之令譽。然而頌郝鍾之禮法，半屬寃言；摭曹謝之文章，無非譾語。稽其閥閱，苟豪擅五陵；詢厥閨房，斯孅稱四德。紫絲障麗，大都鄒衍之荒唐；碧慮屏張，悉是偃師之傅會。柴桑邨裏，誰知陶令之妻；蘇嶺山中，莫識龐公之婦。何殊貞士曳尾塗中，豈第才人潛珪泥下。

則有如陳孺人者，江浦趙某翁先生之淑配也。少嫺婉嫕之儀，長習柔嘉之訓。十三織素，雲繞香蕪；二八裁衣，霞生廣褏。採桑陌上，羅敷則日照樓隅；詠絮庭前，道韞則雪飛奩畔。及其歸我某翁先生也，以宛丘之名閨，作平原之嘉耦。析聞邾魯，翠塍欣穲稏之相聯；邨近朱陳，紅樹幸參差之可接。緹帷竟道，爛雲厂以生輝；樺燭迎車，燦霜巖而耀目。維時某翁先生則觥觥名宿，佼佼諸生。摛毫而花吐青蓮，下帷而秘窮黃石。齊聲名於北里，庭多瓊樹之枝；問門第於南朝，家近金陵之縣。

山中射虎，意氣飛揚；　樹下聽鸝，襟情瀟灑。　田堪續命，常聞開劉氏之倉；　酒必邀鄰，詎待祭孫家之竈。　綜其行誼，不愧古人；　緬厥高風，多由內助。　承歡兩世，敦牟潔滫瀡之供；　式好一門，井臼庀晨昏之職。　呈隴中之綦跡，甘偕冀缺辛勤；　聞帳裏之緒言，不讓馬倫才辯。　翠釜耀銀絲之膾，自噉黎祁；　紅裳壓金綫之痕，不辭須捷。　儠儠璘藉，祝苑窳於三眠；　㓝㓝花冠，棲翰音於四壁。　銀瓶素綆，寒漿繘白甃以踟躕；　金籠玉鉤，纖手挽翠條而彳亍。　挼莎午月，響秋聲於香杵玟碪；　彊檕庚泥，沐春雨於耬車秧馬。　此韓邢尹姑，所共讓其芳規；　而許史金張，應群推其懿範者也。　茲節屆夫三冬，正年周夫六甲。　忘周燮之廬於岡畔，雪貌皚皚；　舉梁鴻之案於庭前，霜華歷歷。　黃團低挂，背襟之藤蔓連蜷；　白小潛浮，塘堰之冰楞缺齾。　酡顏奸䶎，竹杖閒攜；　宣髮鬣鬖，金莖自戴。　任謝雲霞之友，共掎裳連袂而來；　范張雞黍之交，亦提榼稱觥而至。　某等才慚蘇蕙，擬錦織於機中；　德羨伯鸞，偶交成夫臼下。　池畔覓剪刀之跡，堪媲車公；　階前聞機杼之聲，每思羊子。　伏望錫之麗製，惠以鴻篇。　矘瞲登白玉之堂，筐笏按紫雲之曲。　向鮑姑而索艾，定療臣狂；　看毛女以餐霞，無嫌客醉。

【校記】

〔一〕『壽』，道光丙申本作『春』。

徵吳仲翁配李夫人五十壽屏啟

伏以楝花風暖，欣福祉之岡如；　瓜蔓水生，慶壽源之川至。　婺星中而正旦光浮，醴醆僝晴霞；

麥浪起而先秋色映，芍欄凝曉露。仙李蟠玉華之澗，含桃薦晝錦之堂。節紀清和，數孚大衍。恭惟吳老年媦母李老夫人，隴西壼範，譙北女宗。華胄淵源，問姓者爭傳指樹；名流炳蔚，入門者競羡登龍。寵荷絲綸，循良第一；德堪俎豆，孝義無雙。泰方隆而椒衍瓜緜，巽初索而蘭心蕙質。才能續史，閃窗下之藜輝；性善賡詩，飛簷前之絮影。繭絲麻枲，克庀女紅；棗栗堇荁，無忘婦職。逮作延陵嘉耦，遂嗣讓國徽音。維尊章德翁先生，錦濯西江墨綬，報三年之最；曁尊姑魯老孺人，教傳東郭翟衣，膺一命之榮。而仲翁年老媦臺，則裼裘之眘宇驚人。玉山朗朗，側帽之風流動衆；國士翩翩，儷以夫人雅稱淑配。釵荊裙布，跽堂上以捧匜；芥醬梅諸，入廚中而洗手。靧面燂潘之暇，時補綻以紉箴；施鞶佩帨之餘，猶拚席而膺撝。珠簾鴛錦，繡滿院之春風；金井鹿車，挽一庭之秋月。綸繩弓韔，樂哉與子同心；案舉齊眘，洵矣及而偕老。調房中之寶瑟，無非無儀；送天上之石麟，有德有造。長君則文章燦爛，行攀月裏之枝；次君亦頭角崢嶸，正蠟堂前之鳳。今玆四月下澣，適當五秩良辰。露浥桐孫，黛參天而欲滴；雨肥楳子，黃映日以俱垂。櫻筍廚開，玉版共蠟珠並進；蓬瀛宴盛，冰丸與雪散齊陳。竹肉繞梁，長拍歌、短拍歌，和柳下之鶯簧宛轉；氍毹鋪地，大垂手、小垂手，伴花間之蝡舞蹁躚。南嶽夫人，向雲中而控鶴；西池王母，從海外以乘鸞。共奏鈞天，同登福地。某等誼關蘿蔦，社集枌榆。女史有箴，久已德欽女士；閨師咸仰，寧惟化洽閨門。草色如袍，羡霏霏之挂綠；花光侶綬，看若若之拖紅。映綵帨以騰輝，屏開雲母；升華軒而介壽，酒進霞觴。竚望醵金，亟需製錦。謹啟。

張某翁五十徵詩啟

某年月日，迺某翁張君五十攬揆辰也。夫其姓列星躔，家傳霧市。溯長公之舊籍，簡籥斕媥；入安世之華軒，階闢駊騀。華子魚揮鉏之暇，肆力詩書；馬威卿擊劍之餘，耽心墳典。光騰虎氣，踸踔乎棗心蘭蘂之間；彩豔魚油，枕葄乎玉躞金題之下。芹池漾碧，佼佼諸生；袍襭拕藍，翩翩才子。杜預則猶存左癖，竇威則祗號書癡。既富才華，尤敦行誼。叱牛塍畔，聲驚趙至之心；伐木山中，淚掩楚梁之袂。天上賜七年之粟，困窌膨脝；庭前曳五采之衣，袿襦綷縩。鸞書錫爵，椿枝邀更老之榮；雁序蜚聲，棣萼擅友昆之彥。陸士龍雲津並躍，縱壑昂霄；蘇穎濱水調長歌，含宮嚼徵。樹名交讓，共王槐陶柳以俱榮；里號通靈，與袁渴葛陂而不朽。更精雜藝，別寄閒情。百榼千觚，奮臂結荊高之侶；五尋七跡，拍張誇賁育之雄。擲帽三呼，袁彥道豪情蓋世；披衣一曲，桓子野逸氣驚人。日射笭箵，默默幽居之宅；風搖穲稏，棱棱得意之田。塵滿牛腰，柳篋紛綸而未觸；壁懸蚫腹，嵇琴瀟灑以孤彈。林間則踠地香囊，無非馨欬；膝下則翀天翠羽，殊異氍毹。萬石君遜此高風，三柱里欽其雅望。所以摳衣岡畔，大都周燮之賓；羅拜牀前，盡是龐公之客。翠屏列戶，極某丘某水之奇觀；白墮飛觴，侈問婢問奴之樂事。行見龍門鼓鬣，鵬程歷九萬而遙；因之鮐背含飴，鶴算亘八千而永。固撥醴之甚易，亦焌葦之無勞者也。綜厥生平，質諸大雅。羼厥名於逸民之傳，寧有慚乎；臚其行於作者之林，洵無愧矣。釣徒何處，好共尋湖上烟波；酒客頻來，幸勿吝筵前珠玉。

棕亭駢體文鈔卷之五

啟　書

謝鮑薇省贈筆墨啟

尊傔至，榮披芳訊，垂賚筆一束、墨十鋌。中山銛穎，上黨良材。超虎僕之佳名，軼龍賓之妙劑。拈來銀管，夢花豔以長新；滴向金壺，仙瀋融而不散。僕含毫才鈍，磨盾思慵。捶琴未協其音，噴紙難明其術。忽蒙瑤賜，頓切冰兢。謝公小庾之所難求，衡弟汲妻之所未見。而乃遙從山裏，分幽人削後之香；私向酒邊，治草聖濡餘之汁。漆竹之遺，逸少比此非珍；集賢之贈，飛卿方茲尚恧。謹當安之珊架，貯以豹囊鳧藻之忱。伏惟鑒察。謹啟。

謝汪經耘示漢未央宮前殿瓦硯啟

蟾光一片陰森，聞賈傅之談；龍首千蟠壯麗，愕酇侯之製。然而弄田鉤盾，轉眼榛蕪；溫室謻門，傷心兵燹。三輔之遺規歷歷，雨黯烟昏；千門之舊徑茫茫，苔纏蘚蝕。赤墀青瑣，歡零甎斷甓之無存；玉戶金鋪，似墮珥遺簪之難覓。何來片瓦，猶貯重函。昔邪之雨露長留，藻廉之精靈未散。一痕淺碧，沾來太液之波；半縷殘紅，分得昭陽之影。橅香姜之舊樣，遜此奇觀；尋銅雀之荒基，無其佳製。

僕也才同薛暴，學乏陶甄。圖空愛夫《宣和》，錄未諳夫《金石》。幸逢大雅，示我古歡。如游駘蕩之宮，似捧昭華之琯。土花鏽澀，應得自秋雨犁邊；墨瀋淋漓，好安向曉晴窗下。啟璃匣而靜憶，是曾經金貯阿嬌；裹綾袱以深藏，儼不讓璧懷張伯。是惟書裝玳瑁，始可爲鄰；亦祇水滴蟾蜍，差堪作伴。看此日毿毫濃蘸，定暗生李白之花；囑他時雞舌長含，勿輕說孔光之樹。

謝吳岑華先生贈手批迦陵詞啟

兆燕啟：今晨小奚至，蒙賚手批《迦陵詞》一帙，朱墨淋漓，丹黃稠疊。鋟姸鏤祕，剔字裏之幽香；嚼徵含宮，咀行間之秀韻。絺章繪句，標霞箋玉滴之奇；練爽研精，探裁月縫雲之妙。固宜蔡邕書祕，獨置帳中；何圖尹儒術工，忽傳夢裏。千迴諷誦，百徧摩挲。愛絕調之鏗鍧，寧惟冠柳；切瓣香之寤寐，曷任推袁。謹當窮厥宎宧，敢第繡其鞶帨。縱李奇難託，自知其曲之非；而楊意如逢，或曰其文之似。訝今夜饞膏燈畔，鵞籠識陽羨書生；訂來朝鵲尾爐前，螘醑酹雲郎小像。雲郎，迦陵歌童，小影藏先生家。

謝汪經耘贈爵秩新書並京韡啟

兆燕啟：　今晨束裝登車，枉駕握别，蒙惠爵秩新書一部、段韡一雙，拜賜之下，感愧交並。僕讀書已悔南華，曳履仍同東郭。蓬萊都監，難羼仙籍之名；　京洛緇塵，豈稱芒鞵之態？　從此披編霞牖，濯足雲溪。獻庭則冬集無書，行野則曉霜空操。何圖珍賚，迺及散人。芸黀裝成散秩，訝崇班之烜赫；桂麐製就樞衣，羡深雍之斕斒。撫玳瑁之精函，欲禮名經千佛；　看茱萸之細皺，宜迴小隊雙鸞。貢冠應可復彈，王襪何辭再結。

勸管平原開畫戒啟

蓋聞怡雲嶺上，原難輕以贈人；　索炙盤中，未可堅於絕物。張琴挂壁，誰知雅奏之音；　斂子入籢，孰識秋儲之妙。在高士無啖名之念，自願善刀而藏；　而吾人懼懷寶之迷，竊冀脱穎而出。搏虎果難於再試，敢請下車；　承蜩既共於他人，肯教束手。

伏惟先生家傳黄素，性愛丹青。既擅活人之方，兼工貌物之學。按山川之血脈，生面重開；　相草樹之榮枯，傳神畢肖。吳衣曹帶，誰敢譏評；　幹馬嵩牛，盡歸賞鑒。而乃牽於酬應，壺中之日月空忙；　費厥精神，肘後之君臣轉闊。爰仰天而指日，遂封臂以盟心。裂黄絹以爲襪材，埋青管而成筆家。顧長康之樓閣，誓不重登；閻立本之家庭，著爲永誡。競躔門而投足，空望岫以息心。難詢牧馬之塗，似抱屠龍之技。然而活禽生卉，既操大塊之文章；賸馥殘膏，豈禁世人之沾丐。高僧座上，猶難堅守夫木叉；居士門前，豈得永扃夫鐵限？特招近局，爲滌前言。請以倉扁之餘閒，仍理荊關之舊譜。定糟粕之盡化，且復斲輪；縱蔬筍之久甘，何妨解菜。勿辭潤筆知虎頭，不妄助資；詎曰妨醫看獅子，且堪愈瘧。深杯待屬，短札先投。謹啟。

爲小山上人微生輓詩啟

蓋聞最初禪裏，只有真常；不二門中，更無文字。人天滿足，如來原長壽之仙；習漏消除，大士本多聞之學。將三摩偶然游戲，何妨共説無生；指一切隨意神通，且與同參妙諦。

茲惟小山開士大覺迷途，祛五蘊之糾紛，悟八還之淨妙。童真慕道，早辭親以出家；初地息心，卽得句而呈佛。勝流滿座，豎拂者盡是宗雷；彥會成林，升堂者無非許謝。撫千竿之修竹，宛是直兄；對幾點之疎梅，居然梵嫂。貫休潑墨，自具禪機；無本吟詩，獨成瘦骨。固已道猷直轡，證無上之菩提；而乃慧遠高壇，作有情之緣覺。謂夫橫吹鐵笛，人生必有散場；慣愛紗籠，此念難忘結習。與其邊簫楚挽，送北邙長逝之魂；何如麗句清辭，作東土後來之供。趁娑羅之未悴，且當涅槃；分薝蔔之餘香，定成般若。於是鳴鐘半夜，徧告緇徒；開殿清晨，大招素族。等以無遮之會，了其現在之身。伏願慧業文人，淨名居士，錫之銘誄，貺以詩章。不勞升座之三號，聊博拈花之一笑。共謀作達，莫吝書貞。謹啟。

安定書院餞送諸生鄉試啟代

伏以桂輪高揭，二分之明月爭輝；茅茹齊征，萬里之秋風競爽。指阿巢而奮翮，丹山翔威鳳之群；縱巨壑以揚鱗，碧海躍潛虬之隊。業成四術，典重三升。恭惟諸年兄江左英髦，淮東俊乂。夢中江筆舒藻，豔於瓊花；袖裏隋珠吐光，芒於甓社。登昭明之樓閣，入選文多；傍董相之祠堂，下帷志切。樂群敬業，俱函席上之珍；發策決科，久握枕中之秘。戚同文之弟子，並有師承；胡安定之門人，最嫻講貫。固已披文相質，儲春華秋實之材；豈第賸馥殘膏，學西抹東塗之技。茲者恭逢盛舉，慶遇恩科。聖天子寤寐賢才，將群空夫冀北；爾多士馳驅皇路，正程徙夫南溟。用持祖餞之觴，載舉賓興之典。所願盍簪並至，攬轡同登。天衢和鳴鶴之音，雲路振漸鴻之羽。淮濱花滿，千山之叢桂皆香；江澨潮生，八月之靈濤俱壯。羨此日芙蓉鏡裏，晶輝爛天上銀盤；卜來春芍藥階前，瑞靄繞日邊金帶。夢傳秋駕，識老夫三載心勞；隊整雲都，知餘子一軍氣奪。君真健者，予日望之。

納聘啟代

伏以柳烟屯綠，夾隄之金綫爭輝；桃露舒紅，滿澗之瓊波散彩。令德展百城之圖畫，紫氣春濃；

韶音捲萬里之波濤，赭山朝霽。棨戟列重門而焕爛，蘋蘩齋季女以溫恭。秦晉婣盟，潘楊燕喜。恭維老親家先生太丘望族，浙水名家。問相國之沙堤，魏笏之甘棠斯在；詢世家之金埒，董帷之遺策猶存。溯金張許史之家，歌鐘在肆；紀魏丙蕭曹之績，門籍盈箱。御酒黄封，陳醲鬱金樽而瀲灩；宮衣紫疊，飛袿垂玉帶以襂褷。布威惠於六條，承流宣化；纘家庭之四美，裕後光前。令姪女毓閨閤之清芬，久順從於師氏；大小兒隨京華之旅食，尚需次於銓曹。一葦可杭，幸越水吳山之未遠；儷皮斯聘，感荊釵裙布之無嫌。特返故鄉，爲成嘉禮。諏暮春之九日，訂偕老於百年。海棠酣國色於青廬，春光正燦；勺藥殿眾芳於碧砌，瑞藹維新。伏願宜室宜家，多男多壽。杏花邨裏，看洽比於朱陳；蘭茝闈中，瞻禮儀於鍾郝。則欣占鳳卜，不徒求繫而求援；喜兆熊祥，益切肯堂而肯構矣。謹啟。

代盧雅雨都轉少子與錢香樹司寇納幣啟

伏以海蟾騰彩桂宮，舒月姊之輝；嶺鳳鳴祥蘭渚，聽冰人之語。集堂前之翡翠，秋敞銀屏；翔湖畔之鴛鴦，波明綺縠。締良緣於二姓，成嘉禮於百年。筐篚遙將，絲蘿永託。恭維司寇錦衣世德，繡水名家。躡契踐夔，千載覯明良之遇；凌顔轢謝，九州推風雅之宗。品重螭坳，早冠蓬瀛之侶；風清狴戶，久崇槐棘之班。父子同官，詠緇衣於鄭國；身名俱泰，紀綠野於裴公。十載優游，荀何山澤；千篇著述，燕許文章。官驛遞詩筒，遙和九重之作；江花迎御輦，屢承三錫之榮。棨戟門庭，著韋平之閥閱；枌榆里社，盡羊鄧之姻連。某族忝四夔，才慚八米。九衢冀北，憶當年文苑同登；一水江南，喜此日吟壇並據。綠楊城郭，慣迎郭泰之舟；紅燭笙歌，每下陳蕃之榻。樽前側帽，花底披襟。羨君擎掌上之珠，笑我舐懷中之犢。念前此童孫薄劣，蒙嗣君已許乘龍。而今茲老友綢繆，顧弱息又誇乳虎。爰篤舊姻之好，載尋嘉耦之盟。藍玉初芽，赤繩先繫。歡騰閨闥，共言姪有姑從；喜溢門楣，應許壻依子例。用肇問名之典，敬陳納幣之儀。家人卜厥袂良，媒氏睨其柯則。溫臺寶鏡，先兆團圞；江翦巾箱，預徵婉孌。錦鋪五兩，看綵結之同心；玉列雙宣，知瓊英之比德。朝霞暈紫緂，生纏臂之金；曉黛紓青影，映貼鬠之翠。嘉禾城外，祥雲籠滿匯胭脂；檇李邨邊，喜氣散一樓烟雨。伏願道高嶽峙，望重冰清。閨中傳伏氏之經，人遵模楷；庭內稟顏家之訓，化被葭莩。郭瑀高齋，席獨分夫劉昞；韋誂後圃，衣無笑夫裴寬。從茲攜手山中，畢二老向平之願；竚看齊鬠廡下，傳一門德曜之賢。卜文定以厥祥，喜德音之來括矣。謹啟。

代趙轉運孫與沈高郵結姻啟

恭惟老年臺先生八詠名家，三關著族。東堂射策，鴻文擷上苑之花；南贛牽絲，佳政偃下民之草。更剖符而作牧，遂浮艦以臨江。照千里之光華，湖邊珠耀；振一方之文教，臺畔春多。茲當豹變之晨，共切鶯遷之慕。聽城頭之曙鼓，健犢方留；颺湖畔之晨旌，浮鷁復至。騰甓社之光芒，布華胥之樂境。過多寶沙高之地，雅愛文游；入微雲山抹之鄉，便思佳壻。乃五琅福曜，正瞻海上仙梟；而片玉榮光，先卜雲中瑞鳳。頌神君於召父，嘉石銘心；問嬌女於左家，明珠耀掌。某政循冬日，才謝春華。宗職濫叨，趙璧幸承手澤；劇司久任，吳鹽但滿顛毛。鞅掌簿書，笑含飴之靡暇；闢心堂構，愧傳硯之無方。念小孫騎竹庭前，未受魯論之半；知令愛辨琴窗下，早窺班誡之全。柯羨桐高，竊盼孫枝之繼茂；波欣河潤，定容壻水之先沾。伏願照以冰清，賜之金諾。雀屏乍展，慶蔦蘿松柏之長縈；鸞鏡先開，快環珥瑜瑤之競爽。藉此日一雙白璧，訂同心於總角之初；計他年百兩朱幩，娱老眼於懸車之後。敬將赤繫，敢布丹忱。謹啟。

寄雙有亭學使書

蓋聞遇伯樂而叜車，難爲良馬；值風胡而躍冶，定匪祥金。綠綺既調，豈宜更思夫爨下；紫珍雖朗，自應永託於篋中。苟其飽筍裹之餘花，遂辭楊館；閃壁間之幻影，竟遂陶梭。則指頂而群詫乖人，卽撫膺亦自嗔怪事。然而情牽骨肉，枝頭多壹宿之鳩；性怯風飆，天上有退飛之鷁。茁故畦之小草，祇願芘根；決央竇之細流，終難入海。是惟仰帡幪於知己，乃終始鑒其無他；如將喻肺胏於旁觀，自顛末疑其鮮當。伏惟大人儒林圭臬，士類楷模。著奕葉於韋平，邁衣冠於王謝。寓金閨之豹直，酒飫三辰；濡玉署之龍賓，書窮二酉。頻恢珊網，貢天府之奇琛；獨挈冰壺，作人倫之巨鑑。波騰學海，掌秘翰於西清；光耀使星，駐輶軒於南國。張洞庭之樂，滿谷滿阬；建畏壘之標，群尸群祝。盧諶條幹書記，盡擅翩翩；庾杲芙蓉令史，俱稱了了。乃復借鉛刀之一割，用佐調羹；勉令抒襪綫之微長，以資補衮。挹座上周瑜之韻，濃若飲醇；聆谷中鄒衍之吹，暖如挾纊。論文促膝宵爐，則獸炭翻紅；索笑巡檐朝雪，則雀梅點白。泛江邊之靜綠，不辜嘯詠於袁宏；尋山畔之孤青，竊幸聲名於孔閭。從此進穀城之履，敢後文成；自當隨函谷之車，甘同徐甲。況值春風豹尾，歡迎翠輦於淮瀆；曉日螭頭，競謁帷宮於江步。傍牖邊之曼倩，定覩仙班；隨臺上之裴君，應窺日窟。而乃小人懷土，佳節思親。歸夢迷離，輾轉陳蕃之榻；旅顔憔悴，傍偟王粲之樓。本謀執弭以相從，忽告褰裳而欲去。盟渝息壤，委一諾以何輕；杖棄鄧林，畫半塗而自廢。參佐皆譏其謬僻，童奴亦誚其猖狂。而大人乃曲賜矜憐，代爲侘傺。謂枯魚銜索，自難久曠夫晨昏；思嬌鳥嫌籠，何事更彊其飲啄。不惜借帆之惠，爲抒陟岵之嗟。顛倒征衣，人笑驚如胡蝶；低佪客路，自傷懸若蠮蜳。涎涎飛飛，燕豈有憎於戊己；堂堂策策，魚猶永戀於庚辛。載別台慈，幸蒙福曜。喜扶鳩之尚健，黃席重溫；慚對鯉之未工，萊衣獨曳。山中梟犬，柵裏雞豚。少伸孺子之情，皆拜仁人之賜。

今夫侯嬴空館，英雄每奮臂以踟躕；豫讓荒橋，烈士尚盱衡而嘆唶。所以古人垂訓，知我與生我齊觀；往哲有言，感恩定酬恩有地。兆燕荷衣賤質，柴轂窮居，年丁潘岳之二毛，才乏阮宣之三語。何期鼠璞，謬逢真賞於卞和；豈意牛溲，亦獲兼收於醫緩。忘其疻痏，假以吹瑩。燕王則臺築郭隗，嚴公則牀登杜甫。是即懷中探策，應難紀德於比干；縱使夢裏銜珠，未足輸忱於元暢。所願崇占鼎鉉，早陟沙堤。勒姓氏於梟鐘，續丰標於麟閣。歸飛德宇，應儕相賀之禽；遙被恩光，庶及不枯之草。竹頭木屑，猶堪待用於佗年；舄委簪遺，請勿縈懷於此日。望風泥首，指日銘心。敢布私悰，統祈鑒察。殘醺猶在，難忘丙吉之茵；假寐空勞，還憶郗生之帳。雲山渺渺，定知虛座於虞翻；鱗羽悤悤，懼類空函於殷浩。

棕亭駢體文鈔卷之六

書　疏　文

寄吴岑華先生書

自別芝顔，屢承蘭訊。吴鉤欲鑄，術昧壬夫；楚玉空悲，毁同庚市。初平叱後，石詎成羊；葛叟仙時，桐難化虎。歌殘勑勒，知塞北以何年；望斷扶搖，歎圖南之靡及。瑟居寥落，靜憶前歡。孑處淒清，興懷往事。習池春暖，蔣徑秋深。攬裾多肺腑之言，促膝有雲霞之槩。割牛心之炙，華袞逾榮；罄麈尾之談，金鍼暗授。此則感深徐甲，常隨函谷之車；誼重薛收，永侍河汾之席。未足喻其款素，盟此私悰也。運際隆平，時逢熙泰。沈詩任筆，並侍楓宸；丘錦江花，競躋芸署。乃以大賢之望，特崇右史之班。四戶蜚聲，三才騰譽。紫薇省裏，豹直縑青；紅藥階前，雞棲樹碧。預卜氊匀淡墨，臚唱無雙；竚看沙拂平堤，治歌畫一。政當瀝耳，彌用忺懷。竊有二端，敢申一語。側聞古人之論，最重裕昆；緬惟先達之言，尤隆錫羨。是以庾信關河之際，每賦傷心；宗元瘴癘之鄉，尚思繼體。況位處蟬冕之列，身居燕趙之區。佐慶卿之酒，持觴豈乏美人；校宋初之書，爇燭寧惟麗鑒。倘過李家絡秀，思援周浚之門；遂令羅氏倚風，獲侍韓王之帳。將見珠生碧海，玉蘊藍田。季堅興崔輯之宗，遙集繼阮咸之緒。不其然乎，更有請者。《玄經》、《申鑒》，皆才人不朽之資；脞史叢談，亦學士難刊之業。昔趨棐几，快覩錦囊。潤古彫今，跨張融之《玉海》；抽心呈貌，邁蕭繹之《金樓》。然而襲之巾箱，未必不脛而自走；弆之篋衍，恐難無翼而能飛。品重圭璋，雖云不粥；氣騰干鏌，豈合長埋？是宜授以雕鐫，命之剞劂。定佳文於敬禮，不待曹丕；續《新論》於桓譚，無勞班固。則裝成黽鼉，群驚宛委之編；澣以薔薇，不蝕羽陵之蠹。敬呈蠡測，伏冀鴻裁。更罄鄙懷，不辭仰瀆。蓋聞道遷懷四方之志，仲舉恥一室之間。蝨處敝褌，不識埏紘之大；蛙居眢井，難窺日月之明。玉笥白龍，宇下非長棲之地；金環黃雀，篋中豈永託之鄉？緣是罨罨而自思，未肯鬱鬱而久處矣。況以原憲居貧，劉陶誕節。曹景宗黃麞之樂，邈爾難期；范子真白髮之年，倏焉將及。悠悠鄉里，孰愛任光；兀兀辭章，難逢楊意。板牀塵冷，土銼烟銷。寒漏三更，柔腸九轉。欲箋天而無語，思縮地以何從？擬於來年，從茲作客。如其八州都督，記室需人；三輔名豪，曳裾有路。幸爲説項，不惜推袁。但搴庾杲之蓮，便負仲由之米。凡諸喁望，悉賴吹瑩。倘借聲援，曷勝銘鏤？嗟乎！白駒荏苒，共傷來日之大難；綠鬢蕭騷，誰識此君子之小異。採盧諶之條幹，倘遇劉琨；立孔顗之聲名，還希謝朓。聊憑尺素，不盡寸丹。

建隆寺募化齋糧疏

蓋聞維摩舍裏，堪邀香積如來；忉利天中，必遇能仁大士。三千世界，十二因緣，以無所住而得法清淨身，必廣所施而獲檀多羅蜜。所以銀錢五百，便拈善慧之花；寶蓋千人，盡禮藥王之佛。鉢塞莫持來浩劫，不如喜捨在心；鞞鐸佉灑向須彌，無過化慳爲善。揚州府城北壽寧街建隆寺者，毘尼勝海，布薩叢林，面江甸以開基，繞淮流而立刹。地近謝安之宅，水木清華；天連吳濞之城，山川秀麗。弔重進干戈之壘，毅魄猶存；訪道堅鐘磬之堂，妙香斯在。雕甍繡桷，招怖鴿以高棲；珠絡金繩，振法螺而萃響。展趙宋御容於舊榻，猶想英風；誦參寥逸詠於虛龕，尚懸明月。逮皇朝之奠宇，猶佛日之增輝。羽葆霓旌，牆外卽六飛之輦路；松風水月，堂前皆七祖之禪宗。八正門通，三明道廣。看花客到，無非支許之流；聽講人來，盡是宗雷之彥。檐前鈴語，留秀支替戾之音；枝上禽聲，偏格磔鉤輈之調。優波提舍，衹夜修多。聚八百之應真，得一生之補處。然而繞門翠浪，無法琛可種之田；滿座緇流，少弘忍堪舂之米。一麻未飽，半偈空持。齋廚則當午無烟，禪室則連朝謝客。伊蒲饌缺，便煨芋以何從；粥飯僧多，欲吞鹹而不敢。瞿曇之面皺矣，圖澄之腹枵然。某僧卓錫有年，點金無術。笑衣內之珠安在，悵鉢中之飯難求。伐鼓撞鐘，猶作無遮之會；擔柴汲水，空居不二之門。未見桃花，但焚柏子。得句雖堪呈佛，忍饑何以誦經？伏願植福宰官，布慈長者，共發菩提之念，同依舍衛之城。旣現優曇，寧無達嚫。減庭前之鶴料，便是僧糧；脱身上之寶衣，堪爲佛事。功無退轉，何拘施法施財；福不唐捐，詎別乞貧乞富。必圖種慧，請各書貞。謹疏。

爲寶筏寺募戒衣疏

蓋聞嚴淨毘尼，心持五戒；精勤布薩，體被三衣。祇夜修多，優波提舍。不有羯磨之度，安能彼岸之登？兹寶筏寺方丈守中大和尚智珠在手，慧劍横腰，以精進而獲上乘，願解脱以超衆有。乃於丁酉之春，立壇傳戒。大衆雲集，諸天雨花。成就有學無學之人，俱入不生不滅之境。惟是戒衫未就，應器無資。不有善知識緣，誰結檀波羅蜜。伏願護法吉人，修心居士，隨緣喜捨，但數足夫百單；證教昌明，卽禪通夫八解。看兹木叉，可住如游兜率之天；定知窮子，知歸盡超龍漢之刼矣。謹疏。

東獄廟募緣疏

蓋聞智慧心燈，滅邪燄而始成正果；人天眼界，離衆穢而卽入光音。恭惟東獄大帝廟後瓦礫之場，既建碧霞元君新創輝煌之殿。美輪美奂，實壯觀瞻；攸芋攸寧，堪資梵誦。惟是西偏隙地，尚屬寒蕪；因之牆外行人，視同棄壤。成街閭之溷匽，豈止惱鵞鴨於比鄰；積道路之便溲，幾至同牛羊之屠肆。衲等屢爲掩鼻，彌切驚心。念無欲天不垢不淨，詎觸嫌於下界之腥；而般若地以熏以修，必嚴屏夫凡塵之染。是惟叩求檀越，作諸善緣。特崇念佛之堂，俾得焚香之境。計其工費，不過千金；量厥福田，何啻萬畝。願誦苕而埽垢，幸濡筆以書貞。謹疏。

募修大墅街林家垻永壽橋疏

弓當擊後，東明誇飛渡之雄；石值鞭餘，嬴政縱大觀之樂。雞聲催曉，印人跡以偏多；驢背衝寒，擁詩情而不少。踠地之垂楊一片，情盡何時；漫天之落葉千重，魂銷曷極。然空中懸構，縱若飛仙；而夜半遙呼，安能役鬼？所以政頒十月，必先鳩工作於夷庚；數應七星，乃獲覩車徒之旁午也。兹全椒縣大墅街林家垻之永壽橋者，境連淮泗，地接舒廬。往來多題柱之人，憩止有憑闌之客。青龍臥澗，雲飛初月之光；赤鯉淩霄，霞覰斷虹之影。參差雁齒，拂秋蓼以紅勻；巀嶭鼉梁，潤春薄而紫蝕。藍拖淺水，應逢仙女之緣；綠繞幽村，共識大夫之號。乃溯其始造，既有歷年；而議厥重修，迄無成説。長杠仆地，索蔓草以攲傾；短榷橫波，臥寒潮而蕩漾。咏小杜吹簫之句，明月空留；歌髯蘇攲枕之詞，絲楊誰挽？知孺子之可教，欲進履以何從；遲佳人兮不來，獨抱柱而奚益。慨迷津之莫指，每病涉以徒勞。

伏冀救蟺婆心，鑄牛妙手。葺其圮壞，擲銀杖於寒潭；助厥功程，亘金梁於古道。千人共濟，無煩童烏鵲之毛；一劍常懸，不復鼓蒼蛟之鬣。永免租車之覆，績比王周；不憂樓櫓之危，功侔廣德。將見標名作午，清流共花竹以堪娛；賜姓爲丁，盛事與山河而不朽。落驢誌慶，人人邀科第之榮；渡虎徵祥，處處得公卿之諺矣。謹疏。

勸捐修大橋鎮大橋小引代

縣城東五十里大橋鎮之大橋者，川陸通衢，江淮要會。東接吳陵之壤，北瞻斗野之亭。宛若長虹之卧波，居然寶帶之跨岸。民不憂夫病涉，客無勞乎問津。利濟萬人，閱歷多載。雖無綺楯雕欄之飾，足侈游觀；恰當青疇綠野之間，群叨利益。想自昔肩摩轂擊，久稱成邑而成都；乃越今岸陊梁傾，漸見行霜而行水。停車有客，欲題柱而難留；進履何人，將投足而不敢。本縣循行縣鄙，彳亍橋梁，本懷履坦之衷，倍切臨淵之懼。嗟吾民之厲揭者，衆知斯橋之關係匪輕。公無渡河，恨不能援而止也；過有滅頂，何異夫推而内之。於是廣袵席斯民之心，不惜作呼號將伯之舉。欲謀善事，端賴仁人。集衆腋以成裘，惠不至於甚費；培舊基而築堵，功易圖於有成。幸藉隆襄，以資普渡。此引。

送竈神疏

年月日，司命將之帝所，修士某謹以粟飴粔籹之餞，上疏於馬前曰：

蓋聞禮隆孟夏，既昭五祀之儀；節屆杪冬，乃命九天之駕。式下土而居南面，人仰吹噓；書上考而奏東皇，功先調燮。星占張嗉，神號祝融。鉉或玉而或金，湘以錡而以釜。火始燄燄，厥功首紀夫燧人；烝之浮浮，肇祀聿興於周代。煬者忽避，何氣象之睢盱；突不能黔，徒征程之勞劬。踞觚而聽，傳老聃之高懷；滅火更炊，想梁鴻之雅操。烟迷營壘，知誰減而誰增；藥煮爐鐺，識孰寒而孰熱。無端獲罪，王孫慚獻媚之疏；偶不小心，帝子悔稱名之誤。稚長大腹，僅可使監；王渾生兒，須防其跨。味耽經史，每生王劭之疑；才屈庖廚，忽發圓通之怒。將軍謀祕，訝浸灌之何多；丞相功高，快騷除之不少。入郇公之室，鯖鮓駢羅；登石尉之堂，韭萍雜沓。然巨室盛誇列鼎，而寒儒亦或烘椹。今某身等勞薪，智同處燕。漫思一試，豈能過乎？鼬狸不遇三敲，誰爲脱其泥土？蔡邕冷爨，心隨桐尾以俱焦；陳應空房，人共杵腰而並細。蕭條脯掾，難邀孫竇之鄰；憔悴廚孃，誰餉祖家之婢。欲曲徐生之突，早已焦頭；聊安向栩之牀，無過容膝。米求百里，空傷季路之貧；灰冷十年，猶憶歐陽之字。薪真難燭，孰憐秋雨之滂沱；燼自常懸，非泛洪波之浩渺。嘆襮衣之屢敝，笑栝杖之徒存。伏乞鼎必取新，甑無顧破。乍獲烹羊之富，永無生黽之憂。雞入餘妖，祓除既盡；魚游佳話，傳播無窮。盛於盆，尊於瓶，奧裏淒娑乎老婦；迎其尸，設其主，陘間荒忽乎嬌孫。則綠醽醃醰，欣傳司命之醉；黄衣綷縩，快瞻吉利之來。樂虛耗之齊奔，幸癡呆之盡賣矣。

休寧縣儒學月課示期榜文代家大人作

照得以道以賢師儒，樹得民之望；是行是訓文章，垂立教之謨。別支派於齊韓，五際各爲授受；傳精微於董薛，一經共有師承。闤闠千門，經匠氏之削繩而成其峩屽；荊和萬鎰，借玉人之礱錯而焕厥光華。縱藍或謝青，而沙堪聚雨。箴肓起廢，探六籍於幽深；砭愚訂頑，揭兩銘於顯爍。文惟載道，言以旌心。潤古彫今，沆瀣浥三危之露；研昏鍊爽，菱茯生四照之花。此鹿洞生徒，身教亦兼夫言教；而龍門學業，經師仍本於人師也。惟茲休邑，星屬斗墟，地連吳會。峰摩霄堮，紛神囂仙的之巃嵸；溪繞沙汀，漾錦浪文波之瀿淢。潺潺漸水，清流環天子之都；屹屹古城，高閣峙故王之壘。浽微春雨，莽甲村村；縹緲晴烟，松鱗處處。千岩暈碧，琢成紫石之花；一笏凝香，輕泛玄波之影。月潭浸玉，纖阿依小厂以扶輪；霞汉浮金，畧彴傍懸崖而散綺。水禽唼喋，藤溪之畫舫半艤菰蘆；山鳥鉤輈，竹嶺之祇園盡藏杉榭。梯横爛錦，百弓開士之廬；閣閉沈香，半畝仙人之宅。一塘春柳，只憶方壺；萬壑秋林，惟思定宇。逴犖竹洲之集，戛玉摐金；崢嶸李頓之詞，輯宮綴羽。展杜鵑之吟卷，詩擅香名；登芍藥之華堂，記傳奇瑞。顔公山上，俗善馴龍；吳嫗祠前，人能射虎。汪宣城之研精理學，並轡關閩；程文簡之戮力宏猷，齊鑣韓富。三章六策，史標泗論之雄圖；千古一朝，人慕正希之勍節。芝生冢上，曹屯田純孝無雙；馬倒墩前，李都將精忠第一。山川秀麗，實桑欽、郭璞所神移；人物瑰奇，亦干寶、陶潛之目矖者也。所以蔚英才於四國，如鋪黄海之雲；衍正學於千秋，皆接紫陽之脉。鴻騫鳳翥，羽儀騰上國之輝；璧合珠聯，洪實列中邦之瑞。蒲輪接武，鶴書從天上遄徵；蓉鏡差肩，鼇島邁寰中獨立。波瀓春岸，一泓思樊鄭之功；獄靜秋曹，萬戶頌于張之德。問四姓五侯之邸第，其在斯乎；蜚三明七穆之聲華，洵有自矣。本學淮南聱叟，譙北畸人。七葉貂蟬，帡幪祖德；半生鉛槧，枕葄經壇。子昂捶市上之琴，池濱欲碎；李牟吹江邊之笛，筤笏俱沈。訪古調於成連，空海濤之極目。憶仙緣於叔夜，逢石髓以何年。齋種白楊磊磊，惠開之胸臆；庭餘紫莧蕭蕭，景節之襟懷。偶叨鳳扆恩綸，遂闢鱣堂講席。沐聖天子菁莪之雅化，鑄舜陶堯；欣爾多士棫梓之奇材，淩顔轢謝。繡褾錦䙫，如披宛委之編；玉儨珠聲，似捧昭華之琯。琳琅滿目，摛豔薰香；琬壁爲心，漱芳傾液。賦成盛覽，自堪追步相如；顔抗昌黎，竊恐貽譏子厚。爲此示諭文武生童，知悉今於正月日。初開絳帳，廣召青衿。發篋鼓南，梅萼點芸籤之彩；濡毫硯北，松滋騰落紙之輝。門外寒回，雪臢立殘之蹟；窗前春早，草生除後之芽。彩燕絲雞，盡助新文旖旎；星毬火樹，俱成異藻繽紛。峰對香爐，雲烟繚繞；山憑玉几，巒壑參差。朝霞舒逸興遄飛，春水挾文濤急注。銀管燦奇葩於五夜，光耀衮鍾；瑤函充秘學於三冬，仙成脈望。精思眑眑〔一〕，張平子《靈憲》之篇；壯采楞楞，李永和《明堂》之論。鸞漂鳳泊，高岡之勁翮俱搏；鼇擲鯨呿，滄海之迴瀾皆立。燭榮光於紫府，璣鏡晶瑩；采異寶於丹山，珠船朗耀。知他日寅階亥陛，應揮御座琅玕；借今茲卯酒辛盤，且啖冷官苜蓿。惟期助我開軒，望三益之來；幸語同人橐筆，競八叉之妙。毋虛勝會，共賞奇文。

【校記】

〔一〕『眑眑』，底本作『𥄈𥄈』，『𥄈』當爲『眑』字缺筆，徑改。眑眑，幽靜貌。《漢書·禮樂志》：『清思眑眑，經緯冥冥。』顔師古注：『眑眑，幽靜也。』

棕亭駢體文鈔卷之七

文　祭文

試嘉應州古學文告代

才兼辭賦，方有當於文章；學擅詩歌，始無慚於風雅。含英咀華之彦，摛天摛藻之倫，莫不尋繹宮商，討求綦組。用以潤色鴻業，宣鬯休風。補百氏之聲文，備六經之鼓吹。爲章雲漢，不朽古今。極律抗聲，鈞天廣樂之奏也；發色渥彩，淩雲概日之觀也。

爰自四始開先，三閭承後。樂府之作，嚆矢周秦；古詩之名，權輿蘇李。大行於元朔，極盛於黄初。下逮五馬南浮，三星東聚。尋其門徑，可得而言；遡其源流，自兹而别。泉明之澹遠，靈運之閎深，各具體裁，摠持風會。故孟、王、韋、柳，實本柴桑；李、杜、高、岑，皆宗康樂。宋元而降，述作滋多，良楛雖殊，師承不異。寂寥天水，玉局所以空群；浩蕩中州，遺山所以繼響。東南半壁，劉、宋並稱；前後四家，虞、高足尚。辟之羲娥分照，長輝映於三才；江漢合流，普沾濡於群有。

至若義基詩序，體創賦家。屈宋寓諷於荒淫，馬揚選言於麗則。分題限韻，唐、宋開造士之途；信筆成篇，杜、歐變散文之格。雅琴長箋，旨趣攸分；《鸚鵡》、《鶺鴒》，寄託斯在。秦川搖落，倦客有暇日之吟；京洛回翔，才子有凜秋之興。《思玄》、《幽通》之窅眇，子虚、亡是之詭奇。景福靈光，觀之目眩；美人豪士，讀者心搖。及夫苑内牡丹，工於體物；秋分團扇，善於抒情。涔陽哀怨之遺，括囊韓、柳；江乘緝裁之密，拾瀋王、楊。故知漸之而自移者，蘭茝槀本之性也；使之而輒利者，辟閭巨闕之能也。詩極其至，可以下上神鬼，嘘噏風雲；賦集其成，可以包括寰區，總覽人物。洵碩儒之宜講，而邃學之當治者與使者。居鄰顧陸，早生峰泖之鄉；文愧韓蘇，屢憩惠潮之境。沉思螢案，蓋亦有年；延訪雁程，已非一日。爾諸生人爲隱豹，家握靈蛇，弋釣既深，箕裘不替。挹高風於處子，江尚名梅；踵芳躅於寓賢，樓曾顏鐵。金膏水碧，九嶠所希；曾青丹干，一時之寶。方當施茵設席，和墨抽豪。揮霍乎精英，紛綸乎揚搉。神魚出水，豈必待於詹何；名馬絕塵，詎有殊於東野？虚懷以佇，刮目良殷。

代儀徵失火謝運使撫恤詳文

兹據儀邑城内鄉耆等具呈，前來呈稱，爲恭謝憲恩，叩求轉達事。竊惟詠周公之桑土，最重綢繆；歌召伯之棠陰，不忘茇舍。千間大庇，仁人之覆幬無窮；百堵皆興，赤子之瞻依有託。是雖數窮理極，難逃無妄之災；翻使易舊更新，共慶家人之吉。歡逾挾纊，感切銜環。某等陋巷窮民，敝廬賤庶，或先人梓里，久爲生長之鄉；或異縣萍居，偶作貿遷之客。同游德宇，胥獲安居。乃福過而災生，遂罪深而譴作。哀哉一炬，並竹頭木屑以無存；慘矣千家，胥露宿風餐之靡適。問君平之卜肆，不賸空簾；訪司馬之酒壚，徒留壞壁。老妻晨爨，尋竈北以奚從；稚子朝嘑，問門東其何處。風淒淒兮霜冷，永夜觀天；泥滑滑兮水深，終朝沐雨。江濱窮士，只匿蘆中；巷内高人，但眠雪裏。難覓壺公之天地，空憐橘叟之晨昏。嗟肯堂肯構以何年，歎靡室靡家而誰訴。

何期蹇運，忽遇隆恩。揚煮海之餘波，蘇焚巢之殘喘。人蒙大賚，毋庸憶録事以頻嗔；户慶小康，盡可向參玄而致賀。編籬繞徑，重删仲蔚之蓬蒿；甃石繞垣，再補羅含之蘭菊。陸家屋角，無改東西；阮氏門橑，依然南北。雞犬識新豐之路，枌榆復舊社之觀。董威輦不寄靈臺，梁伯鸞遂辭皋廡。修我牆屋，還來故里之蝸廬；弛其負擔，免作他鄉之雁户。入室處而改歲，熏鼠無勞；换桃符以迎年，畫雞堪羨。閭閻皞皞，盡回吹律之春；景物熙熙，共享登臺之樂。是卽探懷中之策，應難紀德於比干；卽令投夢裏之珠，未足輸忱於元暢。

惟願天恩特眷，弓旌三錫以彌隆；世德緜承，簪組千年而勿替。臨風頌禱，難銘結草之心；向日傍徨，聊獻傾葵之念。等情據此。

祭葛母唐太孺人文

噫余鮮民，七歲失恃；乃有太君，視余猶子。結骨肉恩，自童丱始；豈曰暮年，遂忘稚齒？憶昔稺齒，初至永陽；童冠春服，角試文場。令子繩武，如圭如璋；雞壇結契，拜母登堂。太君見余，孱焉弱質；無母之兒，真堪愍恤。垢衣爲澣，蟣髪爲櫛；囊爲緘縢，書爲補帙。繩武於我，兄事袁絲；乃以別幹，締爲連枝。見則相愛，離則相思；更唱迭和，如壎如篪。

全椒至滁，不及兩舍；雞鳴載馳，日中稅駕。賓至如歸，靡有朝夜；雙扉既開，一榻斯下。晨窗共啟，雒誦琅琅；同聲相應，似協宮商。太君聞之，推枕於牀；疾呼侍婢，爲具茶湯。宵燈熒熒，連席相照；含毫伊吾，攤書嘯傲。太君見之，相視一笑；入廚作羹，舉觴勸釂。琅琊春早，共探歐梅；太君治具，夙潔瓶罍。都籃肴核，飣餖安排；歸而笑問，得句誰佳？

白下秋高，共聽鳴鹿。太君俶裝，爲簡囊襆；衣著新緜，筐載宿肉。鵲噪鴉鳴，夢占嚮卜。乙丑寒孟，從宦新安；來別太君，涕泗汍瀾。繩武見我，霜風衣單；遂罄囊篋，贈以纖紈。太君篝燈，爲我紉補；顛倒衣裳，淚下如雨。我已就衰，汝方太苦；千里音耗，何從寄汝？丁卯之夏，觸熱旋歸；太君見我，塵土滿衣。澡我蘭麝，啖我瓜梨。遂命繩武，相從下帷。秋風好音，小子獲舉；太君聞之，釃酒有藇。

入都過滁，三夕共語。悲喜交集，送我行旅。自此以後，離憂日多。僅於癸酉，初秋一過。蕭條里閈，寥落關河。饑驅轉徙，風捲蓬科。棲棲皇皇，客身遷播。側聞太君，嬰疾長臥。更訝玉樓，先召李賀。哭子三年，呼天欲破。蓐食數載，雞骨支牀。一門老弱，兩世孤孀。課孫佐讀，血淚成行。菤葹之草，心寧不傷？戊子之春，小子捧檄。更入滁城，臨風悲激。花徑蓬門，舊時游歷。帷殯在堂，灰餘殘荻。征衣自拂，撫棺一哀。何殊遼鶴，天外歸來。所喜諸孫，玉立蘭階。長孫寧兆，已著清才。冷宦江濱，飯苦不足。寧兆隨余，朝夕虀粥。我愛其才，父書能讀。他日報劉，瀧阡可卜；頃者告我，窀穸是謀。將歸舉殯，營葬荒丘。我聞此語，涔涔淚流。速蕆爾事，庶逭吾憂。嗟我半生，受恩繾綣；詎止淮陰，王孫一飯。病未謁醫，歿未與斂。今也墓門，不視下窆。茫茫終古，落落乾坤。淚珠報泣，真負深恩。願以他世，長侍寢門。一觴遥酹，已矣何言。

祭葛母張安人文

人生枯菀，靡有所底。前沈後揚，先否後喜。但得桑榆，延兹蕃祉。回溪垂翅，何足挂齒。嗚呼安人！没世茹蕊。三子侍側，長者尤偉。早中副車，聲騰槐市。宫職入手，可謀甘旨。正謁選人，行佩朱紫。乃聞凶問，踉蹌歸里。祿不逮養，傷心曷已。年未四十，早喪所天。事姑育子，備歷迍邅。方謂耆艾，足享晚妍。如何遽逝，曾不少延。長君多才，孝乎惟孝。逾隴適秦，間關露淖。賓館晨驂，官燭夜校。遠資脩脯，不辭勞耗。今者歸來，瘠容毁貌。哭則無聲，悲向誰告？哀我老人，近益昏眊。僅有一孫，弱枝折橈。異縣羈棲，父子傷悼。昔年官舍，座上無氈。相共棲息，圖聚連年。今日隻影，各在一天。每一憶及，肝腸沸煎。見星而舍，過我涕漣。明旦遂發，不得留連。一語謂我，慟入九泉。從此負米，空陳几筵。我與君家，異姓骨肉。黄蓋周瑜，升堂情篤。我室前亡，安人來哭。娣妹姊姒，咸共悲戚。今我客梶，不能旋復。空寄謳詞，地脈難縮。

公祭馮石潭先生文

嗚呼！精神入門，骨骸返根。有生黜也，何滅何存。舟壑既移，而有旦宅。所不朽者，君子之澤。繄翁上世，世有箕裘。一鄉善士，百代詒謀。維孝廉公，才兼文武。所志未伸，齎恨入土。翁時未齓，已如成人。哀毀悲悼，出於天真。時張太君，年未三十。以慈兼嚴，教子成立。翁與哲弟，人羨雙珠。大小馮君，與古無殊。兄弟齊名，一黌之儁。群曰郊祁，定堪互進。翁之盛德，不言而彰。孝友惇篤，模楷鄉邦。中歲悼亡，時方銜恤。婦已從姑，兒當誰育？祥琴既鼓，勉續鸞膠。季姜作袠，羊續補袍。又舉一男，亦爲英物。式穀似之，穎豎茁發。畢生手足，多所感傷。弟既遠適，妹復早亡。而翁肫誠，無所靳惜。存沒艱難，援之必力。外家漸落，煢煢入棺。爲謀窀穸，吉壤以安。廿載緇帷，杜栖別舍。教授生徒，時雨盡化。翁之德性，醇乎其醇。翁之行誼，靡人不遵。處己若淵，接人用拙。論學論文，皆有根蔕。晚年息影，水裔山阿。南岡翠障，碩人之薖。暇日含飴，兩孫玉峙。執杖將車，經過戚里。所嗟余季，尚未歸來。田荊雖茂，陸犬多乖。況有掌珠，亦悲遠嫁。將父不遑，有淚同瀉。所喜膝下，聞禮趨庭。將駕千里，不負一經。年過六十，未覺衰老。真率會中，猶爲少小。如何昨歲，蜡飲之餘，忽遘疾疢？迨至春初，節過天穿，遂棄人世。升屋三號，翁竟長逝。寒風縿幕，忽又星週。將辭華屋，永即山丘。我輩姻親，盡傷何已。衰草茫茫，送者逝矣。

祭蔣文恪公文代盧雅雨都轉作

嗚呼！寒飈飂飂，丹旐影影。嶽頹霜麓，海泣冰潮。騎箕愴説，入昴悲蕭。人間《露薤》，天上雲軺。於維我公，韋平閥閲。族並凡邢，封連滕薛。漢室貂蟬，周京絺鷩。華轂聯翩，高甍嵂嵲。溯昔通籍，謬辱恩門。時維文肅，槐蔭喧溫。後堂絲竹，東墅琴樽。吹瑩火鏡，騰躍鵬鯤。公時盛年，愔愔大雅。群龍聚荀，怒虎排賈。叉手誦詩，摳衣走馬。天子顧之，光生日下。蘭交世講，膠膝欣投。迴翔三徑，濫廁羊求。擘箋同詠，叩鉢相酬。鯉庭馬帳，雁序鵷儔。橘弟槐兄，苔岑頓異。公列清班，我沈下吏。弁應棄髦，旌猶繫旞。雲樹天涯，雙魚頻寄。驥奔駑絆，宦轍蒼黄。遙瞻台曜，燦著天閶。方來筮紱，元吉占裳。五衢四照，蕤芘無疆。述職春明，實維昨歲。東閣再窺，謁公邸第。車内吐茵，門前擁篲。叙舊攄情，仰承愷悌。公時談讌，發氣滿容。胷懷灑落，體量淵沖。宋惟準弼，唐則璟崇。太平功業，平格攸同。拜别端歸，車纔止軔。捧公手書，知嬰美疢。方謂我公，榮光孟晉。燮理之餘，調攝自順。云何匝歲，遽報公薨。慟深殿陛，悲切凝丞。半瓜空奠，萬羊難增。藏舟少壑，繫日無繩。神已乘雲，魂猶戀闕。遺疏千言，蓋忠自竭。衛霍衣冠，鄂褒毛髮。霄漢丹心，千秋如揭。東吳人士，翹盼靈輀。聞者感愴，觀者涕洟。況某渥被，兩世恩私。撫今追往，能不銜悲。二十年前，初爲轉運。辱公過存，談諧投分。厥後隨鑾，載承清訓。兩度邗江，聽歌注醞。今公復過，遂隔幽明。故樽仍在，昔樹猶榮。夕陽隋苑，秋草蕪城。膺舟謝屐，無復平生。公之文章，儒林膾炙。公之勛猷，鼎鐘舄奕。事載史戉，名垂竹冊。末學淺窺，何庸捃摭。某之所悼，知己云亡。莊説長寢，牙琴漫張。虞山岌岌，尚湖茫茫。一杯空酹，目斷歸航。

祭史文靖公文代

烏虖！霜風江郊，寒空泬寥。鶴歸華表，鳳辭阿巢。騎箕仰説，入昴瞻蕭。中台乍坼，上鼎誰調。於惟我公，當今稷契。黼黻隆平，至於耈耋。福斂箕疇，名高槐列。海内具瞻，日光玉潔。僉曰平格，天子是毗。壽身壽世，卽慶期頤。如何一旦，竟不憖遺。丙茵猶在，魏笏空悲。一鑑淪亡，半瓜愴惻。蜜印長埋，斂衣共式。禮備哀榮，人懷悃愊。金管塵封，沙堤蘚蝕。公之閥閲，媲美金張。朱戶尹陟，緇衣武莊。謝公之墅，鄭公之鄉。平泉喬木，投金瀨旁。公之文章，載道而出。涵泳聖涯，經緯儒術。屈宋風騷，燕許手筆。騰實蜚聲，名山著述。公之盛德，醇粹在躬。千間廣廈，萬仞高嵩。靄如冬日，惠若春風。軼韓淩富，邁璟超崇。公之鴻勳，著在方冊。出懋保釐，入參籌策。澤布商霖，功周禹跡。髮共扉黄，心同舄赤。皇猷允塞，載纘武功。闢地萬里，卽叙西戎。公贊碩畫，帷幄之中。淩烟獨冠，褒鄂刀弓。鼓吹休明，誕敷文教。祕閣圖書，纂繁輯要。公坐石渠，青藜夜照。舉例發凡，裁成衆妙。鑾輿巡幸，匪居匪康。皮軒道游，周歷四方。公綜留務，統攝聯常。正己率屬，元老持綱。奏對延英，論思禁近。賞花釣魚，玉音清問。公進詩篇，曁忠爲韻。律中豳雅，文成伊訓。述公行誼，更僕難終。思公德澤，俎豆無窮。湛露豐草，朝陽萋桐。明良際會，千古誰同。某也昔年，承乏民部。公作司農，親覘計簿。凜公條教，仰公建樹。經體鴻謨，群欽國柱。今瞻丹旐，光燭南天。恭承諭旨，奠醊靈筵。儀形未沫，精爽常懸。依斗遙望，應復遷延。壽並松喬，慶流苗裔。寶樹三珠，韋平克世。處處邨謳，家家巷祭。雲漢日星，千秋勿替。高艑海日，晝翣江雲。秣陵古戍，京口殘醺。昔紆晝錦，今列秋墳。哀音輓鐸，《薤露》悽焄。

公祭鄭母江太淑人文

嗚呼！江邊春到，三朝之瑞靄方舒；海上潮回，萬里之慈雲倏散。官梅影悴，對蓽戶以長愁；皋鶴聲嘶，向鈴軒而永歎。駭支牀之雞骨，哀衽龍鍾；憶繞徑之魚軿，機絲歷亂。鬧蛾頓寂，知難補夫天穿；封鮓何從，又載逢夫冰泮。殘經定在，空懷韋母之堂；斷髮猶存，忍過陶公之館。惟太淑人之令德，實中憲公之雅倫。乃嘉名之肇錫，洵懿範之堪陳。纈彩筆之江花，詩盤錦麗；伴瑤階之鄭草，書帶香溫。相夫子以克家東里，則才稱博物；奉姑嫜而養志《南陔》，則饌列兼珍。爾其儉以約身，恭而好禮。居處不憚夫矜嚴，服御必屏其奢綺。桓少君之出汲，不異單寒；鍾夫人之上堂，能調娣姒。錋童竈妾，不聞掉磬之聲；園客畊傭，盡授播琴之理。

而乃承歡顏於兩世，列寶樹以三株。落翦池中，既囊螢之有佐；和熊燈下，復汗血之成駒。案草則科名連綴，庭花則旌節芬敷。何比干滿懷探策，陳仲弓百城繪圖。於是發策決科，蜚聲騰實。快大小阮之齊名，更甲乙榜之間出。惟都轉之軼才，冠群倫而罕匹。寰中則久重杜欽，膝下則猶憐王述。

金爵標黄霸之勳名，石室紀文翁之治術。至尊垂問，遥知嚴嫗之家；多士環觀，競羡季姜之衮。政既成於畿輔，節遂移夫江干。聲華衢國，禹筴鹽官。江左雄繁之地，揚州風雅之壇。局幹則群推劉晏，廉素則猶然范丹。夢裏蘐幃，時懷定省；嶺頭梅驛，日報平安。展寄到之長縑，猶傳能績；送錄餘之焦飯，競勸加餐。是雖迢遞雲山，不異奉笑言於花徑；詎意飄搖風木，遂長縈魂夢於榛關。

於是惡耗初來，群僚互愕。聞大吴之毁泣，道路心酸；見孝泌之哀顔，僮奴淚落。朱履三千之客，賫鏡具者何多；紅燈廿四之橋，咽簫聲兮不作。某等苔岑同氣，袍澤深交。未效登堂之拜，空聞升屋之號。橘弟槐兄，述哀辭而鐫山骨；芻銀紙繪，陳奠醊以薦溪毛。感紛帨之難留，海雲嶺嶠；悵繐帷之空設，淮雨江臯。苟神理其未盡，庶靈魂之可招。

棕亭駢體文鈔卷之八

祭文　跋　贊　銘　連珠

祭莊方伯文代

嗚呼！同雲黯黯，密霰霏霏。蓉湖冰老，椒巔霜迷。星隕人間，詫老成之遽謝；樓成天上，嗟愛子以同歸。棨戟門庭，乍見素車之塡溢；松楸山徑，俄瞻丹旐之紛披。況夙懷夫光霽，其曷禁夫齎咨。溯鼎族於漆園，毓我公之碩德。既繕性以溫良，復禔躬以正直。孝乎惟孝，承歡無間於形聲；仁者安仁，博愛必賙夫蹢厄。笙簧五典之林，枕葄八家之室。探精微於理窟，圭臬儒宗；咀至味於義根，涵濡聖籍。爰發策而決科，作隆平之柱石。校書芸閣，視草花塼。趨蹌洞案，迴翔木天。既燕許之並駕，亦沈宋之比肩。乃經術之既優，遂經綸之屢著。三異奏夫魯恭，《五袴》歌夫叔度。論治績則久邁龔黃，頌芳聲則猶思召杜。更紆豸繡，作鎮西泠。烏臺霜肅，驄馬風清。紅旆碧油，拂吳山之黛色；青簾白舫，來天竺之鐘聲。爲屏爲藩，徧海嶠而歸德宇；之綱之紀，領巖疆而峙干城。樹德既滋，錫福斯備。誕衍家祥，彌徵國瑞。珠光競爽，甲科則二宋齊鑣；玉署爭輝，文囿則三蘇並轡。問漢家之巨閥，人說金張；數晉國之良材，史稱韓魏。而乃志明澹泊，性愛烟霞。厭彈冠而結綬，耽種竹與栽花。青瑣朝班，讓機雲之接軫；白茅幽谷，指巖壑以爲家。斯卽握丹經之九籥，離火宅以三車。自永年之有術，歌大耋以奚嗟。夫何金鑑乍淪，玉棺頻下。山頹木壞，乘雲既難挽夫松喬；玉折蘭摧，殉孝更傷心夫終賈。豈曦輪策馭，必須過悲谷以傍偟；而海澨騰潮，無不匯愁潭而霑灑也哉。輀車既駕，華屋長辭。漆燈燄閉，縿幕風淒。人抱西州之痛，客留東閣之詩。某群紀素交，尹班夙契。曾憶昔年，于役各奉簡書；爰從客館，論交共聯臭味。蘇臺月朗，憑高閣以聽歌；茂苑花深，命清尊而買醉。篋書沾臆，宛昔夢之非遙；鄰笛銷魂，傷故人之竟逝。悵匏繫乎一官，空雲飛乎兩地。猿聲江岸，似聞升屋之三號；馬鬣山阿，聊寄題碑之十字。

祭宮保配李夫人文代

嗚呼！雲蓋榕寒，星毬荔丹。十洲溟海，九曲仙山。節鉞風清，正紅旆碧油之煥色；珩璜露冷，乍魚軿象服之彫顏。鐵笛亭邊，天上之芳筵盡歇；金崎江畔，波間之沈鎖俱殘。而況淮壖廣莫，閩嶺巑岏。鱗鴻迢遞，雲樹彌漫。蘧使何來，方起居夫八座；徽音頓杳，倏交集夫百端。顧膝前穉齒何知，早扼腕於典型之先失；念天末衰顔寡偶，定傷心於婚嫁之未完。繄宮保之勳名，與夫人之壼德，周海宇其共承，徧簪紳而爲則。溯内助於生平，洵中闈之儀式。膺鸞誥於五花，極山河之褕飾。肅孟案與桓車，佐夫子以勵翼。夫共家聲鼎族，姓系仙根。柳氏昇平之里，于公通德之門。黃鶴樓邊，人知尹姞；白蘋洲畔，譽重瑤琨。燕寢香中，不殊紙閣蘆簾之況；虎符幄内，無忘斷虀畫粥之言。信躡鍾而提郝，堪翼子以詒孫。斯固耆孺之所共識，無勞媚鄗之廣爲援。獨宦轍之堪尋，憶韡華之芨憩。嚴奉職以六條，託崇檐之廈庇；撫魯殿與秦碑，皆恩膏之流曁。政共紀夫召郇，化久行於洙泗。幸綴庾樓之末座，明月同輝；謬叨謝墅之清塵，春風共被。訪綠邨之田父，盡美中丞；頌彤管之閨師，不遺女隸。逮宮保之移節，勒偉績於南臺。復總制夫浙閩，樹物望於三台。潮平貝闕，雲展蓬萊。夫人相對，綬笥齊開。似木公與金母，羨神明之不衰。夫何紫帔方新，白雲遂駕。豈赴瑤臺之宴，鸞鶴何之空留？寫韻之軒，音塵俱謝。在宮保以國事爲家事，夙夜靡遑；而夫人本地仙作天仙，悲哀可卸。惟壼範之云遙永，盡傷夫姻婭。嗟寒門之弱女，締公子以連柯；仰尊姑之慈訓，將迨吉以鳴珂。侍晨昏於笄簪，定鞠愛之云多。憶客秋之聘幣，承珍縟之駢羅。皆夫人之手綫，粲三英與五紽。而乃旭日未占，慈雲先散。悵他年之廟見，忍捧杯棬；鄆此日之謳言，俱非里閈。彤箴千載，堪傳述德之辭；青鏤一編，盡付招魂之館。吁嗟乎！蘭錡森森，鈴軒燦燦。賓從如雲，櫜鞬無算。方引皇以傳呼，獨向隅而永歎。悲偕老之無人，能不徬徨而待旦也哉？六如夢幻，一致彭殤。寄言宮保，請勿神傷。況庭前之玉樹，皆肘後之金章。知夫人之含笑，緜世澤以無疆。聊一卮之寄奠，迓海日於扶桑。

金勒馬嘶芳草地玉樓人醉杏花天圖跋

一痕柔碧，雕鞍繡轂之鄉；十里鬧紅，瓊闥珠簾之館。章臺楊柳，慣代珊鞭；明鏡菱花，偏憐寶髻。玉驄嘶處，香塵與霧脚齊飛；翠袖凭來，紅粉共花光一色。此茸鞦鶴轡，競傳名馬之篇；而匌葉鬢唇，共羨麗人之作也。然而庭前榻上，誰幻誰真？畫裏歌中，即空即色。伯時據地，遂高冀北之群；周昉拈毫，便奪牆東之豔。偶傳神於阿堵，聊省識夫春風。張向華堂，如游綺陌。玉珂公子，撫錦幛而早結蘭心；金屋佳人，展繡幀而欲邀綵伴。嗟乎！從來鴛驥，大抵同轅；自昔娵廉，每傷共室。鹽車終歲，誰憐仰首之鳴；漆室頻年，空作撫膺之歎。項王帳裏，美人泣不逝之騅；白傅堂前，愛妾愴難留之駱。何似丹青一幅，神駿長存；灰酒半杯，娉婷即下也哉。君如可換，須留驄影於花間；僕本無情，且聽歌聲於夢裏。

方野堂駢體文跋

壯采烟高，逸情雲上。抽心呈貌，戛魄淒神。寶鏡匣中，激虎吼龍咆之響；綵絲機上，簇鸞翔鳳翥之姿。筆刃剸塵，詞猋吹影。磷金石以捶字，斧造化以構篇。神之所摶，精之所擴，直可揮斥八極，盧牟六合。豈第鏤紅鐫碧，媵白儷黃，僅步庾而肩徐，徒提江而挈鮑已哉。定知輪扶大雅，好教市上高懸；從茲氣餒小巫，敢復籬邊酣叫。

朱岷源詩跋

望赤雲於日脚，客子初歸；吐紅意於枝頭，殘冬漸暵。紙窗竹屋，偶爲三徑之游；獸炭松盆，共作一宵之話。傾君家釀，敢侈言飲酒公明；示我吟編，謬許爲訂文敬禮。巡廊密詠，據案閒披。堪分雪月之輝，信得江山之助。難加點治，竊爲編摩。賈碑則有字皆金，庾集則無篇不玉。讀罷而媵以標跋，鈔成而載向江湖。作掌中之印證，定許實獲我心；示海内之交游，共詫無如臣里。

周小頑哭女詩跋

蟾窟閟素娥之影，月不終宵；鴛鋪留青女之魂，霜無永旦。檢庾信傷心之賦，尤傷者膝下荀娘；誦宗元乞巧之文，難乞者掌中佛婢。拓矮箋之十幅，鵑血斑斑；升高屋以三號，猿腸寸寸。焚之粧閣，應霏紫玉之烟；唱向秋墳，定萎紅心之草。知子莫若父，事可述誠如君言；愛女甚於男，情所鍾正在我輩。斷魂風雨，看清明節物何非頃刻之花；放眼雲山，對爛熳韶華且盡逡巡之酒。

方東來秋雨詩跋

石傾五色，舉頭皆有漏之天；淚下千絲，拊節少無愁之曲。山腰羃䍥，障青眼以誰窺；月額霮霼，羃翠眉而獨鎖。灑蕉窗之點點，心悴孤抽；籠蓉案之冥冥，色菸三醉。耽幽守寂，閒愁隨豐注以無休；戀影縈魂，斷夢共浮漚而靡據。莫罄柔腸之輾轉，聊憑弱翰以纏緜。嗚定不平，聲真無怠。蕭條中夜，如聞塞北之笳；寂歷高齋，似聽淮南之雁。君爲秋士，豈免長號？僕抱冬心，那能卒讀。金錢翠蓋，試靜看物外榮枯；礎色禽情，且默驗空中消息。

書雙旭園侍讀親雅齋詩集後

重輪彩麗，光搖不夜之天；四照花開，影布衆香之國。叩泗濱之浮玉，竽籥慚音；擎合浦之明珠，螢蚈匿燿。人依璪冕，語帶烟霞。梳楊柳於月中，出芙蕖於水面。薔薇浣罷，使人之意也消；玳瑁裝成，懷古之情逾甚。莫窺渺慮，竊効傀言。現寸爪片鱗，想第叩之囊底；丐殘膏賸馥，恐難得其環中。願扶大雅之輪，頓索小巫之氣。奉波若眼得道，試參牀上蜘蛛；塞頻伽瓶餉空，且熟口中苕帚。

江賓谷題襟集跋

《題襟集》者，邗上江賓谷先生入楚游草也。夫其峩峩夏口，城邊之雉堞千年；淼淼襄陽，江上之鷗艘千里。荒山剩水，半英雄轉戰之場；暮雨朝雲，盡才子銷魂之境。而況人工賦恨，家住埋愁。千秋尋羅綺之叢，一劍作雲天之客。仲宣樓上，撫陳丹暗粉以蒼茫；叔子碑前，捫斷蘚殘苔而侘傺。悵然有作，率爾成編。濡毫而香挹澧蘭，選詞而歌成郢雪。賦沈玄石，九天招屈子之魂；瑟鼓青峰，一曲寫湘靈之怨。羨此日人間佳集，復見題襟；想者番天上仙姝，定逢解佩。

吴岑華先生陽局詞跋

右岑華先生《陽局詞》一卷，字字胎香，篇篇啄翠。築脂刻玉，疑女瑩之肌膚；生卉活禽，似邊鸞之渲染。柔情旖旎，《花間》、《蘭畹》之編；綺思紛綸，石帚、梅溪之調。兆燕每當問字，輒獲繼聲，謬許爲座上冬郎，頻示以夢中秋駕。然而但吹氏厭，中節良難；拄指鉤絃，成章匪易。每披斯卷，不禁神移。譬之燭龍頓耀，螢蚚自匿其輝；玉虎乍鳴，燀炦難爭其響。庶幾等牀頭之蝨，解讀阿房；比籠裏之鼇，欲抄星子云爾。

焚樓贊

裕王入揚州，羅宅某夫人合室焚死，其裔孫聘繪焚樓狀，索題贊曰：

火性無我，寄於諸緣。發則必克，神者入焉。烈哉夫人！持坤握乾。娣姒妾媵，從義比肩。處緇不涅，聚而殲旃。嗚呼此樓，千古巋然。赤熛怒之德永著，商丘開之生獨全。是何異逍遙乎涼邃之館，而游泳夫清泠之淵。

古佛贊

掩室摩竭，杜口毗耶。但憑五衍，奚用三車。隻履何歸，一葦頻渡。廓然無聖，孰知其故。拈花指月，隨處皆禪。六時宴坐，萬念寂然。高齋無人，得句呈佛。默然許可，吾意已足。

楊效先先生像贊

空明其胷，睟盎其容。目若營天地，神自貫始終。一卷著《銀河棹》，千秋媲郭弘農。

田雁門竹杖贊

三竿兩竿，爰居爰處。欲訪先生，直造竹所。孫枝既茁，晚翠檀欒。先生杖履，共竹平安。

劉碧鬟墓銘

平江來鶴樓東雞棲之，有骨一具，其魂不散。憑乩告人，自名碧鬟，厥姓曰劉。畫沙作詩，多幽憂怨抑之語，且云已證仙籙。但惜此遺骸，欲遷瘞於淨土。里之人改斂以櫬，擇虎丘真娘墓側葬之。走四方，不得志，過姑蘇，聞其事，哀之，乃爲之銘，銘曰：

嗟爾淑女，生世不諧。懫恨以死，埋恨鬱悽。既妥爾骨，永居仙闕。吁勿再降，蟪蛄之窟。

鳳池硯銘

筆陣縱橫，墨光演漾。染翰朝朝，鳳凰池上。

風字硯銘

磥砢其形，潤澤其致。即之也溫，知風之自。

十三經連珠

蓋聞四營布算，數生有象之初；一畫探微，道藴無名之始。是以窮其要妙，大儒諮箍桶之人；味厥精深，古聖罰守門之子。《易》

蓋聞帝皇雖遠，步驟可尋；謨典具存，笙簧如奏。是以補成三筴，備航頭壁裹之奇；誤以一言，

踵淮雨別風之謬。《書》

蓋聞溫柔之旨，不假雕鎪；比興之音，只言情性。是以謝姬奩畔，雅評最愛夫清風；鄭婢泥中，莊謔亦吐其秀韻。《詩》

蓋聞《書》成元聖，陽豫既占；功在素臣，膏肓何疾。是以瞽儒目論，雖譏爲相斫之書；大雅心儀，獨有其不移之癖。《春秋左傳》

蓋聞辨裁之體，千載不刊；墨守之功，衆喙斯寢。是以傳平地而衍敢壽，俱奉良弓；邁虞鐸而軼夾鄒，誰嗤賣餅。《春秋公羊傳》

蓋聞筆操南董，既登作者之堂；經受西河，定入聖人之室。是以清而婉也，自堪發淳意於高文；表而章之，庶以起遺編之廢疾。《春秋穀梁傳》

蓋聞王會鳧旌，乃以見聖人之制；叔孫緜蕝，然後知天子之尊。是以儀著三千，必備薦豆執籩之瑣；篇存十七，不辭折巾結草之繁。《儀禮》

蓋聞周籍既去，留疑竇於千秋；新政初行，導禍源於萬世。是以傳之不朽，亦祗堪襲奇字於侯芭；補之良難，終未見成完編於俞氏。《周禮》

蓋聞刻舟求劍，先後聖已陳跡之難尋；擿埴索塗，大小戴總窕言之靡據。是以阬中灰冷，拊心長恨於嬴秦；市上金懸，借面轉資於呂氏。《禮記》

蓋聞有曾互紀，知大文之如揭於天；齊魯分編，信斯道之未墜於地。是以説研有獲，千億年卽半部堪師；傅會爲工，八十宗無一言足據。《論語》

蓋聞用勞用力，陳編雖祗庸言；屬商屬參，分授具存精意。是以絳衣肅拜，紫微浮縹筆之光；黄玉呈祥，白霧鬱赤虹之氣。《孝經》

蓋聞《方言》、《急就》，皆爲鉛槧之資；《倉頡》、《凡將》，詎恥蟲魚之注？是以才能該悉，當筵剖鼫鼠之疑；學未精深，舉笏中蟛蜞之誤。《爾雅》

蓋聞當秦之世，競尚縱横；由孔而來，獨談仁義。是以七篇炳炳，堪偕夏禹以論功；千載遥遥，未許王充之妄刺。《孟子》

棕亭詩鈔

棕亭詩鈔卷之一

過戚南山先生書院故址

暮春風日暄，踏青到南皋。荒城何纍纍，顧之淒然久。斷橋流水咽，高壟松風吼。碑殘不可識，剝蝕莓苔厚。野豎牧其前，老農耕其後。路人謂余曰：『此地君知否？』是爲戚氏園，當日常載酒。講學集群英，蠟屐邀良友。倏忽百年餘，華堂沒荒藪。宅廢園亦空，常任狐狸走。余本幽憂人，聽此中心恸。貴賤皆子虛，貧富俱烏有。昔日庭前槐，今日墓門柳。天上浮雲多，白衣復蒼狗。

長歌答李息翁先生兼呈從叔軒來寄吳子荀叔

新安江冷清波駛，霜華柿葉寒山紫。蕭颯秋風吹客衣，白雲回首家千里。千里家山旅思牽，幾行新雁飛長天。修途傳鼜札，麗句托瑤箋。瑤箋乍啟心如醉，滿幅相思凝老淚。短砌蛩吟夜夜愁，空山猿叫聲聲碎。憶昔偕遊金谷中，大開帷幕召群雄。連襼羊求苔徑雨，掎裳咸籍竹林風。丁簾朝旭上，未石霽烟重。酒傾三雅碧，花放一庭紅。談經師伏勝，忘年得孔融。門外溺攢何足數，矉瞵白眼睨遙空。倏忽流光掣礮磹，吴郎返櫂金陵縣。六朝烟雨隔江昏，三春雲樹愁中見。去年我亦辭鄉國，氈裘茸帽霜風冽。鞅掌從親作宦遊，脂車待發與翁别。黟水黄山勝境多，相期共探神仙宅。吾家大阮饒奇興，幾載爲文成解擯。一鞭相伴走天涯，吾儕豈合長蓬徑。今年擬上天都峰，置身萬仞淩清風。雲巖矯首當窗見，足所未到神潛通。奈何翁竟負前約，山眼青青盼寥廓。陳榻日常懸，李舟何處泊？吟魂荒忽對芝顔，一條斜月空梁落。君不見，君家昔日酒中仙，尋真遍歷萬山巔。花瓢竹杖人難遇，烟嶺雲林路自偏。千載宣平遺蹟在，待翁更爲訪林泉。

蕉露聯句應軒來從叔命

十笏蕭寺旁，百弓荒祠拓。啟南。倦旅獲卽次，繞牆足花藥。兆燕。攤書擁萬卷，清風入帷幕。啟南。窗外成綠天，攢株相捎掠。兆燕。垂蔭煩暑消，布根芋魁錯。啟南。靈液吸幽泉，精氣奪土魄。兆燕。釘之水出谷，剝之絲纏籰。啟南。學書代蜀牋，製衣當越葛。兆燕。竹彈文未成，鹿覆夢初覺。啟南。翠葉千箇舒，碧苞一拳擢。兆燕。輪囷挺終葵，屵磄張鑿落。啟南。如蓮擘菡萏，如桐拆櫜鄂。兆燕。密如蜂房連，撑如鱟帆豁。啟南。蘭英喜初吐，松鱗未全皵。兆燕。乍剖只椁腹，細拭無餘膜。啟南。中有濃露含，甘勝醍醐酌。兆燕。荷珠跳輕圓，蔗漿凝洛澤。啟南。石髓扃神罃，鍾乳藏祕壑。兆燕。萃驂刺青血，穹帳醞白酪。啟南。液承仙掌盤，飴䤈妃唇齶。兆燕。一一品相較，紛紛味俱索。啟南。惜哉清虚質，竟同蒲柳弱。兆燕。輕霜飛庭除，憔悴委敗蘀。啟南。文布與武沉，餘潤盡枯涸。兆燕。襬褷鎩鳳尾，連蜷蜕羊角。啟南。畫意賸王維，吟情倦沈約。兆燕。空有賦凌雲，誰解相如渴。啟南。

寄曹震亭五首

江左文章伯，雄名海宇騰。縱橫才八斗，談笑酒三升。芝宇春雲藹，蘭襟秋水澄。忘年敢相擬，聊復冀從繩。

彩筆珊瑚架，瑤篇儷體精。丹山晴翥鳳，碧海曉呿鯨。清露侵虛幌，寒燈對短檠。樊南編甲乙，重見玉溪生。

亭皋攜手處，斜日已三商。落葉空林亂，幽花野徑香。關河悲庾信，身世老馮唐。偶語寒烟裏，西風萬壑蒼。

新雁一繩直，霜天九月初。旅亭方倒屣，客路又旋車。蘭菊君章宅，蓬蒿仲蔚居。論心何日共，香雪小窗虛。

新安江上客，歲晏感離群。貧賤無知己，風塵只憶君。三秋涼月夢，百里暮山雲。悵望愁何極，相思入夜分。

秋望

萬壑響蕭騷，長天氣泬寥。霜林圍古寺，秋水失平橋。山斷遥峰出，雲歸積靄消。故鄉千里外，回首旅魂銷。

病足柬軒來叔

三庚苦灰炲，偃蹇栖頽署。局室不容膝，歊暑氣密布。有若蒸甑中，加以熱湯注。鬱攸塡胸臆，滲黷汩胏附。息踵幸小適，濯足忽大怖。微尰何瘄腒，喉噦恧自顧。立如欹器傾，行若折鐺仆。踸踔似蹩躠，攣縮同拳鷺。跛尥郤子登，次且壽陵步。蠻鞾愁擁深，越屐畏卯露。吭咋巨蝱集，蠚螫毛蝟赴。鐵石頻箴砭，刀圭屢劀祝。蠶齹夜及晨，唸吚朝復暮。杖叩畏禮苛，壁挂避塵污。鑿齒書未成，照隣藥誰助。白嶽衹一舍，乃慳濟勝具。張兩思欲奮，捉再旋復住。赤驥縶金柅，青鸞囚竹篗。追風凌霄姿，奈何困泥塢。思君不可見，告哀托豪素。吟魂不厭疲，且踏夢中路。

初秋寄汪畊雲

臥病秋園旅思孤，魚雲如屋碧天虚。山中舊市堪沽酒，客裏新交許借書。石甃泉枯苔徑澀，銀塘風細藕花踈。相思只有空梁月，夜夜清輝伴索居。

寄懷吴岑華先生六首

漸江皎如鏡，白石何齒齒。秋氣忽已厲，商飈起千里。遊子懷故交，攬衣登魁壘。佳人渺天末，盱衡獨徙倚。落日滿空山，浮雲疾如駛。四顧增感嘆，淚下不可止。

都門盛冠蓋，車騎塡九陌。清時資黼黻，致身各有策。君子富經術，刑名本道德。秋官重平反，所急非刺賊。不見古庭堅，差肩稷與契。

寒燈挂虚牖，短穗光熒熒。讀君所著書，名理紹六經。斯道久蒙翳，誰與辨渭涇。我欲持是編，一啟愚冥。殊勝望碧漢，稽首瑄朗星。

中宵不能寐，幽輝照我牀。輾轉懷舊歡，氷炭摧中腸。高樓臨大道，里閈遙相望。晨夕屢經過，中廚具盤觴。雄辨搜墳籍，高懷抗羲皇。醉歌理絲竹，歡樂殊未央。如何形與影，倏爲參與商。

吴絲全幅帛，百卉呈芬芳。裁熨爲諸干，當風自飄揚。長短稱君身，紛袆步中堂。顧我曳須捷，解衣親持將。不厭土木姿，被以龍鳳章。服之踰三載，領緣有餘香。一衣不足愛，所重君子光。開篋感中懷，提衿淚浪浪。

旅館依空山，落葉紛策策。寒月照古廊，陰蟲響頽壁。遊子感秋氣，中夜自嘆息。蛩蛩飢誰念？朏朏憂未釋。修途渺雲山，相思竟何益。所期在千載，努力崇明德。

題方隱君畫松

何人潑墨寫幽勝，滿幅蒼寒相掩映。名士由來愛小園，獨聽飛濤深院靜。虬枝盤曲勢交加，翠影娉婷色端正。矮屋荊扉晚不關，何人載酒乘清興。天際夕陽澹未收，疎星已見招搖柄。開簾不辭深夜坐，好客斯人有真性。揚州秋月二分明，相逢班草交初定。深巷秋陰白晝閒，小庭禪榻疎花淨。一卷新詩驚夥頤，千言强韻壓病競。興酣潑墨作梅花，女字横枝折瘦硬。燈下草書妙入神，人詫老顛與大令。江左文人吾遍識，浩氣無如君最盛。何時乘我薄笨車，訪君仲蔚蓬蒿徑。十日盤桓老樹邊，與君撫幹同高詠。只愛蒼髯謚冷官，莫詫秦封屬大姓。碎粒殘粉盡收拾，肯使老枝有餘剩。松兮松兮保歲寒，方君託子以爲命。勿使敬容殘客來，樹間不足容車乘。

塞上曲

匹馬寶刀橫，征人拂曉行。星輝依遠塞，霜氣壓孤城。發昫五通鼓，防秋千帳兵。玉門關外月，偏照漢家營。

過潛虬山遇雨，欲晤薇省不果，賦此卻寄兼示畊雲

潛虬之山勢奇峭，嵯峨百丈聳丹嶠。古松躨跜疑龍騰，怪石猙獰若鬼趫。我友汪子向我言，此中才子有鮑照。作賦乙乙穿溟涬，説經鏗鏗窮幼眇。書法二王慚筆力，詩篇七子遜格調。鼎中禁臠五侯鯖，那數蟹胥與鴨劃。奇才人世難爲識，空山匿影老蓬藋。美金自當覶痕朧，潛珪應不久泥淖。我聞此語神爲驚，便欲訪戴命短棹。甘草苯䔿距虛負，奇響鏘鎗蕤賓跳。郡城旅館一相遇，秋風客子豁懷抱。千峰明霞侵衣裾，一徑濕雲擁鞾靿。闖門初下短簷車，烹泉且試長柄銚。階前濯濯牽牛花，幽色媚人枝相拗。軸簾遙見烏聊山〔一〕，霜華埴壏生皺皰。匆匆握手未數言，如諷幽經讀真誥。日窟已曤裴君目，蘇門未聆孫登嘯。旋驅蹇衛入翠微，欲向枕中窺祕奧。焦明六翮豈易附，吉光片羽或借耀。是時已過登高節，短髮鬑鬖孟嘉帽。千里陰霾生高旻，秋霖淅淅風稍稍。空林慘澹鳥晝啼，大壑沉寥猿暮叫。百弓池館封寒雲，蓬壺咫尺不可到。此時潛虬隱深霧，甘寢似避豫且釣。我本風塵骯髒人，

愁潭老蛟結盟好。太息此虯豈終潛，一蜆尺木看飛翻。歸持此意語汪子，細雨燈前同一笑。桃源有路應可尋，更擬入山偕阮肇。

【校記】

〔一〕『烏聊山』，道光丙申本作『鳥聊山』。本卷《過歙浦望郡城諸山懷汪稚川》：『烏聊嵐色黕，紫陽旭光綪』；《棕亭詞鈔》卷五《金縷曲·讀吳𪾢芍詞卻寄，時𪾢芍應試歙城》：『讀罷高樓看粉月，一片清輝寒射。應照遍、烏聊山下。』

雨中過長林橋留飲鄭松蓮蝴蝶秋齋四首

瘦馬登登過古原，荒橋傾亞傍雲根。山分薄靄青沾袂，雨送微嵐碧到門。睡鴨寒塘新漲滿，歸鵶小墅晚林昏。子真廬舍秋風裏，黃葉翻飛谷口村。

揖客苔階屐齒齊，沿籬書帶草萋萋。綠沉筠管幽人筆，白墡蒿牆隱士泥。松蓮善書，滿壁盡挂大筆。麗句初成詩詠鷗，古歡閒對帖尋鷖。軸簾虛室遙生白，檻外寒雲入望迷。

短簷疎雨自濛濛，促膝飛觴興未窮。瓊粒禾堂春白粲，玉芽蘭砌立黃童。雄圖滿腹經營細，小影傳神渲染工。鶴箭不歸空嶺暮，無邊蕭瑟鄭公風。

開軒晚霽一峰青，擱眼塵寰傲獨醒。北海孔融仍縱誕，東山阮裕久沉冥。黃雲深鎖神仙窟，碧落高懸處士星。從此吟魂應識路，月明秋夢擬重經。

自新安買舟送晉氏妹歸里三首

冷署辭親闈，逝將歸故鄉。聚首此須臾，相對各徬徨。酸風來庭除，清晨理征裝。春寒苦晝陰，隄梅鬱幽香。溪流初解凍，舟子艤輕航。大婦偕小姑，差肩拜高堂。執手難爲別，涕泗紛沾裳。

沾裳行遲遲，相送河之湄。衰親顧稚齒，哽咽前致辭。長途依兄嫂，眠食慎所宜。貧儉乏資從，歸裝輕可攜。所貴嫻内訓，安問釵與笄。積齡厭薄宦，會面應有期。努力事姑嫜，勿復多傷悲。

傷悲未能已，輕橈欸言邁。岸曲舟屢轉，沙洲亦云屆。城郭漸已遠，遙嶺出烟界。歸禽爭寒枝，駭獸趨空柴。孤篷聽暮雨，共作團圞話。耿念鯉庭孤，短壁寒燈挂。

屯溪晚泊

繫纜長橋畔，開舲縱遠觀。暝烟上高阜，春水失前灘。不耐初程雨，已知行路難。驚心昏定候，回首思漫漫。

過歙浦望郡城諸山懷汪稚川

山分眾流匯，平川漸滇沔。遙嶺樹若薺，急水帆如箭。盱衡倚舵樓，霽影紛欲眩。高堞束山腰，長橋劃水面。石欄緣坡徑，雲甍蹲巖殿。烏聊嵐色黕，紫陽旭光綪。來岸疾相迎，去峰奇可戀。緬懷素心人，幽居渺難眄。

威平洞 韓世忠擒方臘處

危岩俯青溪，片石勢欲落。嵌竇藏古雲，厱空解宿澤。陰風體禁瘁，異境魂錯愕。捫蘿試窺探，欲進還復卻。傳聞古驍將，於此縱斬斫。三窟兔莫逃，一枝鳥難託。殺氣凝杳冥，妖星隕格澤。功踰燕然山，名軼凌烟閣。至今草木狀，猶作弓弦彍。而我來登陟，四顧屢驚矍。乃知弄毛錐，處世多落度。逡巡覓歸路，滑徑仗敗蘀。回首最高峰，嵐光下縈薄。

攜閨人登嚴陵釣臺

兀坐深艙中，愁心困如束。孱婦畏蕩搖，嬌女怨跼促。眠食乖昕暮，炊汲飲童僕。今晨啟篷窗，喜見富春麓。沓嶂峙高臺，倒影碧如浴。纙舟傍巉嵒，登岸恣眺矚。閨中聞見隘，覽勝但瞪目。豐碑倚頹楹，苔草紛蔟蔟。披帷瞻遺像，斂衽拜虔肅。顧問是何神，塵案無香櫝。石磴可小憩，覼縷爲汝告。是本釣魚叟，性不愛榮祿。作書詆相癡，舉足加帝腹。歸來持一竿，獨坐寒潭曲。有妻厥姓梅，偕隱在空谷。幼即根仙胎，長遂耦高躅。但知觀魴鱮，不識有翟茀。得此同心人，共擁羊裘宿。百年老滄江，何必問朱紱。吾心已曠然，汝意定何欲。一笑歸烟舟，七里春波綠。

西臺

寂寂空山古木春，毀垣枯甃冷江濱。楚歌擊碎竹如意，不見當年汝社人。

舟中元夕

風雨晚來急，扁舟閉短櫺。鬧蛾喧野寺，眠鷺冷孤汀。夢裏新安月，依然到廣庭。醒來愁不寐，短焰一星星。

錢塘江上聽潮歌

酒尊空，燈花落，孤眠百尺臨江閣。薄醉寒衾夢不成，驚魂一夜翔寥廓。初聽尚汩汩，再聽更洶洶。呼牟老狖鳴窨中，無乃灌壇神女過，馳列缺兮鞭豐隆。抑或黃帝張樂洞庭野，守神塗卻轟鐘鏞。又似天山胡馬夜鏖戰，戈鋋奮擊，千群鐵騎鳴寒風。大聲兮碚礐，小聲兮砰磕。砯傾崖，礮大壑。駭膽慄魄，磹舌呿齶。想天吳之騰擲兮，共倉光而跳躍。翻鼇兮盪鯨，崩壺兮倒瀛。長鬚國裏凝笳疊鼓，醮女而館甥。龍王宮中大會食，饕蛟饞鱉磨牙吸呷紛喧爭。凝神瀝耳疑信總相半，震天聒地從未聞此聲。伏枕一靜悟，乃知前胥後種，積恚鬱怒，激盪而爲此不平之長鳴。洗苧蘿之零脂，澡石室之餘穢。愀寡婦兮拊心，唶壯士兮裂眥。響砏汃兮輣軋，風吠嘐兮颼飀。獨披衣兮侘傺，見殘月兮當樓。憑欄悄立四顧而無語兮，頓使我填胸塞臆，撐腸拄肚，坌湧夫千秋萬古之牢愁。

北新關清惠祠謁先少參公遺像有序

明故朝議大夫、湖南兵巡道布政使司參議、推陞南贛巡撫金公諱九陛，字樊桐。爲郎官時，奉命榷杭州北新關稅，值寇亂，楚蜀邊梗，國帑蕭然，公心憂之。歲既冬，寇氛稍息，估稅乃來，甫一月而正供足。公乃悉蠲後稅，舟楫雲集，市無折閲，而民用以饒。商與甿咸戴公德，構宇範像，春秋禋祀，於今百年。乾隆己巳春，五世孫兆燕入越，得瞻禮焉。敬賦五言四十韻，追紀其事。

祠堂臨水涘，石堿古苔封。窗納海邊日，門迎湖上峰。檐輝明晃朗，鈴語響瑽瑢。春社鳴晨鼓，寒潮帶晚鐘。香聞憐寺柰，影映曲廊松。仰止容儀肅，思成拜稽恭。舊勳猶赫赫，往事忽憧憧。緊昔方屯厄，遐陬徧突衝。趦榆紛聚蟻，負笱恣攢蜂。赤縣將沈陸，黄圖屢告凶。邊儲虧稟庾，國計窘租庸。釋褐初紆綬，登城便舉烽。公崇禎戊辰進士，改會副授東陽縣令。琴堂書上考，粉署佐司農。爲户部郎中，榷關稅。艑舶通江海，關津算幏賨〔一〕。羽書何疊疊，苻澤正洶洶。杼柚嗟難繼，蒲嬴歎靡供。荒原愁越絕，疲戍怨吳儂。鵂叫湘烟斷，猿啼蜀道壅。旄頭看郅偈，金翅駭艨艟。鹽鐵空持論，舟車竟絕蹤。量沙三府匱，仰屋百憂攻。日促憐窮庶，星迴值暮冬。寇氛稍蕩戢，估舶競征訟。橦布如山積，朱提似水滄。安雖同燕燕，饑且拯蛩蛩。群賈尤堪念，頻年亦孔邛。門關蠲賦稅，鼓枻快朝宗。萬艦春波潧，千檣曉影重。不征留古法，深感遍愚悰。構宇人輸絹，鋪筵歲薦饔。神弦調曲雅，昔酒酹尊醲。遺像欽如在，前徽杳莫逢。甘陵今共羨，元祐昔難容。事詳《東林列傳》。北闕塵迷鳳，南樓月冷蛬。丹忱貫江漢，《兩廣通志》載公禦寇事甚悉。白髮老戈戚。憂國顏猶悴，公病，居金陵。推陞南贛巡撫，未赴任，以憂卒。齋心貌自顒。紼袍遺制古，烏几篆烟濃。屋角歌陽馬，碑題鬣瑑龍。述難終祖德，靈或佑衰宗。暝色冬青樹，塡愁尚滿胸。

【校記】

〔一〕「幏」，底本從巾從家，疑爲「幏」之俗字或訛字。《文选·魏都賦（左思）》：「賨幏積埘，琛幣充牣。」呂向注：「賨，南夷稅名。幏，布也。」

秀水舟中晚眺

碧影清波動綺寮，晚粧樓上整雲翹。斜陽一帶珠簾捲，西麗橋連北麗橋。

懷鄭詩有序

兆燕髫時侍家大人客邗上，吴門鄭紺珠先生一見器之，贈詩有『鷟才妙奪天葩豔，麗句還同老鳳清』之句。復聞紺珠友有歙處士鄭松蓮先生者，亦工詩及書法，訪之，已束裝去閩十餘年。隨大人宦新安，數過松蓮室，爲莫逆交。今春，自新安歸里，道經姑蘇，將訪紺珠之廬，而舟子以風利，不泊，惘惘遂過。得松蓮於意外，失紺珠於意中。人生會合之緣，冥冥中亦有主持之者耶？孤篷不寐，挑燈點翰，作懷鄭詩並寄二君，非足代瑶華之音，聊以抒飢渴之念云爾。

少年讀經注未熟，先鄭後鄭紛眩目。後來涉獵親風、雅，唐人最愛嵎與谷。不謂平生數知己，亦惟二鄭最稱篤。十年前接紺珠膝，毿毿短髮才可束。十年後把松蓮袂，風塵牢騷已滿腹。空聞狼䐥能鶚金，每怪鼠璞偏溷玉。而我屢爲國士知，往往顧影輒自忸。紺珠先生最愛才，酒酣説士甘於肉。憶昔癡頑丫角兒，之無初識隨入塾。魏收弄戟不知書，陶謙綴帛猶騎竹。牛心啖我盤中炙，毚毫寫我裙上幅。璚牋烏几偶竊窺，始知鸞乃鳳之族。乘舟江上已解維，款扉旅亭空剡牘。不意神交十餘載，一旦坐我花間屋。每與松蓮數昔遊，縈塵吹影杳難復。今年擬更訪紺珠，話舊共剪西窗燭。清輝咫尺不可見，門前春水空如縠。何時得爲汗漫遊，一樽共醉吳山麓。晴湖披霧看縹緲，古牆剔蘚和幽獨。輕帆御風疾于箭，相思獨傍楓橋宿。千里膠漆構良緣，數武參辰隔芳躅。乃知離合信有數，此中消息難預卜。折麻分緘寄二君，兩家書帶應已綠。

吳郊春望

遲日江村麗錦緹，曲欄深巷草萋萋。女兒愛挽夷光髻，稚子能馴李保雞。泰伯祠前花覆屋，春申浦上水平堤。鴛鴦冢在愁烟畔，欲問吳宮路已迷。

京口阻風

小舟豈安居，我行亦永久。屈指數郵籤，程站已十九。私計不半旬，入室掃戶牖。奈何隔衣帶，便若絕飛走。初泊恐無隣，落帆漸多耦。斂櫂群不前，息榜更積後。晚烟濃如市，高檣森若莠。官舫自鳴金，賈船亦擊斗。波隟明桅燈，柁側礙岸柳。景熱歡童稚，聲喧愁病婦。江豚舞怪風，枕上聞狂吼。天明起盥櫛，開篷一伸首。側立但矚目，還坐仍束手。浪山疊崚嶒，波岳傲培塿。蓊匌潮勢來，砰磕江聲走。寒猿鳴嗷哮，乘龍態蚴蟉。陰霾結慘淡，晷刻錯午酉。南徐城屹屹，北府兵赳赳。興亡千古恨，一朝互纏糾。凝爲雲不開，鬱作霧難剖。盱衡但一笑，于我竟何有？洗碪鱠殘魚，拭案剪早韭。持杯對雙峰，一飲京口酒。

渡江

中夜狂飈靜，今朝好解維。汀花醒宿雨，岸柳媚新曦。重磸輕舟穩，危檣急櫂疲。烟籠揚子驛，潮濺佛貍祠。海氣蒸孤嶠，江聲撼曲碕。空青吳岫淡，長碧楚天垂。甌窣然烓竈，船娘拭盥匜。臨風堪曉沐，放溜且晨炊。枯坐無人問，長謠有所思。雕雲舒望眼，萬里曙光彌。

真州江上夜泊

空灘椓杙暮天澄，何處南泠品未能。方響亂敲青岸月，圓波深浸翠篷燈。三更愁思江濤湧，萬里寒光夜氣騰。長笛一聲清露濕，舵樓高處冷于冰。

入港二首

長空一片晚雲迷，撾鼓回颿入小溪。預喜家山春雨足，到江新漲已平堤。

瓜步寒潮白浪堆，石帆遥挂大江隈。莫言東逝無情水，曾繞山居屋後來。

抵家

舟中艤未停，岸上人已待。繫纜垂楊下，喜見吾廬在。荒邨對夕照，老屋當春風。入門視庭楹，昨夜猶夢中。鄰里見我來，聚觀盈我門。親戚喜我來，挈榼更攜尊。我心轉多感，惻愴安可言。憶昔初出門，庭柯不盈把。今來攀舊枝，翠蓋覆簷瓦。南鄰叟已歿，東家婦新寡。人事歎滄桑，歲月驚奔馬。重門扃鐍開，苔草紛沒階。空案見鼠跡，破甑堆塵埃。明知不久駐，且復葺其頹。晴日小山叢，冷月漸江瀨。昨夜夢在家，今夜夢在外。

飲吳岑華先生半園率賦奉呈六首

故里方停棹，名園便款關。喜看花援在，驚見鬢毛斑。濁酒堪斟酌，浮雲任往還。小窗紅燭麗，促膝且開顏。

趙蔭知難住，膺門此重過。如公猶蹭蹬，顧我合蹉跎。花壓無顏帢，塵封深雍韡。去年今夜月，燕市共悲歌。

翟門題後冷，寂寂晝常扃。啁哳鶯調舌，氍毹鶴曬翎。空庭雙樹碧，虛牖一峰青。白首休長嘆，寒芒炳列星。

宅對青山面，門臨淥水濱。高梧排幹直，乳燕定巢新。爲雨知他日，栽花及此晨。傳家有舊譜，莫避職勞人。

未必著書老，何妨棲地偏。白雲尋舊徑，烏几愛新編。鄰笛高樓月，漁歌極浦烟。聲聲愁入夜，把酒各茫然。

幾載雲山外，依依夢寐親。何圖趨鄭驛，復得飲周醇。問字奇須記，論文法重陳。莫嫌來往數，駐屐只彌旬。

題鮑薇省百首荔枝詩後四首

輕綃一抹裹幽香，空餉荒陬阿囝腸。不有詩人評泊好，海天千古怨茫茫。

綠葉萋萋羨側生，不幸閩嶠幾年行。笑他癡絕江南客，祇向楊梅詫日精。

滿林灼灼腹離離，一片朝霞萬顆垂。可惜中原無此種，三分情氣付鵝梨。

百篇吟就鬢霜侵，幾載家園病不斟。可是美人定憔悴，年年石貝蠹秋霖。

吳䄉芎書館喜晤鄭封山，次日䄉芎賦長篇，封山屬和，余亦依韻成章奉訓二子，兼寄金陵諸同人

新安吳䄉芎，讀書窮二酉。文章薄霄漢，意氣驚戶牖。雲烟紙飛騰，蛟龍筆蟠糾。幽經與怪牒，奇麗靡不有。抽簟每壓人，擘袪獨愛某。新文必相示，疑義屢與剖。混珠目慚魚，續貂尾惡狗。向若失細流，學山忘小阜。郭嶺暑氣銷，漸江秋水瀏。落葉感長年，吟蟲促懶婦。看山破愁城，披霧入文藪。幽谷聽猿啼，晴原駭鹿走。獲身艮其背，孚朋解而拇。入塾我求蒙，叩戶卬須友。雅韻挹滿臼，俗塵撲盈斗。散帙紛陸離，相如與枚叟。潛咀齋房芝，滿酌衢尊酒。坐客更偉岸，姓氏急細扣。通名共一笑，夭斜態蚴蟉。豫章生叢薄，苯䔿溷薪槱。騏騄駕短轅，趢起隨牝牡。每歎才難遇，未免俗易狃。而我所神交，一日獲執手。如賈贏百倍，似農穫千畝。憶初識之無，文河昧蝌蚪。咫聞貪涉獵，千金珍敝帚。時或緣拋墒，往往獲報玖。刻意絕町畦，極力脫窠臼。側身入詞場，倰僜亦已久。未克聲爲律，徒益顏之厚。誰爲堊去鼻，競嫌柳生肘。白紛苓開發，闚戶家仍蔀。文壇幸多師，試與數曹偶。衆峰排岱華，小垤厠峼嶁。或解精六書，聲韻研子母。或能通三易，疇圖辨先後。或奇字滿腹，或香詞溢口。書或二王間，算或五曹右。賞奇共細哦，發難欻大吼。前年客秦淮，畫船明佼懰。群賢正大集，著述定可否。飲噉縱十日，初七至下九。共言鷓鴣句，新交吾輩忸。神物昂青霄，那復數庸鰍。唾手青可拾，息踵黑自守。六籍長枕藉，百家恣踐蹂。余聞大稱快，有如篦刮瞍。便欲訂霞交，偏難擺塵杻。識韓

心自切，訪戴事多負。鳥飛枉張羅，魚逝空設笱。懷人每觸悵，讀賦敢覆瓿。今夕是何夕，偶被涼蟾趣。本尋秋岸花，忽見春月柳。兩美耀我前，愈增仳倠醜。平生歎瞀學，逐聲叶竽缶。豈知豪傑士，獨立豎身首。刺濁自爲天，力微本無舅。何事踐陳跡，百吠應一嗾。自今獲二君，便若侶千耦。寄語諸健卒，得毋避舍黝？

寄葛繩武

梅花亭子記歐陽，幾載征人最憶鄉。傳語松風留古韻，好添蕙帳貯幽香。一竿到處聊爲戲，三逕遥知尚未荒。小室爲懸徐孺榻，遲君吟屐破苔霜。

棕亭詩鈔卷之二

暮春過吳⿰衤共芍齋中坐話卽同登舍利菴僧樓晚別

山村三月春雲曇，溪流曲曲掩濃藍。竹兜輕如坐小艓，苔巘危似穿虛龕。墨市估客擁髹匣，茶園少婦提筠籃。鼠姑大放紫鞓廲，燕雛初試紅襟憨。山花野鳥媚倦客，紛如八騶導兩驂。幽人局室臨路口，棗花簾子堆朝嵐。奓門便坐讀書榻，握手一笑祛積惔。錦贉壓架繡作袱，青萍挂壁鉎滿鐔。巡簷酣叫恣嘔噱，跳盪青兕鬭白甝。主人斂襟忽侘傺，自言平生百不堪。憶昔⿰衤隹衣尚垂髫，頓失郎罷悲楄鐕。雙雛寡鵠持弱戶，百憂如蝟不易擔。季姜長帙夜累累，陶母短髮朝鬖鬖。冬雪葛帔苦須捷，夏漲峁屋慮消淜。凍雀空望負暄燠，蓼蟲那知食薺甘。丈夫三十不得志，蜷局如覆交虬盦。竈上豈容驥展足，矛頭詎易米淅泔。老母未免飯⿱艹辞糲，安問室內妻與男？東家乘傳誇姓偉，西鄰徵歌招何戡。刺促窮士抱故紙，脉望何時仙枯蟫。僕聞此語亦心惻，勉旃君請無多談。將飛必伏伸必屈，無乃其理如是⿰氵那。況君中林秀蘭蕙，六經枕葄工研覃。擷豔真堪轢鮑謝，攤元直欲排周耼。夢窗白石恣搜討，細瑣如纍璘藉鼉。竚看千里只一覞，飛黃脫紲奔趁⿺走覃。烏哺定報北堂北，豹隱寧終南山南。聽鸝撲蝶且暢意，慎勿愁思攢鉗鏨。舍旁小徑入叢薄，其中聞有舍利庵。菱莢奇葩吐玉茗，輪困古木森石楠。掎袂且與豁倦目，空香柰苑深戡戡。梯桄連步上高閣，三十六峰如排簪。星牖上下明窔窨，雲根左右歌鑑窽。砉然仰天一長嘯，蒲牢大吼萬竅諳。歸路更取石逕爪，和風冉冉扇微酣。許君山頂遊更再，送我邨口揖復三。花光向人弄晚霽，頳玉盤子銜空嶺。

霞山精舍訪戴稚圭

赤熛司炎辰，曾暉布歊赫。拂曉入空山，眷言訪烟客。繫馬濃樾下，蘿逕覓行跡。紺宇聞幽磬，翠戶蔭疎帟。握手雜笑言，褫帶解絺綌。輕飔入薜帷，薄嵐映菭席。方塘彌萍罅，長筧滲苔隟。清言恣歡暢，遙嶺日西夕。方欣塵慮靜，奈此積景迫。欲去復邅迴，徙倚松間石。

偕汪蘅圃小軒納涼，枉蒙以詩見贈，依韻奉詶

壽陵步未工，承宮面孰代？自慚詅癡符，飄瞥歲云邁。剡蒿以爲矢，裹罽以爲鎧。鏖戰逢大敵，恐難恃狡獪。箄遺笑陳諶，戈逐類范匄。時侍家大人側。聞一能知幾，屢聽乃不解。竭來親大雅，爲我啟懤昧。索觀拙集，過蒙推獎。威鳳一引吭，小鳥頓息喙。投礫乃捧瓊，有如餌用犗。溫柔經採葩，雄麗史擷稗。寸管握弱翰，强弩發剛挂。每歎溝猶儒，耳學輕老輩。抔水測溟渤，聚埃擬華岱。蚓竅作蠅聲，無乃太湫隘。河伯向海若，定自失澎湃。雖復賦小言，安足知大槩。促膝語未終，蒼垠欻逞怪。玉虎喝

積聾，金蛇爍衆聵。凍雨紛浮泡，央瀆蕩積閡。抱頭童鬅鬙，癡若囚被逮。余方大酣適，更促剪燭話。敢冀夔憐蚿，庶同狼倚狽。從兹數晨夕，賞析惟君賴。宵深披葛幃，簟紋滑冷薤。

普滿寺僧房讌集疊韻贈朗暉上人，兼示蘅圃

古寺名普滿，更歷唐宋代。剔蘚讀殘碑，虞集文奇邁。其中有開士，勤披忍辱鎧。毒龍制躨跜，野狐祛狡獪。僕也本鈍根，慧鏡苦莫匄。日從支公遊，禪宗仍未解。時時到講堂，聽法得三昧。一聞廣長舌，無敢置短喙。洪濤渡江蘆，紫氣出關犗。乃知真解脱，不同沙門稗。腸應投澗洗，足定向壁挂。偶開香積廚，入社邀余輩。玄津問西土，黑籍怖東岱。盱衡雪嶺高，局身火宅隘。群思借慈航，一瞬渡溯湃。花宫何陰翳，禪房亦退槩。四壁繪泥犂，聖書恣譎怪。庶用喝嗔貪，亦以警聾聵。而我每獻疑，無乃於理閡。返觀身亦空，那見菑必逮。參遍有覺禪，説盡無生話。紛紛談龍象，一一總狼狽。只有般若湯，吾生急所賴。且與享園葵，何必刈山薤？

夏夜憶舊二首

水閣虛簾夜氣涼，銷魂會憶住江鄉。紗帷珍簟清無暑，鬖髿烏雲茉莉香。
寂寂蘿軒掩翠門，空廊明月冷清樽。螢輝滿案慵開卷，愁見當年粉指痕。

長歌行贈黃山僧雪堂時住錫城東富瑯塔平等庵

東皋山光晴散綺，岧嶤塔影雲中起。百弓初地隱檀欒，濃翠疎簾清映水。黄海詩僧字雪堂，蕭然衣械貯文章。妙音舌現珊瑚色，彩筆書堪玳瑁裝。湯休名姓人爭慕，飛錫偶來城外住。倚樹談禪得眼榛，閉戶讀史懸腰瓠。小園秋筍滿林於，玉版來參香積厨。般若湯傾銀盞落，玄香瀋滿玉蟾蜍。蓮社名流紛可數，風前跳蕩如虓虎。聯吟放筆拓長箋，賭酒藏鬮誇大戶。鈎簾斂衽爲余言，身世閒思欲斷魂。往事尊前堪僂指，醉餘不惜向君論。我本新安豪俊族，家聲越國聯華轂。簋金奕葉本膏腴，質庫鹽車遍吳蜀。少年意氣劇飛揚，心計羞隨賣絹郎。對影每歌青玉案，臨風愛佩紫羅囊。幾年驀忽春宵夢，羅綺笙歌喧畫棟。博進千堆結客場，纏頭百匹迷香洞。偶然烟景愛西湖，十載徵歌湖上居。狂卷白波呼白墮，醉扶紅袖入紅蕖。狂朋怪侶相追逐，射雉未終旋蹴鞠。座上揮金輕似沙，酒邊説士甘於肉。白鼻騧駒紫鼠裘，看花時節縱嬉遊。春風挾彈銅姑瀆，秋月吹簫望海樓。短夢無憑易銷歇，盈虧轉瞬天邊月。但知白眼可撐雲，豈識黃金難作穴。歸來羞澀一囊空，厚薄人情反掌中。轢釜朝厨聞厲響，斫荊夕院萎芳蘩。行蹤倰僜慚鄉里，鏡裏頭顱空鬋鬋。道路誰憐任昉兒，丈夫羞乞胡奴米。聞説天都最上峰，精靈萬古祕奇蹤。一朝解脱諸緣縛，薙髮披緇入梵宮。晨鐘暮鼓流光駛，獨對孤峰頻徙倚。綺語紛披懺未能，依然未見桃花潭。年來左耳復新聾，捎篼難除耵聹空。枯坐蒲團花落盡，泉聲松響有無中。師言未終吾狂吼，相逢且盡杯中酒。自古文人半轗軻，駱丞賈島相前後。況今世路總坡陀，衣狗浮雲瞥眼過。祇有生天憑慧業，何妨得得復何何。我亦天涯牢落客，雲裝烟駕明當發。與君長嘯上天梯，三十六峰秋月白。

登樓

千峰望不極，秋思正紛紛。野寺全臨水，山郛半在雲。茭盤明淺渚，楸線亂斜曛。何處桓伊笛，高樓向晚聞。

晴

雲歸斜照外，空碧淨無塵。樵斧聲猶潤，山花色乍新。積波千澗疾，遥黛一峰真。獨倚僧樓晚，臨風墊葛巾。

黄山詩五首

湯池

鼓輿入名山，趼足耐蹩躠。尚未陟嶮巇，焉敢告疲苶。古寺名祥符，石徑複屢折。虚堂延小憩，苦茗供細啜。苔厂傍石橋，滃滃聲不絕。下有池一泓，斜竇汩清泬。神瀵斢天漿，陰火扇地穴。跣足入幽坑，解衣挂枯蘖。磢體觀淨因，靧面暢禪悅。乃知離垢地，不受凡塵涅。披襟坐空亭，鳥影拂高凸。千峰凝暮靄，一心朗朝徹。何必玉壺旁，碎揀硃砂屑。池一名硃砂泉。《周書·異記》云：『軒轅至湯池，見玉壺，攜歸，石室飲瓊漿升天。』

慈光寺

雪裏來鐘聲，不知寺何處。但見猿狖群，紛紛入竹去。深澗架獨木，俯仰絕所據。路轉境乍闢，紺宇互騫翥。峭壁作繚垣，陰森舛昏曙。遙覓十餘里，清泉不假濾。古佛參四面，塵緣滌萬慮。秋旻月正高，山氣寒相助。日旰猶蒙絺，夜闌謀擁絮。詰朝更探奇，濟勝具當豫。藤杖選枯根，芒鞋剔殘淤。燈下强老僧，山郵細條疏。

文殊院

登山不問途，容足便舉趾。雲肆垂仙甃，霞窟疊幻綺。滑捫蛟室腥，險攀鶴巢庳。石當身豎鋌，潭俯影無底。仚空隔仙凡，移步判生死。從僕勉後隨，導僧屢前俟。穿透天一綫，漸覩海千里。蹒跚入小庵，枯衲方隱几。烓竈蒸白蔬，石鼎煮赤米。休足得展目，杉根頻徙倚。奇石擲玄熊，怪松鬬蒼兕。佳境知漸入，未敢言觀止。不待曉鐘鳴，牀頭覓椶履。

蓮花峰

昔聞太華峰，乃有玉井蓮。其花高十丈，其藕大如船。此言疑怪誕，私心竊不然。何圖覩靈異，乃在小華顛。巨根蟠黃壚，危瓣摩青天。獨立眺九州，一瞬窺其全。海氣黃蓊匌，江流白蜿蜒。四明淡帖幓，九子紛擎拳。天目與匡廬，一一相蟬聯。撋眼癡若雲，摟身輕如烟。趺坐白霧中，自疑爲水仙。拍手笑龜魚，穩睡葉田田。峰下有龜魚石。

鍊丹臺

我生困塵濁，偃蹇蟪蛄窟。欲乞餐霞方，那無入星骨。履險拚微軀，探異陟硉兀。筇杖荷芝筵，不敢畏顛蹶。軒皇乘龍後，仙境多荒忽。嵬然鍊丹臺，萬古高嵴崒。鼎銚偃空山，龍虎氣未歇。孰調文武火，嬰姹欻騰勃。山腰百步梯，一步一跪跪。後肩續前踵，上履躡下髮。銜尾似渴鼠，帖腹若飢蝎。踠膝憩崇岩，齋心通冥謁。白雲爾飛來，吾將排金闕。

偕吳烘芍訪方蔓生不值二首

偶捧琅牋嘆異才，傾心便訪讀書臺。摳衣不待投綾刺，班草先謀坐錦苔。迎客鶴披黃葉徑，避人鷗起綠萍隈。虛堂日影過簾額，看竹誰家尚未回。

蘭交作合自多艱，乘興先容亦擬還。銀葉撥殘香細細，金英數遍錦斑斑。留髡此夜應投轄，御李何時更款關。佳句歸吟高閣暮，銜杯空對夕陽山。余最愛蔓生『杯底夕陽山』句。

贈江村野叟

高嶺白雲外，腰鐮一徑通。全家廬郡北，生計老牆東。沙岸屋邊坼，江流天際窮。浮生何限感，長揖向悲翁。

木蓮花樹歌

南海沙乾風揚塵，紅衣酣睡千巖春。蓉裳日炙湘娥愁，天風木末吟高秋。淨根不受汙泥滓，披霞濯露空山裏。瓊姿閃影到人間，十里赮紅抱香死。浮丘袂拂軒皇爐，合丹午夜採花鬚。應真八百雪山側，歸來好住翠蓮國。

秋日過歙西鄭氏書樓偕吳二硔芍小步近山同訪吳大松原歸飲月下三十韻

千峰曙色曉蒼蒼，極目西風客思長。藻井蕭晨辭燕婢，綺塍豐歲咒鴉娘。偶經古鎮知巖邑，爲訪幽齋過野塘。小閣高懸徐孺榻，寒流斜抱鄭公鄉。疎籬六枳開花徑，曲岸雙扉轉畫廊。旖旎青帘沽酒市，弸環絳帳讀書堂。高名自昔原齊富，奇字而今只問揚。上足人皆夢秋駕，垂髫女亦誦《靈光》。垣衣雨後侵琴薦，壁帶塵中冷劍囊。璃匣米山鴝細溜，牙籤鄴架鼊牢裝。一編別集名《乾饌》，幾闋新詞號《弁陽》。露瀚薔薇纔擷秀，霞明楓槲更尋芳。檷橫罣衫明紋縠，鐘吼蒲牢出寶坊。擁屐乾沙枯澗澀，罥衣弱蔓古藤僵。鸛巢晚隱深林赤，鹿柴晴堆落葉黃。雲遏歌臺鳴響玉，苔封恨冢弔幽香。百弓地復開佳境，半刺綾旋謁阿荒。戶對奇松青倚蓋，堂迎修竹綠排槍。橛頭船小窗前過，洗手花粗砌畔昂。鐵幹丁丁聞啄木，金鈴楚楚見治牆。翠屏如畫橫高巘，緗袠連雲壓古牀。據案書癡應似寶，揮毫草聖詎輸張？山分點允真堪羨，津躍機雲不可當。險磴迴尋朝徑仄，虛簾早見夜燈煌。論文座上冥心會，射覆筵前蓄意藏。紅燭刻時詩虎捷，白波卷處酒龍狂。何須倚檻悲王粲，且自敧巾問葛彊。蛩語驚心喧四壁，虬壺瀝耳報三商。國香忽入林蘭隊，經袖真趨帶草旁。雙眼矇矓濃醉後，一輪寒月滿樓霜。

寄懷汪薌泉五首時薌泉客都門，館桐城張太保家

虛簾明月露華濃，千里相思入曉鐘。才子名喧丹鳳闕，羈人夢冷白鶩峰。飛蠅有意思隨驥，負蹷何時得借蛩。行到長廊攜手處，幽階一夜語寒蛬。

一泓秋水轉清矑，叔寶清神杜乂膚。顧影自堪輝日下，鍊形何必隱天都。揚鬐神物終歸海，斂翮珍禽且在笯。定是蓬萊峰頂客，僦居已住小方壺。薌泉寓齋名。

錦韉珠勒赤霜袍，結客幽并意氣豪。健卒彎弓看會獵，酒人側帽約題糕。《三都》筆札秋雲麗，一笛宮牆夜月高。畫壁旗亭多俊侶，那能閒憶到吾曹。

驚座才名擲地詞，宋風謝雪總相宜。紅樽高讌公孫閣，綠墅閒陪謝傅棋。珠履三千人散後，玉蘭十二月移時。沙隄槐柳重重密，莫訝吟魂入夢遲。

白楊蕭瑟滿空齋，荒逕重扃晝不開。落日孤猿愁嘯侶，秋風倦客獨登臺。呼鷹且縛黄皮袴，命酒聊銜綠玉杯。寄語故人知此意，臨風爲我一低徊。

同吴烘芍夜宿

摵摵空庭落葉飛，深宵攬袂倚虛幃。歌當曲盡腸千轉，話到情多淚一揮。小閣爐熏香入夢，疏簾月色冷侵衣。匡牀共聽霜飆急，秋點聲中燭影微。

飲李彝敘園亭次周仲偉韻

良朋相聚即相酬，局室圍爐興自幽。擲地詞章青鏤管，驚人眘字紫貂裘。疎梅幾點横高閣，叢竹千竿俯曲流。銀漏三更濃醉後，一聲霜鴈起鄉愁。

題徐松源蓮花溝弄月圖

鰕湖鶩嶺雲海鋪，仙人窟宅棲天都。花瓢竹杖者誰子，風流自號南路徐。蓮花峰下弄月久，萬頃烟嵐入吾手。偶然潑上剡溪藤，百怪淋漓無不有。貌將仙的與神嚚，五嶽精靈腕底搖。卻向空山厭兀坐，扁舟直下廣陵濤。廣陵城下繁華子，愛畫牡丹門紅紫。忽見寒鴉枯木圖，置身疑在冰壺裏。先生筆仗清且高，先生意氣何雄豪。卻攜禿管皴焦墨，美人簾畔聽吹簫。吾聞畫者古多壽，先生得天應獨厚。下筆卽看心吐花，掃廛那畏肘生柳。江流到海地形頹，塗抹空教費襪材。終倚天梯獨長嘯，濡頭醉上軒轅臺。

戴盂岑吉士招同汪琴山周橫山寰宗上人集飲

江城逢五月，瓜果足清遊。卓錫僧銷夏，含烟竹有秋。晚雲沉極浦，新月上高樓。訪戴真乘興，兼旬更滯留。

送寰宗上人歸山

大幕山前路，春來我重經。送君今日去，回首亂峰青。

望夫石

古苔疑綠髮，新蘚學紅粧。不盡心中事，無言對夕陽。

翠螺書院同韋葯仙夜宿

繫我江邊舟，登君樓上牀。明月照無寐，疎簾弄幽光。幽光明復匿，中夜各嘆息。人生天地間，何處行胸臆。古道悲風多，遊子夫如何。酒至爲君飲，飲罷爲君歌。明發別君去，悠悠江水波。

題秦廣文冊子

天風吹江江水立，江霧濛濛空翠濕。江畔千秋一片石，江邊筣笓幽人宅。幽人冷官天之涯，天梯長嘯尋丹砂。宣平庵中送我别，李白樓下訪君家。君家高對翠螺山，山色空濛杳靄間。一丸明月應堪捉，千載高風未易攀。先生自是謫仙侶，每向樓前澆緑酹。我來獨立樓上頭，相思千里空悠悠。石有髮，松有釵，花瓢竹杖求其儕。行年六十未云老，説經娓娓治事齋。故山猿鶴如相問，我亦軒轅臺上來。

雨宿鎮頭

風雨郵亭暮，離人百感生。陰堂疑五酉，陽令失三庚。竈額寒烟斷，山腰積霧平。沾裳何限淚，不待嶺猿鳴。

聞吳岑華先生凶耗，口號絶句十六首

眯目黄沙攧鷂風，江天萬里作愁容。高樓獨客傷心暮，一紙鄉書淚滿胸。

津亭日日盼書來，誰信翻郵去札回。漫道鱗鴻天海闊，更無消息到泉臺。

合并幾日别匆匆，蹤跡頻年類轉蓬。紅燭離堂花月夜，觥船悔不百分空。

兜率天中自在行，紝婆朽木悟浮生。定知回首無他戀，祇有難忘范巨卿。

幾載秋曹白髮新，于門蕭瑟對殘春。如何漢代張安世，偏嗣庭前磔鼠人。

老樹西風忽報秋，芝階蘭砌總浮漚。青箱幾箇能傳業，勿效南城只淚流。
怊悵哀辭劇可憐，朝雲春草易成烟。妒津未必通銀漢，休向天孫負聘錢。
王孟高岑詩格雄，景唐屈宋賦同工。牙籤塵案俱零落，誰檢遺文付所忠。
僧籤梵夾老吟窩，綺語翻因懺後多。清絕曉風殘月句，空留狂醉法明歌。
終身坎壈向誰論，才子其如賦命屯。一事旁人聊慰藉，差贏及第賜孤魂。
翟公門戶冷烟迷，磨鏡何人奠一卮。隣笛寒風吹獨夜，酒壚人散已多時。
暫脱朝衫坐釣磯，向平素願嘆多違。溺攢欲避真無術，溫序何緣只憶歸。
憶昔東華共僦廬，帝城風物冶游都。燕昭臺畔重過日，忍對荊高舊酒徒。
沉醉燈前讕語時，偶然誌墓重相期。江湖筆硯俱荒落，何日方成有道碑。先生應鴻博不第，有惜其迂戇致遭按劍者，先生笑謂余曰：『他日誌吾墓云爾。』
落木蕭蕭蔣逕秋，荒閭誰更識羊求。從今休作懷鄉夢，碎卻枯桐汗漫遊。
三尺孤墳十字銘，素車何日哭泉扃。秋風灑徧江天淚，一片殘陽夢日亭。

喜李嘯村至，卽同汪琴山訪晤主人鮑洗桐，留飲西枝最小齋，嘯村索余贈詩，卽席成長句塞命，兼示同座諸子

江城六月苦潦污，黴奸壁帶腐戶樞。兼旬兀坐出不得，如猻入袋鳥在笯。晨起有客狂叫入，告以

好友至于湖。急披葛衫納步屧，長街闤市遍尋呼。乃知下榻在大宅，囊縚籐笈堆階除。方牀冷滑赤花簟，小槅瓏瓏碧紗幮。骨董嵌壁如列肆，凾空小竇攢圭窬。主人不嗔客褦襶，束帶揖我降階趨。先生解衣盤薄臝，水晶靉靆遮雙矑。手握葉子若羽扇，十十五五排齟齬。未暇掉頭共一語，心計博進但愁歔。主人僂指向我述，昧雉久獲騷壇俱。客歲寒孟偶駐屐，大飲十日會氈爐。昨聞中丞移制府，特命待詔迎鑾輿。是真名士不易得，覼縷告君君知無？僕也瀝耳矙然起，仳倠那足識閭娵。但聞建業官蝟集，差遣營構無朝晡。趯趁駿馬選白義，訬婧美人求赤烏。龍舟鳳艒嗤狹陋，臨春結綺慚村粗。貞松文梓樅柏檜，白狼赤豹麐麏麌。呼烟叱日舞渾脱，擲繩喚鐵緑都盧。格五吾丘射覆朔，下及優伶與侏儒。行在供具無不備，豈可獨少文學徒。況今天子重經術，蒲輪鶴版周海隅。傅巖山中釋胥靡，朝歌市上提廢屠。紛紛俱挾買臣策，人人若棄終軍繻。先生風雅蓋宇内，一字堪珍百琲珠。五玉三帛預徵典，赤帟陰羽早按圖。不用索米長安市，便可珥筆承明廬。大勝湖海作逋客，奔走文字飽妻孥。先生搖首曰不爾，懸門腐鼠吾奚圖。昔年壯歲且卻聘，舉鴻博不應。霜雪況已影顛顱。蘭簿方惋足新鬼，謂全椒章晴川、吳岑華，蕪湖施澹吟輩。薜衣敢復移故吾。古來文章本小技，報國安用此區區。《黃竹》之歌《白雲》曲，廟廊賡和難形摹。金門委佩非吾事，明當卽返愚谷愚。讕語未終裙屐錯，滿堂扇拂交椶蒲。銅盤芥末屑寒饌，銕燈楸架明高櫨。樺皮燭未盡三寸，缸面酒已騰百觚。珠蘭茉莉香馥馥，涼颸爽若傾水壺。萍蓬蹤跡真可笑，華筵飲罷旋分裾。鼕鼕朝鼓啟魚鑰，城頭缺月懸彎弧。

周仲偉過訪留宿二首

旅懷入窮冬，百感攢中腸。兀坐局室內，寒牖昏無光。有客扣我門，意氣何軒昂。拂君鶴氅裘，進我崑崙觴。酒酣各嘆息，相顧重旁皇。騏騄無兩轅，竈下難騰驤。鳳皇未千仞，空自鳴歸昌。飲罷更促膝，譋言宵漏長。

漏長言未終，寒燈翳短穗。枯藍藉繩牀，敗絮拽簾笥。泥爐撥殘灰，破屋鳴朔吹。客子無甘寢，主人空長喟。方寸千間廈，寤寐九州被。平生好大言，此願何時遂？晨雞未三唱，請君且安睡。

贈門人葉奕彰三首

丹鳳鳴歸昌，鷇音已如簫。孤桐挺百尺，雅節何翹翹。緊余抱鈍拙，燭武精既銷。所願錦帶士，群建畏壘標。古人重令德，束脩屏浮囂。禔躬苟不渝，青紫如承蜩。

詩人感城闕，挑達戒青衿。讀書先器識，守道在默沈。大璞産良玉，巨丱育精金。光氣宁久藏，國寶群所欽。摭華而棄實，膚立何以任？

高樓臨大道，中有讀書堂。枇杷布翠幄，薜荔緣青牆。雒誦達夜分，一燈共熒煌。身世感飄蓬，千里空裹糧。征衣拂緇塵，百感何茫茫。首歲疲中路，開冬歸舊疆。不惜歲月晚，所嗟經籍荒。持此以共勖，庶幾同行藏。

贈蘇秀才翊君五首

絲雨微風趁暮烟，湘簾棐几對新編。傖山家法應常在，馬券憑君休浪傳。

金石爭誇碧眼胡，秦碑周鼓久模糊。紛紛贋鼎何樓下，獨認《宣和》舊日圖。

繡褫錦贉淨無塵，插架參差品第新。珍重莫將寒具手，汙他小篆玉麒麟。

孤清闊白自娟然，密貯空梁又幾年。磚塔全銘無恙否，關情只有鄭松蓮。翊君家藏《磚塔銘》原刻，松蓮亟賞之，每寓書必曰：『《磚塔銘》無恙否？』

吮豪空自號詩顛，難乞人間九府錢。聊趁漸江春水闊，共君一泛米家船。

韋五葯仙自全椒歸即赴省試，賦贈四首

相思忽相見，相見復匆匆。但愁易判袂，未暇問行蹤。去年別君時，白晳頤頷豐。如何甫經歲，黧顏多悴容。乃知行役客，銷精如在鎔。執手各嘆息，憂心俱忡忡。

我遊客君里，君歸自我鄉。瑣語欲互詢，端委不易詳。古人重弧矢，所志在四方。安能偕婦孺，朝夕棲帷房。但悲壯盛年，流光擲路旁。齪齪轅下駒，矯矯雲中凰。百里息廬舍，千里空翱翔。

皎皎明月光，峩峩石頭城。送君浮大江，怒濤無停聲。行者歌慨慷，送者意屏營。仰視蒼旻高，晴雲晻上征。秋燈照客夢，中夜若爲情。

素娥處桂宮，下土求其儕。結璘以爲使，寒簧以爲媒。入萬四千戶，各自誇聳才。顧影向蟾兔，五步一徘徊。清虛廣寒府，雙扉東南開。待君駕青鸞，相攜登瑤臺。

椶亭詩鈔卷之三

寄秦劍泉

秦淮水閣青旗飄，共君聽歌淮清橋，角鷹側腦秋旻高。揚州城外輕舠泊，看君作賦吟紅藥。月中楊柳姿濯濯，長安道上車隆隆。九衢聯袂如屏風，羨君下筆千人雄。十斛易酒新撥醅，酒酣高歌燕昭臺。東風刺促不得意，笑書驢券《歸去來》。兄袁弟灌揮手散，浮雲南北無根荄。丈夫意氣周九垓，千里面目同岑苔。瑣瑣尺素兒女語，徒勞鱗羽奚爲哉？三年思君苦未足，寄君短歌歌復續。試上石頭歌一曲，横江白浪高於屋。

卻寄韋五

妙舞節屢變，清歌音有餘。置酒會高堂，停觴但悲歔。華燈耀綺筵，客心自焚如。高樓臨大道，珠簾朝暾俱。炫服競新粧，美人麗且都。粧成對圓花，斂矜相嘆吁。天馬入漢關，蛾眉嫁穹廬。位置應有方，安能擇所愉。十四學絛桑，十五鳴軒車。白葦作璘藉，黄金作踟躕。容華日就萎，縑素復何須。

斜日薄西崦，明月出東隅。佩我明珠璫，望君金鏤衢。秋風一以至，何以托微軀？使君東南來，當風捋髭鬚。寶刀佩青犢，名駒躍的顱。小姑貪目成，不共處姊居。珠鈿環霧鬟，香風襲雲裾。應念空閨人，流光如電驅。

寄吳文木先生

文木先生何嶔崎，行年五十仍書癡。航頭屋壁搜姚姒，醬翁箋叟訪孔義。昔歲鶴版下綸扉，嚴徐車馬紛猋馳。蒲輪覓徑過蓬戶，鑿坏而遁人不知。有時倒著白接䍦，秦淮酒家杯獨持。鄉里小兒或見之，皆言狂疾不可治。晚年説《詩》更鮮匹，師伏翼蕭俱辟易。小雅之材七十四，大雅之材三十一。一言解頤妙義出，《凱風》爲洗萬古誣。『喬木』思舉百神職，先生注《詩》，力闢《凱風》原注『不能安室』之謬。『南有喬木』云祀漢神也。溝猶瞀儒刪鄭衛，何異索塗冥擿埴？昨聞天子坐明堂，欲柴衡霍巡南方，特重經術求賢良。仲讓講義誇兩行，欽明八風舞迴翔。負薪老子露印綬，妻孥竦息趨路旁。先生何爲獨深藏，企脚高臥向栩牀？金陵美酒一千斛，粼粼素盌皴紅玉。何時典我青綺裘，共君復醉鍾山麓？中公轅公老且禿，驅之不堪塡硎谷，先生速起爲我折五鹿。秋風多，江水波。寄君一曲之高歌，歌殘星斗橫秋河。屠販唾手亦富貴，安能佐治無偏頗？先生抱經老岩阿，吁嗟如此蒼生何！

施大益川以施二淡吟遺稿見贈，感賦長句，兼示琴山

鏡湖秋水連天白，湖雲冷覆幽人宅。一行新鴈入雲羅，聲聲淒斷江南客。憶昔鳩江重二施，珊瑚並幹玉交枝。花萼集中輝互映，脊令原上影相隨。狂飆一夜吹湖水，大施老去小施死。江東奇氣黯然銷，孤城白日寒潮駛。僕也飄零湖海身，牽船偶住鏡湖濱。荒冢每思尋輔嗣，廣庭何日迓朱均。感君珍重投瓊軸，伴我空齋秋草綠。幾卷琳瑯忍淚看，半簾風雨和愁讀。皂廚休蝕羽陵蠹，爲囑長恩好持護。紈扇頻書柳惲詩，弓衣定織都官句。君不見，詩投溷厠文補袍，千古才人空自豪。臏馘殘膏零落盡，空令異代首頻搔。勸君休更嗟君弟，身後香名誰得似？但使聲華炳日星，何須時命悲蘭苣？傷心敬禮訂遺文，後世何人更子雲？明月孤猿啼獨夜，千山落葉正紛紛。集爲琴山手訂。琴山與淡吟交最密，嘗裒其侶和諸作爲一帙，名《對啼猿》。

江上僧樓書壁

孤塔岧嶢碧鏡涵，水天閒話對瞿曇。千秋遺事風前笛，一片殘陽雨後菴。板子磯邊花瑟瑟，夫人祠畔柳毿毿。寒濤荻港東流去，休問寧南更靖南。

題周橫山雪中小影一百韻

周子手束絹，其長不盈尺。萬態森慘澹，觀者盡愬愬。雪貌糝冷毿，雲勢張大帟。礌砢樹千尋，氋氉鶴一隻。嵬然獨立人，寒骨挺瘦瘠。露頂似禿鶖，跣足任皸坼。如繩者帶纖，如鞹者衣襞。冷鋏氣淒鬱，躍鞘光有奭。捲向烏皮几，睨我欻一擲。索我拙言辭，將以題其額。鄙人矍然起，此圖誠難繹。君其姑少憩，爲君試細擘。樹將構廣廈，鶴將排健翮。雪持澡君腸，雲持駕君腋。加君巍巍冠，納君几几舃。鈍鋩翳夫襓，鉎鏽滿鬣脊。宵鍊試三招，定扼黑卵嗌。自我客鳩茲，江瀠僦荒宅。危樓支腐楹，壞壁倚斷磶。小港喧吠蛤，淤湖鬧鳴蟈。宿烟塞筕篖，古苔滑甋瓴。旅思入秋懷，孤館獨痟擗。賴茲盍簪眾，班草遂莫逆。競言周處士，鄉譽頗籍籍。明月溯前身，白雲被偶讁。毀璧止兩爭，斬絲理百劇。繕性敦孝友，褆躬守圭璧。説士肉輸甘，好賢衣展蓆。濟難覆盎漿，卹困指舟麥。金有劉叉攫，食任修齡索。窮鬼已潛肓，俠氣仍撐膈。疾風知勁草，嚴霜識貞柏。持此氷雪心，百折不可易。放眼自崚嶒，投足何逼窄。技每嘆五窮，勇空躍三百。奈何逞狡獪，生面更獨闢？答云是不爾，吾幼好攟摭。望祲學青鳥，誌怪搜白澤。端筴抗京管，窺衡排甘石。喚鐵慕郭休，賣鬼羨定伯。畫法兩宋派，詩軌四唐格。七絃琴聰琴，五雞弈秋弈。簫譜月下修，樂句燈前拍。怒擲摩訶鋧，莽提典韋戟。蛟思水底剸，虎欲山中射。有時愛逃禪，足白而髭赤。有時愛學道，牛青而雞碧。有時入深山，蟲不畏毒螫。有時泛巨浸，波不畏湍漰。有時出門笑，雙足屨不借。名或變鴟夷，賈或溷陽翟。飄蕭攜破苫，簸蕩趁大舶。

錢塘看怒濤，荊衡覓仙液。祕檢搜金繩，高樓尋玉册。獨擔竹簦行，一亭復一驛。獨拍銅斗歌，一潮復一汐。旅遊數十年，肆意訪烟客。東海緬仲連，北海思賓碩。所求無一遇，窕言空姽嫿。以茲廢然返，揵戶窮聖籍。茫然登無岸，瞀然鑽靡隙。顔室已屢空，阮途竟何適。秋徑長蓬蒿，霜風吹絺綌。志猶存鴻鵠，行恥儕虺蜴。聞君味義根，枕葄於古昔。道真耽嚅嚌，斯文仗持掖。畫刺甫一投，便若芥遇珀。燭我鳳腦燈，啖我牛心炙。叩鐘操短莛，鞭駑借長策。積疑爲君獻，安肯尚脉脉。縱觀區蓋間，斯理不易核。烏何以踆輪？兔何以匿霸？暘谷何以朝？濛汜何以夕？鳥何爲而啄？獸何爲而齸？魚何爲而呴？蟲何爲而咋？狗緣何醉虎？鐵緣何飽貘？鳩何反鵬笑？鴟何反鵷嚇？何屠釣而姜？何魚鹽而鬲？何貧夭曾史？何富壽桀蹠？人何甘如薺？我何苦如蘗？人何潤如脂？我何乾如腊？煩君開愚昧，一一使冰釋。晛見雪盡消，風逐雲無迹。九臯鶴可鳴，八極劍可斥。紉我烏匼巾，蠟我露卯屐。把臂隨入林，索塗免冥擿。庶用裁華離，敢不奉槻鎃。余聞忽大笑，君言何嘖嘖。威鳳喑在籔，小鳥乃格磔。騏騄縶在梍，駁牛乃負軛。如君冰氏子，挾術本難熱。速請將此幅，碎之如裂帛。昕暮眠食甘，出入笑言啞。揞頤看苔岑，企脚臥菇席。秋江澹晴空，試與邁阡陌。紫葛晚疎疎，紅蓼朝摵摵。雲羅冒單椒，穲椏密如簀。正足乘輿佳，安暇探理賾。歌勿悲五噫，酒且沽百益。圖南知爾將，欲東喟吾亦。

留別汪琴山六首

青鸞處瑤臺，自啄玉山禾。顧影獨飛翔，朝夕琅玕柯。有鳥集其林，刷羽耀光華。引吭鳴歸昌，如簫清以和。音協響斯應，同聲豈在多。鈎輈語藜薄，爭食何其譁。

古人重一諾，生死不相移。末俗結誓言，掉臂或忘之。千載重管鮑，不傳昧雉辭。餘耳光厥初，晚節誰克知。紛紛車笠盟，徒爲後世嗤。

良朋數晨夕，賞析有至娛。辨難剖微茫，亦以破專愚。如何文字交，投報惟貢諛。翩翩誇毗子，無乃多所誣。古人丁敬禮，惟君庶可乎。

蟂磯波疊山，牛渚烟横墨。與君登江皐，懷古心惻惻。盈盈衣帶水，六代重關塞。興亡不可問，往事空如織。獨有謝家山，千古青無極。

文字苦俳諧，酒食强徵逐。豈知同心人，懷抱各有屬。我猶雞隨群，君將鴻漸陸。星淵從此異，相見未可卜。庶幾崇令名，娉修以爲助。

津亭多悲風，我馬鳴蕭蕭。執手愴別情，相對各不聊。昨夜斗酒會，今日晨風飄。晨風翔寒雲，失侶難自驕。何以慰相思，疏麻寄瓊瑤。

江上登樓

木落楚天秋，羈人獨倚樓。寒雲迷遠岸，野日送孤舟。書劍一身老，關河千里愁。空灘眠食穩，江畔羨沙鷗。

琴魚歌有序

涇縣逆旅主人以琴魚點茶，巨首小身浮動水面，有呴沫搖尾之狀，余感之而作是歌。

冰甆馥馥乳花香，蟾背初入蟹眼湯。主人捧甌客擎將，巨鰓纖尾鬐鬣張。紛如噞喁戲迴塘，隊隊撥剌翻菰蔣。金匙到手不敢嘗，恐是咒龍鉢中藏。神物肯入凡夫腸，噓氣一怒不可當。吾聞琴溪波渺瀰，傾城三月縱水嬉。仙人驅魚出石穴，十里罾罩喧淪漪。風乾日炙入包貢，青山綠水無歸期。揮杯輟飲三嘆息，仙蹤杳渺尋無極。七弦泠泠不可聞，三十六鱗空相憶。吁嗟微物爾何知，虛名一誤難終匿。君不見，翳藻潛苔老歲年，春波何限洿池鯽。

諸同人集飲寓齋分賦得酒鱗二首

酒龍心事托微波，偶學揚鬐向玉盉。甕底自能嘘氣上，筵前且喜受風和。蛆明碎影紅皴縠，蟻泛輕紋碧皺鞾。莫飲款中燒後散，浮沉尺素此中多。

崑崙觴昔羨如池，魚服年來困不辭。涸轍誰能潤升斗，醉鄉聊復作之而。金船浸月生微浪，玉盌含風疊淺漪。蛇影半生驚未定，休教杯底更相疑。

自新安赴姑孰使院呈雙有亭學使六十韻

嶽仰生申瑞，星瞻降傅光。傳家隆黼黻，華國富文章。綵仗烟無際，花磚曰未央。彯纓軼枚叟，題柱邁田郎。特眷金閨彥，頻操玉尺量。淮壖卿月麗，江步使星煌。盛治隆敷德，皇猷重省方。歌衢黃髮擁，引領翠華揚。帳殿神先慴，蓬門臂競攘。詩皆工短李，賦擬獻《長楊》。去堊勞揮郢，鈎絃待誨襄。眾流奔海若，曠野遇雲將。唼雨鴛俱畢，嘶風驥早驤。籠忻得參术，罭訝躍鱒魴。珠定探驪頷，鼉偏憶蟹筐。漫勞鍼爲鉥，竟欲距投鋋。説項知雖屢，推袁未易當。如何煩驛使，不惜召傖荒。賦本輸王粲，書難效孔璋。盧諶絛自弱，管輅膽終恇。坏鑿思潛遁，車驅已促裝。感知情奮熱，顧影意蕭涼。自昔謀甘旨，何心戀稻粱。辭親緣負米，失母類銜薑。茹痛離苫凷，遄征攬轡韁。空擕王博衷，忍撫寇公瘖。封鮓徒堪憶，尸饔詎復望？春暉已泉壤，乾蔭更參商。泠署獨羈宦，頹齡久抱尫。溫衾心孔棘，垂橐計焉遑。未免兼珍乏，差於獨立強。衰顏隨杖屨，舊侶集膠庠。曝簡晴開篋，芸瓜曉踐甿。庭筠秋筍碧，籬菊晚英黃。雞柵修須亟，鶉衣結未妨。帬牏勤澣濯，哽咽慎周防。對鯉真愉婉，烹魚忽駭惶。幾旬纔聚首，此日復沾裳。箬嶺遮愁眼，漸江繞恨腸。窮陰當短至，獨客走殊鄉。披霧邅迴徑，衝泥町畽場。懸崖攀鳥室，險磴逐騾綱。土俗勤膢臘，叢祠賽蚮蚄。故畦收芋栗，高壠下牛羊。樵唱聞邪許，鈴音聽戾岡。有時頻侘傺，無境不蒼茫。楊葉洲邊雨，梅根冶畔霜。羈懷愁浩浩，江勢渺湯湯。水陸兼程邁，關山隻影忙。斧冰朝飲馬，踏雪夜登航。噤瘁枯膚皵，淩兢瘦骨僵。饑烏鳴獨木，凍雀蟄深篁。密霰斜飄牖，昏燈短掛牆。酒思缸面熟，火愛竈觚煬。側帽青山近，揮鞭白道長。旌門森棨戟，鎖院肅階廂。好下陳蕃榻，同陪庾亮牀。龍應驚李老，虎肯娩蕭娘。蓮幕誠多樂，蘭陔未遽忘。新安天外月，回首重旁皇。

不寐

繩牀愁不寐，獨客自傷神。薄酒難留夢，寒衾不戀身。苦心籌異日，甘寢羨他人。側耳荒雞曙，前途更問津。

懷汪琴山戴櫂師

撲面寒威酒賸沽，江城重到嘆羈孤。分箋憶昔詶佳句，襆被何時赴上都。並馬長河朝喚渡，聯衾短炕夜圍爐。憑君莫話閒居好，雨雪征車亦載塗。

喜晤吳荀叔

人生易離亦易合，此中誰實司其權？離如落花雨後散，合如遊絲風中牽。前年與君離，淚灑青溪烟。今年與君合，笑對青山顛。青山雪後點碎玉，模糊上接滄浪天。君攜才子筆，旌門一日詩百篇。宮袍直奪李白錦，珊瑚不玩湘東鞭。明年天子呼上船，《白雲》、《黃竹》賡瑤箋。粉郎香尉堪差肩，丰采奕奕映貂蟬。大勝寒爐擁敗絮，喧豗讕語空誕譚。我今閉置如窮袴，鷹羈絛鏇鳥棲笯。孔闉聲名竟何處，謝家空宅寒烟暮。草草燈前三兩語，從今便作牛與女。分手恰如春夢回，茫茫蹤跡尋無所。

與金純一夜話

偶向天涯並翮棲，倚闌心事總淒迷。雨停隔院歌聲細，風入虛簾燭影低。共話客愁牀上下，各尋歸夢路東西。流光轉眼成新故，鴻爪年年踏雪泥。

姑孰使院同李嘯村、吳荀叔、韋葯仙、周朋薦、金純一守歲

揮玉窪，倒銀甖，祝君長生飲太平。借用楊義夢中諺語。丈夫意氣何崢嶸，肝膽忽向樽前傾。況今海內庶政明，廟堂側席求群英。諸公各各操香名，沈詩任筆紛縱橫。江干春風吹幔城，掎裳聯袂迎霓旌。如火赫燿鏡澄泓，吁嗟誰實爲吹瑩。挼木呼，繞牀走。渾花惡彩隨君手，區區勝負竟何有。且盡一杯知己酒，莫問檐前杓轉斗。飽噉粔盆高，酣睡氈牀厚。不知歸夢誰先後，何限寒窗風雪人，一爐商陸殘灰守。

題韋葯仙翠螺讀書圖四首

清露滴寒松，孤鶴夢未了。中有苦吟人，獨坐江天曉。

泠泠清磬裏，一逕入雲偏。夜半寒潮落，高樓人未眠。

江月虛檐白，漁燈極浦紅。蛾眉亭不見，一半在雲松。

問渡酒仙樓，停舟和尚港。可許執松枝，入座爲都講。

自姑孰歸新安，留呈雙有亭學使，兼示韋葯仙、吴荀叔

遊子感令節，浩然動歸心。欲語復踟躕，哽咽難自禁。親舍魂夢長，客途恩遇深。顧我無兩身，何以遂幽忱。丈夫重知己，一諾輕千金。奈何負夙約，棄之等遺簪。良友相譙訶，瑣瑣陳規箴。主人獨見憐，太息聞越吟。覲省誠所急，諒難久滯淫。慷慨命輿僕，送我歸山岑。握手勸加餐，相顧各沾襟。延目蒼垠高，羨此隨陽禽。

宛陵道中

清弋江邊路，籃輿此重經。野航鳴急櫓，山鳥落修翎。春草桓彝墓，晴烟謝朓亭。躊躇意何限，空翠晚冥冥。

發南陵縣

漸見梅花發，春風客路長。驛樓何處問，春穀故城荒。古洞飛晴雨，寒流帶曉霜。莫登高爽榭，臨眺總蒼茫。

遊水西寺

兀兀平肩輿，行行沙水際。招提叢樹中，雲日相虧蔽。素心愛幽尋，泉石多留滯。連年盼靈境，欲往苦無計。乃知車馬客，難結山水契。今春首歸路，蓬跡謀所憩。山驛喜春晴，薄嵐染衣袂。暫與烟客親，頓覺塵容蛻。泠泠鐘磬音，入耳生定慧。安得結柴荊，長此棲薜荔。醒醉三日遊，前哲庶可繼。

霧中過新嶺

高嶺陟千仞，濃霧迷五里。擥衣去地尺，側帽近天咫。時聞泉潺潺，微見石齒齒。前侶駭乍無，後伴疑中止。置身混茫中，冥想天地始。嗟哉七尺軀，太倉貯稊米。飛昇慕天闕，巨泛尋海市。乘蹻遊虛無，仙路更誰指。空外自孑立，大抵不過爾。日出霧初散，林烟疊幻綺。乃知身漸高，矍矍屢四視。群罔堆堛塌，破碎不可紀。

晚步平等庵

蘭若荒城外，林巒勢糾紛。高標棲落日，古塹納歸雲。松徑當門直，溪流到石分。沙頭爭渡急，人語隔烟聞。

初至妙華禪林，與周仲偉宿

春山輕陰飛碎霰，濃翠黕黕浮巾衫。屏跡偶來僦荒寺，有如跟位逃空嵌。黄紙帽箱白藤笈，敝衣殘卷粉相儳。竹兜斜轉石逕仄，忽逢好友穿松衫。欣然擎袪入叢薄，共踏翫戲趨深巘。野梅當戶僧獨倚，山果挂簷鳥竊鵮。蓮座脖肛蹲獅犼，蘚磴滑澾騰麏麙。入室頓覺俗慮靜，如磢宿垢刮黷黬。山蔬野蔌供淨饌，塵土腸胃洗饕饞。禪牀布衲足奇煥，臥對土佛身尷尬。鐘鳴枕畔忽報曙，披衣相視一笑噉。君看此境頗不惡，何必蘇堤十里張春帆。時仲偉談西湖之勝。

春日山寺讀書十首

關山辭跋涉，息踵到禪窩。不悟浮名累，那知淨理多。形骸爲我用，笑語得天和。從此任甘寢，休爲勞者歌。

招提塵境外，囊襆信淹留。土脉春初動，山容晚更幽。百弓滋藥圃，十笏繞花樓。不羨松喬侶，方蓬汗漫遊。

酒豈延陶令，房聊借贊公。窗雞呼喌喌，簷鐸喚東東。澗底薔薇白，岩邊躑躅紅。山花隨意插，不遣小瓶空。

六枳疎籬畔，春畦帶野花。輕烟催午餉，小雨種辰瓜。乳犬知迎客，雛僧學點茶。不知開士宅，疑是野人家。

傑閣俯回汀，千山列畫屏。閒雲歸石竇，新蘚上鐘銘。愛讀《高僧傳》，閒抄《小品經》。重檐春雨暗，虛白就疎櫺。

觀境悟真如，棲心淡泊初。二紅鐺底飯，七白澗邊蔬。經案朝臨帖，禪燈夜校書。饋貧資典籍，虀粥任無餘。

古刹依青嶂，閒庭長緑苔。遊僧打包去，村女贖錢回。花落簾猶捲，雲歸戶未開。足音空谷少，清晝獨徘徊。

敗簀破垣內，栽田憐桂琛。青疇鋤麥浪，白水插秧箴。碓響喧頹澗，廚烟淡遠岑。何時對彌勒，新釀許同斟。

幽居屏人事，節候漸相催。紫愛楊梅熟，紅驚芍藥開。溪光生薜幄，山氣潤蓮臺。晴日當簷午，前峰已轉雷。

不用買山隱，休疑避地賢。三旬歸覲數，十里近城偏。野菜盈筐嫩，溪魚入饌鮮。庭闈無間闊，獨處可經年。

聞雙有亭侍讀除祭酒

江南春曉幔城開，輦路遥頒鳳詔來。帝澤深涵縈泮藻，江浙兩省鄉學廣額。使星先耀列街槐。參天碑立中郎篆，拔地文成吏部才。他日摳衣趨館下，飽看石鼓作歌迴。

同吳菌穭、吳烘芍集飲方東萊齋中聯句

犯星槎初迴，吳宁菌穭。淩雲賦已獻。棣萼競菱荴，金兆燕鍾越。薜幄堪繾綣。小室對遥空，方儻東萊。良友得嘉遯。編枳補疎籬，吳寬烘芍。滋蘭布廣畹。芍藥舒異鞓，宁。荼蘼縈弱蔓。浴露香有餘，兆燕。炙日色未褪。階因碧蘚滑，儻。池借白石堰。綠竹千萬个，寬。紅魚一二寸。翠濤紫霞茶，宁。黑顆青精飯。欲逞詩陣豪，兆燕。先鬬酒兵健。策事搜冷僻，儻。射覆禁淆溷。席糾凜官箴，寬。觴政嚴國憲。巧舌奇葩攢，宁。利口懸泉噴。預愁險遇坎，兆燕。先乞命申巽。各思磨刃銛，儻。孰肯甘槌鈍。乍快泚水捷，寬。仍慮平城困。戟手逞雄家，宁。卷舌甘拙愿。戰酣罷偏師，兆燕。雅集破群悶。雨潤弦音遲，儻。風引歌聲曼。對枰試手談，寬。揮麈袪目論。城同舍衛遊，宁。標似畏壘建。幸共一日歡，兆燕。盡釋三春怨。受命夢飲爻，儻。啟慧胸生卍。百斛烏獲扛，寬。千里欒巴噀。空自好大言，宁。何時償至願。舜舉道自高，兆燕。孔誠儒不慁。索米羞侏儒，儻。裁袪恥負販。且與耽蕭寂，寬。庶可蠲塵坌。選

烟考《墨譜》，宁。借書持酒券。東萊以家刻《墨譜》贈余，余向東萊借《太平御覽》。尉腹局何濶，兆燕。蹙頤杖屢敦。真堪縱鶴飲，儻。何事羡麟楦。提壺更明朝，寬。好鳥枝頭勸。宁。

題汪王故宫用古城巖石刻韻

貔貅十萬六千兵，宫殿參差暮靄平。堪笑虬髯食一局，遠從海外據孤城。

山中晚晴

天空飛鳥没，雨過片雲閒。一抹青無際，松蘿山外山。

贈華亭程叟老松二首

湖上采蓴客，香名人共知。五茸重耆舊，二陸得真師。花月樽中酒，雲山馬上詩。布衣能著述，應不負清時。

偶結忘年契，壺觴一水涯。閒情堪共寄，小住且爲佳。鰕菜牽歸夢，關河老壯懷。扁舟三泖曲，何日訪高齋。

碌碌行

碌碌復碌碌，羸牛無健犢。良人販東吳，小郎賈西蜀。秧根槁作灰，市米貴如玉。新婦拔舊釵，城中糴官穀。側身萬人中，豪吏怒驅逐。不暇顧赧顔，但幸免飢腹。倚牆至日暮，垂槖無握粟。歸來櫟空釜，稚子猶索粥。老姑無完裙，獨坐空田哭。

贈藥根上人二首

丈夫不得志，乃作方外遊。今君何爲者，溷迹隨緇流。鐘磬詎有情，恐難寫我憂。不如味義根，聖賢庶可求？瓊玉惡點蠅，蘭槐畏漸滫。側身天地間，勉旃慎所修。

古人亦有言，交淺忌言深。自我聞君名，千里久傾心。神合已膠漆，對面寧苔岑。所愧見道淺，無以爲規箴。他日折疏麻，好寄雙樹林。

棕亭詩鈔卷之四

曹守堂畫松歌

我昔振衣天都峰，左顧臥龍右攫龍。仙人手持綠玉杖，引我乘蹻遊鴻濛。歸來凡骨盡解脱，謖謖兩腋餘清風。曹君性癖耽縑素，結廬黄海雲中住。高提勁管一尺長，腕下不肯生凡樹。興酣潑墨墨欲飛，怪鱗皴皵蒼髯竪。錦題一軸裝潢新，遺我爲我驅炎塵。蕭齋展放未終幅，寒風泠色來趨人。昔聞古老言，評泊何紛紛。趙昌寫花形，徐熙傳花神。千秋優劣難具論，何似無花老榦入雲上，形古神淡全其真。玉鵶叉，金絡索，高懸畫棟牽珠箔。著壁疑生千歲苓，窺簷欲下九天鶴。碎粒枯釵不計年，陰陰冷翠空中落。一枕秋堂孤夢回，忽憶驚濤萬仞軒轅臺。

吉傅埜夜過

新月出庭樹，幽輝照我牀。晏坐疎竹下，晚風生微涼。籬根一犬吠，林際衆鳥翔。有客叩我門，銜烟轉蘭塘。數語何匆匆，燈火度前岡。把袂一相送，清露沾衣裳。歸來不能寐，中夜自徬徨。

同程老松、周仲偉古城巖觀魚，分韻得道字

古城之巖聳奇峭，深潭百尺翠影倒。中有巨魚盈百千，揚鬐鼓鬣爭擺掉。紛紛大小聚婢媵，沈沈幽窟作堂奧。呼儕挈偶不避人，雲根沙觜任擲跳。霧裏時聞撥刺聲，月中惟見晶光耀。鱗爪之而恣怒張，居民不敢輕罶罩。有時粔籹撒波中，騰空爭食如飛鷂。君不見，壺公之杖陶公梭，風雲倏忽呈奇貌。秃尾槎頭聚族居，嗚呼此魚何足道！我來溪邊一長嘯，何處江湖堪遠釣？韓公未免蘇公笑。

雙有亭祭酒以詩招同遊黄山，次韻奉詶

山城多秋風，爽氣出林藪。幾載探幽奇，勝境庶不負。峩峩天都峰，雲外靈蹤剖。淡碧摩高穹，晴嵐滌宿垢。衆山自羅列，一一覺粗醜。佳遊憶昔曾，仙骨終難有。輶軒使者來，烟霞供領受。浮丘與洪崖，盡作素心友。忘分乃作達，憶余獨已久。冷露下高梧，落日照疎柳。相訂踐宿約，高嶺一攜手。樱鞋赤藤杖，欣言獲所偶。先期戒山僧，早設淵明酒。

送雙有亭祭酒遊黄山疊前韻時余以他事牽阻，不果同遊

禽尚作言鯖，松喬助談藪。夙性癖烟霞，此志肯虚負。況逢秋氣佳，山容豁新剖。選勝聞有期，振衣如碶垢。騰木鞠侯憨，披蘿石丈醜。一一預馳思，遊神無何有。堪歎俗骨屯，山靈屏不受。忽逢塵事牽，空賦卬須友。送君入雲去，空岩侘傺久。尻化難爲輪，肘掣如生柳。勇登請掉臂，回顧勿招手。拍肩更把袂，前路定有偶。使星人不識，且飲缸面酒。

古詩爲新安烈婦汪氏作

醴泉必有源，芝草必有根。荊山剖良璞，異光燭乾坤。我友汪洽聞，賦性樸且惇。養母能篤孝，孝名著一村。一男三女子，食貧朝復昏。訓之以古誡，教之以敦倫。長女失所天，矢死不再嫁。幼女初適人，婉順播姻婭。次女生最慧，早歲能詩書。手緝《列女傳》，温慧與人殊。笄年歸夫家，綦縞甘糲粗。舉止必端正，鄰女奉楷模。事夫未數載，夫病遂纏綿。女心日如焚，蓬髪局且卷。南市謁醫藥，北市卜筳篿。歸來坐牀頭，一燈昏不然。中夜四壁静，斗杓明高懸。女子跽中庭，涕泗獨漣漣。願天減兒算，必賜兒夫痊。執手問良人：『有語囑妾無？』良人瞪目視，拊枕但長吁：『生死從此隔，勿復多悲歔。』女子垂涕言：『自我事君子，偕老本初願，寧復殊生死？君今但先行，妾豈久留此？』晨雞方

三號，白日慘無光。陰風入庭戶，飀飀吹衣裳。鬼伯何催促，不得少傍徨。女子淚洗面，車輪腸九迴。三日爲營奠，七日爲營齋。北邙宅幽宮，千年不復開。彳亍回里舍，檢點舊裙襦。絕粒臥空牀，酸風冷微軀。阿爺向女言：『汝志既堅決，所悲頹齡叟，頓使肝腸裂。』阿姊向妹言：『爾我命何屯，昔爲三株樹，今爲霜草根。幸無太自苦，少慰泉下人。』阿兄前致辭：『一言試告汝：「守節與殉節，理一本自古。」』女子啟阿爺：『兒已有成言，此言不可食，勿復强遷延。』瞑目遂長逝，奄奄赴黃泉。聞者爲歎息，見者爲悲酸。灼灼桃李花，繁霜萎春日。苦竹抱貞心，根斷節不易。我聞新安郡，自古産大賢。理學炳千載，瞽宗隆几筵。陵夷至靡極，道學空言筌。升堂爲都講，躬行或不然。安得此女子，慷慨殉所天。乃知本庭訓，身教已有年。今人自教兒，但知圭組妍。蕭娘與呂姥，往往遂比肩。試與言此女，安得不汗顏？

歙浦魚梁

溪聲過石喧，雲容出岫靜。白鷺立移時，看足青山影。

贈鄭松蓮處士，兼寄鄭紺珠 一百韻

旅館空山裏，歊蒸溽暑滋。疎桐垂曉露，修竹蔽朝曦。曠野方追魃，閒扉獨守虩。趨庭慚倭僜，倚檻愛嵾嵯。徑爲羊求闢，舟因李郭維。姓名耀綾刺，肹宇映緇帷。白鹿仙車下，青猿野僕隨。嵐光在襟袂，苔色上絢綦。信匪緣徐福，誰能迓沈羲。時汪薌泉皆至。不須嘲褦襶，且共對罘罳。洗滌呼甌宰，蒸熬召餅師。瓜犀紅歷歷，蓮菂碧離離。瓦甒調香醬，水盤薦蜜鮧。藤花新釀注，槐葉冷淘篦。寒餜當軒設，濃陰傍戶移。七輪輕扇動，六幅小屏攲。苍席鋪平礎，蕉衫挂曲椸。短棚縈豆蔓，長柄執松枝。且喜署偏冷，何妨門號誃。清風生列牖，爽氣入連簃。矯矯九天翼，汪汪千頃陂。高談紛嚼麝，密樹好聽鸝。秋士原多怨，冬郎未易追。漫叨青睞顧，便欲縹囊披。延露難爲聽，皇荂只自嗤。循牆惟傴僂，攬鏡愧仳倠。鼠璞勞磨錯，蟫匵借輓推。揮斤逢郢匠，發藥遇秦醫。磢垢癡消玉，開蒙目刮篦。當筵欣割炙，窺甑已成糜。促膝情彌洽，飛觴酒屢釃。新歡深繾綣，舊事重思惟。憶昔騎羊歲，初當跨鶴時。甫能寫驢券，未解撰雞碑。得從嚴君後，聊爲孺子嬉。單衣侵露濕，匹馬向風嘶。偶繫邗江艇，因過后土祠。無雙瓊蘂燦，何處玉簫吹。俊逸參軍賦，輕盈帝子詩。等身書自課，入眼景無涯。芍圃雲千朶，萸灣月一規。拋墒循蜀嶺，弄戟上隋堤。白老名多忝，黃童譽未馳。敢言錚若鐵，空笑鈍如槌。志欲乘風舸，辭難製月儀。應題門作鳳，孰認石爲麒。忽遇吳趨客，言分谷口支。雞壇群雅集，牛耳大盟持。周燮岡初陟，王充論欻窺。沈簾觀巧織，劉毦拾殘氂。束縛從羈絡，裁成就瓠挸。抄書懷餅餌，問字載醇醨。竹徑貓頭筍，蘭塘鹿眼籬。裘鍾清映水，側理潤凝脂。祕牒探津逮，狂歌倒接䍦。靈葩攀四照，瑞露咽三危。更誦紫雲句，旋驚黃絹辭。笙簫鳴彩鳳，珠玉剖文魮。壁壘渠幨固，光芒蜜炬熺。弸彪敷典誥，闛鞳震詇訑。色駭心皆動，神驚目盡眵。直將摩屈宋，詎止駕陳隋。既嘆文河壯，還忺筆陣奇。丰姿疑杜度，氣韻想張芝。天上五雲曉，山中雙翮垂。機長摛篚縟，製古對尊彝。竊幸斑窺管，何當繡買絲。推袁洵匪妄，訪戴肯教遲？況值車塡陌，奚難屐進圯。遙情瞻碧漢，遠操望丹崖。豸戶方投謁，張帆已莫縻。空勞尋霧市，誰爲挽雲旗？相失真交臂，長懷獨拄頤。緣慳逢石髓，恨重斂山眉。駒隙光陰駛，萍蹤聚散悲。一鞭歸里閈，萬感積心脾。善化輪猿鶴，能仙羨鹿麋。美人嗟日暮，季女嘆朝飢。寶氣光生劍，銛鋩穎脱錐。駑筋安羈短，怒鬣尚髫髿。筆耒荒畬墾，書田儉歲畋。抗顏蒙詬病，影質畏瑕疵。鬼笑劉龍拙，人言侯霸癡。敝褌寒衱衩，局室閉葳蕤。屏匿牆東迹，蕭條竈北炊。循陔晨負米，捽茹晚烹葵。歲月愁中疾，精華夢裏萎。心同猻入袋，身等鳥黏黐。吳市潛梅福，余返里後，紺珠亦歸吳門。揚州老牧之。謂廣陵諸友。書題頻悵望，雲樹繫相思。桐叩聲鳴石，槎乘路挽絞。駈車隨旅宦，躡屩負輕齎。箬嶺青横巘，漸江碧繞碕。應懸留客榻，擬過學書池。帶束草堪結，袖攜經可摛。何圖乘薄笨，先爲耀茅茨。烟駕神雖逸，雲將志未隳。山寧終隱豹，夢自叶非羆。二惠知同爽，三徵定有期。寸膚黄海合，霖雨看瀰瀰。

寄題戴稚圭霞山書屋四首

結廬幽境裏，庭戶絶氛埃。山果傍簷落，野花緣砌開。溪光將碧去，嵐影送青來。永日虛堂静，牆陰長緣苔。

檀欒修竹影，屋角弄幽姿。琴韻穿花細，書聲出戶遲。髹牀清瑩水，苔紙潤凝脂。小閣疎櫺暗，方輝晚漸移。

繞枝棲樹鳥，隔巷吠花尨。月浸蘆簾半，雲封竹戶雙。松聲喧到枕，梅影靜當窗。企脚匡牀畔，春醪潝小缸。

矯首新安月，清輝恰正圓。懷人孤館夜，選夢落花天。鸝吹聲聲好，雞碑字字妍。他時如訪戴，風雪莫回船。

夏夜次謝金圃舍人韻

金圃舍人今廚顧，盪胸滌臆靡俗務。僦居先謀築客館，下朝不屑治家具。我來京華值歊熱，兩輪撲鹿塵滿路。赫曦灼膚不可耐，未能卽次先窘步。屋烏感君推至愛，片言執手見真素。槐階濃綠足清曠，紙窗虛白總幽嫭。酣叫肯容狂客狂，甘寢儼署寓公寓。下榻已無燥濕患，寄巢且喜風雨除。逢人便道此間樂，歸夢邅迴未忍去。人生蹤跡真萍蓬，知己相看且小住。墨突休嗟黔未能，顏室何妨空至屢。但令讀書無市喧，敢言挾策思巷遇。五字英才君夙擅，積疑相質定我語。微風忽度隣寺鐘，清露欲濕御街樹。納涼深夜坐不辭，聯吟請續韓孟句。

七夕擬樓上女兒曲

金風淅淅銀屏冷，樓上女兒夜未寢。瓜果中庭濕露筵，北風裙帶還羞整。機杼年年奏七襄，分明別淚不成行。聘錢枉向他人貰，梳裹難爲時世粧。人間郭翰休相憶，嫁與牛郎足靈匹。癡絕雙鬟粱玉清，小仙洞裏終難匿。

秋竹二首

當暑既不受，宜秋倍可親。此君真似我，孤立不因人。乾粉已全褪，濕雲還自新。瀟湘無限意，知爾爲蕭晨。

雨後一庭竹，秋來自有聲。露寒知葉下，月朗見窗晴。漸覺蟲鳴急，還宜鳥夢清。涼颸來枕畔，獨客若爲情。

贈周東皋二首

把酒登高節，相看一奮髯。空吹反潮笛，難覓卻寒簾。心跡君堪共，窮愁我獨兼。冰壺原自潔，況對水晶鹽。

累函疲記室，散帶作參軍。對影明如月，逢人癡若雲。營巢鳩本拙，移穴蟻空勤。何日歸書圃，三餘自誦芬。

壬申冬日初歸感賦四首

倦翮爰居且避風，休從海上問方蓬。三年鼓瑟難諧俗，萬里持瓶只餉空。遠道客歸霜信後，故園秋老雨聲中。枯荷一片寒塘晚，枉向天涯憶碧筒。

霜林楓槲襯朝霞，歸櫂初停軋軋鴉。且喜藍田頻種玉，新得次兒玉驄。何須紫陌更看花。天梯月滿神仙窟，石徑雲封處士家。漁弟樵兄無恙在，衝烟好與話溪沙。

崎嶇仙路接瑤京，十二闌干盼碧城。世上鶱籠空刺促，天邊鸞鏡自分明。巵觶琢玉終無當，局近彈棋總不平。鳧渚稻粱謀易足，燕鴻何事苦長征。

枇杷一樹晚花稠，簾捲虛窗暝色收。勝會氊爐人復集，高齋竹石景偏幽。修容難入無雙譜，作達聊爲第一流。臥聽糟牀聲滴瀝，茅柴新釀玉蛆浮。

晚菘分賦得鮮字

老圃秋深後，青葱倍可憐。根因逢雨潤，味以得霜鮮。倒甕貧家菜，傾筐小市錢。伊蒲堪淨饌，休更慕腥羶。

登徽州郡城外太白樓相傳太白訪許宣平處

新安城外有高樓，樓下長虹鎖碧流。北斗遙臨仙觀迥，西風橫拂暮山秋。宣平道氣堪千古，太白雄才蓋九州。遺蹟祇今空悵望，雲林烟嶺不勝愁。

山行

薄雲弄新霽，爐烟出林莽。入山知早春，向日覺微煦。野梅臨水濱，幽花向人吐。沙溪冰已消，遊魚紛可數。夕陽爭渡喧，前村鳴社鼓。

次韻卻寄沈靜人二首

相逢莫訝便遄歸，身似征鴻已倦飛。世上浮名皆幻影，人間真樂是庭闈。空將白玉思雕楮，悔遣緇塵誤染衣。從此深山堪息踵，行藏休與素心違。

清歌一曲奈愁何，贏得天涯感慨多。對月有時空侘傺，梯雲無術合蹉跎。遊仙小枕終成夢，變徵繁弦未易和。自玩瑤函消永晝，盧堂暝色上簾波。

放歌示方東萊

君不見，明月珠，珠戶尋之徧海隅。美人小璣亦耀首，寶光空自騰金鋪。又不見，豫章木，木客求之入深谷。大匠曲木亦運斤，良材何日成華屋。高歌向君君勿悲，丈夫遇合會有期。焦明振翮三千仞，肯與斥鷃爭樊籬。滿引杯中酒，起看庭外花。春風有意待披拂，眼前霜雪休咨嗟。

汪宸簡園亭看梅，即席分賦

繞屋植名花，花光圍修弄。曲廊轉逶迤，暗香自迎送。半舫停暖雲，一池消宿凍。酒屢傾三雅，遊敢希二仲。客散星斗稀，小樓貯花夢。

看梅次日，家君以長句索諸同人和章，並命兆燕次韻

主人有酒不待索，開樽邀我坐華薄。香魂已逐暖風回，瘦影尚苦寒烟約。入夢何來美人粧，破蘚不嫌居士屩。曲徑雲根依笴笓，小沼波痕上略彴。花光暝色太模糊，更從花頂登高閣。殘雪白餘砌半珪，斜日紅添牆一角。置身花上與花親，衣散五銖香百濯。衛娘眉細斂秋娥，葛嶺魂歸倚宵幕。緣幹

蒼苔蝕更生，爭枝翠羽啅復躍。饞眼捼抄恣飽看，何異屠門快大嚼。兩行畫燭照花叢，倚花一笑相酬酢。酣叫寧防籬外知？醉眠不畏甕邊捉。古人作達愛狂飲，死生惟共舒州杓。今我看花不醉歸，花間山鳥亦嘔噱。妙香入夜沁詩脾，細嗅應堪證禪覺。早春獨步真絕倫，夭桃穠李休熏灼。

借汪宸簡家藏水經注古本，讀畢奉還，賦此卻謝

君家庋閣富經史，墨莊書窟連雲起。門對元夷宛委山，堂開仲郢昇平里。初過城西獅鹰園，含烟高閣柳絲繁。半池春水魚紋皺，幾樹濃陰鳥語喧。子雲亭畔牙籤矗，鄴侯架上堆千軸。目眵海市駭飛濤，頤朵屠門思嚼肉。一編未蝕羽陵蠹，前列桑經後酈注。搜奇似駕宋雲裝，攬勝如隨章亥步。聊爲殷勤致一瓻，敢便貪饕窮四庫。攜來異寶出荊山，拂几扃門細意看。小閣燈昏宵折聖，疎櫳日上曉忘餐。道元千古注書手，俊逸宏深靡不有。紙上硃崖怒浪飛，行間激岸驚湍走。勝境名區三致意，繪水鐫山饒遠致。蜀道山川恣嶮巇，吳天風景多娟麗。展卷堪爲宗炳遊，一錐指遍神州地。旅亭湫隘苦歊蒸，煩悶羈懷不可勝。紗幬夢回愁白鳥，葛帷坐久憎青蠅。獨對異書千慮靜，何須赤脚踏層冰。吾家舊傍淮南樹，幾卷殘書堪枕藉。玉躞金題祕古歡，別風淮雨耽讐誤。刈殘牧豎澤中蒲，乞徧名僧腰裹瓠。去年從宦入殊鄉，山驛崎嶇蹇衛僵。雪壓旃裘攜襆被，塵封繡贉弆巾箱。鄉心每憶新縑帙，歸思常縈古錦囊。符笑詅癡慚醬濁，碑疑沒字總冥茫。閱肆恨無洛陽市，僦居愛住春明坊。珍重整書入君篋，珠還合浦葆奇光。倘許盡窺倪氏架，不辭更餉束修羊。

隨家大人同程雪崖、查采舒、汪研深、吳松原父子遊落石臺聯句，晚與程、吳二君登舟，諸同人乘月至下汶溪爲別，大人用香山《琵琶行》韻作長歌，命兆燕和之

年來慣作天涯客，干時到處悲竽瑟。春風又買江頭船，有似翎笴已在弦。江路小孤兼大別，計程往返應淹月。檢點殘書囊敝衾，更招我友需同發。我友不來留者誰，行期屢易何遲遲。相思幾日歡相見，相邀且作嬉春宴。看花未免各銷魂，賭酒何須曾識面。溪頭喚渡聽灘聲，隔水山光已有情。澗花巖草多幽思，紛披似識遊人意。雲泉已覺滌塵襟，筆墨更教饒韻事。詩壘爭爲奇戰挑，勁弓長戟各橫腰。揮毫颯遝如風雨，那得讙呶更他語。急響箏琶錯雜彈，妙舞氍毹轉七盤。駿馬連鑣奔峻坂，輕舟銜尾下空灘。險韻壓成歎奇絕，轉遞蟬聯未肯歇。有時含毫幻想生，空山寂寞不聞聲。注目白雲隨意散，側耳黄鸝時一鳴。詩成更把琅玕畫，翠影沉波如熨帛。脣髿苔龕雨後青，練橫石堰波心白。紅紫芳菲滿眼中，春光畢竟爲誰容。喚天蹋地東家女，長向荼䕷花下住。牽絲空欲綰雙丸，煉石豈能塡九部？萱草難忘獨處憂，倉庚不療同宫妒。空谷芳蘭香獨抱，成蹊桃李花無數。鼎鸞誰容過客嘗，車茵未許他人汙。回首長安天際遥，秋風明月成虚度。山頭認白孰爲真，水上洗紅能不故。竿木聊隨遊戲身，柘枝休鬬娉婷婦。從此江湖任浪遊，茫茫雲水隨來去。聞道宫亭湖上船，船頭五老曉峰寒。捩舵直趨湓浦口，楚天芳草滿江干。獨嗟征櫂無時息，躑躅蘭陔重唧唧。聚首庭闈纔幾時，迴腸自轉無人

識。今日佳遊莫與京，酒兵應已破愁城。欲去更看春水影，瀕行猶戀晚鐘聲。穿雲共覓來時路，半珪蟾魄東林生。回看斷石村邊樹，燈火叢祠社鼓鳴。開筵更剪西窗燭，樽酒未空須盡傾。《驪駒》、《折柳》都陳調，一曲新歌君試聽。歌罷城隅悵分手，波光樹影向人明。千峰黯默籠愁住，兩槳咿啞載夢行。行行起傍孤蓬立，月落前溪風轉急。子規深樹盡情啼，似伴離人中夜泣。輕舟瞑戛石臺過，古磴無人花霧濕。

夜下昌江石門

立莫笑，背似駝；　臥莫嫌，足如鷺。小舟雖狹且安居，猶勝荒岡踏草屨。波心疊碎月，側岸穿曲流。淺灘沙上弄短櫂，隨意興之爲夷猶。忽見兩片石，屹立當我舟。我舟屈折入其罅，勁悍猥捷如猱猴。怒水激其後，飛沫跳浮漚。忽然脱隘乍得勢，急矢一發不可留。艙中三四人，促膝各抱頭。仰看月荒荒，俯視波幽幽。瞪目更相顧，眵昏攔兩眸。篙師箕踞發微笑，郎君穩坐何多愁？　堆有灩澦，峽有黄牛。千帆百舵，來往無休。但見轗壈大道，丹朱轂日目，馬奔車覆摧行輈。

景德鎮

中夜不能寐，厲響聞機舂。豈惟頑石碎，我心爲撞摏。沿岸水碓舂石爲瓷，聲震人心。　艤舟見朝霞，爛若金芙蓉。黑烟忽蔽之，密障何重重。陶器古所尚，旅人有專攻。瓶坯既有戒，苦窳不可供。奈何後之人，淫巧遂接蹤。汝青復定白，摶埴無春冬。內窑侈邵局，祕色珍柴宗。刑政苟不修，一器安所庸？試看老瓦盆，亦可餉村農。

泊舟方家塢口，與程雪崖、吳松原信步尋幽，歸而有作

山氣日夕佳，渫雲展輕霽。息榜依巖阿，搴芳尋水裔。野禽囀清音，古木布深翳。繞塍波潺湲，緣澗英瑣細。崇岡日易沉，孤村門早閉。欲窮曲徑幽，悵此頹景逝。攜手尋歸途，暝烟上衣袂。

同雪崖、松原圍坐船頭，飲酒看月

明月出高嶺，孤影澄碧虚。清光能遍照，客心一以舒。跁跒勸深杯，趁兹晚泊初。草色隱頹岸，烟光浮暝墟。群動各已息，吾儕欣相於。一醉企脚眠，碎影紛籧篨。

晚泊饒州

積水連天又一鄉，春愁客思兩茫茫。孤城劍去星輝在，古寺碑殘草色荒。津樹一行迷岸影，漁舟

幾點破湖光。芝山何處堪攜酒，五老空亭對夕陽。

夜渡彭蠡

衆水春方匯，孤舟夜未停。澄波生積白，瞑岸失遥青。火認康郎戍，雲迷孺子亭。伴人有陽鳥，清夢繞沙汀。

滕王閣

千年高閣此孤騫，不共閭閻雜市喧。星切斗牛光欲落，波陵章貢勢堪吞。西山落照昏當牖，南浦歸潮夜到門。安得經年江渚宿，落霞秋水訪吟魂。

旌陽真人鐵柱歌

洪濤翻天聲如牛，老蛟獨抱愁潭愁。仙人夜鍊癡龍骨，銅奴錫婢紅烟焞。可憐不作繞指柔，土花鏽暈埋千秋。坤輿三千六百軸，巨鼇不動春波緑。莫學開陽夜半飛，西山月落星斗稀。

孺子宅

夕陽明頹垣，影落東湖水。感此蓬蒿宅，千載留荒址。古人礪高節，富貴同泥滓。終身食其力，疏糲亦甘旨。饑驅乃叩門，撫心愧高士。

贈許沛田

章江濤嵯峨，西山雨滂沛。生平愛奇觀，斯遊實爲最。所恨仙蹤渺，懷古歎無奈。安得登簫峰，長往謝塵壒。不聞八琅璈，乃啖三斗薤。溷跡蟪蛄窟，自覺頭顱怪。憒對車騶飲，狂向石丈拜。橫睨眼中人，吾意何曾介。出群乃有君，偶語便稱快。讀書身可等，論世心靡礙。籍定注緋羅，名應勒綪茷。黥釣厄英韓，屠販困膠太。碧翁久夢夢，君其勿多嘅。努力自束修，屈小必伸大。握别一贈言，春帆破空靄。

吴汝蕃招同吴菌穭飲，即同過二聖院，入豫章書院，訪汪輦雲不值，晚步灌嬰城歸

醉餘同散步，一徑入林斜。古寺藏奇樹，頹垣出野花。雞窗虚座冷，雉堞晚雲遮。更訂重來約，空洲記淺沙。

贈羅菊坪

偶然一棹艤宫亭，顧我惟君眼獨青。名社文章傳海嶠，小樓烟雨枕江汀。看花載酒春山暖，買鮓行歌曉市腥。更上匡廬峰頂望，人間應有伍喬星。

次韻贈汪彦升二首

活火紅爐煖玉杯，衝寒重訪讀書臺。雲痕向日難偕伴，梅意知春肯後開？顧我只堪儕鹿豕，如君真不久蒿萊。漢家宣室求賢急，況是明經拔萃才。

直北關河指帝京，茸鞦鶴轡總仙程。負薪肯效朱翁子，題柱群看馬長卿。文章談經應折鹿，錦囊裁賦更呿鯨。千秋獵碣遺文在，爲我摩挲一寄情。

得仁趾叔書

灑淚一爲别，雲山俱渺茫。相思五六載，纔見兩三行。涉世天懷減，離群舊學荒。瑶華何以報，矯首自彷徨。

椶亭詩鈔卷之五

讀汪輦雲魚亭稿，卽次其首冊述懷詩韻贈之三首

人生如飄蓬，隨風爲合離。關山萬餘里，遊子將安之？赤日遙嶺墜，洪波天際來。一櫂宫亭湖，獨立空徘徊。浦雲暗畫棟，江月冷荒臺。懷古信易感，入世真難諧。俯仰天地間，所遇何其乖。江山留宿因，客子休悲辛。欲爲嘍啃歌，且訪嶔崎人。

巨翮翔焦明，異光掞長離。生當文明世，顧影揚朝暉。歸昌明未和，引吭忽自悲。奈何處榆枋，日隨鳩燕飛。古人重桑蓬，行役周四方。不惜關山遠，所悲鬢髮蒼。石室貯青髓，玉臼凝玄霜。若士逢盧敖，相攜層城旁。

我生歎寡特，鳴原羡脊令。灌夫以爲弟，袁絲以爲兄。每求海内士，屢爲千里行。豈敢竊聲譽，將以託性情。誰謂文字交，不足要平生。春風孤館寒，落月沉西山。相顧每相失，作合何其難。竟夜讀君詩，明當覯君顔。

贈吳叟星濤

叟年八十，自言善導引術，嘗夢李白授以青蓮花盉，遂號蓮盉老人。蓄盉甚富，座客稱戶之大小，取以供飲焉。

春老名園綠漸濃，江山隨意作清供。桃花苦向愁中落，蓮盉偏能夢裏逢。此日壺觴聊笑傲，何時鼎銚許追從？莫辭共作天涯醉，我亦人間號酒龍。

醉盉圖歌

蓮盉老人既邀余作醉盉會，復繪醉盉圖爲贈，歌以酬之。

阿難持應器，循乞舍衛城。丈夫不自食，乃爲沿門行。不如枯坐飲米汁，瞢騰入定觀無生。采石騎鯨去已久，舒州力士鐺杓朽。夜半傳與非無意，南能北秀休狂走。君爲醉盉會，更作醉盉圖。盉中清淨蓮花宅，醉鄉日月無朝晡。聖千鍾，賢百榼，大家團圞頭各拓，一盉恣歆噿。醉中喚起謫仙人，擔覆錦袍眠一榻。宣城紀叟今絕縱，荀媼空山泠五松。休問李白復李赤，且向池邊醉碧筒。

鄭漢草招集章江酒樓

楊花落盡春事休，孤館客子空坐愁。方寸五嶽不可按，拍手且上酒家樓。人生有似章貢水，偶然合併相沉浮。洪崖匡俗賸遺蜕，太真孺子留荒丘。古來賢達竟何在，西山山色春復秋。滿引頗黎盞，痛擊珊瑚甌。休聽暮鼓喧城頭，明朝分手挂帆去，空對亂雲飛處琵琶洲。

寄呈家大人

遊子他鄉總斷魂，聊憑歸夢侍晨昏。雨餘竹逕應招客，聲過餳簫好弄孫。未解春寒休拆絮，偶貪午睡莫當門。閒亭獨立消清晝，緑染新蕉又幾痕。

洪州小樂府四首

郎住逍遥山，妾住娉婷市。落霞與孤鶩，夜夜章江水。
莫羡估客樂，西江風浪多。拍手青山外，共歌藍采和。
采葛入西山，種藟傍東湖。欲飲丁坊酒，郎從何處沽。

與歡爲春遊，莫待桃花落。朝登列岫亭，暮上秋屏閣。

雨棠園訪隱樵上人不值

小巷團蕉屋，春風自掩關。花開空一院，錫響到何山？衣裓雲應滿，經牀蘚已斑。莫貪桑下宿，結夏好遄還。

東林寺

白蓮池中水泱泱，新荷翠葉大如掌。暖風吹烟山氣晴，荒村伐竹深澗響。老僧據地補壞衣，客子入門息塵鞅。陰陰破壁苔蘚生，寂寂虛堂窗戶敞。臨風空吟陶令詩，拂塵獨拜遠公像。枝策徘徊過虎溪，塔影鐘聲空惘惘。

琵琶亭次唐蝸寄榷使韻二首

遙嵐雨後數痕加，九派寒濤走浪花。小閣停雲誰顧曲，空灘貫月自浮槎。棲烟野鳥難成夢，逐水閒鷗不著家。江氣蒸衣渾欲濕，非關今夜聽琵琶。

偶停孤櫂倚江樓，隔岸家山入望幽。豈有文章誇倚馬，但留蹤跡欲盟鷗。三春客裏芳菲節，千里天涯汗漫遊。楓葉荻花何處是，黃雲一片麥先秋。

長歌呈唐榷使

江風吹雨天冥冥，攬衣獨上琵琶亭。遥峰冷翠濕淺黛，依稀司馬秋衫青。潯陽九派寒流駛，荻花楓葉空遺址。丹艧俄看傑閣新，旌麾兩度照江水。我來亭上自徘徊，千古誰如公愛才。麗句繽紛香粉堵，名流屆尽水松牌。僕也飄零感遲暮，烟波浩蕩隨鷗鷺。一棹寒迷嘅口津〔一〕，三春飢走鄱陽路。溢浦輕舟入楚天，衡陽幾點盼湘烟。黃陵祠下昭華琯，青草湖邊鹿角田。江花江草無終極，征帆一片紛如織。誰抱檀槽金屑文，風前哀響穿雲急。君不見，李牟笛；又不見，子昂琴。側身天地抱奇器，乾坤莽莽誰知音。天涯冷落人何限，豈獨琵琶淚滿襟。

【校記】

〔一〕「一」，道光丙申本作「二」。

贈蒲城王櫟門

千里征帆此暫留，清樽日日醉江頭。得交海內嶔崎士，不負天涯汗漫遊。近市炊烟迷野岸，隔江漁笛入高樓。晴川芳草春無際，何似看雲太華秋。

登晴川閣

偶繫東吴萬里船，獨臨沔口望湘烟。空懷鸚鵡洲邊客，不見梅花笛裏仙。三峽猿聲來極浦，九江帆影入遥天。武昌何限長堤柳，飄蕩鄉心處處懸。

大别山晚眺

漢水東流急，湘烟晚更生。暖風熏草長，斜日照江明。雲樹三春夢，關山萬里程。楚天新月好，休聽暮猿聲。

登黄鶴樓

涉大江，登高閣，碧天何處招黄鶴。我有千秋萬古愁，一聲長笛《梅花落》。鸚鵡洲邊雨，鳳凰山上雲。英雄戰壘不知處，劍池鎖穴空夕曛。辛家之樓費仙館，江城五月薰風暖。莫問高城敵萬人，且須美酒傾千盌。

贈朱省堂

江漢何滔滔，斯人獨憔悴。長貧不受憐，苦吟亦招忌。胸中有太古，下筆多真意。請君但著書，浮名足身累。

桃花洞

花落復花開，無言花滿地。幽洞古泉香，中有看花淚。

漢陰城

寂寂漢陰城，依依楊柳情。弄珠人不見，江上月空明。

王櫟門寓齋觀國初諸老贈李雲田詩冊

王郎嗜奇苦未足，獨收破卷藏書簏。古錦模糊補舊鈲，枯芸瑣碎尋殘馥。一層樓櫟門齋中樓名。上煖風添，拂曉呼童捲畫簾。清露潤沾檀几淨，晴輝虛罩麥光黏。一函珍重從頭展，似向靈壇受蘭繭。應留奇氣燭衡巫，自有清光浮漢沔。芝麓龔長歌感慨深，西樵王短韻自愔愔。侍郎曹秋岳詄蕩千言賦，祭酒吳梅村纏綿五字吟。幾篇賡和情難已，腸斷江湖老蕩子。槁項塵容四十秋，萍蹤浪跡三千里。亂世浮生劇可憐，鼓鼙聲裏過年年。酒壚擊筑秋風冷，禪榻吹簫夜月圓。丈夫生欲行胸臆，偎紅倚翠無聊極。飲醇近婦送年華，一片壯心銷未得。骯髒襟懷不可收，長安市上酒家樓。興來遍索諸公句，持去空澆獨客愁。獨客飄零不知處，閨中歲月堂堂去。蕩子菖蒲水上花，佳人楊柳風前絮。失意歸來白髮紛，若蘭機上看迴文。碎金貯得奚囊滿，並向粧臺遺細君。寶鐙姓字真芳靚，雲香小篆紅膏暎。侍見警慧亦知書，選取芳名呼掃鏡。雲田周夫人，名照，字寶鐙；掃鏡，其婢也。江皋寂寂落花村，年去年來空閉門。斷帙零縑堆篋衍，依稀粉指舊時痕。粉痕墨漬俱銷蝕，故紙堆中誰拂拭？換向屠沽不直錢，攜來婦駔無人識。南紀門前曉趁墟，般般骨董列中衢。王郎買歸嘆奇絕，似獲鮫宮百琲珠。我謂王郎好持護，莫教更惹羽陵蠹。風流裙屐想諸公，百年壇坫誰追步？江天雲樹兩茫茫，蕩子何人不憶鄉？一曲滄浪斜日外，與君更訪菜根堂。雲田有《菜根堂》詩。

彭念堂攜具招同吳鶴關、汪心來、胡牧亭集王櫟門寓齋，即送余與心來登舟歸新安

已買江邊舟，更就林下酌。不暇理囊襆，且與戀杯杓。撫哀俱懷辛，執手强爲樂。入門衣解絺，據

牀帽脱簪。縱飲揮叵羅，爭啖拆不托。藏鬮噪佯輸，射覆矜巧著。筆爲促書忙，扇因愛畫攫。憨如升木猱，狂似跳枝鵲。笛聲江上來，帆影樽前落。半醉忽無言，滿座銷魂各。自我來漢皋，行蹤悔鑄錯。琴空入市捶，盃枉沿門拓。不逢郎官觴，難招仙人鶴。芳草沌陽城，絲柳武昌郭。歸夢繞烟波，泛泛無終薄。諸公出群雄，意氣淩衡霍。屈宋擅宏辭，瑜亮韜偉略。把釣猶披裘，行歌空帶索。憔悴匿江潭，今古一丘貉。升沈波上桴，聚散風中蘀。慎勿多感傷，且與爲歡噱。新月翼際山，夜火晴川閣。長揖上扁舟，江氣澄寥廓。分襟衡岸烟，抵足聽津柝。安得石尤風，再訂來朝約。

聞吳荀叔弟客中悼亡寄慰

知爾天涯客，常拋淚幾行。鄉心牽愛女，旅夢到空牀。拙宦難偕老，文人善悼亡。二毛已侵鬢，慎莫更神傷。

死友歌爲沈蘆山作

蘆山名泰，江陰人，客於楚，楚商周沂塘待之善。兩人俱能詩，好交遊，與往來諸名士相唱和無虛日。後沂塘以避債遠去，蘆山無所歸，遂雉經於舊館。同人哀之，索余爲作死友歌。

我言君不聽，君行我不知，我今失君將何之？前日爲生離，今日爲死別，我死不得與君訣。君行在何處？我死在君家。羈魂飄蕩無所住，隨君旅夢天之涯。君今但去無所惜，乾坤到處堪爲客。泉下休悲羊角哀，人間定有孫賓碩。

樊口

擊汰過樊口，遙望西陽城。宿雨岸草濕，朝日林烟明。舟中客未起，壠上人已耕。去樹看漸失，來山徐爲迎。風恬曉色靜，潮迴川光平。眠坐各自適，盥餐隨所營。促膝得良友，談笑紛縱横。

釣臺

退谷不可遊，殊亭不可上。小回復大回，估帆自來往。釣臺峙中流，高閣架虚敞。我今鼓楫過，江面平如掌。群鷗聚淺沙，叢荻生碎響。江山入盛夏，草木森莽蒼。開舲縱遐矚，郎此多勝賞。

小孤山

急櫂赴中流，鱗紋生水面。斜陽燭層波，光搖兩目眩。金碧紛陸離，魚龍乍隱現。烟鬟看漸真，秀影沐澄練。落霞山腰明，迴潮寺門濺。鐘聲隨波去，月色轉帆見。小姑愛晚粧，薄嵐添翠鈿。

攔江磯

一抹皖公山，數峰青未了。連岡不肯休，蜿蜒走天表。奔流匯眾川，江勢增浩渺。奇石怒欲渡，中流恣夭矯。榜人操舟熟，與波爲繚繞。輕身出其罅，迅疾如飛鳥。回首浪拍天，幾點烟螺小。

大通鎮

舍我江中舟，逝將陟前岡。新漲失故道，欲濟川無梁。湖濱盪一葉，涼風吹衣裳。叢茭聚暝色，繁星涵虛光。空外見積水，露中聞暗香。村墟雞已鳴，前津問青陽。秋浦渺何處，九峰空蒼蒼。

箬嶺

箬嶺雖云高，坦迤好登陟。征夫貪曉行，月落石徑黑。風聲約空林，露氣籠倦翼。銜烟投前村，衣袖辨曉色。峩峩天都峰，依依隨我側。高下幻陰晴，俯仰盪胸臆。徘徊不忍去，我僕且休息。

哭周橫山六首

人生苦局促，百憂難具陳。終日纏坎壈，大患在有身。君今棲旦宅，解弢返其真。飢寒幸已免，富貴如浮雲。所悲欝奇氣，志業無由伸。蒿里斂魂魄，賢愚寧復論。

古人重結交，山陽傳死友。自我與君別，歲月亦已久。單舸浮大江，落日悲風吼。客子野踟躕，孑立竟誰偶。朱鳥倘歸來，寒烟望渡口。

伍胥逐靈潮，伯牙操水仙。聞子涉江流，出門不復還。篙師坐船頭，舵師踞危舷。瞪目竟長逝，寒濤鳴濺濺。斂形在荒野，一棺殯江邊。至今淺土中，幽宮狐穴穿。

曲徑傍城闉，深巷尋陋室。荊扉晝不開，積蘚封屈戌。寡妻既大歸，稚女亦繼卒。春風吹蘆簾，雀鼠亂殘帙。君有三尺琴，清聲美無匹。愛之等良朋，時時寘在膝。哀哉復何言，人去物亦失。我欲招君魂，魂歸安可詰？

前年客茲土，芳草正萋萋。斗酒相宴會，日日醉如泥。三年易星霜，蓬飛各東西。舊歡如晨星，所至增慘悽。嗟我天涯客，傍徨無定棲。叩門持拙言，他鄉安可稽。逝將歸故里，長守藿與藜。

赭山欝層陰，荻港喧洪濤。哭君走湖陰，君定聞長號。矯矯孤飛鴻，哀鳴求其曹。麋鹿在中野，獨行難自豪。白日浸以馳，吾生空煩勞。

蔡梵珠用余舊作贈吴⿰糹共芎韻枉題拙集，兼索疊韻題其所藏⿱艹秇圃圖

七尺苦三彭，萬事幻五酉。鼎鼎百年內，野馬浮窗牖。余本幽憂人，孤憤自欝糾。地欲窮大荒，天難覓小有。歲暮孰華予，在斯乃有某。半面猶未識，一腔早屢剖。去冬梵珠與余未識面即填詞投贈。咄哉險巇世，黄牛與白狗。舉足逢迷陽，跬步矗層阜。江湖感寥落，客淚灑清瀏。倚閭勞衰親，持家仗病婦。終歲滯異縣，一經荒書藪。春絮雨後沾，秋葉風中走。隻身尚贅疣，千言總駢拇。詎意華髮年，得茲素心友。跡雖隔參商，氣已聯牛斗。今春忽相聚，漫郎與聱叟。狂脱風前帽，滿酌花下酒。兩心各倀倀，片語通扣扣。夔龍昂碧霄，不共蛇鱓蟉。松柏干青雲，不隨棫樸櫄。暫爲雞伏雌，肯效雉求牡。君曰是不然，凡猥吾所狃。自信無機心，小試不龜手。隙地闢百弓，方塘浚半畝。閒趣玩之丁，頗足蚓與蚪。護門編枳籬，掃徑縛苕帚。園橘似垂金，丘李可貽玖。春釀注瓦盆，霜秫舂石臼。匿影學灌園，歲月亦已久。篋中一匹絹，光澤瑩且厚。乘興召畫師，大筆運妙肘。微渲山數棱，更添屋半蔀。荊關庶可師，倪黄或堪偶。夭斜染疎花，皺瘦皴小嶁。枯桐已生孫，新竹方妒母。菘韭分春秋，穜稑辨先後。瑣碎入圖畫，不減孟家口。以茲尤賞心，常置几案右。僕也聞斯言，撫掌欻狂吼。自我聞君名，勞心懷人懰。學圃吾所愿，管華可偕否？陸葱斷一寸，庾膎列三九。捽如守山雌，窮居安足忸。鄙人無遠志，自顧甚卑鯫。憶昔束髮時，經鋤甘墨守。書圃自灌溉，詩囿頻躪蹂。饑寒乃作客，有如索塗瞍。棲息寄人檐，動作衹自杻。何由避頭責，安敢誚腹負？欲碎子昂琴，恐入君廓笱。智原遜守瓶，文衹堪

覆瓿。逝將歸吾廬，休更逐人趣。屋塗隱士泥，門種先生柳。詎借叢樹神，甘匿忖留醜。酣醉任翻盂，高歌且擊缶。縱觀區蓋間，橫目而圓首。鼓刀丹書師，泣釁白水舅。總總蟻趨羶，狺狺獒吠嗾。何如荷一鍤，長作沮溺耦。披圖意也消，海雲來片黝。

汶上放舟

汶上風光好，揚帆日已晡。蟬聲村樹密，山影戍樓孤。曲岸雙分水，平田萬頃湖。順流東下易，回首暮雲紆。

癸酉杪冬至都，吳杉亭、王穀原、褚鶮侶、錢辛楣四舍人，謝金圃庶常，李笠雲明經醵飲爲軟脚會，即席同賦八首

風漲斜街堀堁塵，寓廬尋訪定無因。如何纔把驃韁卸，便見經年夢裏人。

歌罷黃壚念已灰，支離誰顧道旁材。只因愛畫旗亭壁，風雪長安又早來。

促膝松盆盡夜懽，雞纖魚鮓各堆盤。吳儂自愛江鄉味，不用烹羊羨大官。

兑酒休辭費十千，知君壓歲有餐錢。酣歌可憶深秋夜，明月虛堂曲尺眠。

杯中樂聖雖輸爾，座上狂言定讓儂。不聽公明通夕話，三升辜卻玉蛆濃。

獨澆殘醑酹長恩，詩卷投人未易溫。泥炕紙窗堪穩臥，顛當從此不開門。
征衣無襻帢無顔，卽次初安便擬還。卻怪三年薇省夜，青縑被裏夢魂閒。
玉蟾蜍水和丹砂，濃點新詩勝綺霞。强韻壓成寒夜半，銅盤剔盡蠟燈花。

除夜放歌

玉兔之窟金烏輪，兩丸跳躍暮復晨。高高日月定自愛，奈何浪擲勞歌人。春過匡廬冬泰岱，征衣垢漬如重鎧。賣文餬口益苦飢，負米養親誰肯貸。鳳城爆竹聲震瓦，獨坐虚窗淚盈把。東家郎君乘駿馬，朝回綵衣拜堂下。

秋日送吴杉亭舍人歸里，次王穀原韻八首

兩岸枯荷獵獵風，歸帆遙趁夕陽紅。年年蹤跡輕離別，空作天涯踏雪鴻。
高歌燕市未經年，又上灤河禿尾船。獨客歸家無長物，奚囊贏得《帝京篇》。
濯足雲溪晝掩扉，閒看嶺上白雲歸。棕鞵桐帽朝嵐濕，柳汁何須更染衣。
歸去休歌《行路難》，且從田客共園官。秋花一片明如錦，底事垂鞭馬上看。
休言衆裏自嫌身，世事由來總積薪。但使名山多著述，清時原不負才人。

數間茅屋枕溪南，嬌女童兒戲篠驂。一樹枇杷花未落，驌裘尚可博朝酣。省薇夜直一樽孤，應對《離騷》嘆左徒。獨擁青縑秋夢冷，牆根竹葉到家無？黄篾孤篷閉小窗，匆匆分手上秋艭。相思轉眼梅花發，索笑猶疑對影雙。

舟中漫興二首

扁舟容與溯輕波，兩岸絲楊瞥眼過。山鷓聲中斜日暝，水葓花外晚風多。正愁無地沽村酒，恰有閒錢買野荷。矯首家山看漸近，篷窗企脚一高歌。

空明一棹自洄沿，極目雲山思渺然。平野風來紅蓼岸，晚涼雨過碧雲天。輕舟下水仍千里，獨客思家又一年。何日編茅成小隱，卜居常傍汶陽田。

寶應别叔父

衣有積垢囊無錢，身如倦翮空言還。我生半世占蹇連，中流欲渡復不前。小港流水鳴濺濺，大河惡浪沖倒船。幾夜水宿難穩便，今朝下閘纔安舷。孤城一水環數廛，千檣仰視蒼旻穿。叔兮胡爲久羈牽，茭岸一決難暫延。山禽入籔猶思騫，速去莫待繞朝鞭。匆匆沙上語未全，掉柁獨返空艙眠。吁嗟筆耒非良田，江關蕭瑟老歲年，天涯分手真茫然。

雪中望甓社湖，寄懷沈沃田

文游臺畔寒猋馳，八寶城上堆玻璃。峭帆側澁不肯進，篙師縮項如蹲鴟。滕六巽二太狡獪，空中糝玉精瓊糜。東村西舍失徑遂，遠洲近渚迷尻脽。斷港橫亘鉢塞莫，高岸倒挂靈姑銔。枯松老柳足醜怪，一一大面遮蒙倛。孤篷咫尺那可辨，漁人舟子相驚疑。我時撊眼揩昏眵，忍寒竚立忘朝飢。天遣勝景供詩料，對此安可無好詞。獨惜良友不共載，灞橋奇思難遠貽。寒窗此際定呵凍，牛心割炙蘁深巵。長鬈蒙茸短袖禿，丹鉛不惜兩手胝。他鄉旅夢愁欲絕，何如歸去炊扊扅。歌成漁火逗暝色，珠光高下明雲涯。

甲戌仲冬送吳文木先生旅櫬於揚州城外登舟歸金陵

寒霜棲城闉，白日照江湄。送君登孤舟，千載從此辭。布帆乘風張，一峴驚驃馳。三號不可見，我行將安之？自我來蕪城，旅舍恒苦飢。客中遇所親，歡若龍蹙跜。我居徐寧門，君隣后土祠。昕夕相過從，風雨無愆期。峩峩瓊花臺，鬱鬱冬青枝。與君攀寒條，淚下如連絲。憤來揎短袂，作達靡不爲。金屋戲新婦，（吳一山納妾，招同飲。）碧覯尋𩮜緇。（石莊上人寓碧天觀，屢同訪之。）飽啖『肉笑靨』，酣引『玉練槌』。櫝坊與茶閣，到處隨狂嬉。蔌蔌賈人子，廣廈擁厚貲。牢盆牟國利，質庫朘民脂。高樓明月中，笙歌如沸糜。誰識王明歇，齋鐘愧闍黎。嗟哉末俗頹，滿眼魍魎魑。執手渺萬里，對面森九嶷。丈夫抱經術，進退觸藩羝。於世既不用，窮餓乃其宜。何堪伍群小，顛倒肆詆欺！先生豁達人，餔糟而啜醨。小事聊糊塗，大度乃滑稽。安所庸芥蔕，且可食蛤蜊。逝將買扁舟，卒歲歸茅茨。梅花映南榮，曝背樂無涯。小子聞斯言，背面揮涕洟。未見理歸裝，已愁臨路歧。誰知近死別，乃與悲生離。孟冬晦前夕，寒風入我帷。獨客臥禪關，昏燈對牟尼。忽聞叩門聲，奔馳且驚疑。中衢積寒冰，怒芒明參旗。踉蹌至君前，瞪目無一詞。左右爲余言，頃刻事太奇：今晨飽朝餐，雄談盡解頤。乘暮謁客歸，呼尊釂一巵。薄醉遂高眠，自解衫與綦。安枕未終食，痰壅如流澌。圭匕不及投，撒手在片時。幼子哭牀頭，痛若遭鞭笞。作書與兩兄，血淚紛淋漓。仲兄其速來，待汝視楄杝。伯兄聞赴奔，何日發京師？擗踊如壞牆，見者爲酸嘶。燕也骨肉親，能不摧肝脾！憶昔丱髻年，殘燭同裁詩。每言雛鳳聲，定不儕伏雌。歲月何飄忽，逝景不可追。蹭蹬一無成，干時鈍如鎚。負米無長策，高堂艱晨炊。四海誠茫茫，舉足皆隇陝。奔走困飢寒，慚彼壹宿雖。羡君解弢衷，萬事擲若遺。著書壽千秋，豈在骨與肌？江山孫伯符，風月郗僧施。生平愛秦淮，吟魂應戀茲。一笑看凌雲，橫江天四垂。

讀戴遂堂先生與錢香樹司寇、盧雅雨都轉平山堂登高之作，次韻二首

知君湖上棹，乘興到宵分。都轉能留客，秋官最好文。窗延過嶺月，杯引隔江雲。高會繁華地，簫聲散曉氛。

昔年攜醉墨，吟眺入山堂。野艇寒流白，高城落日黄。不辭雙屐滑，愛對萬松蒼。此日賡佳句，幽懷自渺茫。

次韻賀方竹樓移居

局室新開小有天，知君滿腹貯靈川。階前細草紛紆帶，簾外甘蕉自捲牋。近寺塔鈴宵替戾，隔江山翠曉芊眠。結廬底用喧車馬，不向人間覓貨泉。

陳公塘

帶子陂前繫晚舟，陳公塘上野花秋。半生湖海飄零客，何日高眠百尺樓。

過萬松亭别寰宗上人墓

霜風十里揚州路，獨客茫茫慘將去。一笑誰爲依戀人，銷魂只有高僧墓。前年折柳于湖陰，捩舵開頭淚滿襟。今年載酒蜀岡道，荒山斷碣生秋草。湖海飄零年復年，尋思身世總茫然。紅燈淥酒歡如昨，僂指前因悟幻緣。平山堂上寒雲晚，歐九風流應未遠。吟鞭他日更重過，東風吹恨留空檻。

白田

白田春港帶流澌，罾步人家水一涯。漠漠寒烟飛碧鸛，野塘風定日斜時。

椶亭詩鈔卷之六

丹陽曉發

雲陽古驛抱回溪，渡口人家草樹低。苦盼柳堤青意早，欣看麥壠翠痕齊。奔牛埭古岡連接，攧鴰風高日慘悽。欲問蘭陵沽酒處，烟村已報伺潮雞。

丹陽舟中

山色湖光暮復朝，雲陽回首驛程遥。曲阿酒熟添鄉夢，直瀆舟輕趁落潮。水面野鳧空泛泛，風前新柳自條條。一聲腸斷津亭笛，獨客江天正不聊。

舟中曉起

今朝許我懶，既醒還自眠。輕舟不覺動，吾心方宴然。舵樓聞曉炊，唤起更遷延。忽聞好鳥聲，愛茲初霽天。物性貴自適，造化無私偏。偶卻外累擾，便得靜者便。但愁繫纜後，復來塵事牽。

過吳竹嶼書齋

山塘碧漲水初肥，柳下停舟一欵扉。臥榻不離栽竹逕，行窩只傍釣魚磯〔一〕。一簾疎雨客何處，滿地落花春自歸。〔二〕從此吟魂應識路，他時還夢到書幃。

【校記】

〔一〕「臥榻」二句，王昶《蒲褐山房詩話》引作「臥榻不離栽竹徑，天涯人亦減腰圍」。題作《過吳門訪述庵不值寄詩》。

〔二〕「一簾」二句，林昌彝《射鷹樓詩話》收錄，並云：「『半簾疎雨客何處，滿地落花春欲歸』，此全椒金棕亭學正兆燕句也，乾隆三十一年進士。風雅可誦，著有《棕亭詩鈔》，集中遊黄山諸作多奇崛。生平不耐靜坐，愛跳躍，多言笑，時人目爲喜鵲。」（林昌彝著，王振遠、林虞生標點《射鷹樓詩話》卷二十三，上海古籍出版社一九八八年版，第五五八頁）又丘煒萲《五百石洞天揮塵》卷十二收此聯，亦同林錄（清光緒二十五年閩漳丘氏廣州觀天演齋刻本）。

寓館口占

孤館無人伴寂寥，淒清景物自相料。蕉移壞砌心常卷〔一〕，竹傍頽垣粉欲銷。夢裏還家仍不易，天涯作達總無聊。潮雲海日原空闊，籠鳥何由薄絳霄。

【校記】

〔一〕『卷』，底本脱，據道光甲辰本補。

奔牛懷古

奔牛古埭枕平湖，回首雲陽客思紆。獨樹鳥啼春晝永，危舷帆轉夕陽孤。半生書劍悲歧路，千里江山想霸圖。太息前軍韲葛饋，不堪重召後樓都。

次韶題尹望山宫保、錢香樹司寇吴門倡和詩後

五花賓館對芳洲，七里山塘足勝遊。南國冠裳尊二老，西園翰墨著千秋。連鑣共逞追風驥，學步真慚喘月牛。鐘呂不嫌竽管並，好排吟席待華騮。二公俱將由揚入都。

秋雨

秋雨聲何碎，淒清到夜闌。離人不能寐，虚閣坐長嘆。落葉微軀賤，孤鴻遠夢寒。相思千里路，雲

水正漫漫。

石臼湖

石臼湖邊春草青，風吹急雨晝冥冥。墓田常傍詩人宅，千載高風憶阮亭。

擊絮女子歌

脉脉江天如覆甕，孤舟回首蘆碕夢。一劍空隨國士身，傷心日月昭昭送。溧陽女兒顏如花，春風顧影江之涯。英雄奇氣不可匿，當前翠黛生咨嗟。妾心明如波，妾身輕如絮。壺簞飽啗休回顧，吹簫好向前途去。

放歌呈鄭丈竹泉

孤篷企脚吴天曉，吴城花柳弄晴昊。客子身如不繫舟，攬衣且上虎丘道。前年分手霜風寒，今年握手春已闌。人生聚散偶然事，所悲身世多辛酸。男兒骯髒困書史，飄蓬千里復萬里。獨向江湖老歲年，肯從簪笏求知己。憶昔揚州月滿堂，褠衣丸髻趨君旁。冷灰殘燭一朝别，裁詩誰更憐冬郎。鏡裏塵顔暗中改，彈指光陰二十載。難將鼓瑟投時好，便欲碎琴更誰待。十笏蕭齋碧蘚滋，論心深夜勸深卮。一篇庾信傷心賦，五字韋郎憶舊詩。天上浮雲白衣狗，人生轗軻靡不有。杏花落盡山桃紅，東風送暖誰先後？姑蘇臺上春草多，姑蘇臺下春水波。相看且盡杯中物，莫聽吳娘暮雨歌。

題陳彭年梅溪獨釣圖

碧溪倒浸天滄浪，春風漠漠吹古香。中有人兮何清狂，獨操短艇朝鳴榔。釣絲百尺當空颺，落花飛絮相傍偟。嚴氏之裘姜氏璜，俯仰千古誰沉揚。志不在魚機盡忘，何爲策策復堂堂？我今千里浮孤航，披蓑偶駐烟波鄉。松陵漁具補未遑，對君空羨清淵旁。誰歟粉本師倪黄，寘君丘壑真徜徉。何時笭箵同攜將，與君相結爲漫郎。

謁文衡山祠

待詔祠堂在，春風野日曛。新碑瞻睿藻，恭讀御制題像詩石刻。別館憶停雲。妙翰真堪寶，高風孰與群？紅欄餘故里，惆悵想夫君。

姑蘇春暮

七里山塘咽管絃，金閶門外冶遊船。圃花平疊黄絲布，津樹横拖紫玉烟。高士廡前空石臼，美人市上少金錢。間關我亦懷鄉客，叢橘荒庭拜水仙。

書隨清娱墓銘後

獨挈蛾眉伴客身，崆峒涿鹿老關津。如何不立家姬傳，翻寫當壚賣酒人。

呈沈少宗伯歸愚先生

威鳳集高岡，孔翠群相隨。燭龍耀廣埏，螢蚈亦乘時。鄙人幼檮昧，僻處荒江湄。世事靡所營，寢食耽聲詩。所苦冥擿埴，索塗罔所之。閲肆獲異書，朗然如列眉。僞體既别裁，夷路乃鮮歧。賴此波若眼，奉爲桐子師。涵泳二十年，稍稍窺其涯。每欲就鵠槷，庶爲裁華離。我朝盛文治，應運生龍夔。經術潤鴻業，文字結主知。秩宗禮樂明，海内停澆漓。具區納衆川，萬頃堆玻璃。怒濤激胥口，木瀆爲障陂。歸來一畝宫，山光映連簃。耆英會緑野，俊髦羅緇帷。據案事丹鉛，老眼無昏眵。搜採遍幽隱，持擇屏阿私。閒氣心未公，仲武真堪嗤。峩峩滄浪亭，綠柳環清池。講臺對百花，四面春風披。紫陽書院在滄浪亭左，先生講學其中。遊子聞雒誦，舊學懼不治。曲木過匠門，繩墨安所施。嗟余憒悢人，風塵厭奔馳。三度客京華，征衣塵屢緇。槐柳何森然，未敢肩相差。豈惟惜娉婷，實難儕喔咿。公爲斯道宗，風雅賴總持。非徒望吹瑩，將以求鉥摫。撫劍懷薛燭，調絃思鍾期。束帶感昔人，三嘆成此辭。

訪曹來殷不值，留題壁上

寶髻頭陀怪且迂，舉瞠白眼排千夫。王禮堂編修自號寶髻頭陀。長安風雪共短炕，爲我獨言曹潤奴。來殷小字。禁城鐘動不肯寐，篋中檢取明光珠。擲卷睨我欻大叫，海內曾見此人無？僕也讀之神飛越，茅柴市酒傾百壺。逐日真悔夸父妄，爲雲便欲東野俱。今年扁舟下東吳，兼旬積雨春已徂。靈巖光福不暇問，著屐獨訪城南隅。吾生萬事總蹭蹬，五角六張無好圖。雲山千里結夢寐，偏於交臂失卬須。春風庭戶窺簾罅，筆牀書槴清雙壚。虎丘鶴澗足酣暢，文讌何處日已晡。江頭風便明當發，何時握手申煩紆？欹斜枯墨留粉壁，籠燈夜照應盧胡。

放歌行贈朱適庭

麋城花豔豔，雞陂草青青。靈胥遺響既寂寞，衆毳之言不可聽。何人高擊回飆鼓，明月秋潭歌樂府。歌罷梧宫一葉飛，金精夜躍劍池虎。破楚門前春雨聲，上津橋下春水生。幽人小室戸獨揵，半規斜月山塘明。山塘兩岸木蘭舟，一片笙歌罨畫樓。君獨胡爲空坐愁，長吟抱膝無時休。敞簾櫳，開高閣，毘陵美酒舒州杓，勸君莫作十日惡。君不見，昨日花開今日落。用適庭句，適庭尤工樂府，所著有《秋潭詩集》。

避雨入周小頑家

交遊信有道，翰墨亦有緣。今朝遇雨吉，乃獲友大賢。入室無近玩，披帷多古編。嗜好耽寂寞，道心庶克堅。余本澹蕩人，所苦塵事牽。安得考金石，與君忘歲年。

大金統制軍符歌

吴門周逸，樽號小頑，好金石之學，藏弆甚多，大金統制軍符，其所贈也。

故人贈我一寸銅，上鋭下弇制作工。模糊一字認屋角，淒然大漠含悲風。完顔往事總陳跡，斡離粘罕皆沙蟲。竹魚銅虎詎足比，徒勞什襲重緹封。遙想當時佩符者，吹唇戟手陰山下。氣折曲端原上旗，威驅趙構江邊馬。祇今零落委風塵，土花鉎鏽荒江濱。南遷北狩感遺史，使我對之空愴神。我本稅侯忠孝族，漢廷賜姓追芳躅。貂蟬豈有醴陵祥，金石惟耽東武録。漁陽上谷空遊遨，歸列檀梨教六韜。朱彝印入《中州集》，盡日摩挲慰寂寥。

唐金仙公主墓券歌

唐家貴主多騎恣，翟車寶輦紛如織。金闕朝傳墨敕封，璇閨夜擁真珠被。晶牀銀臼逞豪奢，玉帶紫袍縱兒戲。光豔能令四海傾，權津直使三公避。三洞金仙好穆清，修真姊妹伴持盈。玉真公主字持盈，與金仙同入道。瑤臺貝闕連天起，玉柱銀房向日明。高甍列牖紛嵯峨，國奢邑丞營構妥。神枕應羞賜辯機，仙緣詎肯偕張果。一朝解蜕早離塵，練飭形骸歸上真。絳河顔色雖凋替，猶勝烏孫塞外春。珠襦玉匣祈寧帖，爲向媼神投券牒。千秋奇字寫驢脣，百尺高阡封馬鬣。崇元聲勢段謙狂，方士浮屠俱往劫。龍門鄉界壞沙崩，券文云：『三洞女官金仙公主今於龍門鄉安官立室。』斷甓零磚出野塍。香骨烟銷何處所，精光千載想霞升。片石摩挲休淚漬，玉魚金椀難終秘。昭陵石馬臥秋風，蘭亭何苦埋荒嵴。

寄方集三東萊兄弟

十載山中戀薜蘿，君家兄弟最情多。擘牋幾度吟紅藥，分手無端隔絳河。路口花光應似昔，雲門峰影近如何？小園苔徑休輕掃，留與羈魂夢裏過。

懷吳棋芍

千里關山泣路歧，風塵愁鬢漸如絲。袂分京國歸何速，書寄揚州答已遲。明月何時還共照，春風無處不相思。欲知獨客銷魂地，流水殘陽伍相祠。

別陳郊在

幾載關山夢裏尋，天涯相見淚難禁。知君甘失塞翁馬，顧我獨鳴昭氏琴。別路烟波空極目，殘春花鳥總傷心。津亭夜月誰家笛，來伴孤舟越客吟。

苦雨次陳彭年韻

閒身彌勒可同龕，客裏殘春月又三。壁鼠黠驚千里夢，窓雞癡作五更談。枕前風急花應了，簾外雲低雨尚含。曦景中天無止轡，如何難見似優曇。

同費野恬學博、鄭竹泉丈飲朱遂佺蝶夢齋中，分韻得蝶字

敝衣殘帙已歸篋，爲君暫緩烟中艓。主人侵晨開竹扉，速客不待曦暉曄。曲徑乍看烟草齊，小池已見紫萍貼。百弓隙地六枳籬，恰容我輩壺觴接。階前煮茗支瓦鐺，案上添香炙銀葉。戟手頗能作讕語，聱牙偏奈讀古帖。縱酒何辭覆斗頻，催詩不畏扣槃捷。僕也天涯骯髒人，憮劍空自歌長鋏。偶見紀群便締交，從此名園堪日涉。可惜匆匆旋判袂，人生安得如鶼鰈。今日清歌容我狂，明朝濁酒從誰獵？撩衣乘醉舞甘蔗，揎袖當風捉榆莢。雙童匿笑畫屏前，飛來何處驚蝴蝶。

登舟瀕發，吴企晉遣人持札賫贐爲别，且以所著古香堂詩集囑訂。余與企晉蓋初識面也，傾倒之意一至於此，孤篷獨酌，感賦短歌

昨日月朓今日朒，見子何遲别何速。論心已許夔憐蚿，執手還如麏遇鹿。小雞山色斜陽明，獨客乘舟將欲行。津亭走札送我别，繾綣未有如君情。上言前路應蕭索，一握朱提充我槖。下言文章須解人，一卷明珠爲我陳。僕也江湖遍遊歷，對此那能不心激？丈夫四海求友朋，知己如君未易覓。篋中有書囊有錢，今夕何夕喜欲顛。解緡且兑前村酒，爛醉高歌企脚眠。

滬瀆舟中

帆轉婁江野岸昏，榜歌聲裏暮潮喧。春風客過黄姑廟，暮雨人歸烏夜村。鰕菜何時堪駐足，鶯花到處總銷魂。玉山一角青如黛，莫向征衫染淚痕。

馬鞍山望太湖

咸池五車氣鬱蒸，沐日浴月歊炎騰。仙人乘蹻儼上昇，霞裳虹帶鋪朝繒。左神幽居林屋洞，蒼苔片石隔凡夢。靈鼇忽駕羽明車，縹緲峰頭攜手送。人世愁波安可極，北堂浮玉空相憶。二陸東西舊宅荒，天涯黄耳無消息。雲中何處雙飛翼，欲往從之渺難即。松花千歲毛公壇，斜陽一片傷心色。攬衣莫更上高巔，丈室香銷慧理禪。慧理禪師，馬鞍山慧聚寺開山僧。

拂石軒歌贈徐梅遜孝廉

先生東海之子孫，鳳毛麟角希世珍。讀書不屑治章句，下筆真堪邁等倫。老屋嵬然冠蓋里，高風千古三君子。馬驛交遊想鄭莊，龍門聲價懷元禮。問潮高館對新洋，繫艇來過綠野堂。粉蠹枯蟫看錦軸，泥殘舊燕認雕梁。曲徑蓬蒿自糾紛，平泉猶住李司勳。松廊不改西家潦，竹閣常留南浦雲。擎袂雲根頻徙倚，烏衣門巷清如水。草色依稀綬帶斑，苔痕想像袍花紫。梓澤蘭亭滿夕陽，故家喬木自蒼蒼。范氏硯存爲重寶，魏公笏在是甘棠。屈麾馬厩公孫庫，何限長安大道旁。

重過竹泉丈，邀同翁東如、陳彭年泛舟山塘即事得絶句十二首

盤門流水接胥門，夾岸人家曉市喧。小艇入城雙槳急，篷窗帶得野烟昏。
馬禪寺橋春水深，蕭齋重到聽春禽。木瓜花落簾櫳靜，時節堪驚過客心。
征船欲去復遲留，更作山塘竟日遊。招得兩三人共載，不須重喚木蘭舟。
唐肆開簾坐對花，藤陰笷笓自周遮。永甆小椀能娱客，蟹眼烹來顧渚茶。
一徑濃花晝掩關，清池迴抱曲闌干。不緣避雨投山寺，那得園亭共飽看。
東風習習雨絲絲，叉手循廊未覺疲。險韻聯成韓孟句，不知已過可中時。
繡纈差肩綺石隈，粉光釵焰共徘徊。春泥背剔鞵尖污，知向虎丘山下來。
急雨纔過便放晴，衝泥屐齒踏殘英。訪僧不必期相值，花木禪房信客行。
明月東風冷佩環，紅心春草自斑斑。行人盡弔真娘墓，更有傷心劉碧鬟。女鬼降乩，自云劉碧鬟，遺骸在平江來鶴樓下。掘地，果得白骨一具。吳中好事者擇真娘墓側葬之，子爲之銘。

臨流小閣碧窗虚，醉指遥天月一梳。但愛當壚眉樣好，不須滌器是相如。
沽酒何妨罄十千，傾囊猶賸買花錢。詩魂今夜應無賴，國色天香伴獨眠。
來逐朝霞去趁風，天涯作達也匆匆。不堪分手津亭畔，一點紗籠似夢中。

舟中雜興八首

新洋江畔晚霞明，豢鹿城邊解纜行。三尺篷窗兜被臥，聽殘兩岸子規聲。
織女空祠小水涯，玉峰寒日一輪斜。靈旗不捲春風靜，開遍門前鶯粟花。
千步長橋寶帶竇〔一〕，春波萬頃浸空明。不緣禁夜停孤棹，雙眼何由豁太清。
雙瞳剪水玉精神，鄉女娑留聽未真。艤棹試教歌小海，定須腸斷石心人。
文章絕代擅詞宗，千載韓歐許接蹤。遲日園林蕭瑟甚，微嵐一角賸堯峰。
碧浪黏天鶯脰湖，平波臺畔戲群鳧。愛他舉網銀魚賤，我欲浮家作釣徒。
滮湖流水接鴛湖，蟹簖魚簾界綠蒲。聽遍櫂歌烟雨外，風流不見小長蘆。
鏡面湖光熨貼平，柁樓高處晚霞生。微風不動輕帆輭，一葉中流自在行。

【校記】

〔一〕『竇』，疑涉上誤。按，此八首首句皆當押，韻爲平聲，疑當作『横』。

題王石壁烟雨樓詩後

微波學繡繞平樓，疑雨疑烟澹不收。杳靄雲嵐歸極浦，迷離城郭枕滄洲。遙青靜倚峰雙笏，澄碧初涵月一鉤。爲愛使君新句好，吟魂早作夢中遊。

語兒

兩岸濃桑竹戶扃，扁舟又過語兒涇。林間鶴起風聲亮，海上龍歸雨氣腥。古驛樹明於越界，斷橋帆轉女陽亭。吹簫誰識天涯客，目斷吳天暮靄青。

題石門王石壁明府勸農詩後四首

酒脯都籃滿翠畦，杏花深處看扶犁。耬車秧馬濃烟畔，野老歸來醉似泥。

柴辟亭前芳草多，輕舟欸乃掠烟過。使君下筆成豳雅，不唱吳兒舊榜歌。

籬根牆角倚村姑，兩鬢山花映玉膚。獨立桑陰斜日晚，何人脱帽問羅敷。

空黛沾衣碧浪圓，他鄉又過插秧天。杜陵老作諸侯客，何日歸家買薄田。

古詩二首

鄭旦偕夷光，炫服入吳宫。對鏡理新粧，灼灼如花紅。君恩豈有偏，妾容非不工。如何響屧廊，隨步難爲容。不如東家施，抱影空山中。

憔悴孤生桐，弦以寡女絲。一爲止息調，座客慘不怡。座客慘不怡，主人拂衣起。今日良晏會，此音胡爲爾？此音君勿疑，所稟不可移。安能狥外歡，易我中心悲？

臨平舟中二首

暝色烟光共一舟，臨平山下藕花秋。風前暗誦參寥句，欲立蜻蜓不自由。

龍井新芽認火前，宜與沙銚足烹煎。何時學得謙師手，來試安平第一泉。

松棚

巖棲谷隱白雲中，蒼翠高標孰與同？一自寄人檐宇下，坐看憔悴到西風。

送客

津亭送客處，落日亂峰高。不敢久延佇，恐君回首勞。

牧豎歎

牧豎牧豎，十十五五。夜臥牛衣，朝飲牛乳。吹笛踞牛背，不知牛辛苦。芻在深筐粟在庾，牛饑求食鞭牛股。牧豎牧豎，勿謂爾牛不能語，主人一逐無處所。

八月十九夜同安雨輔作

昨夜單衣露下立，當空皓月虛帷入。今夜披裌思裝綿，閉門愁聽秋風顛。秋風來，萬木頽，怒濤海上驚奔雷。狂飆怪雨相激射，千愁迸入離人杯。夜欲闌，風轉急，短檠寒穗昏虛壁，耿耿獨照悲秋客。

偶然

偶然執手便分攜，片語津亭日已西。恰似相思纔入夢，東風吹到五更雞。

秋氣

秋氣來何遽，蕭條萬籟鳴。疾風生巨壑，寒雨暗高城。短夢關河遠，長愁歲月更。破窓孤枕客，今夜若爲情。

龍潭曉發

荒雞驚起夢中身，匹馬衝寒夜問津。月照離宮光達曙，草依輦路氣先春。江流東下銀濤闊，山色南來翠靄新。獨有天涯憔悴客，年年席帽感蕭晨。

宿吳杉亭舍人新居，因懷從叔軒來在蜀

停我江東舟，訪君城北宅。深巷燈火稀，暝色誤行迹。門庭何修整，井竈亦緯𦌔。移家誠不易，羨君富奇策。君言萍居累，轉徙非求適。頻年滯旅宦，未暇謀煖席。明知非久棲，聊復置藩栅。少年同懷友，南北各行役。暫聚偶然事，終嘆千里隔。一室共笑言，此願恐虛積。我聞發長喟，停觴復岸幘。人生老離合，歲月真可惜。登君樓上牀，展我囊中簀。翦燈話未竟，鄰寺鐘聲迫。更憶錦官城，獨客哀猿夕。

歸里後晤韋葯仙

久向烟波狎老漁，荒村又問故山居。蓬根蹤跡都無據，槐國功名定子虛。尋菊尚堪寒雨後，看山且趁曉霜初。江東米價君休問，好辦空腸貯古書。

讀葯仙遊歷諸作，即用其稿中唱和韻題之

幾曲清歌喚奈何，知君歸夢繞烟蘿。燈前風雨鄉心劇，馬上雲山客淚多。孤枕獨聽天外雁，清輝

空對月中娥。江關我亦多愁句，試爲深宵寫擘窠。

余歸里數旬，即擬復出，葯仙取酒爲別，即席疊韻奉呈

持杯休問夜如何，十載家園冷薜蘿。鰕菜只憐鄉味好，川涂共訴客愁多。敲詩曲室依燈婢，說餅中廚問鼎娥。後夜相思孤棹迥，故山回首白雲窠。

早發途中作二首

曷旦無止號，伯勞無停飛。謀生在他鄉，來往有程期。朔雪積中衢，矯首望晨暉。入室何慘澹，陰風鳴檐扉。老父傷兒寒，背面涕暗揮。卒歲勿余念，首春當早歸。

驅馬上高坂，下馬復回顧。南岡何逶迤，歷歷白楊樹。嗟我慈親魂，蕭條此間住。淺土昌霜雪，況乃穿狐兔。蓄哀三十載，歲月如奔騖。空爲四海身，未下三尺墓。生子苟如此，不如委中路。

真州晚泊

揚子津頭片席開，白沙洲上客重來。荒陂夜火陳侯廟，廢壘寒雲魏帝臺。爐鞴空尋秋雨外，壺簞

誰餉暮潮隈。茫茫身世原多感，且盡孤篷濁酒杯。

程午橋太史以手注義山詩集見贈，賦此奉酬

江干初過竹醉晨，榴花已落桐花新。客子征途未及半，綠楊城外停孤輪。蜀岡隋苑不暇問，渡筏急訪太史津。故人薦剡多膹語，名僧接引疑前因。謝客偶示維摩疾，傳命已沾公瑾醇。霄漢眘宇悵隔面，名山著述驚等身。瑤編先獲百朋錫，玉溪頓傳千載神。荒唐雲雨歸大雅，細瑣鶯蝶搜奇珍。濃膏膩馥乍擺脱，西昆面目存其真。張劉空傳有善本，毛鄭今始稱功臣。客窓剪燭恣尋玩，中夜拊几長吁呻。才傑自昔多坎壈，身名俱泰曾幾人？開成進士真詄蕩，三十六體何彬彬。槖筆乃同巢幕燕，年年奔走蜀與秦。太牢群小競排笮，扼抑困頓無時伸。卮言讕語當歌哭，嗚咽幽怨秋復春。晉儒不識嘲獺祭，紛紛撏撦工效顰。譬如童蒙拾香草，翻以靡豔冤靈均。吁嗟直至千載後，始克磢垢湔凡塵。九原幽魄感應泣，知己寧復誇杜倫。燕也湖海骯髒士，天涯漂泊如流蘋。白老繡綳敢侈礱，青衣錦瑟同酸辛。狂朋怪侶日徵逐，左挈成式右庭筠。《西溪》短什肯屬和，《樊南甲集》請具陳。令狐一語定不惜，灼痕喉嚱休狺狺。

寄贈汪陶村

逝波無回流，傾義不再中。人生一相別，曠若秋原蓬。昔我侶君子，乘風溯大江。暝宿潯陽岸，朝望九子峰。千里同跋涉，意氣何昂雄。朅來異川涂，隻影不復雙。豈無瑶華音，天外託飛鴻？關河阻且長，何以慰幽衷。永昔有誓言，相期無終窮。

喜晤戴遂堂先生時先生自真州來浙展墓

前年分手真州路，秋風一葉横江渡。今年攜手杭州城，春雨千家布穀聲。海天雲白江潮下，獨立蒼茫看四野。天涯逆旅又逢君，憐才未有如君者。棠梨花發野烟飛，知是龐公上冢歸。我有墓田千里外，年年寒食淚沾衣。

管氏壽蒲詩有序

揚州管應夫先生厚德濟人，至老不倦。晚年於石上種菖蒲一本，養之盆盎中。數十年後，先生之子幼孚六兄年已知命，而此草猝綿鬱茂，不異昔時。幼孚爲余言，童丱時親見先人命小奚奴蓺此草，相與摶土劇戲。今兩鬢斑斑，而水中之石、石上之草，相對如閱朝暮，捧手澤，感歲時不自知，其畫然瞿然也。兆燕與幼孚交既久，時得借玩此草，習聞其言，竊念昔人於魏氏之笏、范氏之硯，每侈談之，孰若此草之植仙根，滋靈液，含真抱樸，不蔓不支，清白之傳，世世勿替也哉！因次張茂先《勵志詩》韻，作四言九章，用述先生之德，兼以爲幼孚私祝云爾。

蔦來於柯，隰有龍游。異此仙卉，居惟水周。既專一壑，不計幾秋。夫惟碩德，有此飆流。

榼以檀殫，橘緣枳化。蘭槐漸滫，坐見萎謝。矢潔懷清，慎履脂夜。庭誥在昔，勒之丙舍。

人亦有言，福輕如羽。鑒惟自瑩，燭豈誤舉。苟不棄基，必克修緒。卷石幽叢，遺我良矩。

雖休勿休，雖逸勿逸。尺潦增川，寸膏繼日。南山石槨，鍵以絜漆。音沫名晻，終朽穢質。

有苞者竹，於彼中林。調我瑞律，飽我祥禽。惟此壽蒲，與爲同心。白石既研，幽巒滃深。

溫溫朝日，藹藹春雲。綠縟其色，紛斐其文。載沐載櫛，翦剔既勤。宗生於此，錫羨繁殷。

先生之風，既高且清。楚龔避世，蜀莊沉冥。守約處冲，拕欹持盈。有子繼之，玉質金聲。

翼肯詒徽，氣志既起。善積慶臻，自今以始。昌歜之嗜，茗柯之理。封殖孔嘉，欒社荀里。

鳳鳴歸昌，麟鳴歸仁。厚德所歸，斡運洪鈞。豐草既遂，家肥益新。式遵先志，以啟後人。

棕亭詩鈔卷之七

過文信國祠二首

信國祠堂異代新，江流常照悴容真。早符異夢無雙譽，不負巍科第一人。柴市忠魂猶貫斗，棘垣正氣肯隨塵？請看郝使談經地，空向東園付莽榛。

忍對盟編考誓書，坐看宗社已焚如。西臺哭後人何在，南海浮來計太疎。天地扁舟回不易，山陵遺骨恨難除。孤臣跋涉干戈裏，一片殘陽冷故墟。

寄程筠榭

聽罷樽前子夜歌，扁舟江上又清波。當風落葉微軀賤，入海群山遠勢多。老去詩篇渾散漫，別來情味漸消磨。菊屏霜後休輕拆，留與羈魂夢裏過。

遊新城汪園，步戴遂堂先生韻五首

主人緣愛客，載酒訪林岑。逸興同嵇呂，高懷友尚禽。城隅荒逕僻，江步晚雲深。暫作開籠翮，隨君豁素襟。

白沙村畔路，日脚下高原。山色青垂岸，江流碧到門。苔侵靈運屐，花滿辟疆園。並坐盤陀石，閒心試共論。

積水明如鏡，輕舟小似鞋。晴天彌曠野，遠勢接平厓。宿霧千林合，歸雲一鳥偕。川原堪極目，虛閣自開懷。

樓俯三江闊，堂開十畝寬。晚烟屯屋角，新月出林端。翠影修篁密，香風老桂寒。何時重到此，盡日倚雕闌。

扁舟帶暝色，隔岸遠相迎。魚鳥皆儔侶，山林足性情。荒唐過壯歲，偪仄嘆浮生。堪羨巖居叟，秋田已早畊。

寓淮安靈惠祠題壁

此余甲戌年八月之作，已忘之矣。丙子三月，晤寶應王少林，爲余誦之。

香冷金爐繡箔垂，真仙壇宇晚鐘遲。秋風又到枚生宅，神雨應過漂母祠。古月虛窗窺客夢，落花深殿護靈旗。征帆頻向天涯老，何日餐霞問紫芝？

聽沈江門彈秋江夜泊

湖海飄零客，聞弦感慨深。三秋鄉國夢，千里水雲心。月落魚龍寂，江空霧露沉。篷窗吾已慣，更爲觸幽襟。

聽彈滄海龍吟操

一鼓成連調，龍宮拂曙開。影潛丹壑底，聲入紫雲堆。風雨連天暗，波濤動地來。虛堂群籟寂，疑到小蓬萊。

聽沈江門彈塞上鴻

高樓鳴絕調，哀響忽紛紛。夢斷江南月，愁隨隴首雲。平沙千里遠，孤障九天分。目送休終曲，邊聲不可聞。

送吴梅查遊攝山，分韻得好字

九秋風日佳，送君事幽討。山程不問途，曲徑誤亦好。江干紛紅樹，巖洞滋仙草。攝山上杳冥，古雲自繚繞。中有六朝僧，獨伴松窠鳥。訪道般若臺，白石可休老。良覿不易得，莫任歸帆早。

寄沈江門

草草與君别，悠悠勞我心。霜風明月好，何處理瑶琴？

寄焦五斗

江風三日惡，海月一輪孤。自别公榮後，能傾五斗無？

五斗先生飲酒歌

一日鑿一竅，七日渾沌死。聖人彌縫使之淳，乃爲麯櫱葆生理。坐者爲尸卧者冢，惟有醉者神不毁。焦先生，瓜廬中，破窗五夜號西風。饑腸貯書千萬卷，陋室裁詩三五通。揚州花月苦腥穢，陶然獨醉遊鴻濛。祝屻復祝屻，往者何歌來何哭？安得糟丘遍築鐵圍山，與君同證米汁佛。

夢琴歌爲沈江門作

雲陰陰，風泠泠，江門沈子鳴瑤琴。瑤琴一曲鳴未歇，有人入夢通幽忱。幽忱未通不能語，寒江一夜驚風雨。古調休爲今人彈，古人已作今日土。古人今人何綿綿，出夢入夢愁無邊。莊舄哀吟竟何益，嵇康顧影真可憐。寡女之絲冰條紘，穿雲裂石上訴天。天高萬里不可到，蟣蝨之臣欲語已茫然。夢中生，琴中死，絶調誓不求知己，嘻吁乎哉江門子！

盧絳廟絳，字晉鄉

柱國功名逐逝波，空祠猶自對烟蘿。荒墟殘臘喧村社，頹壁斜陽倚斷戈。雪後山容添黯淡，春來江艦自嵬峩。玉真何處尋殘夢，衰草蒼茫固子坡。

盧雅雨都轉以亡友李嘯村遺集雕本寄賚，開緘卒讀，淒感交至，率題卷末，兼呈盧公四首

憐才千古屬知音，生死交情感最深。斷墨零縑初綴緝，殘膏賸馥未銷沉。高臺不爲求遺骨，異代何人識苦心。淒絕一編遥寄與，山陽笛裏倍沾襟。

湖陰樓閣對蟂磯，曾向天涯並翮飛。花發春山攜笠過，月明秋水叩舷歸。當年東野多深友，此日西華只敝衣。極目皖江寒浪闊，何時磨鏡問郊扉。

瓜洲城外水連天，剩有萍居屋數椽。樹影猶含虚幌月，詩魂疑傍隔江烟。三秋殘卷空螢火，千里歸心托杜鵑。遺宅故姬聞尚在，稗花風雨泣荒田。

短檠寒焰對行窩，三嘆終宵擁鼻哦。地下休悲埋玉早，人間應羨鑄金多。方干榮遇猶堪待，孔闓香名已不磨。何限隱居吟嘯客，一瓢身後付長波。

焦五斗移家

飯甕茶罌間酒瓢，更饒詩卷束牛腰。將車執杖兒兼婦，運水搬柴暮復朝。機杼舊鄰猶戀孟，湖山新館更名焦。瓜廬到處皆堪結，三詔知君未易招。

寄陳彭年

獨客推篷夜正午，廣陵城外聽春雨。歲月飄零感落花，關河憔悴傷枯樹。巢幕卑棲詎穩便，有恨難箋不語天。看雲每憶同心侶，對酒空歌《獨漉篇》。風塵混迹魚鹽市，涸轍難求升斗水。三春但有淚千行，千里忽傳書一紙。大雅如君真不群，棄繻到處識終軍。自許清才凌鄴下，共驚妍唱繼橫汾。倏然獨釣梅溪瀨，擁棹知君無可奈。索句不教楮墨閒，傳神知在烟霞外。堪笑陶家壁上梭，高齋三載不曾過。花前憶我詢無恙，夢裏思君喚奈何。山塘綠柳森如束，憶昔停橈劍池曲。但得終宵共尹班，何須抗跡儕�祿。紗籠紅燭夜遲遲，促膝頻催幼婦詞。酒態頓教鶯燕詫，吟情惟有鷺鷗知。幾年浪迹真成誤，誰許丙茵輕醉吐。石髓山中詎有緣，明河天上原無路。扁舟明發更吳吟，定許西窗話夜深。聽魚春水當軒綠，莫惜重弦石枕琴。

重宿秦淮水閣

笴笓依然映碧流，苔梯改徑上高樓。又看華屋飛新燕，空向沙汀憶故鷗。勝地似隨春夢到，好花難挽客襟留。一年一度秦淮水，笑我因人作遠遊。

過吴杉亭舍人宅時，杉亭將以憂歸

聞君前月報，灑血棄官歸。道遠奔難及，家貧養早違。春花迷舊徑，明月冷虚帷。方進身榮後，傷心獨寢闈。

丙子秋日，晤方竹樓於揚州僧舍，蒙以畫竹見惠，次日偕諸同社集譯經臺，案上有坡公集，因檢《上巳酒出遊詩》索余步韻題畫爲贈，走筆應之

大枝嘯風復嘯雨，小枝蓁雜迷空塢。鳳凰千仞勢欲下，飛鳶銜鼠敢余侮。參天入雲排直幹，寒梢頂上日卓午。不草不木超等倫，惟與詩人相爾汝。憶昔搖艇入新安，問政山頭萬竿舞。題字愛拭春籜乾，下酒不辭秋笋苦。一自江湖奔走勞，千叢寒玉誰爲主？空外秋聲感心肺，夢中素影想嫿嫵。何時入林得晏坐，一爲征衫洗塵土。二分月下忽遇君，爲我客窗寫家圃。展卷日日對此君，旅愁驅逐無處所。似有彈琴長嘯人，疑逢翠袖天寒女。挂向高堂碧欲流，懸當小閣青堪俯。禪榻茶烟裊未休，一片蒼涼和夢煮。竹樓竹樓君且休，請君輟筆聽我語：嘉植由來産異岑，奇葩斷不生頹宇。塵世幻緣何足計，少年豪興須當鼓。不見牆根稚子苞，森森千尺已如許。但令成竹全在胸，籜龍怒發焉能阻。鳳

晨鸞暮愼自愛，歲將晏矣孰華予？

晴

幾日登樓苦盼晴，寒梅消息未分明。忽聞湖上花皆放，頓覺胷間喜盡生。兩槳烟波遊定果，一襟香雪夢須成。醉吟忽憶孤山路，棖觸天涯舊日情。

看雁來紅作

本自懷奇質，何須學豔粧！一花全不著，竟體總爲芳。小圃過朝雨，空庭下夕陽。獨將遲暮意，對爾一傍徨。

程竹垣齋中次韻

每到吟詩地，偏師已早降。撚髭聊倚閣，叉手屢凭窗。宿雪封苔徑，春醪滿石缸。寒梅莫相笑，枯腹剩空腔。

次女阿雋十歲，詩以寄示

北風何蕭蕭，霜氣淒以冽。獨客淹歲時，倏已孟冬節。歸夢逐寒雲，悠悠無斷絶。念汝周十齡，憶往心如結。在昔丁卯歲，鄉舉幸忝竊。結束事北征，駝駈冒霜雪。是時汝初生，吾父大慰悦。命名曰阿雋，錦繃錫綵纈。此意何懇懇，應同屐齒折。我謂青紫物，唾手定可掇。大笑徑出門，匹馬如電掣。詎知迷陽路，舉足困蹴躃。十載試東堂，淚盡卞和血。頻年迫饑驅，賣文屢折閱。饍膳未克充，溫清已多缺。含悽向誰訴，中夜自哽咽。今晨汝誕日，緘詩爲汝説：饑寒應習慣，操作須勿輟。休爲門東啼，且共竈北爇。夜浣遍厠牏，朝汲向井渫。學繡儕阿姊，箴黹較工拙。讀書偕阿弟，識字細剖別。婉轉隨阿母，勿復貪頑劣。更依大父側，佐餕效祝噎。永日歡含飴，毋使中心惙。我有丁娘布，買來自西浙。寄汝作裙襖，襟椊好紉綴。歸期豫汝告，五九當歲闋。明年又計偕，三嘆腸内熱。

送俞耦生就婚毘陵，次方介亭韻

檣烏初轉大江風，遙指雲陽古驛東。巾笥攜將才子筆，禖屏圖就美人弓。春冰泮後浮文鰈，曉日開時翥遠鴻。試上闔閭城畔望，朝霞千里海鱗紅。

長至日同沈江門、方竹樓、方介亭、石蘇門集汪磽岩齋中，欲遊水香村墅不果，分韻得二冬

憶昔一棹入芙蓉，高閣晴霞對晚峰。去秋，村墅觀荷。清興又乘佳客共，寒威偏阻俊遊重。冰池定有新霜暈，石徑應添冷蘚封。好待梅花舒暖後，烟郊更爲理吟筇。

和磽岩韻

偶然連袂過蕭齋，令節聊爲小住佳。先得陽和惟此日，最無拘束是吾儕。閒身拚向風塵老，小隱何須姓字埋。心折君才真十倍，酬賤莫笑上灘簰。

和江門韻

莫爲羈孤百感興，詩名第一譽彌增。澆愁且自傾三雅，賣賦應堪獲百朋。隔巷高車慚許劭，空山長嘯羡孫登。鑾江寒浪兼天闊，淘洗胸懷更幾層。

和竹樓韻

放懷萬事總秋毫，痛飲真爲出世豪。肯注蟲魚窮《爾雅》，聊搴蘭蕙繼《離騷》。一枝勁竹看高節，三尺枯桐聽怒濤。竹樓以畫竹索江門彈琴。問影我真慚罔兩，隨人坐起鮮持操。

和介亭韻

蘭室圍爐盡素交，底須道上更推敲。三年旅夢天涯倦，幾日鄉愁醉裏拋。自笑嶺雲依別浦，誰憐杯水覆空坳。羨君閉戶真酣適，雲子冬春飯足抄。

和蘇門韻

險韻詩成日已西，循廊聊復手同攜。屠龍競詡三年技，牧馬誰開七聖迷。逆鷁遡風甘草退，荒雞入夜敢先啼。感君班草成酬和，襟上無忘次日題。

是夕，同人每成一詩，必索余步韻，賡酬已遍，諸君起曰：『我輩詩俱叨繼聲，君詩原韻不當疊一首乎？』余曰：『諾。』援筆復成此章

漫道盈池庾杲蓉，余時在令幕。家山只憶薜蘿峰。頻年孤嘯誰爲伴？此日歡遊未易重。分手可堪清夜永，回頭便是白雲封。江天明月霜華冷，孤影凌兢瘦似筇。

冒甚原自徐州歸里，道過真州見訪，索余作詩以贈

揚州霜葉紅蒸天，逢君繫艇江城烟。真州雪片大如席，訪我停鞭江口驛。高翮孤飛天際鴻，飄蕭蹤跡何匆匆。君言轉首不兩月，征程千里如秋蓬。浪山波岳河流急，一櫂中流逾十日。拍殘銅斗仰天歌，峭帆直指黄樓側。長河落日風蕭蕭，驚濤怒齧荆山橋。百萬金錢勞璧馬，千夫畚鍤聚蘆茭。災黎此日初寧帖，土屋泥塗猶菜色。聖主頻勤旰食憂，書生空抱匡時策。君不見，昌黎昔日住徐州，役役逐隊無時休。丈夫大用待知己，飽嬉飢食安足留？如皋城畔千行柳，歸去好謀銷九九。古柏寒梅水繪園，莫教老鶴門空守。我亦飄零號酒徒，何時一訪故人廬？春風爛醉小三吾。

程竹垣以詩贈別，次韻奉詶

寒燈同此夕，別緒早紛拏。聚散風中絮，飄零雨後花。停杯添客夢，下榻愛君家。莫話明宵事，茫茫烟水賒。

歲暮暫歸，示里中諸子

小草隨霜露，飛鴻慣雪泥。乾坤吾道拙，歲月客心迷。歸橐真如罄，行縢又早攜。故人相過問，笑我太栖栖。

哭馮粹中

浮名三十載，此日竟何存。淡墨纔書姓，虞歌已在門。天涯留弱息，古寺寄孤魂。何日輿歸櫬，青山返故園？

出門四首

澤豹苦周饑，轅駒困征塵。丈夫不得志，刺促難具陳。柴車遡北風，踏雪荒江濱。他人羡我歸，我實懷苦辛。客居動經歲，家食難浹旬。依人作生計，牽掣愧此身。

臘盡春欲來，積雪亦已晴。人皆謀卒歲，我仍赴嚴程。親串不我諒，謂我耽遠行。棄置夫何言，惻愴自吞聲。飛鴻謀稻粱，安得不遐征？

束髮受詩書，四十猶無聞。操觚代稼穡，澒洞喪我真。寒皋學巧語，雜縣羈高門。亦既爲人役，毛羽安足論。

上堂拜老親，入室辭婦孺。背面揮涕洟，不敢復回顧。驅車出里閈，猶見庭中樹。樹上有寒禽，子母相依哺。人生勿遠遊，遠遊多窘步。

丁丑初春將入都門，留别戴遂堂先生

杭州五月騰炎輝，逢君攜手同我歸。真州臘盡春色早，别君獨上長安道。丈夫知己良獨難，半生骯髒西風寒。感君執手有真意，停觴使我摧心肝。高冠長劍空自喜，關山寥落同秋卉。威鳳在笯難整翰，猛虎求食亦摇尾。天涯雙鬢驚滄浪，盱衡世事何茫茫。拯饑無術乃干進，負薪未免歌《黄麐》。知君夙世抱仙骨，我亦厭居蟪蛄窟。小別休爲驪唱悲，終當爲結登雲轍。

哭麟洲叔五首

狂飆拔巨木，樗梓同傾隳。嚴霜殺衆草，蘭蕙不復滋。去年東南災，道殣相撐持。露骸腥上聞，陰陽爲愆期。鬱茲大陵氣，疫癘靡有遺。君子謹厥身，菑沴亦中之。嗟君抱奇才，尺寸未展施。孤寒爲贅婿，奔走窮天涯。客死仗友生，靈帷寄仁祠。我來哭失聲，臨風奠一巵。鸞鳳既靡吪，鳩飛更何時。鐘呂既破碎，瓦鳴徒爾爲。斂君牀上衾，檢君篋中詩。呼君君不聞，淚下如綆縻。

束髮受詩書，致身願及早。挾策未及試，歲月忽已老。著書追古人，窮年肆搜討。光芒在文字，精氣已枯槁，千秋縱可待，七尺不自保。吁嗟沒世名，安足爲身寶。

男兒可憐蟲，骨肉苦牽纏。終歲客異縣，獨飽竟何益。今君雖長往，不應遂棄擲。譙南丘墓荒，山左妻孥隔。千里莽關山，羈魂安所適。

遼陽老布衣，一代著作手。愛君如異珍，期君以不朽。君病謀參朮，君死購棺柳。丹旐出郭門，執紼勞衰叟。觀者爲嘆息，此誼惟古有。自我客四方，傾心求素友。對面猶參商，歲寒安可守。人生知己難，君遇固已厚。叔沒於真州，戴遂堂先生爲營後事。

中夜出西郭，凌晨至胥浦。送君渡長橋，曉星明三五。英雄仗劍地，寒潮齧荒圃。逝者盡如斯，清淚空如雨。君今歸山阿，我猶客江滸。靈車既已遙，極目但榛莽。獨行返城闉，此別遂千古。

淮浦舟中

淮浦孤舟挂席遲，蕭條景物動遐思。洪波合沓趨高堰，落日蒼茫見下邳。雨後早春還似夢，愁中衰鬢漸如絲。年年喚渡臨河處，腸斷天涯酒一巵。

立春日旅中書懷二首

莫向春風喚奈何，半生書劍久蹉跎。日旁又作乘船夢，道上誰聞叩角歌。椒桂有徵名士起，榛苓無分美人過。孤雲蹤跡甘窮岫，干呂空瞻慶靄多。

浪跡江湖兩鬢絲，一燈郗帳影淒其。鶯花入眼俱無賴，鴈木逢時總不宜。春入敝裘寒未減，暮憐疲馬去何之。酒壚傭保爭相笑，可有淩雲狗監知？

讀《穆天子傳》

七萃前驅盡偃旌，蕭蕭八駿夜深鳴。高臺空自歌《黄竹》，一笛何曾喚曉晴？

謝東墅編修移居内城，致書索詩題其新宅，漫成二十四韻寄之

聞道長安里，新居最潔清。五字來書中語。疏麻勞遠寄，麗藻恐難賡。遙念移家日，應多攬勝情。買鄰緣借竹，選樹爲遷鶯。重疊巖更署，周遭列校營。密依青瑣闥，高矗紫雕甍。門外長衢直，窗中遠岫明。初開安石墅，好葺景山鎗。籠鳥看閑客，庭柯愛直兄。掃塵安棐几，斲石架松棚。琴泛聲三疊，棋芇子一枰。暗香縈壁帶，活火沸瓶笙。炕薦冬缸暖，簾波夏簟輕。繚垣塗白墡，繞砌綴紅英。近市聞冰盞，趨朝見火城。鳴珂朝走馬，待漏夜張檠。玉版箋初擘，金壺墨乍傾。揮毫疑鳳翥，得句似鯨鏗。短李迂辛輩，高才捷足生。盍簪群倚蓋，解帶卽飛觥。西笑真堪羡，東顰敢謾呈。膺門仍挂榻，楊路自沾纓。燕定喧新語，鷗惟憶舊盟。山房殘夢在，何處晚鐘聲。舊居聽鐘山房，屢蒙下榻。

丁丑夏自都門南歸，過邗江，獨遊湖上，見壁間雅雨都轉春日修禊唱和詩，漫步原韻卽用奉呈四首

長淮漂泊旅人舟，聊爲名都一逗留。澤畔孤帆過北郭，天涯片笠返南州。琴捶玉軫誰相識，酒索銀瓶且自酬。我欲園林窮絕勝，莫教捩舵便開頭。

官署銜杯憶去年，金英秋老畫檐前。不緣久滯紅塵迹，應許同登碧嶂巔。雪苑乍傳枚叟賦，風江已後子安船。二分我亦真無賴，又見清輝向客圓。

曲檻雕闌四望通，聊延池館路西東。綠陰簾幕無煩暑，碧水亭臺受好風。十里仙舟誇郭泰，三秋破帽感王濛。平岡極目江天闊，獨立蒼茫落照中。

歸舟遥指絳河明，隔岸猶聞玉笛聲。樽酒醉添鄉夢劇，渚蓮香入旅魂清。此間極樂真成國，何處閒愁尚有城。悔向長安淹歲月，聽殘春雨鳳樓更。

又次盧雅雨都轉紅橋修禊韻四首

花光夾岸擁仙舟，觴咏良辰競逗留。一自江濱開鄭驛，頓令海内識荊州。清樽到處金衣勸，好句成時錦簟酬。莫怪畫橈喧極浦，風流都轉作遨頭。

裙屐才名盡少年，彩毫爭豔萬花前。紛趨巨壑滄溟外，羅列群峰太華巔。曉日僧開無礙塔，春風人坐總宜船。炊烟一片清光合，遥指江城碧樹圓。

交流碧玉四橋通，輦路紆迴翠檻東。曲沼春波涵帝澤，層臺仙籟下天風。離宫宛轉窺青瑣，絕嶠依稀認紫濛。此日太平傳盛事，人人身到五雲中。

看花老眼倍添明，聽遍歌聲與馬聲。愧我文章真小技，喜君心跡自雙清。笙歌隊裏長春國，燈火光中不夜城。獨撚霜髭賡麗句，水明樓上月三更。

欲晤程綿莊先生不得，作此奉柬

君家住城北，我來客城南。兩度欲見不得見，去年客金陵亦欲走謁，未果。憂心轉側真何堪。丈夫饑困强謀活，隨人寸步有檢括。枉將筆墨作傭奴，那許肝腸竟披豁。鍾山蒼蒼蕙帳遙，中天畏壘仰高標。思君夢逐秦淮水，一夜先過如意橋。先生里居名。

挽友人

人生剌促棲兩間，商蚷馳河蟁負山。溫飽妻孥心力悴，擔荷名義鬚鬢斑。解弢隳袠寢巨室，息肩乃可辭厥艱。君今懸崖已撒手，貧寠賤虎夫何有？獨持面目認本來，披髮騎麟任君走。而已返其真，而我猶爲人。金刀掩鉎淮絕涸，朔風擊涕徒逡巡。蕭齋梅花對晴昊，覓句與君曾索笑。揮杯遽成長別離，一年迺盡復相弔。送君安眠到北邙，歸來盧秏照君牀。明年人日空相憶，誰更題詩到草堂？

次韻贈沈沃田移居四首

新巢初闢爲藏書，門外應多長者車。群羨是儀隣大宅，未妨潘岳賦《閒居》。藥欄花援百弓內，清篁疎簾三伏餘。何事烟雲高卧處，簫聲客夢未全除。

旅翮氋氃寄一枝，年年晝諾爲宗資。羽書清曉催成後，官燭深宵靜對時。自是桂椒原共味，敢言施洽本同姿。伶俜此日還遙對，棲息輸君竟强移。

經籍紛綸愛大春，丹鉛到處發硎新。久慚折角甘抽簹，自矢同心願結隣。入室眄柯堪計日，望亭攜酒更何人。鈔書倘許窺津逮，鼠壤餘蔬足饋貧。

清泖湖光漾碧流，依然書畫上扁舟。深村烟火纔聯社，長笛關山又依樓。縱使交遊盡僑札，可能門徑付羊求。他鄉留滯終非計，我亦棲遲願一丘。

題姜如農先生遺冊四首

百年遺事不勝哀，誰向昆明認劫灰。留得吉光殘羽在，千秋常伴讀書臺。

賢良三疏仰高風，醉義韓門得所宗。今日敬亭山下路，白雲空鎖若堂封。

尺牘匆匆走筆時，一腔空抱杞人悲。不知丸蠟重封後，何限臨風老淚垂。

一經遺子硯遺孫，幾葉清風繞德門。太息姚萇鐵如意，枉教千古費評論。

寄汪草亭

遠望何曾便當歸，吟魂只傍故園飛。江迴曲渚潮音壯，人過中年酒伴稀。齒至誰憐吴阪駕，心空已息漢陰機。耦耕倘遂他年約，千尺潭邊好共依。

贈吴梅查四十初度

淮東詩人年四十，獨抱巨筆輕華騶。鳳凰孔翠耀彩翼，琅玕碧樹枝相樛。買花愛傍蕃釐觀，讀書慣入文選樓。偶然興發不可留，張帆忽過胡豆洲。披霧振策訪鄧尉，凌雲拾級登虎丘。英雄王霸事已矣，美人綦跡猶堪求。寒山古寺靈巖塔，霜楓萬樹交赬虬。奇景麗句相激發，山塘七里長虹流。白衣尚書歸愚叟，總持風雅東南陬。入門便許爲都講，絳帳彭戴玄亭侯。歸來奇富詫任卓，明珠萬顆懸高秋。銷寒更作氊爐會，蘭陵美酒香新篘。我今浪迹無人收，江關華髮已滿頭。當筵忽聽小海唱，爲君擊碎珊瑚甌。雌辰大戊莫相笑，丈夫禄命皆箕牛。余與梅查同歲。

九日讌集讓圃小樓，用東坡黃樓韻

方平麻姑休竄説，我輩相逢高興發。選石愛尋竹逕深，登樓不畏苔梯滑。矯首任吹林下帽，傾心欲結筵前韈。髤榼攜糕饜老饕，石鼎烹泉供細呷。枳籬瓜架足刺藤，芋區薑棱喧鋤鍤。平野風吹木已凋，小圃霜輕草未殺。堤邊屇㞙來征帆，雲外岭嵑見高刹。他鄉遊子感授衣，愁聽繅車鳴軋軋。主人持觴起勸客，新篘莫負糟牀壓。吟肩倚樹自逡巡，醉眼看山紛缺齾。寒烟幾樹啼暮鴉，冷夢一池留睡鴨。歸路城闉夜未闌，燈火磚街明煜霅。

次日鮑步江疊前韻見示並索繼組，率應奉酬

鮑子下筆郛眾説，紙上颯颯清飆發。險韻不辭貫札重，精思群歎炙轂滑。趁勢每使下瀨船，用意偏能翻著襪。昨日詩成已驚座，雋腴堪共醇酒呷。今晨忍俊復不禁，有若輕𨍭下利鍤。含毫笑我獨邈然，譫舌使人俱駭殺。江干同作無聊客，寓廬各占城隅刹。雨餘荒徑氣蕭涼，霜飛晴原勢坱軋。孤憤楞楞滿腹撐，鄉愁黯黯兩眥壓。燈下頻看劍脊寒，樽前欲擊唾壺齾。首尾誰知華管龍，羽毛且溷胄旻鴨。擲筆虛窗缺月沉，秋階一片聲喧霅。

次韻題汪氏所藏方士庶自畫天樂圖

檐前插葦茭，門外懸椒圖。爆竹喧春聲，舊歲倏已除。爐灰蘊㲉藻，硯滴冰蟾蜍。黎明拜高堂，子婦恭且娛。棗栗堆巨笲，羹湯盈中廚。袀袢曳篠驂，合沓騰綵觚。紆綬慶若若，禮旛參如如。老福太夫人，得天應獨殊。轉燭嘆流光，清淚瑩方諸。此圖鎮常在，此樂嗟已無。米石知屢徙，魏笏猶堪樵。汪子好兄弟，燦若雙明珠。連城購和璧，千金買湛盧。欣然捧之歸，愛若鳳護雛。悵惘銜索蠹，怔營過隙駒。披圖時三嘆，咄咄空中書。欲令澆者淳，頻將寐者呼。請看畫圖中，西廂連踟躕。一一似我家，堂陳與門塗。傷哉缾罍罄，空羨陶家瓿。

椶亭詩鈔卷之八

贈陳授衣

吟髭如雪鬢如銀，真是天涯嬾慢身。執杖誰迎高士駕，僦居祗與大儒隣。寓董子祠側。吴山千里鄉心渺，淮雨三秋客夢頻。未必江湖長落寞，捶琴休向市中人。

贈金壽門

遊遍名山著異書，牛腰巨帙駭空儒。腕嗤承旨多凡筆，目笑《宣和》最贋圖。虚室禪燈修白業，古嬰仙瀣養元夫。遥遥世族雖堪並，氣索其如大小巫。

宿鎮江贈鮑海門

西津渡口放扁舟，江北江南足勝遊。一室胸懷天下任，三山雲物海門收。冶春麗句紗籠壁，多景奇觀笛倚樓。偶到樊川花月地，可能無意醉揚州？

昭文官署寄盧雅雨都轉四首

扁舟催渡白沙濱，又逐征鴻曉問津。千里關河仍作客，半生蹤跡只依人。餘寒未變鄒生律，殘醉難忘邴相茵。官閣梅花晴爛漫，孤篷回首隔江春。

筆牀茶竈列儲胥，風雅香名絕代殊。三載孤吟荒徼外，百年高會治春餘。似聞槐署方虛左，未必荷衣便遂初。他日崩綵交戟下，定堪重曳野人裾。

瓜布雲陽古驛連，星輝遙盼思綿綿。旌麾自擁江山福，塵土誰修翰墨緣？花發好春三徑杳，月明孤夢一帆懸。虞山丘壑邗溝水，兩地蒼茫碧海天。

漫道天涯若比隣，津亭解纜倍逡巡。酣歌十日還投轄，冷雨千山自墊巾。捧手後堂知有日，論心前路更何人？長江雙鯉應無限，莫惜劉公一紙頻。

喜雨用韓孟秋雨聯句韻

春夏時已淹，華亭沈大成學子。山澤氣始會。萬壑漱炎鬱，全椒金兆燕鍾越。百卉滌煩薉。漫漫雲初屯，丹徒蔣宗海星巖。習習風正泰。頽澗奔流泉，大成。廞堰沸怒瀨。重檐豐注喧，兆燕。央竇鳴潏大。宿圿磢松杉，宗海。具腓蘇蒿艾。推車喚阿香，大成。將龍倩小奈。汩汩水習坎，兆燕。洋洋澤麗兑。筕篖縈炊烟，宗海。衢衖學潮汰。青莎園甓中，大成。綠楊城堞外。樵徑牛呼牟，兆燕。叢薄雀鳴噦。蓑箬應淋漓，宗海。蘭蕙自馣馤。茲土惟塗泥，大成。數旬畜油沛。禽哢餘沙鳴，兆燕。竹響澀乾籟。客牀苦歊蒸，宗海。旅服隨儉忕。輕曳五銖衣，大成。奇結百花帶。農圃吾不如，兆燕。飢渴心無害。居茲絃薰時，宗海。正堪濬甽澮。遙睇思故園，大成。豐歲卜多賴。四翮脹膨脝，兆燕。五袴誇萃蔡。百室群歡呼，宗海。八蜡足蕆酹。安得息征鞅，大成。相與栖幽薈？雲峰看崚嶒，兆燕。水壑聽磅礚。澡巾疊春蕪，宗海。涼衫披吉貝。但期盈盎升，大成。不羨富廒廥。趨庭饒笑言，兆燕。叩門免貸丐。底用觸炎塵，宗海。終日疲輪軑。蒿鷃慣卑棲，大成。榆鳩難遠翽。知未兔三塗，兆燕。定猶纏五蓋。任嗤牛喘吳，宗海。但冀苗膏鄶。桐花凈垂纓，大成。蕉葉潤抽旆。爽體招新涼，兆燕。豁目祛宿靄。庭除聚泡漚，宗海。几榻拭埃壒。索酒傾家釀，大成。烹鮮得市膾。飛觚角雌雄，兆燕。走筆競殿最。怯欲匿下邳，宗海。勇如起小沛。燭跋爆殘燼，大成。窗隙入碎霈。且與歡三餘，兆燕。安用喟五太。宗海。

題程轅谷印譜

秦璽久無傳，周鼓不可讀。六體與八體，蒙昧翳荒谷。俗學師寸心，六書厭拘束。黝黈雖工妍，烏焉紛舛黷。偉哉好古士，殫心追往躅。源流泝倉籀，炳爍摛篚縟。纖脚曳飛蚊，昂頭矯翥鵠。貞珉潤若瓊，鐵筆利如鏃。幾番雲藍箋，紫泥光煜煜。僕也本畸人，愛古耽賾軸。爰歷搜奇文，凡將購祕牘。

正襟披繡褫，如對鼎彝肅。明月吐幽輝，來照釵頭玉。

呈盧雅雨都轉

憶昔飛來峰下住，山僧爲我誦公句。得意高吟喜欲狂，一帆便轉西津渡。丙子秋，遊西湖雲林寺，聞寺僧誦公『潮當射後知迴避，峰偶飛來亦逗留』之句，因渡江至揚州投謁見公。森然槐柳戟閭稠，也許書生半刺投。束帶延賓高閣曉，選花招客畫堂秋。賤子江關蕭瑟久，饑驅慣向天涯走。小邑誰供一片肝，壯心空對三升酒。去年踏雪渡江歸，又向膺門試撇衣。企脚暫眠徐孺榻，窺園遂傍仲舒帷。浮雲飛絮原無著，慷慨登樓欣有託。幸舍棲遲春復秋，逢人便道此間樂。官梅亭畔百花妍，戲譜新詞付錦筵。翦燭尹班常永夕，披襟孔李竟忘年。祝延今日逢高會，滿堂絲管鳴仙籟。煖室春生列障中，晴霞光閃重簾外。天教風雅著耆英，勝地江山倍有情。兩度旌麾明海甸，千秋壇坫仰儀型。亂頭粗服吾何有，欲貢巵言慚鈍口。偶祿江淮信可招，羊何山澤誰堪友。明發驅車又各天，衝寒直北路三千。揮杯再拜別公去，明月揚州夜夜懸。

題翁東如小照

桐廬江畔釣竿欹，成都市上肆簾撤。山自厜㕒水自澈，乾坤何處覓高潔？君家本住山水鄉，具區虎阜遥相望。半生閩贛走千里，年年歸夢空蒼涼。礬成素紙騰麥光，置君丘壑真徜徉。晴嵐冷瀑千萬態，盡歸尺幅相低昂。傳神直欲無曹顧，寄興已足傲羲皇。僕也展卷獨太息，此生此境恐難得。每圖適志在寬閒，其奈謀生多偪仄。以我沉迷簿領勞，爲人裝點冠裳色。窗外春過尚未知，門前山好不相識。書生頭白老樊籠，慢道壯遊周海國。古今擾擾貉一丘，長鑱終老是良謀。耦耕他日倘可遂，按圖與爾尋菟裘。

題友人畫册十首

溟濛春雨木蘭舟，面面窗櫺罩碧油。一片飛花過別浦，雲邊遥指十三樓。
文甃長橋綺石塘，野烟浮翠入迴廊。桃花千樹前溪滿，紫氣瀾迴碧海洋。
誰家亭館貯清幽，茗椀爐熏不繫舟。白髪園丁誇盛事，風前倚杖話宸遊。
畫樓金粉鬭鉛華，天際初開一剪霞。十里珠簾閒不捲，緑楊風裏自夭斜。
清樽莫惜酒如淮，景物紛披遍野隈。一角遥嵐看不厭，隔江山色送青來。
門掩修篁閣倚松，鸛巢高望濕雲濃。半坳空翠園蘭若，深院寒烟聚晚鐘。
僧廚蔬筍野田藜，隨意都籃便取攜。更乞松明然夜火，不教歸路雨中迷。
三春短夢是殘紅，莫向高樓怨曉風。只有梨花耽寂寞，雨情烟態有無中。
曲渚迴舟暮靄横，寂寥人境喜雙清。讓他畫舫明華燭，簫鼓中流鬧月明。

虚壁張圖坐屢移，秋燈孤館夜遲遲。何時同續揚州夢，擁鼻空吟絕妙詞。

送黄芳亭北上

客從新安來，訪我揚州市。春風三載一相逢，天涯歲月真如駛。君作儒官禄已微，我猶側翅隨人飛。男兒一飽不易得，况事筆硯求朱緋。直北塵沙日杲杲，送君又上長安道。豹文澤霧已堪騰，鳳策聯華須自寶。黄海春山萬樹松，知君歸夢曉雲濃。九衢飲罷團司宴，定憶雲門最冷峰。

舟中雜詠六首

圍棋

莫厭歸程緩，聊爲永日歡。子聲雙岸静，波影一枰殘。小刼爭何益，浮生局自寬。家山饒别墅，休更憶長安。

摺扇

熱客何須避，清風不厭頻。展舒應在我，曲折豈因人。歊暑三庚節，彌漫十丈塵。飄摇感身世，一愴曲江神。

杜集

德州盧世漼嘗杜亭設子美像，自號杜亭亭長，故結句云云。

少陵膏馥在，把卷得遺型。體勢尊諸嶽，光芒炳列星。七歌頭已白，三賦眼誰青？前夜抽帆處，蒼茫過短亭。

麈尾

王謝當時物，於今雅製存。閒情忘劇暑，隨意共清言。但使休垂壁，何勞更杖閽。所悲同篋扇，秋夜獨銷魂。

方鏡

開匣一泓朗，整冠雙鬢星。只堪矜皎潔，其奈少圓靈。顧影知全幻，探懷悔錯聽。不逢負局者，誰肯爲磨瑩？

斧硯

小硯形如斧，天然品格真。鈍根惟自寶，利器不堪陳。肯易他人宅，聊爲此日隣。羅文誰作傳，淚眼又三春。

舟中贈同伴客

不信蕭條下第身，也乘官舫作歸人。論心客路交偏晚，到眼家山看漸親。但得深杯浮白墮，何須大道碾朱輪。濁漳纔過還清濟，日日烟波景物新。

舟中與某載者醼飲

勞勞襆被客中身，宿鷺眠鷗也笑人。意氣融修誰等輩，關河袁灌卽天親。浮家且自隨雙槳，醼飲何妨更一輪。矯首雲峰真太幻，白衣蒼狗幾番新。

黄河阻壩，同姜靜宰孝廉作

浪山波岳驚奔雷，三日留滯渾河隈。人生蹭蹬有如此，呼君且盡掌中杯。大艑長纜繫高岸，檣燈歷歷明星亂。盤渦巨溜漸逼人，篙師耳語聞愁嘆。白銀盤子懸天東，清光萬里澄秋空。開舲夜半劇酒戰，鼻端出火耳生風。秋風滿衣淚空灑，湖海飄零何爲者？家山計日尚難到，何況陳書魏闕下。深杯入手君勿推，鏟壩明日舟當開。無端聚散不可料，安得合并千古如河淮。

贈汪存南六首

鎩翮歸禽返故枝，秋風庭戶樂無涯。傾心入海求袁灌，不及東隣繫所思。

天涯回首悵空羈，千里關山夢裏隨。漁弟樵兄無恙在，悔將歲月老鞭絲。
孔闓聲名憑謝朓，盧諶條榦待劉琨。何如故里秋光好，籬豆花間一共論。
紙勞墨瘁未裝池，東向牛腰不暫離。總是江關蕭瑟句，勞君珍重索新詩。
槐根蟻穴競殊勳，衣狗蒼茫瞥眼雲。隣笛高樓明月夜，聲聲淒斷不堪聞。
身心太息總相違，那得家園老薜衣。自笑稻粱謀未得，逐霜征鴈又孤飛。

新柳三首

鶯語初調欲弄梭，開簾已覺晚風和。也知夢斷愁無著，又見粧成喚奈何。高閣宛延通翠氣，迴塘迢遞映清波。麯塵影裏休凝望，油壁輕車積漸多。

挑菜年光問陌頭，落燈風物漸和柔。舞腰初試猶無力，困眼將舒已帶愁。頓覺酒帘花裏潤，不須麥浪壠邊稠。輕霜昨夜猶相忤，禁勒春心未許浮。

小圃周遭護短籬，臨風裊裊復垂垂。忍從客裏輕攀折，未省人間有別離。慣與梅魂慰幽獨，肯教蝶夢惹相思？緑衣年少休輕負，管領春光是此時。

登金山

蒲帆十幅發清灣，忽見中流擁翠鬟。彈指已驚登彼岸，回頭不信有人間。高樓雨過鐘聲潤，孤嶠雲歸塔影閒。暝色春愁吟未了，落花風裏到禪關。

雨過京口

江風吹急雨，暝色上高城。晚市寒烟聚，春田野水平。依人成浪迹，作客信浮生。放棹中流好，深杯且滿傾。

題金水橋

萋迷芳草野烟浮，壞石危欄枕御溝。多少前朝嗚咽水，春來猶傍故宫流。

滕縣道中口號

落日黄沙野岸昏，荒城何處問西園。春風古樹臨官道，不見花開白似銀。

謁仲廟

仲家祠廟枕平湖，客子維舟上緑蕪。壞壁陰風疑五酉，荒城落日見三都。晨昏寂寞山中米，身世蒼茫海上桴。我亦雄冠空自愛，拜瞻遺像一長吁。

辛巳六月與廣東麥參常、麥德溢、龐一崑、龐振、黄志勤、休寧張炎辰、江都夏之連七孝廉同舟南歸，將至揚州，賦此爲别四首

宣武門前柳，依依袂欲分。誰知同越舫，忽已過淮濆。野色低垂岸，河聲響入雲。莫嗟暫留滯，幾日便離群。

刺促歸鄉國，誰憐下第人。關河勞遠夢，風雨度殘春。薊北雲烟渺，江南物候新。開樽還一笑，聊慰客中身。

高樹日將暝，峭帆風正遲。蓼花垂釣浦，藕葉露筋祠。客路秋偏早，浮蹤人易離。高樓何處笛，今夜鬢成絲。

欲別未能別，蒼黄意總迷。論心牀上下，分手路東西。白日誰能挽，涼風漸以淒。不堪回首處，浦樹與人齊。

又同用高青丘《梅花九首》韻誌别

落日文游百尺臺，緑楊兩岸正新栽。還山歸鳥穿雲過，掠水孤篷打槳來。旅夢還堪依浦樹，客心原不異岑苔。連牀剩有今宵話，懷抱諸君且好開。

群看李郭羨神仙，結伴兼旬信有緣。繫纜共吟深樹月，開舲慣看遠汀烟。養生我已忘鞭後，策事君應誚護前。明發一帆分手處，斷雲渺渺入吳天。

蕭蕭華髪已盈頭，驚蝶猶然似魏收。游戲井公惟六博，飄零陶峴只三舟。斷虹遠渚明殘照，長笛中宵破旅愁。萬里蓬瀛原咫尺，連裾且作采真遊。

莫向青衫拭淚痕，人間誰識八叉溫。藝蘭早返羅含宅，採藥還尋甪里村。不信飛沙能眯目，何當剪紙爲招魂。繡紋歸去猶堪刺，應悔勞勞學倚門。

濃桑深柳隱牛宫，隔岸人家小徑通。山雨欲來雲乍合，水天無際月當空。翩翾燕掠千檣外，隱約魚游一鏡中。笑指淮南好風景，秋光莫負小山叢。

洗盡征衣幾斛塵，水雲從此屬幽人。袷衣不信初當暑，小草何圖尚有春。惜別翻宜搖艇慢，論心莫厭舉杯頻。吟魂此後尋君處，離合羅浮恐未真。

綠蘋紅蓼自因依，水國烟雲澹夕輝。兩岸濃陰千樹直，牛塘新雨一鷗飛。最宜近郭初晴好，漸覺長途舊伴稀。忽憶濟東憔悴客，海天涼夜定思歸。

紅蕉丹荔鬧春陽，知有園林小欖鄉。羈客尚留河北夢，深閨空爇海南香。雕欄鸜鵒朝暉滿，金井梧桐夜月荒。庾嶺歸鞭須早著，故山莫待野梅霜。

天涯執手便相知，橘弟槐兄總一枝。此日青雲同浩嘆，他年紅豆定相思。尉陀臺畔蛩吟後，蕭統祠邊鴈過時。雲樹從今何限感，篷窗聊復一題詩。

贈仲舒叔

憶昔垂髫從我遊，河湄曾共講堂幽。昔年課徒河湄草堂，仲舒叔問業於余。霜蹄定自行千里，塵鬢何時守一丘。山館暫歸增感歎，天涯有客尚淹留。軒來叔尚客吳門。耦耕倘果他年約，莫厭狂吟對白頭。

輓朱朗圃先生

炎風七月初，息鞅歸舊疆。馬策慟西州，遺像瞻靈牀。藐孤正毁疾，竹杖扶羸尫。小子竊自念，魚索私憂惶。轉燭未浹旬，同賦莪蒿章。嗚呼鮮民生，一身叢百殃。況乃苦饑軀，逝將適殊鄉。拜公別公靈，向公奠一觴。公初含飯貝，我翁哭公旁。哭公幾何時，隨公遂同行。悠悠邁黄墟，相攜話衷腸。公其謂我翁，慎勿多戀傷。煢煢不肖身，蓬飛仍四方。覓食飽妻孥，帷殯捐中堂。父在不能養，父沒不能喪。攬轡揮涕洟，匹馬衝嚴霜。回首空嘆羨，高松棲鸞凰。

咏白秋海棠索方竹樓作畫

淡冶丰姿縞素裳，瓊簫吹罷褪殘粧。魂歸月下疑無影，淚盡風前欲斷腸。肯共飛烟銷紫玉，可能蠲忿學青棠。請君洗盡胭脂筆，貌取淩空一段香。

送盧雅雨都轉歸德州四首

奇才渥受主恩偏，豈爲賢勞願息肩。人以歸昌知鳳德，天教偃蓋養松年。歐蘇雅韻千秋在，廣受高風萬口傳。獨有信陵門下客，蒯緱長鋏愴離筵。

幾載南樓對月圓，共然官燭檢吟編。搜羅軼事存風雅，商略新詞付管弦。種遍王猷三徑竹，搴殘庾杲一池蓮。檐前鸜鵒階前鶴，盡結年來翰墨緣。

名園花木杜亭邊，曾傍高城艤客船。濟漯春波千里到，鵲華晴色兩峰懸。夜燈好就藏書窟，朝雨應看種秫田。他日布帆過錦里，可容徐榻更高眠？

泯泯清淮祖帳前，膺舟安穩似登仙。祥雲無際歸三島，朗月多情照萬川。收幕幾回還顧燕，耀林何處更求蟬。綠波南浦斜陽外，極目津亭一惘然。

壽俞巽園先生

蕪城十月霏寒烟，晴霞熠爚丹楓鮮。雕甍綺閣十萬戶，重簾歌管爭喧闐。城北幽人垂鶴髮，南榮曝背誰結襪。殘帙螢乾劉氏經，古囊塵滿魏公笏。攬揆家慶自開樽，一事差堪傲比隣。乳腐醍醐好名目，階前玉樹皆拏雲。才超驃騎有第五，未肯鴈行作腰鼓。鄭谷詩成號鷓鴣，禰衡賦就驚鸚鵡。賤子江湖縱浩歌，槐兄橘弟交枝柯。八龍堂下德星聚，熱眼君家樂事多。籬邊一醉同酣叫，落葉蕭齋寒稍稍。富貴浮雲安足論，詩書麴蘖從吾好。

觀音閣早梅

小樓深院托孤根，點點疎疎欲斷魂。一抹輕烟一鈎月，聞思香裏坐黄昏。

題吳石屋藏書種木山房圖

堆牀自有萬卷書，朝吟夕誦天懷攄。繞屋更有千章木，晨興午睡濃陰足。我抱區區已有年，伐檀空歌三百廛。役身不足飽妻子，餘事何暇謀林泉。先生有志大宇宙，欲買名山作書囿。二酉收藏不厭多，十年封殖看全茂。散帙如揮陶頓金，攀條似結蕭朱綬。那知此願總難償，才福於人每兩妨。半生老作諸侯客，十畝空羨山中堂。與君寢處同埃壒，知君味在酸鹹外。卜築但依黄海峰，歸舟便繫桐江瀨。書連屋，樹拂雲，君言此中樂無倫。結隣倘果他年約，與爾讀書秋樹根。

寄呈沈大宗伯歸愚先生六首

霄漢高標眾所歸，東南斗極仰懸輝。湖山歲月供垂釣，几席烟霞伴掩扉。文帙寵加天語重，詩源精闡義根微。鄭公新賜尚書祿，猶自林泉號白衣。

虎阜靈巖輦路平，春風兩度迓霓旌。不驚文衛松岡鶴，慣識宮袍柳汭鶯。堂陛唱酬飛麗藻，江山點綴入新晴。白頭誰得如公健，病起還能從聖明。公和盧雅雨先生《紅橋修禊》詩有『病起三春從聖明』句。

講座緇帷映檜杉，高峰曾記陟巉巖。古今殊品從商榷，主客分圖爲發凡。曉日門前勞束帶，春風江上悔張帆。士安隻字逾華衮，錦贉三年什襲緘。

千里關河片笠霜，半生蕭瑟走殊鄉。悲歌醉踏燕臺月，冶思狂紉楚畹香。當路詎皆犀秃角，干時偏自鼠拖腸。非公吳坂頻回顧，空負塵顔兩鬢蒼。

西曹名士著淮南，幾載遺文蝕粉蟫。忽覩光芒騰玉弁，頓教塵土淬鉎鐔。應劉獨抱平生慨，班尹空追永夕談。我本青楊同里巷，寒風吹笛更何堪。吳岑華先生詩蒙選入《國朝詩集》。

木瀆琴川一水分，吳天矯首共春雲。夢途不礙烟波闊，吟館常懷草樹熏。四海公評宗大老，百年鴻業在斯文。何時重饟膺門櫂，盡發疑籤坐日曛。

里中與諸同人讌集，分題二首

市橋訪卜者，談《易》

卜肆居橋側，垂簾岸柳陰。近城知物態，臨水見天心。人世菀枯速，乾坤消息深。久無題柱念，不必問升沉。

秋日刈稻了，自沿村河策蹇，由富安巷過寶林橋，帶月夜歸

日脚垂山腰，驅驢背殘映。秋田皆已收，西風漸微勁。吾生安壠畝，入世本無競。苟得卒歲謀，敢望豐年慶。雲際炊烟斜，林表籬門正。村里饒餘歡，居民遂野性。靜愛原疇清，飽逢時世盛。長橋對高闉，積水澄明鏡。山月隨歸鞭，涼輝已相迎。

訓許聖和

古人亦有言，此身須早致。富貴竟何物，乃足亂人意。人生百年中，俯仰本如寄。但得素心人，共此容膝地。嵇呂契自深，尹班思不闕。相與眼同青，何須裘集翠。前年我訪君，今年君始至。三載夢中人，幾卷燈前字。高歌對明月，一夕豁愁思。君詩我最愛，我言君應記。時屯爲道窮，俗薄以儒戲。請與冥心兵，休更侈書肆。明朝我又行，今夕君且醉。

訓朱岷源疊前韻

勍敵張兩甄，偏師各相致。有人壁上觀，自笑具深意。忽作玉虎鳴，遠令青鳥寄。有如飛將下，鼓角驚在地。忍俊知不禁，奇芬詎可闕。鯨魚掣碧海，寧復數苕翠。撫弦感昭文，老氣必偕至。詩腸善引伸，一一相孳字。君屢喤喤音，遂抽軋軋思。新語俄復成，舊章了不記。何殊牛糞塔，聊作童子戲。長笛貴雙管，歌鐘必二肆。芳醪肯再投，不辭玄石醉。

贈洪素人蕊登兄弟

鐘鼓駴雜縣，歌舞娱帝江。遭逢貴及時，音響豈徒摐。聖世恢天紘，時邁敷鴻厖。包匭來絶域，琛寶獻大邦。翹材既靡遺，弋雋必疊雙。二子天都秀，高標排雲幢。冠緌影齊影，鼎鉉力共扛。連鑾迎鑾輿，江步繫烟艭。卿靄隨文衛，清露滋蘭茳。盛年策榮名，軒襟寧易降。努力愛春華，鳳翮群瞻龐。

吴石屋以窨泉試君山茶招飲，賦此爲贈

小甕貯寒泉，清淺不及尺。頻將羅濾沙，不勞綆轉極。疏布冪其顛，有如髻韜幗。晴窗試啓蓋，相顧各暢適。茗飲劇清談，不寐願通昔。焞炭懸筐輕，泥爐選徑僻。癖寧嵇康鍛，嗜豈阮孚屐。天涯聚羈旅，各自爲形役。名任呼張顛，性難變汲直。愛茲快雪後，虚室自生白。君言我友餉，此物勝仙液。蒼崖浮洞庭，波浪齧脅腋。舟楫少不慎，頃刻罹患阨。採擷冒艱危，鈐焙屢更易。無異得綏桃，肯同嗜秦炙。湯動今足建，小啜更細繹。請與屏塵事，切勿延俗客。冰消簷瀑清，更拭柴窯碧。

贈汪稚川

相見卽相別，相看各黯然。十年真一夢，分手又江天。老去聲華淡，愁中歲月遷。何時重載酒，三十六峰巔。

和趙恒齋都轉《九日遊平山堂》原韻

飛蓋平岡路轉賒，萬松蒼靄入雲涯。穿林不用防吹帽，開閣偏宜共坐花。明月高樓金縷曲，寒烟古渡玉鈎斜。看山更有登樓客，令節那知宴會嘉。

除夕示臺駿

除夕頻爲客，今年與爾偕。家山初轉首，樽酒且開懷。憶母知天性，溫經識聖涯。及時須志學，莫負歲華佳。

爲沈定夫題漸江和尚仿倪雲林小幅四首

禪味宗風腕下收，恕先一角澹如秋。張來粉堵看三日，便向官齋作臥遊。

茆亭石徑自周遮，愛對清流泛淺沙。閒向牆根拈竹葉，好尋獨樹老夫家。

莫嫌短髮已蕭蕭，潔癖迂懷老未消。一笑倪家枯樹法，畫中也學沈郎腰。

樓臺金碧綠楊城，日日丹青障裏行。那得百弓廛外地，與君閒坐話無生。

棕亭詩鈔卷之九

春正三日過雲聯叔寓廬不值，蒙以一篇枉寄，率爾奉訓

飛鴻翔羽儀，中澤人不識。豫章挺千尋，構廈遭斲刻。吾叔標孤清，身屈緣道直。年已隣桑榆，官猶靳銅墨。歲宴歸柴荊，仰屋自太息。干祿傷蹉跎，避債苦偪仄。解鞍未彌旬，飢驅仍旅食。敝裘短及骭，寒涕凍垂臆。守歲廣陵城，孤燈照暝色。揚州十萬戶，奢綺相排抑。綵勝羅紛綸，椒圖侈雕飾。珍饋結要津，所費動盈億。誰肯吹鄒律，一爲拯淪塞？小子慣羈棲，樊笯戢羽翼。獻歲獨懷鄉，假日聊行國。寓廬走相尋，空館求弗得。良覿悵乖違，新詩驚絕特。人生常役役，聲名與官職。文字誠工妍，詎足起僵踣。春風滿故園，芳草漸如織。安得營菟裘，耦耕舍南北。

贈朱星堂

朱居士，清且真，數椽老屋荒江濱。行年四十抱書癖，牙籤屆戺庫露真。興來一葉浮前汀，攀蘿剔蘚捫山屏。大字獨愛《瘞鶴銘》，三日坐臥幽巖扃。歸來襟袂海氣青，放筆直欲追真形。近年詩篇脱塵

滓，瓣香獨爲沈夫子。沃田先生。明月衣香人影中，道上疾謳不覺恥。沈夫子，通神明，説《經》談《易》聲鏗鏗。與我雲龍久相逐，十年同客揚州城。學詩弟子遍南北，尹儒秋駕君最精。我本天涯骯髒客，眾中慣自矜標格。李邕六絶驚當前，手斂薑芽頓喪魄。朱居士，真可人，鬚眉之際古意存。路旁芒屩許我著，何須濯足金蓮盆。

爲華亭周貞女賦二首

會波村畔泖湖陰，白石清泉見素心。入室慣看孤影月，披幃只拂獨弦琴。鏡中自分無膏沐，夢裏何曾識藁砧。此日貞松多晚翠，補蘿茅屋已秋深。

旌門天語乍宣麻，卹緯彌教涕泗加。殘著只完姑婦局，孤根猶抱女兒花。鬱生志節差堪媲，道韞文章未足誇。應笑渡江年少客，洛陽何處更爲家。

吴杉亭舍人僑居邗上，余亦攜兒作客，即令移寓就婚，共送歸里，禮筵之夕賦呈杉亭，兼示同社諸子八首

賓鴻雲路各將雛，漫學朱陳嫁娶圖。何日耕田求白璧，但教僦舍作青廬。百年預計成翁媼，一局驚看又婦姑。辛苦半生肩未息，樽前且共捋髭鬚。

秋堂華燭豔黄昏，新月遥天碧一痕。乍可俟庭兼俟著，非關求繫復求援。邢譚襟袂追先契，秦晉丁壬本世婚，稚齒遠離休重念，明珠曾借掌中溫。

彭澤癡兒學尚慵，高標且倚丈人峰。摛毫幸入閤公座，咏絮難追謝女蹤。豈有遺金供舐犢，敢勞對玉許乘龍。伯鸞皋廡而今少，不向人家更賃舂。

喜氣今朝訝滿庭，漁童也自耦樵青。小奚亦於是日納婦。水花並蒂明前渚，文翼雙飛過遠汀。召客飲宜謀十日，當筵光恰麗三星。不須繡段裝檐額，滿壁華箋燦錦屏。

歸飛秋燕自呢喃，松菊荒齋徑憶三。笑我名兒仍以客，知君愛女甚於男。吹簫詎引臺前鳳，作繭真如箔上蠶。火急粗將身事了，一燈彌勒便同龕。

桑根舊隱指家山，計日扁舟共載還。機杼聲中城郭小，翦刀池畔戶庭閒。服勞好共修雞柵，偕老應同守鶴關。莫似阿婆嗟命薄，年年明月盼刀環。

上車已落氣猶豪，棗脯堆柈饜老饕。佐餕羹湯先作鱠，到家時節正題糕。飄香群羨瑤臺桂，結子堪占露井桃。孝順宜男吾願足，人間富貴總鴻毛。

春風歌吹綠楊城，聽遍高樓夜夜聲。蓬轉屢爲彈鋏客，萍居難作受廛氓。良朋合沓新詩就，遠道蒼茫别緒生。轉首君歸鳳池上，看余五嶽自孤征。

次韻送吴杉亭舍人入都四首

祖帳離筵傍古城，一杯愁對暮潮生。涼蟾東上依依送，賓雁南來欵欵迎。别路倍添羈客淚，遥山應觸故鄉情。茱萸灣畔分攜處，目斷清淮夜火明。

客裏長淹便似家，淒其歲晏孰予華。授衣節近秋風早，載酒園空落日斜。未免寄巢甘短翮，枉將成綺盼餘霞。鳩榆鵬海從今判，須信人生各有涯。

驛路三千岸柳青，一鞭歸馬昔曾經。殘陽隻堠仍雙堠，秋雨長亭復短亭。閉户何時容偃蹇，倚樓終日自竛竮。耦耕倘遂他年約，鷗宅還應近鶴汀。

槃敦詩壇自不磨，良朋聯袂盡陰何。吟殘流水鴉千點，題徧名園竹幾科。舊館從知良會少，新篇定爲别情多。鳳城三月春如海，可憶江南《子夜歌》。

同蔣春農舍人登平山堂時，春農有修志之役，因用漁洋集中韻作長歌贈之

平山堂檻霏烟霜，千載遺跡尋歐陽。樓臺金碧换人世，何異鑿枘乖圓方。我輩作活仗文字，如魚策策還堂堂。紙勞墨瘁費排纂，苦心那顧顛毛蒼。穿珠堪笑藉游蟻，叱石安得成群羊。鑿坏縱欲效顔闔，建標未免同庚桑。江流南望何湯湯，君家遥指大江外。寒流北固當空揚，我亦對此感茫茫。欲歸

不得歲云暮，牛衣獨宿悲士章。憑欄放眼試縱眺，召伯之埭陳公塘。古來不朽定有在，景行前後俱褰裳。平臺賓客憶梁苑，名園花木懷辟疆。看君逴躒奮椽筆，精光耿耿相低昂。醉翁亭畔古香發，乘興我欲治歸裝。

聞江橙里自浙歸，柬之

清秋海日懸孤光，桂枝偃蹇葵花黃。蕭條空館仰屋梁，懷人正抱冰炭腸。忽聞歸客初解裝，襟袖尚帶湖蓮香。急謀執手探錦囊，舊遊更詢西子粧。一語告我喜欲狂，詩老乘興呼秋航。吟筇計日來蜀岡，納婦占叶鳴鳳鏘。舊友奮袖低且昂，各振旗鼓開詩場。鈴音側聽劬禿當，我亦守門憎顛當。誓將突藩同羝羊，十日爛漫醉爲鄉。醵飲速具軟脚觴，東籬菊下選蟹筐，踏歌不負今重陽。

漫興寄侍鷺川

貫月仙查碧海長，銀濤何處盼扶桑？飛花繡戶空回首，小草幽巖亦斷腸。不向孟施看得失，敢從凡楚論存亡。石橋自有天台路，莫信桃花賺阮郎。

贈洪夢巖亞夔兄弟

君家兄弟不可當，雲中鸞鳳雙飛翔。節節足足鳴鏘鏘，並影霄堮騰八荒。矯矯下視鶩與鶬，銜尾接翼隨顔行。左辟不敢相頡頏，适邁家學世克昌。乃祖久有休烈光，膏馥沾丐翰墨場。二洪海内名字香，卽今鮐背壽而康。課孫猶自理舊章，阿翁凫犬懷倉唐。釋褐不肯耽銀黄，言歸子舍愛日長。俯仰作述臻一堂，天倫之樂樂未央。他時星聚稽家祥，人人有集盈縹緗。聯珠定首推群常，我老三版難築糠。荷衣不識宫錦坊，少年襐飾宜芬芳。努力好爲時世粧，集賢學士如堵牆。

送門人趙樸存就婚保定

送爾求凰上帝畿，莫因小别悵臨歧。閨中琴瑟堪爲友，客裏雲山自得師。立馬三關千帳遠，聞雞五夜一燈遲。壯遊耳目應俱展，博議須成絶妙詞。

小山和尚於十二月十九日張東坡先生像邀同人作生日會，余以事未赴

寒香館中快雪晴，天燭丹耀梅九英。伊蒲淨饌怪石供，髯翁遺像懸南榮。無遮大會滿兜率，瓣香

爲公作生日。詩人聯袂盡秦黄，道山千載喚公出。我亦身如不繫舟，十年漂泊老揚州。男兒墮地苦刺促，身宫未免纏箕牛。臨風空奏南飛鶴，羈棲咫尺辜良約。何日禪關一拜公，棗湯獨共參寥酌。

乙酉除夕守歲待發四首

自笑貧家也擊鮮，束裝未了便開筵。屠蘇酒入離觴後，不信燈花是賀年。
杕杜生涯本道周，妻孥今夕且相酬。但能晚歲如翁子，明旦行歌肯便休。
別緒年年悵九秋，停鞍半月便難留。離人殘歲同惆悵，溝水明朝各兩頭。
三朝諏吉趁時晴，拂曉先看短策横。懷鏡不須還響卜，山村寒夜正無聲。

丙戌元旦曉行

蠟炬盈盈夜未收，昴車作作曉星稠。家人方爇爐中火，客子先披道上裘。彩燕從他爭挂勝，蹇驢隨我且驅愁。豐貂煖壓揚州帽，不負平生子羽頭。

過貞孝成大姑墓

射陽湖邊有奇女，操行卓絕邁今古。守志幾欲截其鼻，療親不惜夷其股。凜然正氣留乾坤，獨攜貞孝歸黄土。露筋俎豆淮水湄，吁嗟此女真堪師，女郎祠畔神鴉舞。兩岸官船擊大鼓，何限蕭娘與呂姥。

曉過露筋祠

野岸縈炊烟，業祠依沮洳。林日明朝扃，川光遠相助。輕雲起天末，冉冉如擘絮。舟程愛曉行，風物澄百慮。清磬出松篁，寒汀集鵁鶄。幽境澹無邊，沿洄不能去。

百城烟水閣贈程魚門四首

皎月懸清秋，影落澄江水。客子逢故交，相對浩歌起。元造宰化機，隱顯有妙理。七日豹欲現，六月鵬必徙。吾子抱經術，干時守良軌。生當隆平日，詎肯老蓬藁。異寶呈琅玕，巍棟構杞梓。致身逢良會，一息定千里。所操自有真，聊以奏小技。

三代觀民俗，必先採風詩。作歌以見志，發言爲衷旗。後世沿末流，但知工摛詞。烏空與鼠卽，安用聲響爲。君爲斯道憂，古心獨堅持。僞體盡別裁，風雅益多師。爵爵猊賓鐵，一夕躍中池。寂寂爨下桐，一朝絃朱絲。飄風方自南，矢音良匪遲。

小艇泛秋水，言過朱雀橋。園林當夕陽，古木何蕭蕭。興廢百年餘，猶傳百子樵。僉王弄翰墨，無乃辱風騷。君來發長喟，因之歌短謠。俯仰愴中懷，彳亍臨堂坳。往事不足慨，新月聊堪招。命酒共作達，千古正泬寥。不見石齊奴，金谷委蓬蒿。

淮水流湯湯，怒灌天妃閘。我昔乘輕舠，急溜逐鷗鴨。湖嘴幽人居，深巷一徑狹。盱衡來去帆，當門如排疐。小舟容鈀砢，促膝笑言洽。扣舷誦新詩，魚鳥互喧霅。草草遽成別，三年同一眨。相思勿相見，相見自顏甲。雙鬢已蒼浪，佳句當何法？

丙戌五月出都，吳杉亭以詩贈別，賦此詶之四首

回首西山晚黛垂，一帆又挂潞河湄。微生只合巢蚊睫，野態空教到鳳墀。夢蝶光陰全是幻，涼蟬風味已堪思。轉憐疇昔分攜日，容易三年訂後期。

潦倒關河欲斷魂，半生蹤跡不堪論。殘年得飽儒官飯，舉室皆沾聖主恩。塵土征衣應可卷，丹鉛舊業尚堪溫。孫劉原未曾相識，莫羨三公佩紱尊。

敢言稽古便梯榮，攬鏡空悲白髮生。捕雀人皆嗤掩目，畫龍誰與更添睛。秋風迎客催歸棹，暮雨

懷人闈禁城。兩地相思此何極，莫辭延月一飛觥。

半載相依對一燈，匆匆便作打包僧。關心遠道惟兒女，樂志他鄉賴友朋。避暑習禪從爾懶，看花結伴憶余曾。二分矯首揚州月，好理扁舟興再乘。

與林名露、孫名希旦二孝廉同舟南歸至淮，賦別七首

回首燕昭市駿臺，仙葩無數倚雲栽。卻教莊叟濠梁客，枉向裴君日窟來。千里勞薪愁暮雨，三年空館閉秋苔。不緣歸棹逢卬友，懷抱何由得好開。

諸君才調盡飛仙，傾蓋真成翰墨緣。爽朗襟懷宜水月，淋漓篇什走雲烟。自知郊島多寒瘦，敢向盧王較後前。莫怨征途羈滯久，催詩正好晚涼天。

涼宵倚檻更搔頭，天外殘霞澹不收。四五點花村女鬢，兩三星火野人舟。此間幸隔儀同面，今夕休言洗馬愁。更待高林明月上，舉杯同作弄珠遊。

一髮青山露曉痕，永嘉歸路指台溫。羨君斤竹嶺邊宅，恰對沃州山畔村。入社羊何堪結伴，感時屈宋莫傷魂。他年雞黍如相待，風雪維舟試叩門。

小舫居然一畝宮，洞房門戶自相通。慣看垂岸花無賴，且喜開樽酒不空。斷續鳴蟬深樹裏，參差遠岫晚烟中。誰家水調臨風曲，疑是當年盛小叢。

征衣二月浣京塵，便作逍遥物外人。顧我獨鳴中散調，看君更待上林春。卽今名士逢時少，自古

高才下第頻。試向靜中觀露電，存亡凡楚孰爲真。

促膝兼旬寢食依，忍看梁月便虛輝。三江波浪雙魚遠，千里雲天一雁飛。感舊定知懷抱熱，相思莫遣信音稀。可知木落淮南夜，獨客秋深尚未歸。

雲聯叔自金壇以詩枉寄，依韻奉訓

生逢休明世，讀書苦不早。垂老看春花白髮，已輸青鬢好虛名。南箕與北斗，畢生碌碌竟何有？澼絖封侯各有命，至竟同此不龜手。人生飲啄隨所宜，食薦甘帶寧相知。江淹自分已才盡，李廣何緣亦數奇。百感紛來無次第，松楸故隴淚難制。霧裏誰憐澤豹饑，梁間只合山雌惥。瓜了炒豆瑞草橋，故里耆舊皆我邀。偶然笠屐出近郭，棗湯還許同參寥。野老與人正爭席，啁啾簷雀粉千百。我本無心出岫雲，鼠卽鳥空詎有迹？漢家廣受皆暮年，薄秩何堪歲月遷。栖栖勞翮各已倦，耿耿熱腔空自然。望道半生仍未見，自笑觀河餘皺面。何時一對故園花，內集還爲謝庭宴。江南江北役車休，烟水相望星又週。天涯但得數相見，何殊開徑招羊求。明年沿牒渡江去，紆棹便爲長蕩遊。

聞程南陂先生道山之赴，驚愴彌日，再疊曩年奉詶原韻四首寄輓，碎琴千古，不勝涕泗横流也

丹臺金鼎九還成，玉冊先標綺夏名。鹿駕俄驚迎衛叔，花瓢誰更伴宣平？春雲海上堂堂去，明月峰頭冉冉行。回首塊蘇陳迹杳，空教人世羡哀榮。

詩書門第重玄成，年少天衢已策名。北海交遊皆俊及，南豐身世際隆平。雙扉青瑣含香入，一逕丹崖荷篠行。賀老嵇山疎放久，鑑湖猶自紀恩榮。

百尺豐碑馬鬣成，應教金護賈逵名。生徒上冢來林吉，賓客升堂憶孟平。燈下誰同深夜酌，花前猶似小車行。不堪寂寞東園路，木槿朝朝獨向榮。

千里家駒項領成，蘭階詒厥早知名。曾占星聚群隨寔，定有經傳敢繼平。舊徑羊求休繫念，高城丁石好偕行。只餘麈扇江頭客，名士千秋感顧榮。

同程筠榭赴儀徵道上作四首

帆影周遭樹影重，河干小徑傍高墉。羊頭車子同危坐，一笑真成蟨與蛩。

溝水東西十里長，春風吹過緑蘋香。叢祠也似江南景，蕭鼓村巫賽蔣王。

野店青旗過短橋，林間沽酒愛山庖。幾村歷落遙相對，便自區分大小茅。

處處沿流嚮踏車，非關田叟急桑麻。直看河底深千尺，好聽江聲走白沙。

天寧寺

古寺近通廛，市聲朝暮喧。老僧閉關臥，孤塔入雲懸。欲共傳燈侶，來嘗慧日泉。何時脱塵鞅，歸老鵲爐邊？

同程筠榭送其令子中之入儀徵署縣試

禪關春夜寒厭厭，更漏欲盡月在檐。僧雛騈首正鼾睡，奴子啟戶勤探覘。錦衣丱角雙玉立，摩厲待試文鋒銛。郎罷不寐檢點細，翰墨粔籹同一奩。有似阿母送遠嫁，關心箱籠群幃襜。須臾忽聽奅三發，龍燈漸見人來僉。奔趨童冠競逐隊，小戰亦各知勇兼。我來壁上竊寓目，雲輣翔膾看飛鈐。三十年前憶疇昔，食牛虎氣曾騰炎。自謂青紫便拾芥，誰知竿竹難升鮎。既壯方獲鄉里舉，公車七上霜侵髯。年垂五十博一第，棄置仍作泥中潛。讀書本志豈富貴，致身卻忌年歲淹。譬彼老馬筋力盡，雖入閑廄誰顧瞻。祝君千里一蹴到，遠駕宜趁朝光暹。單席冷地栫垣棘，最易崩迫日赴崦。負手倚柱語未竟，鈴下發呴傳三嚴。差肩少俊各匿笑，此老灌灌真買嫌。魚貫既入扉既闔，晨曦正滿橋東帘。

題方漱泉讀書圖

氣韻藹如春雨香，精神皎若秋月光。披圖相見卽相識，但驚紙上顛毛蒼。別君彈指十年久，十年人事靡不有。君厭冷官已棄捐，我爲臢客猶奔走。一生偃蹇坐書巢，老向玄亭未解嘲。已悔亡羊因挾筴，如何夢鹿尚尋蕉？請君勿復鑽故紙，脉望神仙能有幾？爲虎爲鼠皆偶然，一龍一蛇竟誰是？他日傳神召畫師，更寫寢處山澤儀。置君丘壑誠所宜，手中阿堵夫何爲？

沈沃田疾中作詩見示，卽次原韻問之

藥裹吟牋共一牀，知君卻病有奇方。墮翎老鶴神彌健，曲榦孤松色倍蒼。賓客肯緣疎酒少，奚奴猶爲遞詩忙。維摩丈室無多路，空聽殘更坐夜涼。余時寓官署，與先生只隔一牛鳴地，而不獲出問疾。

送沈沃田歸華亭

清曉鱗雲照碧灣，送君歸棹入雲間。五湖烟雨尋鷗夢，三徑松梧叩鶴關。經卷藥爐堪結夏，庭柯檐鳥足怡顔。二分明月應相待，莫爲蓴鱸戀故山。

留別方介亭

幾載共爲客，常愁見面稀。從今永相聚，聊復暫言歸。野日沉荒浦，寒烟上翠微。山行趁晴好，莫更挽征衣。

梅槎歌贈吳梅槎

食時不願列五鼎，行時不願排八騶。但抱枯木日拂拭，老迂曲榦相纏繆。自矜怪石貯米袖，大似贋鼎陳何樓。勸君此物不必留，拍浮便擲江中洲。不然秋雨棄牆角，蒸菌或出魁父丘。向平婚嫁未易畢，翁子富貴猶可求。詩狂酒癡竟何益，聹淵肯使潛靈虬。君聞掩口盧胡笑，此語毋乃非上流。冥靈各欲侈永算，豎亥詎見窮遐陬。古來遭遇無巧拙，屠販亦致萬戶侯。雲烟過眼還滅沒，誰繫社燕過深秋？何如作達招近局，糟牀新釀初鳴篘。籬根老菊寒不收，帶霜壓帽插滿頭。爛醉便夢泛槎去，浪跡直過東西甌。百年歲月纔及半，不知天漢幾度逢牽牛？

竹帳二首

四面湘烟織畫圖，詩魂清與此君俱。虚簾映日金同碎，小簟招涼玉共鋪。動影定先驅白鳥，合歡須更唤青奴。梅花紙上尋香處，可許高情得並無？

明月依依弄影幽，方輝誤認翠羅幬。宿塵好向牀前掃，清露疑從枕畔流。獨卧晴窗頻夢雨，高張暑榭早延秋。笑他孤館懷鄉客，只覓牆陰一葉舟。

寄洪達夫時爲望江學博，將告歸侍養

求官如釣淵中魚，辭官如去衣上蕐。笑君欲脱不得脱，堂階繫馬空踟蹰。皖公山色明且都，數峰青峭排窗虚。打頭矮屋容醉卧，歸夢栩栩環庭除。春風白髮正倚閭，知君請急計不疎。我亦閉置如閨妹，大雷日望參軍書。

飲朱岷源齋中

快雪三日開朝曦，滿街腰鼓排春旗。侲童跳舞市聲鬧，故鄉節物堪娱嬉。感君愛我爲軟脚，溪山徧擷草木滋。冢婦入廚姑執爨，陵晨轢釜烹伏雌。我聞嘉招便蚤赴，橋堍修弄穿疎籬。班春纔看土牛過，餞臘猶多冰柱垂。入門先索快句讀，開樽更喜遠客貽。瓶中階下各異色，雀梅猴菽爭鮮輝。陳君父子足繼美，陸家兄弟還相師。愧我塵坌相倚薄，對此頓欲忘朝飢。況聞故人有令後，刷羽已見揚光儀。謂葛菱溪新入膠庠。撫今懷舊意感愴，臨食三歎豈酒悲？人生歲月真易得，青鬢忽復霜盈髭。童丱游好存者幾？新鬼故鬼肩相隨。爾我猶得數相見，燈前安敢辭深巵。漏盡三鼓大醉出，一輪寒月河之湄。

雪中至富安巷，飲許月溪齋中，次前韻

朝看旭日烘晴曦，夜喜列宿明參旗。故人招我遠出郭，聞之雀忭同兒嬉。晨起忽見林岫白，滿街滑澾冰泥滋。已教得食等堦雀，肯復匿影同山雌。便溯清瑤傍柳岸，更踏碎玉搴枳籬。山齋晝靜排闥入，蜜梅花發黃垂垂。一堂佳客已具在，五字好句驚先貽。談諧四座盡飆舉，雲鱗漸薄檐生輝。柳家祥兆在猶子，韓門高足知真師。令姪芳谷孝廉暨令徒袁君敦好，皆在座。少年鋒穎洵可畏，鸑鷟豈肯偕鷹飢？憶昔溪上草堂內，羨君寢處山澤儀。昔與許君常往來吳岑華比部處。溪上草堂，比部讀書地也。開徑常許挈求仲，出戶曾未辭孺悲。即今馬策有餘痛，更向何處撚吟髭？況我家山難久住，塵緤未免相牽隨。知君定共猿鶴笑，花前且盡金屈巵。桃源他日刺舟入，洞口好記寒雲湄。

朱定中以紙索詩，走筆應之

久客匆匆作歸計，束裝有如治絲棼。殘書亂帙姑棄置，獨攜襆被欣載奔。入門解橐方失笑，長吉有句竟安存？拂君懷中涇川紙，索我近詩知有以。奈我已成沒字碑，補亡難效束夫子。濡毫聊復前致辭，鴉塗數字原非詩，慎勿多事紗籠之。

小除日讀江夢草詩，因題其後

雪屋一燈酒三雅，何以佐之班與馬。擁鼻更讀名雋句，安知門外雁行者。臨風玉樹真亭亭，作人不殊純粹邢。有時無隱悟禪味，木樨花發香滿庭。咏徧江花與江草，狂歌自比杜陵老。老去悲秋亦何用，捶琴世上知音少。綠波南浦已差差，離懷莫遣春風知。斜川五日足游賞，且向寒梅一賦詩。

丁亥除日爲余五十誕辰，適周鶴亭學博以歷歲自壽之作見示，次韻抒懷即用題後八首

山坳殘雪尚如氈，暫返吾廬已判年。人以識途憐老馬，我甘飲露類飢蟬。探支鶴料仍垂橐，預算

圭租始有田。嬴得簫聲留杜牧，一官還許在花前。

漫説紛綸井大春，享來敝帚豈堪珍。谷中鶯老難求友，海上鷗閒且避人。百歲光陰同露電，半生心力頓風塵。身宫已自纏磨蝎，牛斗何須怨不神。

天涯心跡寄烟虹，到處槐枝一夢中。强對元規頻嘯月，誰憐禦寇自乘風。依人豈慣矜三語，作佛終須證六通。飄泊久同梁上燕，奮飛猶在畫堂東。

白墡茅堂隱士泥，故園鑾榼盡堪攜。退飛已作隨風鷁，長叫誰容失旦雞。求道尚迷三里霧，束身聊借一枝棲。敢嫌頹照黄昏近，麗膺春流亦向西。

塗轍原寬豈我妨，偶然縠玉異豐荒。長楊未免三年閏，短竹寧求萬丈强。阿閣競看雛鳳起，湫潭只合老蛟藏。細推物理行休決，一盞寒燈拜飲光。

紛紛北秀與南能，誰悟千光總一燈。天遣長吟還抱膝，地容高臥且横肱。逢時本鮮梯雲術，得歲終爲集霰徵。多少故交零落盡，不堪往事憶陳應。

寸心灰後已難然，朋盍何勞更祝延。但喜尹班堪永夕，敢言孔李竟忘年。心驚若木千枝麗，目眩明珠九曲穿。所愧壽陵難學步，讓君詩思湧如泉。

三月桃花春水生，便攜筆格與燈檠。吟魂自戀光風暖，别意應隨夕照傾。花下聽鸝千樹好，江邊載鶴一舟輕。深杯擬對秦淮月，秋菊還堪共落英。

張志陛招同朱岷源遊醉翁亭次韻

拂曉花間載酒來，暗香浮磴早先開。竹筠松粒皆成侶，雲影山光盡入杯。天譴詩人尋好句，地留幽谷貯仙才。獨慚塵鞅勞勞客，一酌春泉便擬回。

粽亭詩鈔卷之十

題江夢草學佛圖四首

不斬心中葛萬藤，到頭終是啞羊僧。試看枯坐蒲團者，南北何知有秀能。

莽莽黄輿共赤寰，羊腸歷遍世途艱。低眉努目全無用，只合看雲坐雪山。

如如真境本迢迢，莫向虚空著色描。轉得法華無一字，十年面壁豈無聊？

翻盡金經薤葉書，二時與爾共安居。於今真見桃花未，試向心燈證六如。

貞烈王仲姑詩

吴郎年十五，仲姑年十七。兩家結絲蘿，鴛鴦未成匹。仲姑聞郎死，麻衰欲往哭。祖母曰不然，爾身猶未屬。仲姑入室嘆，顧影悲其身。身既不許往，願終往以魂。朝啟粉多羅，吞粉如吞針。不願素其面，但願素其心。吞粉不得死，再服黄金珥。心已同金堅，身難共金毁。求死不可得，仲姑自撫膺。解我腰間緣，畢命朱絲繩。絲繩復絲繩，再結復再解。四顧無死法，安能復久待。向人求死方，日日作死計。一旦獲死所，仲姑歡然逝。逝者何茫茫，同穴歸山岡。死義非死恩，不得譏嫁殤。雙阡表墓門，大書勒貞石。吳郎年十五，仲姑年十七。

贈葛菱溪

我與君先尊，束髮爲兄弟。槐榆與橘柚，異根結連理。溫溫唐太君，愛我入骨髓。視若自腹出，噢咻無與比。全椒至滁陽，山行五十里。朝發晡卽至，命駕孔易耳。我來斯開顔，我去必垂涕。持箸加我餐，紉箴補我履。頭垢爲我櫛，衣垢爲我洗。驅蚊遍茵幬，捕蝨及牀笫。我生夙偏露，髫齔失所恃。誰知慈母恩，勤懇乃如此。尊公倜儻姿，蚤歲貫經史。高文發奇光，奥義窮祕旨。疑籤必我質，昕夕紛塡委。相於若同胞，使我忘姓氏。見我欲傾釀，入市封羊豕。知我欲製衣，開箱取綾綺。常勸我移家，同居至老死。嗟我壯年後，羈翮屢轉徙。覓食走四方，鄉縣渺雲涘。倏忽十數年，駒隙歲月駛。重來眠食地，歷歷皆堪指。幻等前後身，驚呼新舊鬼。一劍懸徒爲，千金報已矣。所幸讀父書，故人已有子。憶舊空餘悲，撫今實竊喜。子其崇令德，操行固終始。富貴自有命，顯揚則在己。勿更勸我觴，觴行淚不止。

侍鷺川自都門歸，邀飲湖上，步韻奉呈三首

乍喜陰雲拂曉歸，城隅初日上苔衣。珠毬委地還如繡，金帶含苞欲作圍。烟際湖光空外合，雨餘山色望中微。林間招得遙天鶴，不遣離巢更遠飛。

幾載閒身寄檜杉，更無彌勒可同龕。每嫌酒戶逢三雅，慣愛詩衢得二南。舊徑祇增華屋感，殘春又共故人探。柳陰鍛竈容吾懶，頽放休嗔七不堪。

一葉溝中枉拾紅，卑棲只合小山叢。魚天極目無多水，花信傷心最後風。君已杜門知宦拙，我原抱膝耐詩窮。從今排日成良會，應勝東西各轉蓬。

題仇霞村印譜

凡將爰歷既放紛，六體變滅如浮雲。秦碑周鼓辨黝黚，刓鈋缺齾難復論。世惟漢印頗數見，殳幡尚可追遺文。仇君家學本淹富，金石文字羅庭軒。經經緯史恣考索，始一終亥窮根源。偶然寸鐵寄興會，揮斥八極摩蒼垠。心入纖刃刃入石，元精耿耿相吐吞。吁嗟絕技世罕有，區區文何詎堪偶。知君操術殆有神，文人學人皆斂手。我有玉碑三寸強，請君爲疊九迴腸。相思他日緘魚札，好寄朱礬千里香。

哭程綿莊徵君四十韻

自古通經儒，抱道罕亨遇。仲翔老流離，安國終禁錮。狗曲詈翁思，彘圈辱轅固。曲學苟不能，安得阿世具。窮年事鑽研，乾等羽陵蠹。一旦星壓脚，杳杳卽大暮。書漸滿塵寰，骨已冷墟墓。《易》祖與《經》神，虛名竟安附。吁嗟乎先生，聖涯標津渡。績學淹三餘，劬書遍四庫。百兩群師張，九事競諮輅。汲古探重淵，闡幽排積霧。摳衣應大科，蒲輪經再駐。布衣老諸生，竦身儕鵷鷺。發議鏗華鐘，摛藻耀寶璐。自謂傾胸臆，從此任灌輸。明經獲致用，所學盡展布。誰知許身愚，非關承學誤。歸來守書倉，仍自耽訓詁。開卷味彌旨，入室空已屢。離披羊續袍，蕭涼賈逵袴。著書日向遒，窮老更誰訴。小子甫弱冠，早解戶外屨。蓄疑得所質，破闇就燈炷。瑣細考蟲魚，分合訂章句。施孟別糾紛，王鄭理舛互。真僞今古文，純駁大小注。口講兼指畫，源流必沿泝。憶昔戊己交，羈翮共樊笯。旅食當窮冬，短晷日南傃。折堲對寒宵，丘蓋相證悟。以茲賞析樂，頓忘冰雪沍。十載嗟契闊，夢寐托遙愫。每於尺書內，猶爲詮掌故。如何隕少微，遽爾聞凶訃。六籍失良工，大冶誰與鑄？百家無導師，群㝱誰與寤。嗚呼斯人亡，實深吾道懼。道寧堂外門，如意橋邊路。望望隔江雲，彼蒼不可籲。

贈王蘭泉二首

沙岸禪扉帶晚嵐，風檣過處似排簪。轉經未暇嚴參二，開徑真堪益望三。客路車纔停碌碌，家山泉好品憨憨。會波村裏漁莊好，三泖春湖我舊諳。

石徑秋花冷露含，一繩新雁早圖南。虛堂對我能生白，舊事懷人悵采藍。歌底絕憐車子慧，酒邊猶似寶兒憨。他年得句還呈佛，彌勒休忘醉裏龕。

題張芝堂西湖移家圖

漸江江水清且深，駛帆如箭猿孤吟。圖書雞犬共一舸，穿雲直到東海潯。三十六峰重回首，茫茫天都竟何有。爲愛蘇隄一片霞，停舟便繫樟亭柳。一椽茆屋湖之濱，百弓修竹千竿新。高峰南北峙屋角，濃青潑眼如就人。我昔癸辛街上住，一日十上吳山路。安得與君便結隣，寒泉共酹逋仙墓。

題勗亭上人小照

松柏之性雲鶴姿，調御丈夫人天師。十年業白出石壁，桃花一見删群疑。打包偶過蕪城下，禪智山光堪結夏。天遣高僧對冷官，茶瓜便作蓮花社。説有談空已有年，而今方了幻中緣。願將一室千燈影，夜夜中庭拜閬仙。

輓洪達夫

憶昔與君初唱詶，乃在雲木相參樓。大篇强韻各競出，拍肩一笑驚沙鷗。天風蕭蕭黄葉走，禪關獨客顛當守。偶然良會對青樽，遂使深交成白首。彈指流光十五年，幾回離合在花前。蘭陔喜侍雙筇健，芹沼欣標並蔕妍。年年相見便相失，相望咫尺不可即。分明隔巷只三條，安得銜杯彌十日。去年執手喜欲狂，從今不作參與商。詩衢酒國爾我共，風晨雨夕毋相忘。孰意此言竟虚負，人生錯迕常八九。繫馬纔看我到官，放鳩難爲君延壽。江鄉雲物近高秋，玉軑飆馳不可留。從此黄花重九節，忍教沽酒更登樓。

題謝西坪印譜

少年愛觀許氏文，始一終亥何糾紛。昔歲太學考石鼓，乃知古法今猶存。後人私印逞臆見，凡將爰歷無山辨。朱蟠千里透雲香，空使俗工謀黠點。此冊入眼眼乍青，應有神物護精靈。可惜千秋獵碣畔，不使重鐫三字經。

蝗不食禾，同閔蓮峰作三首

我皇聖德，既厚且和。大法小廉，黎庶載歌。鶡懷好音，戢干止戈。乃有蝗生，亦不食禾。

蝗既生矣，詵詵蟄蟄。禾既茂矣，森森濈濈。禾蓄于田，蝗集于隰。蝗如有知，誓不相及。

有漢中葉，太守克臧。金爵既錫，民説無疆。蝗在其隣，以飼鳳凰。未若今日，變灾爲祥。嘉栗旨酒，敢告蚄蚄。

單家橋

傾側單家橋，流水自東注。春草滿荒原，不見尚書墓。

題駱義烏像二首

文河學海早生春，驚世才名自有真。輕薄紛紛何足數，千秋知己是金輪。

休將器識比王楊，忠義高風姓字香。訪得天台石橋路，共君滄海更徜徉。

喜雨作

初灑盆中花，旋濕階前草。忽然檐瀑森森下，咫尺屋角烟雲杳。應是群龍苦久困，翻身一洗鱗甲槁。爽如蓬髮頭乍沐，快似垢汗衣初擣。連朝茹素消腹腴，中夜稽首不憚劬。土龍甕蜧安足恃，男嗟女怨盈村墟。吾生本恃硯田活，圭租今歲甫堪掇。天公應念窮官窮，忍使殘年付凶魃。雨脚纔歇更望天，礮車雲陣還鬱然。舉家明日謀解菜，買肉拚罄囊中錢。

伏日招任松齋、張墅桐暨夢因、定崖、勖亭三上人齋中納涼，次墅桐韻

青奴閒擁對蒼官，獨占虛堂十笏寬。吟侶乍迎桃竹杖，清齋便共水精盤。高懷白業堪同證，小篆朱文足飽看。自笑解衣盤礴後，千篇教和不辭難。

六月晦前一日，李西橋招集高詠樓觀荷，分得韓孟體五古一首

高樓峙水濱，奎畫映天闕。豐琰苔繡螭，曲甃藤藏蠍。萬个敷陰森，一灣疊瀏潏。雀梠穿雲眉，蛇逕縴山骨。逭暑得幽房，延秋仗濃樾。浹日再經過，嘉招頻有佸。小舫晨露晞，疎簾午風豁。選樹坐

空嵌，褫衣挂枯枿。綵伴群相覘，山僧不敢謁。是日招石莊上人，不至。奩開碧玻瓈，盤飣紅韎韐。烈日烝眾熏，繞座彌激越。酒行花氣中，人醉波光末。山館未易曛，芳宴復改設。炬列野客驚，樂動隣舟怛。晶毬上下懸，瑤響高低發。遙輝星乍攢，箎弄音倍揭。瀟灑襟懷清，模糊醉眼纈。更與約重遊，桂香探月窟。

金陵送諸生鄉試，次友人韻

我生幸作麻中蓬，頹影欲落還賁東。得句慣嫌閉戶覓，求友不厭于野同。僦居愛傍白楊畬，問字肯放玄亭雄。卽今行年已半百，面皺齒落頭全童。勝負已付橘中叟，得失休問塞上翁。但遇好山必深入，時有美酒復一中。沿牒重到六朝地，清秋雲物開昏蒙。高旻正霽月額雨，小園頗足林下風。且强冷官作熱客，盍簪一豁拘攣胸。夢蝶片晌亦栩栩，草蟲五夜休忡忡。竹林自可集阮向，梓澤安用誇愷崇。況逢盛世重儒術，高才拔萃無不庸。囊硯橐筆千百輩，雁行魚貫群相從。塗抹忽憶少年事，稱時梳裹爭爲容。壁上不識誰項羽，座中且喜無顧雍。歌場酒國共作達，寸臆何事千愁封。裙屐大會良不易，酣叫嗔報樽中空。酒闌遮客不許散，醉奪羯鼓敲鼕鼕。

和吳魯齋自江都之任金匱留別原韻

自我與子爲深交，如捫仙的躋神囂。寸椹豈易偶然遇，一桃真足平生豪。憶昔趨庭傍講肆，蒼蒼雲護松蘿高。玄亭問字日幾輩，大扣小扣不厭勞。差肩一一羨彭戴，論才各各務《莊》、《騷》。而君苕穎更秀出，入門顧盼空群曹。攻玉子寧復藉石，見漆我已先投膠。有時城隅泛緑水，有時巖際乘涼飆。袖中出詩許我讀，我每噤舌不敢驕。嫫母見施歸自鏡，殘稿拉雜俱摧燒。雞黍已自同張范，雲龍何須常愈郊。搖艇一別新安水，絳雲矯首徒瞻霄。往歲暫遇燕臺下，朔風吹雪盈復陶。自春歷夏雖數見，舊時狂興無一毫。明月枉復照張八，好風安得隨盧敖。何意彈冠效王貢，頓教聯冊同鄭毛。並粥本自異良楛，耦耕未免殊肥磽。敢怨一官獨落拓，但愧八口還饑嗸。小蔦幸自施松柏，白雲常藉滋菅茅。德隣良聚真有數，纔滿半易經中爻。匆匆攬袂便言別，鴻鶴無術留逵皋。人皆遮迣臥深轍，我徒侘傺攀長條。知君此去樂復樂，闔閭城對纑塘坳。河肫大上荻芽美，飽食不異烹江瑤。回飆撾鼓送君發，同雲京口正泬寥。小辛杜野村驛接，定知春意回枯梢。笑握秃管壓强韻，何異濇港延寒潮。瀕別一語更相囑，惠泉先寄五斗焦。

李于亭年七十三始舉一子，詩以慶之

海上蟠桃樹，結子三千年。珠胎出老蚌，光與明月圓。君家明德後，朱門華轂相蟬聯。穀也豐下必有後，無煩禖祝求人先。天上石麒非凡種，抱送親勞釋與孔。一試啼聲知英物，磽磽頭角觀者竦。白頭老罷舞且歌，湯餅筵上朱顏酡。舊書重整硯重滌，傳笏一日三摩挲。我謂是翁真矍鑠，養雛定倍芝田鶴。柳郎藍嫂共百年，從今再索還三索。

題汪鈍叟浴馬圖

君不見流沙萬里來貢時，一馬卓上九馬隨。追風掣電逞逸足，何暇更銜青草嘶。甦脱鈴鞍但土浴，乾泥在鬣塵滿鞿。華廄未必便入選，筋力已劬精已疲。我知君有武子癖，不忍驊騮困下澤。坐對清流趁晚涼，深潭湧出照夜白。雄姿逸態真蕭爽，俊骨便娟神倜儻。秀影波心應自憐，孤情物外誰相賞。疎林落日何悠悠，閒心此時與馬謀。不知輭紅復何處，馬無銜勒人科頭。誰歟畫者擅奇絕，能教人馬相超潔。鷟溪一幅砑光寒，少陵詩境森如揭。半生我亦頓風塵，何日濯纓秋水濱？但得清泉一噴沫，不須釘藻纏其身。

江鶴亭以吴魯齋所贈竹籤韻筒集同人各賦一詩，分得潸韻

客從吴門來，持贈有吴産。片竹以爲籤，小筒以爲攌。淇婓想依依，湘淚餘潸潸。良工巧琢磨，意匠發華睆。小楷刻數字，部分森爣閬。差次一百七，一一爽且暕。燈前試把玩，昏眵撊老眼。如探懷裏策，似執手中板。無勞分虎符，大可配龍琖。主人雅好客，高情矗雲棧。秋堂開紗幗，晚食羅珍饌。勝引既廣招，鄙人亦獲羼。分曹戒讙呶，拈籌慎覘矕。憑天授險易，任運值繁簡。逞豪矜屢疊，防黠杜私揀。競病不敢辭，尖鹽聽所限。或怨金披沙，或快肉貫弗。互換在所禁，迴易亦自赧。未安雙目蒿，既穩一笑莞。半日纏苦吟，霎時成巨撰。矢箙請各歸，著囊俟再捍。倘同海屋添，爲君算醴醆。時近主人壽日。

題歐陽文達堪輿理數畧後

洪荒之人無封樹，斷竹續竹聲何哀。聖人爲民葆至性，厚送化者歸泉臺。司馬石槨誠太過，王孫裸葬何其乖。陰陽水土但相協，綿綿生氣應復來。我本一世骯髒士，劉伶有鍤斯堪埋。牛眠鹿臥伊自適，泉下之人何有哉！但令先靈妥窀穸，無使螻蟻侵肌骸。他日葛溝我亦足，何須更卜小眠齋。先生學邃眾理賅，趼足踏遍雲山隈。著書一洗俗學陋，頓令大地精神開。遊子三年滯羈宦，松楸壟墓生浮

埃。瀧罔欲表待何日，隣人空守榛關棖。逝將請急歸上冢，一負畚梮親培栽。升墟陟罔如肯偕，爲君先買遊山鞵。

吴魯齋將歸吴門，聞程東冶秋賦獲解，喜而有作，囑余繼組，卽步原韻，倩寄東冶兼送魯齋四首

每聽當筵説項斯，便教紅豆惹相思。卽今千佛名經上，何異春風識面時。
鳳策聯華海内傳，生天成佛總居前。可知飲罷流霞客，猶向河東號斥仙。
玉簫聲裏月明時，好迓風流杜牧之。人影衣香猶未散，春城不遣閉葳蕤。
瀕行好取貢冠彈，又見終軍早入關。他日嚶鳴相和處，應憐黄綺老商顔。

朱岷源以詩枉寄，次韻卻呈四首

雲山一揮手，别路浩漫漫。不覺仳離久，其如會合難。他鄉人漸老，故里月應寒。何日同樽酒，重爲三徑歡。

化羊仍畏唾，作虎詎成斑。桑下且三宿，爐中難九還。瓦鐺甘折脚，塵帢任無顔。忽覺開雙眼，一痕江上山。

故人有令子，早歲已名流。謂葛菱溪。般爾曾斤斧，璠璵自琢鎪。能詩劉夜坐，問事賈長頭。惻愴懷疇昔，頻添葛帔愁。

永日當槐夏，清風愛竹秋。敢言慕張邴，幸未識孫劉。白厭道旁豕，青瞻關外牛。蒹葭天水闊，何處郭翻舟。

題鮑根堂水木清華圖

我生愛岑寂，每與靜者便。但遇清流必小憇，時依濃樾惟高眠。搖艇入新安，憶昔廿載前。天梯長嘯人不識，花瓢竹杖相沿緣。濳虬山人鮑薇省，結廬嚴鎮溪橋邊。五里闌干十寺樹，往往同踏秋山烟。卽今不到十年久，尚能追數松與泉。披圖忽見舊游處，林間知是入山路。科頭箕足者誰子？放眼高空見情愫。漸江水木本清華，此君合置清華署。春農舍人今漫郎，時時爲我言根堂。根堂本是薇省族，況聞朋侶兼班揚。我對揚州月，君飲京口酒。一江烟樹只由旬，不知何日果攜手。鷲嶺鰕湖好結隣，羨君坐見萬山春。畫師若補圖中伴，我亦烟霞隊裏人。

江鶴亭以重陽前一日出密雲關之作寄示，步韻奉懷二首

平沙如罽草如袍，老馬枯楊背自搔。霜後天空孤障遠，雨餘磧冷斷雲高。雁過古塞聲多怨，人出

雄關氣倍豪。此夕知君鄉夢裏，菊花猶對寶階糕。

新聲如聽《鬱輪袍》，底用麻姑癢處搔。片紙書應同望遠，一堂人盡卻登高。地經成壘千秋壯，天遺詩才十倍豪。黍谷有春回衍律，金盤休憶繡餘糕。

吳魯齋以詩見懷，卽次原韻奉答四首

自送江干挂後帆，朝朝石闕口中銜。殘灰畫盡難開暈，敝箄投來未止鹹。入夜衰紅聊復剔，經秋病緑忍教芟。耦耕舊約如堪遂，雲臥休嫌白苧衫。

飲啄生平久信天，力耕豈敢冀逢年。雞蟲得失原無據，猿鶴交游亦偶然。我已三千空世界，君應十二悟因緣。隨時會得安心法，定有光從頂上圓。

小舟兩槳罩新油，載酒堪爲汗漫遊。但得一丘容睡貉，何須三品更封鷗。雨餘甓社珠呈曉，霜後風江錦作秋。只有相思多悵望，明霞天末未曾收。

朋曹短李復迂辛，詩酒俄添别緒新。本以同心成契合，每緣分手見情親。歸巢倦鳥聊梳翮，縱壑神魚且養鱗。知有漫郎吾谷在，不須三百計禾囷。

送吳杉亭入都三首

男兒志四方，半生苦棲屑。萍居非故土，奮袖便訣絕。衝寒且北征，關山正雨雪。牽車挈婦孺，遠道共飢渴。遡風亦孔僾，飲冰豈內熱。不敢留君行，忍復與君別。

別君在何許？津亭一相送。長年催挂帆，暮角已三弄。仰視蒼旻高，寒雲如覆甕。今日盡我觴，明日入君夢。長安日以近，矯首雙闕鳳。

鳳翔千仞高，健翮不可留。安能顧雞鶩，刺促棲窮陬？努力事馳驅，周道坦且修。致身有良策，施澤彌遐陬。鄙哉題橋客，但爲駟馬謀。

送程魚門舍人入都時正爲其子作晬日

舍人初出都，兒生始呱呱。兒今已晬周，尚未歸直廬。秋風吹江干，所思鬱以紆。故鄉寧不佳，轉復嗟羈孤。中夜不能寐，坐起三嘆吁。悢悢縈我懷，魏闕兼妻孥。遙念丹鳳城，寄我出鷇雛。玉果與犀錢，羅列陳庭隅。䘹衣翔紫鳳，文褓飛天吳。提印復取戈，中有彩毫俱。鵲噪一何喧，聿至卜征夫。逝將速買舟，一帆隨風趨。急成衮師詩，肯戀紫微壺？鄙人前致詞：人生若漂桴，會際安可期？擿埴且索塗。異日功業遂，乞身還江湖。買山事一壑，歸作耦耕圖。紛綸館閣事，一一付家駒。更向茱萸灣，尋秋蹇菰蒲。菟裘既以營，逍遥足長娱。去去勿復顧，懷中待挽鬚。

無題和姜靜宰韻七首

鈿車無數競芳遊，翠袖娉婷淚未收。芳草自甘空谷老，寶丹難向化人求。玉樓蝴蝶三更夢，金井梧桐一葉秋。城上烏啼天欲曙，可憐機杼不曾休。

夢中虚幻覺來真，暮暮朝朝總愴神。幾夜獨歌思婦曲，從今休現美人身。零霜墜露寧知曉，媚蝶狂蜂别有春。自是幽閨嚬笑嬾〔一〕，莫將梳裹妒時新。

香塵十丈路東西，枝上流鶯百囀啼。暗裏投來應自悔，圖中索取已全迷。涼生繡簟瑶箏歇，夢斷羅帷寶髻低。前約未諧期後約，愁心空逐伺潮雞。

金屋無人問獨眠，佩殘猒勝藕心錢。風前楊柳垂還起，雨後胭脂淡亦鮮。永晝簾櫳芳草地，相思圖譜研花箋。多情他日逢韓重，定化吴宫紫玉烟。

茫茫璚想更瑶思，團扇坤靈孰與持？對酒花南愁似海，懷人山北淚連絲。空教禮佛來求筏，莫漫逢仙更賭棋。鎮日粧成問宜稱，無情菱鏡也相疑。

重重簾幙閉雕櫳，曉日驚看一綫紅。玉虎華泉聲滴瀝，金猊香霧影朦朧。蚓歌唱斷難終夜，雁字書成不滿空。肯向花前還執手，不辭風露立芳叢。

明珠一斛自堪量，宫樣人人學鬧粧。野草枉思牽杜若，逐鳩無分作鴛鴦。九迴結念都成錯，三載思君未易忘。籥局香殘人倦後，空庭明月夜荒荒。

【校記】

〔一〕『嚬』，道光甲辰本爲『顰』，意同。

上方寺餞漕使魯白墀侍御，卽席用蘇公禪智寺詩韻

觸邪衣抱豸，飲潔冠棲蟬。自昔南牀人，勁氣陵虹烟。我公持玉節，宣仁蜀罔顛。春風入漕河，大帆千里懸。事竣歸中朝，行路望若仙。入告陳嘉謨，採風賴大賢。送行無長物，但酌山中泉。歌驪奏新詩，一一呈麗娟。冷官亦何爲，相於共翩翩。願爲高檣燈，耿耿隨君然。

許月溪與臺駿旗亭話舊有作寄示，率賦奉訓

憶昔軒窗對碧波，長堤楊柳晚風和。高城月影杯中見，隣寺鐘聲檻外過。漫道紀群交契密，可知張范別愁多。桃花潭上春如錦，何日相逢更踏歌。

唐漢芝自都門紆櫂過訪，感舊述懷兼送歸里四首

二十餘年夢裏身，新安江上憶前因。戴彭尚有升堂伴，林吉誰爲上冢人。萬里常悲魚信杳，九霄又見鳳毛新。分明膝上王文度，破涕相看一攬巾。

早歲入觀上國光，九衢人羨姓名香。屠龍已就三年技，射雉何妨一矢亡。旅客還家多歲月，儒生報國在文章。故園松菊皆先澤，莫逐飛鴻戀稻粱。

漸江一水共沿緣，子舍恩門地接連。白嶽朝烟當戶出，烏聊暝色倚城偏。心驚野馬浮埃幻，腸斷枯魚蠹索懸。白髮門生無藉在，憑君傳語到霜阡。

六月南風五兩輕，舵樓吹笛送君行。今花昔樹多惆悵，老葉新苗管送迎。揚子驛前征客路，夜郎關外故人情。二分無賴江邊月，好數南天第一程。

哭吳荃江先生

昨宵飲盡歡，今夜寐無覺。吾人方馳箋，先生頓脱縛。妻孥紛號咷，親串共錯愕。屬纊一躬臨，沾巾雙淚落。新哀詎無從，舊事請舉略。嚴君昔交心，小子甫總角。幼客來他鄉，得朋有共學。帽擎黄紙箱，衣繫紫荷橐。操觚效塗鴉，入鈸等寄雀。未足偕浴沂，聊許儕戲洛。每於群遊讌，慣仿侍觴爵。

聯句慚腹枵，登山苦足弱。詎意觀氋氉，便謂真鸑鷟。羊欣裙屢書，徐陵頂頻摸。紙或餉千番，玉亦贈雙珏。交遂聯紀群，親若締衛霍。以茲四十年，不啻再三約。漫遊必因依，拙宦亦倚薄。羌來搴茆芹，劣可飽藜藿。元禮親楷模，伏波羨矍鑠。詩驚座上成，人向甕邊捉。狂吟敕勒歌，間以鄱陽謔。問事賈不休，論文韓最確。烏欲佩善芳，琴愛彈賀若。心緣老更清，情以學彌渥。肯避寒暑侵，不厭往來數。三年正相於，一夕乃棄卻。丹應得大還，體故未小惡。蘇耽知復來，長吉殆差樂。占鵬驚後先，夢鹿感今昨。倚樹空攀號，展書枉跪諾。悲我久擁鎌，哭君更張幕。塵世真茫茫，冥途何漠漠。舊雨如重尋，新詩定繼作。人間事莫論，地下書須託。

集小玲瓏山館追和馬半查先生韻

昨歲感西河，慰君會此過。那知移壑遽，但覺賦愁多。池館千秋地，園林一夕歌。山陽又聞笛，把酒意如何？

椶亭詩鈔卷十一

題江雲溪小齊雲圖

我昔搖艇新安江，手持碧玉穿幽篁。宣平太白不可見，雲林烟嶺空蒼蒼。巑岏峭壁插天起，五里闌干護春水。古城關上苔斑斑，河西橋下石齒齒。空山伐木疑有人，日暮鳴榔者誰子？一峰幽靚倍堪愛，往往停橈歎未已。人生蹤跡那可定，飛蓬幾載感短鬢。鰕湖鶩嶺夢中路，杉雞竹兔猶相認。揚州明月霜風寒，獨客悲歌行路難。與君班草乍相識，紅燭聽簫秋夜闌。酒酣爲我話鄉里，烟霞洞壑堪僂指。何人潑墨寫靈境，楞山老人陳玉几。剡藤一幅尺有咫，忽移巖岫深堂裏。小澗疑浮竹葉舟，虛嵐欲染樺皮履。僕也對之神飛越，舊境重逢嘆可絕。摟身便欲入圖中，尋我松根坐時雪。丈夫四海困棲屑，曰歸曰歸何日決？白雲飄忽擲寒猿，紅塵偃蹇隨跛鼈。請君收圖爲君說，鵂鶹有林蟻有穴。莫使家山空臥遊，靈根老盡菖蒲節。

哭楊攢典長藝

古人重掾吏，致身可通顯。蕭曹逮張丙，勳業著鼎鉉。後世多浮薄，遂不參上選。才或有寸長，德難紀一善。波靡使之然，積習孰可轉？末秩傍泮宫，愈益不堪搴。祿薄奴怨咨，官卑隸偃蹇。符帖日放紛，簿領多乖舛。惟以吏爲師，便謂事足蕆。而我不謂然，綜覈若抽繭。惟汝性質直，不肯效錢謫。中既含樸誠，外亦具精辨。遂若指隨臂，大似畝依畎。老母年既衰，昕夕謍饈膳。頗能供旨甘，或且致洗腆。展視及枕席，經營到茶荈。前年母病革，倉黄謁盧扁。榀柎與絞衾，一一預條件。母亡號不絶，終日雙淚泫。遂以毁致疾，雞骨消膜皾。氣微不得哭，拉淚但吁喘。匝月亦遂亡，不復暫留眄。拊膺如壞牆，嘔血似融銑。吁嗟乎斯人，此豈可强勉。幼未多讀書，長寧工數典。居然爲殁孝，身殁名不殄。愧我作儒官，未能滌澳涊。三載空訓迪，素餐實臯琄。孰張公門閭，孰董生雞犬？乃於群瓦礫，獲此真瑚璉。死者寧無知，生者殆有靦。作此示學校，幽微共顯闡。

許月溪以詩付臺駿見寄，獎藉所加未免溢美，次韻卻呈即示臺駿，使讀俾知長者賞譽未易承也

驥子喜初回，魚書復遠來。山中真大隱，轅下豈長才？老鬢添霜久，雛音出谷纔。高軒他日過，

題鳳定堪猜。

題許星士小照三首

文若借君面，季珪分汝鬚。淩烟高閣上，曾有此人無？

口裹價，雖不二；杖頭錢，已無多。道上相逢一笑，汝是韓康伯那？

虞翻骨少封侯相，管輅生逢月食辰。頭角自看星自算，不應曲逆竟長貧。

題陳體齋太守蕉桐滌硯圖

緑天陰陰静無暑，五馬門前日卓午。訟牒不來老鈴臥，自手一編坐苔礎。琉璃匣内藏古雲，無數隱體紅絲紋。呼童池上一洗滌，墨香暈起波沄沄。吾聞古人守硯如守身，王家傳婿范傳孫。公之此硯足世寶，肯使紗帷輕污人間塵？一日滌一遍，滌後真彩見。知公百滌百不厭，水花香裹光甸綫。半生硯田我欲蕪，蕉心不展桐半枯。磨穿片鐵竟何益，燈殘雲母空咿唔。枝官頑石同濩落，束帶三年傍階鶴。破瓦空勞夾袋收，凡材猶望湔盤濯。秋月樓頭玉笛横，秋風吹遍緑楊城。文章太守揮毫處，可許差肩大武生。

題白秋齋遊戎所藏陳榕門相國手札卷軸，卽送秋齋入都

古來良相與良將，氣類猶如乳投水。不有伯仲伊吕才，焉識絕倫軼群士。秋齋將軍今人雄，意氣直貫垂天虹。榕門相國撫吳日，愛其勇敢堪元戎。手書慰勉叙契闊，絕似髯公與諸葛。卽今故紙數行中，片語猶教真氣活。去年偵盜徐淮間，趼足走徧芒碭山。談笑一探囊底智，逋藪各膽皆摧豩。孟冬良月朔風急，匹馬朝天入京邑。天子方思將帥臣，將軍正向彤墀立。群帥邊疆多則多，三川壯士尚横戈。請看銅柱標功業，至竟終歸馬伏波。

題朱立堂琴溪坐釣圖

桃花潭畔我曾經，萬笏遙山點點青。惆悵踏歌前夢遠，披圖還起羡魚情。
幾載勞人共嘯歌，知君猶未辦烟蓑。我亦投竿慙郅惲，漁兄漁弟笑人多。

葛菱溪赴試金陵，倩寄沈岳瞻

秋柳蕭跡白下門，三年離緒各消魂。故交白首晨星在，昔夢青樽夜雨繁。剩有江山供嘯傲，聊將

書卷付兒孫。下泉羊左音塵隔，惻愴應同采菽原。亡友葛繩武之第二女，菱溪之女兄也。沈岳瞻以爲己女，字周宗之。

寄周宗之二首

玉在崑山珠在淵，一時聲價萬人傳。侍郎家學巋然在，心事拏雲屬少年。宗之乃櫟園先生之裔孫也。

前年一棹返君家，邀笛青溪坐日斜。秋夢時時定相憶，晚荷開遍後湖花。

集同人夜飲三賢祠，醉後乘月泛舟紅橋，聽石莊上人吹簫，彩郎度曲

主人既醉客欲歸，中天寒玉騰清輝。清輝籠入晚烟重，回首高樓昏似夢。石莊上人老且顛，簫聲中有文字禪。惠家彩郎纔總角，歌喉一串珠絡索。簫鼓綿綿歌聲遲，分寸暗與輕舟移。箏琶羯鼓盡匿響，但裊一縷空中絲。泛音遠掠涼波歇，約住輕雲未教滅。滿船醉客灑然醒，愁聽寒蛩伴幽咽。秋林庾墓王郎歌，千古傷心喚奈何。與君且證聲聞果，更向空山吹法螺。

三賢祠看桂

名賢祠宇枕芳洲，花下尋詩足勝遊。愛客鄭莊頻置驛，離家王粲且登樓。斜陽影入疎簾晚，冷露

香屯小院秋。樽酒天涯同一醉，不須偃蹇憶山幽。

庚寅十月於廣陵學署爲葛菱溪完姻，詩以贈之四首

徐榻三年旅館寒，女牀今始見棲鸞。堂前列炬看新婦，座上無氈笑冷官。共羨好逑歌窈窕，肯辭來括賦間關。巢居何必分鳩鵲，都作團圞骨肉看。

苜蓿衙齋寄一枝，何殊逆旅迓星期。人言納婦傾筐篚，我只延賓藉縞綦。椎髻練裳看總好，蘆簾紙閣定相宜。禖屏一致宜男祝，預卜懷中抱客兒。

爲勸當筵合巹杯，一尊家釀撥新醅。綵毫乍借匀眉潤，繡闥都因寫韻開。廡下唱隨高士伴，帳中酬答出群才。詩成卻扇尋常事，叉手休嫌夜漏催。

狂奴故態憶從前，贈婦曾經爲彥先。羊左交情成噩夢，朱陳婚媾總奇緣。慈親望遠應多感，內助同心好象賢。佳婦佳兒雙美合，作書一爲報霜阡。

除夕題羅兩峰鬼趣圖

葦茭敧斜桃符直，神荼鬱壘當門立。冷官守歲一事無，獨展此圖三太息。我生最愛《志睽車》，路逢不畏群揶揄。搜神集異徧捃緝，乃復見此真董狐。人世幽明本不隔，何必燃犀始照得。閱殘三萬六

千場，終歸四萬八千鬲。請看野仲與游光，紛紛游戲成雁行。芙蓉城主不足貴，骨葩國仇皆可忘。屠蘇醉後燈花爆，且與君輩同吟嘯。韓愈有文君且行，劉龍作事君休笑。

喜晤吳二匏，卽送之任汀州，仍紆棹新安覲省

揚子江邊客棹過，八閩來暮定先歌。論心似引絲千縷，勸酒還憑玉一渦。銅輦定知秋夢遠，金船應見夜光多。雲門峰影前遊地，羨爾能鳴故里珂。

汪丈鈍叟邀同汪晴初明府湖泛，卽次晴初韻贈鈍叟

日晏舟初移，岸闊花倍顯。茲晨有嘉招，尋芳不覺遠。名園傍城闉，連延無少斷。竹樹既紛交，亭閣亦互繾。似製百家衲，如結同功繭。沿堤窺其外，不知所見淺。洞房一深入，宛轉難自遣。闞奢邁愷崇，營巧軼寬緩。分曹踞遨牀，呼侶招綵伴。足使人意消，各詫吾見罕。何須白石仙，日服青黏散。山脚更檥棹，拾級踏磴蘚。初旭遠者凉，微颸泠然善。未暇造初地，詩句叩無本。似聞錫飛遙，深山策朝蹇。但見萬株松，蒼鬣蜒復蜿。啜茗就濃樾，漸暝不肯轉。華奴與媚子，並坐情懇欵。野店啟篨篖，小車開繡幰。灼灼緋桃花，日炫不可辨。老夫慚形穢，摯衣如匪澣。獨羨香案吏，墨綬暫教綰。鳳羽飛百觚，牛腰束千卷。豈惟謠頌興，實亦案牘鮮。好奇剔層崖，尋幽歷嵌竅。韡每嫌深雍，衣或効偏

祖。愛我性真率，讕語恕任誕。有時狂飲後，酣叫抒憤懣。有時佳文成，細意訂譌舛。嗟余液樠材，臃腫不中選。齒如寒林豁，髮似秋原㲡。逝將築休亭，便可老忌阪。蘆碕肯諱窮，黍谷焉冀暖。班草四五人，企脚坐沙堰。夕陽欲西下，烘霞滿望眼。回舟各謀適，小榻一息偃。開舲花光入，拂席柳絲軟。沸響聞泉紳，高峰矗雲棧。笙歌更間作，大白各引滿。曠懷情性洽，深交禮數簡。家珍羅百琲，國香襲九畹。紀群兼籍咸，粹美無所揀。主人我父執，於禮先一飯。世交古所敦，末契何足算。憶昔趨庭日，摯愛實共展。於今二十年，逝水不復返。君曰是不然，與子更數典。巨舟已移壑，殘碑空在峴。花開愁轉多，觴至感何限。君才足飲爻，有夢定吞篆。便作春夜遊，不辭宵露泣。籠燈就花下，酡顏一再盥。酒兵敢互角，吟髭且共撚。縱教賡句多，莫惜訂交晚。聽鐘漏方長，折堲燭已短。醉眼俱模糊，歌聲猶婉娩。更待四五月，朱實垂纂纂。挈榼邀重來，堅約慎勿嬾。詩成苦惡韻，强壓益自赧。有如鄧林杖，速棄敢復赶。

題伏生授經圖，贈汪晴初明府

西京風氣龐且鴻，經術吏治相磨礱。翁卿少卿召與龔，茂績未著經先通。乃知吏治匪緣飾，明經致用方有功。伏生儒者居山東，遺經在壁道在躬。太常遺錯親詣受，傳寫典謨歸禁中。勳華祕旨再昭揭，晚生瞀學開愚蒙。以兹炎漢治獨古，中和樂職登郅隆。寧化許子真畫工，丹青妙手兼浩仝。持贈斯圖入我室，頓使天宇開晴容。龐眉老叟身龍鍾，鼻涕一尺兩耳聾。詰屈句出囁嚅翁，濟南潁川語不同。聽者瀝耳不敢重，有如大木堅難攻。若非女子善傳述，兩家驛騎將安從。授者傳者授傳者，紙上如有聲在空。廣文官署如鴦籠，屋漏痕滿青泥墉。大似才人嫁厮養，位置無所憂心忡。卓哉明府興化公，經術政事今文翁。昔年視草蓬萊宫，經神人呼鄭司農。即今牽絲宰劇邑，印牀不厭堆詩筒。況當四十正强仕，大旆斿見飄雙紅。請將此圖懸高欒，疎簾清簟光交融。吏民觀之盡激勸，經師樸學盈花封。他日宦成招喬松，槁項黄馘扶霜筇。仍以經訓爲延洪，壽身壽世無終窮。重省此圖定一笑，但恐文學掌故今難逢。

送葛菱溪之邳州

河北春光最不聊，送君飛渡一鞭遥。雲開芒碭英風在，路入徐邳客意消。歸夢定隨遊子遠，旅愁還爲老夫撩。少年酬接須謙慎，千古人傳進履橋。

人日招集諸同人登文昌樓觀雪，分韻得好字

雪霽春欲來，官閒貧亦好。新歲開宿醖，勝引攄清抱。傑閣臨交衢，觚棱耀晴昊。連巒陟層顛，放眼睇遥島。感兹良會難，歲月各衰老。相期人外游，塵事非所道。

蔣清容初開安定講席，庭謁之下蒙以尊集疊用東坡歧亭韻諸詩見示，次韻奉呈

偉哉玉堂仙，傾彼金壺汁。高原既建標，衆水競趨濕。珊已越網收，弓復楚人得。聘幣走使頻，經帷請業急。君真管邴龍，我慚旻胄鴨。有如犧象尊，乃用絺綌冪。峩峩講堂開，廣楹朝日赤。饌促都養供，事因小吏白。交本忘形骸，禮亦具袍幘。敢效衰鳳狂，庶免枯魚泣。從此浹日聚，風雨不暫缺。文既會生徒，詩更圖主客。何必羨王筠，一官乃一集。

復倒疊前韻跋後

覆我掌中杯，讀君篋中集。卉服慚山民，珠綃駭泉客。錦爭蒲桃新，劍無黍米缺。渾沌鑿盡死，真宰訴應泣。酣醉自撩衣，高歌復岸幘。奇真慴小巫，快足浮大白。五木難喝盧，一幟敢樹赤。對鏡欲效顰，憎面先求冪。大脯麻姑麟，細劚趙鬼鴨。鎧鞳鐘鏞鳴，嘈囋箏琶急。聲味非人間，君從何處得？想其放筆時，倒挽銀河濕。他人慎勿爲，諸葛已帶汁。

三月三日招盧礠漁學士、魯白墀侍御、袁春圃觀察、蔣清容編修、王夢樓侍讀讌集湖上，泛舟至平山堂，夜歸疊前韻

殘梅飄遠馨，弱柳毓新汁。衝霧出城闉，初陽入影濕。中朝冠蓋來，外酒瓶罍得。山僧接引忙，餓隸奔走急。吐綬林中鷄，呼名沙上鴨。名園竹徑迷，曲室花光羃。山腰方陟青，日脚已墮赤。淡烟疎影中，新月一痕白。言歸總宜船，各易解散幘。妄語助朋歡，清歌引嫠泣。貧家學治具，卽事多所缺。明日定傳笑，冷官招熱客。野遊如勿厭，更與訂後集。

蔣清容太史繪歘佩偕老圖，題詩幀端贈其内子張安人，並屬兆燕次韻代答

大衍數五十，其用四十九。陰陽協丁壬，乾坤闢子丑。大義遂胖合，結褵爲君婦。移天占梍牽，俟命樂株守。結茲翰墨緣，勝彼琴瑟友。執笄拜姑嫜，澣衣寧父母。縫紉惜袓裼，掃除珍黻帚。豈惟饜慊覈，未敢釋戴負。襟懷聊可舒，富貴不足取。聞雞子其興，挽鹿我寧後。頭托子羽身，舌在張儀口。但覺蘭同心，詎畏柳生肘？貂蟬淹既逢，心肝賀猶歐。高譽熾而昌，遠道阻且右。有喜對龍顏，無事似犀首。誰爲鸞鳳翔？誰作牛馬走？誰技嘆五窮？誰才侈八斗？滚滚京華中，與君閲歷久。懼

爲喪我吾，且别在斯某。處身權木鴈，入世諳衣狗。詠已删戎濤，風真慕廣受。揭來江左地，浮家具區藪。相攜登禹穴，窆石禁踏蹂。講授召生徒，標舉誡營苟。論文探其真，繕性培厥厚。得兔堪忘蹄，取魚實藉罶。來觀紛組紳，逖聽遍童叟。詩析齊魯韓，禮掇戴翼后。誦書懷都俞，玩易凜譽咎。詩囿獵王楊，文河涉韓柳。丹成看飛昇，心空脱纏糾。堂前茅容雞，室内庾郎韭。老姑尚未衰，衆雛已離鷇。昕夕循蘭陔，早夜鳴齏臼。好風幸與俱，松下來亦偶。五載山陰道，奇麗靡不有。沃洲與天姥，膏澤連區畝。禊社四五人，耕夫十千偶。南北風旦暮，東西女美醜。斟斟桑騄蠶，粲粲籰纏綹。瑣事既足識，近俗亦已狃。小住良復佳，懷安君曰否。扁舟遂北渡，江漲夜深黝。霧濕估船帆，燈明漁屋笱。地已入淮壖，夢猶繞越紐。峩峩堂復開，循循教善誘。頓令奢綺習，一朝滌宿垢。示彼衣中珠，貽以佩上玖。英才皆及門，納約先自牖。筏渡迷津人，杖導索途瞍。輟講即哦詩，得朋必呼酒。相安貧寠常，幸免禍患陡。縱有七不堪，已足三不朽。日月壺内藏，天地橘中剖。蟬尚笑垂緌，雞應悔吐綬。鸞誥幸已叨，鹿門庶無忸。花同賞鼠姑，影並倚鴉舅。五噫君休歌，兩端我試扣。逍遥但惠莊，怨怒何季郈。且與勖兒輩，精神共抖擻。口勿蜇五辛，胸須藏二酉。晚馨羅蘭菊，夕膳潔桃藕。守門效顛當，脱尾任蝌蚪。請與畫中人，比肩無量壽。

題抱孫調膳圖，呈清容太史

綠陰深静晝錦堂，杯棬凡案羅芬芳。太安人起將出房，安人拱立排羹湯。久諳食性必先嘗，桃諸梅諸調燮良。童孫懷中初斷乳，入抱趁人覓摶黍。嬌啼似媚曾祖母，婆餅焦時喫脯脯。先生此時方課經，童子捧硯滌金星。雒誦未終午炊熟，呼兒上食趨中庭。鍘童竈妾百十指，飯盂羹梜相塡委。安人口分平且均，斷葱切肉新料理。滫髓養老飴弄孫，一一瓶罍高閣庋。結鄰我亦一畝宮，老妻朝爨頭如蓬。忍憶扶杖坐堂北，但厭索飯啼門東。先生佐餕且行炙，此樂三公真不易。門外林宗亦熱客，傳語當關勿遽白。

斷箴吟再爲李晴山作

昔遇李侯長安市，示我斷箴索我詩。詩成嫌我無好句，許君他日更作之。此言一食竟十載，有如宿債無償期。十載風霜驚夢蝶，斷箴戢戢猶在篋。李侯得第看花歸，歸捧斷箴淚盈睫。男兒青紫芥可拾，銜索枯魚難久攝。春波未足潤龍鱗，秋草空教埋馬鬣。斷箴兮斷箴，刺人兮痛深。半世兮手澤，千古兮傷心。聽君重話斷箴事，真悔輕作斷箴吟。

贈魯白墀侍御

魚頭御史邦之光，天邊丹鳳鳴朝陽。綵筆高挹仙掌露，繡衣獨立烏臺霜。一朝銜命下南國，夾岸江人歌九罭。循拊千艘入漕河，恩周淮海深無極。冷署朝來倚短墉，開門忽見鮑家驄。手板倒持帽剗戴，搴帷一笑生春風。枝官倓僜誰比數，滿逕蓬蒿日卓午。引喤聲到餓隸驚，飛蓋影留童稚訝。小艇城闉繫綠楊，連裾便訪谷林堂。看花處處新詩滿，愛客朝朝宿酒香。皇華亭畔旌竿揭，運租船載江心月。冷鈲當胸百丈牽，深泥沒踝三更發。使星明處戴恩多，舟子榜人歡且歌。百萬役夫齊挾纊，三千驛路總恬波。南風欲送春水宅，知公已滿泛舟役。老葉新苗古竹西，一杯共贈繞朝策。東南民力軫宸衷，入告嘉謨疏幾通。知歸華省猶懷鄭，莫向長楊更薦雄。

次韻酬丁玉華二首

相逢好盡碧山槎，到眼何非稱意花。自古文章銜石闕，幾人名字入金華？莫言漂梗全無著，須信洪波亦有涯。燈火揚州多夜市，不辭村酒爲君賒。

落拓江湖二十年，不曾辜負看花天。選聲求友欣多應，作力登山未肯綿。殘客久嫌三語掾，冗官便做五通仙。獨慚下榻無閒地，累爾猶牽岸上船。

寄程東冶

具區萬頃何蒼茫，烟波百里圍金閶。虎丘劍氣不可遏，化爲才子健筆騰奇光。吳門才子號東冶，少年意氣如奔馬。但看文字邁群倫，定知性情足風雅。元和大令吳魯齋，作人不肯譽凡材。酒酣爲我言東冶，今我一飲三百杯。前年作詩寄君去，今年報我來佳句。千里平江一夕風，彼此吟魂不知處。憶昔乞食遊吳中，皋橋羈旅無人同。山塘七里獨遊遍，春波照影如飛蓬。此時東冶在何許，使我空向要離塚畔尋梁鴻。揚州花月春江夜，千里相思堪命駕。何不一來賦蕪城，芍藥叢中度初夏。

題五烈祠司徒廟十二韻

弱質一堂皆節烈，雄風千載尚英靈。清標堪結山川秀，俠骨猶傳姓自馨。定有香心彌海甸，好將毅魄照邗溟。堅貞自著閨中傑，忠孝堪爲士類型。幡影棲塵幃自掩，松聲帶雨戶常扃。芸編宜列先賢傳，蘚碣爭看幼婦銘。社鼓村巫門暫啟，野花寒食路曾經。鼪鼯左右跳虛壁，羊馬欹斜臥古庭。血淚慘凝橫澗碧，眉峰愁鎖隔江青。仙娥去後應歸月，處士亡時定隕星。丹粉樓臺終是幻，笙歌醉夢幾時醒？冷吟閒眺頹簷暮，燈在幽房月在廳。

夏日淮安旅舍憶程魚門銓部，卽用其都門移家詩韻寄之四首

傍湖樓閣是君家，近郭園林萃物華。高岸壓城朝色迴，連檣成市夜聲譁。文章枚叔千秋里，風露羅含一徑花。誰信龐眉郎署客，年年慣作寄巢鴉。

知君心地本離塵，索米長安不厭貧。藜焰閣中讎四庫，藤花廳下閱千人。吏部廨廳藤花最盛，選人多於此

聚立投謁。肯將僻澁矜長吉，自以紛綸傲大春。我已無心更西笑，漫勞招手向雲蘋。

乞火壚頭問餅師，渡河曾此換征衣。役車久謝罔頭轍，漁屋猶存竹下扉。多病餘年聊作達，近鄉薄宦易言歸。喬松各具參天勢，小草牆陰也自菲。

草茇孤燈破牖虛，幾宵惆悵便回車。魚書屢省新來札，燕壘頻看舊日閭。風物又逢菰黍節，鄉心應憶筍蒲葅。登壇他日功成後，好理臺前釣者居。

范堤曉行

久作荒村曉起人，翻教逸興入蕭晨。鋪場衰草紅於茜，出水柔蝦白似銀。海上樓臺先見日，霜中樹木早回春。不辭跋涉田間道，冒絮衝寒一水濱。

秋夜

風葉無停響，寒蟲耐苦吟。虛堂千里月，獨客五更心。夢裏勳名晚，愁中歲月深。江淮多雁戶，側想一沾襟。

題夏千門一竿風月圖

我家涂塘水，東流屈曲三百里。清波環抱棠邑城，旁有龍池深無底。我年十三四，躍馬經過此。便思垂釣傍池濱，直釣潭心金色鯉。四十年來奔走忙，此願至今未果償。每到池邊不忍去，靈巖山色空蒼蒼。披徑此圖三太息，烟波萬古無終極。定知郅惲乍投時，猶戀長竿淨如拭。冷官相對賦閒居，何異江干作老漁。至竟須尋舊風月，綠萍紅蓼自相於。

輓杭堇浦先生

秋潮八月來錢塘，悲風颯颯胥母場。群仙乘雲歸帝鄉，中有詩國杭州杭。九原丈人荒塚旁，三間老屋傾斜陽。萬卷插架不可將，留與蠹魚化脉望。白玉樓記紛琳瑯，天上文字價定昂。碑錢不勞索者忙，先生一笑開勝囊。劉叉應不知所藏，紂絕帝晨堪頌揚。清職更作修文郎，紛紛埜仲兼游光。揭來受學師蕭張，芻銀紙繒贈滿堂。上階長揖遮須王，地獄盡化爲文昌。紅塵回首何茫茫，雪飛波逝真無常。

蔣清容太史三年前初得長孫，曾與長君同用坡公岐亭韻志喜，今其次君又舉一男，長君仍用舊韻爲賀，湯餅之日持詩索和，依韻奉呈

芝草皆瑞莖，醴泉盡仙汁。水水有本源，原隰分燥濕。元方與季方，二難既相得。遂覺脊令原，菴育亦互急。羨此聯飛鳳，愧彼失群鴨。雙尊排象犧，一一啟巾冪。年僅差稚黃，地若別緊赤。飯纔熟二紅，博已賽五白。孩提同繈褓，長大共衣幘。早傳讓梨風，堪嗤煮豆泣。祖武競追步，佑啟真無缺。老夫類山民，心喜見獵客。醉歸起妄念，遐思阮遙集。

數旬後，長君又得一女，再用前韻賀之

朱綠皆奇章，酸鹹總美汁。豈可居高明，遂至惡下濕。一索既成男，再索女亦得。非若初祝禖，弓韣是所急。男如雲中鳧，女如沙上鴨。體雖異飛沈，味同登鼎冪。昨聞掌中珠，出水水盡赤。三日試靧面，花紅兼雪白。他年作書生，何必加冠幘。預計結褵時，未免持踵泣。德言與容功，姆教定靡缺。乃祖愛賡酬，請卻門外客。從此謝家庭，雪夜有內集。

題高東井陳蓉裳聯句圖

車中連璧同嬉遊，千古惟有潘夏侯。圖中之人毋乃是，結緣翰墨真綢繆。一人檢書似冥搜，一人泚筆猶回眸。子面吾面未遽似，君心我心已兩投。一氣自注沆兼瀣，雙聲詎别鼻與喉？寸管次第捉復搦，好句陸續賡還酬。如梭擲機蟻旋磨，如肉貫弗珠穿毬。如枝連理結不解，如繭同功絲互抽。潤如琬璧列一珏，清如江漢交雙流。迦陵頻伽共命鳥，音響豈有凡啁啾。當其神采競焕發，簾影欲動花光浮。鑿枘彼此竟穩入，喁于前後寧非儔？篇成削稿眾譮舌，誰能綴此千金裘。蒹葭前與玉樹謀，隴廉頗欲儕間婌，肯許暫作光威裒。

次韻送别吴魯齋六首

魯齋於治術，根源在詩書。考其理縣譜，無非德充符。始興人之爹，不求眾口譽。居官愛吟詩，清水浸芙蕖。至今江都堂，明月照階除。羊續去已久，猶懸梁間魚。

貞珉立高碑，大主設生位。民情大可見，此事良不易。古者有循良，三異徵協氣。千間構廣廈，九州製大被。不如百里中，黽勉爲仁吏。

自我與君交，披豁同悲喜。壯心每不平，哀音多變徵。聞君鼓祥琴，嗒然憑素几。行將理征裝，驅車又北指。揚州亦暫住，春風相料理。東山寧久淹，定爲蒼生起。

憶昔新安江，與君託知心。子舍相往還，論文見沖襟。枯魚感銜索，轉首難重尋。君猶祿逮養，我更創痛深。四鳥鳴峘山，安得載好音？

蔣公開三徑，謂蔣清容。至德人所仰。作詩持贈君，清言見樂廣。漫勞索劍吷，欲繼鐘鏞響。含毫效苦吟，斜日照虛幌。憶往多軫念，撫時紛幻想。何時遂耦耕，共游羲皇上？

春風吹綠楊，送君出南郭。江舟催曉渡，衆星猶作作。叢葦鴈鶩喧，平波鳧鷗躍。誰知執手人，無言懷抱惡。知君浮海志，取材得所託。若士與盧敖，終竟翔寥廓。

棕亭詩鈔卷十二

張看雲年七十將歸老震澤，不復出門，作自遣詩三十首索和，即步其韻

名山歸去臥仍遊，不負平生馬少游。塵冒幾年原已滌，溪毛從此定堪羞。夕陽松徑頻招鶴，春水苔磯好繫舟。獨眺蒼烟無伴侶，勝他人海作遨頭。

幾載詩衢奉德輝，忽傳歸興憶林扉。行藏不畏樵夫笑，蹤跡寧愁牧孺譏。作賦有情同靖節，著書無憤似韓非。空山他日相尋處，雞黍前言定不違。

半生風雨作梳篦，身似流泉未守谿。桃梗誰憐中路客，梅花空憶故山妻。眼枯夜月方諸淚，心碎春風杜宇啼。此日一帆歸計穩，勞薪舊夢怯重提。

五兩搖風喜乍晴，江雲盡處曉烟生。一峰遙黛杯中見，七尺孤桐膝上橫。客路永拋心自豁，家山遙望眼逾明。竹籬茅舍周遮處，溪鳥林花倍有情。

莫釐峰色望中微，紙上烟雲腕底揮。花影簾前紅似錦，湖光枕上碧成圍。蕭涼疏水貧多樂，拙樸妻孥老足依。不爲探梅重戴去，無緣更著舊征衣。

莫笑迂夫更釋迂，性情本自異時趨。湖山幸列神仙窟，翰墨聊成主客圖。無事閉門惟蠟屐，有花

招客便攜壺。胸中別具閒經畫，籌略瓜田並芋區。

扁舟江上採芙蓉，一笛波心吼玉龍。曠野波光收巨渚，空山風物近清冬。平湖水落纔三尺，老屋雲封更幾重。洞裏胡麻應有飯，何妨白髮慶遭逢。

粉堵茅檐一望新，吟窩安樂貯閒身。澆花汲水頻提甕，漉酒當風自墊巾。村舍蒼烟沈日脚，湖天白晝蹙雲鱗。洞庭山下觀垂釣，誰似詹何獨繭綸？

把臂何時許入林，顛毛我亦雪霜侵。漁村得酒寧辭醉？樵斧尋山不畏深。壯志已銷三尺劍，餘年好付一絃琴。獨憐送別津亭後，憔悴秋園病不斟。

杖履圖書足養真，不須風物感蕭晨。難尋海上乘槎客，且作山中拾穗人。放眼白鷗空浩蕩，撫懷蒼石尚嶙峋。毛公壇上聞長嘯，落日紛紛下野賓。

空山寂寂夜沈沈，孤月蒼崖揭萬尋。圓攝不離身口意，靜觀堪證去來今。但求張邴爲深友，不與山王更嗣音。應笑白頭癡老子，茫茫抱膝感苔岑。

蕭散林間折角巾，荷衣穩稱野吟身。在乎山水之間也，自謂羲皇以上人。花樹百弓皆淨業，輪蹄半世總迷因。故鄉泉石多佳趣，落紙揮毫倍有神。

勝侶相過不待延，雞豚村舍晚春天。但逢澤友兼山友，便作茶仙更酒仙。小艇每衝朝雨泛，短簾自傍晚霞褰。灰堆打後呼如願，收拾聰明肯再鞭。

繞宅流泉不暫停，空中琴筑自泠泠。閒從野寺修簫譜，偶得山肴檢食經。翠磴行攀千佛塔，蒼崖坐擁萬花屏。烟村古渡無人處，雲在遙天月在汀。

柴門几杖更無塵，北叟南翁笑語親。園客餉賓無世味，畊夫識字亦天真。燠寒自適裘兼葛，貴賤何知玉與珉。草長鶯飛遲日好，桃源別有洞中春。

沽酒停帆問曲阿，虔亭風雨飽經過。春申浦上花初落，伍相祠前水自波。新樣小生知姓少，故家喬木感懷多。壯心已自銷除盡，猶向樽前一放歌。

遐年老福頌壬林，麟脯堪羞雉可斟。綠醑醲沽瓶滿眼，玄靈香貯研凹心。嵇康此日聊頹玉，賈島他時定鑄金。讀畫評詩清課外，更無塵事挂幽襟。

遙山漠漠遠村微，幾處平田水鶴飛。人影穿林朝市散，歌聲出谷晚樵歸。藤梢罥客常妨帽，柳絮迎人故點衣。行到澄江如練處，長吟應憶謝玄暉。

幽鳥翩翾舞翠衿，緡蠻似和短長吟。山看遠勢偏求淡，竹迓濃陰不厭深。自有春和常滃盎，任它秋氣各蕭森。五千文字皆糟粕，獨對梅花見道心。

詩才史筆擅三長，久向文壇重老蒼。世外定應逢若士，人間何處覓孫陽。從教好夢依山靜，猶厭孤雲出岫忙。一棹三高祠畔過，水雲盡處是鱸鄉。

偶然賦海擬張融，積雪飛霜一望中。旭日升時丹嶂麗，餘霞散後碧天空。伺潮雞唱星河曙，貫月槎迴島嶼通。極目蓬山真不遠，半生應悔嘆途窮。

平鋪一幅剡溪藤，貌得名山似可登。翰墨作緣聊自適，烟雲過眼總無憑。高掀日窟君真健，長嘯天梯我亦曾。瑶草耕烟猶未種，乖龍無耳不堪乘。

休言世事太紛紛，壯不如人我亦云。休老只須謀白墮，談經莫更羨朱雲。有情山鷓夢中喚，無隱木樨空際聞。奕世仙曹良足貴，辭家難學小茅君。

來如冷月去如烟，枉結京塵粥飯緣。小垤塵漂空蟻陣，淺池波靜亦魚天。千帆戶外開頭過，一榻樓中枕手眠。雨後秋瓜排五色，攜鋤且問邵平田。

茫茫魏闕與江湖，幾度雙輪憶碾蒲。但有敝衣隨野鶴，更無殘舄效飛鳧。膺門遍數誰堪掃，蔣經猶存幸未蕪。此日歸來老司馬，好扃一室伴清娛。

倚徧垂虹壓浪亭，太湖西望獨開舲。乾坤一粒何從納，日月雙丸自不停。春水漫漫羅隱宅，寒宵耿耿伍喬星。詩瓢酒董隨身具，劍閣瞿塘已慣經。

小園苔逕繞平河，短堵經年尚未蓑。市網收時寒渚靜，估帆開處夕陽多。叢談脞史俱堪錄，退谷杯湖未易過。下潠水田秧馬出，村村腰鼓賽鳴鼉。

種秫田荒且自耘，老來生趣在微醺。弓蛇杯底無憑影，衣狗天邊易散雲。虛室不妨清似水，靈臺休使熱如焚。山中麋鹿溪邊鳥，舊侶從今不離群。

芙蓉千頃柳千株，舊市人家酒易沽。社友偶然攜具到，鄰翁便可隔牆呼。鳴橈極浦旋通越，倚杖層巔更小吳。他日疏麻傳遠道，定應有論似潛夫。

培塿生平敢學山，知交幸在紀群間。也知空谷頻招手，未免離亭各愴顏。自挈烟霞歸嶺岫，尚留詞賦動江關。丹崖青壁皆人境，偶語何時草共班。

新構椶亭初成，與同人分賦

廣文官舍如蓬科，數椽新構安樂窩。繞屋花樹交枝柯，小亭容膝堪婆娑。妻孥婢僕紛譏訶，何異琢玉爲飛㮰。傳舍寢食年豈多？徒爲後人作巢窠。遷官他日奈此何？安能車載兼馬馱？先生但喜居有那此語勿聽姑言他。好友一室同吟哦，軒窗晴日烘簾波。斗酒且喜衰顔酡，安問頌禱哭與歌。

又和張堯峰詩韻二首

草堂斷手莫嫌遲，意匠經營我自知。好列琴書消永日，敢期輪奂貢諛詞。一區且當身將隱，百歲何須某在斯。牆屋既成薪木好，居然太樸未全漓。

文游詞客盡周秦，投贈詩篇欲等身。苜蓿開筵慚地主，珠璣灑翰訝天人。頓教錦映庭前樹，好倩紗籠壁上塵。莫惜草書入屏障，張顛醉筆更如神。

蔣清容四絃秋題詞三首

司馬住江州，青衫淚自流。祇今江上月，腸斷《四絃秋》。

九派空留寒浪，千秋誰訴幽襟？才子原多軼事，詞人最肯傷心。笙歌鼎沸夜遲遲，白髮當筵醉一巵。解得琵琶夜深語，不應鬻駱放楊枝。

錢百泉自禾中來，出示秋塍見懷之作，並讀諸疊韻詩，勉效步韻一首，兼寄秋塍

荒廢如寒竽，滯澁類濕鼓。寄身當夷庚，肅客愁旁午。成蹊豈夭桃，無攸仍杕杜。安得手一編，長晝自揵戶。忽枉故人作，勝飲杯中醑。慰勉周眠餐，訊問及兒女。冷齋盎春雲，硯席頓溫煦。況對俊流人，詩囿集儕侶。一吟醉一觴，觴至寧復數。冰蠶本耐寒，蓼蟲久習苦。讀書甘忍飢，文字足自嫵。老夫拙言辭，尺約難繼組。曲踊百效三，長城字怯五。君莫嘆遠遊，吾亦非吾土。

送窮和方介亭韻

終年嫌汝纏吾身，欲送翻教意倍親。面目恐難留故我，性情肯便效他人？一朝乍別真奇事，半世相隨也夙因。勝業坊中前路好，茆堂休憶舊溪濱。

除夜和江玉屏韻

雪禁寒梅未可尋，殘詩祭罷且孤斟。松盆𦬼𦬼春光到，蠟炬輝輝夜漸深。花柳預期三月醉，文章難稱百年心。歡娱博簺非吾事，枯坐聊爲抱膝吟。

元日和江玉屏韻

餓隸宵分也醉譁，朝衣日久豈堪誇。老松弧影原無藉，小草陳根自有芽。清晝杯柈還濟楚，隔宵書卷任欹斜。百弓新闢寬閒地，好種人間第一花。

輓蔣母鍾太安人

小子幼失恃，不知慈母恩。聞人述母德，未語聲已吞。懿哉太安人，閫範衆所遵，豈惟作女宗？矜式周簪紳，我友蔣太史，蘭譜旣夙敦。每於賡酬暇，爲言慈訓諄。終身母爲師，講貫無朝昏。立身視道岸，讀書味義根。窮達付之命，毁譽聽之人。所貴植骨幹，七尺撑乾坤。我每奉斯言，寤寐鐫貞珉。屈指數年來，拜母入寢門。飲食兼教誨，一一承慈溫。有時率子婦，歡然來過存。相視如骨肉，異姓作弟舅。茝蘭與佩帨，投遺何紛紜。同作萍梗客，翻若朱陳村。江城獻歲後，庭梅敷早春。開筵召會食，芳醑盈清樽。摳衣揖慈闈，笑語讙諸孫。預計桃杏時，板輿出近闉。兩家萃婦孺，同嬉春水濱。如何甫隔夕，遽聞返其真？無疾而速逝，應自了夙因。吾聞至人言，死生猶屈伸。德福亦既備，哀樂何足云。太史有家述，典型詒後昆。虞初採軼事，庶幾知所珍。

癸巳仲夏，吳門喜晤汪訒菴員外，即招同蔣芝岡觀察，李、褚兩明府，雷松舟二尹，蔣香涇進士，程東冶孝廉，項石友上舍泛舟虎丘夜歸

具區新漲添深綠，罨岸柔波浸山麓。柁樓斜日綺窗開，隔船喚到人如玉。簫聲水面清且圓，小部家伶載一船。名士愛爲甘蔗舞，老夫亦有柘枝顛。列舸開筵明畫燭，宵深更泥吳娘曲。笑牒言鯖雜遝來，魏三張八兼生熟。栖屑天涯良聚難，請君披腹呈琅玕。當歌對酒意氣盡，今夕何夕樂未殫。酒闌霑醉更浮白，主人小舟能送客。山塘風雨忽驚人，急槳迴波轉欹側。企脚篷窗且浩歌，高城魚鑰定如何。金谷詩篇自不易，渼陂哀樂何其多。

和程東冶詠物詩四首，卽以奉贈

落梅

不惜地先委，獨憐香已塵。但留空外色，誰證夢中因。冰雪感前度，烟霞多故人。讓他桃李伴，穠豔鬪三春。

新柳

爲得陽和早，先屯曉岸烟。看來真濯濯，挽去已綿綿。綺日精神好，柔風態度妍。殿前移植後，休負冶春天。

睡燕

飄泊亦云久，空梁纔穩眠。卑棲殘影怯，舊境斷魂懸。雨過巢初定，春寒夢未圓。那堪頻喚起，學語傍人前。

流鶯

已切惜春念，更兼求友心。如何聲嚦嚦，猶隔影沈沈？三載且幽谷，一飛應上林。金衣相對處，斗酒試同斟。

山塘讌集分題二首

芡實

纔見翠盤出，旋看珠粒融。夢留雲水外，香在豆籩中。結實三秋滿，匀圓萬顆同。雞頭新剝後，真羡野人風。

桃

瓜李浮沈後，佳名愛瞻之。得來豪已足，投去報休遲。雪黍邀同輩，看花訂後期。肯供臣朔飽，不惜牖中窺。

又分詠樂器得檀板

何人工伐檀，製器不盈尺。裁茲片木楨，貫以絲繩赤。其形長而方，其數雙復隻。聯絡相合離，中有隱起脊。相推更相敲，利以左手搤。羯鼓與之偕，急響拍復拍。條理既秩如，衆音乃翕繹。樂句問老伶，爲我講且晝。

贈泰州牧王介巖名鎬，山陰人

海雲黮黮海月黃，海陵城外飛微霜。新堞齒齒排女牆，中有召父仁且良。噢咻善政周寬鄉，一號一令罔不臧。冷官沿牒來文場，束帶不慣工趨蹌。倒執手版綴末行，有如逆毛風中鶬。奔聲中夜來客牀，驚起捫壁喧搴裳。客座假寐寧敢遑？唇乾口燥空徬徨。紗籠熠熠肩輿旁，當階乍聞聲引喤。眾客起立排堂皇，主人執手情周詳。盍簪列炬何輝煌，傳呼茗卒羅酒漿。烹鮮燔炙炰羔羊，水引之餅調羹湯。當筵馥馥聞殊香，菜園踏破撑枯腸。霑醉仰看明星光，樂莫樂兮未遽央，鼕鼕曉鼓催人忙。

雨中感懷，次胡屺塘韻三首

衰年心事久如冰，懶向紅塵走鬱蒸。警露肯忘棲柴鶴，得霜甘讓縱絛鷹。已看腰脚成如許，休問梯桄更幾層。一樣浮生寄秋水，莫將新芡傲枯菱。

積雨苔痕欲上階，荒廚那得酒如淮。千絲婀娜長亭柳，隻影竛竮小市槐。敢以墊巾誇有道，但將高枕學無懷。秋風歸計吾先決，只欠登山一緉鞋。

落照牆根送晚晴，濕葵無力尚心傾。草間誰聽孤蛩語，雲外空留過鴈聲。羸馬豈堪仍遠道，鬧蛾偏自戀長檠。西山一角濃於染，朝爽看來定有情。

題瓊花觀圖後

吳公堂下春晝長，蕃釐觀裏瓊花香。司花來夢各有職，是花是夢終茫茫。春波殿脚千人到，獨見瓊花迎輦笑。一夜仙姿歸太清，二分明月空相照。古觀頹檐日易斜，洞房琳碧鎖烟霞。井中仙客不可見，街上老翁猶賣花。繁華轉眼成灰冷，鐵獸門前弔孤影。但聞人語怨高駢，那識鬼書留趙畚。太白陰經標彩箋，綠衣韋郎長少年。歌吹竹西多夜市，幾人會到玉勾天。

勸管平原開晝戒，分韻得三江二首

知君能事本無雙，偶失前言折幔幢。少日零縑珍共襲，老年健筆鼎須扛。道心綺語還難戒，禪繪魔天怎易降。且請解衣盤礴羸，閉門一爲寫春江。

金壺墨汁注深缸，爲拓長箋闢短窗。乘興好堆山沒骨，多情更補樹空腔。定教生面傳千載，豈止佳名著一邦。明日有人持絹素，打門莫厭惹花尨。

贈宫霜橋

操筆何殊南面尊，書成千古守長恩。殺青應罄南山竹，浮白須傾北海樽。荒徑忽來名士屐，春風乍到冷官門。漫勞垂訊焚餘草，一笑寒灰不可溫。

得汪西顥書，並承以王麐徵遺稿雕本寄示，作此奉答，兼懷江玉屏

雲將遇鴻濛，數言一娩隨天風。盧敖逢若士，九天掉臂空仰視。人生萍蓬蹔合還遠離，一食未飽長苦飢。何如爾我本未面，只有慕想無愁悲。我生奔走老湖海，袁兄灌弟幾人在？不見西湖不見君，彈指風塵十餘載。手把瑤華重太息，千里關山莽無極。我齒缺落君眼昏，他時相見詎相識？故友遺編校錄成，知君生死重交情。我有同心寄天末，不知誰更客邠鄉。

祝吳並山五十

會集氊爐感歲華，一樽相勸莫長嗟。最堪暱就惟冬日，大有奇觀是晚霞。雪後入山還駕鹿，春來乘雨便栽花。明年翁子長安去，可憶寒樵石徑斜。

並山四十，余以五十祝之，昨晤言始知其誤，因再獻此詩

莫言歲暮孰予華，介壽先將學易加。本以書碑訛碧落，翻因畫日襯朱霞。知君卽露懷中綬，笑我能添錦上花。措大關心未來帳，尋常酒債慣須賒。

江賓谷以韋葯仙所作梅花詩索和，予愧不能繼組，聊以長句答之

江君手持梅花箋，向我朗咏梅花詩。云是黔中開府作，寄來遠道當和之。我讀此詩三太息，作詩年月我猶憶。翠螺山下風雪中，獨對冷香倚頹壁。一自梅花好句成，離宮獻賦入瑤京。視草幾年直祕閣，探花一旦冠群英。從此城南天尺五，轉首儀同庾開府。夢裹殘霜路未遥，鼎中餘瀝人爭取。今花昔樹滿揚州，記共木蘭僧寺遊。舊句紗籠不知數，那能一一追相酬。遥知今夜庾樓下，幕府多才和者寡。倘教馬磨老文休，誰向牛宮尋季野。君不見，水邊籬下影横陳，各抱幽香各有春。東風隨意便吹去，幾片飛來上錦茵？

送袁春圃觀察還任雲間四首

疊鼓凝笳渡曉江，海門晴日照輕艭。開函瑞鵲仍雙印，常鎮管揚關，松太管海關，皆佩兩印，公言自歷任臺垣以來，必兼兩職，平生仕宦無有不佩雙印者。遵渚翔鴻又一邦。樓聳千叢援斧繡，泉騰五色迓旗幢。津亭耆孺知多少，競戴香盆傍水窗。

瑤島澄波靜貝宮，海濱人識鮑家驄。六條共凜黃麻詔，三泖先盟白水衷。晝錦家山看漸近，春臺民俗喜相同。扶桑絕域來賓幏，萬里帆檣舶趠風。

鈴閣香清燕寢閒，潮音鐘響有無間。傍湖鮭菜通魚市，近郭村墟掩鶴關。人物定堪求二俊，烟波應更指三山。枝官不爲牽柔梶，一棹松陵自往還。

幾載膺門幸撇裾，郢斤偏顧道旁樗。鶯花愛與幽人共，釜庾慚叨烈士如。畫舫笙歌頻載酒，冷齋風雪慣停車。一杯江上他年夢，説士難忘是本初。

題宋瑞屏磨蟻圖小照

我生半世輪蹄中，壯年轉徙隨飛蓬。八上燕京三入越，齒落面皺成衰翁。年過五十忽繫梶，卑官偃伏江之汜。羅雀門庭一事無，反鎖衡門飢欲死。憶昔結客少年場，司馬衣裘陸賈裝。豈知垂白如乾蠹，肉生兩髀雷鳴腸。我有片疑爲君獻，莫聽杜宇枝頭勸。天涯雖未金繞身，故里更無人裹飯。君不見，長安道上人如梭，朝朝羸馬更鈴騾。勞人莫怨磨上蟻，書生肯作籠中鵞。

送懷寧余月村之秦州

鈴騾羸馬津亭曙，不許江春留客住。少年心事真拏雲，六千里外揚鞭去。去年風雪倚江樓，悔作江天跨鶴遊。誰信客游仍更遠，揚州一夢便秦州。鳳林川繞金微北，此地秋笳聽不得。高柳叢篁好驛亭，知君援筆多蕭瑟。君不見，高生觸熱向武威，鞍馬有似幽并兒。文章但得江山助，關隴何辭登頓疲。征途努力從茲始，健翮圖南應萬里。莫倚飛騰少替人，還須束縛酬知己。絲楊濃綠廣陵城，離思冥冥陰復晴。皖公山色不可見，杯酒勸君君且行。

次韻訥洪植垣二首

歸夢知君傍阮溪，天梯幾道白雲齊。新交市上誰投縞，舊業山中好斷齏。客路又尋江渚北，秋心漸見斗杓西。近郊借得攤書地，凡鳥門前不敢題。

短檠孤穗耿銀荷，抱膝空齋獨嘯歌。敢厭爲儒官獨冷，尚餘問字客來多。雲知入夜先成露，水到當秋自灌河。努力拾青年少事，看余吟鬢已雙皤。

慰管平原悼亡

中庭冷色自交加，忍對空牀度歲華。才子慣教吟柿葉，詩仙又遣伴梅花。知彈《別鶴》心先碎，欲問稠桑路已賒。莫向畫圖頻喚取，綵灰新釀更誰家？

東臺曉發

于役貪程早，扁舟急遡風。一天霜月冷，萬里海霞空。斗極頻瞻北，川流只向東。不堪蕭瑟候，曠野聽哀鴻。

聞淮決

傳聞淮水決，已到楚州城。遠道川涂失，卑居性命輕。分離何倉卒，流轉太縱橫。側想清江口，金堤未易成。

過羅氏小園

小園依曲渚，斜日冷苔磯。地僻門常掩，秋深客到稀。霜風鳴野葎，海日散林霏。一磬松間出，鄰僧定早歸。

舟中卽事感懷

寒烟漠漠水迢迢，海澨窮秋倍寂寥。儉歲魚鹽歸市晚，野田鮭菜入舟遥。長天斷鴈難遵渚，殘夜荒雞早伺潮。孤枕誰憐行役客，授衣時過未停橈。

贈東臺王玉成明府

吳陵依海濱，東偏尤繁庶。場竈相倚薄，溝塍自環互。居民十萬家，疃畛儼碁布。雖無城郭雄，實有金湯固。州牧居其西，鞭腹恐難顧。九重可吏奏，割半立治署。厥名曰東臺，淮海資扞禦。天子曰疇咨，此事非細務。始基苟不善，如器先璺窳。安所得良吏，善政使首布。是時逢大霈，一疏銓政淤。妙選孝廉才，俾展經濟具。英傑黔中來，高振西雝鷺。特簡居是邦，簪納慶榮遇。有如作巨室，四壁甫設度。又若墾荒菑，甽水方入堌。禪門重初祖，此擔未易負。先生經術儒，吏事乃餘緒。持躬等圭璋，拊民若嬰孺。鋠摫既已呈，棟粢庶不仆。報最書上考，治譜人競慕。詎止徵三異，實足歌五袴。今年偶旱儉，憂禱煎百慮。乞糴復乞賑，一一爲民籲。敢言小災疹，視若非肺胕。以茲撫綏恩，頌聲滿中路。恭愛浹民隱，豈以求聞譽？生平讀書效，今日乃有據。愧我迂鈍姿，循檄此蹔駐。跰足走荒墟，蒿目對瘠窶。頻年鮮蓋藏，一旦失豐裕。苟非慈母仁，失乳誰爲哺？小舟泊寒汀，漁火明遠溆。中夜不能寐，起視海天曙。援筆成此章，非敢諛召杜。他年成志乘，庶以備掌故。

輓方漱泉

酒船列炬夜將滅，客船檣燈獨高揭。醉中一揖向河干，此是與君爲死別。前日捧君書一紙，書中言病無端委。沈臥長安秋雨時，誰爲量藥誰稱水？老母朝朝自倚閭，可憐猶盼泥金書。早知遠遊遂不返，肯教輕放太真裾？桂子不到方干墳，宿草年年血淚新。下泉知己亦未易，莫向酆都頌帝晨。

輓吳二匏

無諸臺上秋雲曙，江州司馬來何暮。萬里關山捧檄來，誰知即是修文路。當年作賦獻明光，驚人意氣何堂堂。十載中書老而禿，空教旅殯栖巖疆。溫序歸時應有恨，此身悔不天山遯。陟岡陟屺自長嗟，吟魂血淚秋原噴。去年檥棹把深巵，今日臨風揮涕洟。安得乘車將薄笨，撫君十字斷腸碑。

贈臧蔭棠

蔭棠名開士，字晝男，與汪兆宏、劉長慶、韋佩金、袁兆麟、劉成基、劉碩基同請業於余。是年甲午，臧、汪、韋三人同捷

昔我初來時，考業招群英。經義數百卷，惟君明且清。日與君共談，奇才真縱橫。去春約儕伴，下幃求典型。老馬豈識途，謬許爲良硎。五日一課藝，藝成匿其名。我必識君作，自詑目有睛。虎氣既騰上，雄飛必先鳴。七人作者數，二人病不行。五人戰衆敵，三人奏凱成。我聞屐齒折，此真制勝兵。明年策東堂，發言益粹精。當抒第一義，獻爲雅頌聲。季冬不覺寒，風日暄以晴。好牽孝廉船，揖我且北征。

贈汪荇村

荇村名兆宏，舉後不試禮部

汪子愔愔真大雅，讀書味義交游寡。掃盡群言探奧精，劍在夫襓金在冶。寂寞春風揚子居，問奇叩戶一載餘。果然至寶人共識，有目豈肯捐璠璵？計偕滚滚京華道，塵滿征衣日杲杲。君獨閉門仍授經，江梅寒沁書窗曉。靜者神全躁者疲，豹隱七日寧終飢。知君養晦有深意，省括千度當忍之。

贈韋靜山藥仙之子

江城日落寒鴉棲，一燈短焰頹廊西。叩門剝啄者誰子？氣驚戶牖垂虹霓。孝廉之船公子衣，光彩煜爚騰荊扉。冷官那得有此客，隔牆鄰叟詫嘆歸。官梅花開春令早，送君便上長安道。述德真爲忠孝家，論才不愧科名草。憶昔咏蕉騎竹時，石麟天上人稱奇。男兒福慧自有相，雲路豈容他人馳。明年淡墨標第一，玉署庭階看接迹。泥金馳報向泮柯，爲道故人頭盡白。時葯仙總藩雲南。

題汪少岑雪夜試茗圖三首

地爐煨榾柮，活火焰騰騰。應勝天山下，人持一半冰。

曹植馬前漠漠，謝莊衣上紛紛。何似茗柯妙理，今宵獨建湯勳。

苦荈濃煎夜獨嘗，莫嫌風味太蕭涼。難求銖纊與星火，何限人間周子桑。

乙未三月晦日招集同人於冶春詩社送春，分得柏梁體

三月三十風日酣，遊人不減三月三。冶春詩社紅橋南，森森萬木屯朝嵐。我友群集喧盍簪，老者

鬟髮垂藍鬖，少者裙屐紛毿䙱，爲愛蒲供來精藍，更浮桂檝尋幽潭，霞思雲想增狂憨。大家新論徵桓譚，不須薛滿兼何戡。吹絲彈竹矜呫喃，我有懷抱七不堪。壯心已作僵後蠶，但逢花月擔一甔。高興便欲忘寢㵾，況有勝引皆僑郯。如對玉敦擎金盦，朋箋分體隨所妉。短長不論鋮與錟，各淬利鍔磨精鐔。隴廉隨娵我獨慚，聊復一作海棗談。醉中暮鼓聲䶦䶦，催春欲駕驪駒驂。我本於春無所貪，且謀結夏老學庵，梅雖已摽葛自覃。

潘雅堂招集懷圃看牡丹

可喜故人子，能交前輩人。每於文酒地，彌見性情真。小圃初開宴，高軒恰駐輪。袁簡齋太史適至。群賢欣畢集，嘉卉競紛陳。雨氣重簾靜，冰姿一朵新。不同凡豔質，宜與縞衣親。蘇鶴知何處？潘花又此辰。鄰牆休弄笛，醉裏正沾巾。

璡孫十歲，詩以示之

十年前事夢中忙，得第生孫共舉觴。久愧一官看汝大，乍驚雙珏列吾旁。謂次孫瑄生。《少儀》講後宜勤習，《爾雅》篇終勿遽忘。詒厥他年須假手，老夫詩興漸頹唐。

次韻祝吳底山壽二首

花自幽香酒自清，東籬應不負泉明。何須人外方休老，但得環中便養生。眼底烟雲皆俊侶，筆端風雨每爭鳴。祝延愧乏新詩句，險韻酬來字屢更。

知君萬事本由天，爛醉狂吟四十年。臨帖非關謀乞米，把竿聊復學烹鮮。庭前慣設看花局，屋後閒鋤種芋田。真率會中皆老輩，陳遵肯許便輕旋。

棕亭詩鈔卷十三

哭趙璞函，兼懷王蘭泉

歸來溫序只吟魂，蜀國哀絃不可聞。天子籌邊非好武，書生死事坐能文。香名海舶騰詩價，毅魄鑾天作陣雲。回首可憐征戰地，仲宣猶自賦從軍。

過隨園謁袁子才，適值其楚行未歸二首

三年不見鬱離愁，急叩通明最上樓。豈意閒雲偏出岫，空教老樹獨吟秋。家童已許穿花入，遠客何嫌冒雨投？排闥笑呼同伴坐，此身真到鳳麟洲。

知君杖履本無愁，肯爲行藏更倚樓。小別蓬山應記日，獨尋林屋最宜秋。人間未覺金貂貴，此地真堪玉燕投。君昨歲初舉一子。一棹湖天看白鷺，定知歸夢在江洲。

題韓江雅集諸公詩冊後

味江山下唐山人，一瓢身後終沈淪。昌谷山中李長吉，錦囊厠裏半遺失。惟有香山之白彭城劉，龜兒編勒崑郎收。不緣後人善攟拾，靈物持護空鬼謀。邗江詩人今已矣，雅集諸公存者幾？吉光片羽宛然新，不共寒潮落秋水。我捧是冊循復環，借讀十日門反關。乃知前輩足奇氣，隻字長留天地間。

周孺人哀辭陸豐縣黄沙坑巡檢嚴樫妻持夫喪歸浙，以毀歿於廣州

颶風獵獵吹銘旌，海氣蓊匌黄沙坑。猿啼鶴唳不知數，湘娥一哭枯湘莖。前年捧櫬隨君至，回首白雲空制淚。今年萬里持喪歸，衰麻何以瞻庭闈。升車三號不我應，赤口炎炎心怲怲。含悽顧視膝下兒，我欲離魂相與併。一宵旅殯兩黄腸，風雨羅浮路渺茫。到家莫更悲温序，入室依然對孟光。

汪師李和拙作見寄，並貺以《九靈山人集》、《丹鉛總録》、龍井新茶，再疊前韻卻寄

小水何須泛大樽，虚車敢便飾輪轅。碧天聊綴秋雲薄，白髮難瞞曉鏡昏。瀟灑茶仙愛常陸，紛綸

經笥仰樊孫。一編一椀皆君貺，千里音書抵面論。

興化徐孝子詩

揚州孝子蕭與任，刲肝奇事傳至今。興化乃有徐孝子，母病醫母醫以心。孝子之心肫且誠，起死絕勝參與苓。取心奉母母已活，真心自在兒還生。兒心母心本爲一，生機一片相盎溢。我謂滚滚世間人，只有此人心未失。孝子孝子徐萬侯，無心一世惟操舟。可憐白髮鰥且老，終朝孤影臨寒流。我爲作歌感以愴，此心耿耿誰堪傍？千秋止有安金藏。

陳蓉裳以詩見懷，次韻卻寄四首

落花飛絮罥游絲，憶事懷人惹夢思。乍喜魚書來遠道，更勞彘管寄新詩。風前暗誦循廊久，燈下長吟掩卷遲。蘋滿汀洲春水闊，倚欄應遍碧苕湄。

酒冷香銷話夜分，蕭齋憶共理籤芸。乘船夢日知紅近，攬鏡吟霜歎白紛。塵壁尚懸孤館榻，墨痕休浣舊時裙。撩人最是雕陵鵲，感顙難留逝翼殷。

征衣皺縠稱身裁，異縣飄蓬莫怨猜。仙窟定逢修月戶，埍窗爭選抹雲才。千人石上紅樓笛，七里塘前綠舫杯。聞道近爲皋廡客，月明誰伴上蘇臺。

憔悴相思我慣經，聲聲檐鐵傍疎櫺。室虚莊叟夜難白，柳學王郎春又青。頻爲新鶯謀錦樹，獨憐老鶴閉柴扃。鮑家詩意終難會，一體如何判二形？

題申孝子傳後二首三原申汝德事繼母以孝聞，張秋芷給諫爲之作傳，索余題之

丙舍雲深護夕扉，終南山色碧成圍。春冰未泮魚先躍，曉露初濃笋正肥。千載門閭標綽楔，一林花樹效斑衣。未酬織屨輕除服，何限長安翟子威。

慈竹春陰蔭屢移，兆燕兩事繼母。斷腸偏露少年時。枯魚已盡梁間索，焦飯空留釜底炊。十畝荒丘星壓脚，一官冷舍雪盈髭。季姜殘帙添新冊，觸迕王郎老淚垂。

題陶素堂表弟對菊圖二首

三徑黄花六枳籬，秋聲今夜到茅茨。南山處處悠然見，只惜孤雲出岫遲。

高風千古傲羲皇，豈爲糟丘戀醉鄉。試看黄花矜晚節，獨於霜後見孤芳。

問鶴

春日以鶴贈傳宗上人，夏與客泛舟湖上，因問鶴焉，客遂分韻作問鶴詩，余得烟字。

自與我鶴別，思之常惘然。亦知得所歸，飲啄全其天。夢寐終不釋，乃復披湖烟。禪堂午磬寂，僧出尚未旋。藉汝守柴關，驚見衣蹁躚。毛羽倍修潔，似得清淨緣。若非依禪定，安得此靜便。顧我如欲語，傍我相俄延。懷舊情所同，安得不汝憐。

江鶴亭新得康山，招飲率賦

揚州城中朝市喧，朱樓翠閣相連延。培塿撮土不可得，井中鬱鬱徒觀天。兹山秀絕人不識，單椒匿處城東偏。閭閻闤闠相匼匝，如鳥在籢魚在筌。康子遺蹟漸泯沒，董公妙翰徒高懸。故宅易主已非一，勝地待人斯永傳。羡君獨有買山癖，顧我始獲登山緣。山入君手面目出，君得山助精神全。疊石爲山護腰膝，起樓爲山增肘肩。佳珉古碣嵌山腹，奇花異卉棲山巔。一日不陟山頂望，矉瞜兩目興索然。一日百遍山徑走，踸踔兩脚如飛仙。日日招致愛山客，笙歌如沸酒如泉。名流麗句張滿壁，各與山勢爭飛鶱。我有故山歸未得，山遊幸復隨群賢。詩成更倚山樓嘯，白雲紅樹紛來前。

康山讌集，次袁簡齋太守韻八首

坐對名山列綺筵，籬花爭豔暮秋天。百年傳得詩人宅，先把黄金鑄浪仙。

近郭遥峰左右當，帆檣歷歷遠天長。女牆穿過疎林外，放出殘霞襯夕陽。

山腰奇石最伶俜，矮作闌干曲作屏。選得雲根坐吹笛，新聲分與萬家聽。

惠郎中酒眼波斜，一曲清歌遏眾譁。安得將身作么鳳，香叢長伴刺桐花。

樂府康王迹已陳，無邊風月又重新。若教喚得詩魂出，定許張衡有後身。

自笑衰頽對酒翁，酡顏也學拒霜蓉。少年莫漫誇腰脚，黄海曾登六六峰。

霜滿高城夜漏遲，爐烟尚裊篆絲絲。只愁帶月歸家後，處處亭臺費夢思。

不論霧夕與霞朝，從此登山勝看潮。千載琵琶腸斷曲，吟魂今日爲君消。

題江鶴亭秋聲館

鶴亭主人新構成，高館獨以秋聲名。森森碧梧排直幹，欝欝翠竹交疎莖。開軒正當八九月，秋風忽聞三兩聲。滿堂坐客慘不悦，揮杯相顧心神驚。白髮已感年歲逝，黄葉况向庭階鳴。老夫大笑撩衣起，且請諸君各洗耳。人言秋聲聽者悲，我聽秋聲獨狂喜。農稼既穫慶有年，役車將休得歸里。大暑已過寒未來，高天淨爽無些滓。譬如壯士乘良時，精神振刷百事理。梧聲竹聲何徐徐，一片笙簧似步虛。仰看星月夜未半，且與歐陽共讀書。

江玉屏以人日新作見示，卽步元韻代柬招爲燈夕之飲

花前鼓三撾，月下笛三弄。衰顏得酒和，暫一釋梨涷。君才富逸藻，不竭隨所用。竹林旣把臂，倡和有群從。謂令叔燈里、令弟習隅。而我傷杕特，吟席無與共。所賴素心友，詩筒屢郵送。身如不繫舟，心似全枯葑。不有良會樂，詎得豪情縱。來朝休蹉跎，去日已倥偬。折柬招卬須，致書心鄭重。

燈夕招江玉屏共飲不至，次日以集晴綺軒詩見示，卽步元韻奉呈，更訂後夜之約

花下掃花人，月中修月戶。課程無了期，勳伐何由樹。自知坐談客，勿復占巷遇。眼中人已老，掌中杯宜覆。將埋都亭輪，安問窒皇屨。詩壇旣多群，酒國聊共寓。前日招君飲，君乃不我願。座上無車公，滿座盡少趣。知君多內集，少長同湑酤。我亦久開尊，家釀足傾注。近局相往來，彼此無斁惡。連宵月未虧，影燈亦堪賦。人生過半百，駒隙已漸遽。況乃多憂纏，會合安得屢。天須補其穿，景定可再駐。明夕望君來，更掃門前路。

十四夜集飲，吳梅查卽席成詩見示，步韻奉詶

火樹冰輪此夕兼，流輝交影敞虛檐。三更歌管猶留客，四面軒窗盡捲簾。杯底莫教辭魯酒，鏡中已是滿吳鹽。良朋佳會人間少，欲買燈宵幾度添。

祝田雁門八十

雁門先生不可及，行年八十如四十。游龍健骨雲端翔，老鶴長身霜下立。城隅習習落燈風，寒勒梅梢未肯紅。野日初晴遊騎少，早逢杖履畫橋東。杖履相逢成一笑，君真不減狂年少。挈榼提壺盡後生，婆娑一老偏同調。君言昨歲病中時，豈意今春復在斯。良友自沽延壽酒，老夫只當再生儀。我謂先生倉扁侶，遐齡從此方堪數。生平何限活人方，晚歲且爲如意舞。我齒小君二十年，羨君矍鑠如飛仙。他日向君拜百歲，八十老翁應可憐。

寄吳穀人

金霧溟濛繡作帷，瑤臺空聽步虛詞。日憐夸父終難逐，山笑愚公未可移。露泣巖花沾曉淚，烟屯

宮柳鎖春眘。長門尚較天涯近，休詠班姬篋扇詩。

金斗歌

謝蘊山太守以典試河南鹿鳴宴金花製爲巨斗，席間出而飲客，命余作歌。

洪州地勢鍾人傑，裔出謝傅之子孫。弱冠讀書入中祕，木天品望清且尊。天子求賢重選士，賓興三物典制存。惟茲豫州崧嶽地，生申生甫古所聞。九重愼簡詞苑職，提衡操鑒試以言。我公奉命乘軺傳，三旬鎖院求國珍。鹿鳴高宴領多士，一一堪爲楨幹臣。花簪兩朵金葉重，奇光煜煜如黃銀。鋒車華館相照耀，臣心夙夜惟其寅。歸捧重器獻堂上，雜沓賀者群在門。公曰此貨誠難得，宜作彝器銘殊恩。乃命良工製大斗，入冶寶氣騰洪鈞。傳之奕禩永寶用，如捧紫誥欽絲綸。花前示我勸我醉，寧曰其義不及賓。手斞口讀詞義古，周欄四面迴波痕。沾脣漬口謹再拜，不敢濡首恣鯨吞。商盤孔鼎此其亞，豈宜褻越頻摹捫？幾時潔齋供享祀，子孫燕喜兼冠昏。今夕何夕歌既醉，高甲況復傾詞源。祖珽帽中不可匿，且賡巨制庶毋諼。

喜晤汪草亭

爾我鬌年友，相看各老蒼。謀身惟用拙，對酒尚能狂。好下舊時榻，休褰前路裳。紗籠佳句在，香繞谷林堂。

集潘雅堂齋中，次韻題張看雲畫

次閔玉井韻

空壁滃雲氣，揮毫獨有靈。山延窗外碧，石映砌旁青。便足名金谷，何須展玉屏。主人真愛客，小室肯長扃。

次徐藝農韻

名園得早春，疎梅已如畫。更張烟雲圖，幽思出詩外。謖謖生松風，漸漸鳴石瀨。常此供臥遊，何必入林靄。

次吴梅查韻

勝引集良辰，促膝無少長。萃茲金蘭契，共作烟霞想。空庭春草生，遙天片雲養。更看壁上圖，競致物外賞。濃潑更乾皴，外潤而内朗。高峰峙崱屴，懸泉亘瀁漭。小室不數弓，疑有萬壑響。安得泛一艇，從此舉溪網。只愁塵俗客，園綺不易倣。但許對茲圖，遙峰指三兩。便足滌悁襟，與君祛懭悏。小園門勿扃，我欲常來往。

次羅兩峰韻

作畫知君亦等身，畫圖猶自羨他人。壁間古蹬堪爲友，句裹生香別有春。𩉫管千堆應不惜，鷟溪一幅更教皴。解衣盤礴真機出，莫遣烟雲空際淪。

次易秋澄韻

紙上如聞萬壑秋，天紳百道向空流。懸來高閣延賓侶，便作謝公山澤遊。

次潘雅堂韻

滿堂讀畫皆詩客，尺幅烟嵐生硯北。書卷疑雲石氣青，簾帷忽罩松陰黑。朝霞對我何軒軒，知有天光空際懸。他時更泥看雲子，爲寫庭中雙樹圓。

再疊潘雅堂韻

滚滚作詩滿堂客，詩壇鏖戰我先北。吾子真令藍謝青，老夫且以白守黑。諸公佳句無輊軒，强韻一一金鈴懸。賡章獨愧車前果，擲向潘郎尚未圓。

次宋瑞屏韻，題范芝巖邗江話雨圖

我生性癖愛結交，良朋彙取如征茅。平原慣作十日飲，那肯把臂旋輕拋。前年甫得共君醉，一矢已獲先聆鶬。昨歲聞喜更酣躍，威鳳初構丹山巢。文河從此益濬發，濆漩那許他人捎。今年旌楒更小住，看花屢獲陪烟郊。朱欄紅藥競萬朵，碧天丹閣臨千坳。彩筆君真照霄漢，春風我亦生庠膠。所愧才力百不逮，桑弧安敢儕犀弰。願襭珠襻結君佩，願瀝瓊液充君庖。汲引尚顧井谷鮒，往還詎棄愁潭蛟？新圖一卷乍持示，卷中麗句扶千苞。鐘鏞巨響既迭奏，微言乃復徵竽匏。裂帛自知窘邊幅，難舒尺寸隨雲旓。强韻一一苦踐躡，不辭懸絙躋高梢。一時俊侣吳與宋，淄澠判別誰能淆？圖中相對者誰是？濛濛烟雨浮蘆茭。高談快論人不識，漁童笱婦紛相嘲。篷窗促膝樂復樂，美酒共酌飯共抄。嗟余六十老而吃，欲鞭馬腹無長鞘。安得膺舟一夕許，共載應勝蹇驢道上推還敲。

補祝詒有叔六十壽述懷

四十年前童丱時，一編几案同嚶咿。靈運最愛惠連句，仲容亦賡嗣宗詩。癸丑歲，先君子開家塾，兆燕相隨叔父讀書。竹林忽聽驪歌起，燕山閩嶠五千里。叔父年未二十，即事壯遊。偶停歸棹返家園，白酒一壺鄉味旨。豈意飛騰三十年，叔安家食我風烟。關山南北顛毛秃，骨肉東西屋角連。即今冷宦違鄉縣，十年不見親知面。庭前老樹定如何，舍後青山應不變。忽忽光陰甲子週，不堪重憶少年游。銅盤會食知何日？竹杖看雲又一秋。作罷家書空太息，依稀記得懸弧日。前日秋堂忽夢君，繞階猶弄魏郎戟。

卞公祠枯枝牡丹，次謝藴山太守韻

春雨之後塗附塗，繁葩芍藥間文無。滿目生意盎百區，掃花日日煩仙姑。忽驚異種忠烈餘，眕盱遺恨兼生枯。巖巖德性本自孤，鬱爲瑞木根荄殊。巧風不得相吹噓，異質獨抱幽光舒。千載縠魄此中居，呵護有若勤芟鋤。死生天地猶蘧廬，正氣自有精光儲。人生萬事皆六如，誰枯誰菀真集虛。

次謝蘊山太守韻，送宋瑞屏入都

春風入夜吹虛檐，高堂夜飲方厭厭。四更山月横冰奩，有客將發裝初嚴。仰看星斗明樞鈐，海天日出群陰殲。孤青一點浮遙尖，天衢隆棟爲君占。執手且作片刻淹，北行我昔勞郵籤。求針入海未易拈，去冒霜雪歸觸炎。塵土撲面侵髭髯，晚嫁寧堪儕麗孅。鏡裏自惜衰無鹽，先生蔗境今方甜。異寶豈久泥中潛，魚腸淬後鋒愈銛。龍門回顧紛鱅鮎，夕陽寒影棲棠崦。三語此後懷阮瞻，邗溝淺水空瀸瀸。自我識君心早忺，詩壇卓犖工飛箝。耽書嗜學太不廉，屆戹卷軸高齊檐。我慚膚學惟揞撏，敢復喋喋還佔佔。每於盧扁求針砭，支離擁腫不我嫌。朗朗懷抱同崔暹，翩翩才調如丁覘。巨室大木森楩枏，侏儒薄櫨受職僉。明珠何以酬貂襜，安得終歲如蛩鶼。自昔杜牧與韋蟾，皋蘭從無荒徑漸。君才已似春渚蒹，君身肯作泥絮粘。熊魚雙味不可兼，分手請勿離愁添。木天他日眠青縑，掖垣花影清露沾，懷人應復搴朝簾。

題汪起堂載酒聽鸝小照

憶昔從宦客海陽，山水處處供壺觴。接秀之橋西門外，絲絲烟水拂柳塘。是時君尚未弱冠，讀書已富曹氏倉。揭來十載居維揚，君髭已茁我鬢霜。潭裹船車何擾擾，紅塵插脚空奔忙。兩城出入隔新舊，過門不暇頻登堂。君擁三樂真常羊，雙扶白髮綵袖香。家弟已作華要郎，俊兒聲譽歌陟岡。蘭芽新茁更奇異，石麟天上標昂藏。聽鸝載酒足佳興，知君所愛惟景光。而我落拓猶江鄉，終日手板隨趨蹌。妻孥豢養苦不足，安得鼓吹來詩腸。披圖話舊坐深夜，夢遊已到新安江。

呈朱子穎都轉八首

輦下聲名四姓豪，傳家簪笏戟門高。清時碩彦群推轂，壯歲公侯早夢刀。草野謳歌追召杜，廟堂籌策裕蕭曹。東南筦鑰天家重，更向江濱一建旄。

淮海波光拂曙開，遙天紫氣自東來。千秋樂利憑禹筴，一代文章重雅材。竹素編摩懸日月，川涂飛輓捷風雷。經邦有道徵儒術，先遣和羹試鼎梅。

井絡天彭鳥道懸，憶曾辛苦事戎旃。星流盾墨枚皋檄，雪擁氊裘祖逖鞭。絕域倍增詩骨健，奇才獨受主恩偏。全銷兵氣敷仁讓，魯國諸生拜馬前。

泰山梁父鬱層青，清篁疎簾列翠屏。千里洪波浮汶泗，三春佳氣遶云亭。帷宫傍日排高巘，輦路依雲出近坰。天子入疆行慶遍，早頒金爵到莎聽。

十月冰霜渡大河，萬家烟竈出叢柯。舟車溢目豐亨久，水薤銘心淡泊多。黍谷盡吹鄒衍律，棠山堪駐魯陽戈。兒童拍手歡迎處，來暮爭爲夾道歌。

引喤衢路曉褰帷，指點閭閻認昔扉。僧壁拓紗籠舊句，市樓懸綵迓新暉。墊巾沽酒知何處，解帶量松更幾圍。前度詩人今豸繡，鬢眉爭識未全非。

翹材新館傍雲涯，門外方塘藻荇加。多士文章披畫錦，使君意氣冠朝霞。九原遺範師忠悃，三物群英蔚國華。自向講堂頻校課，不教明月冷梅花。梅花嶺爲史閣部葬衣冠處，舊有書院，久廢，公重爲建闢，課士其中。

布鼓雷門未易持，那堪舞鏡唤村雞。知公説士甘於肉，笑我逃名聚以醯。妄擬擲書當叔夜，敢勞束帶效昌黎。牆根蟋蟀聞鐘籥，聊向秋宵更一啼。

看續芳園芍藥

愛花如愛書，搜奇不惜心手劬。好花如好色，訪豔肯教雲水隔。昨日城北攬已周，今日更作城南游。出城唤渡日杲杲，爭渡盡是看花儔。河干曲徑依稀在，當戶古藤屯緑靄。藤陰冪牆玲瓏，隔牆已訝花如海。繚垣斜遶赤欄行，行到花前魂自驚。金輪天上排千輻，瑞日夢中吞八英。淺深紅白宗生縟，千朵萬朵看不足。駢枝並蔕各呈奇，披烟濯露爭相續。錦幔高張列廣庭，五光十色紛冥冥。開到此花春力竭，春欲不去應難停。我倚花欄頻岸幘，花應笑我顛毛白。風前私語向花盟，來生還作揚州客。

吴曉亭以詩枉贈，步韻奉詶

先生高蹈人，停舟偶憩此。掉臂過豪門，不肯投名紙。踏雪到冷齋，欣言獲覯止。傾倒胸中書，抨彈天下士。學古得真師，持論據獨是。人稱乖崖翁，自號鏡機子。杯酒氣益振，古人少可擬。眼前昨暮兒，安足爲舉似。聞昔王比部穀原，與君室相邇。斯人真天人，惜哉今已死。豈惟悼龍頭，亦自感馬齒。人生過半百，萬事皆可已。安用車班班，聊曳舄几几。白日寖已馳，乃作發軔始。人縱不我訶，我亦宜自耻。君今返家園，禽尚庶可比。座猶留荀香，書更望蘧使。何日訪戴舟，一問剡溪水。

丁酉冬日，程魚門編修以六十自壽詩六首郵示，余六十生辰適在除夕，守歲不寐，次韻寄之

祝延觴裏歲云除，斟到屠蘇孰後余。往事已迷三里霧，來朝猶挂萬年書。近刻時憲書，再週甲子。葦茭插遍渾無謂，苜蓿餐來不敢餘。獨憶酒人燕市在，火城珂傘見嚴徐。

噬腊何嘗盡得金，肯將形役累吾心。嬉春但選過頭杖，假日聊爲抱膝吟。自信疲駑難十駕，未妨

朽櫟也千尋。百弓新種琅玕滿，把臂誰堪共入林。

黍麥低昂各有頭，蟻封敢望鳳麟洲。説《詩》斂手輸匡翼，傳《易》甘心讓賀讎。寒柵露雞空咄夜，高墉霜隼自摶秋。他時下澤過鄉里，不負平生馬少游。

撫弦定必有虧成，拈子難教泯讓爭。但放眼時天自闊，不投足處地皆平。看來好事多虚事，悟徹無生是養生。匿影韓康休入市，人間何得盡知名。

敢矜邊笥腹便便，飲鼠河流亦果然。買菜市兒休請益，梳頭貧女若爲妍。當階淺碧春應發，閉戶遙青曉自延。從此陶情但絲竹，不須哀樂感中年。

江湖落落平生友，項領紛紛昨暮兒。豈有文章同庾信，敢分主客效張爲。引年漫守庚申日，判歲俄驚亥子時。强韻壓成天欲曙，燭花爐焰總相宜。

丁酉除夕

世事何分酪與酥，但求暇豫便吾吾。任他虚耗同爲照，笑我詅癡亦有符。一盞且謀傾鑿落，五花底用上氍毹。十年舊夢空彈指，憶買扁舟上直沽。

戊戌元旦

矯首扶桑麗日遲，晴光煜爚布彤襜。眼前六甲已全過，階下雙丁應可添。未覺囊空留酒債，聊因門静理書籤。冷齋曝背南榮下，晴日浮烘正滿簾。

曹忍庵枉過署齋以詩見贈，依韻和之

不問江頭繫纜磯，一鞭飄瞥帶殘暉。乍驚狹巷來雙騎，似獵前山更幾圍。缸面臘醅花下熟，溪頭春韭雨中肥。莫愁寒榻無氊臥，尚有相如未典衣。

五月十六日病中夢謁杜樊川祠題壁

罪言懷抱自千秋，幕府聊堪借一籌。禪榻鬢絲春又去，空將烟月老揚州。

病中朱子穎都轉餽食物，詩以謝之

伏枕空齋日已趖，忽驚珍味貺來多。聚觀且耐兒童擾，拜賜還憂禮數訛。九轉飢腸抒軫結，三旬皺面起榮和。兵腓何限秋原草，盡待慈雲散積疴。

哭吴松原

五月二十日，老夫病兼旬。是日更綿惙，伏枕頻吟呻。似夢復非夢，見君漸江濱。擥袪未移時，白日旋西淪。我時魘向牀，家人驚且喧。瞪目燈如豆，哽咽不得言。異哉未半月，惡耗來遙聞。君果於是時，長逝無歸魂。古人視生死，無異晝與昏。解弢而墮衺，寧復多逡巡。獨悲曠世才，窮老空山春。所學不見用，一棺已戢身。詩卷留人間，賸語何足存。哭君還自哭，君聞定悲辛。而已返其真，而我猶爲人。

題曹南皋所藏其先祖鐵船道人詩卷後

千秋萬歲名，寂寞身後事。一瓢擲向長波中，若滅若存何足計。獨有慈孫孝子心，手澤杯棬未忍棄。縱然聲響竟沉淪，肯教簪履常遺墜？拾來片羽光猶騰，珍以千金帚豈敝。鐵船道人歸道山，注籍已在方蓬間。詩衢追步有詒厥，寸札寶護如環珊。帽箱衣篋紅蟫走，紙勞墨瘁亦已久。裹鹽覆醬幾度經，到處似有長恩守。文孫見之捧而泣，一讀一諾跪且立。此是吾家琬璧與球圖，不愛珠琲百千玉珏十。繡褫錦贉絲爲欄，精神奕奕還舊觀。文綾重裹錦帶束，龍威丈人闚見難。有時謝庭好風日，烏皮几上展緗帙。滿堂賓客肅然興，似檢異書入唐述。吁嗟乎，裴家泉石魏家笏，榮華轉眼成消歇。數字長留天地間，頓令光彩中霄揭。鐵船鐵船如有知，自以精氣常護持。雲礽百世永傳襲，生祥下瑞無窮期。

椶亭詩鈔卷十四

己亥元旦和唐鴞舉韻

隔日纔過覽揆辰，予以戊戌小除日誕生，去年戊戌十二月小盡。三朝令節便相隣。丁年空憶强兼壯，亥字聊書首與身。儉歲傾囊難餞臘，衰顔得酒也生春。名園城外多新葺，好辦歡游更浹旬。

讀張堯峰、秦西壖唱和詩，因次其韻柬示兩公

兩翁鬬詩强，不肯一个弱。百斛鼎互扛，九天珠共落。手賽大小垂，局爭先後著。瓊瑤相報酬，軒膾各吹嚼。乘風羨雲將，觀水驚海若。百戰百回勝，一日一窾鑿。春花既翩翩，秋星更作作。藴藉張九齡，奇奥李百藥。乃知文字禪，盡解根塵縛。而我本鈍根，于今尤隔膜。但獲壁上觀，已甘壘下卻。商蚷安可馳，阜螽勉使躍。此事真推袁，吾人且效郭。入春已七日，客思正如灼。蕭條鶴在林，局縮狼處橐。何意霜月夜，忽聞邾魯柝。首春風日佳，大堪謀飲酢。詩朋聯新舊，花事憶今昨。且爲三人行，勿坐十日惡。安能學子雲，空亭守寂寞。

元夕讌集贈雲軒，分體得七律

濃雲解駮乍紛紛，簪合筵開已夕曛。肯散銀花惟火樹，最憐白髮是紅裙。酒邊不惜歌千疊，天上應添月二分。一笑廣文官獨冷，瓊瑤何以報諸君。

唐薌崖觀察招飲牡丹花下分賦

萬里事宦遊，三逕久仳別。甫聞繡衣歸，早見綺筵設。開庭既掃除，草木倍光悅。勝引欣沓來，外姻忝末綴。名葩耀華堂，錦幙排緋纈。色對酒人酣，香入琴心潔。倚石當醉眠，添籌祝大耋。公所居堂舊名海屋，庭前美人石娟妍可愛。滿堂羅衆賓，盡是遂初哲。林下談笑真，花間性情澈。況有孫曾輩，一一蘭芽茁。從此文字飲，不辭賓主迭。所喜冷官閒，未覺塵纓紲。

贈胡檢齋

文衡使者開旌門，諸生鵠立如雲屯。教官趨入東西向，屏息不敢相爲言。長身玉峙者誰子？奔走階前供指使。初試卑官職內巡，早知幹局占通理。使者退衙群吏扃，鈴軒長晝風滿庭。科頭促膝暫閒話，塵土相逢眼倍青。聞君家傍蒙城住，齊物逍遥應久悟。誰共鵬鳩量地天，不妨椿菌同朝暮。

次秦西巖韻送閔西軒之楚，兼懷江橙里

我昔扁舟泊夏口，洪濤萬里江聲走。千秋才子在何處，鸚鵡洲前一搔首。行人無恙出破冢，布帆寒影罩虚隴。江上琵琶不可聽，青衫但有淚珠湧。天涯行脚訪南宗，回首黄梅暮靄封。夢中歷歷舊游在，何限關山衢路衝。此去知君客思稠，舵樓吹笛過黄州。翠館紅亭多水驛，曉風殘月數更籌。待伴有人清且淑，意氣狐裘同伯叔。燈下應看對影雙，花間肯使持杯獨？芳草晴川漁子家，烟波村畔足清華。登樓莫更悲王粲，作賦須教繼景差。尺書爲寄江橙里，兩地相思同瀰瀰。何日重爲解佩游，塵纓快濯滄浪水。

鮑鸞書偕令子雙五過訪並貺佳作，率爾奉詶

憶昔挾策遊新安，巖鎮路口停征鞍。潛虬山人意氣盛，新從閩嶠歸故山。錦冊示我荔枝詠，嶺霞海氣生筆端。分手一别二十載，時時夢裏相往還。東行真人白日駛，名家又見群隨紀。新駒項領久已成，老淚縱横不可止。千秋著述付名山，三代箕裘喧錦里。請看滿眼侈輕肥，幾人貽穀到孫子。夜市揚州空糾紛，何樓人語無定論。潛珪泥下不自炫，光彩誰知席上珍。榮名至竟爲身寶，富貴應須致身早。白頭老子向春風，事業空慚科上稿。綠楊城郭花冥冥，野飲不醉還吞聲。何日寒泉薦秋菊，一披宿草問泉扃。

檄送諸生應省試，寓居三官堂贈韓景湘道士

憶昔十年前，沿牒來秦淮。僦居武定橋，我友讀書齋。謂吳春江。古樹繞檐楹，秋花羅庭階。更與道院隣，東西恰對街。飯罷每閒行，談笑日夕佳。君時初著冠，仙侶四五偕。奕奕傌祿儔，超然無與儕。今我垂白髮，萬事多所乖。差肩倚旌門，仍與槐柳排。所喜獲卽次，仙扃爲我開。一室淨無塵，簫管閒樽罍。以此滌俗慮，庶幾得靜諧。而我屢感嘆，怛焉忽有懷。前者所臥廬，主人已沉埋。幻作達官宅，輿馬紛相挨。老屋秋樹根，曾覆掌中杯。不知改築後，亦尚蒙滋培。衣狗真多端，木鴈寧異材？拍肩且此日，一笑同洪崖。

和張荔門松坪集康山贈江鶴亭韻六首

託根不信在廛闠，夜半應聞響碧潺。白練一繩穿樹月，青螺幾點隔江山。已教遠浦呈明鏡，更遣高城作大閑。試撥鵾絃歌一曲，詩魂呼出翠微間。

殊恩紀遍勒崇鴻，萬丈榮光燭遠空。勝地定超千載上，仙璈疑貯一輪中。捫搜便得幽遐趣，位置

真推造化功。入座不知誰是客，觴行無算樂無窮。

傑閣唐梯碧蘚生，高標萬卷擁書城。天邊日月窗櫺過，簾外帆檣几案平。五夜星河迎曙色，千家砧杵送秋聲。行人共道江家宅，竹樹池臺盡有名。

康王樂府舞衣斑，千古高風不可攀。黨籍糾紛成底事，醉鄉淪落且消閒。香名舊著原難及，廣廈新添又幾間。堪笑冷官隣破廟，日尋拳石上浮山。

翰墨圖書未肯收，朝朝三徑待羊求。秋深得句還敲月，夜半聽歌更倚樓。沾砌露濃花豔豔，打窗風緊葉颼颼。嘉招快侶同沈醉，勝作雲山汗漫遊。

花萼新詩誦幾章，弟兄才調重班揚。日邊影麗鴛雙簉，雲外聲和雁一行。江月依人懷往事，隴雲牽夢到咸陽。不須憑弔增惆惋，真率杯盤會正長。

將遷官入都，管澹川以詩贈別，次韻奉詶

揚州花月地，薄宦十二年。論文皆徐幹，談蓺多桓焉。何戡或授曲，薛濤亦投箋。以茲娛衰老，竊喜全其天。幸免坐堂皇，案牘紛滿前。亦鮮沿牒檄，奔走困塵韉。鈍或笑似槌，直亦任如絃。但願垂白髮，長此守青氊。人間富與貴，過眼猶雲烟。性甘錞處後，力難鞭著先。郎今博士官，齏鹽古所傳。摩挲石鼓文，考訂《車攻》篇。閉戶足自適，鐵擿兼韋編。何用持麾節，廣廈張細旃。萱草憂可忘，青棠忿胥蠲。柔莕集翡翠，深淵藏鮪鱣。悟茲逍遥理，安用悲離筵？感君瑤華贈，青山同狢眠。乃知良友

懷，在遠意不遷。清歌留行棹，更招沈下賢。

除夜飲施耦堂寓齋，卽席成詩二首見示，率次原韻

一朝送臘卽迎春，雪意先教紀令辰。蹤跡不須還憶舊，頭銜聊復更從新。多慚幕燕纔營壘，何意包魚也及賓。欲對梅花同索笑，將詩時向畫檐巡。

主賓相對恰成三，潘孝廉雅堂在座。不許懷鄉只快談。綺歲多情難獨守，客廚有味竟分甘。正逢狂侶愁先豁，莫笑饞扠老更貪。側耳紞如聽五鼓，朝衫著罷尚餘酣。

庚子元日雪中早朝，次吳穀人編修韻

金闕鐘聲動紫微，玉階寒色映彤闈。御簾開處祥光滿，仙仗排時瑞葉飛。千里纔拋婁敬輅，九霄旋拂謝莊衣。趨蹌自愧儒生拙，也帶天香滿袖歸。

是日賜宴太和殿，同疊前韻恭紀

恩詔初頒曙色微，早陳華宴出宮闈。銅盤錯落東西列，帔舞蹁躚上下飛。珍果味分仙掌露，御醅

香入侍臣衣。半生朝暮齏鹽慣，今日枯腸飽肉歸。

正月六日同陳給事賓所、錢吉士慈伯飲施侍御耦堂寓齋，次韻二首

詩朋慣聚莫嫌頻，酒政雖苛敢不遵。新歲問年難諱老，隔宵紀日便書人。但持白雪招同調，應勝黄金繞隻身。知有少陵佳句在，獨容王翰願爲隣。

蕭齋排日剪蔬頻，茄莧應堪學蔡遵。酒共憎狂無酌我，官非愛熱肯因人？烟霞不改從前癖，歌嘯聊娱現在身。莫笑捧心無好態，東家顰本效西隣。

都中晤吴鐵儂

冷宦頻年共一方，便將異地當家鄉。烟霞舊侶還重聚，塵土衰年又飽嘗。出岫羨君雲作雨，脱巾笑我雪添霜。不堪昨夜揚州夢，猶是平山載酒堂。

風箏

嗟爾原輕薄，因風便上游。弦高天易聞，綫斷地難收。蔽日曾無幾，穿雲豈久留？賺他年少客，

翹首不能休。

張大司成樊川先生以詩枉贈，次韻奉詶四首

講堂新瑞紀三魚，學舍奇書富五車。得向宫牆瞻古柏，頓教寒碧愧園蔬。
新詩濃釅勝春醪，落筆真看五嶽搖。傍得通明叨十賚，何殊榮錫受弓弨。
都養紛紛餘與飧，帶經千古幾人存？從知六籍皆肴核，好與先生味義根。
春風滿座自悠悠，敢説南來有子游。從此放心收拾盡，烟花更不夢揚州。

張蕚樓上舍屬題新居壁，率賦以應

長安萍聚人，移家等移竹。何曾居求安，但見隣屢卜。去冬我初來，草草解囊襆。僦居委巷中，得樹便已足。今夏大霖雨，階除水汩汩。紙帘墮蒙頭，土炕濕及腹。不辭轉徙勞，更擇一枝宿。有如蚷馳河，豈曰鶯出谷。新居羨君家，門闌頗清淑。市近酒易沽，徑僻書可讀。朝披荊蘭衣，夕捧鹽虀粥。循陔樂有餘，何必羨朱紱。前年文選樓，揚州覿芳躅。聯吟展華牋，酣醉傾醽醁。本擬安樂窩，長享花月福。豈意宦職遷，難使地脉縮。人生區蓋間，有欲難遍逐。所遇皆可安，知足庶不辱。歌聲出金石，爲君詠薖軸。

就館王詒堂編修邸舍，施耦堂侍御以詩見懷，次韻奉答

賓館隣家只隔街，不須囊笈費安排。紙窗日暖當風捲，棐几塵清逐曉揩。居向長安原不易，地堪小住便爲佳。蹔隨童子呻佔畢，也對春風一放懷。

耦堂寓齋夜酌，即席疊前韻呈座上諸公

纔騎歸馬過天街，早見壺觴次第排。滿壁華箋珠並燦，當檐明月鏡新揩。客途正值春難遣，酒所休嫌論未佳。但許入林同把臂，何妨一詠嗣宗懷。

耦堂月夜枉過兼以詩贈，次韻奉詶二首

銀蟾一片正迎入，滿室幽輝未覺貧。半夜鳴珂驚鳥夢，九霄騰彩散雲鱗。繡衣霜下才名重，華髮燈前笑語新。我住巷南君巷北，便成無著與天親。

歌管隣家樂正耽，絲絲聲似裊春蠶。誰從趙李當場醉，且作宗雷永夕談。私喜蓬因麻裹直，定知荼向薺邊甘。獨慚叔夜多塵垢，難數平生七不堪。

耦堂疊前韻枉贈，疊韻訓之二首

臣今老矣不如人，須達偏逢第七貧。失酒衹緣蛇畫足，得書未免鯉傷鱗。青山夢裏鄉關遠，白髮燈前客鬢新。薄宦自知難久駐，敢言僮僕尚相親。

卒歲惟將一卷耽，送窮難似嫁金蠶。陶潛自昔愁形役，劉表於今愧坐談。看遍唐花都是幻，咀來諫果幾時甘？孤根移得江潭柳，憔悴風前已不堪。

同耦堂再疊前韻二首

詩囿君真少替人，撒珠拋玉不言貧。中逵廣闢三三徑，巨壑高翔九九鱗。火以屢傳重倍熾，臺因層出色逾新。松陵唱和吾焉敢，釣具金波庶可親。

賡酬强韻本心耽，其奈絲難續餓蠶。但得杯傾燕市酒，何辭筆作夢溪談。長源君自河添潤，短綆吾憂井竭甘。經笥書倉如可借，也應致密問張堪。

施侍御與陳給諫文讌有作，索余次韻，率成三首奉呈

未得銜筵共醉巵，也摧覓句撚吟髭。積薪豈復堪居上，華黍空教更補遺。難判存亡凡與楚，聊商可否惠兼夷。海棠花落藤花放，除卻前期有後期。

瓦玉相看揔一巵，紛紛爭鬄夢中髭。江皇解珮誰堪贈，海上求珠定不遺。客邸正逢天氣好，花間真使我心夷。銷魂十五年前事，衆裏驚傳揭榜期。時正禮闈試期。

天倪和後任言巵，不向人前更染髭。我輩自能交有道，先生何必行無遺。風前落絮隨飄蕩，眼底長山自坦夷。沽酒尚堪動春酌，杜陵應許共襟期。

集韋約軒新居，次韻二首

當筵同是謝家隣，對酒何辭索笑頻。偃蓋高松宜向日，移根小草也知春。苦吟屢促酬佳句，讕語還應恕醉人。執手長安多舊雨，水萍風絮總前因。

小石當階亦可攀，崚嶒離立勢寬閒。片時麤領南華趣，幾點驚看北苑山。三徑人來花正發，一庭晝永草同班。牆根竹葉休輕折，未許扁舟便擬還。

偶成

月在重霄珠在淵，如何一樣論虧圓。翠屏相隔無多地，簞永簾烘便各天。

沈樹聲母錢太恭人節孝懿行不可殫述，嘗有句云『減膳朝供飯，分燈夜課詩』，紀其實也。余聞其事，作《減膳》、《分燈》詩二章，以俟採風者

減膳

今朝幸有飯，不作無米炊。且供衰年飽，易忍季女飢。捧敦匜，具饘粥，二老歡然各饜足，獨入空房自束腹。

分燈

母縫裳，兒誦聲琅琅，虛窗共此衰燈光。書囊筆牀箴綫箱，一篝相伴秋夜長。他日華釭照甲第，萊公堂上堆燭淚，牆角休將短檠棄。

夏日都中雜詠四首

冰盞

午夢初回日漸曛，聲聲脆響隔街聞。宫商豈爲因人變，寒暑偏教易地分。入耳乍如喧急雨，醒心已似坐涼雲。吾生作事多無益，莫遣盤中更鏤紋。

涼棚

縛竹編蘆似小亭，全家借蔭此中停。但遮東旭三竿赤，已失西山一角青。匝地聽來何處雨，遙天看得幾多星。憑他掣曳爲收放，真悔依人傍戶庭。

竹簾

一從匏繫矮檐隅，苦向烟波夢故居。織得愁心當戶小，遮來醉眼隔窗虛。逢人敢便分疏密，入世惟知任卷舒。還許天寒依翠袖，不辭憔悴到秋除。

蕉扇

批風抹月野人姿，難與羅紈共入時。賣向九衢聲價賤，捉來三伏夢魂疲。乘鸞那有雲中女，撲蝶空隨道上兒。記得當時清露下，一窗涼影綠天垂。

同王竹所飲余月村法源寺寓舍

獻歲已匝月，百卉猶枯荄。今朝晴日暄，九衢無纖埃。吟侶紛然至，忍使便卻回。隣寺不數武，禪關足松槐。幸延晷刻歡，庶令懷抱開。我本不佞佛，而愛遊香臺。譬彼轅下駒，土浴亦快哉。明月既已盡，夜珠何處來。秉燭且一醉，勿辭手中杯。

次韻送吳鐵儂之官萬泉

人生馳騖飆車輪，達旨誰能如崔駰。驪歌一曲酒一巡，春風祖帳愁離人。自我與子官相均，槐兄橘弟情逾親。往往執手忘主賓，知君胸中無點塵。清溪鬼谷儀與秦，雄才世莫窺其津。即今牽絲初展綸，纔如爝火閃一燐。已看百里皆生春，我本棄物無與甄。寒塘但愛鶿波蓴，一朝誤別秋江濱。霜風刮面皮肉皴，梳裹不解隨時新。但以鈍拙全其真，別君對君更愴神。牽衣送君出城闉，從此獨客吟蕭晨。舉杯空憶公瑾醇，百梯山勢如哆脣。使君騶從何振振，河流屈曲眼中陳。飛泉萬道垂天紳，壺口雷首青正勻。驅車直向大路遵，唐魏遺俗頗足因。臥治不用嗟勞薪，誰爲頓富誰夷貧。沐以雅化皆堪馴，君去勿復爲我嚬。我已悟徹身外身，王官之谷如可隣。便邀表聖同垂緡，清泉白石應潾潾。

中秋後四日同羅兩峰上舍、程魚門編修、汪秀峰員外、蔣心餘編修、張瘦桐舍人、施耦堂侍御集飲翁覃溪學士齋中，卽席題秋江蘆鴈圖

良朋集高齋，暝色入虛室。夢裏江南一片秋，乍教移傍詩人壁。小庭巨幅爲橫陳，俯首差肩聚看人。昏眵老眼喜雙豁，此身忽與烟波親。兩鴈相偎三鴈立，一鴈孤飛欲何適？水邊葭菼自堪眠，天外雲霞未可卽。秋風瑟瑟影修修，舊侶相尋只鷺鷗。正是欲歸歸未得，銜蘆猶作稻粱謀。

同蔣清容、周穉堂兩太史，沈南樓吏部，蘇方塘明府，羅兩峰、沈匏尊兩上舍城南看菊分韻

西風撲面已微寒，猶喜霜林菊未殘。老圃班荊堪列坐，村廚捽茹且加餐。會聯真率人非易，秋到蕭疏畫亦難。更約探梅還出郭，不辭重戴共潘安。

次李艾塘贈僕詩韻四首

天涯得僕便爲朋，僮券親書記昔曾。驛路曉隨三尺劍，旅窗寒傍一枝燈。雲山到處蛩依蹷，形影多年葛附藤。木末水濱猶悵望，可堪絙斷綵絲繩。

久誦三皈賦七依，郭郎捧劍肯相違。清晨換水先甌宰，午夜添香伴淬妃。湘帙虛帷閒共理，紗籠小巷醉同歸。忍教隻影孤飛去，塵滿征鞍淚滿衣。

幾年同看帝城春，與爾相依共一身。富貴他時惟憶汝，晨昏此日尚依人。衾裯自卷孤眠夢〔一〕，薪水誰憐客況貧。淒絕贈行無長物，腰間解取舊時巾。

別路分攜更苦吟，斷腸回首定難禁。三年五夜騷人淚，一片千秋國士心。雲水只今空獨往，海山何處覓知音。牀前馬後傷心句，爲爾孤吟感倍深。

【校記】

〔一〕『裯』，道光丙申本作『稠』。《詩·召南·小星》：『肅肅宵征，抱衾與裯，寔命不猶。』

壽馮石潭，因令子蘭州遄歸，寄之

坡公自別紗線街，半生塵鞅走天涯。瑞草橋邊瓜與豆，親戚情話何時諧？去年我暫歸鄉縣，回頭似閃雲中電。令子長安賦曰歸，歸途重整荊蘭衣。坐中客滿氈爐會，爲我先看舊釣磯。

題蔣仲和傳箑圖

范氏有傳硯，柳氏有傳書。蔣君傳一箑，珍重如璠璵。乃祖拙老人，翰墨與衆殊。手鈔十三經，獻之天府初。簪紳獲榮觀，慶喜聯華裾。晚乃寫此箑，筆力勁有餘。藏之冢婦箱，錦囊包中儲。仲和方韶齡，才已邁荀諝。萬卷溢几案，八體工爬梳。母也撫之泣，祖德不可渝。此箑勝籯金，汝其終寶諸。仲和長跽受，喜若奇可居。奔走齊魯燕，什襲載征車。繪圖索題詠，再拜聲淚俱。繩祖既多愧，事母亦已徂。飄蕩逐京塵，衆裏空踟躕。何時揚清風，逸翮雲中攄。老夫謂仲和，子今方東隅。年少謀致身，易如揮輕麹。請君視此箑，既疊還更舒。努力念明發，瀧阡非妄譽。

題乞食圖

庚市一朝能毀玉，夷吾千載孰分金？易京郿塢知何限，釜庾偏傷烈士心。

贈醫者

我病忽如支離疏，君術妙於徐秋夫。不須箴灼苦竅膚，不用榻芷爲腦軀。飲子一盞酒一壺，蹶然而起推人扶。有此弟孫兼俞跗，何慮戚施與籧篨。自從兩脚插泥塗，未能得輿先剝廬。左顧無翼右無胠，支左詘右張空弧。踔躩誰憐夔足孤，逝將腰鐮歸種蔬。登山且佩谿落圖，超距更不鞠躬如。遠尋日觀高石閭，振衣千仞淩空虛。兩腋習習清風俱，下視朽壤與塊蘇。紛紛何異蜣推車，懷君笑作撮襟書。書君名字雲中衢，既穿盤磴登危觚。足垂在外二分餘，處身有若橛株拘，憑陵大叫拍手呼。

送丁玉華歸里，卽次其留別原韻二首

昏燈夜雨乍新秋，明發聞君別薊州。皖國雲山懷故里，廣陵花月憶前遊。歸途車馬真輕健，冷宦琴書尚滯留。惜別匆匆燕市酒，西風相對一搔頭。

蕭蕭白髮不禁秋，一錯何堪鑄六州。君已穩收歧路淚，我猶狂作暮年遊。書逢驛使須頻寄，花發郵亭莫更留。何限緇塵京洛客，幾人真得大刀頭。

送張大司成樊川先生歸里，卽次其留别原韻四首

列子何須更御風，故鄉丘壑卽方蓬。百年自得烟霞外，三樂全歸杖履中。不戀鶯聲惟老柳，難忘鳳德是孤桐。可知朝暮鼃鼉客，珠桂長安未送窮。

滿幅珊瑚間木難，常容小子丐膏殘。紅塵笑我閒中過，青眼知公冷處看。未易一樽留李白，最難三拜效方干。何時得傍香山社，鷗鷺盟中捧敦盤。

山斗榮光衆望歸，何分雌伏與雄飛。因緣自昔人難了，才命如公世所稀。抽簟聲名原久著，傳經心事肯相違？試偕童子尋遊釣，新婦灘前有舊磯。

到家袍襖正裝綿，酒對公麟畫裏泉。盛事堪傳千載後，歸途真妒一鞭先。蓴鱸斷岸秋風宅，蓑笠寒江夜雨船。憶事懷人應有句，莫辭頻寄白雲篇。

得家書寄示臺駿

隔歲書初到，新年涕一揮。謀生知汝拙，觀物悔余非。對酒空長嘆，看雲欲奮飛。庭花休盡掃，待我共春歸。

題王竹所北遊日記後四首

胸中指掌有輿圖，眼底山川信不虛。若使九州俱歷遍，定教筆禿等身書。
蒲帆十幅曉風涼，日日推篷紀載忙。可有水濱閒野老，長途觸熱笑歐陽。
川涂來往十餘通，笑我勞勞似夢中。悔不讀書先閉戶，烟雲過眼盡成空。
長揖燕昭舊日臺，扁舟已辨水雲隈。可容借得此書去，展向篷窗倒看回。

有感

青油幕下宣明面，黃菊籬邊靖節腰。燕蝠生涯原自異，人間何處不逍遥。

棕亭詩鈔卷十五

辛丑三月二十八日，黃仲則招集於法源寺寓餞花次韻

孤客久寄伽藍殿，僧房百花看已徧。忽然興盡逝將歸，桑下不肯三宿戀。匆匆行李駕騾綱，忍使綠陰冷孤院。我居巷南子巷北，一春未識春風面。偶爲避雨過我廬，沽酒聊爲小歡讌。牀牀漏幕礙客座，濕雲一窩散千片。促膝對酌兩三人，居然自云作偉餞。衝泥市脯苦未能，炊黍但趁客廚便。君才何富君遇慳，卽此已當八珍擅。聞君歸後正新昏，畫眉好捧螺子硯。何異及第曳宮袍，爛醉瓊林飽芳醼。人生得意須少年，花魁定作群芳先。我今垂白滯京華，宦情冷落遊已倦。安得同君並轡行，歸途駟馬隨徐羡。詩成雨過月在天，鐘聲寺裏催虬箭。

方采芝閨秀將隨宦湖南，賦詩留別，程魚門太史過余齋中，見其詩大爲嘉賞，因囑爲其子岸之求婚，余一言而婚定，因次原韻贈行，兼以誌喜

九衢遍訪玉臺溫，選婿方知愛女恩。今日良媒緣好句，老夫冰下豈能言！
玉樓珠樹義山詩，阿閣鸞凰好唱隨。偕老他年同黻佩，莫教東美暫相離。
衰同伏勝誰傳業，窮似虞卿未著書。他日談詩歸里巷，清才只憶女相如。
君驅金犢曉亭遙，我整蒲帆趁暮潮。從此吳頭兼楚尾，不知誰和白雲謠。

送王菊莊孝廉下第南歸，次蔣清容韻二首

車馬長安道，風塵已白頭。幾年空席帽，今日又扁舟。毷氉三春夢，蕭涼五月裘。淮陰知小泊，垂釣勝封侯。菊莊，江寧人，爲淮安書院山長。

二水三山路，同君舊有詩。曹騰來北道，惆悵負東籬。去燕難成壘，枯蠶豈有絲？秋來紅豆熟，南國定相思。

杜宇

杜宇聲聲動客愁，客心原未擬勾留。已知去住同漂梗，肯爲行藏更倚樓？千里關河雙鬢改，五更風雨百花休。殷勤莫向枝頭喚，明日春帆便買舟。

題閨秀鮑季姒北征草

肯將弱蔓附柔枝，健筆淩空浩氣隨。續史定堪兄並駕，論詩惟以父爲師。家居本得江山助，客路彌增綵藻奇。不讀令暉新句好，那知才子在蛾眉？

壽張過王彥章故里

寒流汶泗浩湯湯，獨客輕帆過壽張。曠代名存皮有豹，高原寺古鐵留鎗。千秋事業同朝露，一勿山河半夕陽。莫向園亭嗔綠拗，管城坏土野苔荒。

贈袁鯉泉明府

征衫幾載感蹉跎，塵土光陰夢裏過。歸雁偶隨晴旭到，寒梅先受早春多。飽看客路千帆影，乍聽鄉音五袴歌。從此敝廬堪遣興，好偕耕牧答陽和。

汪存南中翰偕其內子芝田讀方采芝閨秀與余唱和之作，各次其韻示余，輒復繼組，兼寄采芝四首

名流相愛勝邢溫，閨閣偏多知己恩。共展華箋珍重意，簾前鸚鵡定能言。

三千里外兩家詩，忽作雲龍處處隨。好付裝池成小軸，教他琬璧不相離。

女嬃砧畔應懷舊，柳毅祠前好寄書。爲寫烏絲付賓雁，衡陽紙價定何如？時采芝隨宦湖南。

望京依斗路非遙，旌棖春來便趁潮。裙幄他時聯綵伴，長安應更播新謠。

令子上章亦次前韻枉贈，因再疊韻奉訓四首

浮毬破甕潞兼溫，賜衮他年早拜恩。此日蘭成初射策，爭看下筆已千言。

家事知君止有詩，九皋鳴和好相隨。鳳毛池上傳佳話，追步鑾坡未肯離。
紫羅囊已供君珮，白練裙應許我書。快向東隣識騏驥，金臺萬匹有誰如？
文瀾高闊壯觀遙，人驌韓蘇似海潮。卻笑老夫枯澁甚，但隨擊壤作村謠。

重到揚州示舊時諸友

我本高陽舊酒徒，白頭空自爲書劬。濫竽曾憶遊齊市，退鷁還教返宋都。殘啄誰分紅豆粒，酣吟且共紫薇壺。昔年儔侶今猶在，張丈殷兄更一呼。

飲紫玲瓏館後移宿小西藏書別館

東家食罷西家宿，我生快意此其獨。朗月隨人直過街，繁花對我高連屋。插架牙籤擁百城，匡牀棐几一簾清。便思假館常爲客，滌硯鈔書過此生。

曉起

客牀無久夢，起坐聽鳴禽。靜領曉春氣，暗傷垂老心。江雲開遠岫，海日照高林。小適諧吾願，驅車一散襟。

三鳳緣傳奇題詞十首

燄摩天上最情多，尺水能生古井波。異代合成三婦豔，不須皺面更觀河。

漫道珠宮不染塵，偶然會合也前因。賺他洗馬言愁後，又作人間最幻身。

柳色章臺大道旁，深閨何事鬬睂長。不錄妒絕還癡絕，早向華筵共捧觴。

高風林下自寥寥，媒鴆如何欲强邀。小試鴛鴦顛倒手，居然霧市有張超。

隔幕聯吟意已通，伯勞飛燕忽西東。正看射雀來屏外，誰信拈花向鏡中。

纔投麗句便寒盟，不料書生太薄情。歸趙忽還篇裏玉，渡河空泣夢中瓊。

登天捉月已無階，更駭零丁帖滿街。自怨佳人真薄命，六張五角事全乖。

刁斗聲中卸錦裙，卻將雲雨洗邊氛。健兒百萬皆貔虎，入幕郗生也冠軍。

篋裏瑤篇定尚存，故人相見復何言。戈鋋隊隊齊歌凱，玉面登壇總斷魂。

三珠樹上好棲鸞，梅子同心尚帶酸。悟得前生思往事，定教淒感入餘歡。

題申改亭出蜀集後

巴峽連巫峽，猿聲不可聞。三年孤宦客，萬里故山雲。倦目看飛鳥，歸心入暮曛。荊門回首處，絲管憶紛紛。

以詩代書示璡

汝父來揚州，與我同作客。小樓對遥山，堪與數晨夕。家中薪米事，汝須自練習。晚歸自學舍，燈下毋怠斁。明年採泮芹，勇先躍三百。便爲汝娶婦，三代慶儔匹。一硯便汝傳，守此愼勿失。

方竹樓寓小山上人丈室，以詩見示，次韻答之

聊向荒園伴柳眠，消磨風雪歲寒天。淵明未免瓶無粟，夷甫安能口不錢。垂暮襟懷同槁木，故交情味勝香荃。鬢絲禪榻相看處，一縷茶烟共憫然。

壽管平原七十

昔年襆被來揚州，吹簫同上文選樓。我作狂歌君作畫，秋江擁棹相夷猶。沈牧之琴焦紀酒，謂沈江門，焦五斗。興酣往往輕公侯。我年五十始薄宦，十載飽噉揚州飯。君亦移家與我隣，隔街慣作往來伴。廣文官舍無來賓，病妻一臥常經旬。仗君倉扁挾異術，每從肘後生陽春。前年別君忽向北，今年仍做揚州客。一觴壽君君勿揮，花前相對頭俱白。荷花萬柄滿芳洲，七十老翁何所求？且將百幅鵞溪絹，盡寫名山作臥遊。

除夕和金香署韻

入山久欲效陽城，猶向天涯作過更。六枳籬邊身暫寄，九英花下眼逾明。易消我已慚春雪，未昃君須愛午晴。客裏椒盤同一醉，可堪俱抱故鄉情。

壬寅元日康山分韻得東字

去年朝退日華東，仙仗回看曙色紅。獨客又逢新歲至，一樽聊與故人同。飄零白髮江關外，層疊青山曉閣中。睿藻貞珉巍焕處，幾回瞻就傍離宮。

元日作二首

棄官仍浪迹，休老知何年。中夜不能寐，照影燈空然。蕭騷松竹下，寄茲屋數椽。所託非吾廬，眠食只自憐。歲月既已逝，聲名何足傳。矯首瞻斗杓，衆星如列錢。

騁懷多壯年，樂志宜晚歲。楊舟泛中流，隨處皆可繫。寓廬頗靜便，客至惟談藝。既不挂朝紳，復免擁征袂。暖招春風來，寒送冬日逝。名園曲徑幽，深巷小門閉。燕居度三朝，尚論堪百世。

竹溪和尚齋中看梅步韻

香生骨裏慧生牙，合住孤山處士家。自是詩人饒淨業，不須天女散空花。一聲清磬穿林外，幾縷輕雲傍水涯。更待高樓明月上，踈枝冷處對丹霞。

詠草蟲燈次韻

風度翩翩逐隊輕，華堂深處最分明。微軀未免因人熱，野態難教振羽鳴。熠熠偶留花外影，迷離應似畫中情。鬧蛾時節年光好，莫憶涼宵嘆息聲。

贈應叔雅八綫表媵以詩

盲者得鏡僅蓋巵，閹者得婦但爲炊。佳人烈士不可見，紅粉寶劍安所施？我有八綫表，到手不敢披。平生未解幾何學，對此如捫沒字碑。吴杉亭戴東原已死盛秦川遠客，獨抱此冊將貽誰？叔雅先生精西術，渾天周髀算無遺。胸羅列宿二十八，鮮于妄人未足奇。勿庵梅氏書滿架，斯卷堪與籌同持。涓流入海塵足嶽，庶同餘閏添零畸。

寒食日見燕

辛夷花老杏花殘，一剪驚心掠畫欄。熟食又逢佳節至，舊巢猶戀窱梁寬。江南景物三春老，海上風烟萬里寒。知爾處堂原不易，夕陽影裏幾回看。

贈葛步雲

舊地重爲客，樽前且盡歡。津梁吾已倦，歲月子休寬。迹尚同蝸寄，名須整鳳翰。試看荀令則，三十早登壇。

題馬堯峰小照

綠暗紅稀春欲去，扁舟一棹留春住。柳自搖晴花自飛，武陵不遺漁郎渡。知君應惜少年時，書卷隨身任所之。端居莫謂無舟楫，已有高艑在水湄。

月下看玉蘭

花光翕習露光濃，樹在樓西月在東。似以鷺縗醉山簡，更將鶴氅迓王恭。靜含夜氣鋪真色，清帶幽輝點太空。同把襴衫拋白苧，一齊飛入廣寒宮。

朱立堂齋中廣南小雞分韻得陽字

小影穿籬本易藏，依人聊復立斜陽。花間彩羽來新伴，夢裏紅棉是故鄉。豈以長鳴悲失旦，肯偕倒挂妄收香。無多飲啄山梁好，歌舞休懷萬仞岡。

飲小山上人庵中

三匝經堂記昔曾，打包又作啞羊僧。近因病嗽，聲瘖。十年舊夢心情減，一枕新秋肺病增。指月乍憐清似水，看雲自笑冷於冰。蓮花火宅爲生活，敢厭摩訶熱焰騰。

餞花詞同秦石翁作

花開爭來看，花落誰復顧。只有惜花人，徘徊不能去。前日湖上春風顛，滚滚稷雪撒滿天。一夜夭桃盡萎敗，枝上衰紅真可憐。斜日穿雲映山郭，肩輿急赴看花約。主人招客出林呼，稚子聞聲隔牆諾。今日來遊本爲花，誰知花已委泥沙。惜花共賦傷心句，舉杯相對同咨嗟。獨有石翁心似石，笑我對花空嘆息。搖毫翻作餞花詞，不許牛山淚輕擲。此語諸公須細尋，餞花仍是惜花心。離亭忍淚一揮手，腸斷陽關已不禁。

並頭芍藥次韻四首

一幹雙花素豔新，生綃淡染得天真。清姿絶世誰堪比，只有車中兩璧人。

玉翦穿簾上下飛，妒他清夢貯重幃。同心挽得東風住，著意留春不放歸。
錦棚雕檻護春晴，濃露天邊別有情。偏向將離成巧合，一般金帶兩圍明。
鏡裏差肩倚翠翹，陸家東美愛春宵。可知小草天涯路，顧影風前只獨搖。

口號二絕句

牡丹煴火只浮榮，芍藥沿街價亦輕。流去山桃流去杏，東西溝水太無情。
堂燕辭巢不再來，山雞對鏡且徘徊。禰衡鸚鵡劉琦鵠，千古風流兩賦才。

贈陳又群

真州曾憶識君初，轉燭光陰廿載餘。標令又驚看洗馬，脂膏猶未潤君魚。一燈旅夢縈禪榻，三月春光冷故廬。我亦蒯緱頻作客，羨君歸教慧龍書。

寄璡三首

喜汝病全愈，讀書過歲寒。驚心秋月夜，清醮臥雷壇。

講習求爲有用，潤身不在浮榮。堪笑杜家小草，年年只兆科名。

玲瓏山館坐松根，汝父相依共一樽。鏡聽昨宵傳好語，明年定喜見曾孫。

吴味辛以畫松祝雪菴上人壽屬題

空山老樹不言壽，但覺乾坤長不朽。人世繁華淘洗盡，方知歲月爲吾有。老僧對松山之顛，問年不知誰後先。麥城衣石誰復計，歷千萬劫終蒼然。畫師久識真如諦，頗見此松有僧意。爲僧寫照即是松，不將僧向松間置。

李晴山移居

飯甑書囊載滿車，鹿門龐老又移家。換巢君似將雛鳳，失酒吾慚畫足蛇。梅徑不嫌人立雪，杏壇應許客尋花。倘留餘地爲甥館，喚取童孫作寄蝸。琟孫，其子婿也。

寄祝袁鯉泉明府三首

全椒山中雲，化作淮南雨。膏腴本寬鄉，磽壤皆樂土。我公善爲政，似召亦似杜。乃知大賢才，程功非小補。

三年宦遊人，飢索長安米。兩鬢白如雪，抽簪始歸里。聽公弦中歌，飲公杯中醴。躋堂介公壽，三異爲公紀。

我本澹蕩人，乘興隨所適。不作揚州官，仍作揚州客。何日歸山中，荊薪煮白石。寄詩更祝公，懷探比干策。

贈郭東表

少年事筆研，經史爲饍饈。中年飽經術，談笑輕諸侯。瞪目營四海，舉足徧九州。歸來對孺人，白髮已盈頭。偕老葛與鮑，勿更汗漫遊。

牛揮雲太守屬題『蹊香花澗雨，衣潤石牀雲』畫扇，因即以十字爲韻成絕句十首

石上露猶濕，林中花未開。愛閒偏早起，凌曉曳青鞵。

密樹來青閣，疎簾綠野堂。萬花深處坐，翰墨有餘香。

遙磴雙峰出，飛泉一道斜。不知深澗底，幽草自生花。

獨坐倚雲根，永日無人見。萬籟寂不聞，時有鳥鳴澗。
盡日無人來，幽懷孰與語。但聞高嶺松，疑是前峰雨。
山腰留宿靄，山頂見朝暉。雲氣常侵袂，苔痕欲上衣。
千巖萬壑中，樵徑無人問。洞中泉自流，沙上跡常潤。
峩峩千丈松，蔭此一片石。石上結跏趺，雙清見心跡。
因樹堪爲屋，眠雲便作牀。空山無俗夢，心地自清涼。
兩崖俱屹屹，一水自沄沄。寫照何人筆，置君松與雲。

小鳥行

琅玕花樹嬌青春，鸞鳳戢翼雙蛾嚬。女牀啄葩㲉音出，藍田日暖飛輕雲。瓊林瑞草棲平雨，彩羽未乾先學舞。大鸝高翔少鸝隨，軒轅臺璨黃金縷。籠禽檐雀相看悲，五色欲借冰蠶絲。飛來阿閣應無數，將向丹山好護持。偶仙木羽呼烟客，笑聽歸昌情脉脉。百囀聲同老鳳清，千年頭共鴛鴦白。

湖上泛舟卽事次韻

蜀岡連延如紀堂，江流淮流縈大荒。伊婁古埭足環抱，崖巒向背分陰陽。南兗山川尚如昨，海西風景日横擴。古洞何人到玉勾，高樓幾處牽珠絡。野塘螢火自熒熒，夜市柝聲還閣閣。空留春沼弩芹芽，臢有山花開枳殼。我昔髫年初到日，舟向蓮花埂旁泊。驅馬登高問谷林，歐陽遺蹤窮探索。三十年來景屢變，開疏流水日式廓。直排舳艫繞山根，亭臺高下紛丹堊。疑從海上問三山，寧肯葦間專一壑。群芳疊疊樹層層，似印纍纍綬若若。半生遊覽老且衰，笑我行蹤彌落度。金帶千圍芍藥叢，玉峰幾處芙蓉崿。朝出爭看海旭升，暝歸慣至林蟾落。任他滿座笑詩癲，不厭連朝淹酒惡。萬事真成折脚鐺，兩手甘爲無底橐。年來漂泊東復西，枯楊誰爲回春姿。每向歌船聞玉笛，尚揎舞袖傾金巵。今日顛風太侮客，孟婆急召封家姨。小水亦能作巨浪，竹篙强劃元與之。因思少陵渼陂上，非關岑參真好奇。五角六張吾輩事，自然所遇皆非時。舍舟陟巘極遠眺，寒雲淰淰波瀰瀰。不暇更尋竹外寺，但喜暫憩波間湄。風裏桃花紅簇簇，艤舟欲借花爲屋。遙山已失隔江青，新釀且浮罨杯綠。莫言興盡便遄歸，更向花間恣遐矚。人外猶堪做冷遊，世間何處非奇福？春服冬裘在片時，人生枯菀總如斯。莫謂韶光正暄燠，一彈指頃有寒威。

謝友人遺贈

硯畯今朝大有年，無勞去索作碑錢。非同鶴料支憑牒，不似雞林換計篇。百鎰兼金寧易受，一丸大藥便堪仙。傾囊敢任劉乂攫，曾費連宵燭數椽。

贈程素園完姻素園善弈

弈思秋儲競巧難，少年名已著長安。宣城守自枰中得，京兆眉從鏡裏看。珂里春光迎黻佩，珠幃淑氣勝椒蘭。兩芇敵手休爭劫，東美雙肩玉一團。

蝶腊

芳心已付同功繭，瘦影猶爲戢翼鴛。紙上空留難了夢，花間應有未招魂。誰從此日收香蜕，定向他生種蠹根。寄語魏郎年少伴，好將金粉認殘痕。

贈琵琶伶工

曹鋼之手何激越，一片寒雲叫蒼鶻。雨聲纔歇竹聲清，廣堂忽聽邊聲發。啁啾碎響高入天，風毛雨血屯秋烟。平原蕭瑟居延塞，野色蒼茫敕勒川。燈紅酒釅名園裏，城上更深客未起。觸迕平生見獵心，頓教悔弄毛錐子。君不見，對山當日文章豪，千秋意氣紫檀槽。樽前似喚精靈出，五月江城霜月高。

汪斗張齋中看菊

衰年歲月肯愒玩，把酒亟醉東籬畔。主人堆花滿中庭，虚檐捲起護花幔。狂客高談驚四筵，酒至不須分聖賢。花夾兩旁人列坐，如排舳艫相接連。老夫對花心已醉，金谷乍逢石家季。况有才子揮彩毫，愔愔俊雅端相侍。文字之飲穆如風，分曹射覆燈光中。竹西歌吹何爲者？令人悔倚商玲瓏。

送吴淡止歸里應省試，用東坡送鄭户曹韻

昔君遊秦中，高歌凌虚臺。張衡抱四愁，曹植衷七哀。一鞭歸舊廬，萬事心已灰。朅來羅綺鄉，隻影臨清淮。聽簫廿四橋，明月空徘徊。隋堤風中螢，燕城雨後苔。懷古意不愜，命棹復言回。高躅慕張邴，清談眷宗雷。知君卧篷窗，懷抱何由開。窮途無偉餞，狂侣且深杯。請勿向離亭，淚下如瓊瑰。人生多會合，此願豈長乖？乘風好遄歸，衝雪應復來。衣狗看浮雲，於我何有哉？

秋郊試馬次汪莽谷韻三首

紅樹林邊乍整鞍，不須重戴認潘安。城闉偶試驊騮足，賺的村童盡出看。

初日穿林自玩鞭，長楸深處更盤旋。爲貪山色朝來好，故勒絲繮不肯前。棱棱霜畦宿霧明，平原一望愜閒情。據鞍也似新詩穩，步驟人看最老成。

贈徐鳴和移寓

幾年緇素染京塵，又作揚州跨鶴人。芳草晴川鄉夢遠，玉簫明月酒痕新。居雖近市仍謀野，宅爲依山始卜隣。我亦萍蹤無住著，不辭扶醉往來頻。

贈鄭嵩年

幾載不見君，正欲訪君耗。扁舟江上來，執手忽一笑。我爲泥中絮，君爲波上萍。幼客走天涯，何處託平生？蒼松翠竹間，留君且結夏。撫今心已傷，談往淚一灑。努力愛景光，秋風葉漸下。

贈朱二亭

去年六月長安客，空齋坐雨正蕭瑟。忽憶芒屩朱居士，碧筒消夏荷香陌。中夜浩然起長嘆，何不歸去共永夕。今年六月苦炎蒸，朝來怕見火雲升。科頭箕踞笑相對，强我束帶真不能。從此閉門惟卻掃，日日高歌對蒼篠。百年三萬六千場，才過一半未爲老。

羅兩峰以其子繼兄後，爲之娶婦

笑看新婦入青廬，棖觸君懷轉一吁。穀似本緣兄及弟，徽音空擬姪從姑。關山幾載頻孤嘯，骨肉今年始大酺。一盞酌君君且醉，故鄉我亦曠屠蘇。兩峰妻方氏愛其姪，聘爲子婦，于歸之日，兩峰已鼓盆五載。

吳並山四十時，余誤以五十祝之，今已十載，置酒於竹溪僧舍，再作此篇

君年四十時，作詩爲君祝。誤稱年五十，大衍引《易》卜。讀者皆盧胡，何異書舉燭。轉眼便十載，流光何迅速。自君主講席，如驂不離服。君列高才生，我領厮養卒。食計指盈千，期必會以六。前年別君去，珠桂依輦轂。今年翻然來，更向揚州宿。一觴奉君前，清冬氣始肅。僧院三五人，開樽對殘菊。聊借安樂窩，共分清淨福。舊詩渾已忘，陳言不堪續。敢云書紀年，竊效籌添屋。

次朱立堂韻題爲他人作嫁衣裳卷子

命以慧斯窮，名至苦乃立。織綃有泉先，吞箴見羅什。委聘璧千雙，歸裝儀九十。羅綺富曳婁，剪刀閒鉎澀。隣舍貧家女，升斗不易給。空堂對衰燈，妙手爲組緝。寒風穿戶牖，單衣尚未襲。雞鳴坐夜分，日出誤晨汲。一心爲化裁，眾神自伏習。悴容黯自傷，青春嗟何及。窗外竹影搖，砌下蛩聲急。朱門姬與姜，襐飾炫出入。鸞鳳繞腰身，笙歌喧內集。那知箴綫箱，淚漬秋鉛濕。

趙甌北驚見白鬚，作詩屬和

面緣白而妍，鬚以黑爲美。黔皙愛憎何定評？吳宮更有大帝紫髯堪稱佛。白亦靈，緣坡之竹安得長青青？由衰得白白得老，髭聖亦須隨化過此生。請君莫漫嗟衰朽，曾向杏花呈面首。卽今園綺老商顏，那有群姬唾面走。我無側室堪媚茲，繞涿不愛黑山圍，君不見王彪之？

次韻吳暮橋除夜惠照寺守歲同誦若上人談禪

我心非昭亦非昏，但覺世間無我身。熱天任布檮燭焰，掩地誰見飆車輪。苦海何日得抵岸，愛河到處皆迷津。今夕何夕歲已盡，匆匆擾擾安足論。與君且拈第一義，從此便入不二門。自古四流在四大，同此六慾纏六根。守宗不離戒定慧，得果乃超人鬼神。羨君人事盡屏絕，靜聽仙梵來花宮。依《黄庭經》叶讀。打灰不作如願想，懷鏡不聽無稽言。飽餐分得芋半顆，高臥脱卻衫七斤。世網全拋眼中幻，衣珠緊護身内真。自非學道探其源，誰能今夜無紛紜。冷參柏子定已透，笑向梅花更幾巡。自有茗柯足禪味，何須竹葉傾家尊。筮《易》已得雲雷屯，觀星恰值亥子分。了空頓見心卽佛，來復漸數日爲人。新歲又開後一局，往事何異前世因。請看佛日照西閣，開殿滿目皆陽春。

椶亭詩鈔卷十六

癸卯元日述懷，次朱立堂韻

篷轉萍漂磨蟻旋，紛紛過眼總成烟。人驚健步誇腰脚，天與閒身閱歲年。故里雲山雙眼外，他鄉燈火一樽前。春來誰伴蘇門嘯？壁上枯桐尚有絃。

門神和秦西巖韻四首

一年一度一更新，面目何堪憶舊春。自昔司門原似鬼，由來當戶便能神。酡顔欲傲嵬峩我，冷面應嫌剝啄賓。債主凴行君莫問，舉杯且共歲盤辛。

在側居然作二豪，條氷銜定笑官曹。休嗔袁宅蕭條久，終有于門位置高。瞋目幾曾投謁易，並肩未免曳裾勞。深宵好學顛當守，隣壁餘光已盡韜。

一丞一尉總微名，豈有奇才壓衆英。自以冠裳誇濟楚，那知歲序又崢嶸。終朝並立如蛩蟨，一夕分張感弟兄。曾憶出門回首處，滿檐紅日曉光横。

睢盱氣象勢飛騫，傍得朱門便有權。自詫共迎新令尹，可能常作老神仙。乍臨寒士東西屋，似列名王左右賢。大絝短衣成慶畫，深宮半面記前緣。余擢京職引見，正值臘月，是時宮門前皆挂門神。

管松崖以次韻張松坪探梅歌見示並邀同作

昏眵老眼迷蔚藍，蟄蛟終日棲愁潭。松朮未得飽宗測，蘭菊安能娛羅含。逆風甘作退飛鷁，甕繭忽見同功蠶。歛手壁上觀衆戰，怢焉遏地神先酣。客子亦思賣春困，梅花嶺上容孤探。俊賞空懷晏元獻，瞌睡難醒陳圖南。賈胡異寶駭疊拾，病僧禪味欣連參。昨讀松坪原唱。句中香氣入肺腑，朗吟不寐森燈龕。西湖舊日我曾到，段橋雪後尋烟嵐。幾年亭畔看放鶴，時時夢裏猶擕柑。自我不見三十載，刈著那得輕忘簪。何遜老滯揚州客，慣聽歌吹非所耽。獨喜置身小香雪，對茲玉骨猶無慚。倚石愛選皺瘦漏，省心痛滌癡嗔貪。强韻不辭蝂屢負，窕言聊作雞空談。酸心獨抱香骨冷，醜枝難使孱魂諳。吟肩寒薄老梅立，樹猶如此人何堪。櫻胡丹白漸滿眼，何限柰二兼桃三。

暮

庭深天易暮，高閣尚殘陽。遠樹烟中失，濃花雨後香。艱難思故里，逼迫住他鄉。鏡裏窺雙鬢，朝來已點霜。

送周琴川北上

前年沽酒金臺下，堀堁塵中策歸馬。去年清醮雷壇前，步虛聲裏同秋眠。今年纔過張燈節，玉梅花下又相别。一帆春雨會通河，兩岸絲楊青可擷。知君求仕本爲貧，回首高堂白髮新。莫言檄下催毛義，還看花開擁郄詵。

送管松崖漕使同年入都二首

輓鋠如登鴈齒階，齋心早爲静風霾。身關國計周諮切，地近家山小住佳。歌頌三春聯楚越，舳艫千里控江淮。東南民力勞宸慮，好對皇華賦每懷。

月燈毬映紫雲階，曾共吟鑣夜碾霾。歲序催人難卻老，溪山容我且言佳。苔岑至竟分同異，風雨何堪又别淮。幾日襜帷還暫駐，新苗老葉感離懷。

集飲管壟臼廣文署齋，次朱立堂韻

桐花滿院棲階冷，花裏尋師益堪請。談經客到簟初陳，索酒人來殽未整。高粘拓本三尺長，字畫模糊墨瀋香。摩挲片紙幻如夢，究精六體愧未嘗。群彥愔愔還踖踖，問奇函丈屢前席。弟子爭看漢隸碑，老夫且嗜秦人炙。日影初移筵早開，主人起立勸深杯。共樂尊前文字飲，不須帳後管絃催。酒國何殊市一鬨，暮歸朝往吾隨衆。此地歡遊二十年，白頭已被雙丸送。我本嵚崎歷落人，曾賦蕪城傍古闉。共折今花看昔樹，何堪舊渡問前津。鷗潛深港鴻遵渚，轉眼流光易寒暑。雞黍還教有范張，文章莫更誇燕許。廣堂客散日禺中，醉眼矇矓任醉翁。天涯同是飄零客，肯負詩筒與酒筒？

管韲臼署江都學篆得替後以詩留別諸同人，次韻送別六首

官齋南面擁書城，偏有瓜期似踐更。燕逐春風難戀暮，鷗浮曉露尚尋盟。起衰八代文真古，鍊就《三都賦》豈傖？偉業自堪膺大用，會看鳧舃共朝正。

諸子紛紛爲訂訛，獨將心性辨卿軻。懸來鞱鐸歸陶冶，補就《陔》《華》足嘯歌。到處栽培皆有地，幾年安樂尚無窠。知君不負平生志，杜牧尋春奈老何。

莫嘆萊蕪甑有塵，階花庭樹總宜人。幾番前度添離思，似爲來生結淨因。弄月吟風皆是學，梳頭掃地豈關貧。詩篇酬贈朋箋滿，好句人人羨李頻。

桃李頻年只種獃，成陰未綠已相乖。好花慣憶談經地，明月空懸治事齋。螢案似留宵燭在，蜂房猶作早衙排。他年麾蓋重來日，風雨何堪問別淮。

晨夕過從已判年，江頭還送米家船。香名淮海行蹤徧，偉餞生徒禮貌虔。別浦波明寒食節，離亭

人散夕陽天。移情欲共成連去，更向雲山一撫絃。

天涯我亦任東西，休向尊前悵解攜。已自隙中窺野馬，誰能甕裏聚醯雞？松間未許常相照，李下還膺別有蹊。鵬翮逍遥緣屢徙，肯同雛宿與鳩棲。

方采芝閨秀以花朝日西湖看桃花詩寄示，步韻卻寄兼呈藕堂程葯泉二首

印牀琴薦逍遥地，不櫛書生翰墨中。白莧紫茄隨蔡約，謂其尊人藕堂。扶桑暘谷儷王融。謂其郎君程葯泉。粧樓曉對裏湖碧，吟幕春寒初日紅。峰似飛來花似繡，屯霞鎖霧畫橋東。曾憶西溪更向西，偏提滿眼酒頻攜。過殘冬日還春日，行過蘇堤又白堤。瑪瑙尚存前代寺，琅玕應續舊人題。錢塘潮落春何處？莫聽孤山遶樹鸝。

寄贈李澧亭雙壽澧亭，和州人，時任休寧學博

峩峩落石臺，瀰瀰下汶溪。少年遊釣處，夙昔夢見之。廣文官署百弓地，東偏隣比大小寺。我昔趨庭撰杖餘，毘盧閣上頻遊戲。謫仙今日到新安，葛鮑高風萬目看。開堂白嶽雲峰峙，洗硯漸江石瀨寒。與君相去百里近，聞聲相思空慕藺。作詩遥頌寄官齋，百感紛來掩雙鬢。

題蘿華巖廣文聽松圖

我昔扁舟入秋浦，九子峰前青可數。舉杯對月憶青蓮，千載風流誰繼武。華巖先生今君章，江表名譽姓字香。經濟已儲理縣譜，文教先登作者堂。全椒山中風雨夕，門前弟子鴈行立。三三冷翠夢中來，雲母書燈草蟲急。畫師爲作聽松圖，松下謖謖清風俱。冷官坐對蒼官靜，學肆疑連雲肆虛。我亦天涯未歸客，故園苔裏龍鱗坼。何日科頭坐翠帷，四株更補茆堂側。

次韻題吴淡止觀日出圖四首

沆瀣清霄欲作霜，乍看隱現海茫茫。遙天尚未蒸尋燭，積水俄驚吐半璋。濁夢萬家酣北里，靈胎一點注東方。層臺高處披衣立，自捧葵心獨向陽。

湧出層淵萬丈深，春風潭下有龍吟。寒光閃閃千峰曉，靜夜愔愔衆籟喑。候曉客應看屋角，趨朝人定識班心。銅鉦一片無纖翳，不似陳編有蠹蟫。

衆翮深林偃故棲，夢回猶戀一枝低。何人得似翔風鵠，萬事都爲失旦雞。難與映檐邀白醉，已堪持鑑照元妻。洧盤素體矜初浴，杜宇休爲徹夜啼。

束絹初裁一匹寬，寄情翰墨有餘歡。精神對我千年健，胸次知君萬象蟠。員嶠無人同一歗，鄧林有路只長歎。桃都山下晨曦遠，盼到滄涼目已酸。

次韻送吴淡止歸漢上四首

鶯交曾憶有聲喧，老瘁還勞更注存。不以親疎殊遠近，應教鄙薄盡寬敦。對衡似僦東西屋，下筆驚逢左右原。纔得把君詩過日，蕭齋頓覺鼎彝尊。

將離時節對文無，競渡年光感左徒。我自交遊聯管鮑，人偏門戶重崔盧。晶瑩日脚江干麗，層疊雲鱗海甸鋪。客裏往來成二老，不嫌屐齒破青膚。

黄鶴樓頭玉吹圓，知君流寓已多年。扣門未免辭偏拙，逢麴安能口不涎。小海唱成千古調，大堤曲定萬人傳。揚葩應節男兒事，試向江頭看紫蚿。石蛄亦名紫蚿。

離亭相送水雲涯，爲泥飛卿手更叉。客路慣愁囊又罄，老年只勸飯頻加。求珠好覓藏胎蚌，飲酒休爲畫足蛇。明發一帆江漢去，秋濤寒湧釣星槎。

金閶曲贈楊郎

楊郎家住金閶門，金閶絲管何紛紛。山塘七里柳陰下，孌童崽子如朝雲。楊郎生小顔琢玉，道旁行人看不足。總角梳頭到學堂，不讀詩書惟讀曲。院本三年絕技成，聲似春林百囀鶯。爺娘驚喜鄉里賀，豈宜塵土埋仙瓊。揚州夜市人如蟻，選豔徵歌鬭奢綺。一朵瑤花下玉京，千枝芍藥含羞死。豐貂綵段歸裝新，十萬腰纏耀比隣。但解當場粉搓面，便堪隨處金繞身。金閶自古佳麗地，今日楊郎尤絕世。隣巷書生昨夜歸，蕭條烟火門長閉。

四時歌四首

閨中

春眉學山碧，夏甲染花紅。秋院羅裳薄，冬缸繡帳重。

塞上

春雨草未青，夏日山盡赤。秋霜便擁貂，冬雪全埋磧。

佛寺

春花拈後笑，夏雷定不聞。秋塔掃黃葉，冬關閉白雲。

倡樓

春遊風颺花，夏澡潭浸玉。秋枕翠筠涼，冬衾紅浪蹙。

秋夜思歸

孤館寒燈照鬢霜，獨尋歸夢自傍偟。戀絲難側飢鷹翅，處溷羞拖黠鼠腸。人抱秋心增感槩，天留衰骨到蕭涼。此生何處行胸臆，惟向齋前種白楊。

送吴山尊歸里

涼風蕭蕭吹四壁，冷露無聲階草碧。江關客子動歸心，一棹衝烟趁秋汐。與君明月共揚州，君已遄歸我尚留。鵑啼鷓叫偶然事，入耳偏能分餉愁。君今三十未得志，仰首喚天還蹋地。不見江湖白髮翁，齒牙落盡猶蝸寄。

贈余伯扶兼悼少雲

文人困九命，自古增悲歔。爾弟已不禄，賫志塡溝渠。爾身猶栖屑，不得守鄉閭。老母與新嫠，束腹同向隅。驅爾復出門，茫茫安所如。愧我窮老骨，寄食他人廬。欲爲將伯助，此言真虚車。秋風廣陵城，分手飄涼裾。歸告爾弟靈，因夢尚就予。

甲子闈中『往』字號題壁，癸卯秋試，門人史望之見而錄歸，蓋已四十年矣

旌門櫜筆氣昂藏，魚貫趨風白苎涼。三策經綸舒壯志，六朝烟雨點秋光。棘圍鎖院人如海，花發瑤臺月有香。矯首桂宫霄漢近，繁星作作煥天章。

秋日歸里即復出門，留别封薇垣

前年握别鳳城邊，分手相看共惘然。休老我猶棲異縣，銜哀君已鼓祥絃。敝廬未對宵窗燭，征馬旋銜曉戍烟。何日耦耕歸故里，同驅黄犢聽山泉。

次曹忍菴韻贈種菊葉梅夫

世上何人愛隱逸，君章靖節去已久。青州跛子慕榮利，芒鞋慣向洛陽走。豈知真色在城外，吳宫佳麗出畎畝。我昨挂冠歸故山，曲柄笠子復在首。揚州花月尋舊境，乍於僻地遘奇友。荒郊老圃已蕪穢，忽現妙相靡不有。或如淡粉勻笑靨，或似濃朱塗俊口。紫綬一一繞腰身，黄金纍纍懸臂肘。乃知

世人重富貴，無異空堂逐五酉。對花痛飲賦麗句，只有曹公才八斗。老夫鈍拙强捉筆，間婌定笑隴廉醜。醉後詩成天欲暮，寒烟漠漠籠高柳。

法淨寺三層樓上望福緣巷失火

陰月久不雨，歊氣欝四塞。出郊滌煩囂，泛舟蕩胸臆。沿緣至崇岡，策杖謀登陟。寺門敞松陰，腰脚藉憩息。遙瞻萬點青，忽裊一綫黑。急上三層樓，墟落難辨識。不聞聲喧豗，但驚勢絶屶。蘩薄初藴崇，傑構忽坼黜。高騰丹霞輝，遠迷碧嶂色。倚闌共嘆詫，何處遭此忒。下山聞塗説，城南官河側。福緣萬佛樓，一炬但頃刻。我時正開舲，對案不能食。初地昔曾遊，梵宇頗静侐。方丈粲可流，布薩亦甚力。胡爲干天威，炎烈及淨域。神未降藻廉，眚豈逢豩卽。灾升光音天，理昧毗騫國。一噀仗何人，布此八功德。

老人岡六合縣南鄉地名老幼岡，土人呼爲老人岡

少年攬轡慣尋芳，曾向蝸廬寄短牀。今日扶筇重到此，衰顏慚對老人岡。

曉行

睡眼模糊更眯塵，雙拋老淚灑車茵。天留破鏡懸孤照，人似勞薪剩隻輪。閃影東西驚落葉，翔空上下見飛燐。冥茫泉路應相似，誰爲扶攜病後身？

小橋旅店二首

古戍荒郵鎖暮烟，停車又到小橋邊。天憐苦旅晴兼暖，人抱哀悰往復還。歸鳥投林猶有伴，寒魚入夜定無眠。聞雞戒旦符篝下，舊事經心十六年。

垂老依人骨肉輕，病中分手最傷情。蹇連詎意空來往，契闊何堪判死生。顧影自嫌身是贅，舉杯但有淚同傾。頻年作達天涯慣，未免今宵夢不成。

冬日歸里晤朱筠湄賦贈

秦淮水閣話秋烟，分手俄驚又五年。故里相逢翻似客，良朋小聚便如仙。霜風旅鴈無停翮，冰壑鰥魚最不眠。余與筠湄先後悼亡。何日與君同誓墓，草廬堅臥白雲邊。

墓成

室内人何處，山中墓已成。幽房留半穴，短策拜孤塋。他日同長臥，來朝又遠征。飢驅因渴葬，回首淚雙傾。

甲辰元旦和唐鵠舉韻二首

殘歲纔從故里還，新年空愴客中顔。懶尋歐柳沿芳徑，苦憶逋梅瘞冷山。心似爐灰難再熱，身如檐鐵幾時閒。管寧皂帽無相識，宴起今朝且閉關。

窗外朝暉到研南，蜜梅點點正堪簪。老來興尚因花發，春到人應對酒酣。孤館有誰同嘯傲，曉鐘曾記與朝參。百年縱許盈籌算，也止零星三十三。

次趙雲松觀察韻寄蔣清容太史二首

老去甘爲爨下材，人間難賣是癡獃。穆生豈意匆匆去，王式真成貿貿來。出處世情分土炭，升沈俗眼判岑苔。芥舟同有江湖興，只欠坳堂水一杯。

才似張華腹似邊，心燈一點竟空然。天談鄒衍誰緘口，人對洪崖但拍肩。他日記曾隨虎拜，此生應不受夔憐。何時更向揚州路，一勺同斟第五泉。

李星渠侍御再巡南漕使還，送之四首

伊婁古埭繞清波，兩度襜帷駐漕河。騶騎往來賓館熟，節旄前後主恩多。榜人驚捧新郵帖，津吏爭傳舊櫂歌。笑看揚州羈客在，鬢霜添入醉顏酡。

租船銜尾泝春濤，直北榮光迓翠旄。天子勤民周海甸，使臣奏績傍江皋。帷宫夕拜霑三接，藻轡朝驅冠六曹。興頌親詢知靡盬，姓名先記御屏高。

看花幾載禁城邊，聯袂屏風快比肩。無限交遊來假日，有情朋輩是同年。柏臺霜下尊朱博，槐市塵中老鄭虔。今日苔岑非隔面，不堪重憶大羅天。

廿四橋頭戀夕曛，玉簫聲裏手輕分。闌風伏雨還留我，老葉新苗又送君。猿已投林難嘯侶，鴻當遵渚定思群。相思此後應千里，莫惜郇公五朵雲。

同吳暮橋湖上醉歸

晚烟漠漠林中生，藕花香裏風日清。小舟棹入柳陰岸，琵琶一曲飛空明。海青一聲邊關去，一片天鵞叫寒露。卻教指下塞垣秋，分與江南泠鷗鷺。夕陽西下簫鼓稀，濕螢點點船頭飛。晚粧人倚赤欄立，涼颸吹入雙珥璣。晶簾乍捲垂纖首，小影娉婷映踈柳。耳畔哀絃動素心，波底魚龍紛蚴蟉。繁聲撚攏殢人嬌，一輪孤月明清宵。可惜歌闌遽分手，紗籠催轉香中橋。莫怪老顛風景裂，此樂明朝安可詰。萬頃烟波客夢涼，曉風無際真清絕。

游孝女賣卜養親歌名文元，揚州江都人

閨中女兒抱一經，吉凶機祥無遁形。陰陽鬼神感至性，羲文周孔亦效靈。春風新柳紅橋側，袿薰畫舫紛如織。岸傍有女侍衰翁，獨將筆硯營蓍策。行人問女何所爲，女言親老養無資。市中百錢未易得，堂上雙親長苦飢。我聞此語增怏悵，弱女乃能潔白養。孤城鄭媪鮑家姑，相術醫方不足尚。揚州習俗本華妍，五烈雙忠亦後先。乾坤正氣必有在，一人自足鍾其全。

潘雅堂見《游孝女賣卜養親歌》，作詩題後，次韻詶之

一燈紅照衰顏酡，方寸五嶽成悲歌。人生高厚共履戴，集枯集菀何偏頗。孤憤莫效韓非子，且與崔駰作達旨。但教虛室常生白，定有吉祥來止止。不龜手藥同所治，洴絖封侯各有宜。可憐一女養二老，乃勞京管奇術爲。丈夫讀經鮮有得，坐費光陰良可惜。女子至誠乃感神，井渫轉使我心惻。長竿

綴帛如陶謙，開簾豈止三人占。競來端策問詹尹，誰肯選德求無鹽。可憐一貶但握粟，虚名豈救溝壑辱。勞君和章如響卜，試覓赤繩爲繫足。

牽牛花

五更殘月下樓臺，泠翠浮光映濕苔。滅燭最宜人早起，當風慣趁露先開。穿籬繞砌無拘檢，入竹攀松自去來。粧閣凭肩纔小立，莫教梳洗便相催。

贈俞薰仲入泮

昂昂千里駒，抎抎千斤犍。服重且致遠，萬事堪仔肩。君今發軔始，日出扶桑顛。富貴所自有，無勞卜莛篿。所願持令名，家聲克昭宣。仁義勝膏粱，道德有鈞甄。文章且末技，利祿真戔戔。古人重造士，大昕鼓淵淵。豈曰弋科名，浮慕腥與羶。

董太傅祠

大儒坊裏宅，古井自朝昏。爲憶驕王事，頻驚過客魂。文寧隨陸輩，學得孟荀根。功利祛浮慕，天人得大原。文章儕賈傅，學術邁公孫。奠酭杯擎玉，披帷菜滿園。廣川曾攬轡，繁露早窺藩。惆悵江都市，遺碑不可捫。

題張桂巖指頭畫

彈指生一松，落拳竪一石。下春尚未崦嵫迫，一幅已見巨靈跡。嵐光倏忽閃遥峰，雲氣蒼茫出峭壁。餘瀋淋漓西復東，高巖中有一線通。古藤倒挂如蒼龍，力勁運腕似運軸。興到使臂如使風，寸璣尺璧那可比。直壓長江勢萬里，他日懷人展此圖，魂消千尺桃花水。

長至日次唐鵠舉韻二首

白首相看急景同，休詢北叟與南翁。客懷足使愁腸直，生計全憑妙手空。葭管乘時能應律，蓬根著地嬾隨風。陽回黍谷知非易，布暖誰施造化功。

殘芋煨爐夜半時，陶然一醉勝佺期。登臺慣見衣雲幻，伏枕休聽觱栗吹。繞徑松篁清影合，傍檐參斗碧天垂。故鄉巾襪團圞處，定憶衰顏客寐遲。

早春醉客即席次韻

東風又釀早春天，階草經冬未盡虔。人遇詩衢兼酒國，心驚鴈後與花前。老松積翠常含雨，修竹屯青慣帶烟。草草杯盤難醉客，賺君無賴聳吟肩。

移寓課花閣疊前韻

豈有詩章繼樂天，但無拘檢似僧虔。拋家已在春雲外，徙宅偏當社雨前。千里關河縈舊夢，一庭草樹戀新烟。强移棲息仍漂梗，何日吾廬永息肩。

朱立堂招飲

移樽欵隣戶，近局便相過。舊夢我猶在，新詩君更多。借枝同作客，把酒意如何？攜得山雲到，相看且浩歌。

椶亭詩鈔卷十七

乙巳元日登康山分韻得登字，懷江鶴亭

三朝麗旭海東升，御宿逶迤拾級登。水閣晶簾知臘去，火城珂勒想晨興。榮依帝座偕千叟，飽飫天廚勝百朋。應念倚樓吟望客，滄江青瑣夢頻仍。

次韻送管松厓漕使入都

三度皇華照隰妍，朝章聯錫自便便。還聲猶顧亭邊竹，失水應憐岸上船。黍稌千艘連巨艦，江淮百道湧飛泉。他時開府重來此，驛路苔花似錦錢。

璡孫字退若，年二十矣，更請余加小字，余時讀淵明詩至『仰想東戶時』，因以東戶呼之，率成二章寄示且爲之作生日也

薄田僅數畝，八口常苦饑。今年值旱儉，滿眼皆蒿藜。羲皇不足羡，但懷東戶時。今汝年二十，舌耕代東菑。我老仍栖屑，不得歸山茨。何日阡陌間，與汝同扶犁。

東戶有餘糧，棲畝夜不收。衣食既克充，遺滯隨所求。願汝及壯年，此志庶可酬。憂樂有後先，詎爲一身謀。三加信偉岸，六合將盧牟。

七夕康山讌集

彩耀雲光照曲阿，參差臺閣晚風和。不因天上離愁豁，那得人間讌會多。詩入巧筵難諱拙，客來酒陣且當歌。穿箴樓上空懸盼，無復年時舊玉梭。

自課花閣移居秋聲館二首

寢處猶存山澤儀，何妨繫梶任洪縻。新衣偏欲加婁敬，舊曲應難托李奇。失酒每因蛇畫足，逃名焉用豹留皮。依人一笑雕籠翮，棲息難安又强移。

玉蘭花蕊漸抽簪，點蜜黄梅亦滿林。短柏方欣培向日，小桃未許看成陰。砌苔似染將離淚，檐鳥頻聞送别音。他日循墙門外過，雙橋應似畫圖深。

贈俞耦生次郎熏仲入贅

玉樹三株並影妍，春風香透一枝鮮。書城但得常堪擁，婿屋何妨且任延。阿母不須同送女，元兄未免羨登仙。狂歌記賦蘭陵棹，老眼驚看小比肩。耦生新婚有蘭陵歸棹圖，余曾作長調題之。

用臺駿留别韻送赴臨川

送爾西江路，相從萬石君。黄稼堂太守招入幕中。入湖流正淺，擊楫袂初分。異地同看月，他鄉各對雲。翻經臺上望，千里又斜曛。

與同人集飲紫玲瓏閣，次唐再可韻

穠華欝層丹，新葉漲生綠。高櫋垂踈簾，瞑閣排巨燭。狂客入夥頤，自顧愧趗趗。廣陵四月中，傾城謀野矚。誰能扃荒齋，十笏自累跼。而君不出戶，召客興屢屬。無庸命棹行，自富看花局。性本耽靜便，識復遠殆辱。悠然張邴間，不受乾坤促。樂志任閒放，寄情在雅醁。益宅安性恬，忘機外形束。客歡夜正厭，既醉歌一曲。逌然發天真，相於蕩塵碌。何異五老峰，披雲揖匡俗。

次潘雅堂述懷韻四首

豐穰本所願，隔并亦有期。既非東戶民，敢怨炊烟遲。堪笑魯公帖，空有拙言辭。家家嘆欒釜〔一〕，誰能賙我饑。

集栩既有鴇，得桷豈無鴻。所貴達人節，聊以爲德充。公西乘肥馬，顏子乃屢空。謀道在知命，聖賢不諱窮。

左有花猪肉，右有黃雞粥。洪醉擁姬姜，頤指匝奴僕。丐貸遍其門，閽者矢弗告。路人方七哀，侯氏自百福。

高者斯爲丘，下者斯爲隰。所處既不同，其勢安可及。請君題柱去，勿更思鄉邑。枯魚對大魴，空做過河泣。

【校記】

〔一〕轢，道光丙申本作『轢』。

璡孫以除夕元旦詩寄閲，次韻答之二首

春來喜汝病全除，莫向蕭齋嘆索居。謀道好求千佛偈，致身須上萬年書。人皆共盼仙家鶴，我亦新焚學士魚。丹桂臨風秋賦早，孝廉船上眼同舒。

昨夜燈昏客夢回，驚從故里賦歸來。笑扶靈壽堂前杖，滿酌屠蘇臘後杯。終歲衰顔空自惜，何時笑口一同開。春風寄語庭階樹，莫待三撾羯鼓催。

趙甌北以六十自述詩索和，次韻應之八首

交遊千里與安期，執手新知卽故知。花月局開名勝地，詩書人老太平時。客中興屢當君盡，海上情堪使我移。有句慣因東老賦，粉牆處處劃榴皮。

洪醉休嫌外酒村，文章大雅賴君存。覆蕉到處堪藏鹿，燃鐵何妨暫借黿。朝嶺漸迷青草色，春江新長綠潮痕。落燈風後群挑菜，黍谷人家共藉溫。

客窗吟嘯是生涯，自壽詩先歲首賒。何意華箋名士句，枉投獨樹老夫家。揮毫知有澄心紙，獻技難瞞醒目紗。罰酒不辭金谷數，爲君更盡碧山槎。

故里瓜牛亦有廬，老來偏讀寓齋書。自甘疏賤逢雕虎，且喜埋藏作蠹魚。丸藥求仙艱一粒，洗心學佛任三車。憶曾刺促長安道，禁鼓高樓夜寐虛。

當年走馬曲江濱，共説探花句有神。人以鳴岡知鸑鷟，天教動地識麒麟。六條虔捧中朝令，八陣威驅絕域塵。盾鼻快摩袁伏墨，傳來露布憺臣隣。

偶作江濱緯上蕭，都成畫裏雪中蕉。五千但覺空饒舌，十萬何時更纏腰。雅度共欽裴叔則，狂生偏愛蓋寬饒。若教南北風朝暮，我亦終身伴老樵。

問歲知君七袠開，春風得意鑄顏回。國香蘭蕙林中立，仙露蓬瀛頂上來。放眼定看玄鶴下，當歌應有紫雲迴。寄奴鬪將南朝路，海色山光入壽杯。

觩角居然亞兕觥，庾鮭只合配韲虀。自知老去難劬學，敢向人前更噉名。笑牒言鯖多暇日，冷吟閒醉過浮生。碓房舂米篩還未，鼓篋憑君更播精。

竹溪上人以七十自壽詩索和，次韻答之四首

蓮社交遊二十年，鬚眉相對各皤然。閒庭徙倚三花樹，密諦圓通十地禪。清淨身中標慧炬，廣長舌底湧言泉。龍淵象馬支公鶴，盡結三乘世外緣。

十日東風乍判年，新黄舊徑各紛然。人閒別有無雙味，眼底應逢第四禪。漸可都籃挑野菜，好修長梘引山泉。一龕燈下跏趺坐，幾樹梅花結淨緣。

荻花毬擁夜如年，芋火灰殘已不然。汲水擔柴身内事，拈花捉草坐中禪。緑陰古樾千章樹，碧澗寒流百道泉。平地華嚴樓閣壯，布金須達有奇緣。庵中正建大樓。

快書大有在今年，眾腹真看盡果然。有學門人多退院，不空長老正棲禪。入關隨意留瓶鉢，五鑿何心計貨泉。斌亮金聲安汰玉，知君此事有前緣。

郭霞峰招飲湖上，余未克赴。次日，應叔雅以即席詩見示，索余步韻

詩衢四達騰飛黄，如君才氣真裔皇。陽春之曲本難和，誰能啁哳賡歸昌。客子令節酬應劇，徵逐半爲酒食忙。米價已苦值儉歲，花事尚覺盈寬鄉。今朝人日風物好，絲雞綵燕彌生光。好友二三理遊屐，登頓各侈腰脚强。蜜梅山礬共湜醼，黄如蒸栗白截肪。惜哉吾行獨卻曲，閉戶聊復歌迷陽。雅人高會不得與，隔江山色懷青蒼。計日試燈鬧元夕，畫船俱檥東門楊。更須乘興作野眺，好詩定益飛寒芒。老夫雖老尚好事，那肯再學牆東王。

二月七日郭霞峰再約湖上之飲，疊前韻

春草萌緑春柳黄，春郊媚景初張皇。出郭一路入春境，熙熙春物皆榮昌。主人艤舟獨坐待，奴子先爲召客忙。過橋直入簫管地，選座愛傍烟波鄉。華奴媚子行酒至，滿堂杯杓俱輝光。檐端老樹一株直，牆頭高塔十丈强。竹約濕暈隔歲粉，松圍香膩新年肪。韃韃鼓聲聞別院，曚曨醉眼瞠殘陽。吾儕作達無不可，此生休戚憑上蒼。但得涸魚潤濕藻，何異疥馬揩枯楊。醉中一覺殊自適，醒來燈火攢鋮芒。詩章逋峭俱不易，何事更計夫餘王？

題趙甌北漁樵争席圖

買臣亦負薪，郅惲曾垂釣。腰斧手竿纔幾時，此身便令雲山笑。先生逸志儕向禽，丘壑不負平生心。勒崇垂鴻萬事了，銜杯溪友還相尋。三槳莫漫輕先饋，我與斯人本同類。一番問答各陶然，海上群鷗飛不避。

張表東招飲湖上即事次韻八首

臥聞夜雨滴空階，曉起癡雲尚未開。不料看花前約果，長鬚叩戶早相催。

漠漠烟光帶遠林，一湖春水浸春陰。樓臺寂寞遊人少，詩境纔容我輩尋。

絲楊踠地翠痕齊，罨岸陰雲路欲迷。飛到黃鸝原舊識，向人先爲一聲啼。

過午天光漸放晴，遙山已有數峰青。老夫還自矜腰脚，拍手同登嶺上亭。

三月風光最惱人，百花相競鬬鮮新。牡丹未放辛夷落，讓與夭桃獨笑春。

小部新聲別調妍，清歌一曲晚風前。是何老蚌真含媚，擎出雙珠一樣圓。雙全、雙喜兩鄒郎年甫十三，孿生同貌。

花宮樓閣鬱嵯峨，青豆閒房寄碧波。喚取禪龕僧出定，看他燈火夜來多。

君家家事在詩衢，海內人遵主客圖。明日老泉應首唱，好教人盡識三蘇。

慰鄭翼之悼亡二首

衣桁塵封簟竟牀，落花時節晝初長。蕭齋又過三春雨，潘鬢應添一夕霜。遺咏空教留墜絮，孱魂何處覓稠桑。俸錢十萬他年事，營奠營齋總斷腸。

忍淚寬君轉自憐，中懷棖觸倍淒然。官齋幻作桃源境，婦服除當柿葉天。定有迴腸將恨繞，不須借面已哀纏。老鰥猶瞪終宵目，何況神傷是少年。

輓鄭西橋侍御

綵衣欣見夕郎歸，執手相看話息機。歲儉山中歡會少，時清篋裏諫書稀。忽驚蕭綬隨星隕，難遣陽戈向日揮。朝野此時同太息，傷心不獨是庭幃。

閔玉井作賣牛歌紀去年旱儉事，今年麥大熟，新秧滿塍，豐年可冀，秦西巗作買牛歌爲田家誌喜也，並索同作

去年賣牛不得主，今年買牛無處所。大家脱卻襖與袴，打包入城付質庫。得錢不敢糴米歸，急向江南買牛去。手牽黄犢渡江來，鼻孔新穿角未鰓。老妻稚子擁立看，掣曳泥塗去復回。陰虹宛屬蘭筋緊，叱向朝烟越修畛。秧馬耬車尚倚牆，先看黛耜牽長紖。朝日初出柳陰涼，牧笛聲聲碌碡場。去年大無今大有，爾牛之力安可忘。牛宫重祝衣重績，上坂且休勿鞭擊。迴思舊日老烏犍，何處人間葬銅鑩？

林庾泉於淨香園病後作詩枉寄，次韻答之

莞簟安寢興，帶履忘腰足。但得適卑棲，何事羡遐矚。雨過山自青，春至草必綠。曲逆豈長貧，轗軻休怨促。愼勿山水樊，尚覺形骸梏。開我門兩扉，得君書一束。爲言花紅時，似中雲白毒。嬰茲獨客窮，加以新病酷。誰作夔蚿憐，敢兼熊魚欲。蟪蛄不知春，盍旦枉求旭。我謂儉歲民，安得瘠土沃？豢鴨可生金，抵鵲又以玉。請於題柱橋，更握出卜粟。吾身甘茫茫，君才豈錄錄。

丙午閏秋褉日飲淨香園

閏節驚秋過錦園，湔裙碧漲正當門。剪來吉慶花猶在，望到盂蘭日又昏。修禊客登香海閣，刈禾人滿水雲村。蕭蕭春褉亭前柳，三度今年照綠樽。

秋海棠次同年吳舊浦韻

幽階眞覺可憐生，薄豔猶餘夜氣清。冷夢難成知未睡，濕鈴無語自多情。腸原易熱偏多斷，心到將衰亦漸更。金屋阿嬌何處所？晚風籬落寄秋晴。

桂花次同年吳舊浦韻

名園未入已香生，露下無聲倍有情。入夜飄來三徑遠，凌晨攜到一囊清。莫嫌葉底藏身小，但覺風前落地輕。試問霓裳諸舊侶，月中幾度擷新英？

與諸同人湖上看桂歸飲吳蘭谷齋中

城南城北滿秋光，客裏偏能引興長。野館不知誰地主，名園到處有天香。拈棋小艓人皆靜，燒燭高齋月乍涼。良伴不虛文酒會，何妨聯夕醉爲鄉。

以龍井茶貽竹溪和尚，詩以代柬

故人龍井來，贈我頭綱片。珍之如拱璧，俗腸不敢嚥。聞君味道腴，肺腑泠然善。投以得一動，潔匹擣秋練。金粟香正濃，侵曉自開殿。烹之待我來，一坐晦堂院。

招趙雲松、唐再可、秦西壖、張松坪泛舟湖上

共作塵中客，同呼野外船。電光舒阮睞，霜色感馮顛。遍歷無雙境，如聞第一禪。涼風吹列苑，秋氣入層巔。四五人中老，三千界上仙。黄壚高復下，緑酳聖兼賢。開寺花猶少，傳觴室最偏。行窩非輭脚，吟地且隨肩。儉歲無兼膳，村居但小鮮。遠看松偃蓋，近藉竹横椽。酒未酣元亮，書還證服虔。濕雲翻似絮，老葉下如錢。可惜同漂梗，安能屢肆筵。名園隨地有，嘉會幾人傳？老占江山勝，奇逢翰墨緣。且將閒歲月，更禊晚秋天。

璡孫亡後張萼輝以詩相安，次韻答之

詒厥從今無假手，敢偕名士共論文。心如廢井已全涸，耳似卷荷全不聞。一硯范馨空伴我，三舟陶峴孰如君。關河留得衰容在，垂翅回谿尚殿軍。

輓吴夢星

我昔爲冷官，深交惟若翁。德鄰共朝夕，君已爲奇童。倏忽二十年，羽翮逾豐隆。讀書味義根，下

筆稱文雄。餘事及書畫，雜藝皆精通。今年應秋賦，意氣何熊熊。妙挾穿楊技，射隼登高墉。忽逢二豎侵，返棹遂匆匆。到家未一日，奄化遽已終。我聞心骨驚，撫棺切悁衷。若翁執余手，哽咽眵雙瞳。不意垂白人，膺此毒螫攻。余時援延吳，寬譬如彎弓。孰意我之孫，死在閏月中。是時我不知，猶以昭勸聾。前日訃始來，肝腸裂欲空。鴻飛亦已冥，免脱不可罿。哭子與哭孫，長號憐病同。天上白玉樓，豈少文字工？如何必下界，選取少俊充？死者不可招，生者路愈窮。哀哉二老友，相對燈前風。

紅葉

空山涼影正蕭蕭，幻出丹青總寂寥。冷豔已將浮世盡，殘霞能使客魂銷。已無秋實歸青籠，枉憶春華麗絳綃。一片傷心鋪血淚，不同松柏後時凋。

同陳嘿齋、樟亭、吳暮橋、許竹泉飲吳梅查齋中次梅查韻

小院梅花自有春，偶緣良會乍開門。但邀世外同心侶，應勝人閒獨樂園。雞黍肯辜張劭約？雲山不礙向平婚。一樽且共方三拜，快把新詩草裏論。

集課花閣分咏得梧桐四首

直幹高梧聳，幽窗得靜便。綠陰生客夢，猶憶五年前。
秋風吹空庭，落葉曾獨掃。不怨華生遲，但恨凋何早。
龍門當日樹，百尺在空山。琴瑟更何處，半枯枝已删。
老榦尚凌雲，孤根此焉托。生意自紛紛，碧乳垂橐鄂。

紫玲瓏閣送汪劍潭北上

高齋雨脚正如麻，離席愁看燭影斜。入夜還沽深巷酒，當春好賦上林花。鳳城紅日人聯袂，馬首青山客憶家。草草題橋看綵筆，莫逢楊柳更停車。

輓周蘧菴六首

汾晉家聲奕世豪，江淮禺筴荷榮褒。義方更賁新綸寵，紫誥雙雙列棟高。
難弟難兄兩駿騧，孝廉船上耀芳華。他時文苑看君傳，定羨三蘇占八家。

偕老衰年乍悼亡，那知葛鮑竟同行。九原相見應相慰，飯含雙排膝下郎。

天涯老友似晨星，蹤跡頻年又合并。腸斷山陽聞笛淚，秋風聽雨綠楊城。

明月高軒共一巵，羨君侍立有孫枝。惠連他日真追步，應憶桐陰夏課時。

寄到上江廉吏祿，高堂飽食足霜秈。太湖瑞米留餘粒，空向靈牀奠几筵。蘧菴次子薌泉爲太湖令，值歲饑，民人挖蕨得米若干石，上其事，御製詩以紀之。

一字至十字詩

一枝寧足多，短翮無安巢。二曜無停輪，征夫遠遊遨。三山渺難即，極目驚洪濤。四顧曠無人，但見蒼垠高。五兩催曉渡，孤篷自鬱陶。六代感興亡，京口越寒潮。七弦邈牙曠，宮商誰能調？八荒何茫茫，矯首望松喬。九逝傷心魂，烟駕不可招。十酒聊堪飲，獨酌成長謠。

紙窗爲風雨所破，和張松坪韻

千間廣廈排旅楹，百尺傑閣翔高甍。解衣磅礴坐其内，定覺習習清風生。先生之意殊不爾，但願亭以喜雨名。皎皎白間晃雲母，愛之不殊珍百朋。有時瓶花護曉氣，有時檐蜂喧午聲。一朝霖雨太作劇，紙條落索嗚嗚嗚。建瓴銀竹競鞺鞳，入簾苔巘森峥嶸。奚奴駭愕遽走報，今夕難與風相迎。此語先生如未聽，獨凭小几肱自横。那顧細隙盡碎裂，但快急瀑争鏗鍧。憶昔長安過六月，敝車慣向泥中行。東華積潦不得度，西山空翠何時晴？此日四野慶霑足，我亦虚敞娱目睜。區區片紙何足惜，牛腰幾束猶堪衡。

輓鄭式齋封翁式齋，西橋侍御之父，紉脩孝廉之祖，是年春夏，西橋、紉脩皆殁

三十年前過鄭村，師山講院早春溫。半生客裏常攜手，今日愁中倍斷魂。祭酒一鄉名與壽，陽關三疊子兼孫。衰年淚眼無乾處，隣笛何堪日又昏。

次江橙里憶往十絕句韻

一渠春水翠痕鋪，半入吴江半太湖。七十二峰相隱現，尋詩人在小蓬壺。
西磧人家住野雲，春來桃李自紛紛。幽人止作梅花伴，鄧尉歸來日未曛。
楊柳陰陰銷夏灣，一梳遥碧小雞山。芰荷深處渾無暑，綃幕長垂晝夢閑。
翠林深處擁燈篝，機杼家家一片秋。冷露三更人未睡，讀書聲在最高樓。
竹屋深藏楓槲林，漁舟釣雪指湖心。茅柴缸面酒初熟，獨向空山鳴素琴。
仙家浮玉秉咸池，白浪兼天入海遲。省識毛公壇畔路，共誰一舸載鴟夷？

穿林斜認小樓臺，山色湖光面面佳。暮雨瀟瀟深巷遠，過湖行艓小於鞋。

三眠時節爲蠶忙，矮屋低枝蔭女桑。僻野催租人不到，空山添得焙茶香。

銅鉦一片上平隄，霽色遥看到海西。深塢莫嫌人起早，最驚殘夢亂鴉啼。

幾年不到舊林丘，夢裏鈞天憶昔遊。勝地雅人難再得，月明誰更擁孤舟？

蓮性寺郝太僕祠郝公名景春，前明爲房縣令，值流寇圍城，與其子鳴鸞、僕陳宜俱罵賊死，詔贈太僕

時危國制已搶攘，盡瘁寧求保障名。蟻聚久迷三里霧，鵑啼難借一枝兵。千秋粉水房陵水名流忠孝，房縣有忠孝里。萬朵蓮花識性情。閣部衣冠梅嶺下，貞魂來往訴平生。

管齏臼以移居詩見示，次韻贈之四首

枉費周旋更折旋，樂郊何處有易遷。舊桑未許頻經宿，新柱須教卽改絃。馬柳當門隣大宅，猪肝泥竈入殘年。移來家俱如龐老，酒榼詩囊共一肩。

休將暢達效針錐，鄉里難隨昨暮兒。太白交遊惟六逸，朗陵門戶有雙慈。新詩此日驚叉手，吉夢他年看剃髭。但得一椽堪借庇，三間五架總相宜。

城市紛紛嫌我真，贈投惟有影形神。天孫難乞無雙巧，須達曾經第七貧。世事險如砂縮蜜，交情

滑似水拖蓴。葭牆艾席多餘樂，顏闔於今且避人。

茶閣喧囂並櫃坊，隱居那得下田良。白藤銑缺攜書笈，黃紙飄零挈帽箱。詩境愛居花柳地，酒船全向谷林堂。水明樓上烟光遠，好拓疏櫺看夕陽。

題陸恒軒水閣

七年不過小秦淮，一帶蕪城長綠苔。入室論文宜對水，出門接武似登臺。妓船柳岸鶯聲過，歌院桐陰鳳吹來。借榻肯容居六月，六月居，其閣名也。便攜一枕到蓬萊。

題朱易林小照二首

知君家在水西寺，山雨花開紅白多。日暮陵陽祠下路，冷雲深處有樵歌。

淥水芙蓉庚杲之，江南雲物惹鄉思。桃花潭畔家山好，一壑堪專定有時。

兕觥歸趙詩

明趙文毅公用賢，劾張居正，杖謫出京，許相國贈以兕觥，後屢屬他姓，今在曲阜顏氏家。常孰趙者庭，文毅裔也，謫諉翁太史覃溪乞之以歸，覃溪爲之序，遍索同人賦之。

忠孝杯棬世所稀，故家重到倍歔欷。幾年曾作顔瓢伴，今日真看趙璧歸。名世文章成契券，英魂俎豆載靈威。憑君好護千秋寶，常向宗祊鎮碧暉。

城隅買舟，招同葛菱溪、陳櫟園昆仲、金畹芳、吴衛中並兒子臺駿餞余伯扶歸懷寧，用臺駿韻

夾城蚰蜒壕，咫尺對窗牖。小舟銜尾進，魚貫相前後。清晨風日佳，召兹忘年友。少長既咸集，攄懷知夙負。老夫值良會，氣味如中酒。念我昔遊地，來往亦已久。過眼閲繁華，烟雲復何有？今日孝廉船，他時牛馬走。話舊彌酸辛，道路阻且右。津亭張布帆，送君歸皖口。貧客無偉餞，執袂顔孔厚。驪駒一以賦，江風吹江柳。自我賦蹇屯，萬事難抖擻。真且任朝穆，勇難養舍黝。諸君抱俊才，豈肯戀南畝。相期各努力，經濟在反手。

偶成

擁身有扇莫愁眉，奥室陰陽步步移。宅裏秦宫高枕臥，偏教篡取友通期。

次陸丹叔韻，贈王若農

揚州明月歌聲裏，竹西寒吹夜未已。鬢絲禪榻颺茶烟，應悔從前爲貧仕。蕭齋嚴冬雪滿地，獨客朝廚清似水。開門忽見異人來，凍雀啁啾傍檐起。羨君曾到碧蓮峰，陽朔奇山面面是。揭揚嶺畔采蠻花，錮金堡下延奇士。拓盡天南耳目多，詩情豪氣争雄鷙。君官此際歎卑棲，我到其中堪樂死。人生盡意須壯年，笑我頹唐已暮齒。讀書濟時須有用，揮戈難返夕陽駛。撑懷言志將毋同，漫興作詩聊復爾。知君明發重感傷，此是東南名父子。

題黄陶菴先生露筋祠詩後，即追次其韻

甓社珠沈尚有光，題詩人過贊公房。丹心不作浮才豔，赤手能傳烈骨香。一代文章真磊落，千秋淮海自蒼茫。他時藏碧荒城下，過客孤吟倍感傷。

題黄陶菴先生臨朐觀獵詩後，即追次其韻

滄海横流尚表東，有人揮淚向朐中。爰爰極目成南渡，凜凜驚心咏北風。藏窟幾人憑狡計，獲㲋

何日見奇功。韓盧宋鵲紛紜散，被髮騎麟泣鬼雄。

贈廖古檀兼懷王西莊

憶昔挾策長安中，九衢聯袂如屏風。雲裏飛翔各志目，天邊星宿皆羅胸。一别流光忽三十，白頭相見不相識。君猶霖雨念蒼生，我已烟霞成痼疾。西莊光禄致我書，問我比來復何如。揚州滿眼花月地，我自銜索爲枯魚。不能取酒共君飲，一詩相贈慚虚車。

秦西𡐓爲其子真州娶婦

霜風十月千林丹，秋漲漸落灘沙乾。峩峩旌栧停江干，船頭繡段朝霞殷。全家共載茱萸灣，回飆過鼓一霎間。真州城郭明烟巒，紛紜傔從争提扳。僦居大宅既孔安，錦裧煜爚青廬寬。香塵滿路列炬攢，俟庭俟著人争看。褰帷翁媪相見歡，佳兒佳婦雙琅玕。反馬有待聊盤桓，親戚情話堪團圞。平原十日飲未闌，大艑捩舵歸于邗。入門襐飾珠髾鬟，我戠子佩同鰜鰈。廟見之後羅杯盤，執笄陳篚勸加餐。阿翁一笑還自嘆，半生旅宦車斑斑。燕京楚甸往復還，不辭辛苦頻移搬。百里娶婦路非難，匝月已覺精力殫。從此花徑惟閉關，弄孫不出花藥欄。家食自吉樂且般，向平老子真癡頑。

次韻贈吴梅槎

得朋不異珍珠船，下筆便見群玉府。啟期三樂堪延年，淳于五斗猶進户。鼠肝蟲臂一笑輕，萬事何異秋螽股。君真惲敬足清娱，我自柴參甘愚魯。今年詩國壇更新，競發天光遊泰宇。明月慣來照張八，歇後不辭作鄭五。逸興如飛楊柳烟，雋才似落梧桐雨。即今獵酒過君家，不知誰客誰爲主。祝君詩興年俱增，勝地烟霞任搴取。性情已似漆投膠，賞析自堪水入乳。

蠟梅次孔延廬韻

嚼蠟人情已飽嘗，九英休向日邊揚。愛君旖旎心含素，對我衰顔髮映黄。豈有癡蜂還釀蜜，斷無冷蝶尚尋香。膽瓶慣伴南天燭，寒客偏教入錦堂。

冬至夜雨中次孔延廬韻，示兒子臺駿

不覺老夫耄，其如鄉思濃。光陰爭一綫，文史賴三冬。宿釀深深酌，新衣密密縫。雪殘還聽雨，何以慰衰慵。

孔延廬於廣陵雪後生子，用東坡聚星堂韻賦詩屬和

聖涯一派鍾千葉，𩑶面又見桃花雪。醴泉有源芝有根，天上石麟自奇絕。傳君昨夜喜充閭，我亦聞之屐齒折。是時快雪正初晴，月走中街燈未滅。公方危坐不肯眠，祥光繞屋金蛇掣。墮地忽見寧馨兒，搓抄老眼撋昏纈。幾年宦轍遍南荒，全家萬里共栖屑。第一兒生海舶時，滄波不動繁星瞥。今年江鄉聊暫憩，再索又向江人說。孔阜名駒積漸多，請看四馬皆如鐵。

棕亭詩鈔卷十八

趙仲穆畫馬歌新野明府官嵋山所購

曹霸畫馬得真相，榻上庭前屹相向。伯時翰墨奪精華，放必卽化滿川花。趙雍作畫有家法，大奴天育神彩洽。卷軸流傳四百年，紙勞墨瘁歷塵劫。何樓贋僞堆紛紜，此圖亦復羼其群。異客見之叫奇絕，傾囊購得爲家珍。嗚呼此意人不識，買駿豈爲千金惜。君不見，九江戍校已捐軀，《桯史》猶能傳義瑜。

同官嵋山遊康山次韻

極曷爲生禾？松何故在腹？附會成幻奇，夢中可得鹿？學者好稽古，達人貴諧俗。未暇核真贋，且與恣遐矚。今日天宇清，登高陟徑曲。藹藹排春林，渠渠聳夏屋。孤亭冒單椒，層臺峙偏麓。竦身入青冥，決眥極綿邈。山容裹遊氛，如髮未全沐。江光帶夕陽，如幭乍展縠。俯視城内外，遠近了一目。麥壠遍町畦，租船銜艫舳。吾鄉在何處，遙指神已屬。堪笑浪蕩人，欲歸猶未告。老作風波民，空懷詩酒躅。名花待盡開，芳趾堪再辱。考據君最嫻，遊賞我所欲。殊勝荒山中，跟位在空谷。

丁未小除日七十初度，孔延廬以詩見贈，依韻訓之二首

麗譍西流肯復東，逢人甘作囁嚅翁。廩犧豈合留文伯，杯杓何須惱天公。最妒百蟲惟液雨，難隨片翮是樵風。飄零已向江湖老，但祭詩篇不送窮。

禮數慚居一飯先，獨搔短髮望江天。匆匆便度山中日，擾擾都忘世上年。故里空懷童子釣，微波難續老人泉。諸峰但得看羅列，九節何殊太華顛。

戊申元旦次唐鵠舉韻

窮冬陰曀曉來無，首甲春元紀瑞符。敢擬得名兼得壽，聊因聞鱓便聞觚。説《詩》未易同匡鼎，抗論何須似董扶。新歲閉門還獨醉，晴暉冉冉下椒圖。

正月五日孔延廬生日，卽用前見贈韻祝之二首

依斗纔看柄指東，斜川五日醉仙翁。但聽鶯語春鳴谷，應勝羊紽夜在公。詩骨清於梅嶺月，宦情

冷似竹林風。莫言對酒多鄉思，驛路雲山正未窮。

禖屏君善祀人先，聯得佳兒客裏天。杖履春中真樂國，壺觴林下自延年。此時地産鍾靈運，他日文名繼老泉。我亦衰齡猶作客，當筵且共柘枝顛。

正月九日泛舟湖上召客分體作詩，得七律四首

客中無地可延賓，聊借扁舟作散人。豈爲尋花纔出郭，偶緣祭竈便邀隣。才非宿麥兼三味，心似春盤雜五辛。酒保園丁俱識面，十年冷宦憶前身。

城闉清梵對名園，候客排舟檥寺門。豐歲人家多洽比，早春天氣漸晴溫。鬢絲影裏真如夢，歌板聲中又斷魂。林類故畦遺穗在，不堪辛苦更重論。

分體裁詩各鬬新，老夫授簡自逡巡。車中膝上思前事，秋水長天總幻塵。金谷又沿狂客例，玉樓偏促少年人。而今假手無詒厥，吟向風前倍愴神。乙未六月六日，亡孫璡十歲，觴客於此，璡即席成詩獻客。

連舫開筵晚更移，當歌對酒自尋思。首禾心事乾坤在，腰斧襟懷歲月知。繞樹今花空爛漫，登天昔夢久迷離。滄江一臥吾衰甚，客散燈昏杖獨揞。

巨超上人過訪以詩見贈，次韻詶之四首

渡蘆一老過烟江，清順相隨影必雙。二十年前，余與夢因大和尚結詩社，師偕道揆上人同侍梵筵，一時有雙珠之目。今日打包來舊地，穿雲還訪鹿門龎。

江山指點六朝前，一枕松寥又幾年。莫怪玉樓寒起粟，燈銷雪夜聳詩肩。

海日孤懸萬丈强，高標檮燭照詩狂。質多羅樹真天種，便逆風時也自香。

壯歲心情休更述，殘年齒髮已無餘。何時穩向焦公洞，共結瓜牛一小廬。

題荊雪岩小像名塏，直隸安肅人，辛丑進士，戴遂堂先生之女婿也

昔日遂堂翁，曾結忘年契。其子我授經，其女方數歲。事去三十載，存歿如隔世。老夫衰且頽，息影客江裔。有客叩我門，真人落天際。桃花馬上郎，山抹微雲壻。昔年抱翁女，屢爲乘龍計。今驚桓少君，其福果不細。暇持小像軸，向我索新製。我老百不堪，如矢久在医。吾子富經術，四海待裁制。少年登甲科，萬事一揮袂。高松盤石間，休擬柴扃閉。爲爾感昔懷，撫今更嘆逝。惜哉玉與冰，樂乃不見衛。

陳淡村以詩寄懷，次韻卻寄二首

梅花堪折柳堪攀，故里頻從夢裏還。新雨綠添村外水，舊春青在屋邊山。鄉心甸綫千重錦，世路威紆九折灣。豈有文章同庾信，敢言詩賦動江關。

偶過鄭驛戀當時，白髮衰殘水一涯。敢以桐音鳴石鼓，但教菱鏡蓋瓊巵。釣遊里巷知無恙，瓜芋田園曠所司。安得同呼隣舍叟，與君一唱祝春辭。

張水屋分司修石港場宋文丞相祠，弔之以詩兼索同作

丞相祠堂大海西，忠魂常繞范公隄。艱難走險多紆策，委曲噓枯爲惜稊。赤日霜林留正氣，洪潮露港掃荒谿。千秋獨灑詩人淚，簫鼓聲中杜宇啼。

春光好

江南二月春無塵，薰梅染柳多妍新。曉日懸鉦江氣厚，午烟飛縷市風醇。衰鬢不知人漸老，冶遊但覺春光好。萬里山川展畫圖，千年錦繡盈懷抱。花月春江晝夜馳，凝粧少婦蹙蛾眉。五更杜宇華堂

夢，一葉梧桐金井悲。長楸日暮飛華轂，夸父難追羲馭速。暘景已沉西極西，寒窗空自炳宵燭。春來春去爲誰忙，催送紅顔到北邙。陌上且須歌緩緩，閨中休自怨堂堂。

孔延廬邀同蔣春農中翰、竹溪上人遊木蘭院，即過蓮性寺與傳宗上人談六壬之學，分韻得寒字

異縣共滯迹，淹暫雖殊端。軫念各在抱，寫憂尋林巒。曉日照坰野，濕烟留餘寒。古寺慨陳迹，新交有重歡。楓天與棗地，楷韻多淵殫。吾方念鄉邑，何日歸門闌？

題陳卜亭撫松玩菊小照

井絡天彭萬仞高，子雲亭畔看揮毫。捩舟灔澦如飛鳥，把釣滄溟欲斷鼇。遠寄江湖成白首，回思鄉國感青袍。瀼西松菊應堪賞，侍側何須有二豪。

書江鄭堂河賦後

黄河西北來，銀夏受其利。延緣出龍門，厥性乃暴肆。分疏爲九道，聖人巧用智。因勢而利導，所

行在無事。後世賈讓策，獨見乃棄地。堨流雖有法，但作目前計。況今廟堂儒，窮源得根蔕。試采宋元書，櫝茲漢魏製。文瀾既益雄，賦則當更麗。請君放厥詞，庶以繼其志。

戊申四月二十日，許鍾靈椿、王東山文泗、戴馥庭寧、陳向山景賢、朱配青紘、李冠三周南、張禮從本宜、朱方來紱、吳旅徵聯祚諸茂才邀至篠園看芍藥，先至桃花庵，拉石莊上人、郭定水道士同行，晚飲長春橋下，石莊吹簫和道士長歌而別

廣陵四月風日憨，花境濃似文境酣。諸生愛花兼愛道，訪壽先過桃花庵。桃花庵路我舊識，紅霞千尺臨深潭。石莊上人退院後，新招良友同禪龕。終南山中老道士，問年一百二十三。枕旁止有參同契，靜裏閒共枯僧參。好客不嫌群彥少，看花便共烟巖探。園亭宛轉人錯落，仙翁扶杖南榮南。花間婦孺驚且顧，看場人似圍幨襤。日晚放船入幽僻，長春橋倚深巉嵁。推篷設筵競促坐，酒行先勸踞觚聃。洞簫聲裏妍唱發，兩老相和樂且耽。我謂諸生試靜聽，鸞吟鳳嘯真幽覃。若無鍊形服氣法，安得此響驚松枏。養生主即作文訣，善刀緣督非虛談。夜半飲罷各相別，白雲深處波光涵。

題鮑雲表小照二首

奇峰三十六，古松千萬株。鰕湖鷲嶺間，處處皆仙區。我昔登天梯，游三天子都。欲訪阮宣平，雲海不可渝。側身歸故鄉，閒抛豁落圖。誰知塵世間，乃有黄綺徒。

繕性得清娱，禔躬遠殆辱。終日手一編，家傳世孝録。一生篤天倫，爲善若不足。陰德紀比干，芳譽著荀淑。靈芝告其祥，流慶溢川瀆。請看萬石君，門内皆雍肅。

王岵瞻以所作畫幅印章爲贈，賦此謝之

作畫用筆如用鐵，篆刻用鐵如用筆。雙技何人號最工？吳下王郎稱第一。今年觸熱渡江來，繞遍隋堤樹幾回。竹西歌吹不肯顧，獨向禪關坐綠苔。老夫人外甘蟬蜕，忽見奇才似搔背。寶君二妙弆巾箱，什襲如逢漢皋珮。絶藝人間未易求，枉將夜市入揚州。五色米囊難飽腹，畫上罌粟。二函私印極緘愁。

毛海客、周小濂、毛青士各次余正月九日湖上宴集詩韻爲贈，疊韻奉詶兼送海客赴陝四首

征鴻何意忽來賓，挈偶攜雛訪故人。匿跡井丹誰設饌，傾心王翰願爲隣。蓼蟲腸胃寧知苦，齏臼行藏各受辛。願以餘年依法印，可能莖草化金身。

那有商顔聚綺園，逐江聊復寄柴門。問年我已甘頹落，懷寶君皆足晏温。文苑鄒枚頻逐隊，騷壇屈宋孰招魂？月泉此日開吟社，風雅從君一細論。

聯篇疊和各爭新，索笑當檐更一巡。驚向蜃窗看豔雪，敢拈虬脯落輕塵。興來未覺勞真宰，去後何從覓替人。爲愛公輸頻出面，自慚全似忖留神。

猿驚鶴怨稚圭移，回首山莰定繫思。故態朋儔應可諒，此情兒輩莫教知。江關春去空留滯，隴水秋深慣別離。共倚暮雲懷渭北，忍令徐榻久閒擱。

次韻送毛海客之官秦中四首

昔年談藝共陰何，學海探源駭巨波。十丈軟塵揮手易，二分明月照愁多。鶯花有分還同醉，牛女無端忽渡河。聯句幾宵成會合，故人心性本烟蘿。

詩名太早服官遲，日月昭昭浸已馳。蘋藻新文蕭叔佐，風塵舊驛鄭當時。從今拄笏頻叉手，未許搔頭更弄姿。自向訟堂親畫諾，方知重任是牽絲。

歷落嵚崎慣笑人，締成無著與天親。可堪道上頻嘲鬼，難向河邊共解神。白社已抛威輦結，玄亭休逐子雲貧。他年歸隱松陵下，好向烟波更買隣。

離亭客散一燈殘，更取絃桐爲我彈。不怨關河行路遠，只愁梳裹入時難。安巢偶自憑蚊睫，知味毋輕食馬肝。臨別更無言可贈，赤龍千里盼陶安。

竹西亭

竹西芳徑聳高亭，灣近茱萸一水明。積巘苔花寒井在，長廊風雨斷碑横。山光禪智成今古，老葉新苗管送迎。夜火松明前路遠，風波堆裹又孤征。

擬歐陽公取蓮召伯湖傳花宴客詩

謝公埭植滿湖花，村烟社雨農人家。健步遠移畫盆到，醉翁堂上淩朝霞。揚州太守大召客，碩士雅材森列戟。一朵花傳酒一杯，花光人影動遙碧。風裳水佩暮天秋，一片邗溟秋水流。不入華筵供採擷，幾支零落斷湖頭。

八月八日集江橙里齋中

秋暑連朝劇，今宵乍有風。感時驚露白，密坐對燈紅。涼月弦初上，高天幕自空。關心兒輩事，單席矮檐中。

八月十六日夜，康山觀劇樂未闋，朱立堂拉登山頂高臺玩月，主人命侍兒取酒至同飲。既醉，命筆放歌

笙歌雜遝夜未央，千餘列炬昭回廊。仰首忽見一輪月，碧天萬里懸孤光。高人入喧翻愛寂，攜我拾級尋幽篁。康山高臺矗山頂，俯視城郭何冥茫。檣燈爍目影燦燦，松濤盈耳聲琅琅。此時下界半濁夢，誰吸沆瀣耽高涼？而我兩人得真趣，置身忽在蓬瀛旁。主人愛客送酒至，對酌逕醉神洋洋。坡公昔日承天寺，右丞當年華子岡。姮娥歷歷數今昔，何異一夢聞黃粱。半酣更入衆賓座，自矜衣袖餘天香。

張松坪患癖在足，又驚家人不戒於火，趙雲松以詩慰之，囑余次韻

跚跱纔聞累起居，爵攸俄駭迫階除。似同樂正多憂色，敢向參軍有賀書。性定形骸消跋盩，心空天地卽蘧廬。室中身內全無恙，氣朔憑他大小餘。

朱桐村以張南華題楊子鶴寒窗讀書圖卷子索題，卽步原韻五首

曾依天祿伴長恩，余官博士時曾派入四庫館分校。此日江津獨閉門。五十二年懷舊事，至今文苑重邢溫。雍正辛亥，余年十二歲卽謁宮詹於揚州旅邸。

石谷當年上座生，蕭然水石總虛明。自從添得宮詹句〔一〕，畫意詩情絕世清。

翠竹蒼松信筆書，幽人奇境是冬餘。寒鴉歸後天將暮，知傍寥寥揚子居。

入世無如七不堪，只於群籍耐沉酣。何時讀畫家山裹，風雪荒廬一整函。

鑒古須教更轢今，千秋風雅故人心。他年貢入瑯嬛府，錦贉應知祕惜深。

【校記】

〔一〕『宮詹』，底本爲『官詹』，據第一首詩所云，當爲『宮詹』。

周小濂以傍花村賞鞠詩見示，即次其韻八首

佳句真能散我愁，病中悔不共清遊。傳杯知怯三分冷，下筆俄驚四面秋。庾信小園聊嘯傲，羅含深宅暫淹留。勞君相賞風塵外，白露清霜夜自悠。

夭桃穠李久相猜，月觀風亭日日來。獨以遠心當衆豔，略施真色爲秋開。范村有譜淆訛久，酈谷無緣歲月催。一繫孤舟蕭瑟甚，故園千本爲誰栽？

侍郎荒冢倚花前，華表巍峩對客筵。冷蕊易迷三里霧，枯叢空結再生緣。墓田寂寞朝烟濬，翁仲玲㻎落照鮮。剩有濕螢三四點，依枝帶葉有誰憐？

幻成癡絕强吟詩，有韻無塵忒費思。老圃空開三徑望，重陽誰共一杯持。抱寒自覺全無謂，觸熱心知總不宜。樺燭半條秋館靜，空牆繪得影真奇。

貞姿霜下忒分明，日對秋風太瘦生。但得一枝酬冷節，任他九日詫金精。露滋東畝新苗盛，日照南窗晚節榮。小圃更勞修竹援，人人共羨庾蘭成。

落英滿把當朝餐，便抵仙人藥一丸。秋影自肥花自瘦，風光宜暖骨宜寒。披香坐久惺忪甚，冒雨尋來取次看。霜序漸過春漸到，應知獨立後時難。

青女霜中伴客尋，興來聊作短長吟。駱丞一片蕭寒意，陶令千秋澹泊心。白自無瑕堪比玉，黄知不褪是真金。繞庭壽客頻相對，獨愧衰顔病不斟。

且向名山盡一觴，夕陽東壁漸昏黄。團圞杯斝成奇韻，抖擻精神對古香。列座但盈佳友在，放歌不厭老夫狂。寒泉一盞如同薦，鶴去孤山定不忘。

贈醫士曹翰臣

儒術既備醫術良，幽通元化兼壽光。腥羶窟裏餌麻术，少壯色如桃花强。老夫老不歸故鄉，伊婁埭上空奔忙。一朝腰膂乍跌仆，此時精消神已亡。目瞪口噤但偃臥，衆醫熟視徒彷徨。先生檢取一丸藥，服之頓覺形神臧。徐徐飲子爲調護，匝月行動俄如常。先生索我詩，我詩豈足充餱糧？念子活我無以報，聊以讕語當頌揚。明年春至登歸航，與君握别頻迴腸。感君贈言徵至愛，青黏漆葉同遠將。從此閉戶脚挂壁，不敢信步逢迷陽。

多日病痊後，張友堂以詩見慰，步韻奉訓二首

纊不銖身火不星，忍寒猶自戀殘形。芷軀㮰腦成何事，繒紙銀芻枉乞靈。已墮中陰千丈黑，忽驚長命一燈青。飈車若竟乘風去，不用旁人甚脱扃。

良饈珍饋疊來時，好友殷勤勸朶頤。但得屢饔何允肉，肯輕便唱鮑家詩。天當寒閉全無謂，人到

衰殘百不宜。賸有千行思舊淚，與君揮灑向松帷。時同會潘雅堂比部葬。

題吳舊浦同年海水移情小照

少年同上長安道，鳳城雲裏雞鳴早。九衢聯袂若屏風，魏三張八同傾倒。中年分郡坐臯比，同作江東學者師。廣文之官但飽飯，一飽自傲皇與羲。晚年飢走揚州市，揚州夜市人如蟻。飯甕我憂將屢空，書囊君嘆頻移徙。人生集菀復集枯，有生黖也非一途。萬里之流方濯足，蹄涔安足停槎泭。滄溟爲家飫沆瀣，鴻飛脱網無拘礙。請君放眼觀六虛，休將暇豫羡吾吾。

張佩文繼聘妻巴孺人貞節詩

作卦首乾坤，貞乃無不利。家人利女貞，風火備大義。所以貞與恒，其德永厥世。牉合女隨男，守貞有不字。一旦得所天，片言成鼎峙。況當幣聘將，如臣已委贄。之死矢靡他，明道乃正誼。卓哉巴孺人，守信若結駟。少小潛深閨，四德已充備。維時厥夫鰥，黄口猶未晬。遣媒求賢淑，嬰孩仗哺飼。父母知此女，堪任艱大遺。首肯許之婚，繼室匪所忌。昊天乃不弔，死喪倏相繼。良人亦乍殞，玉樓召何遽。人言有福女，終不作次髲。逝將求燕婉，偕老看佩璲。孺人怫然起，吾身已有寄。一諾重千金，此事豈兒戲！父母許字時，原云兒待芘。我豈舍藐孤，别行圖伉儷。榷心乃嘔血，卽往謁靈輀。翁姑哭失聲，抱兒以付之。數載侍姑側，保抱而攜持。能言復能行，親戚誇佳兒。他時羽翼成，足以報洪慈。努力愛春暉，勤劬培弱枝。此兒又短折，肝腸如寸劙。慟哭向高天，我何以生爲？自此神若銷，骨肉瘦不支。一病遂不起，長與斯世辭。側聞古人言，生死若晝夜。守正以待終，純德孰克亞。昔聞諸葛公，黽勉佐後主。秋風五丈原，赤星降營所。聖賢嘉其志，庸人計其功。嗚呼巴孺人，撫孤乃無終。聞者爲酸鼻，見者各搥胸。當今天子聖，貞節尤所崇。竚見褒異恩，綽楔凌蒼穹。乾坤與日月，貞觀而貞明。惟貞乃不息，此理原至誠。昔與君尊人，論古多奇闢。常言漢唐來，節士不易覯。我云懷清臺，君家有遺跡。趨庭聞至訓，孺人常悚息。今日巖西君，遮須聞此事。定喜閨中兒，乃與英傑媲。況聞君舅宅，河嶽久鍾靈。南邦仰文獻，東閣多耆英。讀書雋彥士，濟濟盈階庭。貞理永不敝，貞報必惟馨。貞下復起元，悠悠元且亨。

題王一齋撫松圖小照三首

蒼翠侵衣濕，風濤入耳喧。雲根回轉處，知有薜蘿村。

楓柳坐看合抱，樗櫟大可蔽牛。此樹棟梁何日，空山日日吟秋。

處士曾聞號七松，鬚眉應與此翁同。憑君莫向虛堂挂，賺得高天鶴舞空。

己酉人日，次竹溪上人韻

草堂遊已慣，吾意在烟蘿。歲序如流水，人情戀舊柯。客心空際遠，禪意定中多。他日題詩客，應憐勞者歌。時余將歸里。

補哭吳奎壁兼呈乃翁暮橋

去冬我病篤，君正生痘瘡。謂此小科病，旬日可奏康。私恐就木人，無由登君牀。逮我扶杖起，而君竟已殤。彼蒼何夢夢，存亡亦無常。今春與乃翁，執手彌感愴。前者我來時，君初入書堂。向我問奇字，訓詁不厭詳。十五通經義，十六遊宮牆。僉謂暮橋翁，有此真琳琅。去年失解歸，悲憤刻難忘。老夫過相慰，少年日方長。已成命中技，何妨一矢亡。而君感喟深，發言令我傷。『吾父少力學，期志在騰驤。功名一無成，食貧兩鬢霜。小子不自振，何以供資粻？』吾時聞君言，知君天性臧。遍告同社人，茲豈栗果郎？今年我將歸，江上呼春航。忍淚走君家，蕭蕭苔徑荒。揚州雖寓舍，已同三宿桑。友朋不忍離，牽裾排餞觴。家家作死別，步步離故房。有如遠徙人，回顧增傍偟。我有泉下孫，去我已冥茫。君今定相見，修文成鴈行。爲言頹老叟，逝將歸故鄉。棲枝旣已失，乞食無津梁。歸定追飢寠，相與赴阡岡。家書無可寄，示之以此章。

江橙里邀同人飲餞於古木蘭院，吴梅槎成七律一首送别，次韻詶之

莫遣離情入老懷，空廊正聽飯鐘纔。且攜好友搖春艇，難喚詩僧到夜臺。誦茗殁已三載。面目漸隨愁裏換，夢魂還入定中來。木蘭花發人旋去，剩有紗籠故紙堆。

次吴暮橋送行韻留别

勸歸留行各有言，好友至論相觸迕。子規鷓鴣盡情啼，老夫止如鶴菢乳。此地似結前世緣，此别但有來生聚。況我與子銘素心，如風春風雨春雨。山雌志在求飲啄，幕燕安得久居處。獨客往還四十年，山光禪智契賓主。老境幸味甘蔗甘，客遊誰識苦荼苦。猶憶薄宦乍歸田，悔不小人止懷土。耦耕尚有沮溺輩，閉戶便是禽尚侶。投贈誰解南金雙，鬻身止索羊皮五。生平大有柘枝顛，醉後不辭老婦舞。君不見，太王好色將去邠，走馬且率西水滸。

次吴學庵送行韻留别

平生不慣寢山儀，竿木隨身老尚持。末契友朋誰管鮑，暮年兄弟止夫絲。春光正好偏將别，客路

頻歧莫更悲。記取定交蓮社下，頭陀腸斷昔年碑。余與學庵相識於葯根禪室，今葯根已化去二十年矣。

次朱二亭送行韻留別

第七久甘須達貧，故園歸趁未殘春。空餘遠道垂天翼，誰見飆車掩地輪。從此求仙惟鍊己，祇今觸熱莫因人。青山舊地堪埋骨，不作靈均蟣蝨臣。

次朱立堂送行韻留別

風來塵自揚，雨過雲旋去。人生非鹿豕，安得常相聚。與君數十年，會合在征路。月滿庾亮樓，香繞官梅樹。惟君弟與昦，豁達披心素。哲兄骯髒人，夷庚無窘步。一自歸道山，忍淚誦前句。君持英俊姿，屢向揚州住。我爲解官來，七子詩壇赴。康山懷武功，勝遊欣把晤。每因唱和時，彌感齒髮暮。如水以水投，如塗以塗附。我甘作倉唐，餘糧豢鴈鶩。去年同雅集，聽歌長顧誤。共陟康山顛，矯首白雲度。君眼不昏眵，月下看細注。君耳最聰達，聲聞得大悟。而我勉後偕，濟勝已無具。再拜與君別，此別休回顧。鴻飛已冥冥，弋人更何慕？

次吳梅查送行韻留別

人生若辛盤，暫合薑與椒。復如元夕燈，難避雨中飆。昔日樽酒會，楚楚多俊髦。論交無遠近，哦詩夕復朝。揚州歌吹地，爲我托命巢。罷官還作客，敝裘思續貂。荏苒七八年，衰鬢倚花嬌。妄思冰成山，豈有水覆槽？曾不悔蹉跌，猶自頻推敲。少年重意氣，執手申漆膠。老子不曉事，閉目持雙橈。終身有誓言，一旦永相抛。躍金思善冶，飛土求良陶。與君一揖後，回首路正遥。壯歲易爲别，春風攀柳條。衰老復分飛，安得頻相邀。請君且盡醉，勿睇征帆摇。他日倘復來，雲闊天寥寥。

咏牛和俞耦生韻

遠道踉蹌一牸牛，無輪可駕且歸陬。已知筋力全衰憊，那有倉箱可代謀。春水溪邊尋柳影，夕陽山上盼汙窶。也知上坂堪休息，可奈全家責饍饈。

春日歸里贈袁鯉泉明府二首

繡雨花開召伯棠，遥看雲影護隣疆。時署合肥篆，奉委至全椒治獄。似聞移蔭春將去，仍喜高懸鏡有光。

人擁檐帷欣駐宿，客瞻華館肅趨蹌。修容入廄吾慚甚，覿面應驚兩鬢霜。

百里肥泉浩浩流，揮鞭正盼稻孫樓。仁風忽得中途遇，野獲真堪道上謀。千里歸飛知倦翮，一枝容寄勝鳴騶。門庭長似林宗郭，常客應難刺徑投。

贈陳淡村

夢裏家山六七年，今春纔得布帆懸。冥迷似醉扶頭酒，灑落初開軟脚筵。戚友不堪搜地下，謂吳杉亭。壯懷且與話燈前。知君未肯全忘世，千里爭看祖逖鞭。

汪草亭三月初九日七十初度，余時遠歸奉祝，而主人近出不晤，留此請正

布帆千里度長康，到眼家山喜欲狂。故里正爲真率會，老夫自愛水雲鄉。菜花滿逕人偏出，柳影當門客未忘。寄語龐公歸及早，有人停屐在濃桑。

吴梅查同江橙里、吴竹如、羅濛川、項小溪過惠照寺看藤花，辱詩寄懷，步韻奉答兼致諸公

昔年誦茗師，詩境聞仙梵。妙義每相尋，五字必古澹。斯人既云寂，經窗老樹暗。頻年共吾友，廣庭坐餘蔭。仲春叨偉餞，名園襲衆豔。衰年淹病身，過此屢不厭。今日藤花下，天光開一鑑。銜杯共憶我，坐久頻呻欠。安得縮地脉，一往共鉛槧。

贈王仲朗醫士

我昔稚齒時，腹痛遏地不可治。忽遇隣叟一丸藥，服之如逢元化醫。此翁有子俊且慧，延入家塾爲我師。我師年少志倜儻，愛我如獲珠在掌。二十早冠諸生籍，精研家學重里黨。燕也東西南北人，不知騏驥在東隣。年過七十返初服，病謁良醫乃遇君。爲言昔夢真如駛，醉挽白鬚對吾子。肯將儒術契天心，此是緩和三世里。

招諸戚友集盡性齋中

老屋依然月在中，又開蓬戶迓諸公。村廬泉下詢新故，車馬明遊感異同。一飽纔知鄉味好，十年休怨客途窮。扶衰未敢貪家食，且趁池荷醉碧筩。

贈吴愚溪

前月茅徑初修治，好友爲我增欣嬉。命酒呼樂入我室，張燈入夜不知疲。愚溪吴子最少俊，酒酣執手索我詩。我時半醉應曰『諾』，當階一笑旋忘之。人生憂樂本相倚，月來一病幾不起。今夕招涼眄庭樹，自快此身猶不死。浮生俯仰七十餘，懸崖撒手隨歸墟。寸絲不挂無所戀，清風明月還太虚。忽憶醉中諸詩債，此債不償亦一害。倏起挑燈構一篇，寄君鬼語人應怪。

寄陳向山二首

蕭齋一載共論文，績學劬書爾最勤。王氏聲華惟勃勔，陸家才藻重機雲。乍驚拔萃群倫出，更示周行上國聞。矯首孝廉船上望，新秋健翮趁奇曛。

三十登壇眾所傾，文章政事合相并。亨衢交契皆風雅，遠道音書識性情。未沬音徽存樂廣，無雙聲價在慈明。長安舊友如相訊，爲道衰慵尚力耕。

壽汪鄰初七十

高捧耆英會裏樽，共尋三隱向桑根。年排甲乙爲深友，誼結丁壬作世婚。余次女適君胞姪，名梯雲；長孫女字君；次孫名丙。太白踏歌成夙契，惠連追步有名孫。羨君內集多文藻，家慶良時正杜門。

葉竹孫自滇南來晤後即歸新安，詩以送之

人生天地閒，水萍與風絮。一面遂相離，不知在何處。會合亦甚易，此中實有天。握手雖匆遽，亦成翰墨緣。君挾匡時策，名動東諸侯。歸解陸賈裝，暫憩陶峴舟。聞昔住五華，南詔尋勝流。我有不癡叔，謂軒來叔。相與成綢繆。君今已遄歸，伊人猶久留。傷哉石德林，不得首故丘。

陳淡村招賞芍藥即席分賦七律四首

幾年看遍廣陵花，今日鄰園致倍賒。名士正宜新櫛沐，美人何用舊笄珈。簾前宿雨纔鳴鵲，門外

流泉正奏蛙。一枕琅玕留午睡，夢回牆角夕陽斜。

小門深巷轉肩輿，晏子何妨近市居。慣許近朋頻獵酒，更儲新釀爲澆書。好花顔色偏三變，故里賓儔總六如。爛醉莫辭街鼓動，盈街列炬夜歸初。

清和時節晝懨懨，花落晴泥帶雨黏。小院恰排雙樹直，高樓正對一峰尖。長齋好共庚申守，新霽還驚乙巳占。漫學青州劉跛子，一年一度更何嫌。

主人好客飾園廬，爲結耆英挈老夫。自愧虎牙年已暮，共憐犀首事全無。二紅甑熟山中飯，七白香盈雨後蔬。從此比隣來往易，芒鞋竹杖短童扶。

送葛厚安北上

昔年我官揚州時，君家兄弟如瓊枝。日月推遷二十載，老夫項背如華離。今君北上長安道，謁選喜逢官職好。黄綬堪分百里符，赤米可使全家飽。治民休更怨官卑，丈夫偉績無不爲。一朝展翅看鵬翼，便羨溟雲九萬垂。君家種德德自古，父兄早命龍與虎。經濟遙傳奕葉光，姓名定著官聯譜。我已衰頽匿顯虛，君方卓犖發軔初。他時鄉里徵名宦，好任欒巴噀唾餘。

潤生姪孫過書齋以素箑索句，口占應之二首

秋陰漠漠罩簾旌，門外無人自獨行。三伏已過涼又至，牆根蟋蟀亂喧鳴。
寂處蕭齋更不譁，病餘書卷任攲斜。吾家杜位吾宗秀，入室談文勝賞花。

棕亭詞鈔

棕亭詞鈔卷之一

水龍吟 來薰堂觀雨同吴穀人賦

芙蓉塘外輕雷，車聲隱隱隨波去。亂蟬乍歇，絲楊漸暝，水雲低戶。彩舫齊停，珠簾競下，風來遥渚。恰絺衣解後，筠欄共倚，真宜盡，人間暑。　一霎檐紳高注。沁冰壺、畫樓深宇。松林雹激，瓦溝烟噴，危橋難度。纔滌煩襟，旋催治思，索箋題句。又漁舟唱晚，矖蓑新月，指來時路。

月華清

辛丑元夕，同王竹所、黄仲則，小飲余雪村、月村兄弟法源寺寓齋。醉後更深，步至虎坊橋看月。

佛火屯寒，鐘聲送暝，客中今夕何夕。翦燭開樽，怎把愁襟消得。繞鳳城、一片笙歌，滯鴻爪、三年蹤跡。凄寂。耐冷筵蒲饌，短牀菰席。　看遍六街燈色。止似水蟾光，盡人憐惜。鈿轂香留，何處擁歸華舄。料者番、絮雪門庭，定一樣、團圞内集。羌笛。莫驚回良夢，玉梅花側。

過秦樓　六月十六日招吳穀人、沈匏樽集飲寓齋

老樹空庭，夕陽深巷，屋角霽虹纔斷。招邀近局，抖擻閒情，莫負練裙紈扇。驚看鏡裏衰顏，駒隙流光，百年如箭。歎江南一髮，家山何處，楚雲天遠。　休惆悵、畫舫笙歌，春江花月，十載柳薰梅染。波餘綺麗，香別溫磨，一任素衣緇變。秋到應難更留，銀漢愁驀。金門饑倩，且風前倚醉，還聽殘更幾點。

綺羅香　賀汪雪礓納姬

蜀錦屯香，秦篝貯煖，人在春光新到。玉鏡臺邊，未讓畫眉年少。峰第一、誰認山偏，曜無雙、莫嫌星小。步堂前、楚楚臻臻，居然琴瑟伴偕老。　軒中何處寫韻，知有鸞箋疊就，聯吟初稾。乍見仙桃，應把阮郎驚倒。且飛騰、今夜霞觴，共料理、明年繡褓。試扶他、婀娜花枝，看來端正好。

鎖窗寒　溫硯

玉版寒凝，金壺凍結，曉窗人起。簷輝一綫，寂莫冷塵髹几。啟琉璃，鸜睛淚瑩，倩他宿火回春意。

早溼雲陣陣，綵毫揮處，豔光生蕊。濃麗。黄庭字。定煖入纖瓊，簪花格媚。鴛鴦樣好，合付溫柔鄉裏。炷沈香、烟裊斷熏，熱心片石堪轉未。只愁他、書被催成，還向冰池洗。

生查子　夢别

啼痕侵枕顋，夢與郎言别。醒後拊郎肩，郎原在者邊。　前言生怕續，不敢輕眠熟。一夢已難支，虧他真箇時。

茶瓶兒　題陳餘庭茶教纖手侍兒煎圖

丹桂香中深院宇。乍飄散、茶烟輕縷。人倚嫦娥樹。晚霞濃處。不放秋光去。　幾載斷魂江上路。悵冷落、空閨茶具。今夜瑤階露。相攜閒竚。好訂相如賦。

玉女搖仙佩　題王竹所西山遊稿後

歊烝耳目，塊壘胷懷，宜向山泉淘洗。換了塵衣，攜來吟卷，趺坐白雲車子。馬首嵐光起。早陰陰古樹，離離幽寺。更誰信、翠微深處，未遠人寰、别有天地。且騰向寒空，絕頂高標，閒身蹔寄。　尋遍谽谺洞壑，崱屴巉巖，霞外石欄重倚。浩劫金容，浮圖寶網，懷古幾多前事。孤磬深松裏。又雲房十笏，簾櫳清閟。冷臥處、散花人在，定應難判、冶情禪思。雲藍紙。紗籠貯得妙香未。

鵲橋仙　贈歌童阿五

味都嘗過，藴還非有，笑我技窮鼯鼠。綵絲續命定何時，枉睋目、相看無所。漏壺更徹，鏡胸猜遍，捫到衣銖寒聚。三三兩兩太縱横，又落盡、梅花無數。

滿庭芳　題王柘孫小瀛山書屋塡詞圖，即用其自題原韻

琢玉雕瓊，搓酥滴粉，濃情大似雲癡。浮名休問，柳七且塡詞。夢繞江南歸路，數鴈行、應候人兮。霜紈濕、清輝一片，明月鑑空帷。增悲。孤館裏，一樽寒夜，千里相思。問底事年年，只傍天涯。坐對小樓烟水，看虚廊、松影頻移。吟窗下，衰燈未滅，留啖伴參旗。

多麗　題孫熙堂賞音圖，次郭霞峰韻

似娘兒。不須更畫雙眉。倚窗前、明燈影裏，按歌涼夜深時。儼湘皋、遺來錦褋，向姑山、貌出瓊

姿。酒所銜杯，花前藉袖，輕紅攬袴試生衣。小氍毹、翻身擲上，束素嫩腰肢。須牢把、留仙裙穩，莫遣輕飛。　短長亭、傷心柳色，碧痕踠地一絲絲。便仙源、常迷劉阮，忍塵寰、更結牙期。千里雲山，五陵車馬，斷魂此際欲何依。衰草寒雲、曉風殘月，我亦慣流離。空彈鋏、賞音誰是，垂老天涯。

沁園春　爲汪雪礓催姬人生子

金彈雕弓，六曲禖屏，高張坐隅。算種桃幾載，成陰已久，徵蘭何處，有夢偏虛。潤定含珠，堅應非石，不比春風豆蔻初。驚巫峽，又霞侵月滿，還洗裙裾。　年年璋褓私儲。也栽遍萱花繞玉除。恁衰頹孔釋，抱來未易，荒唐虹乿，驗去都誣。我豈慵耕，君須早穫，莫厭人催雨後租。搓酥手，做阿侯容好，忒費工夫。

邁陂塘　題青山送別圖，送杭堇浦歸里

顫危檣、一江烟水，西津人語催渡。青鬟雪後融晴日，極目寒潮瓜步。君又去。算幾日、郵程帆卸樟亭暮。孤山老樹。定乍豁離愁，同開笑靨，紅意爲君吐。　天涯客，我亦斷蓬飛絮。征鴻過盡前浦。簫聲明月留人易，不許輕搖歸艣。相送處。憶幾度、停橈回首揚州路。贈君無語。但獨對高峰，遙情脉脉，清影罥寒渚。

瀟湘逢故人慢　題沈定夫瀟湘歸櫂圖

清波如鏡，浮晴空一片，朝靄初勻。楚天碧無痕。正雙槳中流，剪破鞾紋。回颿轉舵，望衡峰、九面菸藍。忺懷處、汀鷗岸鷺，群分小隊隨人。　呼么鳳，看石燕，憶全家、海棠橋畔爲鄰。矯首越江濆。念桑柘陰中，村社堪親。南湖皓月，待歸來、重照芳樽。持比似、洞庭春水，不知誰最銷魂。

賀新郎　程南耕歸里納姬，復至邗上，譜此爲贈

暖老須燕玉。羨幾日、纔披蕙帳，早沾梅馥。蟬鬢虬鬚相映處，雲影雪光交觸。想卻扇、羞蛾攢綠。問姓仙曹知奕世，姬人姓茅氏。料文軒、寫韻應非俗。家定在，曲山曲。　宜春帖子懸金屋。愛結就、同心綵勝，奩開百福。桃葉輕拋江又渡，忍負錦衾簫局。憶刻遍、歸期庭竹。書記經年吾久厭，只樓中、紅粉緣難卜。算好夢，讓君獨。

洞仙歌　題施耦堂紅衣釣師圖

赤欄橋畔，正霞明魚尾。幾點烟凝暮山紫。笑披來一衲，坐向千峰，剛襯得、返照光搖波底。

堂堂兼策策，誰見庚辛，便得魚天萬全計。試問謝三郎，『釣魚船上謝三郎』，山谷句。今夜西風，秋江外、芙蓉開未。但拂袖、蘆花又飛來，似暖地氍毹，六霙飄墜。

前調　題豆棚閒話圖

一圍青幄，罩綠天無罅。藤蔓絲絲向空挂。愛新涼庭院，爽籟林臯，隨意伴、鄰叟畦丁閒話。隔離誰竊聽，稚子山妻，匿笑疏星露檐下。往事總消沈，講舌空乾，誰更見、漢蛇唐馬。勸企脚、繩牀且高眠，讓冷砌冷蛩，鬧他殘夜。

摸魚兒　和江雲溪留別

又匆匆、送君南浦，銷魂此賦難作。客身一笑輕如絮，未許濕泥沾著。君且莫。寫讕語、牢騷便了髯奴約。聽殘畫角。好緊束行縢，金蓮他日，兩足任君濯。　人間世，事事秋雲同薄。此懷誰與捫摸。秋光潑眼詩人去，辜負碧天如幕。愁似削。問此去、征鴻隻影將何託。綠楊城郭。倘有箇盟鷗，沙邊喚汝，爲汝答云諾。

高陽臺　紫玲瓏閣分咏得秋蛬，送江雲溪返武林

草際風微，牆根露泫，幾宵伴我孤吟。舊逕蕭涼，有人爲爾傷心。棲他宇下原非計，奈金籠、偏少知音。忍遙聞、短嘆長吁，寂歷庭陰。　年來漸覺情悰懶，任機絲夜月，不管寒侵。聽到牀前，客懷已是秋深。空階留得相思料，怕天涯、有夢難尋。且同君、露坐更闌，一晌披襟。

沁園春　觀吴中小道士徐端平飛盋之戲，因以贈之

一片寒光，跳擲層霄，乍浮乍沈。似珠簾揭後，翩翾玉翦，綵繩高處，搖蕩瓊林。妙手空空，仙姿奕奕，裹住斜暉冷不禁。交融影，閃雙瞳秋水，注向冰心。　霎時響碎風琴。聽磨戛圓輪出好音。怪項側腰迴，百千變幻，神騰鬼趡，上下陰森。欲落還飛，將收復縱，忙裏閒情更整襟。真丰韻，悵氍毹捲罷，暝色庭陰。

小小仙郎，太乙鏠旗，招來上清。早光搖礮磹，掌中明滅，圖圍豁落，腰下迴縈。放出條條，飛來个个，舞劍跳丸未易并。蹁躚甚、似者般態度，合配雙成。　知君誦得黃庭。駕白鶴青鸞上玉京。看雙手提來，天邊日月，一繩縛住，世上精靈。十賚誰加，九仙獨抱，空負韋郎太乙經。良宵永，且泥他一曲，子晉瑤笙。

綺羅香　春聲

臘鼓排餘，宵燈鬧後，不許畫樓人靜。纔敞簾櫳，便覺耳邊堪聽。營壘燕、朝語齊喧，析房蜂、午吟爭趁。更添他、幾隊新鶯，柳陰深處暗相並。　深閨殘夢乍破，偏有花郎喚賣，催開粧鏡。冰盞餳簫，小市隔牆都韻。數夜雨、疼煞梨花，訝曉風、送殘文杏。又長天、一紙鳴鳶，放來孤調冷。

臨江仙　雨後憶紅橋荷花

薜荔陰濃小院，芭蕉影潤虛窗。湖天忽憶晚來香。定應添薄媚，也似換殘粧。　夢裏幾回憐惜，覺來還更思量。彩虹何處醉爲鄉。只愁新翠鏡，不照舊紅裳。

八聲甘州　憶江玉屏西湖

問多情南北兩高峰，判袂幾多時。又初陽臺上，江雲海日，吹到征衣。何限六橋烟柳，相對故依依。舊日閒鷗鷺，別緒應知。　老屋城頭遙望，記寓廬幾載，苔徑荊扉。嘆今花昔樹，轉首境都非。泛波心、狂朋綵伴，定畫船、排日醉金卮。休忘卻、穿鍼樓上，香霧清輝。

摸魚兒　秋萍

憶前身、趁春飛到，臨風曾自軒舉。一從帶水拖泥後，便惹秋懷如許。無著處。向蟹舍漁村，泛泛誰爲主。零烟墜露。剩點點星星，牽蓴挽芰，散了又還聚。

他鄉客，閲盡炎威暑路。漂流心事誰訴。天教不作苔岑夢，甘與濕螢同腐。粘淺渚。又盼斷、雲涯畫檝斜陽暮。瀟瀟夜雨。且疊就柔茵，尋他冷鴨，偎影半塘去。

金縷曲　題花韻山房詞後，卽用集中題樊榭詞韻

傑閣飛晴靄，敞晶簾、金荃在手，高吟霞外。腸胃五年塵土盡，爽挹秋空露瀣。一字字、笙竽真籟。孔翠鸞凰齊驤首，笑啁啾、空搶榆枋壒。群仰視，妒還愛。

半生閲盡浮雲態。借毫端、奇情幻想，悲歌寄慨。綵筆箋天天不管，丘貉古今一概。便宋豔、班香安在。只有塡詞堪千古，賺紅裙、共向屯田拜。拋賸馥，盡人丐。

水龍吟 題家赤泉先生《灑蘭詞》

先生名焜，字以寧。子名崇桑，號葯坡，字繡臣。

冷吟西子湖邊，絕塵標格依稀在。璹瑁殘裝，琅玕蠹簡，膏馥堪丐。林墓寒梅，蘇堤老柳，玉壺曾買。悔當年未向，水雲深處，通半刺，柴門外。　兩槳歸舟無賴。喜荊產、松風清藹。向我言愁，許人借讀，勝情千載。客路新交，宗英舊譜，幾回增慨。問何時一盞，寒泉秋菊，共蘭香灑。

五綵結同心 題俞耦生蘭陵歸棹圖，時自常州親迎歸里

筆牀書槅，脂盝鍼箱，一齊並上飛舲。恰似藏嬌屋，流蘇帳、依約近傍紗櫺。輕帆幾幅涼飔細，柔波載、香夢無聲。朝烟外，郵籤已過，阿蒙舊日孤城。　者番曉粧應早，愛霜楓兩岸，紅入圓冰。思母看雲泥，郎沽酒、芳意歡怨相并。二分明夜揚州月，好同照、人影雙清。頻回首、隔江山色，歸期先計春程。

探春慢　正月十九日，秦西壖招同張堯峰、林鐵簫、意庵上人湖上泛舟

險韻頻賡，長箋慣拓，吟場應是三北。騷屑情懷，聊蕭況味，又被東風吹得。纔小舟撐去，早催到、冷梅香國。何來幾杵疏鐘，客愁無限交迫。　堤上柳絲新織。似向我商量，烟裏疏密。聯袂尋花，攬裾呼酒，雙髩記同如漆。孤鶴南飛老，又空外、作去聲。君生日。時值西壖誕辰。絲竹東山，眼前休負泉石。

綺羅香　歌扇

杏子衫邊，梅花笛畔，擎出半輪孤月。一片柔情，似共斷腸千疊。乍收來、餘韻悠揚，又拓起、亮音高揭。正羞眸、暗擲當筵，迴身卻向翠眉貼。　秋風休爲寫怨，懷袖朝朝出入，何曾輕別。重裏鮫綃，怕有繞梁塵涅。肯輕招、樓外遊人，從未惹、牆陰飛蝶。最銷魂、眾樂停時，掌中還自拍。

新荷葉　藕絲

縛恨牽愁，香心自吐誰添。小小并刀，强他欲斷仍粘。輕縈細裹，繞晶盤、鷗夢還淹。佳人雪後，柔情直恁懨懨。　玉骨堪拈。冰紈誰與消炎。欲避閒愁，怕他有孔難潛。涼颸乍拂，似當門、仙篗

廉纖。荷衣製後，故人休怨霜縑。

探芳信　酒旗

暝烟裏、伴落絮當檐，斜陽映水。正踏青歸後，望中早如醉。多情閃出垂楊外，巧把遊驄繫。似飄搖、斷雁雲中，破帆天際。　憔悴暗塵漬。任雨打風吹，暮拋朝寄。招得人來，人去那還記。愁他到處高聲價，有債應難避。約重尋、好認相如故里。

湘春夜月　古寺

好禪棲，創來知是何年。滿院松檜森森，都雨溜苔纏。幾個白頭開士，守舊時衣鉢，粲可親傳。看風旛動處，鈴音自語，似説開元。　深嚴殿宇，高垂寶絡，端坐金仙。梵唄聲中，應閲遍、刼灰多少，人世桑田。長明焰短，是六朝、未燼寒烟。倩彈指，喚跏趺座上，枯僧出定，爲證前緣。

一萼紅　茶烟

小庭隅。正晝長人靜，午夢覺來初。松火初然，缾笙漸沸，欲飛還更徐徐。畫欄畔、書空幾篆，縈繞遍、涼影碧紋幮。茗戰喧時，湯動建後，猶戀窗虛。十載青春何處，悵鬢絲禪榻，相對蕭疎。小極心情，他鄉況味，清風兩腋難扶。最愁他、孤飄一縷，纔入抱、疑有復疑無。試揀龍涎半葉，移向金爐。

滿庭芳　花雨

靄靄紅雲，濛濛紫霧，糝來一片傷心。更無人處，隨意布庭陰。也似沾衣欲濕，斜陽外、斷影難尋。高唐夢，朝朝暮暮，未抵此情深。樓頭凝望久，迷離極目，綠浦青岑。帶軟塵十丈，落遍天潯。寂寂無聲自下，風定後、猶灑空林。離人淚，添他幾點，孤館做愁霖。

鵲踏花翻　藕粉

糝去霏霏，拈來片片，撒鹽飛絮都難擬。最憐庫露真中，幾個冰瓷，分明窨得悲秋意。玉塵十斛向君輸，香風千頃知何地。細細。注入新湯百沸。一時都做湖天氣。也識病舌多嫌，曉脣猶澁，倦枕餘殘醉。强將荷葉小杯擎，勸他蓮瓣輕匙遞。

八寶粧　塔鈴

穿霧繁音，入雲淒響，歷亂幾層檐宇。珠網金繩欄楯外，靜伴諸天鐘鼓。西風初警化城，烟鎖高標，家家遥聽同砧杵。堪更鬟絲禪榻，茫茫羈緒。　　隨意自理宫商，落花殿外，不知聲到何處。悵今夜、枕邊無寐，定明日、江頭難渡。添得連宵夜雨。秀支替戾全無據。試徧點明燈，看他獨自和誰語。

湘月　水蜜桃

露香園裏，有東風千頃，丹霞成列。結實正當堪雪黍，沁入齒牙芳潔。似貯鶩漿，如收蜂稅，太媚珊瑚舌。相如多病，一朝消盡殘渴。　　休把綻雨殘梅，迎霜病橘，輕易相量絜。三泖九峰雲水韻，釀就千年仙液。擘出真豪，投來難報，且自懷其核。餘甘分取，海山應勝偷得。

高陽臺　西瓜燈

銀匕挑殘，金釵刻就，懸來緑暈沈沈。試炷蘭膏，恰宜修竹疎林。飛蛾不敢輕相掠，怕近前、寒色難禁。最消魂、碧玉身迴，影映羅衾。　　陳根舊蔕拋何處，便因人斟熱，還抱冰心。攬得清輝，依然獨處天潯。秋風幾夜添憔悴，共短檠、牆角淋侵。忍看他，蠟淚堆中，粉指痕深。

暗香　香睡鞋

睡情柔狹。正綺衾疊浪，溫馨初匝。曲曲鬭新，卿自真能用卿法。剗襪階前乍到，手提處、背人輕靸。點點似、雲外星河，寒影動三峽。　池閣。戲波鴨。也爭效綠頭，翠光濃壓。笑郎忒狎，潛把吟肩嗅還掐。餘馥偏難捉搦。朝起後、不教重踏。試覓向、珍褥底，一杯更呷。

紅情　紅蜻蜓

雨餘輕舉。看欲無似有，倩虹傳嫵。挂向短檐，光閃遊絲作朱縷。霞外飛來小立，乍偷眼、蓼汀迴舞。儼映肉、半臂蟬紗，流影到華渚。　端午。瘞中路。認赤水岸邊，夜光休誤。幾宵化去。珍彩應教暈脂妒。誰畫泥金一線，還淡淡、添縈愁緒。獻薄媚、休便把，藥籠載取。

綠意　綠蝴蝶

收香小鳳。算未抵俊遊，花外芳種。草色依稀，誰認裙腰，粉褪尚嫌眉重。濠梁一片春波遠，早墮入、莊生殘夢。想繞籬、野菜初生，不許踏青人空。擒向闌干側畔，又還置翠袖，纖指挑弄。柳綫烟中，晚翠深深，放去驚魂猶動。柔鬚撚後單棲久，看日影、苔磚趖縫。羡舞風、濟楚單衣，只合少年人共。

宴清都　題香雪齋讀書圖

簾外寒香繞。書齋静、弟昆攜手同到。苔階幾轉，棲庭怪石，倚牆叢篠。回頭玉琢佳兒，也隨步、芸編自抱。想研冰、宿凍猶堅，窗楞新旭初照。　移時展卷琅琅，抽思軋軋，清課都了。談遷似續，向歆授受，事關非小。他時騰踏飛黄，定共羡、城南俊少。請試看、珠樹當風，瓊枝弄曉。

尾犯　題顧仙貽春草閒房圖

乍見入簾青，孤館晝長，聊慰幽獨。倚遍欄干，向空階凝目。深巷外、萋迷正滿，小廊邊、蒙茙又續。醉烟烘日，只有王孫，歸夢暗相觸。　丹青真妙手，芳意染就盈幅。那日裙腰，驗殘痕猶蹙。定新雨、陳根乍潤，宛虚堂、斜陽漸縮。更無人處，一片羡他隨意緑。

賀新涼　祝陳春渠五十

歌吹揚州市。莫匆匆、人前便把，子昂琴碎。半百年華千里客，多少塡胸塊壘。偏筆墨、魚龍游戲。自種蓮花來火宅，看清泠、世界原無滓。驅熱惱，且迴避。　十年共結雷陳契。笑幾度、天涯握手，髩絲花裏。回首西湖清夢遠，明月高峰似洗。難忘是、三潭烟水。他日吳山歸路好，定雕輪、擁个朱翁子。還憶否，竹西里？

醉翁操　題張夢香歐梅花下塡詞圖

高岡，虛堂，相羊。挈壺觴，尋芳，吟毫對花成奇章。一林寒月昏黃，浮暗香。朗咏向橫塘，望古遙集兮黯傷。　問梅不語，空自徬徨。倚梅不去，應對幽人夜長。凌晚山之蒼蒼，俯冷泉之湯湯，詞成人斷腸。誰爲今歐陽，老樹半枯僵，羨他曾見翁醉狂。

沁園春　除日獨步城北晚眺

萬縷炊烟，一片晴霞，斜陽半樓。正椒圖桃板，周遮簷額，絲雞彩燕，綴上釵頭。繡閣笙歌，寶坊鐘磬，爆竹聲中互唱酬。年時事，憶蜂窠巷陌，俊侶曾遊。生平小杜揚州。嘆草草年華逝水流。算畫橋風月，幾番沈醉，紗籠翰墨，到處勾留。潭裏船車，市中燈火，看盡他人擁八騶。丘墟上，有荒榛多少，螻蟻王侯。

前調　除夕燈下疊前韻

幾載詞場，上賦詩臺，登文選樓。但江山佳處，旋開醉眼，鶯花上日，慣作遨頭。勝地烟霞，可人裙屐，也算天公破格酬。南溟遠，且逍遥池沼，小當鯤遊。休貪夢裏刀州。料才地原非第一流。笑朱門自峻，何須御李，赤松可學，豈待封留。花下聽歌，堂前繫馬，便抵鳴笳更列騶。杯鐺畔，且酒呼歡伯，茶命甘侯。

前調　元日再疊前韻

曉起開簾，佳氣充閭，晴光上樓。看天際雲霞，乍驚滿眼，鏡中霜雪，莫管盈頭。整頓殘書，披尋破硯，且喜今朝少應酬。巡檐笑，羡篠驂苔徑，群隊嬉遊。胸中九點齊州。也未肯隨波左右流。但被酒狂時，那知訶責，有花看處，未免淹留。夾道旌旗，塞街輿馬，縜纘紛紛各導騶。吾衰矣，便有懷投筆，何日封侯。

虞美人 定郎寄枕

孤幃獨擁秋衾薄，客睡何曾著。感君送暖到天涯，爲我一函春影、貯楊花。　捻來忍向街頭賣，別淚斑斑在。良宵但得夢重圓，不羨邯鄲道上、小遊仙。

浣溪沙 葛城小橋題壁

東葛城連西葛城，蹇驢蹩躠傍莎汀，無聊歸客一鞭橫。　冷露定知今夜白，遙峰不改舊時青，夕陽官樹晚烟生。

千頃汪汪白浪鋪，三秋穲稏已全無，小橋一幅臥虹圖。　水面柳腰爭嬝娜，波心屋角强支吾，行人猶問酒家壚。

村塾兒童犢鼻褌，攔街拍手笑紛紛，笑儂衣上有京塵。　周燮岡前茅舍在，羅含宅裏菊苗新，從今不負北山雲。

水驛山亭千萬重，郵籤今夜數纔終，京華回首暮雲中。　豈有逸群空冀北，尚留殘夢寄牆東，壯心且付酒鱗紅。

燈影螢輝伴獨吟，草蟲聲裏露華侵，秋星作作夜沈沈。　捧檄又辜今歲望，倚閭尚累此宵心，尋思身世一沾襟。走馬連年似轉蓬，歸來雙袖自龍鍾，空亭且作守元雄。半世空吟青玉案，此間那更碧紗籠，知音萬一爨餘桐。

桂枝香　題汪存南詞集

天涯倦客。又解綰故園，暫駐舲屐。乍拂塵窗虛閣，便安吟席。桐陰竹露荷香裏，展瑤編、清韻如滴。十年塵夢，一襟離思，爲君初滌。　我亦有、愁箋幾冊。只換得鵑啼，青鬢霜積。三徑歸來零落，舊遊非昔。淺斟低唱家山好，料不負、填詞柳七。從今便共，水雲良夜，蕢洲漁笛。

沁園春　舟過寶應弔貞孝成大姑墓

冷露楓根，誰奠芳魂，金釵澗邊。悵萋萋賸綠，斷崖秋草，戎戎慘碧，古戍寒烟。檣燕飛來，林鴉散後，寂寞清淮繞墓田。殘碑在，認舒姑當日，嗚咽流泉。　虛灘獨倚危舷。對一片蒼茫落照懸。慨娉婷不嫁，天涯自惜，晨昏久負，遊子誰憐。千里關山，十年塵土，輸爾蛾眉姓字傳。篷窗底，待喚將清醑，遙酹荒阡。

金縷曲　題萬華亭持籌握算圖

鬼向先生笑。問先生、千齊九九，有何奇妙。五角六張將半世，借箸忽然輕造。漫自詡、圭朱之巧。貲簿宛然豪巨萬，尚稱量、銖黍無多少。郭況穴，有誰到。　先生笑答休輕誚。算囊底、頗饒餘智，獲贏非小。寡婦巴清烏氏倮，千古人傳秘要。試看取、量金以窖。揮霍從今須得意，撒珠郎、簾外應相報。可許我，管交鮑？

棕亭詞鈔卷之二

過秦樓　燈夕記所見

繡帽星攢，錦衣霞皺，襯出暈紅波臉。馳燈影裏，沸管聲中，暗擲秀眸如翦。貼地弓腰最輕，蝶繞花叢，燕翻波面。更徐徐小立，聲隨檀板，一絲嬌顫。　剛博得、笳鼓齊喧，魚龍競鬭，轉首玉容天遠。爛銀高閣，鋪玉閒庭，應是俊魂猶戀。知否香銷夜闌，一枕沈吟，爲伊腸斷。且孤衾獨擁，合眼看他幾遍。

虞美人　送秀奴暫歸邗上

昨宵同作扁舟夢，花霧春帆重。今宵看爾上扁舟，愁對落紅點點付東流。　明知此別原非久，也自頻回首。一燈孤館怯春寒，應念小樓風雨客衾單。

桂枝香 寄定郎

清歌未闋。悔薄醉匆匆，良夜輕別。一櫂西風夢斷，蕪城烟月。飛鴻從此飄零去，悵天涯、有誰憐惜。最銷魂處，霜天回首，滿林黃葉。

纔屈指、分攜幾夕。便點點驚心，青鏡華髮。料爾腰圍，怎奈愁腸千結。相思最易成憔悴，莫輕教、玉容消歇。好須將愛，獨眠情味，乍寒時節。

木蘭花慢 題江雲谿《清冬餘縵詞集》

虛窗生靜白，忺斗室，歛吟魂。正矮帳低懸，曲屏深護，几席無塵。瑤箋幾番密熨，早寒梅、先借一枝春。撥盡熏爐宿火，含毫直到宵分。

知君。獨對清樽。愁歲暮，感蕭晨。任夢冷江花，吟枯庾樹，誰識幽芬。清歌莫嫌寡和，有蘆簾紙閣爲溫存。何限霜橋雪棧，玉鞭雲外羈人。

解連環 汪雪礓以所刻玉田詞見贈，賦此奉酬

冶情柔拍。是王孫那日，織成愁牒。想浪迹、汗漫歸來，伴寂寞晚山，白雲千疊。賞聽花叢，算只有、斷腸鶯蝶。嘆滄桑幾度，更向東風，驗取鵑血。

天涯客愁正絕。似寒蟬老樹，空抱吟葉。感縹

囊、爲寄新編，散千顆珠璣，照輝藤篋。暮雨孤舟，試譜入、笛聲同咽。只愁他、老蛟喚起，翠筠自裂。

金縷曲　爲江橙里悼亡

殘月停粧閣。最驚心、中庭冷處，玉梅先落。檢點緗奩餘繡譜，未了紅枝半萼。似軼稿、遺編空索。腸斷鳴箏惟少婦，挽雲鬟、誰更憐梳掠。愁獨聽，畫檐鵲。　蘭軒臏客增悲愕。憶幾度、芳廚餉鼎，華筵騰爵。此日髯翁謀斗酒，微雨黄昏翠幕。悵一片、飛花無著。雜體吟成三十首，悔當初、誤效安仁作。遺挂在，夢猶昨。

秋思耗　爲鄭東亭題秋林獨玩圖

閒把烏巾側。駐瘦笻、清映一襟寒色。霜外淡峰，水邊枯沚，參差幽窄。正疎密烟光，鎖林輕共晚黛抑。嘆臏將、憔悴碧。便染露烘霞，邀人留盼，待訪武陵前路，不堪重憶。　今夕。松間殘滴。悵舊顔、難更雕飾。滿天蕭瑟，空山誰伴，嘯披雲白。算獨鶴歸來，夜深和夢迷倦翼。怕渡頭、人暗識。只亂石懸泉，垂藤低處去得，又隔危橋岸北。

綺羅香　雨夜有懷

土銼烟屯，繩牀夢碎，整頓客愁今夜。破紙疎櫺，面面酸風交射。聽淅瀝、簷溜齊喧，更砰磕，山泉高瀉。祇憑仗，薄酒微醺，如何堪敵恨千把。　虛閣昨夜並凭，記喃喃絮語，淚珠偷灑。共客他鄉，底事一人歸也。念長途、曾與同經，便小別、怎生輕捨。料恁時、支枕無眠，小膽驚飄瓦。

摸魚兒　病鶴

冷秋階、斜陽欲墮，還留絲夢如許。難支單跱寒微骨，但抱氍毹殘羽。心獨苦。悵幾載、闌風伏雨孤眠處。霜天漫訴。縱太液波澄，青田玉滿，難覓舊時侶。　頹垣下，何事羈魂猶駐。蕭蕭落葉空舞。哀鳴斷續深更後，添與客窗淒楚。君且去。好穩向、瑤池尋取當年路。雲中卻顧。莫更學丁仙，戀他城郭，又被俗塵誤。

金縷曲　別周慢亭十八年矣，忽得手書，欣感交集，漫塡此解，以報瑤華

隔面人千里。訝何處、青鸞送到，天邊雙鯉。一片二分無賴月，咫尺各成憔悴。怎鶼翼、便難輕

比。粗服亂頭還似昔，只華顛、慚並張公子。憶舊夢，在烟水。幽情古癖誰君似。網羅盡、放紛金石，推求奥旨。蠹簡鑽研勞脉望，食得神仙幾字。空走遍、揚州夜市。我亦蒯緱頻獨挂，笑連年、轉磨真如蟻。何日更，叩囊底。幔亭懷人絶句：『張梧岡與金鍾越，粗服亂頭俱可人。』

減字木蘭花　憶定郎

夢回春曉，寶鼎殘熏香未了。又是黄昏，苔逕烟深空閉門。紫雲何處，佳句吟成愁日暮。莫倚闌干，簾外瀟瀟春雨寒。

點絳唇　滁州送春

何處春歸，重簾不捲庭花落。亂紅漂泊，閒了秋千索。繡轂金樽，空負西園約。愁無著，遥峰如削，風雨凝香閣。

燕山亭　端午集吴岑華先生齋中，分題得豆娘

纖刻修眉，輕束細腰，嬌顫淩波微步。香霧暗藏，嫋娜芳容，低彈翠翅深處。採擷歸來，問南國、一

枝誰主。無據。賸一段相思，和儂親訴。　堪羨青玉釵梁，恰有個蒲人，共伊同竚。鴛帳夢回，悄對圓花，妨他落塵輕污。摘向雲鬟，試細認、春來風度。堪妒。將骰子，玲瓏安汝。

漁家傲　真州郊外

幾點殘霞明遠樹，牙檣解纜驚霜鷺，十里紅樓開繡戶。人何處，水晶簾捲山光暮。　候雁來時無尺素，相思目斷江流去，衰草茫茫仙掌路。空凝竚，一痕秋雨屯田墓。

水龍吟　寄孫鳳鳴

亂紅零落西園，匆匆春去無蹤跡。折綿時節，築毬天氣，閒愁堆積。記得論心，凝香閣畔，秋光如織。只數行衰柳，半村落葉，便夢裏，難尋覓。　惆悵旗亭分手，對青樽、淚同沾臆。而今別緒，暗縈芳草，和烟弄碧。料得文窗，晝長人倦，也應相憶。正濛濛絲雨，一聲腸斷，畫樓瓊笛。

東風第一枝　吳荀叔與軒來家叔薄遊滁陽已旬日矣，詞以柬之

喜客泉邊，醉翁亭畔，忽來何處雙璧。錦囊麝墨淋漓，題遍郵亭邸壁。青山似舊，識青眼、向人如

擲。堪恨是、撲蝶光陰，都付鞭絲馬跡。　西澗湧、春潮潗㵘，應共泛、晴漪淺碧。輸君一櫂舴船，消得繡簾晚笛。　烟縈雨織，又醞就、相思幾日。料此時，促膝燈昏，念我影淒形寂。

踏莎行

濃綠鋪雲，殘紅墜露。小庭飛盡花無數。金爐香冷夢初回，翠簾何處流鶯語。　曲曲雕闌，重重繡戶。蘭閨晝永人閒竚。遊絲百尺總無情，牽春不住牽愁住。

虞美人　寓七言律一首

閒庭過雨青膚濕，風送流螢入。翠帷冪䍥竹枝垂，短砌溟濛花氣、護疏籬。　衫籠方縠輕紋繞，人對圓冰小。影隨夢杳篆烟微，有字倩誰寄與、到天涯。

綺羅香　重九前一日

門掩垣衣，塵封壁鏡，直恁冷清清地。薄霧濃雲，做就滿城風雨。寶階糕、有恨同餐，索郎酒、和誰共醉。賸幾番、閒怨閒愁，西風簾捲瘦花裏。　萸囊深貯畫篋，還是芙蓉衩上，解來親繫。䰈䰉衣香，散了恐難還聚。宜長久、名枉堪嘉，好宴會、人歸何處。只除非，七七重來，再尋花下女。

多麗　后土祠弔瓊花

逐飛仙，珮環何處流連。任荒祠、雲扃霧鎖，空餘幽恨綿綿。繞虚廊、風飄碎瓦，横斷砌、苔繡長垣。玉骨埋香，冰姿泣露，移根應上大羅天。暗凝想、丰神淡泞，寒豔翠華前。向疎櫺，愁懷徙倚，無雙亭子依然。歎惟有、二分明月，更添得、一段寒烟。夢冷江濱，魂歸洛浦，玉鈎斜畔最堪憐。夜闌後、濕螢點點，猶爲照珠鈿。堪惆悵、賣花人老，誰訴塵緣。

減字木蘭花

殘燈如豆，低射羅幃雙影瘦。半枕烏雲，縈住花香夢裏聞。　巫峰路隔，私語檀郎知入月。一點紅潮，染得吴綾玉樣嬌。

八聲甘州　高座寺

倚西風獨客正銷魂，寒潮湧清江。是誰朝古刹，鐘聲催暝，門掩荒岡。幾點籬花欲落，深徑晚鋪黄。僧定虚堂寂，一片空香。　欲問僧繇遺畫，悵苔纏壞壁，蝸篆長廊。莫頻驚塵劫，惆悵對燈王。便千年、澄心結綺，也只餘、荒草帶秋霜。凝望處、蕭門蕭寺，都付斜陽。

氐州第一

波漾簾旌，絲雨向晚，空濛淡靄凝碧。綠樹新烟，烏絲舊約，贏得愁懷似織。循遍長廊，甚往事、如雲難覓。贈枕閒情，題襟麗句，不堪重憶。　暗省韋郎憔悴色。謾凝盼、玉環重識。裙不留仙，草難懷夢，應是無消息。冷爐熏、垂羅幌，春宵永、深燈挂壁。門掩梨花，聽聲聲、虛檐夜滴。

沁園春　送仁趾叔之中州

短劍褒衣，此去中原，慨當以慷。怪金鞍幾載，岱宗眴芳，鞭絲更指，汝水蒼茫。小閣論心，晴原側帽，纔得春來醉幾場。濃陰下，又驪歌欲唱，珠淚沾裳。　知君立馬神傷。看九曲渾河繞太行。歎雀臺零落，分香妙伎，叢臺磨滅，挾瑟名倡。三月鶯花，兩河關塞，弔古懷人總斷腸。東風外，想侯嬴空館，一片斜陽。

摸魚子　題吴鉷芀《惆悵詞》

問靈媧、花生幾朶，團成香豔如許。刻愁雕怨茖㦝麗，字字宫凄羽楚。新調苦。想永夜、含毫吟到銷魂處。篆烟一縷。伴小閣疎櫺，銅虹影裏，寂寞砌蛩語。　江南客，門掩瀟瀟暮雨。倦懷終日誰訴。那堪腸斷吴娘曲，又聽吴郎樂府。休顧誤。算只有、紫雲知誦君佳句。屯田舊譜。縱唱遍人間，曉風殘月，空墜井華露。

虞美人

江子士洲閨人許氏歸省，隔歲始還，同人具肴核房中，若迓新婦者，以謔江子，鉷芀塡詞戲贈，並邀同賦。

芙蓉錦帳芳塵凝，今夜鸞肩並。藁砧翻望大刀頭，早向鴛鴦被底、煖香篝。　經年目斷巫峰隔，暮雨重行澀。迴身碧玉就郎懷，莫似定情那夕、强推排。

蘭閨忽聽鸞笙咽，合巹杯齊設。賺他薄怒乍搴帷，疑是茂陵初聘、不教知。　霞朝霧夕都陳調，刻意翻新稿。香銷油凍漏三通，待續聯吟舊句、莫匆匆。

舊歡應比新歡切，莫訝三言迫。重教卻扇鏡臺前，一笑老奴狂態、尚依然。　蘼蕪山下悲縑素，新定何如故。一年一度共郎新，便到鴛鴦頭白、也相親。

沁園春 匏樽爲汪洽聞賦

竹閣棕亭，銅斗歌殘，高陽酒徒。嘆利濟胸襟，中流誰識，寬閒天地，外境都虛。有恨空鑽，和愁獨繫，一任人評澤與臞。紛紛事，試看來總是，依樣葫蘆。　秋園一片蕭疎。又青蔓俄同小架除。愛枵然大腹，能容若輩，渾然圓相，不失真吾。葉苦誰嘗，項堅難拗，且赴黃公舊酒壚。憑傾倒，想滿懷應有，全部班書。

虞美人 題美人洗兒圖

鏤金盆裏香湯沘，纖手溫涼試。阿侯心性似娘兒，百遍挼抄澡豆、不曾啼。　春蕪拭罷柔肌膩，好與梳丸髻。移時定看畫簾垂，可許寒潭明玉，借人窺。

青玉案 舟泊露筋祠

女郎祠畔寒雲擁。又做就、春陰重。離合神光紛總總。苔衣如繡，烟鬟新沐，窸窣靈旗動。

長淮極目清波湧。只暗把、韶華催送。幽恨寂寥誰與共。三更風雨，十年心事，一枕孤舟夢。

鳳凰臺上憶吹簫

石闕千尋，車輪九轉，一時齊上心頭。悵舊歡如夢，筆筆都鈎。賸有相思幾疊，知無益、欲罷難休。疎櫳外，寒烟滿目，又是深秋。　颼颼。辭柯落葉，似天涯薄倖，不爲人留。甚西風一夜，只繞粧樓。影翳銀釭欲滅，羅幃掩、猶射星眸。深更永，蛩聲四壁，訴盡離愁。

柳梢青

夢至一大宅，有雙鬟名阿三者持箋索賦，醒後獨記『芙蓉三醉，楊柳三眠』二句，戲補成之。

三角鬟偏。三三徑畔，閒譜三絃。三月烟花，三更燈火，魂斷三年。　三生石上前緣。相思處、三星夜懸。三秋空憶，芙蓉三醉，楊柳三眠。

天香　咏烟爲朱秋潭作

簾影生寒，爐薰宿火，長晝小庭人靜。琢句神恬，懷人夢杳，恰稱瞢騰心性。魂歸紫玉，悵入抱、遙情未定。何處餐來沆瀣，氤氳猶帶餘韻。　銅虹昨宵微暈。掩流蘇、玉腮暗並。一縷重樓細細，唾華香凝。休認瓊簫吹徹，止半點，溫存共誰領。賸有相思，殘灰未燼。

摸魚兒　辛巳下第將歸，留別京華諸友

請休誇、鳶肩火色，文章伯仲燕許。枝頭杜宇爭相罵，群道不如歸去。還凝佇。便才盡、江淹尚有銷魂賦。一樽共訴。對芍藥名葩，櫻桃小史，更譜斷腸句。　揮杯笑，笑我儒冠久誤。兩眉何事長聚。從今穩泛江南棹，不負杏花春雨。堪醉處。有陌上、絲絲楊柳招張緒。紅蕉白苧。向冷露簾櫳，晚烟樓閣，臥聽鳳琶語。

揚州慢　題王穀原比部斜月杏花屋填詞圖〔一〕

弄影扶嬌，飛光助豔，相看一片遙情。乍凭闌半晌，早冶思橫生。漸消盡、薰爐殘篆，幾回叉手，猶卷簾旌。漏沈沈小院，迷濛似夢初成。　江關倦旅，向春風、空對丹青。想屋角繁星，樓心皓魄，應憶長征。莫負好天良夜，歸休去、重理瑤笙。縱無人知得，孤吟拚到天明。

【校記】

〔一〕『穀原』，原稿本作『轂原』。王又曾（一七〇六——一七六二），字受銘，號穀原。吳烺詩文中稱『轂原』，程晉芳

《勉行堂文集》卷六《文木先生傳》也稱『王又曾轂原』。

瑤華　題塞外槖中集贈夏湘人

枯毫突兀，老墨淋漓，把邊愁都瀉。江南蕩子，曾幾載、聽遍秋笳來也。俠腸千古，算只有、季心堪亞。擁毳衾、雪窖冰天，猶作後堂清話。　簫聲廿四橋頭，又曲逕重尋，花影官舍。燈明酒綠，定不比、沙月穹廬寒夜。尊前拊髀，嘆久別、玉門番馬。只夢中、滴博蓬婆，一片舊游如畫。

相見歡　題老伶俞蔚岑小像

攜來片笠欹斜。立殘霞。矯首家山何處、水雲賒。　關別駕，石司馬，莫長嗟，我亦飄零書劍、在天涯。

渡江雲　以詞帙贈童令輿因綴此解

倚聲頻點勘，鬬蛩孤館，幾度晚涼天。客窗珍重慣，枕秘多時，新漬酒痕偏。萍蹤絮影，喜天涯、驀遇忘年。也一樣、柔情冶思，生小愛詞箋。　流連。虛簾貯暝，小閣停寒。共閒繙曾遍，聊伴取、玉梅香雪，持贈行縢。朱磬小篆留私印，惹相思、月下燈前。知何日，花陰重凭吟肩。

瑤華　茶花同朱春橋作

天然娟素，影墮涼蟾，漾一痕孤淡。香清粉暈，應記起、那日玉纖春晚。小坪霜後，縱留得、殘蜂都嬾，更那堪、籬落黄昏，幾個冷蛩閒嘆。　可知禪榻烟銷，有撥火無聊，空抱吟椀。搴芳人去，悵幾夜、飄盡碎瓊誰管。膽瓶深貯，莫長向，蕭晨魂斷。好伴他，病渴相如，穩護卻寒簾畔。

邁陂塘　題施定莽秋山琴趣圖

正空山、秋雲展霽，霏微宿霧初散。置君丘壑無人處，只有枯桐堪伴。幽澗畔。對百丈、飛泉三弄斜陽晚。泠泠不斷。共隔嶺寒猿，遥天老鶴，傳籟到山館。　天涯客，碎向人前誰管。幾回空惹長嘆。廣場羯鼓方喧雜，休把金徽輕按。蓬海岸。問可許、移情一棹隨孤泛。飛鴻去遠。且背了松陰，閒來竹下，坐隱任柯爛。

望湘人　步王穀原韻，題閨秀徐若冰詩集

祇斑筠幾管，蘭藕數番，送春還又銷夏。錦貯囊中，花生夢裏，不向畫眉人借。脂粉箱邊，翦刀池畔，鑄騷雕雅。斂翠襟、好句初成，絲雨暗香輕灑。　應是調琴多暇。想陸家東美，比肩堪畫。正並倚妝臺，未遣唱詶輕罷。索燭閒情，頌椒好景，算是人間無價。悵幾載、上計秦嘉，腸斷暮雲低亞。

臨江仙　石門舟中同安雨輔作

幾點遙青入海，數行濃綠屯烟。語兒亭在夕陽邊。山川留越絕，雲物媚吳天。　往事休論前史，他鄉又是今年。登高極目總淒然。夢中人不見，江上月空圓。

前調　暮春客舍贈安雨輔

柳線絲絲水面，苔錢點點牆陰。天涯時序最驚心。新蠶纔入藕，雛燕已披襟。　歸夢知君更遠，客愁到我偏深。新詞讀罷自沾襟。殘燈人寂寂，孤館夜沈沈。

摸魚子　舟中同黄星槎讀趙樸菴詞，次韻寄之

捧琅箋、幾番密咏，此君真是全别。一聲河滿堪腸斷，何況落花時節。横笛咽。乍雨過、迴汀侵曉抽帆發。烟波路闊。悵山色磝碒，川流蓊匌，千里遍啼鴂。　松陵浦，聞道秋蒓正滑。湖心一棹堪歇。何時把臂穿林去，共聽夜窗梧葉。書倩達。更爲索、瑤華早寄袁門雪。雲迷浪遏。只浣罷薔薇，吟殘芍藥，孤夢暗飛越。

臺城路　題汪存南翠篠山莊塡詞圖

疎竿密樾茆檐外，收將暝烟多少。碎響吟風，柔枝亸露，恰稱詞人幽抱。含毫未了。又嶺上鸞音，幾聲清悄。獨坐移時，古叢明月漸相照。　羡君夢中江筆，慣霞箋玉滴，敷就芳藻。冷雁驚秋，哀猿嘆夜，盡是消魂宫調。冥冥杳杳。想一縷遙情，碧天應到。好句初成，滿林新翠曉。

前調　題俞默存畫菊

棲烟綴露東籬下，秋光幐來能幾。陶令長貧，羅含漸老，寂寞荊扉深閉。蛩吟雁唳。算耐得蕭條，

夜涼幽砌。肯學塘蒲，冷風初到便憔悴。　休嗟斷塍荒圃，鎮年年相對，蒿艾墟里。採入金壺，融將玉液，應趁幔亭高會。征途倦矣。悵辜負家山，幾番秋思。空繫孤舟，故園寒夢裏。

憶蘿月　題朱冷于《詩夢緣》傳奇

淒宮怨徵。絕調誰知己。一曲梁塵飛欲起。明月高樓如水。　鶯兒燕子空忙。年年送盡流光。我亦詩顛無賴，不知選夢何鄉。

瀟湘逢故人慢　送王穀原比部歸嘉興

霜天風勁，催孤帆去早，吟袂輕分。斷鴻冷江濱。羨山鷗歸飛，只愛南雲。天涯倦旅，向關河、幾度離群。揚州路、短簫淒咽，者番應最銷魂。　鴛湖畔，殘雪後，想疎梅、一痕香霧初勻。小築草堂新。好疊石栽花，選甕藏春。熏爐茗椀，定移家、瑣事紛紜。懷人夢、屋梁寒月，可容一晌尋君。

憶舊遊　題徐荔村秋林獨步圖

悵千林落葉，一片明霞，滿目清秋。老樹孤村外，有歸鴉坐對，同話閒愁。板橋漸無人跡，斜日冷輝留。任倚石扶筇，穿雲側帽，誰與同游。　寒流。斷魂處，記柳密藏鶯，蘋暖眠鷗。轉首西風下，只殘烟縈黛，終日凝眸。舊路不堪重問，春水武陵舟。又幾杵疎鐘，柴門片月深巷幽。

倦尋芳慢　程午橋太史約同往竹西亭看種竹，因雨不果

濕雲做冷，清籟催霜，秋盡江岸。勝侶相招，不爲竹西歌管。聞道丹崖移粉籜，定堪翠幄浮瓊琖。囑園丁，把南枝記取，好依亭畔。　悵無賴、夜來風雨，縱有狂朋，遊躡應懶。閉了簾旌，聽到畫檐聲緩。料得玲瓏幽塢側，乍添羃䍥濃陰滿。伴湘筠，算只有，一聲鐘晚。

百字令　真州留別方介亭

天涯倦旅，笑年年辜負，春秋佳日。又是一帆催碧浪，矯首魚雲晴坼。洗鉢僧樓，捶琴酒市，青眼誰相識。虛窗明燭，一樽且共吟席。　惆悵萍絮閒蹤，離愁萬斛，無計能消得。江北江南雲樹遠，落月空梁何夕。納納乾坤，茫茫鄉國，隻影將安適。醉眠相籍，不知何者是客。

南浦　題沈沃田桐陰結夏圖

翠幄罩清陰，糝飛花、消盡閒庭煩暑。微雨乍過時，邀涼好、新月一鈎初吐。棕鞋羽扇，天涯且共忘羈旅。隨意莓苔堪永坐，且與商量今古。　偶然潑墨淋漓，便移將幽境，都歸毫楮。珍重貯巾箱，知他日、定憶故人眉宇。烟波渺渺，扁舟催喚江干渡。轉首西風驚落葉，又是碧天雲暮。

玉女搖仙佩　同胡壽泉過竹西亭

遙峰鎖霧，斷岸屯烟，曙色朦朧無際。畫舫通津，朱樓夾道，迤邐漸多朝市。結伴來幽地。愛一叢寒玉，竹西亭子。傍門外、籬根小步，落葉無聊，向人低墜。且拂蘚尋碑，遶遍長廊，危欄共倚。　惆悵昔年景物，舊日繁華，賸有山光禪智。一角微藍，半篙淺碧，閲過幾番人世。把酒聊同醉。莫樽前更說，阿麼遺事。祇橋上、無情明月，年年猶照，墓田荒寺。昏鐘起。斜陽又過暮山觜。

滿江紅　方桂莊於舟中製餅啖我，賦此謝之

千里征途，悔辜負、聚糧三月。歸帆轉、滹沱古渡，又餐新麥。乍喜煎成詩欲就，不須畫裏涎空咽。

似和烟、帶雨野人蓑，緣俱裂。　愛十字，憑誰拆。拚一飽，閒愁豁。只琅箋怕涴，莫教輕捻。北海難逢青眼士，東堂休羨紅綾客。且共君、涼月坐篷窗，宵深說。

高陽臺　題陳餘庭紅袖添香夜讀書圖

階斂彤輝，簾縈翠夢，蕭齋一片黃昏。新月纖纖，涼波暗浸閒門。檀郎不惜三餘瘁，閉小窗、猶理籤芸。漏沈沈、暈了燈花，冷了爐熏。　夜深誰與溫存。悄添他銀葉，半縷香痕。小立移時，眉山似帶輕顰。故將奇字頻閒問，對短檠、倚著春墩。盼梅灣、斗轉參橫，又是宵分。

滿江紅　留別方問鷗

小住江關，領略盡、醉紅酣綠。愛僦舍、青楊影裏，曉烟籠屋。隔巷休分南北阮，望衡也似東西陸。慣尋常、獵酒到君家，看修竹。　廊影靜，簾波蹙。賡麗句，燒明燭。任坦懷共對，醉歌相續。曉月穿林還偃瓦，春帆下水俄飛鏃。悵天涯、揮手太匆匆，摩霄鵠。

臺城路　虞山客舍與諸同人共飲

簾垂孤館斜陽暮，氊爐有誰同會。畫裏遥峰，棋中小刼，難遣客懷無賴。新醪共買。且擁絮牀頭，擎甌燈背。歲晚天涯，相逢不飲更何待。　家山風雪此際，正松窗竹屋，吟聚蕭籟。沙汫盟鷗，苔關夢鶴，定盼歸舟霞外。川塗自悔。賸爛醉爲鄉，閒愁似海。一雁高天，破空迷斷靄。

解語花　題花蕊夫人小像

巫雲夢杳，蜀國絃悲，腸斷江南路。故宫禾黍。堪惆悵、一片錦城春暮。降旗乍豎。早零落、粉香脂嫮。應最憐、池冷摩訶，那日消魂處。　猶記宫詞夜譜。正玉階横水，花氣深貯。玉容描取。依稀認、道服澹粧宣與。徐娘老去。又閲遍、滄桑幾度。須更添、一抹青城，留舊時眉嫵。

薄倖

真州女子名奇雲，色藝俱絶，嫁爲賈人妾，妒妻逐之，抱恨而死。方竹樓爲作瘞雲圖，索同人題咏。

鎖霜紉霧。是玉骨、帶愁埋處。伴落月、閃來瓊影，繞遍病棃紅樹。斂芳魂、妒婦津頭，秋風猶怯寒潮渡。便吳市烟銷，蓋山泉逝，幽恨一天難補。　感癡絕、丹青筆，儼淚染、朝雲小墓。悵寒鴉古木，哀猿野逕，斜陽冉冉榛關暮。斷腸休賦。看懷沙集鵩，千秋何限傷心侶。浮生短夢，一樣冷峰荒雨。

棕亭詞鈔卷之三

臺城路　題陸宣公墓柏重青圖

忠州萬里歸來後，一坏尚餘封樹。剝落霜皮，槎牙銕榦，閲遍幾番今古。貞魂未腐。又寒黛參天，夢回仙路。應是當年，活人方裏賸遺譜。　丹心暗通地脉，想千秋樾蔭，泉下呵護。諫議孤臣，金吾老將，應有精靈來去。秋風暗雨。莫漫與銷魂，白楊淒楚。且共攀條，冷雲澆緑醑。

渡江雲　步沈沃田韻送程南耕歸里

江干人乍别，斜陽極浦，目斷廣陵濤。正西風黄葉，禪智山光，一片冷雲膠。三年客館，共晨夕、元箸超超。羨君家、弟兄師友，大小鄭兼毛。　休嘲。文章賣餅，筆翰編苕，但軒渠一笑。我也嘆、畫蛇抛酒，夢鹿無蕉。强移棲息知何處，悵歸鴉、難覓雲巢。揮手去，烟波渺渺吳舠。

滿江紅　青江浦

萬里河流，送不盡、寒潮落日。空矯首、柁樓長嘯，片帆風疾。書劍半生憐項羽，符謠千古欺袁術。笑紛紛、塵世閲興亡，留殘帙。　春漲外，虛灘失。叢葦際，炊烟出，且把杯獨對，清淮明瑟。市上有人應罷釣，鄰家何處頻吹笛。看入雲、征雁不成行，寥天一。

齊天樂　題陳授衣閉門覓句圖

瓊簫粉月揚州路，推敲有誰知己。獵酒人家，捶琴市上，何似重門深閉。簾波踠地。想立盡斜陽，闌干頻倚。落葉疎蛩，數聲微嘆伴荒砌。　庭蔭幾回小步，枳籬兼菊援，都是吟侣。驢背危橋，猿聲古峽，應悔天涯憔悴。冥搜未已。又隔巷清歌，送來幽思。剝啄何人，曲屏須好避。

昭君怨　虞山晚眺

天外青山幾點，海上紅霞初展。芳草滿汀洲，暖風柔。　拂水山莊何處，多少落花飛絮。獨客正銷魂，近黃昏。

菩薩蠻　龍潭曉發

碧潭龍臥雲房石，石房雲臥龍潭碧。晴曉待人行，行人待曉晴。　馬行排障畫，畫障排行馬。紅日映花宮，宮花映日紅。

減字木蘭花　偶讀陳迦陵集中歲暮燈下作家書後小令數闋，走筆效之

纔歸幾日，驅我飢來還又出。南北西東，飄盡秋原斷後蓬。　揚州舊路，月底簫聲聊小住。不似從前，一到燕臺便隔年。

蠨蛸破宅，十載蓬蒿荒徑塞。四壁無留，不許相如便倦遊。　蘆簾紙閣，草草重加新粉堊。隻影迴身，知汝燈前定愴神。

晨昏菽水，難向家山謀負米。就養何方，抛卻庭幃滯異鄉。　饘酏滫瀡，養志堂前惟汝事。雪地冰階，鳩杖尤須慎滑苔。

階前竹馬，永晝含飴歡膝下。眼大心雄，刮目他時看阿蒙。　休從兒懶，失學早年吾久嘆。夜績閒時，且作燈前句讀師。

撫塵學步，懷裏嬌兒應斷乳。名喚冬郎，次兒小名。他日詩篇效致光。　短衣添絮，那有天吳堪

綴補。惡臥休嗔，猶勝寒衾獨客身。

光陰一瞥，已見小姑長似妾。歸妹占期，良袂相隨得幾時。從姑有姪，學繡窗前應破寂。念我心勞，粉黛何時更解包。

粉香脂馥，自昔爭誇羅綺窟。也有柴關，補屋牽蘿翠袖寒。鴻妻萊婦，荊布半生慚累汝。一事差强，幸免人呼賣絹郎。

髩絲禪榻，寒向燈王披敗衲。日影趖紅，聽盡闍黎飯後鐘。香林遊遍，行脚何須還薙染。此日龐婆，梳子拈來意若何。

暮雲天咫，客路未離三百里。夢斷鴛機，何限遼陽老戍妻。須藏斗酒，待我歸來消九九。準擬今年，看汝椒花頌一篇。

玉蝴蝶　題張憶娘簪花圖

鏡裏人歸何處，空留小影，零落塵寰。新月蘇臺淡痕，猶學眉彎。鞾鴛幃、半牀幽夢，橫雁柱、幾曲哀彈。秀堪餐。想應粧罷，慵倚雕闌。　姍姍。淩波欲下，斷魂此際，香幀重看。一片吳雲，窅娘當日舊家山。好花謝、更無人戴，疎柳在、借與誰攀。遍江干。瀟瀟暮雨，又是春殘。

金縷曲　贈松江陸璞堂名伯焜

朔吹鳴窗紙。向孤館、一燈促膝，對君長喟。文賦初成憐幼客，下筆真無餘子。算江左、少君才地。何事輕抛東西屋，走天涯、夜看揚州市。漫尋遍，竹西里。　君言大塊都如寄。便守定、筆牀茶竈，有誰堪倚。攜得柔奴同客夢，不羨吾家東美。莫前路、更求知己。碧海蓬萊曾留盼，看群仙、六博都兒戲。且一醉，浩歌起。

拜新月慢

湖墅菜，一名徐夫人菜。夫人爲前明魏國公女，適開平王裔孫懷遠侯常延齡，國變後，夫婦以灌園自給，白雲道人張瑤星爲之作傳。

野岸沙平，湖天雲老，一片荒畦無數。往事銷沈，記傷心禾黍。斜陽外，多少烟苗雨甲，尚帶金仙殘露。筐筥天家，記齋娘前度。　想當年、寂寞於陵路。長鑱在、托命惟予汝。點點淚染筠籠，認柔莖釵股。到而今、賣向街頭去。香名好、只付閒兒女。看幾隊、黄蝶疎籬，又匆匆春暮。

鶯啼序　題沈沃田小影，卽用奉贈

新桐翠陰似幄，又籠窗罩戶。正羈客、相對天涯，畫檐同坐愁暮。最難展、幽懷萬疊，背襟安得忘歸樹。笑浮蹤，飄蕩楊花，化爲泥絮。　底事東陽，瘦減帶孔，尚炎塵苦霧。看華髮、圖入丹青，壯心傳與毫素。算紛紛、鳶肩火色，盡都付、斜陽烟縷。問何如，三泖盟鷗，九峰招鷺。　停杯密坐，翦燭深更，聽君話舊旅。悵此日、庾樓良月，儉幕名花，往事銷沈，楚烟閩雨。侯嬴老去，夷門誰過，吹竽鼓瑟聊遊戲，峭蒲帆、更問揚州渡。新苗老葉，風光縱自恢人，信美可是吾土？　池荷展碧，砌藥翻紅，且醉歌白苧。但博得、尹班儔侶，永夕陶陶，一晌清談，幾回狂舞。嗚榔斷港，腰鐮修逕，蘆中應有閒天地。更何須、倚遍歌魚柱。他時蓴荇波明，黃篾秋篷，許同載否？

憶舊遊

癸未冬日，飲筠榭齋中，憶丙子秋與諸同人挈定郎懽醉於此，忽忽已八年矣。漫賦此闋，並邀筠榭同作。

記深杯共擁，小像描成，人聚良宵。麗句爭投贈，看當筵筆陣，江雨瀟瀟。臉波對映華燭，紅暈豔光搖。乍一縷清歌，半鈎新月，香篆初銷。　迢迢。感今夕，問去後斑騅，何處聯鑣。又到消魂地，悵燈明酒釅，空負嘉招。幾番暗彈珠淚，腸斷灞陵橋。只錦帳餘薰，夢中還似分醉桃。

淒涼犯　江橙里以秋草詞見示，依韻和之

流光暗擲。天涯路、愁心獨抱誰識。夕陽易下，西風漸老，幾番縈織。荒原古驛。但添與、寒烟冪壢。便低迷、依人砌畔，憔悴更無色。留戀閒庭側，只有黃花，不嫌殘碧。舊時芳徑，記曾經、醉鋪瑤席。待約春山，鬬新樣，裙腰翠濕。倩多情、幾點冷露，爲潤浥。

憶舊遊　留題真州官署寓齋

向模糊頹壁，禿管淋漓，掃盡浮埃。十笏行窩裏，算籐牀棐几，也費安排。草草竟同秋燕，流影更無回。悵辜負夭桃，年年春到，不見花開。徘徊。泥人處，是簾子窗兒，一一縈懷。況有詩魂在，定傷心孤館，老樹荒苔。明夜扁舟何處，長笛落江梅。且醉擁氈裘，遙看粉月橫素堦。寓齋即仁趾叔病歿處。

沁園春　江橙里借觀雲郎卷子，一年後重加裝潢以歸，賦此誌謝

瀞手重看，離合神光，乍陽乍陰。似潘郎車上，載歸珍果，鄂君舟裏，擁到香衾。培護名花，品題佳士，費盡風流一片心。添新韻，問綵灰芳醑，幾度同斟。　涼宵展卷沈吟。恁尤物移人直至今。笑破帽書生，年年苦霧，蒯緱羈客，夜夜秋霖。吳市魂銷，江潭影悴，誰向天涯更鑄金。真僥倖，便髯翁地下，也慰遙襟。

臺城路　鶯聲

重幃正貯深閨夢，枝頭乍驚春曉。嫩綠新陰，殘紅小院，幾度暗催人老。圓吭恁巧。似一串珠喉，別成宮調。喚起愁心絲絲，只向畫檐裊。　天涯斷魂獨聽，憶家山此際，芳徑空掃。挾彈穿林，攜柑選樹，惆悵少年懷抱。纏綿未了。且强伴林鴉，雨咻風噪。憔悴金衣，有誰知載好。

瀟湘逢故人慢　同王穀原登烟雨樓

斜陽斷浦，見一片蒼寒，長隄古樹。皎鏡明如許。只髩影中流，添成淒楚。湖海飄零，悵同是、水

萍風絮。甚匆匆、樽酒河橋，未許離襟全訴。　白雲飛，黄葉舞。趁三塔疎鐘，半城暮鼓。做一天愁緒。嘆易老菰蒲，難馴鷗鷺。已是蕭涼，更禁得、幾番烟雨。怕今宵，冷月無情，又照孤篷柔櫓。

洞仙歌　東阿旅舍贈妓楊水仙

智瓊祠畔，又斜陽送晚。且駐征車就孤館。愛小橋幽逕，深巷閒門，藏幾隊，燕燕鶯鶯明粲。箇人真似玉，粉項垂髫，恰並低枝弄嬌婉。短夢借郵亭，恨殺荒雞，偏不顧、天孫銀漢。便他日、陳思賦情多，只留枕今宵，不堪魂斷。

摸魚兒　題盧磯漁夫子檢書圖

坐高齋、百城環擁，此中真有佳趣。緗囊錦軸題教遍，屆尼癸籤丁部。憑檢取。似紫電青霜，齊列將軍庫。長恩謹護。看黄帊香濃，榮光上燭，分自內宬府。　寒窗客，休對經神遙妒。蓬瀛原自天賦。神仙脉望千年少，何限羽陵乾蠹。耽訓詁。我亦有、叢殘幾帙巾箱貯。天涯倦旅。便歸守書倉，饑來據案，一字不堪煮。

浣溪沙 蟬

赤日初停碧柳梢。北窗孤館夢魂遙。斷腸聲入畫樓高。　齊后故宮千古怨，吳娘纖指一痕嬌，殘虹影裏暮烟銷。

一萼紅 吳梅槎新納姬人雙趺甚小，卽席賦此爲戲

隱湘漪。愛芙蓉衩底，紅瓣小蓮垂。一曲弓彎，半鉤玉嫩，暗香縈住誰知。想曾向、桃花落處，趁春風、閒上窈娘堤。仄徑苔深，長廊晝靜，點屐聲低。　油壁香車昨夜，記侍兒扶出，輭步初移。妙手私量，吟肩穩架，柔情點點羅幃。閣得金蕉一葉，便鞋兒、行酒不須辭。試上翠盤小立，看顫花枝。

邁陂塘 題朱澹泉斜月杏花屋小影

乍披圖、頓添鄉思，小園佳境如許。西風孤館鳴黃葉，春色忽侵眉宇。君且住。君不見、桃花潭上聞歌處。離情欲訴。算如此溪山，耦耕應好，我亦共君去。　君長笑，笑我此言難據。雪泥鴻爪萍聚。一生著屐無多緉，雙鬢已堆秋素。庭畔樹，也凝盼、歸舟幾度飄紅雨。年年客路。悵夢蝶吟魂，花

枝繞遍，空被鶻鵃誤。

鳳池吟　壽周某翁七十

池畔蓮舒，窗前草潤，輕飛露脚初斜。正銀屏暑退，晶簾晝靜，玉樹交加。醉裏酡顏，倚向西風襯晚霞。高齋坐對，秦淮烟月，籠水籠沙。　紫泥鸞鵲麗羨，斑衣墨綬，早種潘花。乍湖天寄到，芡香蓴滑，風味清佳。會得耆英，真率相看興倍賒。蓬萊島，更何須、貫月仙槎。

綺羅香

沈沃田以吴伶品香小影索題，時觀其演浣紗採蓮劇，作西子妝，明豔奪目，卽席倚聲授之。

秋水神清，春山韻秀，瘦到東陽難學。縱未聞聲，已是暗魂銷卻。又仙裙、飛上氍毹，對好影、挂來簾幙。笑當年、吴市金錢，漫教村女便輕握。　丹青休浣寒具，留向無雙譜上，千秋評泊。如此風標，悔不置將仙壑。算多少、火色鳶肩，枉幾度、雲臺烟閣。怎如他、夜夜薰香，小窗深處著。

曲遊春

江岸春如繡，早滿城風絮，一片縈織。獨客無聊，且相邀俊侶，選春花隙。綠水盈盈隔。恰送到、高樓長笛。便酣歌、喝月停雲，領取晴江山色。　繡陌。綴紅紉碧。愛千樹明霞，一群驕勒。底事匆匆，又孤館燈昏，暝烟愁羃。何日便家食。聽餳簫、伴他清寂。嘆故園、老盡啼鵑，欲歸未得。

鶯啼序　送汪薌泉入都

沈沈綠陰一片，乍籠窗罩戶。倚雕檻、鶯老花殘，幾番惆悵春暮。那堪更、離亭帳飲，絲絲踠地官橋樹。鎮相看，攬袂無言，曉風吹絮。　前夜高齋，促膝賭酒，爇金凫煖霧。雨聲歇、新月娟娟，照人無限幽素。正清樽、歡娛未竟，又橫笛、離愁千縷。似匆匆、波面浮鷗，水邊驚鷺。　天涯靜憶，去歲今朝，鳳城共寄旅。顧影惜、素衣緇化，敕勒歌殘，酒伴荊高，對牀風雨。家山夢裏，銷魂凝盼。春明門外斜陽暝，背金臺、匹馬桑乾渡。臨分贈別，只餘雙袖龍鍾，淚痕半漬塵土。　關河木落，君賦歸來，脱征衫白苧。賸幾日、聯吟高閣，攜手長廊，側帽酣呼，解衣狂舞。而今又向，荒村殘照，鞭絲遙指津亭畔，墨痕新、曾記橋頭柱。相思轉眼秋風，北雁來時，有書寄否。

前調　都門留别薌泉疊前韻

牆根海榴似火，又低枝礙戶。展殘卷、歌罷《離騷》，美人空嘆遲暮。便依戀、京華旅食，背襟難把忘歸樹。理征衫，顧影誰憐，斷蓬飄絮。　深悔行蹤，刺促半載，飽街塵市霧。自今後、堅臥家山，靜看嶺雲飛素。數新綠、秧針幾寸，罩濃翠、柳絲千縷。有心知，漁弟樵兄，伴他鷗鷺。　新安幾載，綵袖趨庭，萬山住宦旅。憶跌蕩、詞場詩窟，嵇呂狂朋，雜坐閒庭，綠天聽雨。松蘿曲徑，偏提載酒，空臺落石清波繞，倚城闉、共喚寒烟渡。風階月砌，小樓同傍疎簾，雀梅井畔香土。　關山歷遍，羈客窮年，只難拋白苧。但彳亍、燕昭臺畔，劉李河邊，命酒悲歌，撩衣起舞。君真健者，鈿車紅粉，瀛洲爭指神仙表，更堂堂、題遍楓廷柱。相思定隔苔岑，可許吟魂，夢中到否？

邁陂塘　題友人小照

展圖看、知君有夢，只應此地留住。浮圖略彴高低影，盡入畫簾深處。幽逕誤。定雨後、苔錢繡到方花礎。門前鷗鷺。怪天際歸舟，年年盼斷，江上片雲暮。　蕭齋畔，曾種松栽幾樹，別來青蓋如許。百弓占得閒天地，企脚便堪今古。催棹去。且獨把、漁竿避了人間暑。揚州客路。縱十里紅樓，家家烟月，信美詎吾土。

百字令　葯公房與吴月川同作

征衫一領，笑年年染遍，楚雲燕雨。壓帽霜華摧短鬢，又到最銷魂處。落葉無情，凍簫空咽，只是添愁緒。水萍蹤跡，幾宵重此歡聚。　且向青豆閒房，黄花小徑，共琢琅玕句。同是天涯流落客，莫厭鎮西狂舞。隋苑鐘殘，蕪城月冷，斷雁知何許。長淮極目，西風斜日平楚。

奪錦標　重九後五日，讌集吴一山新居，時一山選妾，輿致諸麗人觀之

霜影簾波，苔痕砌浪，晴日華堂瀟灑。最愛移家龐老，琴薦書囊，都堪圖畫。喜江干旅客，恰尋到、城隅新舍。數連簃、曲室重重，徐榻定應先下。　纔把蓬蒿逕掃，料理藏嬌，便有瓊鋪鴛瓦。喚取行雲出岫。釵餤交騰，粉光融射。想明珠量得，定不比、尋常奴價。只堪憐、梁燕飄零，冷夢又過秋社。

菩薩蠻　渡江泊京口

繞廊雲碧金山曉，曉山金碧雲廊繞。排石渡舟來，來舟渡石排。　荻洲新浪織，織浪新洲荻。林鶴隱松深，深松隱鶴林。

御帶花　江橙里招集丁香花下

長廊曲徑雲根畔。幾樹濃花堆豔。烟屯雨困，早輕凋脂嫮，冷銷霞焰。小閣重開，招俊侶、又安吟簟。捲簾幕、暫飛粱羽，怕濕襟還斂。　偶然草草呼杯杓，料得愁腸，難禁酒釅。槐兄橘弟，得幾度樽前，角巾同墊。分付東風，休便掃、落紅千點。定明夜、好天良月，肯一庭孤占。

百字令　題徐松原弄月蓮溝圖

擾龍松畔，正暮雲收碧，舉頭天咫。鶩嶺鰕湖連暝色，寒玉展輪初起。鶴夢千山，猿吟萬壑，人坐幽篁裏。空明一片，不知身在塵世。　數遍六六高峰，幾聲長嘯，還向天梯倚。瘦影娟娥看不厭，冷浸碧溪秋水。墜露將濃，明星漸淡，萬象清無滓。東溟極目，海霞天外沈紫。

賀新涼　題胡壽泉瀟湘雲水圖，時壽泉自粵東初歸邗上

宋玉悲秋處。正一抹、楚天新黛，染來縑素。吹笛纔過神女廟，忍便回颿撾鼓。有招我、嶺梅香霧。幾載木棉花下夢，繞湘烟、定傍黃陵去。山木外，冷猿訴。　前年分手金臺路。灑窮途、西風別

淚，東華塵土。鴻爪雪泥相判後，何限斷腸雲樹。又共聽、淮南秋雨。禪智山光青眼在，拂牆腰、且續王郎句。莫更憶，弄珠浦。

飛雪滿群山 寄懷江硯農，時硯農歸里營葬

皎鏡江清，高梯天迴，憶君搖艇新安。穿林應遍，擁鎌何處，鷺縗禁得朝寒。正猿聲難聽，更峘鳥、悲吟夜闌。青鬢六六，幾處好峰，都做斷腸看。

羨小舍、空場營築後，貞松孝竹，相伴榛關。山泉繚白，村烟縈碧，戀高壠暮雲間。渺天涯何限，愴遊子、征衣未乾。秋墳一別，東西南北空悴顏。余時亦封樹初畢。

鵲橋仙 寄吴淇園

吴舠小槳，吴衫短袖，獨唱吴郎樂府。千重流水萬重山，算只有、夢魂飛渡。

闌邊綠竹，牆頭紅杏，斜倚高樓日暮。濛濛絲雨碧雲天，想開遍、櫻桃一樹。

高陽臺　題鮑薇省《荔枝詩册》

陳紫霞舒，方紅星綴，閩天風味清佳。香沁吟魂，一襟旅思難裁。芒鞵踏遍楓亭路，倚斜陽、頳壁丹崖。最憐他、顆顆胭脂，纖手擎來。　蠻箋錦冊裝成後，向小窗烏几，蘭蕊勻煤。麗句新翻，分明譜出情懷。勸君莫話徽之夢，怕深閨、愁黛遙猜。羨當時，一騎歸塵，博笑粧臺。

前調　題何金谿《廣陵懷古詩集》

粉月驚秋，玫砧碎夢，天涯悽斷吟情。密咏瑤箋，頓教舊恨重生。一編繪出揚州好，感興亡、雨蝕烟沈。劇傷懷、草滿隋堤，花發蕪城。　年時曾艤紅橋棹，憶醉扶蓉衩，香惹蘭襟。轉首東風，薄遊蹤跡如塵。愁魂不放吹簫處，隔春江、淺黛冥冥。更何時，把袂邗溝，清韻同賡。

臺城路　華半村先生以書法枉贈，賦此卻謝

暗香浮動桑根紙，銀鈎幾行如削。冷露垂秋，朶雲凝曉，簾影簷輝虛絡。匏毫散卓。想染就隃麋，綺襦疎拓。脉脉新蟾，一痕斜照古釵脚。　愁余戈法未似，枉臨摹百遍，猶恨纖弱。帳裏深懸，梁間

密貯，珍重不教人索。霜晴小閣。縱追得輕魂，夢寒應卻。撥盡殘燈，短檠花自落。

望海潮　題鄭松蓮處士待渡小影

斜陽西下，寒潮東去，碧天渺渺無窮。修劍柱頤，高冠覆額，盱衡横睨遥空。繫馬晚林中。望布帆何處，江色迷濛。斷葦空灘，荒烟無際起飛鴻。　而今誰識英雄。但門前緑水，宅外青峰。齋種白楊，賦沈玄石，星星短髮臨風。長嘯揖猿公。看腰邊冷鐵，光射銅虹。夜半雞鳴起舞，老子興偏濃。

步蟾宫　贈李御宣

揉藍衫子荀香馥，看瘦影、風前似玉，三郎丰韻十郎才，更錦句、吟成昌谷。　五車繡帙牛腰束。料文史、三冬應足。枇杷花下碧窗虚，且醉倚、溫磨籥局。

飛雪滿群山　輓蔡洱習　有序

蓋聞笛聲空館，向子期所以傷心；劍影孤墳，吴季札於焉灑淚。崔公既没，永嘆眭夸；蕭侯云亡，常愁庾信。隻雞斗酒，憶誓約之猶存；白馬素車，慨風流之頓盡。人之情也，能無悲乎。

若夫香名瀝耳，空懷金玉之音；芳躅縈情，未入芝蘭之室。苟徒工夫借面，終疑涕之無從；縱善肖夫真聲，未免客之皆笑。然而慕藺則聞聲相感，弔湘亦曠世興哀。況夫鳳靡鸞吪，知衆禽之同恨；芝焚蕙歎，詎小草之無情。爰製蕪辭，用賡薤露。嗟乎！蕭蕭白嶽，連年銷客子之魂；窅窅朱陵，何日返仙人之駕。音成楚些，寧第爲諛墓之文。調係越吟，聊以代寫懷之句云爾。

霧衖縱横，霜阡鼓亞，四郊無限蒼茫。岐山草短，漸江冰合，做成蕭瑟年光。正羈愁難遣，更聞説、金刀掩鋩。愴懷何極，僕本恨人，能不淚沾裳。　才滿擬、登龍投畫刺，剡溪艤棹，試共徜徉。揮毫草聖，狂吟詩客，看芝宇定昂藏。又誰知無分，只贏得、吟魂暗傷。更殘夢碎，哀猿夜月空斷腸。

喜遷鶯　旅中對雪懷汪草亭

瑣窗虛影，看雪貌冷翻，雲魂稠凝。猴菽丸丹，雀梅封蠟，幽砌壓愁難醒。局室蘆簾不捲，杉火一鑪紅賸。倚孤榻、嘆者般岑寂，他鄉風景。　芳訊。空極目，千水萬山，迢遞沈魚信。酒戶分曹，詩瓢逐隊，猶記攬袪蘭徑。何日桃花深處，小岸踏歌重聽。斷烟外，又寒鐘古寺，數聲催暝。

前調　題軒來從叔《天梯長嘯集》，即步自題原韻

珠裒璠聚，愛一片錦心，編成愁譜。短榻酸風，破窗積月，寒穗影搖空楮。世上黄金何限，不買馬卿詞賦。算只合、待雞林窮塞，覓君殘句。　孤旅。贏萬卷，歸去故鄉，也抵纏腰富。蠅躉裝成，隃麋寫就，直得鳳池人妒。矯首天梯無極，試唤鹿群猿侶。長嘯罷，看茫茫黄海，暮雲離緒。

金縷曲　寄懷仁趾從叔沂州

旅館空山裏。正深更、愁魂恍惚，暫謀歸計。猶似竹林清遊日，小閣畫欄同倚。把袂有、良朋嵇吕。古寺月沈寒鐘動，猛驚殘、短夢披衣起。情歷歷，尚堪記。　誰知俱是萍蹤寄。嘆飄零、天涯遊客，故鄉千里。一片西風瑯琊道，問誰解、伯輿情死。且滅燭、斷纓狂醉。叔爲沂州贅壻。海氣陰森飛虚壁，想吟鞭、回向江南指。歸去好，且休矣。

鳳歸雲　寄徐曾傳

記年時、偕遊白下共瑶樽。淥水畫橋，歌吹日紛紛。樓外青帘，堤畔紅葉，更上謝公墩。小閣雨聲

初歇，草蟲喧砌，對牀清話宵分。　而今空憶，判袂秋江，風淒岸柳，潮冷汀莎，撾鼓回飆處、暗銷魂。寥落吟韉，憔悴塵鞅，目斷暮天雲。祇有夢魂仍到，珊瑚文架，碧窗明月尋君。

齊天樂　集吳茍叔齋中，偕徐曾傳、俞默存、軒來叔分賦得蜻蜓

雕雲擘絮秋光老，溌微幾番疎雨。籬豆晨寒，水蕻秋冷，上下紛飛無數。盈盈楚楚。向皴綠波心，點成離緒。一餉嬌慵，倚風閒趁槳牙去。　年華愁裏暗換，記埋珠幾日，海榴庭戶。瑩薄蟬紗，連蜷蠆尾，又早浴殘清露。幽叢小住。似墜髮長釵，畫屏深處。立盡斜陽，釣絲垂斷浦。

瑣窗寒　贈汪耕雲

屋角風摶，牆腰雪擁，翠簾寒悄。雕闌倦倚，靜對一庭殘照，耀綾文、佳名乍驚，裼裘倉宇軒然到。聽粲花嚼麝，清談芬郁，豁人懷抱。　逋峭。新編好。似玉柱珠徽，獨彈古調。緝宮綴羽，誰會鈞天綿渺。浣薔薇、長咏朗吟，小窗喚醒梅夢曉，拂輕塵、繡褥溫馨，三日荀香繞。

前調　乙丑除夕，查英石以詞見贈，依韻酬之

雪砌生寒，霜鐘破夢，故鄉何許。關山滿目，贏得髩絲梳雨。乍相逢、塵襟頓消，清言靜對蘭心侶。更蠻箋一幅，新詞慰我，天涯愁旅。　凝聚。腸迴處。只幾拍紅腔，深情如縷。冷吟低咏，自歎沈鱗倏羽。漏沈沈、香銷夜闌，小窗兀坐賡麗句。掩重扉、獨守孤燈，暗送韶華去。

棕亭詞鈔卷之四

鳳池吟

與吳荀叔别已三年矣，今歲薄遊海陽，出贈别寄懷諸詞，示查子鳳湖、汪子耕雲，並枉題贈。新知萍聚，舊雨蓬飄，輾轉於懷，悵然有作。即用耕雲題箋原韻，兼示鳳湖。他日荀叔見之，應同一愴懷也。

荀令香殘，陸郎騅去，天涯冷落朋游。悵西風古道，驪歌唱罷，滿目凝愁。羽闊鱗稀，蒼茫似望碧天虬。銷魂只有，空梁月墜，密樹雲浮。　新安江水碧，喜新知投分，欵語綢繆。甚離懷別恨，漫勞屬和，苔紙横秋。霞侶雲交，何當並聚話南州。開樽處，傍翠簾、清韻夷猶。

滿江紅

題戴聲振西園圖，即步自題原韻。其自序云：『西園，余意中園也。』

客子閒愁，渾一似、新安江漲。頻搔首、東風夢裏，家山無恙。何物丹青圖畫手，乍逢儒祿雲霄上。

試披圖、真似入桃源，胡麻餉。　奇巘矗，清波漾。宵鶴警，晨雞唱。只瀟瀟一幅，雨皴烟釀。山鳥常隨安石屐，陂龍欲化壺公杖。嘆余懷、五嶽更崚嶒，憑誰狀。

水龍吟　題汪稚川印冊

羽陵蠹簡凋殘，飛蓬倒薤沈荒翳。何人博古披圖，愛對《宣和》遺製。小影鍼懸，奇姿波偃，絲絲纖麗。想中郎清晝，一痕香夢，有無限、摩莎意。　試向晚粧雲髻，驗釵頭、曲迴瓊膩。輕舒皓腕，綢繆印得，桂紅深漬。幾寸貞珉，數行幽怨，鏤成誰寄。待畫眉閒後，好將琬璧，瑑苕華字。

南歌子　春晝

花氣浮簾靜，苔痕暈砌偏。春草醉春烟，闌干閒倚遍、晚風天。

散餘霞　蔣伯子以楊梅汁作花，草汁作葉，畫牡丹一枝

沈香亭畔朝酣酒，對繡幃春晝，腸斷何處闌干，把殘霞染就。　分明唾華廣袖，暈一痕香透，虧煞小草多情，學高擎錦覆。

鳳銜杯

巫山十二雲初起。湘水外、楚天高倚。獨自粧成，夢入空香際。花影罩、新眉翠。　髻鬟鬆，腰肢細，誰擲果、暗情同寄。詩唱秋墳，定憶銷魂地。歲歲人憔悴。

金縷曲

初冬同閔玉井、沙白岸、汪秀峰、吳並山、汪對琴、吳轂人、何春渚、汪劍潭、朱春橋、王秋塍泛舟紅橋看黃葉。

寒野昏如夕。聽僧樓、殘鐘幾杵，未過朝食。小艇呼來城闉外，老樹霜華濃積。伴古寺、瞿曇枯寂。策策西風吹汝慣，乍臨流、欲墮還無力。應未忍，浪拋擲。　觴行共是天涯客。嘆年來、團圞此會，也稱難得。落葉良朋同易散，轉首西園陳跡。算墜影、頹光須惜。禪榻髩絲相看處，問十年、舊夢誰堪憶。拚一醉，晚烟碧。

月華清　題明月雙溪水閣圖

裁練分秋，懸輪舒夜，四圍簾箔齊捲。苔繡唐梯，跨出雨塘腰半。夕陽盡，高士祠邊，殘雨過、語兒亭畔。凝眄。展空明對暎，廣寒宮殿。　恰正衣涼酒暎，更寶篆初銷，豔櫻齊綻。一曲吳歈，劃取越烟朝斷。數漁燈、夾道星毬，指估舶，兩行霞扇。堪玩。便臥遊終日，莫教輕轉。

齊天樂　次汪劍潭韻，題明春巖紅橋待月圖

水花涼夜銷香夢，繞汀畫船齊泊。玉露初零，冰輪漸上，天際一痕雲薄。依稀還錯。認隔浦漁燈，柳絲籠約。卻是流螢，曲廊深處點輕箔。　歡場感懷今昨。悵高詠空樓，尚依苔郭。鬟影衣香，歌情酒態，消得滄溟幾勺。覊悰正惡。又聽鼓應官，有人強索。忍擲清輝，殘星氐共角。

少年橋上聽簫處，今日敗荷荒沼。夜市燈光，春遊綦跡，萬事平生看飽。連簃窈窕。但新月依然，舊歡人少。高不勝寒，姮娥定也桂宮老。　佳遊羨君登眺，載滿船書畫，鏡中移棹。蓼岸迎秋，蘋洲帶雨，大似江南淞泖。微波渺渺。乍喚醒林間，一聲遮了。高嶺銅鉦，瀲湖秋霽早。

步蟾宫

康成小婢詩能讀。

梧桐花下屯朝旭。看排就、三株庭玉。招來棐几展瑶編，要他日、彪書固續。報簾戶、烟清茶熟。欲持團扇問新詞，緑陰外、有人偷矚。

滿江紅

韋鋏夫先生歷官泗州、溧陽、金壇學博，所至有政聲。子約軒編修繪授經圖以誌庭訓，圖中短衣丫髻，玉立膝前者編修君也。

十笏蕭齋，彷彿是、廣文官署。圖畫裏、清蒼古貌，傳神阿堵。薄宦半居顏禹地，閒身肯作羲皇侶。拯蒼生、巨手賴儒官，天堪補。　任棠薤，萊蕪釜。追舊事，留遺譜。有北黌文學，當時管輅。平地經師傳敢壽，河汾教術追鄒魯。羨緇帷、鯉對更超群，人中虎。

瑜珥瑶環，人道是、佳兒傑出。褦衣短、一經在手，來依吟膝。生小愛編孫敬柳，閒時厭綴陶謙帛。但書倉、寢食過年年，甘於蜜。　纔看展，西清翼。更妙對，東堂策。訝臚傳繞殿，雙花覆額。青紫隊中頻拾芥，丹黄几畔曾漂麥。怪當年、濃笑遍東家，真消得。約軒就婚全椒，一時有聓才之目。

家世傳經，搜討遍、翼蕭師伏。更不數、過江門第，三張二陸。范氏又傳孫有硯，謝家共道庭皆玉。

惹道旁、人羡小逍遙，逍遙谷。　鞭曾玩，山之麓。　犀曾照，江之湫。　感兄袁弟灌，一時推轂。　薛鳳荀龍真競爽，回蘭耕苣偏相鏖。　鹿鳴歌、最憶俊兄賢，悲鶩鵬。約軒長子云吉，治經有聲。仲兄萱望，與余同舉於鄉，未第歿。

自愧樗材，也曾賦、趨庭東郡。　官舍裏、晨昏饘粥，至今悲哽。　半壠松楸星壓脚，十年書劍霜堆鬢。捧遺編，跪諾向天涯。　凄涼影。　悔不鬻，山中畚。　悔不賣，街頭餅。　枉蜂鑽故紙，高談馬鄭。　地下難逢王輔嗣，樽前且對周公瑾。　任醬翁簸叟互相嘲，吾衰甚。先大人宦休寧學博，兆燕亦隨官舍讀書。

落托公車，人笑問、孝廉知幾。　且自詡、高才入等，也居其次。余以二等挑選注銓教職。　枵腹敢言雞棄肋，困鱗猶望魚燒尾。　囑窗前、僮罵莫喃喃。　吾將仕。　淮泗水，真清泚。　良常麓，都仙址。　倘音徽可訪，便依棠憩。　種竹好排前後輩，栽花更補東西圮。　酹寒泉、一盞拜先生，斜陽裏。

南浦　送羅仰峰之南昌

岸柳倚津亭，落照邊，絲絲又惹離緒。　詩地酒天空，分攜後、應似斷萍飄絮。　深杯到手，瀕行更作匆匆語。　峭帆日暮。　又二水三山，一檣飛度。

遙知高閣停舟，正簾捲西山，霞明南浦。　風送客來時，湖雲畔、陣陣黃昏疎雨。　神仙窟宅，記曾艤棹花深處。　松苔院宇。　怕寫韻軒空，拍肩人去。

玉簟涼　涼夕

庭院深深。對暝色做秋，暗逗愁心。鳴蟬聲斷處，又月到牆陰。紗幮長簟似水，訝露脚、潤入瑶琴。頻竚想，鄂君舟裏，今夜香衾。　愔愔。蕉衫乍試，紈扇暫拋，流光一倍沈吟。明河遙盼久，漸送到疎砧。明朝風信更爽，好料理、結伴登臨。殘醉後，定故鄉、歸夢堪尋。

齊天樂　席間感舊贈定郎，同程魚門作，兼懷嚴東有

半生青眼天涯少，高歌又逢吾子。繡褥芙蓉，深杯竹葉，且共重簾香裏。征鴻暮起。帶餘恨流空，他鄉雲水。老去徐娘，墮釵塵鏡嘆何已。　相思當日舊伴，總芸帷俊客，薇帳幽士。梅月吟魂，梨雲夢影，今夜還應來此。簫聲故里。有何限關情，柳顰花悴。忍付東風，一江寒浪蕊。

憶同沽酒湖邊路，正值花開蓮子。洗露紅衣，屯烟翠蓋，笑入笙歌叢裏。雲鱗碎起。罩麗影波光，夜涼天水。蕩冶心情，閉門肯便效無已。　招邀曾共畫舫，有霞邊綵伴，香界開士。小拓蠻箋，低吟楚調，消得江山如此。衣香十里。怎荀令橋南，頓成憔悴。莫問唐昌，斷魂空玉蕊。

七娘子

卸來天水輕衫碧，閉紗幮、不許炎威入。月下瓊簫，燈前錦瑟，芙蓉一朶浚初日。　窗兒未曉先生白。睆柔酥、枕上重憐惜。珠淚盈盈，星眸脉脉。忍教此會成陳跡。

點絳唇　泛南湖，次閔蓮峰韻

藕葉香中，天光一點紫窰碧。泠泠竽瑟。泉響聲難息。　錦繡亭臺，到處重經歷。懷疇昔，露涼雲白，那日羅衫色。

金縷曲　寄朱岷源

惜別心如醉。憶風前、淩晨送我，一肩行李。轉首瑯琊山上路，目斷真人天際。悵旅館、書巢空寄。人羡升堂俱高足，刷光儀、雙鳳空流輩。定道德，邁聃喜。　朅來我已成憔悴。笑乍向、堂檐繫馬，者般羸㪷。餓隸幾人衙放後，破屋數間而已。怕此事、便輪吾子。倘得君來同茲況，好一瓢、共飲清淮水。計長物，且休矣。

雲仙引

吳夔菴愛洞庭秋水，既歸武林，值西湖旱涸，乃繪岳陽泊舟之景，名曰懷水圖，遍索題詠。

青草湖邊，黄陵廟後，天涯幾度停舟。涼烟外，一帆秋。篷窗有人無寐，指下泠泠湘水流。瀟灑壯懷，西風古渡，殘月高樓。　歸來南北峰頭。繞輕夢、蘭香雙袖流。欲澣征衫，清波門外，悵對荒疇。嫋嫋長竿，坐觀遠釣，此意空盟沙際鷗。岳陽城在，洞庭波闊，何日重遊。

西子妝

京都横街之南隙地名下窪子。室衡比戶，皆女廬也。有淡妝幼姝，操吳音，立門側。感賦此解。

小髻雙丫，單衫四褑，隱暎門前樗樹。横街側轉鳳城西，訝鶯聲、聽來吳語。幽姿淡嫮。怎輕擲、軟紅塵土。捧燒春，定鎖眉相對，燕姬儔侶。　卿真誤。杏崦梅村，多少江南路。無端匿影向長安，枉瘦了、腰肢誰訴。不如歸去。縱難覓、舊時庭戶。倚寒天修竹，還堪日暮。

菩薩蠻

濕雲濃額眉山碧。碧山眉額濃雲濕。裙翠斂爐熏，熏爐斂翠裙。　曲闌紅淚續。續淚紅闌曲。愁遠放簾鉤。鉤簾放遠愁。

減字木蘭花　蚊

夜涼人困，紛紛虛響偏成陣。月滿窗紗，不許吟魂便到家。　櫻桃柳絮，偶然饑飽原無據。何苦營營，觸熱羞明過此生。

醉太平　題王少林十三本梅花書屋圖

林中酒賓，溪邊逸民。合來現做花身。定今年閏春。　樓盈美人，書餘洛神。兩宵盼到圓輪，理瑤箏樹根。

一落索

年年一棹隨萍跡，水雲孤驛。天涯何事最關情。但只有、烟江碧。　十幅粉牋勻白，裝成小冊，初春便泥寫秋江。早料理、悲秋客。

清平樂　題徐松源弄月蓮溝圖

光明頂上，一片圓通相。拋卻花瓢兼竹杖，獨與寒蟾相傍。　夜深露脚斜飛，輕雲漸透單衣。招得山中老鶴，仙臺共挹清輝。

穆護砂　揚州同鮑海門、吳月川作

落葉檐前舞。訝新霜、一夜如許。正禪房淒絕，茶烟孤裊，今朝客懷無據。喜俊友、聯翩敲竹戶。早坐滿、曲欄深處。纔把臂、略通名字，便促膝、縱論今古。殘菊園亭，亂楓樓閣，青帘高挂酒堪沽。愛徑邊奇石，池邊幽草，都作醉鄉主。　同是天涯羈旅。勸艤船、十分休阻。嘆瓊花根斷，玉簫聲杳，千秋粉香脂嫮。只賸有、白楊荒草墓。吹不盡、西風平楚。看苒苒、夕陽西下，聽漭漭，長河東去。千里關山，百年身世，人生何計是良圖。盼寒烟、幾點歸鴉，又城頭暮鼓。

齊天樂　同程魚門飲鄭東亭齋中，卽席再用前韻送魚門歸淮上

曲廊深處花間屋，記曾醉眠遊子。竹影橫窗，芸籤壓架，又過讀書堂裏。棲鴉乍起。早湧出樓頭，一輪如水。俊侶相逢，觥籌百遍未能已。　年來雲樹望眼。感淮南落葉，長嘆秋士。舊境升沈，中年哀樂，未許旁人知此。枚乘故里。問君到家園，幾多愁悴。後約須堅，莫辜紅浪蕊。

國香慢　枯荷

冷落秋陂。甚秋聲策策，只傍溪西。空梁綵鴛無蔭，鷗鷺相欺。雨後還傾破蓋，賸朝來、蓼岸風低。回頭眾香國，祛服明粧，涉想全非。　金彄何處覓，悔當初乍見，未挽仙衣。野塍包飯，憔悴空向漁磯。也有畫船重到，問前路、花港都迷。斷腸事，隔浦盈盈，冷露應知。

探春慢　落葉

堆砌霜高，攪窗聲碎，一夜孤吟人老。突兀奇峰，槎枒古木，並共客懷幽峭。能幾多生意，忍付與、

寒流瀟照。縱教堪代膏焚，飛烟知入誰抱。極目荒榛遠道。有青草湖邊，黄陵頹廟。冷月空林，斜陽衰礎，記得春來曾到。門徑蕭條後，渾不似、殘紅堪掃。回首叢柯，晚鴉獨坐枝杪。

念奴嬌　題王筠垞友琴圖

貯香庭院，有枝枝女字，築脂刻玉。來倚雲根調緑綺，粧罷纔離金屋。翠袖溫馨，丹綃婀娜，腰綵應初束。曉寒猶在，莫辭芳蟻浮斛。　可惜流水橋邊，鴛鴦夢斷，空奏陽春曲。一抹霞天人影外，猶憶歸荑自牧。司馬愁多，雍門聲杳，到處堪棖觸。落梅風裏，片英飛上蛾緑。

金徽試按，勸卿卿休慼，鶼鸞離別。天上仙株和露種，肯墮蟪蛄塵窟。入抱飛烟，隨風小影，一晌難消得。泠泠何處，聰明總付冰雪。　猶記那日絲桐，芳心一點，齊上眉峰碧。夾道朱欄横玉澗，小立淩兢瘦骨。姑射仙姿，羅浮遠夢，脂粉無顔色。前身應是，廣寒宫裏明月。

高陽臺　緑陰

三逕春殘，一庭晝静，行來到處愔愔。清潤房櫳，苔痕欲上羅襟。隔牆已斷飛花路，更遠天、香夢難尋。倚危樓、極目平原，千里傷心。　小園幾日晴陰。早窗兒簾子，別樣幽深。罨翠池臺，依稀那日登臨。武陵洞口漁郎去，悵舉頭、兩岸沈沈。數年光、忍把蟬鳴，换了鶯吟。

東風第一枝

蔣非磷先生遺稿中有梅花詩十首，其夫人鍾太君以絲繡成幅，令子清容編修繪繡詩圖，遍索同人題詠。次王穀原比部韻二首應之。

詩伯吟箋，針神繡幰，雙成幼婦黃絹。剪刀池畔當年，難忘濕螢深院。絨花唾處，有恤緯、愁心幾段。抵誄成、柳下哀詞，無此斷魂淒怨。　綾一幅、平鋪鏡面，絲半縷、斜穿淚眼。須知天上超瓊，不比人間趙管。新綳下後，供家祭、篆烟香案。立暗香、疎影黃昏，定有詩魂相見。

文梓高柯，孫桐秀榦，春陰慈竹同樹。九霞無限宵光，千秋定在懸圃。華堂景福，似寶劍、何曾缺黍。只回思、廡下光陰，五噫歌聲猶苦。　謹持了、崔盧門戶。閱遍了、朱陳嫁娶。翩摧秋燕還飛，絲盡春蠶更吐。金花鳳紙，算手線、難酬千縷。且女紅、志後餘閒，試整韋經章句。

沁園春　程玉真校書署其舟曰真珠船，索余賦之

誰向驪龍，頷下探來，載之畫船。算錦纜牙檣，怎堪比豔，玉樓金屋，難與爭妍。繫向衣中，玩從掌上，不抵篷窗一顆圓。幽輝滿，喜漢皋今夜，真遇飛仙。　休猜帳裏私懸，悵買櫝須還只自憐。且輕浮兩槳，共他川媚，盤迴九曲，與我舟旋。戲罷仍空，泣餘應在，瑣事星星記定全。收帆後，知相逢何

日，毿社湖邊。

醉太平

名香禮真，諸天降真。幾番喚得真真，纔今宵會真。　神真色真，情真意真。丹青描取容真，是蓬山太真。

馮夷奉珠，望舒現珠。爭將一顆明珠，向珠娘賽珠。　江邊弄珠，亭前玩珠。何時覓得隋珠，效珠郎撒珠。

花枝礙船，燈光在船。待他繫上衣船，抱琵琶過船。　錦帆送船，彩雲護船。共君一棹觥船，莫前溪換船。

摸魚兒　題程筠榭柘溪漁父圖

水雲深，氾光湖裏，夜來添得新漲。釣徒喚到烟波窟，艇子一時同放。看去槳。對淰淰、寒流掠過蘆花港。秋陰漸釀。趁紅樹村邊，殘陽一線，倚棹曬疎網。　松陵路，舊約而今易爽。乘槎誰駕山浪。招人只有前溪曲，夢裏猶聞孤響。鋪翠障。且指點、圖中共作逃名想。羊裘莫讓。便抛了長竿，學他郅惲，誰與更談往。

一籮金

釀春梅意如相候。密雨聲中，早把香心透。花下一杯休放手。橫窗數盡枝枝瘦。　　十年一夢揚州久。老去風懷，不記昏和晝。整頓郎當雙舞袖。春來只有花堪就。

齊天樂

王秋汀自蜀入京，江雲溪自浙來揚，兩人同日過訪，卽邀集江橙里、汪雪礓、陳春渠、吳杉亭納涼署齋作竟日話。時春渠正擬南歸，杉亭亦將北上。

鬧蟬聲裏流光換，懷人夢回初曉。蜀棧雲濤，吳天海日，帆影東西齊到。階塵未掃。乍薙簟平鋪，蕙帷虛罩。選樹移牀，綠陰庭戶最深窈。　　天涯羈緒暫訴，甚關山萬里，同繫蘭棹。萍絮良逢，茶瓜冷社，莫惜樽前傾倒。離愁暗攪。悵空斷猿腸，怎留鴻爪。且脫絺衣，薜蘿涼月小。

摸魚兒　賦琴魚，寄江蔗畦涇縣

正桃花，半潭新漲，紛紛針尾堪數。年年三月初三日，瀺灂畫船柔櫓。輕影度。向幾縷、沈絲荇藻潛身住。仙翁舊處。便琴冷冰絲，藥殘丹竈，樂國自今古。　風流客，暫遣垂釣斷浦。陽鱎隨爾來去。投竿拾得溪邊玉，還把漁歌閒譜。溪岸暮。乍返照、波中瀲瀲千頭聚。纖鱗捕取。勝饌入姜廚，封來陶瓮，一笑佐清醑。

高陽臺　高東井題定郎像，詞甚美，次韻酬之

舊夢如塵，新愁似海，幾年憔悴芳襟。熏罷濃香，忍教粉蠹相侵。偶然小冊晴窗展，似重看、青李來禽。憶空庭，露坐吹簫，月落星沈。　詞家竹屋真才子，把閒情更鑄，佳句同斟。欲逐飛霞，遥天無限光音。桃花悟後枯禪在，悔當時、千尺潭深。最傷情、花落春階，月墮秋林。

雙雙燕　蔣清容補題定郎像，頗有悟語，次韻奉答

婀娜柔情，纏綿麗句。使人意也都消。可惜年時，不曾同載蘭橈。彩灰喚得真真下，似雲中、仙影迢遥。悵今宵，花下無人，月底無簫。　明知逝水原難挽，且横吹玉笛，萬一回潮。海鶴心情，應知海客堪調。伯勞飛燕還相見，怎天涯、斷雨全飄。太蕭騷、一片冰輪，又挂林梢。

寸圖乍展，似蜂影浮花，蝶魂依草。相思幾點，只向斷雲飛繞。還認紅闌翠沼。是那日、斜陽同靠。空留畫餅依稀，賺得旁觀都飽。　堪笑。柔腸自攪。枉夢泣懷瓊，癢思仙爪。丹青周昉，偏駐

月容花貌。留得圖中影好。只催得、詩中人老。試聽枝上殘蟬，共道幾聲遮了。

高陽臺　次方介亭韻，送江橙里之楚

擘袂言愁，銷魂賦別，老懷最怕長吟。一葉春帆，東風驀地驚心。送君載酒江湖去，窨相思、明月天潯。向晴川，芳草生時，誰共題襟。　回頭二十年前事，伴高樓黃鶴，曾繞疎林。舊夢冥迷，滔滔雲水難尋。琵琶莫奏催人曲，倚離筵、且盡芳斟。悵寒梅，明夜空庭，孤影沈沈。

齊天樂　雪

草堂一徑無人跡，閒庭玉山愁對。袖手哦成，蒙頭臥起，乍失南榮暄背。紛紛暮靄。又罨就叢柯，竹傾松礙。欲墮還飛，太憨真似寶兒態。　因風暗侵戶牖，長廊迴合處，漸沒苔界。破帽山村，危檣水驛，幾度冷吟孤慨。蕭條物外。悵一領漁蓑，連朝未曬。且拓寒窗，凍雲看斷彩。

夢橫塘　闌干

界露滋苔，梳風挽柳，巧把迴廊低護。密密疎疎，曲曲重重無數。近花陰倦蝶，頻棲傍簾鏬，籠鸚休污。看玲瓏轉盡，斜陽依稀，當日墊愁處。　春葱依約劃損，知是聞歌，偷記隔牆新譜。翠袖餘溫，猶認一痕香縷。添惆悵、孤館懷人，盡徘徊、小樓聽雨。對遙天倚到，無聊畫屏寒影暮

遶砌紆紅，臨池皺碧，一半依人修竚。罨壓裙花，不許腰肢全露。纔極目高閣，江山又凭肩，畫堂歌舞。總將伊煖傍，輕偎風流，真得個人妒。　春風花信過半，贏得愁懷，空咏碧城佳句。遠水平橋，望斷晚烟深處。隨曲徑、宛轉亭臺，伴芳叢、欹斜風露。記棃花那日，蕭娘一枝春帶雨。

八寶粧　題閨秀顧湘英《生香閣詞集》

滴粉搓酥，熨紅裁碧，一卷碎金無價。閣裏生香原不斷，紙上餘薰堪把。吴天何處草堂，頹玉山留，瑤英珠掌偏柔冶。知是鳳臺簫史，當年初嫁。　依約小字中間，粉痕纖指，認來幽怨如畫。想池畔、剪刀未墜，更芳韻、軒中親寫。羡金屋、紉騷佩雅，掃睂才子難方駕。問待雪城頭，吟魂幾度湖雲瀉。

惜餘歡　送盧竹圃歸里

一樽草草，願共把離愁，因酒權閣。呼得玉人來，正日暮雲合。扁舟明朝竟催放，悵從此、便爲君懸榻。者番腸斷，也應未殊，冷猿三峽。　天涯屐慵再蠟。且舊社比鄰，同數鵞鴨。楊柳杜亭邊，定

禾黍高插。鵲華秋錦，龜蒙朝黛，耦耕處、好漁樵酣洽。羨君歸後，征衣旋拋，渚烟林霎。

水龍吟　柳花

偶然粘得遊絲，向空忍共斜陽墜。縱教騰颺，更無依託，枉縈愁思。小徑氈寒，重簾絮重，翠樓深閉。嘆飄零身世，顛狂心性，沾泥後，真慵起。　休怨身輕如寄，且枝頭、暫時聊綴。青蛙乍鬧，紅魚又病，小池波碎。入抱飛烟，漫天舞雪，春光如水。悵晚風江上，何人喚渡，灑天涯淚。

春風嫋娜　題蔣清容攜二子遊廬山圖

愛宫亭湖影，一鏡新磨。休舉棹，且攀蘿。入名山、只許名家父子，勃還招動，邁更隨過。五老癡峰，低頭應愧，羅列兒孫頑石多。喚取匡家兄弟出，好留雞黍宿雲窩。　我亦東林駐屐，尋思舊事，蓮花社、曾撫吟柯。悲流轉，苦蹉跎。當年面目，今日如何。雙劍迷離，匣樓雲日，兩姑窈窕，江浦烟波。歸山須早，想康王寒瀑，年年待洗，深雍塵韡。

齊天樂 題滌淨老人冬集圖

羅兩峰爲其内子方白蓮、閨秀及諸女郎繪也。

晴窗檢點紅閨韻，宣文授經初曉。琢句毫新，賡篇響逸，京兆修蛾纔掃。氈爐共繞。正茗熟香溫，曲房深窈。不櫛書生，玉臺金谷定同調。　凝魂誰倩畫手，寫真傳絕代，幽意多少。邢尹休嗔，威哀共豔，博士披香有淖。吟情未了。又怨斷稠桑，帳中人杳。飛絮空庭，忍行寒夜悄。

憶舊游 爲江橙里憶西磧作

記千波極望，一壑堪專，疇昔吳門。乍使襟懷暢，握梅情柳意，不負三春。高居左神仙館，遠喚紫瀾奔。正穩閉花關，酣眠霞侶，靜斂吟魂。　重論。影兒事，悵梗偶萍蓬，大半無根。轉首鈞天路，縱扁舟還到，昔夢何存。秋來冷驚楓落，荒境雨中昏。算最是難憑，海邊蜃市空際雲。

木蘭花慢 送吳姨丈瓊波先生

驚飆何太駛，催鷁首、不稍停，看兩岸衰蓬，千山落葉，一帶征程。歡娛，何曾浹日，又無端、別淚付斜曛。秋水怒流人去，寒林空鎖烟痕。　休文。多病長卿貧。裲襶厠鄉鄰。嘆名號狂生，文譏傖父，言出人憎。如非先生知我，定泥塗榛莽死休論。獨對西風悵望，江南雲樹千層。

高山流水

梵珠與僕未有半面，輒投佳詞，獎藉過甚。僕懭悢天涯〔一〕，倚聲久廢，以延露賡淥水，所謂嫫廉同宫。劉越石云：『適足以彰來詩之益美耳。』

破窗一夜聽西風，倚危欄、飄盡梧桐。孤客抱秋心，天涯夢斷無蹤。嗟庭翮、日日雕籠。雲霄伴，縱是青鸞有信，銀漢難通。祇琅箋密詠，深翦燭花紅。　愁濃。何時一尊酒，同促膝、訂徵商宫。殘月曉風邊，傷心定也相同。但江干、又逐孤鴻。扁舟小、莫信寒潮晚急，解纜匆匆。恐水明樓上，萬一或相逢。

【校記】

〔一〕『悢』，原稿本作『恨』，誤，徑改。《楚辭·九辯》：『愴怳懭悢兮，去故而就新。』洪興祖補注：『懭悢，不得志。』

棕亭詞鈔卷之五

八歸　題王蘭泉三泖漁莊圖

孤楓變紫，踈柳剩碧，磯畔穩繫片艓。垂竿靜對湖光好，休管老魚吹浪，敗蘆飛雪。偶效機雲貪遠適，便舊舍、東西輕別。最可惜、滿目秋容，總付采蓴客。　空嘆長安久滯，鷗盟猶在，夢裏烟波千疊。冷雲漁屋，斷霞罾步，一任寒潮生滅。但家山指點，歷歷遥青九峰接。歸休去、可容添箇，小小瓜皮，同君閒擁楫。

法曲獻仙音　題王穀原龍湫晏坐小像

苔厂懸晶，蘚龕垂素，靜對盈襟秋思。清沁心脾，冷侵毛髮，神遊在天際。想諸矩。羅來處，芙蓉漾空翠。　領真趣。翹首向誰凝睇。空盼斷、雲外玉龍千里。試入老鮫宮，問泉先、多少愁淚。噴霧跳珠，又匆匆、飛下塵世。悔高峰輕別，化作人間流水

瓏璁四犯　題王穀原青溪邀笛圖

虚閣月明，遥天雲淨，是誰涼夜吹竹。幾聲才入破，水面鱗紋蹙。孤舟有人未宿，正無聊、那堪終曲。千里關山，百年身世，天外一星獨。披圖舊遊暗觸。憶簾旌小漾，曾倚簫局。酒闌桃葉渡，轉首東風速。蘭成老作江南賦，漫贏得、閒愁千斛。莫更奏梅花，正家山夢熟。

洞仙歌

清明到也，早燕僝鶯僽。悔向京華住來久。便鑾韓陌上，粉項車中，怎得似、青舫綠波紅袖。東風偏薄劣，刮眼塵沙，不許家山更回首。流水繞宫牆，一片飛花，知擫笛、李謩來又。且閒覓、荊高舊狂朋，好拚著今宵，醉伊三斗。

百字令　休寧溪口汪氏，有叔姪俱宦粤西陣亡不歸者，兩人妻終身不嫁，譜此哀之

黑雲低壓，恨當時、力盡城頭弓弩。誓作鬼雄邊障外，長倚天南銅柱。犵鳥啼紅，蠻花暈碧，幾點傷心雨。楓林關塞，夜涼何處飛度。猶憶閒賭羅囊，當年竹下，舊徑尋都誤。寂寞畫樓貞燕在，老

盡紅襟雙羽。溪口烟寒，嶺頭信斷，白書空閨暮。月明寒食，匆匆春又歸去。

探春慢　題汪用明風樹吟秋圖

落日沈山，秋雲罩野，何人獨倚修樹。咽澗寒泉，辭柯病葉，陣陣西風愁聚。淚灑蒼茫外，定腸斷、白華難補。傷心銜索枯魚，此生何限哀慕。　客子披圖暗觸，念荒草墓田，小人有母。衣綫無存，瘡痕猶在，空作天涯羈旅。孤宦嚴親老，忍更把、晨昏輕負。急整歸裝，趨庭已是春暮。

洞仙歌　琉璃廠買書

鳳城偏處，正斜陽西下。縹碧晶瑩射鱗瓦。愛牙籤錦贉，列肆紛綸，真不數、萬卷鄴侯高架。　書生羞澁甚，抖擻空囊，剩有朱提不盈把。索直莫擎奇，蠹簡殘編，本難與、兔園爭價。便幾夜、挑燈不成眠，恐叢棘闈中，不堪塗寫。

賀新郎　題張純如遺集

斫劍悲歌起。嘆從來、文人才命，叢蘭茉莒。一自緋衣催促早，空剩錦囊佳製。流播到、酒人燕市。土銼燈昏寒更轉，展遺編、灑盡英雄淚。若輩在，令君死。　浮生俱是萍蹤寄。問紛紛、行屍坐冢，百年能幾。留得香名身後在，塵世真如脱屣。且狂向、十洲游戲。紂絕帝晨猶堪頌，想下泉、未必無知己。莫但效，赤松子。

踏莎行　次王蘭泉韻，題廖琴學倚馬圖

千里勞薪，一春夢雨。緇衣苦向京華住。飛黄有意顧蟾蜍，何時騰踏隨君去。　側帽風寒，揮鞭日暮。綠楊影裏添張緒。王孫芳草又萋萋，亂山回首江南路。

踏莎行

衾冷如冰，窗虚似水。枕函清貯思鄉淚。問君何日是歸期，子規聲在斜陽裏。　堀堁塵街，瀰漫霧市。不知腐鼠成滋味。賺人頭白傍金臺，燕昭買骨真奇計。

沁園春　脣

素面初匀，一點濃塗，晨曦閃光。看小暈嬌圓，似含櫻顆，輕痕豔拆，疑擘榴房。鞢鞨輸鮮，珊瑚失

麗，虢國何須更淡粧。冰簸畔，檢幾番新譜，選嫩吳香。　　臙脂便奪奚妨，愛真色無言也自芳。向供佛爐邊，火噓文武，哺兒杯裏，湯試溫涼。橫玉吹殘，纖瓊呵遍，雨後苔沾睡海棠。羅幃底，羨如飴暗齧，私語更長。

前調　舌

三寸瀾翻，星象玉衡，神呼始梁。慣欲下仍撟，字奇難記，將重便刮，嘯遠逾長。怯處頻䛐，憂來屢咋，怕損唇朱著意藏。窺人悄，破紙窗一點，小立虛廊。　　幾回倔强宮商，應教曲初成調未詳，更毫含毚管，微沾賸墨，緘開魚札，遍潤溫香。一滴漿酸，半匙酒苦，才到尖兒不肯嘗。蘭釭滅，遞芳蓮半顆，似品餹霜。

前調　喉

小小重樓，三十二聲，鶯簧囀初。慣數番哽咽，言哀未了，千回宛轉，觸諱全無。吐角函宮，穿雲裂石，最愛歌筵一串珠。蓮幢下，借潮音梵唄，默訴區區。　　閒窗試鼓嚨胡。早馥郁如蘭吹繞虛。怪半晌無言，不聞謦欬，一痕纔灼，便惹歐歈。悲極頻嘶，啼多將嗄，爽玉應須進茗盂。更闌後，怕蠅吟未審，枕畔模糊。

前調 腰

抱月飄烟，訬婧夭斜，輕擎掌中。看雕闌側畔，倚來似杵，氍毹角上，曲處如弓。立恐難支，坐愁易損，減盡朝餐到楚宫。嬌眠起，伴樓前楊柳，嬝娜春風。　有時卸盡輕容。賸寶袜周遭緊獲胷。恨半截迷藏，裙籠蛺蝶，一圍瘦削，帶綬芙蓉。香帕牢拴，麝縢私繫，小步閒庭折最工。芳郊外，壓稱身珠襻，細賽遊蜂。

前調 臍

貯煖屯香，鄰得關玄，懸如鏡精。想歌當揭調，單絲歙吸，浴殘餘瀝，淺竇洄瀠。麝屑頻翻，蟹匡碎擘，從事青州力未勝。風尖甚，剪藥綾牢貼，似月初盈。　阿侯繡褓新綳。羡帶繞胎衣脱蔕輕。悵玉顔難駐，噬將空悔，珠光易滿，容也何曾。袒腹寬裁，裙腰緊束，入月私添素練并。消魂近，讓郎君豪盛，良夢先成。豪盛齊下，見《北史·酈道元傳》。

水調歌頭 題汪硯深旅夜讀書圖，卽送歸里

碧漲直沽水，分手一帆斜。悲歌酒人乍散，落日冷黄沙。記得去年寒孟，驅馬朔風千里，霜月戍樓笳。蹤蹤太飄忽，草草別京華。　柳塘邊，竹坪畔，是君家。幾年醉鄉詩窟，酣笑對梅花。羨爾囊縢解後，正好故園銷夏，莫更憶天涯。且向北窗下，企脚枕琵琶。

百字令 贈蔣心餘

揮杯一笑，笑此身、到處都成瘤贅。槐柳森然車馬客，衆裏自嫌難避。吾舌猶存，君頭休責，竿木聊游戲。鳶肩火色，紅塵滚滚誰是。　太息鴻爪飄零，關山滿目，難覓驅愁地。屠狗望諸俱寂寞，那更悲歌燕市。春去前宵，月明今夜，且與謀同醉。醉尋歸夢，故鄉烟水千里。

前調 心餘得前作，卽依韻爲答，再以此闋酬之

嵚崎磊落，羨君才、不減楚狂齊贅。下筆千言堪倚馬，三舍令余先避。兕命融修，奴驅屈宋，此語非相戲。僕知君者，前身青兕應是。　可惜判袂匆匆，分箋晝壁，負了追歡地。翰墨因緣雞黍約，也

似海中虚市。幾日論心，何時握手，相對真如醉。把君詩卷，寸心明夜千里。

前調　送吴𡵘芍南歸，兼寄新安諸友

鈴騾韈馬，記來時和遍、郵亭詩句。獨鹿雙輪同兀坐，冷月渾河朝渡。帝里春殘，鄉關夢杳，回首江南路。君先歸矣，黯然此恨難賦。　幾載搖艇新安，酒人吟社，下筆驚風雨。不料俊遊嵇吕伴，從此天涯修阻。峰影雲門，溪光路口，都是相思處。疏麻蘭訊，莫教沈向前浦。時予以致諸子札付𡵘芍。

前調　贈江于九疊前韻

神交幾載，愛蔗畦吟稿，錦囊佳句。十里簫聲迎客夢，兩槳金焦催渡。班草蕪城，連裾燕市，南北關山路。綵毫題徧，羡君才調天賦。　從此料理栽花，好教盈縣，須趁黄梅雨。百里也堪懷抱展，殊勝東堂羞阻。鹿角田荒，洞庭波闊，帆轉知何處。湘烟無際，斷鴻聲在衡浦。時于九分發湖南。

金縷曲　題吉傅埜帶劍倚桂小影

玉宇秋高潔。是何人、科頭獨坐，晚香齊發。聽遍廣寒霓裳譜，霜滿腰間冷鐵。空倚樹、吴鈎私拍。八萬四千人何限，問冰輪、誰補千年缺。看桂影，自明滅。　披圖我亦真愁絕。嘆年來、東堂逐隊，一枝難折。碧海青天嫦娥寡，靈藥何時更竊。枉紙剪、下弦之月。賫氣豐城沈埋久，喜逢君、一片肝腸雪。聊共坐，夜深説。

桃源憶故人　題騎牛圖

烏犍獨跨丫叉路。踏遍野花無數。行到更無人處。山鳥鈎輈語。　溪光冉冉殘陽暮。暝色横拖烟樹。一領緑蓑歸去。攜得前峰雨。

浣溪沙　題垂釣圖

欸乃聲中正夕曛。緑波泯泯皺鞾紋，偶然檥櫂學垂綸。　底用寸璜浮版玉，且謀細膾斫絲銀，一鈎斜月照微醺。

鳳凰臺上憶吹簫　題周仲偉内子遺像

隻影菱寒，哀弦柱促，天涯人自傷神。慣沈思遺挂，淒斷安仁。攜得崔徽玉貌，關山外、長伴飄零。

裝池好，金題錦贉，淚黦秋塵。　真真。幾回喚取，想月下燈前，定也來頻。況彩衣雙鳳，藍玉晶瑩。休嘆畫中人遠，張素壁、沈水香薰。應還似，凝粧翠樓，慘綠長顰。

翠樓吟　懷吴杉亭舍人入值

檐日全沈，鄰鐘又動，領盡寂寥風味。斷煤銷土銼，早熟了、試茶新水。槐陰籠砌。透涼月紛紛，瑣窗虧蔽。添秋思。虛幃聽遍，草蟲聲細。　雞棲，小樹窗前，應燒殘官燭，夜闌頻倚。未央宮漏永，有何限、長門深閉。青縑孤被。想夢裏聯吟，依然蕭寺。綸闈祕。莫逢狗監，道人名字。

金縷曲　讀吴⿰糹共芍詞卻寄，時⿰糹共芍應試歙城

燈影穿簾罅。把酒讀、金荃幾卷，氣浮龍鮓。讀罷高樓看粉月，一片清輝寒射。應照遍、烏聊山下。　夢裏尋君剛欲到，被虛堂、老蝠驚回怕。冰柱冷，翠檐挂。　吴均才調真瀟灑。羨詞場、香名傳遍，儔班匹賈。健筆縱橫看破陣，小試金戈鐵馬。一把子、人何足打。莫向旗亭輕畫壁，問誰歌、遠上黃河者。且醉臥，綠貍藉。

好事近　汪心來將歸新安，出所攜松泉圖索題

歸夢繞雲根，不愛豔花濃葉。留取歲寒相守，有天都蒼鬣。　扁舟計日到家時，梢頭挂新月。好試故園茶竈，伴翠濤聲咽。

喜遷鶯　分題徐郎阿俊畫冊，得蜻蜓

斷厓秋冷。綴幾點落英，乍添幽興。瑩薄蟬紗，連蜷蠆髮，立盡夕陽孤影。小草枝枝，碧顫擎住，纖腰未定。恁風調，算鶯鶯燕燕，輸他輕俊。　銷凝。空幾日，花下柳邊，隨爾穿芳逕。淡冶心情，飄零身世，肯逐吟鞭相並。拚著一天，憔悴雕笱，貯伊教穩。歎萍跡，讓蜂儔蝶侶，許多僥倖。

點絳唇

斷帙零縑，蕭娘舊日匀眉譜。網蛛深戶。綦跡看都誤。　翠冷鶯簧，簾捲人何處。香塵路，亂山無數。花落空亭暮。

高陽臺　鹺使官署中，聞定郎至揚州，不得一晤，賦此寄情，並邀東有、少林同作

薜荔空牆，梧桐小院，旅人一片秋襟。短夢初回，虛窗冷翠遙侵。天涯已是銷魂慣，更銷魂、乍到青禽。最堪憐、咫尺蓬山，雲海沈沈。　歡場舊徑知重過，定苔茵懶拂，花醑愁斟。夜靜簫寒，西風何處瑤音。繚垣也有流螢度，鎖羈翎、庭宇偏深。鎮無聊，清露殘蟾，又墮疎林。

附

又

嚴長明東有

梅豆飄酸，蓮筒蘸碧，客中春緒都消。誰送盟鷗，多情爲謝蘭橈。尋常衹道花飛去，到花前、香夢仍遙。悵連宵、誤了深杯，負了清簫。　萋萋爲泝城南路，有招鶯翠柳，款雁紅潮。見説年華，而今箏柱堪調。吟魂欲趁西風度，怕魂迷、還被風飄。鎮無憀，雨又庭陰，月又林梢。

又　王嵩高少林

橋畔衫痕，江邊帽影，那時催上吳船。爲戀新懽，盈盈淚濕燈前。重來獨自尋芳徑，鎖重門、咫尺如天。料今番、難覓鸞膠，空遞魚箋。　當初也作銷魂別，記香螺送酒，銀甲調弦。明月揚州，知他能幾回圓。而今花事渾無主，問東君、拋向誰邊。盡淒涼，一寸相思，誤盡華年。

望梅花　小羅浮

簾外寒威未歇。又糝濛濛香雪。冷夢迷離人易別。橫竹一聲初裂。莫悵連宵風雨隔。林下正來新月。

憶少年　春草池

一灣春水，一番新雨，一番晴日。柔情總無數，弄隔簾幽月。　夢裏詩成空遠憶。悵年來、露寒烟濕。東風正無賴，繞半塘叢碧。

撼庭秋　竹梧小隱

乍來濃翠深處。沁一襟殘暑。短琴彈罷，鳴蟬初歇，又聽秋雨。陰陰小徑，屯烟鎖月，延風招露。想吟肩孤擻，庭柯漸暝，幾回閒竚。

春光好　光風霽月之堂

高樹静，晚烟濃。敞簾櫳。四面好山無數，畫圖中。掃徑一庭明月，開樽滿座春風。不學藉茅惟背郭，瀼溪東。

黄金縷　深柳讀書堂

買得牙籤三萬軸。露浣薔薇，不許輕塵觸。一桁柔絲新雨足。晚烟分與紗幮緑。四面雕闌圍曲曲。雒誦聲中，更有雛鶯續。堪笑陌頭馳繡轂，輭紅影裏飛光速。

於中好 移燈處

紙窗竹屋剛容膝。恰安得、小牀三尺。短檠寒焰飛蛾入。晃雲母、紗籠碧。　涼宵顧影還閒立。記前夜、小樓風急。從今穩護重簾隙。共樽酒，論心夕。

蘇幕遮 百城烟水閣

敞高樓，當乳堞。倒影凌空，一片柔波貼。驚起沙禽飛格格。影入蘆花，亂撲斜陽雪。　酒樽空，鄰笛歇。獨倚危欄，極目應愁絕。休問舊時淮海月。人去山青，夢與寒烟闊。

聲聲令 黃葉廊

催回曉夢，迸入秋心。斷魂孤館冷雲深。西風幾日，盡憔悴，到芳襟。更那堪、夜雨暗侵。　寂寞牆陰。聲摵摵，影沈沈。庾郎枯樹老江潯。正天涯，怕登臨。又小樓、送到遠碪。

千秋歲　牆東古柏

霜皮屈鐵。透漏仇池穴。玄豹伏，蒼虬揭。潛根通地肺，遠潤滋泉脉。婆娑勢，入門便喜空庭得。

露浥緋桃靨。霜暈紅梨頰。紛眼底，誰堪悦。但留仙骨在，早與凡塵隔。憐舊雨、六朝遺事應同說。六朝松存金陵。

鵲橋仙　平橋

穿來仄徑，架成小彴，北垞不愁難即。苔茵點點貼冰錢，似鋪就、瑤姬茵席。

雕闌側畔，柳條垂處，留與鷺鷥閒立。待他新月到梧桐，好獨坐、涼宵吹笛。

明月逐人來　冰雪窩

梅花纔落，梨花又放，浸一片、冷襟幽思。人間熱惱，不到閒房裏。

浮玉山中一棹，昔年曾檥。寒濤夢、依稀猶記。玉壺清徹，安樂應無比。赤脚何年來此。金山僧樓有名冰雪窩者。

金縷曲　吴伶唐鹿賓工琵琶，與余同客揚州數日，余以事歸，唐亦將去，臨別譜此贈之

誰遣分張速。纔聽到、檀槽入破，新翻幾曲。移得畫屏羅帳外，雙穗影搖紅燭。正繡被、溫馨簫局。濃笑書空曾幾遍，乍銷魂、一倚人如玉。怎好夢，便難續。　莫言君有唐衢哭。走關山、飄零似我，也悲蓬躅。賣賦鬻謳俱失計，誰識麞邊之鹿。且倚柱、更歌離鵠。長劍在腰鞭在袖，握輿奴、左手還重囑。耐今夜，旅魂獨。

鳳凰臺上憶吹簫　吴中閨秀徐若冰以除夕殁，譜此哀之

鏡聽初歸，椒花未頌，屠蘇正滿金鍾。訝彩鸞霞散，直恁匆匆。賸有寒梅一樹，傷心絕、香夢無蹤。重幃底，熏爐繡褥，夜火猶紅。　真空。蔡琴班史，便慧業千秋，總付東風。早舞殘市鶴，烟冷吴宮。試問紫雲仙伴，人間世、佳句誰工。粧樓閉，宜春小帖，錦字塵封。

滿江紅　東花園訪馬湘蘭故宅，同吴蘅叔作

廢圃斜陽，何處訪、蜂窠巷陌。繚垣外，幾叢芳草，依稀故宅。山影尚留眉影翠，野花似學裙花白。

最銷魂，尋遍昔年人，橋邊月。　空港斷，潮聲咽。荒寺冷，鐘聲歇。悵迷香小洞，也成塵劫。青眼共揮文字淚，紅粧獨抱肝腸雪。賸零縑，捻賣向街頭，幽蘭冊。

菩薩蠻　雨宿京口懷鮑步江，步江亦號海門

小樓烟景多寒峭，峭寒多景烟樓小。江步獨懷芳。芳懷獨步江。　夕光天水碧，碧水天光夕。來日海門開，開門海日來。

前調　丹陽舟中晚眺

夕陽丹入人烟密。密烟人入丹陽夕。眠岸野人船。船人野岸眠。　曲阿山水綠。綠水山阿曲。昏影樹根雲。雲根樹影昏。

秋霽　癸未九日，同吳杉亭舍人，攜兒子臺駿，泛舟至平山堂

小艇城闉，趁梵刹晴烟，清磬初午。泛宅閒鷗，將雛野鶴，偶逐笙歌伴侶。霜花楚楚。紅闌翠幙爭相妒。高閣外，山色江南，一晌且延佇。　共把醉袂、話舊停杯，綠波照人、青鬢非故。悵年年、天涯

蓬轉，客襟空染秋江露。莫嫌擱筆劉郎句。高會此夕，便教入社攢眉，登樓百感，也應難賦。是日諸同人於鐵佛寺詩會，余與杉亭未赴。

多麗　江橙里四十初度，其內子買妾爲壽，賦此贈之

隱湘簾。玉甌擎出春纖。正蘭閨、筵開錦障，明珠贈自瓊奩。想宵幃、暗攢蛾綠，憐朝鏡、乍對蠔黔。綺饌行廚，文軒寫韻，仙姝應得婉妗忺。只他日、七絃雙鳳，良報恐難兼。須不比、尋常湯餅，半臂沾沾。譜龍吟定嫺家法，試教三弄涼檐。藕花舒、盆池雨過，桃笙膩、網戶風恬。午浴窗櫳，晚粧庭院，畫屏深處愛偷覘。從今後，寶釵金屋，好共海籌添。還知否，登樓倦客，隻影秋蟾。邱仲作笛，姬人姓邱氏。

翠樓吟　贈趙春巖

古紙銀鈎，新篇玉屑，孤館醉眸初展。幾番薇露沁，料秋與、客懷深淺。天涯人倦。算縱不登樓，也應難遣。長吟遍。凄蛩冷語，伴他幽怨。　憑君莫賦蕪城，聽簫聲吹徹，玉人都遠。月明看夜市，問湖裏、珠光誰見。翩翾歸燕。早盼得涼飈，梁塵猶戀。繩河轉。休辭共坐，隔牆深院。

綠意　綠梅

雕瓊刻玉。向坐花筵畔，奇味清馥。繡線穿來，斟酌酸甜，翠影尚含林竹。春歸幾日陰晴半，記摘句、垂檐低幄。想皓纖、裁翦初成，消盡夜燈人獨。　堪羨冰甆小貯，幾番窨漬後，應配幽菽。心裏人人，忍便閒拋，付與徑苔殘綠。長拖一縷橫空意，又疊就、九迴腸曲。漫對他、微皺輕顰，暗憶凍雲香屋。

摸魚兒

甲申秋，偕杉亭舍人攜兒婦歸里，開筵召客，正值重九，即席譜成此調，索諸同人和之。

卸征帆、暫開三徑，庭柯青靄如舊。佳兒佳婦雙雙到，也覺氣驚蓬牖。頻轉首。悵落帽、年年愁對他鄉酒。者番召友。喜粔籹人情，朱陳良會，今日我重九。用坡公句。　當筵笑，莫負深杯在手。此歡明夜須又。匆匆看遍牆根菊，便共葉辭秋柳。沈醉後。怕一抹、斜陽天外驚鴻驟。棲棲向叟。問五嶽迢遙，關卿甚事，抛了故園走。

掃花遊

乙酉春正三日，硯農招集齋中，命酒聽歌，時雲磎遠遊未歸，即席譜此寄意。

海雲塹日，又做暖晴光，夢蘇寒楚。彈簾繡縷，正氈爐座側，緩歌急舞。把酒銷魂，共憶天涯舊雨。杳然去。悵千水萬山，孤影何處。迴盼應未許。便雁後花前，怎尋歸路。嶺梅信阻。枉春江目斷，幾番魚素。試問柔奴，可識離愁最苦。且延佇。聽三撾、畫檐腰鼓。

減字木蘭花 題於《拾香拾香錄》

暗中薌澤。紙上聞來疑可拾。舊夢如塵。我亦三生石上人。　玉簫吹徹。空對揚州無賴月。絮影天涯。誰向瞿夷更僱花。

玉漏遲 雪珠

一綫林中徑。天邊咳唾，飄來初凝。細寫勻圓，冷色欲棲難定。疑是魂銷洛浦，悵弄罷、不堪持贈。空顧影。爲襦縱好，玉肌誰稱。　試教遊蟻穿來，看宛轉冰心，幾多澄映。寄向樓東，人與梅花寒並。腸斷香篝獨擁，憶那日、虛檐同聽。深夜靜。悄對夜光幽迥。

慶清朝

程午橋太史篠園，爲我輩舊日文讌之地。太史既歸道山，斯園易主，門徑俱非，小阮筠榭，追摹舊境，繪爲一圖，索諸同人賦之。

翳翳深堂，萋萋小徑，依稀當日吟窩。何人展將冰繭，寫出業柯。詩老斷魂定在，長廊無限舊簾波。銷凝處，水村露葦，山郭烟蘿。　裙屐會泉石畔，記幾番曾與，縱酒高歌。空嘆西州，馬策華屋情多。轉首前塵似夢，秋雲還展碧天羅。琅玕下，細尋翠刻，應未消磨。

玉漏遲　橙里招同杉亭、雪礓，集浄香園觀荷

舞霓盤上技。淩波愛與，鷗盟魚戲。纔惹西風，早有斷香先墜。莫遣斜陽易下，正一抹、烟光無際。還更擬。瑤臺曉露，暗彈清淚。　偶然小艇浮來，也一晌閒情，晚涼同寄。對月開樽，又到舊曾遊地。明夜離人送後，時衫亭將之都門。定獨聽、跳珠聲細。聊醉倚。極浦亂紅霞碎。

闕詞牌〔一〕

又到高歌地。當年舊譜難全記。點鬼陳編，纔幾箇、寂寥人世。十二年中，多少天涯思。彈不盡，燕楚他鄉淚。忍伴他，濕蟫乾蝨，抛向巾箱長閉。　白髮還同醉。一枝横笛吹秋起。薛滿當場，休問取、揚州前事。風亭月觀，小杜樊川，似過三生，憑小閣，重對玲瓏紫。且更呼殘客，再繼新聲花底。

【校記】

〔一〕本首詞無調名。

眉嫵　新月，同橙里作

又娟娟纖影，楚楚幽輝，驚見晚烟表。乍醒姮娥夢，朦朧眼、窺人還在天杪。柳風岸曉。記斷魂、前夜離棹。便重對、細語開簾處，畫欄共誰靠。　從此陰晴須較。怕玉容漸滿，塵翳輕老。待放清光展，婆娑處、空明千里流照。一痕暈小。正翠鬟、香霧初繞。囑西下斜陽，休便帶教去早。

春雲怨　程筠榭席上咏頭髮菜

柔情薄劣。揉怨絲千縷，未容輕折。雨後一窩新緑，翦翦曉風梳不得。石脉斜縈，苔錢碎繞，淺影秋蟬暈寒色。窮塞驚沙，邊城苦霧，欲理定愁絶。　濃雲似覆殘粧額。試持來翠釜，春纖摶結。笑把廚娘舊鈿貼。定有香泉，點點浮來，玉盆新月。小臼鳴齏，深甌配豉，且助饕唇匐葉。

棕亭詞鈔卷之六

高山流水　題韋約軒編修《竹所詞》

俊遊慣自彈珊鞭。月燈毬、爭擁神仙。清切九霄晨，柔情染遍華牋。檀欒影、生小嬋娟。金莖畔，還記江南舊夢，帶雨和烟。奈琅玕只傍，蘇晉醉中禪。　當年。詞場共跳盪。曾幾度、把臂林間。鶯語太無憑，賺人又到愁邊。縱霓裳、笛裏堪傳。東風外、飛到宮花似錦，怎綴華顛。且天寒翠袖，日暮更凭肩。

晝錦堂　題鄭蘭陔司馬花署聽琴圖

蘭陔名王臣，字慎人，爲合江令。今擢司馬。

繡戶風微，鈴軒晝永，小邑初放朝衙。喚到讀書清婢，爲灌名花。寫韻消停閒筆硯，畫眉收拾舊鉛華。春風裏，雅奏數行，深閨便得鍾牙。　清暇。高閣望，山郭外，巴天千里晴霞。遙指綺原耕饁，風物清佳。荔枝香沁朝烟潽，杜鵑聲戀夕陽斜。還家夢，可憶海天閩嶠，雁冷平沙。

歸田樂　題沈扶搖荷鋤圖

連塍剡剡秧如繡。新雨一犂初透。來聽水田聲，閒脱春衫學朝耨。　芳檐帶月歸來後，沽得滿瓶郫酒。沈醉臥烟蓑，侵曉催種南山豆。

臨江仙　江上感作

幾縷枯藤斷岸，數行衰柳高樓。暮天凝望不禁秋。秋風摧雨髩，秋雨滯孤舟。　金管鳳簫嗚咽，銀箋魚信沈浮。寒潮寂寞替人愁。愁將今夜淚，添恨入東流。

沁園春　偕汪稚川過巖鎮，宿程西棠齋中

楓葉酣霜，柿葉蒸霞，濃鋪畫屏。指平岡伏翠，潛虬曼衍，遙巒走碧，天馬驤騰。潛虬、天馬，兩山名。雲影浮圖，波光略彴，襯得斜陽分外明。差肩過，愛茶坪花白，墨市香清。　小齋恰傍沙汀。有怪侶狂朋坐滿庭。正蜀薑擣後，黄堆飽蟹，并刀響處，緑擘新橙。貯恨壺中，鐫愁腕下，醫士吳建周、鐵筆吳靜先在座。醉眼相看總不平。揮杯起，看一天芒角，作作秋星。

浣溪沙 將之南昌，次何金溪贈別韻二首

芳草階前漸似茵。遊人陌上正如雲。一鞭明日又紅塵。池館偏輸鷗夢穩，關山應笑馬蹄頻。年年抛卻故園春。

雙劍峰前萬木稠。匡廬濃黛碧於油。野花開遍紫風流。獨客湖山千里夢，片帆烟雨百花洲。相思此後定悠悠。

釵頭鳳

銅虹滅。珠簾揭。月華深浸玲瓏楄。寒蛩砌。疎桐地。聲疑響屧，影疑飄袂。是。是。是。

金猊爇。銀虬咽。溫香冷漏無時歇。芳情祕。柔魂殢。赴他幽夢，趁他初睡。未。未。未。

大聖樂 題李蘧門花徑奉母圖

衣舞荊蘭，饌修櫻筍，曉春初燠。正小園、人賦閒居，試向北堂，歡引卓金雕轂。種得鹿葱縈蘭砌，又朝雨、浮微勻嫩綠。嬉遊處，看晴日孝烏，飛翔華屋。　披圖寸心暗觸。慨念我難憑松下鹿。憶

蠹驚銜索，瘡痕空撫，春暉何速。此樂似君真堪羨，更何況、神明徵老福。疎籬外，有無限、輕陰慈竹。

一翦梅　姑孰使院作

油幕周遮護幾重。梅影舒紅，燭影搖紅。枕邊送到客愁濃。朝鼓鼕鼕，暮鼓鼕鼕。　休説青山似洛中。謝朓祠空，李白樓空。夢魂恰似薄情儂。來也匆匆，去也匆匆。

喝火令　韋葯仙寓萬壽寺，懷之

咫尺天涯遠，尋常別緒多。不如依舊隔關河。猶得鱗鴻消息，好央他。　雪後青山影，風前白紵歌。銀灣無奈短牆何。只有無猜明月，兩邊過。莫向梅花窗外，草草捲簾波。

薄倖　臘八日食粥，呈雙學使

霧蒸濤濺。向翠釜、氤氳百遍。糝七寶、倣來遺製，檢就夢華殘卷。小冰瓷、口數叨分，防風幾日香應戀。算炁向僧廚，劃來書舍，難與咄嗟奇擅。　漫凝想、家山事，正雪後、炊烟一片。看團茅矮屋，沙餅地碓，霜曦幾處笴篖掩。管寧休薦。便標名、大樹論功，也報蕪蔞淺。歸鞭早計，寒食楊花郵店。

淒涼犯　留題寓館壁

催回小草，惺忪夢、荒郵又聽腰鼓。窗雞破曉，林鴉送暝，幾番淒楚。鳩巢燕宇。歎蹤跡、殘萍賸絮。捲湘簾、溟濛翠靄，一晌且凝竚。　從此難忘是，薜荔空牆，枇杷短戶。筆牀書幌，忍閒抛、小樓烟雨。明月寒梅，不信道、春來人去。尚枝枝點點，綴遍凭欄處。

點絳脣　蕪湖留別

赭岫青山，寒濤一片江聲走。鏡湖千畝。沽遍前郵酒。　如此江山，怎忍輕分手。西風吼。一鞭回首，夢日亭邊柳。

鳳池吟

吳叟星濤泊舟采石山下，夢李供奉授以青蓮花盞。翌日登岸，買得一盞，宛夢中物也。詞以紀之。

采石濤翻，天門浪走，羈魂千古安歸。是何人旅夜，空梁落月，獨抱清輝。慷慨相逢，似訴飄零酒一杯。殷勤付與，當年舊物，密囑牢持。　船頭空買得，似盧家金椀，轉首迷離。悵江干獨立，幾回搔首，烟雨荒祠。滿目關河，托向天涯識者誰？　重尋夢，想錦袍、應更傳衣。

眉嫵　王山客餞我於一層樓，小奚出素綾索句，戲拈此調贈之

盼清波無際，暮靄橫空，腸斷楚天碧。乍道將分手，垂簾下、殷勤香帕偷擲。倦鴻退鷁。嘆半生湖海，青眼誰拭。便揮盡、醉墨淋漓管，感良意難惜。　休詠令狐錦瑟。怕惘然魂夢，無限追憶。縱愛蕭郎好，霜紈展，燈前應念孤客。弄珠岸側。解佩環、涼浸瑤席。可許共柔奴，乘一舸、暫今夕。

鵲橋仙

一窩香霧，幾枝香雪，小立綠陰藤屋。苧蘿人未入吳宮，想不過、者般裝束。　蟬紗影裏，依稀似見，瓊膩粉胷如菽。何年纔織嫁時箱，悵風雨，瀟瀟黃竹。

一翦梅　荊溪晚泊

一片斜陽染復烘。山影重重，雲影重重。㡯亭西接㠶亭東，窰竈烟紅，漁屋燈紅。　暝色溪光極浦中。花也朦朧，月也朦朧。掘頭船小載愁濃。水泊蝦籠，夢貯鵝籠。

早梅芳近　題孫函谷映雪讀書圖

護簾旌，迷檐瓦。人在三餘暇。敲冰石鼎，炙研銅鑪向窗罅。古松寒色斂，密竹横枝亞。正聰明淨澈，一片冷光射。　謝莊衣，曹植馬。他日瓊林下。龍團烹熟，獸炭燒殘繡墩藉。紅燈排麗豎，綠酒浮深斝。定難忘，故山清夢也。

杏花天　贈歌者許七郎

暮春春服人偕七。最嬉遊、難忘初七。合尖纔造高層七。難捉扇搖輪七。　悵衰草微雲秦七。又殘月曉風柳七。今宵穩駐車香七。莫負花開七七。

沁園春　寄七郎，和嚴東有

五角六張，擒縱心頭，君應盡知。又寫恨琴邊，無絃不斷，布愁局裏，有子難持。水汲南零，星看北斗，記得良宵冬仲期。從此後，只年年人日，空惹相思。　天涯愁賦無衣。也定抱酸心似摽梅。悵盧子茶消，風猶習習，劉郎韻就，夜每遲遲。修竹疎林，明河小院，腸斷三更四點時。吟魂裏，怎丹霞劃就，便得忘伊。

附

前調　嚴長明東有

憶得橋邊，花信風輕，迎春那時。看棊局將來，佳名曾喚，琴絃按遍，小字應知。北斗闌干，明河清淺，今夕釵鈿合付伊。呼近坐，道朝三暮四，難定星期。　儗將下九同嬉。奈舞罷娑盤又別離。空望去香車，暗傷殘魄，籤來雲笈，定惹哀思。曲曲雕闌，垂垂寶帳，從此莊嚴更阿誰。虛抛淚，倩門前幽瀨，流到天涯。

洞仙歌　寄楊水仙

關山轉首，賸離愁浩渺。恰似遙青總難了。算雪泥鴻影，蓬轉天涯，舊遊處、甚日一鞭重到。琵琶休寫怨，綵筆紅顔，一樣風塵易催老。試看舊征袍，緇化連年，冷淚灑、長安大道。便博得、千金嫁娉婷，怕憔悴蛾眉，不堪重掃。

江城子慢　和方竹樓送别韻

輕雲蹔斜日。新緑淨，溼翠淡如滴。泥愁客。江步外、芳草一痕離色。欲安適。可惜殘春樽酒伴，匆匆便、絲楊凝碧。羨他燕子雕梁，天涯香夢無跡。　扁舟江東此去，悵霞汀烟浦，空挂風席。泝游歷。朝朝對、小李將軍全册。怎忘得。明月崔妃尋古巷，寒更下、分攜情脈脈。不堪回首，高城柁樓側。

新鴈過粧樓　鴈影

點綴蕭疎。斜陽下、依稀又過前除。素琴揮罷，絃外正歎羈孤。曲沼波光排陣陣，繡簾暝色帶徐徐。乍堪圖。更愁望眼，天際還無。　曾經銅仙露掌，奈斷行命薄，只付江湖。舊時良伴，相顧尚賴鷗凫。西風夢回未散，向明月、關山涼夜鋪。鄉心遠，問稻粱何在，空墮寒蕪。

玉燭新　乞巧

新眥勻晚岫。早鵲尾爐前，一痕先皺。寸心暗祝，空頻向、碧漢遙天低首。璇宮錦字，想也在、迴文成後。休便惜、殘慧相貽，須教玉清來驟。梁玉清，織女侍兒也。見《獨異志》。　佳期此夕拋梭，羨畫扇招涼，綺筵呼酒。夢雲未就。應生怕、海上仙鷄鳴又。清歡易舊。悵歲歲、鴛機人瘦。更那管、縑素無憑，塵間淚袖。

燭影搖紅　題何玉坡紅袖添香夜讀書圖

庭院初涼，石牀書卷清無暑。玉樓人正晚粧成，也愛秋聲賦。小立桐陰半畝。閃金波、雲鬟彈處。冷吟應倦，空外頻傳，玫砧香杵。　問夜何其，蕙爐烟燼芙蓉炷。片芸添篆向何郎，粉面籠幽素。試盼星橋待渡。指銀灣、西風牖戶。拍肩低唤，知否更深，畫檐風露。

喜遷鶯　汪雪礓移居小玲瓏山館

芙蓉霜弱。早探取麗春，冬心先託。新様文房，舊遊詩境，重疊繡屏綃幄。市聲朝來不到，家釀宵深堪索。小園賦，羨板輿花徑，此間真樂。　真樂香霧裏，徵夢握蘭，鏡展眉峰約。裙屐朋儔，氈爐良會，莫遣研泓閒卻。小樓有人曾倚，看遍遙山晴角。捲簾處，倩笙歌挽住，銀蟾休落。

永遇樂

年瘦生爲盧竹圃小影補圖，用『露似真珠月似弓』詩意，蓋竹圃生日，九月初三也。時客揚州。

暝色簾櫳，秋聲庭院，吟夢同瘦。露脚斜飄，月痕淡抹，涼浸冰壺透。心頭事滿，眼前人去，何處更攜殘酒。只天涯，入杯孤影，悄悄離思輕逗。　牆腰繫馬，船脣吹笛，幾度隋堤衰柳。書劍關河，桑蓬歲月，詩句空盈袖。昏燈在壁，迴廊繞遍，拚到雞晨蟲候。怕風雨、重陽近也，者宵肯又。

秋霽　題陳小山諸君牽牛花下分體詩册後

禪宇秋生，正拂曉微涼、作弄幽色。浥露籬根，颭風欄角，輭藤欲扶無力。暗蛩漸息。幾枝僧眼鷩同碧。羨佛國。堪住、筆牀茶竈一房客。　清夢尚在，小步閒庭，聽鐘徘徊，鴉散人寂。急呼朋、開樽餞暑，苔茵圍坐且浮白。同是故鄉歸未得，共醉吟處，應悵歲歲星期，斷腸空付，水郵山驛。

百字令　田芷香招同吴穀人、萬華亭、盧竹圃紅橋看荷，次穀人韻

田田蓮葉，護波心亭子，煖馨浮翠。瑶島瓊枝當晚淨，不許彩雲輕墜。纖玉天邊，明珠座上，時歌者翠鄰在座。共現三姝媚。殘霞未散，碎金全付流水。　偏是小杜疎狂，幾回冷夢，先瘖悲秋意。人影衣香難捉搦，杯底且謀沈醉。螢遶籬根，露滋草脚，花氣隨船尾。夜闌歸路，一燈遥閃紅穗。

秋宵吟　中元雨夜，次白石韻。同吴穀人、盧竹圃作

日全沈，月罷皎。只是愁人幽悄。溟濛裏、把一片秋光，做成難曉。泣階蛬，眠徑葆。斷鴈應迷天表。苔牆上、看屋漏痕多，亂排顛草。　伏雨闌風，天直恁、無情亦老。溼烟南浦，冷燭西窗，客思向誰繞。莫怨蕭涼早。香霧清輝，歸夢尚杳。料今宵、水拍銀盆，花下燈下弄未了。

曲遊春 己未元旦次王竹澗韻二首

枕上晨鐘到，猛驚回殘夢，報我春霽。鵲噪鴉啼，怪書窗寂寞，者時還閉。一歲從今計。快喚起、騷人閒睡。試看日曬重簾，冰開古研池水。　晴雪簾前澌未。正掩映房櫳，春光初媚。那有椒花，問黃虀久窨，甕頭餘幾。愁向眉稍起。衫袖薄，闌干怕倚。岸巾自笑，頭顱依然恁地。

前調

又是新年也，歎猖狂阮泪，甚日能霽。春到梅花，奈風欺雪妒，暗香猶閉。奪席渾無計。只落得、槐安癡睡。堪嗟撚指韶華，滔滔迅似流水。　舊歲餘酲醒未。整昳麗衣冠，鏡窺新媚。自分癡獃，便聰明有用，鞭來能幾。門外雲初起。晴旭上、高樓獨倚。驀然爆竹，訇訇一聲擲地。

前調 五日，東園謁王父及母氏厝所，三用前韻

散步東郊外，有梅英勻赤，點染朝霽。破屋頹垣，伴黃腸淺土，夜臺長閉。彳亍愁無計，何處覓、陶家牛睡。飢烏亂叫棠棃，潺湲恨咽池水。　杳杳冥途知未。看野草如初，春來含媚。岑寂園林，問

先人遺蹟，近來存幾。往事休提起。只賸有、荒墩可倚。今年莫怪，錐無立錐甚地。

柳梢青　寄江都羅逵羽

閒倚朱樓。蝦鬚簾外，銀蒜夷猶。天外人遙，雲中雁去，目斷揚州。　年時此地曾遊。攜手處、紅汀綠洲。廿四橋邊，十三樓上，幾點離愁。

望江南

風似翦，不許一人眠。顏色開殘花有恨，闌干倚遍日如年。春草醉春烟。

買陂塘　戲贈吴寅照舉子

羡今年、儼然郎罷，童心從此除下。偏君善做熊羆夢，墮地石麟堪詫。光四射。真個是、不凡英物呱聲大。桑弧曉挂。問合浦明珠，藍田美玉，此日是何價。　湯餅客，我亦欲來沾惹。弄麞寧敢輕寫。如孫如李何難者，但是王渾防跨。腰綵卸。想乍把、如酥初露還羞怕。香湯浴罷。猛想起心頭，徵蘭軟語，記得去年也。

齊天樂　寄吳蓟叔

繒雲繡雨將秋去，蕭條一籬殘照。亥市人虚，丁溪水冷，幾點寒鴉歸早。晚山徑窈，記攜手行吟，攬裾登眺。離別匆匆，隔江雲樹望中杳。　長干故人把袂，想氈爐勝會，一時傾倒。楓葉酣霜，蘆花飄雪，料得憑高清嘯。江天恁好。嘆夢裏魂迷，也難飛到。明月窗西，夜燈孤燄小。

滿江紅　蓟叔以詞見寄，依韻答之

蝶怨鶯愁，誰使得，陽春回首。但惟有、綠筠似箭，青梅如豆。别緒和塵封麈尾，相思逐絮飛氍毹。忽烹魚、喜得故人書，情加厚。　桃葉渡，清溪口。六朝事，依然否。快清詞一闋，長江烟柳。目眩行間珠玉耀，舌譍紙上蛟龍吼。待君來、櫻筍把杯時，薰風透。

採桑子　過吳蓟叔齋中，時蓟叔渡江已半月矣

故人别我江南去，風捲殘編。塵滿湘簾。獨到空齋意惘然。　落英滿地誰爲主，秋老階前。人在江天。一段相思樹外烟。

臨江仙　山行

萬點晴雲天外散，郊行處處山葩。數間茆屋是誰家。門閒無事犬，籬護未開花。　漫說明窗堪坐遣，尋春興致偏賒。柳烟飛綠夕陽斜。微風薰繡草，淺水洗明沙。

于飛樂　花燭詞

畫閣宵深，數行銀燭蟬聯。鴛衾金錘濃烟。紫霞杯，青玉案，掩映朱顏。推開窗外，蛾眉好、新月嬋娟。　韻奏桐君，香飄桂子，聲聲敲惹珠簾。鳳晨高，鸞暮永，不羨神仙。芙蓉帳煖，更那管、菊冷籬邊。

長相思

試輕羅，染青螺。唱罷樓頭子夜歌，一輪清影過。　定秋波，蹙雙蛾。軟語窗前問素蛾，月圓人奈何。

水龍吟　送仁趾叔之沂州　叔爲沂宋氏贅壻

狂來索絕冠纓，風流今日真齊贅。淋漓彩筆，者番題遍，荒亭空壘。鶴轡銜霜，貂裘立雪，故鄉千里。想蘭襟分後，香囊解得，應都是，相思意。　可念蕭齋寂寞，冷清秋、棗花簾子。銷魂只有，寒烟織暝，林閒竹醉。此去琅邪，吹竽擊筑，俊遊歡聚。問酒闌燭滅，夢回鴛枕，憶家山未。

齊天樂　寄懷吴月川

無端又作天涯客，蕭條一簾煩暑。故里人遥，他鄉晝永，幾度傷情羈旅。倚闌遠覷。但疊疊雲山，重重烟樹。離思愁懷，尺書空自盼鱗羽。　追維賭棊鬬負，算怡人裾屐，也應如故。謂杜郎。敷衽論心，解衣沽酒，君家輸與歡聚。尋思舊侶。歎夢裏魂迷，關山無據。明月窗西，夜深愁萬縷。

於中好　題畫

雲根一片容孤坐。獨彈罷、更無人和。曲灣流水泠泠過。又斜日、前山墮。　紅塵十丈休輕涴。置丘壑、此身非左。玉勾天上爲鄰可。只難覓、瓊花朵。

漢宮春　漢瓦有『長毋相忘』四篆字，其形圜，徑三寸，蓋榱題瓴甋也

金屋成時，傍未央前殿，曾貯嬌姝。幾年蜃窗漾碧，掩映流蘇。苔痕雨蝕，比香姜、形製全殊。疑乍展，玉臺小鏡，又疑冰裂花盂。　是誰鑄盟鐫誓，似山河鐵券，深勒幽娛。長門有人靜對，腸斷瓊鋪。絲絲小篆，想靈芸、珠淚傾壺。虧那日，鴛鴦墜後，仗他罳網輕扶。

於中好　題仇十洲煮茶圖

茆齋曲室臨清沼。恰容得、瓦盆烓竈。晝眠初醒庭陰悄。見一縷、孤烟裊。　松聲竹籟休相鬧。正入耳，瓶笙清妙。酒仙何似茶仙好。又提得、葫蘆到。

一枝春　洋楓

檮燭丹枝，想曾經、碧海天梯攀取。仙裳乍舞，雌霓一痕新縷。柔條細數。憶石徑、停車誰與。休誤認、門外桃花，腸斷昔年崔護。　移來錦屏深處。有千紅萬紫，小園堪賦。秋心尚在，流水御溝前句。殘春短夢，只默寄、遙情孤嶼。愁幾點、暗洗濃粧，西窗夜雨。

南樓令　題項孔庭柳花圖

慘綠暮烟中。花情葉態同。正吳姬、滿店香融。張緒當年人共愛，高閣上，畫樓東。
蘸筆寫春容。畫工詩更工。似天涯、良會重逢。悽愴江潭搖落後，留斷影，對西風。

解珮令　犀珮

纖塵不染。纖文未了。恰雕就、雙螭迴抱。玉玦相依，似海月、乍離雲嶠。鎮芳心、幾回秋曉。
錢紉繡褓。杯斟翠醥。又一握、貽來娟小。縱不丁東，也步向、畫廊須悄。駭窗雞、莫教鳴早。

浪淘沙慢　庚子六月十三夜，同王竹所飲沈匏樽寓齋

喜新霽、雲收斷嶺，霧展遙堞。蘭室壺乾未發。燈前更檢俊閱。乍促座、柔腸千縷結。訝窗外、溼蓼堪折。便疑有、江南夢中路，幽懷未應絕。
清切。鳳城夜朗天闊。早露下涼蛩先扶砌，耿耿聞歎咽。知扇障紅塵，君定全別。豔情易竭，窺鬢霜、惟有燕臺明月。樽畔休辭歌千疊。殘更轉、酣吟未歇。悵高處、冰輪圓又缺。忍輕向、客館孤眠，任夜色空庭，冷浸鋪階雪。

奪錦標　庚子仲秋，毛海客招集寓齋索賦

新月簾櫳，凉秋院宇，千里騾綱纔卸。便啟書帷招客，深巷閒門，十分瀟灑。長安旅伴，似今夕、歡娱真寡。翦紅燈、賭酒論文，俱是故鄉風雅。　半載紗籠壁上，日對君詩，似叫真真圖畫。豈意披襟曲室，麗句酣吟，清樽共瀉。想人生會合，定不比、萍蓬輕捨。奈空梁、海燕匆匆，別路又逢秋社。

嶠嫵　題沈匏樽三研齋圖

正寒飆入竹，凍影屯梅，愁向畫欄倚。乍展琉璃匣，先朝沐、看他瓊潤初洗。護綈棐几。羨藉温、呵凍還未。似開徑、把臂來三益，主賓共凝睇。　烟鎖重門深閉。怕有人剝啄，驚破幽思。待瀉金壺汁，憑微煖、蕙爐香餅新試。黕雲漸起。吮翠毫、濃霧窗裏。莫飛雪窺檐，輕效絮投池水。

金盞子　次王竹所韻，卽以留别

老作遊僧，爲一盂粥飯，打包行脚。萬事總浮雲，祇每到花陰，難忘裙幄。偶然絮影飛來，傍東風輕落。便撇了家山，緑天深處，幾枝殘萼。　真錯。戀人爵。塵海裏、何時眼界拓。秋風欲歸須早，

休還似、杯行到手更卻。但愁別後吟朋，盼遙山一角。應念挂壁孤燈，繞店寒柝。

大聖樂 紫丁香，次江橙里韻

緊護朱闌，側鋪丹閣，氤氳庭院。似宛陵、一片柔香，細裊斷烟，色借暮山何限。入抱乍銷無人覺，枉團就、相思春又晚。海棠畔，算堪感路旁，幽恨難展。　楊花漸看亂捲。問門閉倉琅誰更欵。正杏淹桃謝，雲沈錦毯，風飄紅霰。整頓客愁芳心結，悵今夜、何人成繾綣。風流伴，讓嬌唾、叢絨初翦。

聲聲慢 官詹山呼新納姬人出見，賦此贈之

袿薰漸近，釧響先聞，仙姬喚下瑤臺。剛道勝常，背人便轉裙釵。添得相如麗則，對遙山、佳句新裁。贈小豆、倩隔簾記曲，試倚屏隈。姬人張姓。　問道定情前夜，有彩毫狂侶，花下傳杯。老去樊川，只因獵酒還來。整頓氈爐時候，醻銀盆、湯餅筵開。數春雨，仗東君、勤護蔻胎。

探芳信 正月九日集飲分賦

盼春早。正旅思無涯，吟情未了。占買燈前夕，孤蟾又林表。客廚荒冷辛盤儉，隨意同傾倒。且

相看、酒入新年，駐將顔好。　車馬軟紅道。止幾度輪蹄，賺將人老。白髮燈前，夢裏故鄉杳。草堂舊日題詩在，轉首難重到。盡淒涼、客去階塵未掃。

買陂塘　次韻懷江橙里

小桑根、又尋三隱，到來無限驚惋。昔年同作揚州客，二十四橋吟遍。真繾綣。有石帚、詞人列炬林鴉散。知君老眼。對天際青雲，花間白月，魂斷舊時硯。　春江上，分手一帆似翦。良朋從此天遠。浮蹤便作無家别，誰與牽絲記燕。情欵欵。只罨岸、新蘆軟趁江風亂。花光滿院。算天上人間，今花昔樹，一樣總難遣。

解語花　舟中同吴二匏作

蘆汀月冷，柳岸風淒，一舸淩波小。霧鬟雲髻，偏贏得、幾夜惱人懷抱。幽情暗繞。對新月、愁眉彎早。倚舵樓、無語銷魂，極目寒烟渺。　瘦影清漪並照。只危舷幾尺，似隔天表。殘粧掃。休惆悵、繡闥瓊鋪難到。吟箋賦稾。也湖海、飄零將老。趁暮潮、燈火揚州，又玉簫聲杳。

棕亭詞鈔卷之七

摸魚子　次吴梅查韻卻寄

掃苔痕、籬門初啟，綠陰深處宜夏。衣塵浣盡房櫳潤，斜日又侵簾罅。初命駕。憶四五、經年蠹簡曾無暇。故園蓬舍。任到處伊威，蠨蛸滿目，塵暗鄴侯架。　紅橋路，遥識冶春遊罷。名流何限任謝。懷人極目登樓處，應念絮萍飄惹。沈醉夜，定對月、聽歌還把柔情寫。燈前舞蔗。勸三五朋儕，休憐倦客，淒冷舊吟社。

水龍吟　淨香園觀荷

香臺高矗香雲，眾香國裏開詩囿。綠蓋侵扉，紅衣繞座，賓延秦柳。莫遣秋心，苦薏藏蓮，怨絲縈藕。看一輪初墜，千枝競舞，遥浸入，涼峰秀。　畫舫又還迤逗。艤蘭橈、定應懷舊。採後歌沈，舒來夢杳，明珠空漱。花漏聲遥，寶燈影在，幾年塵垢。且陂塘六月，效他河朔，盡今宵酒。

壺中天　月夜飲池上

晚涼池上，乍西峰匿彩，半輪沈璧。一片望舒呈素影，遙共酒人浮白。冰雪心腸，烟虹儔侶，不負荷花客。火雲散後，洪爐乍掩炊鬲。　依稀斷岸人招，晶簾捲處，肩聳湖心石。不許眠鷗雙夢穩，小艇一聲長笛。叢葦風來，疎螢飈去，幾點星光夕。芳筵未散，碧蓮香更輕擘。

桂枝香　題張桂巖岱宗圖卽送歸里

蒼崖紫嶠，是明日離人，斷腸懷抱。疊恨凝愁一幅，大癡新稾。天涯幾載同歡笑，甚悁襟、筆端難到。指痕皴處，掌文渲就，岱宗奇妙。　正齊魯、遙青未了，忍一鞭空付，晚烟殘照。移向高齋留伴，水雲孤嘯。他年錦罽隨歸棹，壓茆檐、遙翠天表。醉中憶遠，吟邊讀畫，臥遊堪老。

齊天樂　汪鄰初如君二十初度

看山樓上纖纖月，影搖半垂簾處。竹樹園亭，星河院落，似聽凭肩私語。鶯年燕譜。證百歲良盟，鵲橋仙侶。拈得秋花，浴蘭人在湔盤住。　笙歌滿堂未闋，正斑衣䘿䙡，同效萊舞。綵伴頻招，袿薰暗逗，清籟涼颸庭戶。華筵墜露。更細結蛛絲，共穿金樓。水拍銀盆，祝禖深夜午。

八寶粧 題周小濂載書圖

突兀高轅，蒼茫古道，人影夕陽荒戍。屆歺牙籤堆錦贉，大好書生家具。相逢疑是，尉遲精婢，珍廚三車，今夜知何處。應使板橋霜店，乍成群府。　久信邊腹便便，菲寒枕冷，羽陵猶怕輕蠹。但伴得、陸家裝穩，便長似、米家船住。我亦連年醉旅。作碑讕語空諛墓。笑敝簏郎當，飢來一字不堪煮。

邁陂塘

丁義門於便面上作《蒼茫獨立圖》，爲周心僧寫真。毛海客與其子青士題詞其上，心僧即依韻和之，並邀同作。

左神天、平湖萬頃，惹來何限孱僽。錢來山下尋洙石，何似園名無垢。夸父走。便棄杖、林間汗漬中單透。雨消風瘦。問鵝鴨比鄰，鷄豚邨社，誰向少賓祝。　江湖夢，我亦半生虛驟。吟情空寄遙岫。幾回獨立蒼茫外，不見此身鵰鷲。君信否。算香海、無邊止作文章囿。一帆潮鬻。待素練銀濤，隨風捲盡，放眼自無疚。

木蘭花慢　春江花月夜

賺遊人不寐，縈冶思，是春江。正幾點鵑魂，一輪蟾魄，儼對明粧。昏黄。迷離莫辨，玉鈎斜、殘夢在雷塘。誰向畫船吹笛，隔波唤起鴛鴦。　濃香。易惹愁腸。侵露脚溼仙裳。悵獨客登樓，三更對影，千里思鄉。冥茫。春園宴罷，但飛英、和月轉長廊。鄰寺曉鐘休動，有人未了壺觴。

風流子　次蔣藕船韻

玉鈎斜畔路，茸茸艸、已過晚春時。悵酒餞離人，驪歌易散，鞭停晚店，蛇壑驚馳。曾幾載、鏡中雲似夢，簾外雨如絲。槐國功名，蹉跎自惜，蘆碕歲月，蹭蹬誰知。　憐君名家子，江湖老且盡，瀲灎深巵。又到少年前地，再訪牙期。剩白髮愁人，燈前薄醉，青衫狂客，花下濃癡。好向茱萸灣口，更結離思。

秋霽　秋夜泛月，同江橙里用草窗韻

庾墓秋空，乍王郎一曲，水濱寒笛。斷港彎環，疎星零落，遥僧似曾相識。邨烟漸失。金波攪碎平湖色。定還惜。今夜、衰荷一點露中白。　共憶吴江，漁弟樵兄，別後愔愔，望雲無迹。冰壺一片，斷魂難認畫上筆。魚鑰高城香夢隔。拚教沈頓，待他殘月穿林，醉扶歸去，曉天澄碧。

滿江紅　春日邀周竹樵作湖上之飲，因赴他召不至，次日以佳詞見示，依韻詶之

老去嬉春，渾不厭，連朝酒惡。林舍外、更邀舊雨，共看新蕚。花下好爲金谷會，壚前急指銀瓶索。笑野人，經濟在山林，原盤錯。　吾固召，君堅卻。似下子，輸先著。想膺門此夜，觴行倍樂。岸柳漸舒青黛眼，山泉久洗紅塵脚。囑他時、雞黍再相招，休辜約。

催雪　丁丑真州除夕

雲壓頹檐，風吼破窗，密雪侵階漸滿。便不是他鄉，也應魂斷。撥盡紅爐宿火，但短詠、低吟還長歎。塵封筆格，冰凝硯滴，有誰來管。　孤館。意何限。任蕭瑟江關，故山拋遠。算夢裏江淹，彩毫都嬾。點點殘更數遍。問寂歷、寒宵何時旦。悵半生、辜負桑蓬，輕把歲華偷換。

輪臺子

前詞成後，翦燭孤吟，戴遂堂先生聞『辜負桑蓬』之句，詢知是日爲余四十初度，乃命其小阮藍

輝明府張燈設筵，重集同人痛飲達旦，卽席復成此調，以誌感謝之私。

守歲杯盤已罷，又洗醆、呼朋列座。樽前説到年華，惹我夢瓊交墮。浮生已是無聞，况鄉園、咫尺寒雲鎖。念衰顔倚杖，甚日循陔歸期果。　一枝聊借安棲，感知己、爲憐坎坷。數遊蹤、遍燕南趙北，幾番塵堁。看燭穗齊高，雪花漸大。且一笑團圞，共謀嵬峩我。莫更管、暮影飛騰，四十明朝過。

邁陂塘　庭樹爲大風所拔，次侍補堂韻

罨高甍、陰森一片，庇人曾記如許。重來小院停吟屐，忽訝斷雲飄絮。空四顧，但寂寞、虚檐替戾風鈴語。孤根尚踞。便留向秋深，一編堪讀，兀坐更誰與。　闌干外，鎮日移牀幾度。中街炎轡方午。鍘童拾得枯枝在，宿火自調文武。凝眄處。休枉怨、青苔入榻長安雨。荒庭乍暮。且解取輕衫，挂將蘿薜，戲作漢槎賦。

洞仙歌　晚香玉

苕華琬璧，愛妙香幽好。只合夭斜伴蘇小。向棗花簾下，幾陣柔颸，深夜裏、逗取閑情多少。　鬟鬟垂小鬢，影匿烏雲，恰似飛烟入懷抱。莫怨近黄昏，朝槿年華，也一様、芳容易老。且扇手、今宵一時同，待貯夢羅幃，蕙爐清曉。

洞仙歌 家蕊中舍人於摺扇上臨米帖見貽，賦此爲謝

鈴騾鞿馬，正緘將行篋。忽見明珠餉稠疊。愛金壺妙汁，珊管清煇，都沁入、小棱湘紋新褶。持歸休障面，置向懷中，定有清風暗生脅。一日幾摩挲，酒地花天，肯輕付、晚螢朝蝶。笑我亦、人前最癡狂，試更爲重臨，辨顛殘帖。

長亭怨 丁亥秋日，暫至都門，侍補堂、施小鐵、鄭楓人各賦長調爲贈，次補堂韻酬之

暫相見、槐榆兄弟。各歎天涯，一枝難寄。攧笛宮牆，鬢絲還照御溝水。病中鄉思，伊直恁、愔愔地。應笑遠遊人，似匹馬、頓塵三市。　休矣。且蘭湯十斛，閉戸爲余清洗。絺巾乍起。早悵觸、故國秋意。料此日，翠竹江邨，正堪與、荷花同醉。肯如此光陰，抛向軟紅堆裏。

前調 次小鐵韻

乍筵畔，披夜而起。試看酡顏，者番真醉。作作秋星，畫檐疑注絳河水。夜將闌矣。空趲得、離愁味。蓬轉慣平生，算未有、匆匆如此。　曾記。向城南小住，賒遍市門珠桂。金臺再倚。早魂斷、酒

人羈思。況鄰笛、送到悲音，感泉下、蒼茫人世。謂戴遂堂先生。忍更向西風，分手燕山亭裏。

前調　次楓人韻

且今夕、一杯同此。莫管征車，曉鐘催起。轉首河橋，鴈聲纔過便遙矣。倦遊情味。全讓了、知歸水。折柳賦驪歌，又賺得、多才東里。　南指。有江雲幾片，籠住菊黄萸紫。胡盧自背。任談笑、何知程李。入世法、子欲云何，養生主、我聞如是。試各對涼秋，參向木樨香裏。

減字木蘭花　蓮花寺僧舍，懷蔣春農舍人四首

蓮花灣下。青豆閒房堪結夏。秋雨禪關。曾記敲詩共竹山。　古槐陰密。依舊向人濃翠溼。此樹婆娑。爲爾天涯喚奈何。

蕭騷吟袂。又到東西雙古寺。燕子銜花。猶認當時舊謝家。謝金圃太史舊住法源寺傍，余屢經下榻其宅。　依人作客。一笑浮蹤如落葉。北固高秋。羨爾狂吟多景樓。

冰牀雪被。我自半生甘冷味。熱惱遍隨。鞍馬高生向武威。　扁舟明日。秋水直沽東下疾。叢桂香中。待爾披襟一醉同。

浮生蓬轉。桑下原無三宿戀。憶事懷人。未免當前得句頻。　枳籬花徑。閉戶著書堪大隱。

莫憶行窩。蛛網蝸涎積漸多。

駐馬聽 海棠鈴

獨繫秋深。正斷腸、連宵況又愁霖。芳姿暗減，餘香自惜，牆東料少知音。忒淋侵。似晚粧、褪了紅襟。空寄遙情，欲扶還墜，小顫苔陰。　休占秀支替戾，消息全沈。也數遍遙漏，聽遍寒碪。因甚懨懨睡去，直恁虛響難尋。對冷豔，憶征輪，一倍驚心。

玉漏遲 閏七夕

隔年期慣杳。今年卻賺，填河仙鳥。匝月相思，也自黛痕愁繞。瓜果筵前更設，聽絲管、全翻新調。還共笑。鸞臺此度，莫嫌餘嘯。　侍兒寶帳重熏，定暗逗芳心，玉清年少。前夜今宵，一樣者般難了。機杼更籌漸永，悵秋冷、銀灣瀟照。深院曉。離情又添多少。

一萼紅 杏花

鬧東風。向鳴鳩屋角，斜嚲出牆紅。挑菜人閒，賣餳簫冷，倚雲初見芳蹤。記曾共、青衫白傅，趙邨邊、遊戲洛城東。塞北光陰，江南消息，總付歸鴻。　莫問爭春舊事，聽幾番長歎，暗惹愁悰。深巷門庭，小樓簾幙，孤眠夜雨聲中。吹笛天明正好又、仙姝嫁後綠陰濃。極目殘英亂飛，十里濛濛。

齊天樂　桂未谷得趙子昂名印，索賦

傷心玉馬來朝後，趙家應少完璧。狐兔宗祊，荊榛廟社，留得香名片石。愁縈恨積。伴芳草王孫，幾年沙磧。寒影沈沈，土花松雪舊齋色。　當時檢封遙寄，定仲姬奩畔，纖手親擘。小楷琅箋，幽蘭錦幅，何限風流遺跡。紫泥重剔。是故國殘灰，蘚侵苔蝕。驗取鵑痕，一絲天水碧。

賀新郎　鶴齡娶婦，同茍叔用迦陵送紫雲郎合巹韻贈之

雪意遙天釀。送歸人、霜風一夜，片帆輕漾。聞道新成金屋好，還窨舊愁心上。且自把、菱花偷相。消得何郎偎粉面，想芙蓉、雙豔應無量。好裁取、錦爲帳。　幾年書硯幽輝傍。忍今朝、落花飛絮，雨淋風颺。回憶襄成初捧手，又聽汝南雞唱。想左右、巫雲一樣。配得金童惟玉女，揭流蘇、更剔銀燈亮。只孤鶴，枉遙悵。

臺城路 讀王竹所《杏花邨琴趣》，偶題一闋，卽用集中原韻

山中舊夢雲猶白，驚逢玉田詞手。銷盡吟魂，賺來綺語，應在花前鴈後。梅兄竹友。有多少閒情，在君懷袖。肯把瑤音，伴他秦七與黄九。　軟紅塵裏插脚，偶然萍聚處，相對清晝。減字箏中，偷聲笛外，也勝雙輪癡走。評花課柳。問值得詞人，幾番消瘦。井水甜難，容伊都唱否。

應天長 題石湖春泛圖，爲江橙里作

岸容浸淥，波影漾紅。吴天付與吟客。載得曉粧人去，遥峰賽眉碧。橋横帶，廊響屧。正冶思、柔情紛迫。斷魂處，萬壑千巖，一片春色。　前度勝遊存，鶯老花殘，舊事暗銷歇。記起那時清興，烟巒盡飛越。憑持取、全幅帛。倩好手，細描輕抹。臥游意，欲説還停，香夢難接。

醉太平 題李端舒詞集

琅箋句新。瑤音字芬。知君詞客前身。定山中白雲。　林間翠筠。花間畫輪。故園多少芳春。想高樓斷魂。

曲江秋　和楊無咎韻

斷鴻聲歇。正一抹遥天，晴霞紅熱。鳥外翠浮，烟中影小，寒螺初縈髮。良會肯虚設。況江漲，琉璃滑。且捲簾旌，波光颭空，遠帆高揭。　愁絶。離懷似月。畫樓外、雲峰萬疊。分明前夜夢，孤篷同聽，浪捲千層雪。別路太匆匆，山亭轉首旋迷滅。正盼斷、秋宵漏長，倚枕那堪鳴鴂。

訴衷情

啼鳥。春曉。花信早。弄芳菲。高閣上。羅帳。畫簾垂。影逗一燈微。淒淒。畫寒人起遲。皺雙眉。

齊天樂

一規小牖藏嬌屋，愔愔正當春晝。篆冷茶烟，陰移竹逕，殘夢欲醒還又。金釵乍溜。悄窺得惺忪，碧羅衫皺。剩雨陽臺，定應未抵夜來驟。　知他銷盡蝶粉，只閒庭幾步，花影苔甃。約住芳魂，迷來倦眼，一晌追尋真够。朦朧未久。更綠樹流鶯，幾聲遥逗。素頸初擡，驗靨痕紅透。

摸魚兒 以下失題

點玲瓏、墊紅皴碧，名園多少春事。小軒透出風兼月，窨得滿簾花氣。良會易。有梓澤、蘭亭舊逕松苔碎。重關乍啟。認選石亭邊，煮茶泉畔，結伴又來此。　幽篁裏，一片濃陰委地。七峰高下相繼。風流前輩吟魂在，歲月茫茫如水。多異致。添幾處、坡陀斜對烏皮几。羈懷遠意。且拚著今宵，一支横笛，吹向杏花底。

壺中天慢

碧波無際，有美人香草、往來看遍。又到湘帆回轉地，九面晴雲未散。苦竹枝中，怨鴣聲裏，攜手過江劍。機兄雲弟，吟情此日何限。　載得鷄犬圖書，全家一舸，莫報郵籤遠。謝女粧成仍内集，不遣課詩功斷。湘浦烟生，君山日落，波熨光淩亂。浮名休問，楚天雲雨千變。

壺中天慢

都門帳飲，指潞河新月、蘭旌且駐。目斷鳧飛雙舄遠，容易抛人便去。駿骨金臺，酒壚燕市，歸夢應回注。扁舟今夜，夜涼知泊何處。　幾載橋上簫聲，簾前人影，喚遍江南渡。吹笛柁樓人薄醉，又過藕鄉荷路。騷客山川，仙源歲月，莫漫將愁訴。洞庭書問，有人還擬遙附。

木蘭花慢

東風吹水煖，正淺碧、皺鞾紋。乍去去來來，高高下下，白小紛紛。隨波惹苔戲藻，羨逍遥未減北溟鯤。留得清泉滿腹，肯將芳餌輕吞。　群分。逐隊自朝昏。弄影護香雲。便石罅深潛，泥窩穩住，樂也沄沄。庚辛。誤他幾載，悔堂堂策策枉因人。莫信龍門有浪，桃源負了仙春。

高陽臺

赤繖騰炎，丹崖駐暑，幾疑沒箇秋期。拂曉微涼，冰肌乍試生衣。分明一桁蕉窗碧，夜來聲、畢竟何依。漸寒漪、鬧菊勻蓉，又到霜時。　薤文珍簟應猶在，只宵深膩冷，有夢先知。蟋蟀階前，莫教一片輕催。天涯流火星輝燦，料難停，織女機絲。日沈西、蕙帳珊環，夜漏休遲。

琴調相思引

鬖鬆輕陰澹不流。玲瓏碎影晚初收。七條弦上，喚起一天秋。　偶戀黄昏貪小竚，獨看碧落自凝眸。寒梢月上，玉軫露華稠。

祝英臺近

冷金牋，殘粉印，留得舊時譜。零落宫商，還憶斷腸句。幾番花底偷聲，樽前減字，又重向、涼宵私補。　盡吞吐。遙天只共愁娥，幽懷暗中訴。餘韻悠揚，招下九霄露。知君廿四橋邊，玉人尋遍，有多少、别來淒楚。

水龍吟

看殘明月揚州，忽驚簫譜仙鸞至。清才絶調，洛神子建，湘靈錢起。桐幄虚簷，枳籬幽逕，晚涼深翠。正斜陽過後，紗幮拓盡，長吟遍，黄昏未。　同是天涯萍寄，悵登臨、水雲無際。華顛種種，連年猶抱，蠹魚乾字。莫倚新聲，微雲衰草，都成愁思。且樓頭試望。澄江鏡面，點青螺髻。

醉蓬萊

正清秋庭院，香滿烟叢，碧穿雲徑。吟社人來，會華筵湯餅。叉手尋詩，墊巾讀畫，稱雅懷心性。玉露階除，金波樓閣，冰壺佳境。　笑我頻年，歲華輕換，空對雲天，自凋霜鬢。多事桑蓬，賺四方遊騁。列炬開樽，選花調瑟，羨錦屏風景。更囑明宵，定須看足，桂娥圓影。

沁園春

自別西湖，一十三年，流光易頹。記鎮海樓前，尋君詩窟，仙靈寺裏，訪我經臺。草草分攜，悠悠間闊，汗漫何從期九垓。驚疑甚，似蕤賓古鐵，乍躍苔階。　攬袪還更低徊。歎蓬蹋天涯事總乖。又曉帆將挂，郵亭衰柳，暮烟空憶，官閣寒梅。已忍伶俜，强移棲息，懷抱何時得好開。論心地，且一杯相對，弟橘兄槐。

前調

杜牧揚州，幾載蕭條，茶烟鬢絲。笑年年閉置，避人新婦，朝朝孤嘯，失侶羈雌。赤水難求，延津易合，造物於人似弈棊。生平事，算良緣稱意，未有如斯。　明年小闢荒畦。也吾愛吾廬自護持。計芍藥開時，定邀近局，荼蘼架就，好賦新詩。緩帶聽鸝，墊巾招鶴，醉則花間騎馬歸。從今後，便穩安徐榻，待欵袁扉。

摸魚子

海雲收、碧天如沐，一杯休負婪尾。晚烟輕入睂痕淡，池面涼風初起。斜照裏。渲杏子、單衫影浸微波翠。吟肩乍倚。便別樣惺忪，幾番憐惜，消得眼兒媚。　抛羅帕，且把相思共試。小名他日須記。書空濃笑應無數，長吉詩：『濃笑書空作唐字。』摘得同心梔子。看逝水。怨草草、韶光只是添秋思。和他薄醉。有拍岸蘆花，插天楊柳，怎忍便分袂。

鶯啼序

園林霽烟乍起，正初陽在戶。渚蓮葉、遙出波心，水亭堪共朝暮。聚仙會、群賢畢至，迎人早見雙珠樹。笑髯翁、扶杖樽前，尚如風絮。　幾載江湖，載酒縱飲，向晴嵐煖霧。冶遊地、題遍幽襟，豔光都在毫素。倚危舷、吟紅醉碧，數聲咽、高城歌縷。楚天遙，芳草萋萋，暝濤飛鷺。　君留漢佩，我客燕臺，遠鴻悵異旅。舊夢繞、十三樓下，鬢影衣香，畫閣珠簾，幾絲秋雨。蘭情易老，萍蹤還聚，簫聲招我溪橋外，又輕橈、小泊當時渡。羅含宅畔，依然共數昕昏，此間便是吾土。涼生越舫，雨溼秦篝，任暗飄袖苧。算迤邐、湖光山黛，步步宜人，葦岸須停，柘枝曾舞。商顏伴侶，芝䈢竹杖，逍遙蓬島原兒戲，更休談、功業銅標柱。他時金鼎丹成，橘弟槐兄，定相顧否？

奪錦標

霞彩舒丹，潮光展素，滿目秋容如織。恰稱文壇筆陣，飛將孤騫，奪來高幟。羨長堤疎柳，尚堪染、新衣濃汁。漾袍花、雙袖拖藍，翠竹白沙無色。　空悵天涯倦客，一棹沿洄，舊境又尋吟屐。記向蕭齋寒夜，燈下藏鉤，酒邊吹笛。甚光陰似水，早添了、庭柯幾尺。問垂綸、海畔仙郎，可許苔磯同立。

撥棹子

芳草渡。西泠路。十里紅衣酣日午。浮一舸、中流容與。問催著、雙槳隨君何處去。　風裳水佩知無數。月地雲天隨是主。拚盪入、藕花深處，看一隊、傍晚鴛鴦何處住。

夢橫塘

冷蛩庭院，斷鴈簾旌，客懷無限淒楚。怨笛聲聲，又淚迸、西風寒雨。移座看花，選觴行酒，黯思前度。正江蓉未老，籬菊堪尋，殘霞外、催君去。　春城一桁柔絲，記牽情送我，短棹南浦。走馬長楸，只夢戀、江皋烟侶。甚三徑、重披翠幄，轉首人琴便千古。谷口斜陽，可堪孤影，對傷心秋暮。

喜遷鶯

客懷瀟灑。愛曲巷小樓，夕陽凝赭。載酒花前，聽歌柳外，草草又過春社。海上微雲乍斂，城上嚴更未打。暝烟裹，且開襟坐對，畫堂清暇。　良夜。剛趁得，三五俊遊，隨意傾杯斝。燈影迴廊，竹聲小院，重到醉吟簾下。今夕玉山須倒，明日蒲帆將挂。縱酣叫，任梁間燕子，夢回輕罵。

水調歌頭

此日浩然去，何日更重過。落葉空廊繞遍，倚檻且高歌。抖擻征途囊襆，收拾隨身竿木，揮手莫蹉跎。芳草江南岸，前路白雲多。　魚縱壑，鷹掣鏇，樂如何。幾番惆悵，不堪遽別是庭柯。卻顧鍘童茗卒，長揖竹兄石弟，相勸醉顔酡。回首二分月，天外鏡新磨。

飛雪滿群山

小盎冰堅，蒲根無恙，詠蒲更有何人。中庭乍暝，重簾垂地，奉倩應早傷神。況塵封遺挂，閃燈影、湘紋繡裙。最驚心處，禖祝畫屏，猶自裊爐熏。　曾記共、翦刀池畔坐，西風涼夜，雨暗螢昏。茶烟藥裹，年年長是，伴蛾岫淡朝痕。只班姬遺誡，傳幽閫、千秋秘文。簫聲乍杳，高臺粉月空斷魂。

黃鸝繞碧樹

花事能多少，愁中醉裏，便教春盡。穩計今朝，向湖天好處，定多遊興。畫船正艤，悵風雨、城陰先暝。惆悵似、餞客來遲，祖帳離筵俱冷。　莫歎吟笻未整。且蕭齋、共謀歡飲。這情味、便名園走徧，難繫春影。細數半生舊約，大抵是、無憑準。休將花期，更教先訂。

作品輯補

作品輯補

詩

舟過檇李

枉渚由拳北，寒雲上杳冥。酒傾銀鑿落，歌愛玉瓏玲。磨劍千年石，落帆何處亭。鴛鴦湖畔月，今夜照孤舲。

寄懷吳岑華先生

西風木落萬山秋，倦客懷人獨倚樓。月到古牆聞蟋蟀，夢回空館聽鵂鶹。定知舊徑懷羊仲，識向新豐識馬周。江水冬春如皎鏡，何時搖艇一來遊？

貝葉金經小閣中，知君權實悟皆空。香爐鵲尾安髹几，文竹魚須冷畫櫜。自放形骸友麋鹿，閒看得失鬧雞蟲。三塗八難消除盡，底事還留綺語工。

（以上二題三首，王昶輯《湖海詩傳》卷三十一，清嘉慶八年三泖漁莊刻本）

次韻奉送草亭歸禾

論詩如論禪，南北各異宗。味外有至味，旨哉滄浪翁。草亭吾宗衮，才具萬夫雄。少年負絕特，樂志烟霞中。詩骨清且瘦，妙理不可窮。自得江山助，常以泉石供。一朝渡江來，叩門訪疎慵。淵然大雅才，睟乎有道容。乃以姑射仙，不棄石戶農。投我以長篇，篇中字字工。伯勞與飛燕，蹤跡本西東。何意開春筵，酒邊有次公。我欲留君住，江雲不肯封。遂令懷別思，有如春華穠。送君揚子驛，矯首江天空。執手訂後約，莫待鯉魚風。

酒帘次汪秀峰觀察韻

餔啜糟醨傍冷篘，一生惟挂野人眸。慣臨流水頻看影，空對斜陽獨倚樓。阮籍無隣何處宿，相如有渴未全瘳。酒人燕市知多少，霞外相逢盡白頭。

冰心醉壓入寒篘，誰向霜天擲遠眸。客館移來還近市，鄉心濃處一登樓。新裁邊幅聊從狹，舊態飛揚未易瘳。朝暮軟紅塵十丈，茆檐何日更藏頭。

（費融《紅蕉山館集》卷三、卷七，清嘉慶十九年刻本）

和詩

此事推袁已久殷，白頭方得共論文。真如示我知無限，妙諦從君得少分。擿埴途中欣有導，尋師花裏羨同群。一編手把過殘臘，敢惜焚膏夜誦勤。

（趙翼《甌北集》卷二十八，清嘉慶十七年湛貽堂刻本。趙翼原唱《贈金棕亭國博》詩：『宿望多年企想殷，江湖往往誦高文。才翻蘇海泉千斛，老占揚州月二分。作客人尊名士座，去官身入散仙群。浮蹤此地欣相遇，撰杖從遊敢憚勤。』）

癸卯五月望日，題理堂學博《憶園詩鈔》後

詩人不讀書，如蟬嘶風蚓歌塗。作詩不植德，如鳥言空鼠云卽。涵泳聖涯嚌道真，乃爲風雅培真根。我誦君詩二三帙，知君性情與學力。草木榮華安足論，文章光焰白無極。白髮旅人孤館清，一燈寒穗青熒熒。豈意琴瑟几杖外，忽聽淵淵金石聲。

（陳燮《憶園詩鈔》卷首題辭，清刻本）

咏鐵畫

傾亞玲瓏意匠周，巧工丁緩信難求。爐錘神技休相詫，挾術祇緣繞指柔。
寂歷空明霜夜深，小山儒士抱冬心。而今海內珍勞鐵，誰探荒山匿廿金。

（汪啟淑《水曹清暇録》卷十二，清乾隆五十七年汪氏飛鴻堂刻本。題目新擬）

題畫詩

桃源圖

豔豔夭桃帶夕陽，紅霞暎水各生光。那知寂寞柴門裏，別有棃花怨晚粧。

仙山樓閣圖

萬山深處步虛聲，仙籟泠泠入耳清。我欲三層樓上宿，香爐雲笈伴通明。

荷塘銷夏圖

紅粧翠蓋映漣漪，烟水江南惹夢思。記得臨平山下過，香風十里夜深時。

松泉幽憩圖

空山白晝自悠悠，箕踞何人俯碧流。莫道小亭堪晏坐，泉聲松響不曾休。

夏山烟雨圖

雲驟風馳勢吐吞，千巖萬壑辨難真。可憐擁棹披蓑客，冒雨江頭尚渡人。

秋江歸雁圖

青草湖邊翠欲齊，黄陵廟後夜猿啼。詩家無限蕭涼意，都付香東與墨西。

竹徑看雲圖

略彴纔通一澗流，直兄相對自修修。隔溪村舍如堪問，我亦閒情似李舟。

危峯觀瀑圖

高峯突兀下飛湍，一綫懸崖路七盤。井絡天彭身未到，那知人世有奇觀。

水欄放鴨圖

老樹新蕉面面風，曲闌干繞水亭空。乳鴉飛散雛鳧浴，都八先生醉眼中。

秋山幽居圖

一丘一壑總多情，山自娟娟水自清。釣客投竿何處去，柳陰無賴一舟横。

江楓蘆雁圖

秋水秋山相對新，紛紅駭綠勝如春。可知相對篷艙客，多少鄉心夢未成。

羣峯積雪圖

空山寂寂暝烟重，漁屋收罾處處同。莫笑老樵歸去晚，江頭猶有鄭公風。

（葛金烺《愛日吟廬書畫録》卷三王翬《仿宋元諸家山水冊》，清宣統二年葛氏刻本。題目新擬）

贈箎與黄承吉斷句

騏驥在東鄰，三年不相識……顧我桑榆人，十駕安可及。

清風亭明月溪斷句

亭邊清風舊，溪上明月古。

（以上二首，黄承吉《夢陔堂文集》卷五《金椶亭先生集序》，清道光二十三年刻本。題目新擬）

贈雅堂妹斷句

續史正堪兄作伴，工吟恰好父爲師。

（錢仲聯主編《清詩紀事》，鳳凰出版社二〇〇四年版，第六一六〇頁）

辛亥八月晦日同人集胡蜨秋齋聯句

蓬戶喜秋晴，吳縣鄭汝暘。高談易合并。漫持詩作畾，全椒金棨。且仗酒爲兵。鄉味勞烹飪，歙縣吳文湘。奚童熟使令。蟹肥黃溢甲，全椒金兆燕。藕脆白蓮莖。品果將銀杏，歙縣吳之騐。供蝦覓水精。何能邀鼎食，汝暘。詎復羨侯鯖。密坐忘賓主，棨。懽呼喝缶甖。燭搖遲見跋，文湘。漏遠漸聞更。游藝矜能事，兆燕。多才畏後生。素交兼棣蕚，之騐。新好託嚶鳴。共盼千金產，汝暘。那求二頃耕。荷衣尚漂泊，棨。碁局未輸贏。豐歲艱紅稻，文湘。遙天憶緑橙。此都萍偶聚，兆燕。數客意同傾。晦日謀良夜，之騐。青松訂久盟。露寒花有影，汝暘。雲碧雁無聲。美矣躭佳咏，棨。中之得巨觥。分曹攻拇阵，文湘。餘勇問茶槍。興劇思投轄，兆燕。狂來欲絕纓。前期金菊綻，之騐。後會玉蟾明。氣概淹長鋏，汝暘。年華擲短檠。激昂孔文舉，棨。蕭颯庾蘭成。但抱無前志，文湘。徐圖不朽名。乘閑暫行樂，兆燕。方愜旅居情。之騐。

（金棨《泰然齋集》卷四，清道光二十六年刻本。聯句唱和另有吳縣鄭汝暘、歙縣吳文湘、歙縣吳之騐）

兩峯指頭畫西瓜聯句

一指參得禪，全椒金兆燕棕亭。十笏張吾畫。著意寫畦町，歙羅聘兩峯。御氣飽沆瀣。巨笑仙棗如，武進徐書受尚之。頑嗤苦瓠賣。團欒蒼玉瓶，海寧沈心醇匏尊。聯絡青絲絓。渾沌中未鑿，復。輪囷重難挂。藏狐質離奇，兆燕。似虎形狡獪。何須子母連，聘。不用絺綌蓋。五色稱東陵，書受。八普記西界。回思浮井甘，心醇。爭先飣盤快。瓣削涎已流，復。漿破手還搤。設飲座上陳，兆燕。乞巧筵前拜。燉煌綠乍沈，聘。靺鞨紅勿壞。忽焉畏景移，書受。淒爾嚴飆屆。田間種齊收，心醇。籬落蔓摧敗。語冰交凌兢，復。潑墨借揮灑。指染去觚稜，兆燕。腕運絕芥蔕。瓤藏想貝齒，聘。帶結儼簪？。上環試剖擘，書受。列宿映光怪。拂蠅涷不飛，心醇。納履慎當戒。弃此沒骨珍，復。我欲侈一嘬。兆燕。

（王復《晚晴軒稿》卷四，乾隆刻本。參加聯句另有羅聘、徐書受、沈心醇）

詞

揚州慢　湖上餞辛楣學士入都同賓谷裕圃對琴作

殘雨迎秋，斷虹收暝，綠楊一片城西。倩湘靈妙詠，寫遠黛峯齊。羡書畫、扁舟到處，酒人詞客，襟袖爭題。奈沙鷗涼夢，今宵偏隔前溪。

俊遊舊侶，憶當年、樽酒同攜。悵盡日重尋，紗籠粉堵，塵蹟都迷。此後玉堂清夜，應還念、茆舍疎籬。怎簫聲聽罷，停觴旋更歌驪。

（王昶輯《國朝詞綜》卷四十一，清嘉慶七年王氏三泖漁莊刻本）

集聯

倉房聯

廒庾千箱在，薛存誠。芳華二月初。趙冬曦。

（李斗撰《揚州畫舫録》卷一，中華書局一九六〇年版，第二七—二九頁）

聽簫園聯

聖代卽今多雨露，高適。酒壚終古擅風流。李商隱。

（李斗撰《揚州畫舫録》卷十五，中華書局一九六〇年版，第三四三頁）

香悟亭聯

潭影竹間動，綦毋潛。天香雲外飄。宋之問。

南漪船房聯

紫閣丹樓紛照耀，王勃。桃溪柳陌好經過。張籍。

棲鶴亭西廳事聯

城邊柳色向橋晚，温庭筠。樓上花枝拂座紅。趙嘏。

（以上三聯，梁章鉅輯《楹聯叢話》卷七，清道光二十年桂林署齋刻本）

文

丁辛老屋集序

乾隆辛未之春，天子南巡至於浙江，穀原比部以諸生召試行在，賜中書舍人。是冬，入京供職，余以計偕居東門，時相過從，疊有唱和。然以作舉子業、應禮部試，未暇索其全集流覽之也。穀原於甲戌登第，改官西曹，余時屢躓公車，往來僕僕，形跡愈踈。後穀原請養南旋，復於江淮之間時得繼見。然川塗悤遽，得以樽酒論文者亦無多日。穀原殁後，每於友人處得其零章斷句，未嘗不珍如拱璧，什襲而藏之。穀原之子敦初負奇才，能紹家學。新安曹君忍菴與敦初交好，酷嗜穀原之詩，索刊其集，以公同好。今年冬，敦初至揚州，捧是集索序於余，余讀之數日始竟。穀原爲人，瀟灑塵壒之外，一言一笑皆有天趣。其詩不專一家，然真趣流溢，頗似其人。後之人讀穀原之詩，卽可知穀原之人矣。明年春，敦初將入新安，以是集與忍菴校讎付梓，吾知挈榼提壺，朗吟是編於天都峰下，必有猿吟鶴唳與雲海松濤間發者。惜余不得連袂其間，一爲秋菊寒泉之薦也。乾隆四十年歲在旃蒙協洽嘉平月，全椒金兆燕序。

（王又曾《丁辛老屋集》卷首，清乾隆四十一年刻本）

邗溝集序

訒莽以倜儻磊落之才，埋照塵俗中，屢經坎壈而發爲歌詩，獨能一屏噍殺悲鬱之音，而歸於恬適和雅，是殆有足乎其内者歟？余十五年前僑寓武林，卽耳訒莽名，而人多謂其乖崖不可近。今訒蒼來邗上，與余一見如舊相識，且出其所作詩文，必問道於擿埴之盲而瀝耳不倦。然則謂訒莽不可近者但聾語耳。他日訒莽全集成，余尚能爲糠粃之導。今姑書數語以爲繞朝之策云。庚寅秋日全椒山中人金兆燕書於揚州官舍。

（汪啟淑《訒莽詩存·邗溝集》卷首，清乾隆刻本）

紵秋閣跋

江淹賦恨，無非累德之詞；庾信言愁，大有銷魂之句。擁趙君之絹被，山木能謳；指吴兒之石心，小海獨唱。當歌必慨，下筆能工。麗則協乎詩人，曠達稱爲狂客。溯前身于青兕，共嘆仙才；舞後隊之紫鸞，應成法曲。

（李斗撰《揚州畫舫録》卷九，中華書局一九六〇年版，第一九六頁。題目新擬）

論傳奇

有奇可傳，乃爲塡詞。雖不妨於傅會，最忌出情理之外。《西樓記》（按：《西樓記》，清袁令昭所作傳奇）于撮合不來之時，突出一須長公殺無罪之妾以劫人之妾，而贈萍水之友以爲妻，結構至此，不謂之苦海得乎？

（姚燮《今樂考證·著録八》，《續修四庫全書》第一七五九册影印一九三六年北大影印稿本。題目新擬）

評《虞初新志》

余遊黄山，訪先生祝髮處。山僧猶藏手蹟數紙。詩格豪放，字畫遒勁，真希世寶也！以魏公文、姜公事作《新志》壓卷，足令全書皆生赤水珠光。

（張潮輯《虞初新志》卷一《姜貞毅先生傳》，文學古籍刊行出版社一九五四年版。題目新擬）

附錄

附錄一　年谱

金兆燕年譜簡編

金兆燕，字鍾越、棕亭，號椶亭子、蕪城外史、全椒山中人。安徽全椒人。乾隆三十一年進士，官揚州教授，後遷國子監博士，請疾歸，僑居揚州多年。工詩、文、詞、曲。著有《棕亭詩鈔》十八卷、《棕亭詞鈔》七卷、《棕亭古文鈔》十卷、《棕亭駢體文鈔》八卷及傳奇《旗亭記》、《嬰兒幻》。清代學人中，金兆燕是位極具特色的人物：遊幕多年，暮年登科而長繫冷官，與當時文壇巨擘多有交往，聲名日振；背負著舉業家族復興的重荷，游走於依附與獨立之間，再加上自身氣質秉性的豪放不羈，凡此都使他的性格與思想顯示出豐富複雜性來。現據《國子先生全集》及其友人詩文集撰年譜簡編。

康熙五十七年　戊戌（一七一九）　一歲

《棕亭詩鈔》卷十四《己亥元日和唐鶴舉韻》：『隔日纔過覽揆辰』句自注：『予以戊戌小除日誕生，去年戊戌十二月小盡。』卷九《丁亥除日爲余五十誕辰，適周鶴亭學博以歷歲自壽之作見示，次韻抒懷卽用題後八首》詩題，《棕亭詞鈔》卷七《輪臺子》詞前小序等皆可推算其生年。

雍正二年　甲辰（一七二四）　七歲

生母去世。《棕亭詩鈔》卷十《贈葛菱溪》：『我生夙偏露，髫齔失所恃。』《棕亭古文鈔》卷十《告廣文公文》云：『憶不孝七歲失恃。』按：金兆燕母親姓陶氏，金榘《泰然齋集》卷二《次半園（吳檠）韻爲敏軒三十初度同仲弟兩銘作》：『今吾與子爲僚婿，柴桑門楣誇邢譚。』吳敬梓叔祖吳勖之女，嫁與全椒人陶欽李，陶欽李生有兩女，長女嫁與金榘，次女嫁與吳敬梓，卽吳烺之母。全椒金、吳兩家世代通婚，據《泰然齋文集》卷上云，金榘姑母嫁與吳敬梓堂伯吳雷焕爲妻，卽吳檠之母。

金榘後續娶。《棕亭詩鈔》卷一三《題申孝子傳後二首（三原申汝德事繼母以孝聞，張秋芷給諫爲之作傳，索余題之）》其二『慈竹春陰蔭屢移』後自注曰：『兆燕兩事繼母。』

雍正八年　庚戌（一七三〇）　十三歲

金榘在揚州做館授徒，兆燕隨父寓居揚州讀書。《棕亭古文鈔》卷六《蘭堂詩鈔序》：『憶余年十三四時，隨先君子讀書揚州。』金榘《泰然齋集》卷一《又次燕兒送別韻二首兼以志勉》詩下注曰：『昔年館於廣陵，與燕兒同臥起。』

雍正九年　辛亥（一七三一）　十四歲

兆燕隨父親拜謁張鵬翀。《棕亭詩鈔》卷一八《朱桐村以張南華題楊子鶴寒窗讀書圖卷子索題，卽步原韻五首》：『五十二年懷舊事，至今文苑重邢溫。』詩下注曰：『雍正辛亥，余年十二歲卽謁宮詹於揚州旅邸。』張鵬翀，字天扉，自署南華山人，嘉定人。雍正五年進士，著有《南華詩集》。（按：兆燕自稱『年十二歲』，指其實年而言。）沈德潛《椶亭小草序》云：『昔張詹事南華詩才敏捷，遊黃山一日成數十首，後以見知聖主，洊歷卿貳。鍾越少年領鄉薦，方與計偕，詩才不讓南華，他日成就豈出南華下哉？』

金榘與友集胡婕秋齋中聯句，金榘《泰然齋集》卷四《辛亥八月晦日同人胡婕秋齋聯句》，參加聯句唱和詩人有吳縣鄭汝暘、全椒金榘、歙縣吳文湘、歙縣吳之騋。光燕陪侍，并參與唱和，寫下『奚童熟使令，蟹肥黄溢甲』等詩句。

雍正十六年　癸丑（一七三三）　十六歲

金榘於全椒開家塾，金兆燕隨父讀書。《椶亭詩鈔》卷十三《補祝詒有叔六十壽述懷》自注：『癸丑歲，先君子開家塾，兆燕相隨叔父讀書。』

雍正十七年　甲寅（一七三四）　十七歲

秋，與吳烺全椒聚。全椒金、吳兩家世代交好。見吳烺《杉亭集》卷一《同金大兄鍾越南岡晚眺》。乾隆《大清一統志》卷九〇：『南岡山，在全椒縣南二里。一名南山，山勢自西來，連亙數十里，至此益高峻環翼縣治。』

乾隆元年　丙辰（一七三六）　十九歲

本年吳敬梓辭卻博鴻科廷試，其堂兄吳檠被安徽巡撫都察院右副都御史王紘舉薦，參加博學鴻詞科考試，後落選。劉大櫆《海峰文集》卷四：『雍正十一年，天子有意久道人文之化，肇開博學鴻詞之科……積四年之久，內外臣工，共所推薦，得二百人……青然與余同被徵召於京師相識也，既而同罷放黜，相憐因相善也。』金兆燕《聞吴岑華先生凶耗口號絶句十六首》（十四）詩下注曰：『先生應鴻博不第，有惜其迂戇致遭按劍者，先生笑謂余曰：「他日誌吾墓云爾。」』

乾隆二年　丁巳（一七三七）　二十歲

盧見曾兩任兩淮鹽運使，第一次是乾隆二年至乾隆三年。

雍正十六年吴烺隨父親移家南京，本年二月，與乃父吴敬梓回全椒後又往金陵，兆燕送别。吴烺《杉亭集》卷一《與鍾越分手河梁旋復夢見覺而有作》。

乾隆三年　戊午（一七三八）　二十一歲

在表弟李端舒家作私塾蒙師。《棕亭古文鈔》卷七《李母俞太孺人七十壽序》：『今年春余奉簡命教授揚州，將之官，表弟李子端舒出祖於郊……憶余弱冠時，爲塾師於太孺人之家。』

盛夏，吴烺從金陵回全椒，拜訪業師金榘，與金軒來（九表叔）、金兆燕分韻賦詩。吴烺《杉亭集·過金先生絜齋齋中留飲同九表叔軒來兄鍾越分賦得質字》：『盛夏不覺暑，炎氣忽如失，枯坐小窗中，桐上雨聲疾。』

秋，同吴烺山齋夜坐。吴烺《杉亭集》卷一《山齋夜坐同鍾越作》詩：『秋月令人靜，薄寒簾際生。』

乾隆四年　己未（一七三九）　二十二歲

新年與友人詩歌唱和。見《棕亭詞鈔》卷六《曲遊春·己未元旦次王竹凋韻二首》。

吴檠歸全椒。《棕亭古文鈔》卷九《跋吴岑華先生集後》：『先生被薦入都，間隔數載，己未歸里。』劉大櫆《海峰文集》卷四《吳青然詩集序》：『青然與王君同入督學順天劉公之幕……（去年）劉公復督學江南，余偶遇其署，則青然已歸全椒。』

兆燕隨父親金榘往來於吳檠書房溪上草堂，參與長輩們詩酒聚會。《棕亭古文鈔》卷九《跋吳岑華先生集後》：『兆燕自幼好爲韻語，每侍家大人與先生談，竊聽不倦。後先生被薦入都，間隔數載，己未歸里，獨引余相唱酬。』

乾隆六年　辛酉（一七四一）　二十四歲

吳檠中舉。民國《全椒縣誌》卷十二記載吳檠於乾隆六年中舉人。

金兆燕到南京，吳烺與其相會，『兩載不相見，相看成古歡……話舊到更闌』（吳烺《杉亭集》詩二《喜晤鍾越》）。

娶同里人晉氏爲妻。晉氏（一七二二—一七八三），安徽全椒人。《棕亭古文鈔》卷四《亡室晉孺人傳》：『孺人姓晉氏，余同里人，年二十歸於余。余家貧甚，孺人家亦貧，嫁之夕，假他氏衣飾迎以至，廟見後，脱釵釧，易裙襖，入廚操作，無幾微不豫色。』金兆燕揚州府學教授期間，『署以內食指七百，一日食五斗米，內外大小井井然。每日餔以巨案，羅柈椀竟丈餘，孺人一一均授之畢，然後食。』金兆燕云：『交遊半天下，而知己乃在閨中。』

成婚前後，在全椒本地坐館，經濟窘困。《棕亭古文鈔》卷四《亡室晉孺人傳》：『余時爲他宅童子師，所得脩贄皆以奉堂上，私室不名一錢，同里吳岑華先生，父執也，贈余白金三兩，適孺人伯父有市肆在蒙塾之側，謂孺人曰：「以此置吾肆，每日與爾子錢三。」孺人諾之，余蚤出暮歸，歸即持三錢來，孺人一月可得九十錢而私用足。』

鄉試落第，補廪。《棕亭古文鈔》卷四《亡室晉孺人傳》：『是時，余以鄉試失解而得補獲雋者之缺，爲廪膳生，聞者且慰且賀，孺人曰：「此小得失，何足言。大丈夫當以文行高天下，富貴貧賤身外事也。」』

兆燕至南京，與吴烺會。吴烺《杉亭集》卷二《喜晤鍾越》：『話舊到更闌。』

冬，吴檠赴京應試。《棕亭古文鈔》卷九《跋吴岑華先生集後》：『辛酉冬計偕北上，乙丑登第，官西曹。』

自辛酉至癸亥，金榘坐館客揚州。《棕亭古文鈔》卷十《告廣文公文》：『蓋不孝自弱冠後即與大人聚首之日寡矣。歲丙辰、丁巳，大人客嘉定二年；辛酉、壬戌、癸亥，客揚州三年。』

乾隆九年　甲子（一七四四）　二十七歲

南京參加鄉試。《棕亭詩鈔》卷十六《甲子闈中往字號題壁，癸卯秋試，門人史望之見而錄歸，蓋已四十年矣》。

金榘、兆燕父子坐館謀生。金兆燕《棕亭古文鈔》卷十《告廣文公文》：『甲子各館他舍；至乙丑冬，隨任休邑。』

乾隆十年　乙丑（一七四五）　二十八歲

暮春，訪戚南山先生書院。《棕亭詩鈔》卷一《過戚南山先生書院故址》。戚賢，字秀夫，號南山，晚更號南玄，全椒人，在全椒建南譙書院。

將往休寧，至滁州與葛家話別。《椶亭駢體文鈔》卷七《祭葛母唐太孺人文》：『乙丑寒孟，從宦新安；來别太君，涕泗汍瀾。』

金榘任休寧縣學訓導。《中國方志叢書·徽州府志》卷七『職官志·縣職官·休寧縣職官·訓導』：『金榘，全椒人，廪貢生，乾隆十年任。』（道光）《休寧縣志》載：乾隆十年至十九年，金榘任安徽休寧訓導。王鳴盛《西莊始存稿》（清乾隆三十年刻本）卷十《題歙縣教諭金君畫像四首詩人鍾越之父也》可參讀。

兆燕隨任一年，與徽州詩人方東萊、鄭來、吴宁、吴寬等交遊。《椶亭古文鈔》卷十《告廣文公文》：『至乙丑冬，隨任休邑，朝夕侍奉者僅一年耳。』卷五《新安七子詩序》：『憶乙丑之冬，隨先君子入新安，至今忽忽已三十年。其時朋簭往來，前輩有曹震亭、鄭松蓮諸先生稱老宿；同儕則二吴（松原、二匏）、二方（集三、東來）各擅美才，每相角不肯下。』

代父親作《休寧縣儒學月課示期榜文（代家大人作）》（《椶亭駢體文鈔》卷六）。

休寧思友人，以詩抒懷。《椶亭詩鈔》卷一《長歌答李息翁先生兼呈從叔軒來寄吴子荀叔》：『新安江泠清波駛，霜華柿葉寒山紫。蕭颯秋風吹客衣，白雲回首家千里。』按：一七五五年秋，吴烺遊滁州琅玡寺，寫下《秋日過琅玡寺見李先生息翁題壁》。

吴檠進士及第，官刑部。《椶亭古文鈔》卷九《跋吴岑華先生集後》：『乙丑登第，官西曹。』沈德潛《清詩别裁集》卷二九：『官刑部主事。青然舉鴻博不遇，放歸，後官西曹，決大獄，能不阿大吏意，眾論許其守官。』金兆燕《椶亭詩鈔》卷一《寄懷吴岑華先生六首》之二云：『君子富經術，刑名本道德。秋官重平反，所急非刺賊。不見古庭堅，差肩稷與契。』

除夕，查英石以詞見贈，依韻酬之。見《棕亭詞鈔》卷三《瑣窗寒·乙丑除夕，查英石以詞見贈，依韻酬之》。

乾隆十一年　丙寅（一七四六）　二十九歲

金榘中風。《棕亭古文鈔》卷十《告廣文公文》：『大人自丙寅中風後，言語謇澀，行步遲緩，皆以爲老人常態耳。』

乾隆十二年　丁卯（一七四七）　三十歲

夏，歸全椒并往滁州葛繩武家。《棕亭駢體文鈔》卷七《祭葛母唐太孺人文》文：『丁卯之夏，觸熱旋歸；太君見我，塵土滿衣。』

八月，赴南京鄉試。《棕亭古文鈔》卷十《告廣文公文》：『丁卯，歸里鄉試。』

與岳父同舉於鄉。民國九年《全椒縣志》卷十二《人物志·選舉表》：丁卯，晉嶧、金兆燕中舉。《棕亭古文鈔》卷四《亡室晉孺人傳》：『丁卯歲，余與外舅同舉於鄉。』

金榘作詩以賀。見金榘《泰然齋集·得家信喜燕兒舉才》。

中舉後，加之父親中風，生活壓力陡增，兆燕便與吳檠書，欲入幕。《棕亭駢體文鈔》卷六《寄吳岑華先生書》：『擬於來年從茲作客，如其八州都督，記室需人；三輔名豪，曳裾有路。幸爲説項，不惜推袁。但搴庾杲之蓮，便負仲由之米。』

冬，次女阿雋出生，阿雋之名乃祖父金榘所賜，嫁同里汪梯雲。《棕亭詩鈔》卷七《次女阿雋十歲，詩以寄示》云：『在昔丁卯歲，鄉舉幸忝竊。結束事北征，駝氈冒霜雪。是時汝初生，吾父大慰悦。命名曰阿雋，錦繃錫綵纈。』《棕亭詩鈔》卷一八《壽汪鄰初七十》：『余次女適君胞姪，名梯雲；長孫女字君；次孫名丙。』

乾隆十三年　戊辰（一七四八）　三十一歲

與岳父赴京參加禮部試，同下第，此兆燕一應會試。《棕亭古文鈔》卷十《告廣文公文》：『戊辰，就試禮闈。』《棕亭古文鈔》卷四《亡室晉孺人傳》：『戊辰會試，余與外舅俱下第。』

春，京都與吳檠相見。《棕亭古文鈔》卷九《跋吳岑華先生集後》：『余亦以從宦新安不復相聚，中間祗戊辰春在都下。』

京都與吳硯農叔祖吳漁浦先生相見。《棕亭古文鈔》卷七《比部吳漁浦先生壽序》：『後先君子又適館於公家，爲公少弟師，則與公益相引契，如骨肉親。公官西曹時，余每計偕入都，必相見而喜，相別而悵，青芻白飯之惠下逮奴馬。』

初來京師會試，兆燕豪情壯懷。《棕亭詩鈔》卷七《次女阿雋十歲，詩以寄示》：『我謂青紫物，唾手定可掇。大笑徑出門，匹馬如電掣。』《棕亭古文鈔》卷九《戴蓴浦詩集跋》：『憶三十年前初來京師，九衢連袂之友如雲如虹，余亦壯年，盛氣淩轢。』

下第，前往休寧省親。《棕亭古文鈔》卷四《亡室晉孺人傳》：『戊辰會試，余與外舅俱下第，余歸新安省視先府君於休邑署中。』《棕亭古文鈔》卷八《汪閬洲七十壽序》：『乾隆戊辰，先君子作休邑司訓，休邑與歙相鄰比，有事謁郡守則沿歙之西南鄉以往，常攜兆燕過槐塘。』

在休寧，思念吴檠，詩以寄之。見《棕亭詩鈔》卷一《寄懷吴岑華先生六首》。

在新安，與友人多交遊。見《棕亭詩鈔》卷一《過潛虯山遇雨，欲晤薇省不果，賦此卻寄兼示畊雲》、《雨中過長林橋留飲鄭松蓮蝴蝶秋齋四首》等。

岳父卒於濟南，兆燕攜妻子歸里奔喪。《棕亭古文鈔》卷四《亡室晉孺人傳》：『戊辰會試，余與外舅俱下第……而外舅客游山左，俄卒於歷城，凶問至，孺人水漿不入口者數日……奔喪歸里由新安富春取道杭州，至京口渡江而北。』

從休寧由新安富春取道杭州，至京口而北，元夕在舟上。《棕亭詩鈔》卷一《自新安買舟送晉氏妹歸里三首》、《屯溪晚泊》、《過歙浦望郡城諸山懷汪稚川》、《攜閨人登嚴陵釣臺》、《舟中元夕》記載行蹤。

乾隆十四年　己巳（一七四九）　三十二歲

春，至杭州。見《棕亭詩鈔》卷一《錢塘江上聽潮歌》。

拜謁太高祖金九陛遺像。《棕亭詩鈔》卷一《北新關清惠祠謁先少參公遺像有序》詩前小序云：『乾隆已巳春，五世孫兆燕入越，得瞻禮焉。敬賦五言四十韻，追紀其事。』按：金九陛，明故朝議大夫、湖南兵巡道布政使司參議，推陞南贛巡撫。

道經姑蘇，訪鄭紺珠不遇。《棕亭詩鈔》卷一《懷鄭詩有序》：『兆燕髫時侍家大人客邗上，吴門鄭紺珠先生一見器之……復聞紺珠友有歙處士鄭松蓮先生者，亦工詩及書法，訪之已束裝去閱十餘年。隨大人宦新安，數過松蓮室，爲莫逆交。今春，自新安歸里，道經姑蘇，將訪紺珠之廬，而舟子以風利不泊，惘惘遂過。得松蓮於意外，失紺珠于意中。』

訪泰伯祠、春申浦、鴛鴦塚、吴宫。見《棕亭詩鈔》卷一《吴郊春望》。

聽聞劉碧鬟事，爲其作墓銘。《棕亭駢體文鈔》卷八《劉碧鬟墓銘》：『金子兆燕走四方，不得志，過姑蘇，聞其事，哀之，乃爲之銘。』馮桂芬纂《同治蘇州府志》（清光緒九年刊）卷四十九：『劉仙史墓在虎丘山麓，江蘇巡撫慕天顔之妾，姓劉字碧鬟，死瘞撫院後圃。乾隆丁卯冬，幕客扶乩，劉至，自述云云，并示埋骨處，發之果然。吴人朱宏業移葬虎丘山下，金兆燕志，國朝彭績《劉仙史墓并序》。』

一路經秀水、京口、真州。見《棕亭詩鈔》卷一《京口阻風》、《渡江》、《真州江上夜泊》。

泰州樊川鎮水陸寺重建，兆燕作碑記，并立碑。見《棕亭古文鈔》卷九《重建泰州樊川鎮水陸寺記》；陸銓編《海陵金石畧》：『重修泰州樊汊鎮水陸寺碑記全椒金兆燕撰乾隆十四年立。』

至全椒。見《棕亭詩鈔》卷一《抵家》。

春，在全椒與吴檠相會。《棕亭古文鈔》卷九《跋吴岑華先生集後》：『己巳春在里門，暫一合併。』

送妻氏妹出嫁。《棕亭古文鈔》卷十《告廣文公文》：『己巳，又送晉氏妹于歸。』

新安、休寧與友人唱和。《棕亭詩鈔》卷二《偕汪蘅圃小軒納凉枉蒙以詩見贈依韻奉詶》詩下注：『時侍家大人側』，《長歌行贈黄山僧雪堂》詩下自注『時住錫城東富瑯塔平等庵』。按：普滿寺、富瑯塔均在休寧。見《棕亭詩鈔》卷一及卷二《題鮑薇省百首〈荔枝詩〉後四首》、《吴栱芍書館喜晤鄭封山，次日栱芍賦長篇，封山屬和，余亦依韻成章奉詶二子，兼寄金陵諸同人》、《暮春過吴栱芍齋中坐話卽同登舍利菴僧樓晚別》、《霞山精舍訪戴稚圭》、《普滿寺僧房讌集疊韻贈朗暉上人，兼示蘅圃》，《棕亭詞鈔》卷三《高陽臺・題鮑薇省荔枝詩冊》二首。

夏秋之際，遊覽黃山。《棕亭詩鈔》卷二《黃山詩五首》，同卷《長歌行贈黃山僧雪堂》可參看。王昶《湖海詩傳》、《蒲褐山房詩話》云：『棕亭遊黃山諸詩，奇崛可喜。』

秋，與吴氏兄弟交遊。《棕亭詩鈔》卷二《秋日過歙西鄭氏書樓偕吴二祺芍小步近山同訪吴大松原歸飲月下三十韻》、《同吴祺芍夜宿》。金兆燕與徽州吴氏兄弟交情濃厚。吴宁（？—一七七八），字薗穭，號松原，生年不詳，安徽歙縣人。乾隆十四年（一七四九），爲金兆燕《棕亭古文鈔》作序。乾隆三十九年（一七七四）爲金榘《泰然齋集》作序。吴寬（一七二三—一七七二），字祺芍，號二匏，《棕亭古文鈔》卷一《汀州司馬吴君二匏傳》。金兆燕文集中有不少篇章皆記載他們之間的友誼，吴寬、吴宁卒後，兆燕作《挽吴二匏》、《哭吴松原》。

己巳秋，何金溪將赴皖江，兆燕登門話別。《棕亭古文鈔》卷四《何金谿皖游草序》：『己巳秋，金谿先生將赴皖江，余踵門爲別。』

十二月，新安吴寬爲《棕亭古文鈔》序。《國子先生全集》卷首吴寬序。

乾隆十五年　庚午（一七五〇）　三十三歲

兆燕將往蕪湖坐館，金榘作詩以送。見金榘詩《又次燕兒送別韻二首，兼以志勉》。

蕪湖坐館。《棕亭古文鈔》卷十《告廣文公文》：『庚午，就蕪湖館，旋入太平使院幕』，此一時期的詩多涉及蕪湖、江城、鳩茲、于湖等風景名勝。

過翠螺書院訪韋藥仙。《棕亭詩鈔》卷二《翠螺書院同韋菂仙夜宿》。按：翠螺書院位於採石山麓太白樓後，清雍正八年（一七三〇）創建。韋菂仙即韋謙恒，同卷《題秦廣文冊子》：『宣平庵中送我別，李白樓下訪君家。君家高對翠螺山，山色空濛杳靄間。』

吳檠於本年辭世。吳檠一七五〇年夏卒於任上，金兆燕《跋吳岑華先生集後》：『先生遂於庚午（一七五〇）夏捐館舍。』《棕亭詩鈔》卷二《聞吳岑華先生凶耗，口號絶句十六首》。大約在辭世之前不長時間，吳檠將其收藏的《雲郎出浴圖》贈兆燕。張次溪輯《清代燕都梨園史料續編》記：『《雲郎出浴圖》……雍正間爲吳青原（案：此處誤，應爲青然）所得，後以贈金棕亭。』江春曾借覽此圖（《棕亭詞鈔》卷三《沁園春·江橙里借觀雲郎卷子，一年後重加裝潢以歸，賦此誌謝》），後兆燕又將此圖轉贈曹訒菴，陸心源《穰梨館過眼錄》卷四十《陳五琅紫雲出浴圖卷》曹忍庵言：『此卷吳公得諸市中，裝輯成卷，持贈金棕亭教授，金棕亭轉以贈余。』

六月，李嘯村至蕪湖。《棕亭詩鈔》卷二《喜李嘯村至，即同汪琴山訪晤主人鮑洗桐，留飲西枝最小齋，嘯村索余贈詩，即席成長句塞命，兼示同座諸子》。

秋，韋謙恒赴省試，兆燕詩以贈之。（按例，本年爲恩科。）《棕亭詩鈔》卷二《韋五菂仙自全椒歸即赴省試，賦贈四首》詩其二：『我遊客君里，君歸自我鄉。』兆燕時在蕪湖，故云。按：韋謙恒，字菂仙，一字菂齋，約軒，蕪湖人，贅婿全椒並寓居苦讀，乾隆癸未年探花及第。因父母葬全椒，遂占椒籍，有《傳經堂詩鈔》存世。

客中思念友人，詩以寄託。見《棕亭詩鈔》卷三《寄秦劍泉》、《卻寄韋五》、《寄吳文木先生》。《寄吳文木先生》抒發對父執輩吳敬梓的無限景仰之情。

秋，施益川以《施淡吟遺稿》見贈。見《棕亭詩鈔》卷三《施大益川以施二淡吟遺稿見贈，感賦長句，兼示琴山》。

至姑孰使院。《棕亭古文鈔》卷一《汀州司馬吳君二匏傳》：『乾隆辛未，車駕南巡，安徽學使雙公遴入府，五州風雅之士將以獻賦行在，先期麇集於姑孰使院。』

將入安徽學使雙有亭太平使院幕，臨行以詩留別汪琴山。吳烺《杉亭集》卷四《喜鍾越兄至》詩下自注曰：『雙有亭夫子聘兄爲幕僚。』見《棕亭詩鈔》卷三《留別汪琴山六首》。雙慶，字有亭，號西峯、雲樵，滿州鑲白旗人。雍正十一年進士改庶吉士，乾隆元年散館授編修，乾隆十三年提督安徽學政，十五年任滿仍留任，十六年升國子監祭酒，十八年三月擢內閣學士兼禮部侍郎，卒於乾隆三十六年。事具《清秘述聞》卷九、朱汝珍《詞林輯略》卷三、李桓《國朝耆獻類徵初編》卷八二。

離開蕪湖，至涇縣。《棕亭詩鈔》卷三《琴魚歌有序》序云：『涇縣逆旅主人以琴魚點茶，巨首小身浮動水面，有呴沫搖尾之狀，余感之而作是歌。』

自太平使院幕往新安探望父親。自父親丙寅中風後，兆燕更加記挂父親，心中此時也充滿矛盾，在《寄雙有亭學使書》（《棕亭駢體文鈔》卷五）《自新安赴姑孰使院呈雙有亭學使六十韻》（《棕亭詩鈔》卷三）中，兆燕袒露心扉，深情訴説，其心路歷程兩處尤能顯現。

兆燕至新安寓齋集同人飲。見《棕亭詩鈔》卷三《諸同人集飲寓齋分賦得酒鱗二首》。

舉業艱難，遊幕並非長久之計，兆燕思想矛盾，心緒迷惘。《棕亭詩鈔》卷三《不寐》：『繩牀愁不寐，獨客自傷神。薄酒難留夢，寒衾不戀身。苦心籌異日，甘寢羨他人。側耳荒雞曙，前途更問津。』

自新安赴姑孰使院安徽學使官署。《棕亭詩鈔》卷三《自新安赴姑孰使院呈雙有亭學使六十韻》。

同前來姑孰使院的吳烺等相聚。《棕亭詩鈔》卷三《喜晤吳荀叔》：『明年天子呼上船，《白雲》、《黄竹》賡瑤箋。』《棕亭詞鈔》卷六《一翦梅·姑孰使院作》。按：吳烺此時尚未獲賜舉人。

題韋謙恒《翠螺讀書圖》詩四首。見《棕亭詩鈔》卷三《題韋葯仙翠螺讀書圖四首》。韋謙恒《傳經堂詩鈔》卷三《翠螺讀書圖》詩前小序云：『余授經翠螺三歷寒暑，每與二三學侣長吟雒誦于松風江月間，致足樂也。』兆燕、吳烺與韋交情不淺，《棕亭詞鈔》卷六有《喝火令·韋葯仙寓萬壽寺，懷之》，《棕亭駢體文鈔》卷三有《韋葯仙詩序》。吳烺也有《題韋葯仙翠螺讀書圖》（《杉亭集》卷五）詩，一七五八年吳烺又作《重題約軒翠螺讀書圖》（《杉亭集》卷六）詩。

臘八，詩呈雙有亭學使。《棕亭詞鈔》卷六《薄倖·臘八日食粥，呈雙學使》。

除夕同李嘯村、金迥、韋葯仙，吳烺、周朋薦姑孰使院守歲。見《棕亭詩鈔》卷三《姑孰使院同李嘯村吳荀叔韋葯仙周朋薦金純一守歲》。吳烺《杉亭集》卷三《除夕同李嘯村金純一韋葯仙金鍾越兄周朋薦守歲姑孰使院呈學使雙公》可參讀。李葂，字讓泉，一字嘯村，號皖江鐵笛生，安徽懷寧人。

乾隆十六年　辛未（一七五一）　三十四歲

兆燕辭太平使院幕，前往松蘿山中授徒，一來坐館授徒以謀生，二來在父親身邊。《棕亭古文鈔》卷十《告廣文公文》：『庚午，就蕪湖館，旋入太平使院幕；辛未，授徒松蘿山中』。《棕亭詩鈔》卷三《自姑孰歸新安，留呈雙有亭學使，兼示韋葯仙、吳荀叔》詩申述自己因挂念父親，家事繁重而不能留任。一七五二年吴烺作《喜鍾越兄至》詩下注曰：『辛未正月與兄別于姑孰使院』，『雙有亭夫子聘兄爲幕僚，兄心動陟岵之思，趨駕歸省』。

一月，乾隆首次南巡。《棕亭古文鈔》卷八《吴母程太孺人貞節記》：『辛未春，鑾輿南幸，選宿學能文者試行在。』

乾隆南巡經南京至浙江紹興，五月回北京。吴烺與友人王又曾及王鳴盛、錢大昕等俱以迎鑾獻詩賦，乾隆召試行在，吴烺得賜舉人，授内閣中書（舍人）。何紹基《（光緒）重修安徽通志》卷二百二十九（清光緒四年刻本）『乾隆辛未，上南巡迎鑾召試，伸紙疾書，頃刻賦成，衆皆訝其速而工也，上呈睿覽，賜舉人，授内閣中書』。《清實録・高宗實録六》：『此次考中之蔣雍植、錢大昕、吴烺、褚寅亮、吴志鴻著照浙江之例，特賜舉人，授爲内閣中書，學習行走。』

兆燕作《寄吴文木先生》。吴敬梓對此次帝王南巡的意見態度『先生何爲獨深藏，企脚高卧向栩牀』。（按：胡適《吴敬梓年譜》認爲金兆燕此首詩作於乾隆十五年或稍後。）兆燕在揚州與晚年的吴敬梓過從甚密，對吴敬梓的品行深爲欽佩。

自姑孰歸新安。《棕亭詩鈔》卷三《自姑孰歸新安，留呈雙有亭學使，兼示韋葯仙、吴荀叔》。

取道宛陵，經南陵縣，游水西寺，過新嶺，至妙華禪林。《棕亭詩鈔》卷三《宛陵道中》、《發南陵縣》、《霧中過新嶺》、《初至妙華禪林，與周仲偉宿》記載行蹤清晰。

休寧松蘿山中坐館授徒。《棕亭古文鈔》卷十《告廣文公文》：『辛未，授徒松蘿山中』。見《棕亭詩鈔》卷三《春日山寺讀書十首》。按：松蘿山位於安徽省最南端休寧縣城北。乾隆《江南通志》卷一五《輿地志》：松蘿山，在休寧縣北。

聞雙有亭學使升祭酒，詩以賀之。《棕亭詩鈔》卷三《聞雙有亭侍讀除祭酒》：『他日摳衣趨館下，飽看石鼓作歌迴。』。

與休寧友交遊唱和。《棕亭古文鈔》卷八《吴母程太孺人貞節記》：『吾於歙得友三人焉，薗穭、䄫芍外則有方東萊。東萊亦僅有老母，而與二吴居爲鄰，余往來兩家，笑語竟日』，《棕亭詩鈔》卷三有《同吴薗穭、吴䄫芍集飲方東萊齋中聯句》詩。

與農人交往。見《棕亭詩鈔》卷三《碌碌行》。

秋，雙有亭祭酒以詩招同遊黄山，兆燕因他事牽阻，未能同行。見《棕亭詩鈔》卷四《雙有亭祭酒以詩招同遊黄山，次韻奉訓》、《送雙有亭祭酒遊黄山疊前韻(時余以他事牽阻，不果同遊)》。

兆燕隨任休寧期間，聞聽王洽聞女兒殉夫一事後，有感而作《古詩爲新安烈婦汪氏作》(《棕亭詩鈔》卷四)，稱揚新安烈婦汪氏貞節，此事成爲吴敬梓撰寫《儒林外史》第四八回『徽州府烈婦殉夫，泰伯祠遺賢感舊』中『烈婦』王三姑娘的素材。何澤翰《儒林外史人物本事考略》：『《儒林外史》所寫的鼓勵女兒自殺殉夫的王玉輝這一形象，作者所攝取的原型是誰，前人未曾提及。現在根據金兆燕的詩文，知道作者是攝取汪洽聞和他的女兒的事作爲題材的基礎的。』

與新安諸子鄭松蓮、方集三與方東來兄弟、曹忍菴等詩歌唱和。鄭來，(一六九五—一七六三)，字鵬戢、壽鵬，號松蓮，歙縣人(歙縣長齡橋人)。《棕亭詩鈔》卷一《懷鄭詩有序》：『隨大人宦新安，數過松蓮室，爲莫逆交。』棕亭與其多詩歌唱和，如《棕亭詩鈔》卷四《贈鄭松蓮處士，兼寄鄭紺珠一百韻》、《椶亭詞鈔》卷三《望海潮·題鄭松蓮處士待渡小影》。《國子先生全集》卷首鄭來序稱：『鍾越爲人，才氣壓群輩出，所作詩雖不多，而其秀也，如初發春葩。』

秋，歸全椒。翁方綱《復初齋外集（文）》卷四《跋宋清邊弩手指揮印記》：『辛未秋……時椶亭已旋全椒。』

兆燕二應會試，京都與王又曾交遊。兆燕爲王又曾《丁酉老屋詩集》序云：『乾隆辛未之春，天子南巡至於浙江，穀原比部以諸生召試行在，賜中書舍人。是冬，入京供職，余以計偕居東門，時相過從，疊有唱和。』

乾隆十七年　壬申（一七五二）　三十五歲

三月，兆燕尚在新安。吳烺《杉亭集》卷四《燕臺喜晤金麟洲作》詩下注曰：『鍾越在新安。』

本年爲『太后六旬万壽恩科』，兆燕赴京應太后六旬的恩科試，此爲兆燕三應進士試。《椶亭古文鈔》卷十《告廣文公文》云『壬申，又計偕赴北』，『屈指遊歷，由石門而儀徵、而昭文、而揚州，中間復三至都門，七年之中雖屢次歸覲，而旋歸旋出，蓋未嘗與大人有彌月之聚也。』『三至都門』即包括本次恩科試的三次入都試，而『七年之中』指『大人自丙寅中風後』至此正七年。

京都至吳烺寓所。一七五二年吳烺初入都城爲官，見到赴京就試的金兆燕作《喜鍾越兄至》。

京都期間，與謝墉交遊。謝墉爲《椶亭古文鈔》作序。《椶亭詩鈔》卷四《夏夜次謝金圃舍人韻》：『我來京華值歊熱』，《椶亭古文鈔·謝序》：『予以入都之明年春與同年吳舍人荀叔並寓於南城偏……入夏而鍾越至……乾隆壬申秋九月十四日，鶴湖同學弟謝墉拜書。』。

按：謝墉，字昆城，號金圃，乾隆十六年，乾隆南巡，墉以優貢生召試獲第一，賜舉人，授内閣中書，與吴烺有同年之誼。乾隆十七年進士及第，改庶吉士，授編修，南書房行走。錢大昕《潛研堂詩集》卷三《贈金鍾越孝廉》詩下注曰：『鍾越寓謝東墅大史邸。』

秋，落第後，兆燕將歸南方，吴烺同行。重九金兆燕與汪琴山、吴烺晤於京師，當日與吴烺一起南歸。吴烺《杉亭集》卷四《送汪琴山之官粤西四首》詩下注曰『重九與琴山、鍾越晤於京師，卽日余偕鍾越南歸。』王又曾《丁辛老屋集》卷十《送杉亭同年乞假歸覲六首》詩後注曰：『時偕金棕亭孝廉南歸。』

兆燕與吴烺途經滄州大飲，醉後吴烺作《泊舟滄州醉後作》（吴烺《杉亭集》卷四）『棕亭小戶已辟易，船唇趺坐雙眼撊』，感情極悲憤。

道經邳州。見吴烺《杉亭集》卷四《邳州道中》。

抵揚州，在吴秋竹齋中聚，金兆燕來年將往漢上。吴烺《杉亭集》卷四《集家秋竹齋中卽送棕亭之漢上二首》。一七五六年吴烺作有《秋竹招飲指香堂丁香樹下同鏡南賦五首》（《杉亭集》卷五），吴秋竹卽爲吴指香，金兆燕《棕亭古文鈔》卷七《貞孝周聘吴次姑五十壽序》可參看。

與蔡梵珠交遊唱和，《棕亭詞鈔》卷四《高山流水》：『梵珠與僕未有半面，輒投佳詞，奬藉過甚。僕懭悢天涯，倚聲久廢，以延露賡淥水，所謂娵廉同宫。劉越石云：適足以彰來詩之益美耳。』《棕亭詩鈔》卷五《蔡梵珠用余舊作贈吴䄫芎韻枉題拙集，兼索疊韻題其所藏菰圃圖》『半面猶未識，一腔早屢剖。』句後注曰：『去冬梵珠與余未識面卽塡詞投贈。』

冬日歸全椒，次兒玉驄出生。《棕亭詩鈔》卷四《壬申冬日初歸感賦四首》其二詩下注曰：『新得次兒玉驄。』

是年，馮粹中（《儒林外史》中馬純上原型，參見何澤翰《儒林外史人物本事考略》）卒於京城。金兆燕《棕亭詩鈔》卷七《哭馮粹中》。程晉芳《勉行堂詩集》卷六《聞滁州馮粹中沒於京邸，詩以哭之，並告諸友謀歸其喪》可參看。馮粹中生平參見《滁州志·馮粹中傳》。

厉鶚卒，年六十一。

乾隆十八年　癸酉（一七五三）　三十六歲

登休寧太白樓。見《棕亭詩鈔》卷四《登徽州郡城外太白樓（相傳太白訪許宣平處）》。

與新安友人詩歌交遊唱和。見《棕亭詩鈔》卷四《次韻卻寄沈靜人二首》、《放歌示方東萊》。

早春，至汪宸簡園亭看梅，次日金榘令兆燕次韻。《棕亭詩鈔》卷四《汪宸簡園亭看梅，即席分賦》：『吾家舊傍淮南樹，幾卷殘書堪枕藉。』汪家家藏水經注古本，兆燕借閱讀畢奉還，賦詩抒發其懷祖情結及衰門意緒。見《棕亭詩鈔》卷四《看梅次日，家君以長句索諸同人和章，並命兆燕次韻》。

二月，外出謀生。見金榘《泰然齋集》卷三《癸酉二月十一日，挈燕兒招同汪彥升、查彩舒、程夔侶暨吳藺穉、喬梓游落石臺，即席送程吳三人及燕兒登舟往江右，用香山〈琵琶行〉韻成長古一首》、《棕亭詩鈔》卷四《隨家大人同程雪崖、查采舒、汪研深、吳松原父子遊落石臺聯句，晚與程、吳二君登舟，諸同人乘月至下汶溪爲別，大人用香山〈琵琶行〉韻作長歌，命兆燕和之》。

兆燕取道景德鎮、饒州、彭蠡，游滕王閣、孺子宅、豫章書院，章江樓與友人相聚，中途經過九江，過東林寺、琵琶亭。《棕亭古文鈔》卷十《告廣文公文》：『癸酉，自吳而楚而燕』；同卷《慶芝堂詩集跋》：『余自癸酉春自楚入燕，至甲戌秋始歸里』。《棕亭詩鈔》卷四《夜下昌江石門》、《景德鎮》、《泊舟方家塢口，與程雪崖、吳松原信步尋幽，歸而有作》、《同雪崖、松原圍坐船頭，飲酒看月》、《晚泊饒州》、《夜渡彭蠡》、《滕王閣》、《孺子宅》、《吳汝蕃招同吳薗穭飲，卽同過二聖院，入豫章書院，訪汪輦雲不值，晚步灌嬰城歸》、《棕亭詩鈔》卷五《鄭漢草招集章江酒樓》、《東林寺》等顯示清晰游蹤。期間與吳省欽交遊唱和。參吳省欽《白華前稿》卷二七（六）《江寺寄金鍾越兆燕》。

旅途中思親。《棕亭詩鈔》卷五《寄呈家大人》。參金榘《泰然齋集》卷三《燕兒客游漢上，望其早歸，詩以寄之》。

經九江，會晤九江關榷使唐英。（按：英字俊公，號蝸寄，瀋陽人，隸漢軍正白旗。雍正六年命監江西景德鎮窯務，乾隆十四年（一七四九）榷關九江。兆燕《棕亭詩鈔》卷五《琵琶亭次唐蝸寄榷使韻二首》、《長歌呈唐榷使》、《琵琶亭次唐蝸寄榷使韻二首》皆欲入其幕而投干謁詩，關於這一次投謁被拒，吳省欽《白華前稿》卷二八《（十二）金鍾越、方漱泉、吳松原、二匏邀醉長干酒樓》（其一）詩後注云：『鍾越嘗以行卷投九江關吏見詆不納。』王又曾《丁辛老屋集》卷一一《二十三日集杉亭寓齋喜金棕亭孝廉至都卽席賦八首》詩後自注曰：『棕亭道出江西時，以新刻詩稿見贈。』

經湖北過山東，往京城進發。年底抵達京城。見《棕亭詩鈔》卷五《登晴川閣》、《大別山晚眺》、《登黃鶴樓》、《漢陰城》。

吳烺妻本年在貧病中辭世，金兆燕作《聞吳荀叔弟客中悼亡，寄慰》（《棕亭詩鈔》卷五）。吳烺辦完亡妻喪事後，攜小女從揚州晉京。

沈泰卒，兆燕作詩以悼。見《棕亭詩鈔》卷五《死友歌爲沈蘆山作》。按：泰字蘆山，明經，游楚，館於周來謙家，以文字稱莫逆交。周性揮霍，破產逃匿，沈泰竟自殺，遺書謂以平昔不能諫阻故。周來謙，據《山西通志》、《臨汾縣志》載，約生於康熙四十七年（一七〇八），字沂塘、沂堂，山西臨汾人，布衣，嘗居漢口，爲大鹽商，以詩和王文寧、沈泰等稱莫逆交，沈泰館其家。乾隆十年左右，他和沈泰、王文寧等來揚州，並與諸揚州畫家來往密切，如李鱓、李葂、江恂、江昱等，尤其和李葂交往頻繁。

《棕亭詩鈔》卷五《樊口》、《釣臺》、《小孤山》、《攔江磯》、《大通鎮》、《箬嶺》、《汶上放舟》記其行蹤。

年底抵達京城。吳烺先兆燕至京都。王又曾《丁辛老屋集》卷一一《二十三日集杉亭寓齋喜金棕亭孝廉至都卽席賦八首》其五詩下自注曰：『時棕亭仍寓聽鐘山房。』其七詩後自注曰：『昨秋，棕亭偕杉亭南歸，今年杉亭先至。』

爲來年春闈之試作準備，寓聽鐘山房。吳烺、王又曾、謝墉、錢大昕等醵飲爲軟腳會。《棕亭詩鈔》卷五《癸酉杪冬至都，吳杉亭、王穀原、褚鶴侶、錢辛楣四舍人，謝金圃庶常，李笠雲明經醵飲爲軟脚會，卽席同賦八首》，吳烺《金孝廉鍾越兄至都下王穀原褚鶴侶錢辛楣三舍人謝金圃庶常李笠芸明經醵欽寓齋卽席八首》，《雪橋詩話續集》卷五：『鍾越少時卽長韻語，癸酉杪冬至都，曉徵、杉亭、東墅及王穀原、褚鶴侶、李笠雲，醵錢爲輭腳會。』王又曾《丁辛老屋集》卷一一《二十三日集杉亭寓齋喜金棕亭孝廉至都卽席賦八首》其五詩下自注曰：『時棕亭仍寓聽鐘山房。』其八詩云：『景德花瓷煉玉砂，新安花炮散紅霞』，詩後自注曰：『二物並棕亭見遺。』（按：吴烺《杉亭集》卷五《金孝廉鍾越兄至都下王穀原褚鶴侶錢辛楣三舍人謝金圃庶常李笠芸明經醵欽寓齋卽席八首》紀年爲甲戌，當爲癸酉之誤。）

除夜抒懷，經濟的困乏伴隨著精神的煎熬，其記也切，其感也深。《棕亭詩鈔》卷五《除夜放歌》：『春過匡廬冬泰岱，征衣垢漬如重鎧。賣文餬口益苦飢，負米養親誰肯貸。鳳城爆竹聲震瓦，獨坐虛窗淚盈把。』

乾隆十九年　甲戌（一七五四）　三十七歲

上年冬，兆燕入京，本年春，兆燕四應會試。《棕亭古文鈔》卷十《慶芝堂詩集跋》：『余自癸酉春自楚入燕，至甲戌秋始歸里。』

春，金榘致仕歸全椒。（道光）《休寧縣志》卷七記載：乾隆十年至十九年，金榘任安徽休寧訓導。《棕亭古文鈔》卷五《新安七子詩序》：『甲戌之春，先君子致仕歸里，余時下第，居京師』；卷十《告廣文公文》：『甲戌，下第南還而大人已致仕歸里。當是時，傾囊倒篋，並無半歲之儲，相顧咨嗟，難以存濟。』吴烺《泰然齋集跋》：『先生之爲人，行誼尤卓卓，與人酬應，跬步不苟，介然不欺其志。晚年司訓海陽，操持益堅，既歸，老屋數楹，猶然一窮老書生耳！先大夫每數忠信篤敬之士，必爲先生首屈一指。嗚呼！亦可謂有道而能文者矣。』

金榘致仕後又被揚州表親李家延爲塾師。《棕亭古文鈔》卷七《李母俞太孺人七十壽序》：『於時先君子休陽公致仕家居，太孺人則又延入賓館，命端舒受經，余時久客游。』

秋，王又曾請假歸覲，回浙江秀水，金兆燕、吳烺以詩詞相贈。見《棕亭詞鈔》卷二《瀟湘逢故人慢・送王穀原比部歸嘉興》。吳烺《送王穀原比部歸覲四首》可參照。

吳烺從京城歸里，兆燕送別並以詩相贈。見《棕亭詩鈔》卷五《秋日送吳杉亭舍人歸里，次王穀原韻八首》。

秋冬之際，與蔣士銓相識相交。兩人會試落榜，分手際金兆燕作《百字令》詞兩首。見《棕亭詞鈔》卷五《百字令・贈蔣心餘》和《百字令・心餘得前作，即依韻爲答，再以此闋酬之》；蔣士銓《忠雅堂文集》卷二八《百字令・次韻送金鍾越同年歸全椒》，抒發知己之情。

落第後歸全椒。《棕亭古文鈔》卷十《慶芝堂詩集跋》：『余自癸酉春自楚入燕，至甲戌秋始歸里』，途中作《舟中漫興二首》云：『輕舟下水仍千里，獨客思家又一年。』

途中寓淮安靈惠祠。《棕亭詩鈔》卷七《寓淮安靈惠祠題壁》題下注曰：『此余甲戌年八月之作，已忘之矣。』

與叔父寶應分別。見《棕亭詩鈔》卷五《寶應別叔父》。

至高郵，雪中望甓社湖，以詩寄懷沈大成。見《棕亭詩鈔》卷五《雪中望甓社湖，寄懷沈沃田》。

金榘辭職歸里，金兆燕六月至家，八月又出外謀生。《棕亭古文鈔》卷十《告廣文公文》：『甲戌，下第南還而大人已致仕歸里。當是時，傾囊倒篋，並無半歲之儲，相顧咨嗟，難以存濟。故不孝六月抵家，八月即饑驅而出。』

秋，與戴亨相識。《棕亭詩鈔》卷六《喜晤戴遂堂先生（時先生自真州來浙展墓）》、《棕亭古文鈔》

卷十《慶芝堂詩集跋》文：『甲戌落第後客居尠歡，求所謂三老之蹤跡而物色之，有知之者曰：「𦣻山、石問已棄人間世，惟遂堂巋然獨存。」余亟訪謁，一見如平生歡，互出其所作以相質，不作一面諛語。未幾，先生就養於其猶子藍輝明府儀徵官署，余亦匆匆南歸。』

本年盧見曾復任兩淮鹽運使。盧見曾兩任兩淮鹽運使，第二次是從乾隆十八年至乾隆二十七年，入其幕知名賓僚有朱稻孫、程廷祚、惠棟、沈大成、金兆燕、戴震、王昶、嚴長明等。

揚州期間，與吴敬梓相伴相依，惺惺相惜，金兆燕情感、思想不斷受到洗禮。《棕亭詩鈔》卷五《甲戌仲冬送吴文木先生旅櫬於揚州城外登舟歸金陵》：『客中遇所親，歡若龍躨跜。我居徐寧門，君隣後土祠。昕夕相過從，風雨無愆期。』

十月二十八日傍晚，吴敬梓在揚州寓所猝然離世。兆燕聞訊即趕往其寓所，並傳信於京城的吴烺與在南京的次子吴煐及揚州的親友。吴烺《南還舟中述懷卻寄都下諸子八首》：『寓書來邸舍，報我有家艱。』王又曾赴吴敬梓寓所，協助金兆燕料理喪事。吴敬梓死無葬身錢，程晉芳撰《勉行堂文集》卷六《文木先生傳》『(王又曾)告轉運使盧公，殮而歸葬於江寧。』金兆燕撫櫬親送金陵，《棕亭詩鈔》卷五《甲戌仲冬送吴文木先生旅櫬於揚州城外登舟歸金陵》。

十二月復歸全椒。《棕亭古文鈔》卷十《告廣文公文》：『隻身居揚州，四月所謀無一成者，殘冬風雪，典裘而歸。』

從揚州回全椒，過陳公塘、萬松亭，詩以抒懷。兆燕四十歲之前頻繁出入揚州，入盧雅雨幕之前，揚州鹽商與這位舉人交往不多，不第舉子無所依靠、求助無門。《棕亭詩鈔》卷五《過萬松亭別寰宗上人墓》：『霜風十里揚州路，獨客茫茫慘將去。一笑誰爲依戀人，銷魂只有高僧墓。』

除夕侍父飲。《棕亭古文鈔》卷十《告廣文公文》：『除夕侍大人飲，慘然不歡。』

本年，往來淮揚，與黃稼堂相識。《棕亭古文鈔》卷二《黃稼堂太守傳》文：『余於甲戌、乙亥之交往來淮揚，卽與稼堂相識。』此時，稼堂只是『諸大吏及禺筴之豪皆引以爲上客』，給兆燕幫助有限。

乾隆二十年　乙亥（一七五五）　三十八歲

正月初七卽外出謀生，道經蕪湖，停留一月。《棕亭古文鈔》卷十《告廣文公文》：『乙亥人日，卽復出門，顧影茫茫，靡所稅駕。於是轉徙他鄉，客鳩茲者一月，客姑蘇者兩月。孟夏之初，始得入石門之幕。』

經鎮江丹陽。《棕亭詩鈔》卷六《丹陽曉發》、《丹陽舟中》。參王昶輯《湖海詩傳》卷二十六趙文哲《江上復遇金椶亭同人永濟寺登觀音巖眺望作時金將赴廣陵》詩。

到蘇州，過吳竹嶼書齋。見《棕亭詩鈔》卷六《過吳竹嶼書齋》。按：吳泰來，字企晉，號竹嶼。

三月初三，盧見曾在揚州首次修禊紅橋。

至姑蘇城，游覽名勝，初見定郎徐雙喜。《棕亭詩鈔》卷六《姑蘇春暮》；《棕亭古文鈔》卷三《定郎小傳》：『乾隆乙亥春，余至姑蘇，登虎丘，過山塘，見群少年聯臂而嬉，有曳淡碧衫者風致嫣然，數顧之，流眄再三，穿柳陰去。』

寓居鄭竹泉蝴蝶秋齋，與友人詩歌唱和。《棕亭古文鈔》卷五《朱冷于蜨夢詞序》：『乙亥之春，客游吳門，寄居鄭丈竹泉之胡蝶秋齋，時風雨浹旬，杜門不出，主客斟歡，日成小令數闋，以相娛嬉。』

《棕亭詩鈔》卷六《放歌呈鄭丈竹泉》、《同費野恬學博、鄭竹泉丈飲朱遂佺蝶夢齋中，分韻得蝶字》可參讀。

以詩稿《棕亭小草》投謁沈德潛，時年八十三歲的沈德潛爲其《棕亭小草》詩集題寫序。見《國子先生全集》卷首沈德潛序，《棕亭詩鈔》卷六《呈沈少宗伯歸愚先生》。

春，在揚州與吳烺相會。吳敬梓病逝，兆燕傳書信於吳烺，吳烺第二年初春始接到書信，立即啟程，經揚州回金陵奔喪。金兆燕《棕亭詩鈔》卷七《過吳杉亭舍人宅時杉亭將以憂歸》。

訪王昶不遇。錢仲聯《清詩紀事》收金兆燕佚詩《過吳門訪述庵不值寄詩》：『山塘碧漲水初肥，柳下停舟一款扉。臥榻不離裁竹徑，天涯人亦減腰圍。』王昶《湖海詩傳·蒲褐山房詩話》：『嘗過吳門，訪余不值，寄詩云云。』按：王昶與兆燕同在揚州安定書院求學，後皆入兩淮鹽運使盧見曾幕，交情深厚。

京城王鳴盛言及曹仁虎故事，兆燕以爲同道，過蘇州即登門拜訪。見《棕亭詩鈔》卷六《訪曹來殷不值，留題壁上》。

吳企晉遣人持札賚贐爲別，兆燕困境中得此幫助，十分高興。見《棕亭詩鈔》卷六《登舟瀕發，吳企晉遣人持札賚贐爲别，且以所著古香堂詩集囑訂。余與企晉蓋初識面也，傾倒之意一至於此，孤篷獨酌，感賦短歌》。

四月初，入嘉興府石門縣知縣幕。《棕亭古文鈔》卷十《告廣文公文》文：『孟夏之初，始得入石門之幕』。王善棣，安徽和州含山縣人，乾隆十九年浙江嘉興府石門縣知縣。《棕亭詩鈔》卷六《題王石壁烟雨樓詩後》、《語兒》、《題石門王石壁明府勸農詩後四首》。《椶亭古文鈔》卷五《朱冷于蜨夢詞序》：『與冷于相訂秋風買棹作林屋之游，後余客禦兒，遂不克果此約。』

離開石門幕府，欲歸家鄉全椒，途經南京，與吳烺相會。見《椶亭詩鈔》卷六《宿吳杉亭舍人新居，因懷從叔軒來在蜀》。

秋，兆燕至全椒，與韋葯仙相會。見《椶亭詩鈔》卷六《歸里後晤韋葯仙》、《讀葯仙遊歷諸作，即用其稿中唱和韻題之》。韋謙恒《傳經堂詩鈔》（清乾隆間刻本）卷二《喜金椶亭孝廉至》。

兆燕在全椒停留數旬，冬，將出門，韋謙恒爲其餞行。《椶亭詩鈔》卷六《余歸里數旬，即擬復出，葯仙取酒爲别，即席疊韻奉呈》。

道經真州。見《椶亭詩鈔》卷六《真州晚泊》。

秋，經揚州，訪程夢星（午橋）。見《椶亭詩鈔》卷六《程午橋太史以手注義山詩集見贈，賦此奉酬》。

乾隆二十一年　丙子（一七五六）　三十九歲

春，至杭州，得遇戴遂堂，偕歸江北，館真州半載（入儀徵幕）。見《椶亭詩鈔》卷六《喜晤戴遂堂先生（時先生自真州來浙展墓）》。《椶亭古文鈔》卷十《慶芝堂詩集跋》：『丙子春，客杭州，遇先生於吳山之麓，執手大快，遂相與俱歸江北，留館真州共數晨夕者半載。』《椶亭古文鈔》卷二《戴遂堂先生傳》：『秉瑛（按：遂堂侄，即跋中所云藍輝明府）成進士，官儀徵、昭文兩邑。』

戴亨爲兆燕《秋江擁棹圖》題詩。按：管平原曾爲兆燕作《秋江擁棹圖》，《椶亭詩鈔》卷一二有

《勸管平原開畫戒，分韻得三江二首》，《棕亭詩鈔》卷一五《壽管平原七十》云：『昔年襆被來揚州，吹簫同上文選樓。我作狂歌君作畫，秋江擁棹相夷猶。』戴亨《慶芝堂詩集》卷六，《題棕亭秋江擁棹圖》、錢大昕《潛研堂詩集》卷四《金鍾越秋江擁棹圖》、王又曾有《丁辛老屋集》卷二十《摸魚子·題棕亭〈秋江擁棹圖〉》可參看。按：管希寧，字幼孚，一作幼明，號平原，揚州府江都縣人。

爲《訒菴詩存》題序。金兆燕題序曰：『余十五年前僑寓武林，即耳訒菴名……庚寅秋日全椒山中人金兆燕書於揚州官舍。』

館真州期間，足跡至淮安、揚州等地，結交詩友，唱和不斷。《棕亭詩鈔》卷七《遊新城汪園，步戴遂堂先生韻五首》、《聽沈江門彈秋江夜泊》，戴亨《慶芝堂詩集》卷十二《京口渡江與金孝廉棕亭同作》、《秋日同金孝廉鍾越遊新城汪園五首》、《聽沈江門鼓琴步棕亭韻》、《送棕亭公車北上》可對讀。

訪鎮江文信國祠。《棕亭詩鈔》卷七《過文信國祠二首》。按：文信國祠在金山（鎮江府），祀宋文天祥。

吳門三年，與韋謙恒、吳寬等交遊唱和。韋謙恒《傳經堂詩鈔》卷三《甲戌首夏與吳烘芍明經同客京師烘芍先歸欲詩送之未果頃於姑孰相遇出都門錄別詩冊見示漫成長句兼憶王禮堂編修》詩下注曰：『禮堂送烘芍末章云：「我亦還山發興新，東華生怕軟紅塵。金韋能約同來否？北郭堪偕十友論。」金謂棕亭韋謂約軒，予與同調六人結會吳門，合刻其詩爲《七子詩選》，故云。』王鳴盛《西莊始存稿》卷九《送吳烘芍南歸四首》注云：『君與金鍾越、韋慎旃相酬和，余亦與同調六人結社於吳門，合刻其詩名《七子詩選》。』

二月三日，赴鄭燮桌會。鄭燮《板橋集·題蘭竹石調寄一剪梅》文：『乾隆二十一年二月三日，予作一桌會，八人同席，各攜百錢以爲永日歡。座中三老人、五少年：白門程綿莊、七閩黄瘦瓢與燮爲三老人；丹徒李御蘿村、王文治夢樓、燕京于文濬石鄉、全椒金兆燕棕亭、杭州張賓鶴仲謀爲五少年。午後，濟南朱文震青雷又至，遂爲九人會。因畫九畹蘭花，以紀其盛。』鄭燮、黄慎、程廷祚等三老以及李御、王文治、于文濬、金兆燕、張賓鶴、朱文震（朱孝純族侄）等六少，於揚州作『一桌會』，會上大家合繪《九畹蘭花圖》並題識。王培荀輯《鄉園憶舊錄》卷二（清道光二十五年刻本）：『板橋在揚州爲八人會，在座者程綿莊、黄瘿瓢、王夢樓、金椶亭、于石鄉、張仲謀。板橋畫蘭八葉以符人數，誤多一撇，笑曰：「今日豈有後來者乎？」午後青雷不期而至，鄭大喜，乃畫九畹蘭以紀其盛。』

以詩寄程名世筠榭。《棕亭詩鈔》卷七《寄程筠榭》。按：程名世，字令延，號筠榭，工詩。吴烺與程名世、江昉等輯《學宋齋詞韻》，程名世爲吴烺作《五聲反切正均序》。兆燕與名世及其四子皆有交往，《棕亭古文鈔》卷六《程謐齋試草序》：『余與筠榭先生訂交三十年』，兆燕曾爲其四子詩文作序。

三月，晤寶應王少林。《棕亭詩鈔》卷七《寓淮安靈惠祠題壁》題下注曰：『此余甲戌年八月之作，已忘之矣。丙子三月，晤寶應王少林，爲余誦之。』

三月，盧見曾以李葂遺集轉寄。《棕亭詩鈔》卷七《盧雅雨都轉以亡友李嘯村遺集雕本寄賫，開緘卒讀，淒感交至，率題卷末，兼呈盧公四首》，有干謁聲氣。陸蓴庭説『盧署中俊彦如雲，能於其中得一位置，遠勝於終年奔波，固兆燕所求之不得者』。按：李葂，字讓泉，一字嘯村，號皖江鐵笛生，安徽懷寧人，雍正十三年開博學鴻詞科，盧見曾推薦李葂，李視盧爲知己。李葂與吴敬梓及金兆燕、吴烺皆有交情。

仲春，始爲吴檠《溪上草堂集》付梓刻印，歷三餘月而完工。《棕亭古文鈔》卷九《跋吴岑華先生集後》：『右《溪上草堂集》幾卷、賦幾首、古今體詩共若干首、詩餘若干首，刻於乾隆丙子仲春，越三月工竣，於時距先生之歸道山已七年矣。』

至金陵，宿秦淮水閣。見《棕亭詩鈔》卷七《重宿秦淮水閣》。

吴烺丁憂將歸全椒。見《棕亭詩鈔》卷七《過吴杉亭舍人宅時，杉亭將以憂歸》。

丙子秋日，晤方竹樓於揚州僧舍。《棕亭詩鈔》卷七《丙子秋日，晤方竹樓於揚州僧舍，蒙以畫竹見惠，次日偕諸同社集譯經臺，案上有坡公集，因檢〈上巳攜酒出遊詩〉索余步韻題畫爲贈，走筆應之》。《棕亭古文鈔》卷六《方竹樓詞序》：『丙子丁丑間，余客儀徵令署，得與方君竹樓時時覿面。竹樓愛作長短句，余每倚聲和之，詞箋往來，一月幾數十紙。』《棕亭詩鈔》卷七《長至日同沈江門、方竹樓、方介亭、石蘇門集汪磽岩齋中，欲遊水香村墅不果，分韻得二冬》、《和竹樓韻》是這一時期的唱和之作。按：方元鹿，字竹樓，又號紅香詞客，安徽歙縣人。金兆燕《棕亭詞鈔》卷二《薄倖》詞下小序云：『真州女子名奇雲，色藝俱絕，嫁爲賈人妾，妒妻逐之，抱恨而死。方竹樓爲作瘞雲圖，索同人題咏。』吴烺《題殯雲圖》詩與金兆燕的《薄倖》詞皆圍繞這一事件而作。

秋，游西湖雲林寺聽聞寺僧誦盧見曾詩而渡江拜謁。

《棕亭詩鈔》卷八《呈盧雅雨都轉》詩下注曰：『丙子秋，游西湖雲林寺，聞寺僧誦公「潮當射後知迴避，峰偶飛來亦逗留」之句，因渡江至揚州投謁見公。』」入盧幕前，金兆燕屢次投書盧見曾。

南京訪程廷祚，不遇。《棕亭詩鈔》卷七《欲晤程綿莊先生不得，作此奉柬》：『君家住城北，我來客城南。』句下注曰：『去年客金陵亦欲走謁，未果。』『思君夢逐秦淮水，一夜先過如意橋』，『如意橋』下注曰：『先生里居名。』袁枚《小倉山房文集》卷四《徵士綿莊先生墓志銘》：『有清徵士綿莊先生以乾隆丁亥三月二十三日啓手足於白門之如意橋。』

揚州，與朋友交遊唱和。九月九日，同王蘇堂、焦士紀、沈江門、侍鷺川、程維仲、方蘋友、阮學莽集江家墩。阮元《淮海英靈集》乙集卷四吴均詩《偶於書麓中檢出丙子重九同王蘇堂、焦五斗、沈江門、金棕亭、侍鷺川、程維仲、方蘋友、家學莽諸子集江家墩詩冊並圖，屈指二十六年矣。今會中諸友零落太半，惟餘棕亭、蘋友學莽與余四人，不勝今昔存殁之感，因賦一律，題於左方》。吴均，字公三，號梅查，祖籍歙縣，工詩。《棕亭詩鈔》卷七《遊新城汪園，步戴遂堂先生韻五首》、《聽沈江門彈秋江夜泊》，戴亨《慶芝堂詩集》卷十二《秋日同金孝廉鍾越遊新城汪園五首》、《聽沈江門鼓琴步棕亭韻》、《送棕亭公車北上》可對讀。

再逢定郎。《棕亭古文鈔》卷三《定郎小傳》：『丙子秋，余客揚州……余狂喜曰：「自去春見汝後，意忽忽如有所失，自以爲落花飛絮，定不再逢，乃今得聚於此。」』

兆燕遍集同社，召畫者爲定郎寫真，友人題畫。《棕亭古文鈔》卷三《定郎小傳》云：『程君筠榭聞余爲定郎寫真也，大治具，召客觀定郎容，定郎抱其容至，曰：「諸郎君各題一詩，當各獻一歌以報。」』《棕亭詞鈔》卷四《高陽臺・高東井題定郎像，詞甚美，次韻酬之》及《雙雙燕・蔣清容補題定郎像，頗有悟語，次韻奉答》、蔣士銓《雙雙燕·定郎小影爲金棕亭作》（《忠雅堂文集》卷二九）、王又曾《蝶戀花·爲棕亭題徐定郎小照》（《丁辛老屋集》卷二十）、金農《吾家棕亭詩老以其吴趨小友徐郎定定寫真乞題》（《冬心自度曲》）、鄭燮《贈孝廉金兆燕》（《鄭板橋全集》）可參照。王昶《春融堂集》卷七《送金鍾越歸揚州》詩下注云：『鍾越有侍史定郎小影，又撰《雙鬟畫壁》傳奇，甚工。』

同王又曾登烟雨樓。見《棕亭詞鈔》卷三《瀟湘逢故人慢·同王穀原登烟雨樓》。乾隆十六年（一七五一），皇帝南巡浙江，召試舉人，穀原以才學突出而被授予内閣中書。乾隆十九年（一七五四）登第，成進士，官任禮部主事，後改刑部廣西司主事。一年後，以病辭歸。晚居揚州，筆耕自給。終日飲酒遊樂於江淮，不顧生計家持，落魄潦倒，終不復出。

又至金陵，宿秦淮水閣。見《棕亭詩鈔》卷七《重宿秦淮水閣》。

至吴烺南京家中，吴烺丁憂，將歸全椒。見《棕亭詩鈔》卷七《過吴杉亭舍人宅時，杉亭將以憂歸》。

次女阿雋十歲。見《棕亭詩鈔》卷七《次女阿雋十歲，詩以寄示》。兆燕將生活艱辛，舉業艱難等向十歲的女兒娓娓訴説。

夏至，同友人分韻賦詩，見《棕亭詩鈔》卷七《長至日同沈江門、方竹樓、方介亭、石蘇門集汪磽岩齋中，欲遊水香村墅不果，分韻得二冬》、《是夕，同人每成一詩，必索余步韻，賡酬已遍，諸君起曰：『我輩詩俱叨繼聲，君詩原韻不當疊一首乎？』余曰：『諾。』援筆復成此章》。兆燕思維敏捷，如袁枚《隨園詩話》云：『擊鉢聲終，萬言倚馬』。

與方竹樓交遊。《棕亭古文鈔》卷六《方竹樓詞序》：『丙子丁丑間，余客儀徵令署，得與方君竹樓時時覿面。』《棕亭詩鈔》卷七《丙子秋日，晤方竹樓於揚州僧舍，蒙以畫竹見惠，次日偕諸同社集譯經臺，案上有坡公集，因檢〈上巳攜酒出遊詩〉索余步韻題畫爲贈，走筆應之》。

歲暮歸全椒。見《棕亭詩鈔》卷七《歲暮暫歸，示里中諸子》。

來年會試期日近，憶舉業生涯，頗多感慨，遂寫下《哭馮粹中》、《出門四首》（《棕亭詩鈔》卷七）抒懷。按：馮粹中一七五二年卒於京城。

冬，王昶應盧見曾之邀至揚州。見嚴榮《述庵先生年譜》。

乾隆二十二年　丁丑（一七五七）　四十歲

作幕儀徵署，與方竹樓交往。《棕亭古文鈔》卷六《方竹樓詞序》：『丙子丁丑間，余客儀徵令署。』

乾隆帝二次南巡。

盧見曾第二次修禊紅橋，作《紅橋修禊》詩，參與和詩的文人名士達二千多人，編次三百餘卷。

將赴京五應會試，以詩贈別戴亭。《棕亭詩鈔》卷七《丁丑初春將入都門，留別戴遂堂先生》云：『真州臘盡春色早，別君獨上長安道。』

春，叔麟洲卒，以詩哭之。《棕亭詩鈔》卷七《哭麟洲叔五首》詩下注曰：『叔沒於真州，戴遂堂先生爲營後事。』吳烺《杉亭集·詩》卷六《贈戴明府兼呈遂堂先生四首》詩下注曰：『麟洲殤明府幕中。』按：戴遂堂侄秉瑛，《棕亭古文鈔》卷二《戴遂堂先生傳》：『秉瑛（藍輝明府）成進士，官儀徵、昭文兩邑。』

赴京途中作《淮浦舟中》、《立春日旅中書懷二首》、《讀〈穆天子傳〉》。《讀〈穆天子傳〉》等反映其對小説、戲曲的涵養。

兆燕至京，謝墉移居新宅，致書索兆燕詩，兆燕贈詩。《棕亭詩鈔》卷七《謝東墅編修移居内城，致書索詩題其新宅，漫成二十四韻寄之》。

寓居京師期間，與梁同書交遊唱和。梁同書撰《頻羅庵遺集》卷十二《全椒金棕亭同年兆燕〈棕亭詩石刻跋〉》：『予居京師七年，棕亭同年時相過從，每譚甚洽。及戊寅歸里後，數十年音問間闊，而棕亭於十年前歸道山，竟未聞也。』《國子先生全集》卷首録梁同書《讀吳中吟》詩一首。梁同書（一七二三—一八一五），字元穎，號山舟，錢塘人，與翁方綱、劉墉、王文治齊名，並稱『清四大家』。

會試落第，夏歸返南方。吳烺《首夏同棕亭雨田寓法源寺僧舍二首》。

兆燕尚未找到能夠託付的幕主和相對穩定的幕僚工作，而隨後盧見曾的幕府則進入了兆燕的視野。兆燕過邗江，遊湖見壁間盧見曾詩即步韻奉呈。《棕亭詩鈔》卷七《催雪、丁丑夏自都門南歸，過邗江，獨遊湖上，見壁間雅雨都轉春日修禊唱和詩，漫步原韻即用奉呈四首》、《又次盧雅雨都轉紅橋修禊韻四首》。按：三月三日，盧見曾二次修禊紅橋。入盧幕前，金兆燕屢次投書盧見曾。

至金陵，再訪程廷祚，不遇。《棕亭詩鈔》卷七《欲晤程綿莊先生不得，作此奉柬》。

與沈大成、吳均等交遊唱和。《棕亭詩鈔》卷七《次韻贈沈沃田移居四首》、《寄汪草亭》、《贈吳梅查四十初度》、《次日鮑步江疊前韻見示並索繼組，率應奉酬》、《次韻題汪氏所藏方士庶自畫天樂圖》。

拜謁盧見曾，始作傳奇《旗亭記》。《旗亭記》盧見曾序云：『全椒蘭皋生，矜尚風雅，假館真州，問詩於余。分韻之餘，論及唐《集異記》「旗亭畫壁」一事，謂：「古今來，貞奇俠烈，逸於正史而收之説部者，不一而足，類皆譜入傳奇。雙鬟信可兒，能令吾黨生色，被之管弦，當不失雅奏，而惜乎元明以來，詞人均未之及也。」蘭皋唯唯去。經年，復游於揚，出所爲《旗亭記》全本於篋中。』《棕亭古文鈔》卷六《程緜莊先生蓮花島傳奇序》：『戊寅冬與先生同客兩淮都轉之幕，先生居上客，右操槧著書，而兆燕不自知恥，爲新聲，作諢劇，依阿俳諧，以適主人意。』艱難時世中，士人對人格的卑微體味尤深。

在真州衙署中過除夕。《棕亭詞鈔》卷七《催雪・丁丑真州除夕》；《棕亭詞鈔》卷七《輪臺子》詞下小序云：『前詞成後，翦燭孤吟，戴遂堂先生聞「辜負桑蓬」之句，詢知是日爲余四十初度，乃命其小阮藍輝明府張燈設筵，重集同人痛飲達旦，卽席復成此調，以誌感謝之私。』

乾隆二十三年　戊寅（一七五八）　四十一歲

春，客昭文官署，屢投詩盧見曾，欲入幕盧府。《棕亭詩鈔》卷八《昭文官署寄盧雅雨都轉四首》：『千里關河仍作客，半生蹤跡只依人。』按：《棕亭古文鈔》卷二《戴遂堂先生傳》中所云：『秉瑛（藍輝明府）成進士，官儀徵、昭文兩邑。』

暮春游漁灣晚歸過飲張秉彝小齋。張秉彝《南垞詩鈔・鳩江草・暮春棕亭漚儕介亭諸子遊漁灣晚歸過飲小齋同用曹楝亭使君韻》。

同王文治、鮑雅堂、王少陵、嚴冬友、袁枚飲於小全園。袁枚《隨園詩話》卷五：『乾隆戊寅，盧雅雨轉運揚州，一時名士，趨之如雲。其時劉映榆侍講掌教書院，生徒則王夢樓、金棕亭、鮑雅堂、王少陵、嚴冬友諸友，俱極東南之選。聞余到，各捐餼廩餼延飲於小全園。』嚴長明《嚴東有詩集》之《歸求草堂詩集》卷四(戊寅)《龍潭道中寄金棕亭》。

與沈大成、蔣士銓聯句。《棕亭詩鈔》卷八《喜雨用韓孟秋雨聯句韻》：『春夏時已淹，山澤氣始會。』

歲暮，沈大成將歸，兆燕再至沈處。《棕亭詞鈔》卷二《南浦·題沈沃田桐陰結夏圖》。沈大成《學福齋集》詩集卷十五《全椒金棕亭孝廉於臨發前一夕始至，挑燈論詩，相見恨晚，亦用前韻見贈再疊奉酬》。(其前一首爲《歲暮將歸老友程綿莊用余丁丑廣陵留別韻爲詩送行卽疊奉酬》)金農《冬心自度曲》(清乾隆刻本)《爲沈君沃田題桐陰結夏圖卽送還華》：『三處鄉音，謂京江蔣春農全椒吾宗椶亭。連朝閑話。』

本年自春至秋，兆燕已居於盧氏鹽運使署之西園中。其《呈盧雅雨都轉》云：『幸舍棲遲春復秋，逢人便道此間樂。官梅亭(按：爲盧氏書室名)畔百花妍，戲譜新詞付錦宴。』按：兆燕《旗亭記》初成後，於在盧幕中修改。

冬，入盧見曾幕，自是客兩淮鹽運使使署十載。時客盧幕而操筆墨者約略有惠棟、沈大成、程綿莊諸人。沈大成爲盧公左右手，程綿莊『居上客，右操槧著書』。《棕亭古文鈔》卷六《程緜莊先生蓮花島傳奇序》：『戊寅冬與先生同客兩淮都轉之幕』。《旗亭記》，引得盧氏十分開心，兆燕終於成爲盧府的幕賓。《棕亭古文鈔》卷六《方竹樓詞序》：『嗣是入運使幕十年』。李斗《揚州畫舫録》：『凡園亭集聯及大戲詞曲皆出其手。』

與程廷祚同在盧幕，程爲兆燕詩文題辭。《國子先生全集》卷首：『青溪弟程廷祚識，時戊寅冬杪，客邗上。』按：金兆燕與程廷祚同作幕賓，際遇坎坷，『日抱簡牘爲諸侯客，以餬其口』（《棕亭古文鈔》卷六《程緜莊先生蓮花島傳奇序》）；金兆燕屢試不第，執著於舉業，程廷祚『試鴻詞不第』後，決意『歸益治經』，放棄舉業。

嚴長明以詩寄示兆燕。見嚴長明《歸求草堂詩集》卷四（戊寅）《龍潭道中寄金棕亭》。

乾隆二十四年　己卯（一七五九）　四十二歲

初春，與嚴長明偕盧見曾進京。見嚴長明《歸求草堂詩集》卷四（己卯）《偕盧雅雨先生由郯城發軔入都，途次同金棕亭得詩二十首》。

別程晉芳，時晉芳將往江寧。程晉芳《勉行堂詩集》卷十二（始己卯四月終辛巳四月）《將往江寧留寄金棕亭》：『西風太劇酒初停，同向燈前感鬢星。』

《旗亭記》刻成。《旗亭記》開篇盧見曾序言的落款爲『乾隆己卯』。

冬，歸里省父。《棕亭古文鈔》卷十《告廣文公文附錄》文：『去冬省覲，見大人氣血俱虧，精神全耗，乃定計閉戶作鄉里塾師，以謀菽水』，兆燕欲辭幕，多少表明其在盧幕中並不如意。

將赴京應試，以詩呈盧見曾。《棕亭詩鈔》卷八《呈盧雅雨都轉》。

乾隆二十五年　庚辰（一七六〇）　四十三歲

春，揚州送黃芳亭北上。見《棕亭詩鈔》卷八《送黃芳亭北上》。

與嚴長明在旅途。《嚴東有詩集》（民國元年郎園刻本）之《金闕攀松集·與聶處士別後車上口占》詩下注曰：『時金棕亭先五日行，訂於城子店旅舍相待。』

赴京六應會試，途中詩以抒懷。《棕亭詩鈔》卷八《舟中雜詠六首》。都城與朋友相聚。王昶《春融堂集》卷七《吴企晉陸健男錫熊同至京師招鳳階荀叔鍾越來殷諸君小集》。

三月下旬，與吴烺、王昶遊京城白雲觀。王昶《春融堂集》卷二七《憶舊遊》詞下小序云：『京城西便門外白雲觀即元長春宫也，以丘真人處機居此故名，樂笑翁游此有詞。今殿閣荒頽，過半香火猶存，閏正月十九日真人生日，四方黄冠駢集，士女遊者甚衆。予於三月下旬與吴荀叔金椶亭同游，慨想真傳，因塡此解。』

落第後，六月南還揚州，金兆燕《棕亭詩鈔》卷八《舟中贈同伴客》：『不信蕭條下第身』，大概緊隨其後尚有『太后七旬萬壽恩科』，故兆燕所言多少包含倔强與信心。吴烺《杉亭集》詞三《摸魚子·送棕亭南還次韻》可參讀。

沿途寫下《舟中與某載者醵飲》、《黄河阻壩，同姜靜宰孝廉作》、《贈汪存南六首》、《登金山》、《雨過京口》等。

六月至揚州，七月收到家書，父親金榘病重，急須一見。兆燕歸家，金榘病漸緩，中秋之夜，猶促兆燕出門。《棕亭古文鈔》卷十《告廣文公文》：『六月至揚州，猶未知大人四月已病甚也……七月七日接大人手諭，始知抱恙已久，急欲一見……所幸飲食尚未甚減，藥餌尚可頻進，不孝已私誓跬步不離左右，而大人知家無擔石，難以久居，中秋之夜猶促不孝出門。』

與汪玉枢之子椒谷相識，訂文字交。《棕亭古文鈔》卷五《汪恬齋先生詩集序》：『庚辰秋，聞揚人之望幸者葺治林亭，至於南郭葭湄園又重新焉，乃復過之，遂與先生之子椒谷相識，訂文字交。』金兆燕較早熟悉的兩淮鹽商，卽汪玉樞父子。《棕亭古文鈔》卷五《汪茉谷詩序》：『余與茉谷以詩交垂三十年。』中進士前的十年幕僚，金兆燕文集中爲商人作文僅《汪恬齋先生詩集序》一篇。一方面鹽商是市儈的，幕僚身份的金兆燕尚未進入鹽商的視角。另一方面也可見出他與汪氏父子的交情之真。

按：汪玉樞，字辰垣，號恬齋，歙縣人。《棕亭古文鈔》卷五《汪茉谷詩序》云：『恬齋先生於邗江雅集諸老中爲巨擘，以詩名海內者數十年。』

乾隆二十六年　辛巳（一七六一）　四十四歲

本年爲『太后七旬萬壽恩科』，兆燕七應會試，仍落第。《棕亭詞鈔》卷二《摸魚兒·辛巳下第將歸，留別京華諸友》。吳烺《摸魚子·送棕亭南還次韻》：『人間事，得失塞翁都誤。』王昶贈别詩《春融堂集》卷七《送金鍾越歸揚州》：『上計來燕市，依人下蜀岡。』

與蔣士銓京城相會。蔣士銓一七五七年中進士，授翰林院庶吉士。蔣士銓《賀新涼·金棕亭秋江擁櫂小照》：『十五年來淮海客，扣弦聲，中有傷心語。青篷下，聽寒雨。』

南歸途中讀汪恬齋先生詩集，反思人生，留戀親情。《棕亭古文鈔》卷五《汪恬齋先生詩集序》：『辛巳落第南歸，舟中無事，復取先生之詩日讀數過。』

贈詩汪履基。汪履基，字存南，全椒人。乾隆間舉人，工詩文，清代著名文學家吳鼒曾追隨他學習駢體文的寫作，著有《溯回草堂集》。《棕亭詩鈔》卷八《贈汪存南六首》。

會試落第歸揚州。《棕亭詩鈔》卷八《新柳三首》。《旗亭記》在揚州各戲班競相上演，風靡全城。黄振《廣陵遊草》之《瘦石稿》卷六云：『當代最崇歐太守，滿城齊唱謝雙鬟。』詩下注：『盧觀察新塡旗亭記，梨園傳演，名噪一時。』沈德潛《歸愚詩鈔餘集》卷三《戲題旗亭樂府》六首。蔣士銓《忠雅堂詩集·銅絃詞·好事近》：『忍凍聽雙鬟，辛苦旗亭才子。』嘉慶十四年（一八〇九）時，《旗亭記》已傳至蘇州，『吴門上演金兆燕《旗亭記》傳奇，增燈戲范來宗作紀事詩』。此距兆燕去世已近二十年，《旗亭記》搬演到蘇州，影響不衰。

金榘病重，兆燕歸全椒，服侍父親三月，九月金榘卒，辦完喪事，爲貧困所迫，兆燕寒冬即外出尋求生計。《棕亭古文鈔》卷四《亡室曽孺人傳》：『辛巳落第歸省，府君病已篤，與孺人扶持左右，晝夜不眠者三月。治喪甫畢，冰雪之中仍卽饑驅而出。是時，行者持空囊，居者無儲粟，但於靈幃前相持，一慟而别，回顧孺人身上尚無複襦也。』《棕亭古文鈔》卷十《告廣文公文》：『夫何八月之末，舊疾轉增，至九月而半，匕不進者，旬日遂舍不孝而長逝也耶。』《棕亭詩鈔》卷八《輓朱朗圃先生》：『茕茕不肖身，蓬飛仍四方。覓食飽妻孥，帷殯捐中堂。父在不能養，父沒不能喪。攬轡揮涕洟，匹馬衝嚴霜。回首空嘆羨，高松棲鸞凰。』

乾隆二十七年　壬午（一七六二）　四十五歲

王又曽病逝於揚州。王復來揚，延於家。武億《授堂文鈔》卷八《偃師縣知縣王君行實輯略》載，乾隆二十六年，王又曽病逝於揚州，『貧無一椽用遺後人，以故君（王復）困益甚，乃走揚州依府教授金君棕亭。棕亭奇其材，數爲稱譽，商某慕之，延於家』。按：王復，字秋塍，一字敦初，浙江嘉興府秀水縣人。王又曾次子，著有《晚晴軒稿》。

招同人小聚。見程晉芳《勉行堂詩集》卷十三《金棕亭招同人小集，分韻得心字》。

秋，盧見曾告休還德州，兆燕作詩以送之。《雅雨堂詩集》卷下《告休得請，留別揚州故人》，《棕亭詩鈔》卷八《送盧雅雨都轉歸德州四首》。尹繼善、程晉芳、嚴長明等紛紛作詩以送。尹繼善《尹文端公詩集》卷七《和盧雅雨告休留別揚州故人韻兼以送行》、程晉芳《勉行堂詩集》卷十三《涉江後集·奉送運使雅雨先生告歸，即次留別原韻》、嚴長明《歸求草堂詩集》卷五《送雅雨先生予告歸德州》。

歸全椒。《棕亭詩鈔》卷八《里中與諸同人讌集，分題二首》，第二首《秋日刈稻了自沿村河策蹇由富安巷過竇林橋帶月夜歸》詩中所寫多爲全椒地域風情。

與故里鄉親詩歌唱和。《棕亭詩鈔》卷八《詶許聖和》、《詶朱岷源疊前韻》。

至揚州，仍留任兩淮鹽運使署。盧見曾告休，趙之璧接任，一直至乾隆三十三年（一七六八）被革職。《中國方志叢書·揚州府志》卷三八：『趙之璧，乾隆二十七年任。』金兆燕與趙之璧的關係，資料極少，《棕亭詩鈔》卷八《和趙恒齋都轉〈九日遊平山堂〉原韻》是兆燕中進士前所作，另有一篇代筆文章，即《棕亭駢體文鈔》卷五《代趙轉運孫與沈高郵結姻啟》。

與汪稚川相會，分別時詩以贈。見《棕亭詩鈔》卷八《贈汪稚川》。

除夕與臺駿在揚州。臺駿天性老實憨厚，《棕亭詩鈔》卷八《除夕示臺駿》云：『除夕頻爲客，今年與爾偕……憶母知天性，溫經識聖涯。』

乾隆二十八年　癸未（一七六三）　四十六歲

癸未年會試正科，兆燕因丁憂而未參加本年試。

吳烺至揚州，兆燕與吳烺、臺駿泛舟至平山堂。江炎《杉亭詞序》云：『癸未春杉亭來寓邗江』，《棕亭詞鈔》卷五《秋霽·癸未九日，同吳杉亭舍人，攜兒子臺駿，泛舟至平山堂》，詞後下注曰：『是日諸同於鐵佛寺詩會，余與杉亭未赴。』吳烺《秋霽·九日棕亭攜令子冀良同余平山堂登高，先成此解，倚聲和之》、《九日鶴亭同諸君鐵佛寺登高余偕棕亭泛舟紅橋不與次日用分得韻成詩》可參讀。

冬，飲程名世齋中。《棕亭詞鈔》卷三《憶舊遊》詞下小序云：『癸未冬日，飲筠謝齋中……漫賦此闋，並邀筠榭同作。』

乾隆二十九年　甲申（一七六四）　四十七歲

秋夜，同江春、吳魯齋、汪啟淑、陳皋、沈大成，汪元麟飲。阮元《淮海英靈集》戊集卷四江春詩《秋夜，吳魯齋使君暨汪秀峰陳對鷗金棕亭沈學子汪石恬集飲小齋，即以使君所遺韻箐分賦得屑韻》詩。

金兆燕攜子臺駿與吳烺小女成親。金兆燕《棕亭詩鈔》卷九《吳杉亭舍人僑居邗上，余也攜兒作客，即令移寓就婚，共送歸里，禮筵之夕賦呈杉亭，兼示同社諸子八首》。吳烺詩《棕亭攜令子冀良就婚於余寓邸成長句八章余亦撫今追昔悵然於懷作此奉答》詩下注曰：『亡内在日已有朱陳之約』，詩中『阜陵城外樹扶疏，老屋依然古巷隅』乃金家老宅金家巷。金兆燕與吳烺結爲兒女親家，沈大成聞聽此事，欣然作詩。《學福齋詩集》卷二三《棕亭孝廉攜子就昏廣陵旋歸珂里其親家即杉亭舍人中表也》。

秋，與吳烺同歸全椒，重九爲臺駿新婚開筵召客。見《棕亭詞鈔》卷五《摸魚兒》詞下小序云：

『甲申秋偕杉亭舍人攜兒婦歸里，開筵召客正值重九，卽席譜成此調，索諸同人和之。』

登全椒奎光樓。吳烺《杉亭集》卷九《周鶴亭廣文家修亭司訓招同岳水軒金棕亭俞墨岑江鶴汀馮昆閬朱昭平江曙華汪存南馮鷺賓集飲署齋遂登奎光樓眺望》。國光樓，原名尊經閣，清改名奎光樓，肇於全椒望族金氏。明崇禎朝都御史金光辰之弟金光房《重修尊經閣記》：『閣曰尊經，樓曰奎光。』《儒林外史》第四十七回：『虞秀才重修元武閣　方鹽商大鬧節孝祠』寫道：『尊經閣上挂著燈，懸著彩子，擺著酒席。那閣蓋的極高大，又在街中間，四面都望見。』民國元年尊經閣改今名國光樓。

與吳烺從全椒返揚州，真州遇雨。吳烺詩《杉亭集》卷九《同棕亭阻雨宿真州三十里鋪大悲庵》。

十二月十九日，江春召集文人在寒香館懸像賦詩紀念蘇東坡誕辰，在康山草堂之寒香館懸像賦詩，阮元輯《淮海英靈集》戊集卷四《江春傳》：『一時文人學士如錢司寇陳群、曹學士仁虎、蔣編修士銓、金壽門農、陳授衣章、鄭板橋燮、黄北垞裕、戴東原震、沈學士大成、江雲溪立、吳杉亭烺、金棕亭兆燕，或結縞紵，或致館餐。』吳烺《杉亭集（詞）》卷五《大江東去（東坡生日同人集指香齋醵飲，憶甲申年在真州小聚，匆匆如昨日事也）》也是此類場景。

乾隆三十年　乙酉（一七六五）　四十八歲

正月初三，江春招集齋中與友人聚飲。《棕亭詞鈔》卷五《掃花遊》詞下小序云：『乙酉春正三日，硯農招集齋中，命酒聽歌，時雲碤遠遊未歸，卽席譜此寄意。』按：此處硯農當爲江春。

乾隆帝第四次南巡。

三月，吳烺將往京城，兆燕以詩贈別。吳烺《將之都門留别邗江諸同好四首》，《棕亭詩鈔》卷九

《次韻送吴杉亭舍人入都四首》其四云：『鳳城三月春如海，可憶江南子夜歌。』吴烺《杉亭集》卷九《棕亭攜令子冀良就婚於余寓邸成長句八章余亦撫今追昔悵然於懷作此奉答》：『明年騎馬東華去，又見紅塵染素衣。』

初秋，爲《學宋齋詞韻》題寫序言。清乾隆刻本吴烺、江昉輯《學宋齋詞韻》所收金兆燕此序落款署『乾隆乙酉初秋，椶亭金兆燕書於學宋齋中。』

八月，爲廣陵徐蓺農所編詩集作序。《棕亭古文鈔》卷五《修翫詩序》云：『余友廣陵徐子蓺農爲閣於所居之右，乙酉秋，八月既望，招諸同人落之。』

十一月冬至前一日同沈大成、蔣宗海、汪棣分韻。沈大成《學福齋詩集》卷二六《冬至前一日，春農棕亭對琴同集淨香園送謝金坡宮庶還朝以冬至子之半分韻得至字》。按：江春在北郊的別墅名爲『江園』，乾隆二十二年，江園改爲官園，乾隆帝賜名『淨香園』。

與精樂律宮商的謝雅宜交往。沈大成《學福齋詩集》詩集卷二六《徐雅宜花間聽曲圖》：『徐君之才漢中郎，尤精音律調宮商……全椒名士金椶亭，與君並世而特出。金尚棲棲幕府間，君今僕僕向長安。』

除夕守歲，準備來年會試。見《棕亭詩鈔》卷九《乙酉除夕守歲待發四首》。

吴檠贈兆燕《紫雲出浴圖》，兆燕轉贈曹忍菴。陸心源《穰梨館過眼錄》卷四十《陳五琅紫雲出浴圖卷》記曹忍菴言『此卷吴公得諸市中，裝輯成卷，持贈金棕亭教授，金棕亭轉以贈余。因賦五言古三百二十字，今藏之篋中且十年矣。不知後日誰復得此者，願世世寶之耳也。乾隆乙未客真州潘氏南園，忍庵學究並識。』按：迦陵曾請陳鵠畫《紫雲出浴圖》，並攜之在友朋間流傳，索得七六人爲該圖題詠。吳檠偶然在市中購得這幅圖畫，並作《題九青圖》詩，詩前有序。

乾隆三十年，程廷祚以所作《蓮花島》傳奇寄示兆燕。《棕亭古文鈔》卷六《程緜莊先生〈蓮花島〉傳奇序》：『戊寅冬與先生同客兩淮都轉之幕……越七年，乃以全部寄示余，余卒讀而深歎之。』

乾隆三十一年　丙戌（一七六六）　四十九歲

元日，赴京八應會試。《棕亭詩鈔》卷九《丙戌元旦曉行》：『彩燕從他爭挂勝，蹇驢隨我且驅愁。』

過貞孝成大姑墓、露筋祠。見《棕亭詩鈔》卷九《過貞孝成大姑墓》、《曉過露筋祠》。按：露筋祠，俗稱仙女廟，故址在高郵縣城南三十里，附近有貞女墓，古代遊人多有題詠。

入京城宿吳烺處近半載。《棕亭詩鈔》卷九《丙戌五月出都，吳杉亭以詩贈別，賦此詶之四首》云：『半載相依對一燈，匆匆便作打包僧。關心遠道惟兒女，樂志他鄉賴友朋。』

八應會試，乃得進士及第；長孫金璡出生。錢仲聯《清詩紀事》云：『廖景文《罨畫樓詩話》：「閱《丙戌會試題名錄》，我友老而獲雋者二人，一爲全椒金棕亭兆燕，一爲婁村畢紹庵鎮。棕亭與吳舍人烺齊名」。』《棕亭古文鈔》卷四《亡室晉孺人傳》：『丙戌，余得第，聞璡孫生，既南旋，仍留滯邗上』。據《明清進士題名錄索引》，即乾隆丙戌年第三甲十八名進士及第。《棕亭詩鈔》卷一二《題宋瑞屏磨蟻圖小照》云：『我生半世輪蹄中，壯年轉徙隨飛蓬。八上燕京三入越，齒落面皺成衰翁。』《棕亭詩鈔》卷一四《施侍御與陳給諫文讌有作，索余次韻，率成三首奉呈》云：『銷魂十五年前事，眾裏驚傳揭榜期。（時正禮闈試期。）』

五月南歸，吳烺以詩送別。吳烺《送棕亭南還二首》云：『大藥有方難换骨』，『何異春明下第人』。

途中與與林（名露）、孫（名希旦）二孝廉同舟，歸後仍留揚州。見《棕亭詩鈔》卷九《丙戌五月出都，吳杉亭以詩贈别，賦此詶之四首》、《與林（名露）、孫（名希旦）二孝廉同舟南歸至淮，賦别七首》。

至揚州，江昉四十生日，其内子買妾爲壽，兆燕作詞以賀之。《棕亭詞鈔》卷五《多麗·江橙里四十初度，其内子買妾爲壽，賦此贈之》按：金兆燕與新安二江皆有交遊，詩歌唱和不少。

十二月初一，外姑晉母胡太孺人七十誕辰，兆燕舉酒作文祝壽。見《棕亭古文鈔》卷七《外姑晉母胡太孺人七袠壽序》。

十二月十九日，江春爲紀念蘇東坡七百歲生日，在康山草堂之寒香館懸像賦詩，江春賦有《丙戌嘉平十九日，爲蘇文忠七百歲生日，同人懸像於小山上人之寒香館，作詩記事》，杭世駿《道古堂全集·詩集》卷二四《十二月十九日，東坡先生生辰，釋方珍合竹西羣彦設祭寒香館，賦詩記事》。

與杭世駿、龔春潭、龔吟臞兄弟及沈大成、江立、蔣春農交遊。《棕亭詞鈔》卷一《邁陂塘·題青山送别圖，送杭堇浦歸里》。余集《秋室學古録》（清道光刻本）卷上《龔吟臞傳》：『杭堇浦先生自嶺南還，掌教邗江安定書院，君從之遊。邗上諸名士若沈沃田、蔣春農、金棕亭、江雲溪輩皆相與，題襟接席發藻聯吟於紅橋碧浪之閒。』

乾隆三十二年　丁亥（一七六七）　五十歲

三月，程廷祚卒。《棕亭詩鈔》卷九《聞程南陂先生道山之赴，驚愴彌日，再疊曩年奉詶原韻四首寄輓碎琴千古，不勝涕泗横流也》。按：程晉芳《綿莊先生墓志銘》云：『生於康熙三十年辛未三月二日，卒於乾隆三十二年丁亥三月二十二日。』

赴真州。《棕亭古文鈔》卷六《程中之試草序》云：『今年春以事赴真州，適筠榭送其子就邑令試，並車同行，借宿僧舍，往返僅三日。』《棕亭詩鈔》卷九《同程筠榭赴儀徵道上作四首》、《同程筠榭送其令子中之入儀徵署縣試》。

夏，揚州與程名世聯詩社。《棕亭古文鈔》卷六《程一亭試草序》云：『丁亥之夏與筠榭聯詩社。』金兆燕爲程名世四子應試之作皆題序，見於《棕亭古文鈔》卷六之《程中之試草序》、《程謐齋試草序》、《程平泉試草序》、《程一亭試草序》。

題方漱泉讀書圖。見《棕亭詩鈔》卷九《題方漱泉讀書圖》。兆燕與漱泉交遊不淺，《棕亭古文鈔》卷九《方漱泉遊草跋》、《棕亭詩鈔》卷一二《輓方漱泉》皆有述。

沈大成疾中作詩見示，次韻以慰之；歸華亭，兆燕贈詩以送。《棕亭詩鈔》卷九《沈沃田疾中作詩見示，即次原韻問之》詩下注曰：『余時寓官署，與先生只隔一牛鳴地，而不獲出問疾。』同卷《送沈沃田歸華亭》。

秋，進士及第後入京候選，與友人聚。見《棕亭詞鈔》卷七《長亭怨·丁亥秋日，暫至都門，侍補堂，施小鐵、鄭楓人各賦長調爲贈，次補堂韻酬之》。

歸故里全椒，與友人聚。見《棕亭詩鈔》卷九《雪中至富安巷，飲許月溪齋中次前韻》。

除日，五十誕辰，次韻抒懷。見《棕亭詩鈔》卷九《丁亥除日爲余五十誕辰，適周鶴亭學博以歷歲自壽之作見示，次韻抒懷即用題後八首》。

乾隆三十三年　戊子（一七六八）　五十一歲

春，以領憑作揚州教授。《棕亭詞鈔》卷四《滿江紅》詞下注云：『余以二等挑選注銓教職。』赴任前，持全椒狀見州太守，駐滁四五日。《棕亭古文鈔》卷七《張母陶孺人六十壽序》云：『滁州統全椒爲直隸州，全椒去滁五十里，姻族相望，余十數歲應童子試，客州城，與州之俊乂納交……自二十外隨先君任，不復至滁。鄉舉後客遊數十年不歸，逮五十始以領憑作揚州教授，持全椒狀見州太守，駐滁四五日。』

二月，友滁州葛繩武母亡故，兆燕撫棺悲哭。見《棕亭駢體文鈔》卷七《祭葛母唐太孺人文》。金兆燕與葛繩武兩家則延續了數代的交情，葛母視幼年失恃的兆燕如同己出，葛繩武去世後，金兆燕視其子菱溪如己出。《棕亭詩鈔》卷九《飲朱岷源齋中》，卷十《朱岷源以詩枉寄，次韻卻呈四首》、《棕亭詩鈔》卷一一《葛菱溪赴試金陵，倩寄沈嶽瞻》、《送葛菱溪之邳州》皆有記述。菱溪長大，金兆燕夫妻先給侄兒和菱溪完婚成家，後爲兒子臺駿續弦，參見《棕亭古文鈔》卷四《亡室晉孺人傳》。

三月，滁州同友人游醉翁亭。見《棕亭詩鈔》卷九《張志陛招同朱岷源遊醉翁亭次韻》。

爲烈女王仲姑寫詩，讚揚其貞烈行爲。見《棕亭詩鈔》卷十《貞烈王仲姑詩》，張應昌《國朝詩鐸》卷二十選錄兆燕此詩。

春，赴任揚州府學教授。《棕亭古文鈔》卷四《亡室晉孺人傳》：『戊子春，余得揚州教授。』從這年春到乾隆四十四年冬季的十二年時間里，金兆燕攜全家住在廣文官署。《國子先生全集》卷首吴錫麒序曰：『以廣文一官開設壇坫，號召名士，問字之酒、束修之羊，資用咸給。每風月佳夕，聯舫於紅橋白塔閒，擊鉢分牋，互相角勝。』

程廷祚卒後一年，再作詩以抒懷念。見《棕亭詩鈔》卷十《哭程綿莊徵君四十韻》。

七月十五日，方濬泉自西江乘舟過彭蠡，赴金陵應省試，兆燕爲其游草跋文。見《棕亭古文鈔》卷九《方漱泉遊草跋》。

爲説書藝人浦琳撰寫《浦掀子傳》。見《棕亭古文鈔》卷四《浦掀子傳》。按：浦琳，字天玉，揚州江都人，身有殘疾，右手短而捩，人稱『掀子』。其身世，李斗《揚州畫舫錄》亦有記述。

本年盧見曾以鹽引案發，從家鄉逮治，不久死於獄中，年七十九。乾隆追究兩淮鹽運案，牽涉到盧見曾、紀昀、王昶、趙文哲爲盧見通風報信，均受懲處。

十月四日，揚州吴魯齋招同王夢樓、蔣春農、金棕亭游平山堂。袁枚《小倉山房詩集》卷二一（戊子己丑）《十月四日揚州吴魯齋明府招同王夢樓侍御、蔣春農舍人金棕亭進士游平山即席有作》詩。方濬師《隨園先生年譜》（清同治十一年肇羅道署刻本）：『乾隆三十三年戊子，先生五十三歲，德州盧雅雨先生見曾家居八年，以兩淮運使提引事下獄死。先生有《十月四日揚州吴魯齋明府招同王夢樓蔣春農金棕亭遊平山堂即席詩》，蓋弔雅雨先生作也。雅雨孫相國文肅公每讀此詩，輒涕泣數日，王褒門人廢蓼莪章有以哉。』

吴魯齋自揚州調任無錫，詩以贈别。見《棕亭詩鈔》卷十《和吴魯齋自江都之任金匱留别原韻》詩，吴烺《杉亭集》卷十一《家魯齋明府由廣陵調任梁溪，用賦長句以當折柳》詩。《揚州府志》卷三八《秩官·國朝·江都縣知縣》：「吴賢，三十三年任。」

冬，同閔華、沈大成、方元鹿聚晴綺軒。見沈大成《學福齋集》卷三四《晴綺軒對雪分暮字同張看雲閔玉井金棕亭方竹樓介亭橙里主人作》。

與吴硯農叔祖吴漁浦交往。《棕亭古文鈔》卷七《比部吴漁浦先生壽序》：「今余宦遊揚州，公已懸車數載，樂志家國，遂得奉幾杖，與公作忘年交，春秋伏臘之會無虚歲。」

乾隆三十四年　己丑（一七六九）　五十二歲

在揚州府學教授任。

吴烺赴京前，兆燕以詩贈别。《清代官員履歷檔案全編》記載吴烺乾隆三十五年任職山西寧武府同知，任職前即往山西晉園一游，從山西返回南方，後被招入京師。《棕亭詩鈔》卷十《送吴杉亭入都三首》及吴烺《杉亭集》卷一一《晉園春遊作》可對讀。

乾隆三十五年　庚寅（一七七〇）　五十三歲

正月初，招同人小飲，登文昌閣。程晉芳《勉行堂詩集》卷二二《吴楚之閒集》之《庚寅人日，金廣文棕亭招同人小飲，登文昌閣眺積雪分韻得識字》。

立夏前一日與友人小飲三賢祠。見程晉芳《勉行堂詩集》卷二二之《立夏前一日，潞川招同棕亭、偶生、東亭泛舟城西，泊三賢祠小飲作》。

四月十四日，招同人泛舟紅橋，訪秋雨庵，晚飲洪氏園亭分韻。見程晉芳《勉行堂詩集》卷二二《吴楚之間集·四月十四日，棕亭廣文招同人泛舟紅橋，訪秋雨庵，晚飲洪氏園亭分韻》、沈大成《學福齋詩集》卷三七《四月望前一日金棕亭廣文招集湖舫以杜詩我能拔爾抑塞磊落之奇才分韻得我字》。

六月初六日，程晉芳過署齋，留飲有作。見程晉芳《勉行堂詩集》卷二三《六月六日，過棕亭署留飲有作次韻》。

六月初七日，與閔華、沈大成、江昱、侍鷺川、俞耦生、程晉芳湖上納涼。見程晉芳《勉行堂詩集》卷二三《六月七日，招同玉井學子松泉棕亭鷺川耦生湖上納涼分得添字》。

同張看雲、汪對琴、程晉芳過夢因上人雪廬。見程晉芳《勉行堂詩集》卷二三《楚豫之間集·同看雲棕亭對琴過夢因上人雪廬茶話遲叔子不至分得交字》。

六月底，與友人集高詠樓觀荷。見《棕亭詩鈔》卷十《六月晦前一日，李西橋招集高詠樓觀荷，分得韓孟體五古一首》。

夏，冢媳亡。《棕亭古文鈔》卷四《亡室晉孺人傳》：『庚寅夏，冢媳亡，有人欲爲臺駿謀繼室者。』

秋夜，同程晉芳、沈大成、陳皋、汪啟淑、吴賢，汪石田集江春如意齋，有詩。《棕亭詩鈔》卷十《江鶴亭以吴魯齋所贈竹籤韻筒集同人各賦一詩，分得潸韻》、沈大成《學福齋詩集》卷三七《秋夜鶴亭主人招陪吴魯齋明府暨對漚秀峰棕亭石恬諸同學即以所遺韻筩分賦得曷字》、汪啟淑《訒菴詩存·邗溝集·秋夜同沈沃田陳對鷗金棕亭吴魯齋家石田諸君集江鶴亭如意齋分詠魯齋所贈韻筩得職字》可參看。

與小玲瓏山館主人馬曰璐半查先生交遊唱和。見《棕亭古文鈔》卷十《集小玲瓏山館追和馬半查先生韻》。《棕亭古文鈔》卷二《汪君雪礓傳》：『小玲瓏山館者，馬徵君秋玉、佩兮兄弟與陳厲諸群作詩地也。』

臺駿從全椒至揚州，許月溪詩贈兆燕。見《棕亭詩鈔》卷一一《許月溪以詩付臺駿見寄，獎藉所加未免溢美，次韻卻呈即示臺駿，使讀俾知長者賞譽未易承也》。

題白秋齋藏陳榕門相國手札卷軸。見《棕亭詩鈔》卷一一《題白秋齋遊戎所藏陳榕門相國手札卷軸，即送秋齋入都》。

七月十六日夜飲三賢祠，乘月泛舟紅橋，聽石莊上人吹簫，彩郎度曲。見《棕亭詩鈔》卷一一《集同人夜飲三賢祠，醉後乘月泛舟紅橋，聽石莊上人吹簫，彩郎度曲》、程晉芳《勉行堂詩集》卷二三《楚豫之間集》之《七月十六夜，棕亭招同人泛舟紅橋聽石莊上人吹簫采郎度曲作》、汪啟淑《訒葊詩存·邗溝集》、《七月十六日夜金棕亭廣文招集三賢祠醉後放船紅橋聽彩郎度曲石莊上人倚洞簫而和之》（附程晉芳、金兆燕、吳賢、鮑之鍾的同作）。

再至三賢祠看桂。見《棕亭詩鈔》卷一一《三賢祠看桂》。

十月，於廣陵學署爲葛繩武之子葛菱溪完婚。見《棕亭詩鈔》卷十一《庚寅十月於廣陵學署爲葛菱溪完姻，詩以贈之四首》。《棕亭古文鈔》卷四《亡室晉孺人傳》：『有人欲爲臺駿謀繼室者，孺人曰：「君以從弟之寡妻孤子鞠育至今，今其子已長，尚未婚，一不了事也。亡友之子攜之來者，才俊人也，已爲之聘，亦當娶矣。」於是先爲從子娶，爲亡友之孤娶，而後爲臺駿繼娶焉。』

秋，爲汪啟淑《訒菴詩存》作序。汪啟淑《訒莽詩存》：『庚寅秋日全椒山中人金兆燕書於揚州官舍。』

除夕爲羅聘《鬼趣圖》題詩。《棕亭詩鈔》卷十一《除夕題羅兩峰鬼趣圖》詩。羅聘，字遯夫，號兩峰，江蘇揚州府甘泉縣人，金農弟子，爲『揚州八怪』之一。《鬼趣圖》作於本年，後羅聘攜之入都，遍徵在京之士大夫題詠。

乾隆三十六年　辛卯（一七七一）　五十四歲

吴寬任汀州府同知，過揚州與兆燕相聚，作詩送之。見《棕亭詩鈔》卷一一《喜晤吴二匏，卽送之任汀州，仍紆棹新安覲省》詩。《棕亭古文鈔》卷一《汀州司馬吴君二匏傳》：『二匏之官汀州，過揚州與余飲，盡醉而別。』

送葛菱溪往邳州。見《棕亭詩鈔》卷一一《送葛菱溪之邳州》。

乾隆三十七年　壬辰（一七七二）　五十五歲

正月初，招同人小飲，登文昌閣。見《棕亭詩鈔》卷一一《人日招集諸同人登文昌樓觀雪，分韻得好字》。

二月，蔣士銓至揚州掌教揚州，蔣士銓初開安定書院講席，兆燕庭謁，蔣贈以詩集，兩人交往甚密。見《棕亭詩鈔》卷一一《蔣清容初開安定講席，庭謁之下蒙以尊集疊用東坡歧亭韻諸詩見示，次韻奉呈》、《復倒疊前韻跋後》、《蔣清容太史繪黻佩偕老圖，題詩幀端贈其内子張安人，並屬兆燕次韻代答》、《題抱孫調膳圖，呈清容太史》。《國子先生全集》卷首彭啟豐序云：『其在學官監視安定書院，每與蔣太史心餘揚扢風雅，導引後進，風流逈出塵表。』

三月三日招友讌集湖上，泛舟至平山堂。見《棕亭詩鈔》卷一一《三月三日招盧磯漁學士、魯白墀侍御、袁春圃觀察、蔣清容編修、王夢樓侍讀讌集湖上，泛舟至平山堂，夜歸疊前韻》。

同蔣士銓訪張復顯。阮元《兩浙輶軒錄》卷三九：『復顯，字夢因，號雪廬……蔣士銓曰：「壬辰，余來揚州，知雪廬名，偕同年生棕亭教授造訪，鐘魚佛語，吟聲滿林，師伏几手披口授，訓兩僧雛讀書臨帖，呫嗶如學究，予竊異之。」棕亭曰：「此靈山二童子者，曰巨超，曰道揆，乃師之孫行也。詞氣既接，儒雅寖流，以視動容於宰官富人者，翛然自遠。」所著《雪廬集》沖淡婉約中蒼秀挺豁，氣韻在大曆元和長慶間。』徐珂《清稗類鈔・方外類・雪廬翛然自遠》：『乾隆壬辰，蔣心餘太史士銓至揚州，聞建隆寺僧雪廬名，偕其同年生金棕亭教授兆燕訪之……棕亭曰：「此靈山二童子者，曰巨超，曰道揆，其孫行也。詞氣既接，儒雅浸流，以視動容於宰官富人者，翛然遠矣。」雪廬俗家爲桐鄉張氏，名復顯，字夢因。』《棕亭古文鈔》卷五《禹門詩稿序（珠湖釋如震慧海）》云：『後游宦揚州，凡郡城大刹無不遍歷，而以風雅作世外緣者，僅建隆寺之夢因、金粟菴之竹溪結契最密。』

此一時期，兆燕遍游揚州名勝。見《棕亭詩鈔》卷一一《題五烈祠司徒廟十二韻》、《范堤曉行》。

與高東井（文照）詩歌唱和。見《棕亭詩鈔》卷一一《題高東井陳蓉裳聯句圖》。

新築棕亭。《棕亭詩鈔》卷一二《新構椶亭初成，與同人分賦》云：『廣文官舍如蓬科，數椽新構安樂窩。』『棕亭』者，兆燕之『安樂窩』也。李斗《揚州畫舫錄》：『爲教授時，於市購得小銅印，刻『椶亭』二字。乃自取爲號。且構椶亭於署之西偏。所著述數尺矣，有勸之刻者，答曰：「人人知吾爲椶亭，而樓亭之名，實得諸市間，奈何以一生心血爲樓亭所攘乎！」』高東井（文照）有《金廣文新葺樓亭落成，招同錢百泉孝廉、王秋塍上舍陳蓉坡秀才讌集分賦》詩。

晚秋，江春邀袁春圃觀察、金棕亭教授及蔣士銓宴於秋聲之館。蔣氏《四絃秋·自序》中寫道：『壬辰晚秋，鶴亭主人邀袁春圃觀察、金棕亭教授及予，宴於秋聲之館……向有《青衫記》院本……命意敷詞，庸劣可鄙。同人以余粗知聲韻，相屬別撰一劇……予唯唯……每夕挑燈填詞一出，五日而畢。』金兆燕爲《四絃秋》題詞三首。見《棕亭詩鈔》卷十二《蔣清容四絃秋題詞三首》。江春《四絃秋·序》云：『閱五日即脱稿……亟付家伶，使登場按拍，延客共賞，則觀者輒欷歔太息，悲不自勝，殆人人如司馬青衫矣。』

除夕夜，以詩和江立。見《棕亭詩鈔》卷一二《除夜和江玉屏韻》。按：江立，字聖言，號玉屏、雲溪。

乾隆三十八年　癸巳（一七七三）　五十六歲

元日，與江立詩歌唱和。見《棕亭詩鈔》卷一二《元日和江玉屏韻》。

春，與費融、蔣士銓、潘純鈺、羅聘相酬唱。費融《紅蕉山館集》卷首《自序》云：『乾隆癸巳春，渡江謁蔣心餘太史、金棕亭進士、潘雅堂比部暨羅山人兩峰，相與爲文字，飲無虚日。閔丈玉井目爲後起第一知己。』

二月，詔開四庫全書館。

五月，袁枚至揚州，江春於秋聲館中設宴，金兆燕作陪並觀看《四絃秋》演出，袁枚即席作《揚州秋聲館即事寄江鶴亭方伯兼簡汪獻西》八首，兆燕和詩，席上題詩。蔣士銓《藏園詩鈔》之《金棕亭教授席上題扇》、《次韻留別金棕亭國子》可參讀。

與袁枚、蔣心餘遊揚州建隆寺。《隨園詩話補遺》卷五：『癸巳年，余與蔣心餘、金棕亭遊揚州建隆寺。』建隆寺初爲宋太祖趙匡胤在平定李重進後，爲追薦陣亡將士於建隆二年（九六一）以御營改建爲寺，並以年號命爲寺名，是當時揚州的大寺之一。金兆燕文集中與建隆寺有關的有《棕亭古文鈔》卷九《崔鳴岡施建隆寺菜田記》、《棕亭駢體文鈔》卷六《建隆寺募化齋糧疏》、《棕亭古文鈔》卷五《禹門詩稿序（珠湖釋如震慧海）》。

仲夏，喜晤汪訒葊即招友人泛舟虎丘。《棕亭詩鈔》卷一二《癸巳仲夏，吳門喜晤汪訒葊員外，即招同蔣芝岡觀察、李緒兩明府、雷松舟二尹、蔣香涇進士、程東冶孝廉、項石友上舍泛舟虎丘夜歸》。

《櫻亭詩稿》刻印。《國子先生全集》彭啟豐序：『去歲，君以校書事至吳門，邀集於虎阜山塘……已而，以所刻《櫻亭詩稿》示余。』按：彭啟豐，字翰文，號芝庭，又號香山老人，長洲人，雍正五年狀元，有《芝庭先生集》。

八月，杭世駿辭世消息傳來，兆燕作詩以悼。見《棕亭詩鈔》卷一一《輓杭堇浦先生》。

江春秋聲館新構成，兆燕題詩。見《棕亭詩鈔》卷一三《題江鶴亭秋聲館》。

叔父詒有六十，兆燕補祝壽詩。見《棕亭詩鈔》卷一三《補祝詒有叔六十壽述懷》。按，金穀字詒有，何澤翰《儒林外史人物本事考略》認爲金穀（詒有）是《儒林外史》中余殷的原型。

吳寬辭世，兆燕寫輓詩並爲其作傳。見《棕亭詩鈔》卷一二《輓吳二匏》、《棕亭古文鈔》卷一《汀州司馬吳君二匏傳》。

乾隆三十九年　甲午(一七七四)　五十七歲

春，謝啟昆官遷揚州，兆燕與謝多交遊唱和。《棕亭古文鈔》卷五《謝蘊山太守寄餘草序》文：『甲午春，公遷揚州，兆燕乃得於版謁之暇罄讀公集。』謝啟昆(一七三七—一八〇二)，字蘊山，號蘇潭，江西南康人。乾隆二十六年(一七六一)進士，選翰林院庶起士，授編修，出任江蘇鎮江知府等職。後任山西布政使，廣西巡撫等，著有《樹經堂集》。阿克當阿等修，姚文田等纂《重修揚州府志》：『謝啟昆，南康人，進士，三十九年任，四十三年再任。』乾隆三十九年(一七七五)至四十二年(一七七七)，金兆燕寫有《金斗歌》，詩前小序曰：『謝蘊山太守以典試河南鹿鳴宴金花製爲巨斗，席間出而飲客，命余作歌』、《卞公祠·枯枝牡丹，次謝蘊山太守韻》、《次謝蘊山太守韻送宋瑞屏入都》等詩。

爲揚州古觀音寺同戒錄題序。《棕亭古文鈔》卷五《揚州古觀音寺同戒錄序》：『今於甲午春爲諸弟子登壇說戒，而請余一言爲敘。』

六月，吳寧爲金榘《泰然齋集》序云：『乾隆三十九年歲在甲午六月望日，歙門生吳寧拜手謹書。』

秋日，爲崔鳴岡施建隆寺菜田寫記文，見《棕亭古文鈔》卷九《崔鳴岡施建隆寺菜田記》。

爲張孺人立傳，見《棕亭古文鈔》卷二《節母張孺人傳》。

獎掖後進。見《棕亭詩鈔》卷十二《贈臧蔭棠(蔭棠名開士，字晝男，與汪兆宏、劉長慶、韋佩金、袁兆麟、劉成基、劉碩基同請業於余。是年甲午，臧、汪、韋三人同捷)》。

金兆燕好交遊，喜筵飲，揚州府學任上，詩酒風流難免引起一些非議，但兆燕幽默而開朗，對非議一笑了之。梁紹壬《兩般秋雨盦隨筆》卷二《吴公雅謔》：『金棕亭博士兆燕全椒人，好結交。教授揚州時，四方往來，凡知名之士無不投見，推襟送抱，文酒流連，殆無虛日，飲饌極豐。或有銷其過侈，類於鹺商，不似廣文苜宿者。興化諭吴公曰：「師也過，商也不及。」坐客爲之哄堂。』民國版《全椒縣誌》、董玉書《蕪城懷舊錄》亦有相類記載。

乾隆四十年　乙未（一七七五）　五十八歲

正月，蔣士銓母親辭世，兆燕作輓詩。《棕亭詩鈔》卷一二《輓蔣母鍾太安人》，禮贊鍾太夫人母德。按：《棕亭詩鈔》卷一二《輓蔣母鍾太安人》在癸巳仲夏之前，這與蔣士銓的自敘有出入，蔣士銓在《乙未三月爲先太安人受吊前期告詞》中寫道：『别母月餘，有如夢寐。朝抱棺啼，夕依棺睡。』《輓蔣母鍾太安人》編年時間晚了一年左右。

三月三十日招集同人於冶春詩社送春。見《棕亭詩鈔》卷一二《乙未三月晦日招集同人於冶春詩社送春，分得柏梁體》。袁枚亦至，分體得六言絶句。袁枚《小倉山房詩集》卷二四《三月三十日金棕亭博士招同十八人送春平山堂分體得六言絶句》；江昉亦作詩《棕亭廣文招集冶春詩社送春》；錢楷《緑天書舍存草》（清嘉慶二十三年阮元刻本）卷二《曾賓谷都轉席上賦贈二首》其二詩下注曰：『乙未春簡齋棕亭兩先生招飲賦送春詩。』

邀袁枚赴潘雅堂懷圃賞牡丹。見《棕亭詩鈔》卷一二《潘雅堂招集懷圃看牡丹》、袁枚《小倉山房詩集》卷二四《棕亭拉至潘孝廉家賞牡丹主人素不相識席間抗手知是張少儀同年女夫也，分體得詩五絕二首》。

六月六日，湖上泛舟，饗宴賓客，長孫璡十歲，卽席成詩獻客。見《棕亭詩鈔》卷十二《璡孫十歲，詩以示之》；卷一八《正月九日泛舟湖上召客分體作詩，得七律四首》其三詩下注曰：『乙未六月六日，亡孫璡十歲，觴客于此，璡卽席成詩獻客。』

秋，吴宁（松原）來訪。《棕亭古文鈔》卷五《新安七子詩序》文：『憶乙丑之冬，隨先君子入新安，至今忽忽已三十年……今年秋，吴大松原來揚訪余官署』。

代慧因寺募化齋糧疏。《棕亭古文鈔》卷九《慧因寺募化齋糧疏（代）》。

冬，爲新安七子詩写序。《棕亭古文鈔》卷五《新安七子詩序》云：『冬日，吴子、張子同來投謁，并以七子詩見示，諈諉作弁言。』

十二月，吴硯農來訪，爲吴及其妻汪孺人立傳。

十二月，爲王又曾《丁辛老屋集》題序。

乾隆四十一年　丙申（一七七六）　五十九歲

《棕亭詞鈔》卷一《探春慢·正月十九日，秦西巗招同張蕘峰、林鐵蕭、意庵上人湖上泛舟》。按：秦黌（一七二二——一七九四），字序堂，一作序唐，號西巗，晚號石翁，又號石研齋主，江都人。乾隆十七年進士，官至湖南按察使。

與吴錫麒交。《棕亭古文鈔》卷首吴序：『余丙申遊揚州，始得交棕亭先生。按：吴錫麒（一七四六——一八一八），字聖徵，號穀人，浙江錢塘人。乾隆四十年進士，改翰林院庶吉士，散館授編修，官至國子監祭酒，以親老乞養歸里，至揚州主講安定、樂儀書院。著有《有正味齋集》。六月十六日，招吳錫麒，沈心醇集飲寓齋。見《棕亭詞鈔》卷一《過秦樓·六月十六日招吳穀人、沈匏樽集飲寓齋》。

與吳錫麒、秦黌、汪棣、吳玨交遊唱和。見吳錫麒《有正味齋詞集》卷一《臨江仙·金棕亭教授兆燕招同秦西巘前輩黌汪對琴比部棣家並山山長玨紅橋納涼》。

同吳錫麒訪秋雨庵竹溪上人。見吳錫麒《有正味齋詩集》卷四《同金棕亭教授兆燕家並山山長玨過秋雨庵與竹溪上人茶話》。

長孫璡應童試。《棕亭古文鈔》卷十《祭璡文》：『後數年，汝十一歲應童試。』

金陵過隨園謁袁枚，不值。見《棕亭詩鈔》卷一三《過隨園謁袁子才，適值其楚行未歸二首》。

江春購得并修葺康山草堂，新建秋聲館，兆燕常參與其中聚會雅集。據《揚州畫舫錄》記載，江春本人便建有多處亭園，如秋聲館、淨香園、東園等。見《棕亭詩鈔》卷一三《江鶴亭新得康山，招飲率賦》、《康山讌集，次袁簡齋太守韻八首》、《題江鶴亭秋聲館》等。

與兩淮鹽運使朱孝純交往。見《棕亭詩鈔》卷一三《呈朱子潁都轉八首》。《中國方志叢書·揚州府志·秩官》（卷三八）：『朱孝純，乾隆四十一年任。』

乾隆四十二年　丁酉（一七七七）　六十歲

春，次江玉屏（立）韻。見《棕亭詩鈔》卷一三《江玉屏以人日新作見示，卽步元韻代柬招爲燈夕之飲》。

春，爲寶筏寺募戒衣疏。見《棕亭駢體文鈔》卷六《爲寶筏寺募戒衣疏》。

王又曾子王復過揚州訪兆燕，兆燕多提攜後輩。孫星衍《孫淵如先生全集·岱南閣集》卷二《王大令復詩集序》：『往予以丁酉歲薄游江淮，與秋塍明府把臂下維揚金校官兆燕坐上，論詩見燭跋。』王復《晚晴軒稿》卷五《邗上雜詩八首》：『詩壇十載奉珠盤，誰似先生學舍寬。閑卻淮南好烟月，翻憐老夫客長安（懷金棕亭先生）。』王復《晚晴軒稿》卷二《寄懷金棕亭先生卽送百泉之邗上十疊前韻》、卷三《金棕亭先生招同曹忍庵、沈帶湖集贈雲軒夜話，留宿分韻得開字》、卷四《同金棕亭先生、羅兩峰、孫西堂、楊西河、沈匏尊集法源寺，余少雲寓齋分韻得過字》及《兩峰指頭畫西瓜聯句》、《晚晴軒詞》之《揚州慢·金棕亭招同閔玉井、沙白岸、汪對琴、吳穀人、朱春橋、汪秀峰、吳並山、汪劍潭、何春諸泛舟紅橋看黃葉》、金兆燕《棕亭詩鈔》卷一二《錢百泉自禾中來，出示秋塍見懷之作，並讀諸疊韻詩，勉效步韻一首，兼寄秋塍》可參讀互見。嘉慶十二年（一八〇七），《棕亭詩鈔》由其子金臺駿刻印，金臺駿爲出版父親遺作曾向其求助。王復《晚晴軒稿》卷八《金篠村過訪並出尊人棕亭先生遺集將謀剞劂，話舊述懷成詩五十韻，卽送其還全椒》：『謁翁竹西亭，余論爲賞激。憫予早孤露，生計代謀畫』，『淮南佳麗場，江左文章伯。小軒敞贈雲，大雅開講席。』

詩以寄吳錫麒。見《棕亭詩鈔》卷一三《寄吳穀人》。

謝蘊山以典試河南鹿鳴宴金花製爲巨斗，席間出而飲客，兆燕作歌。見《棕亭詩鈔》卷一三《金斗歌（謝蘊山太守以典試河南鹿鳴宴金花製爲巨斗，席間出而飲客，命余作歌）》。

往高郵。李斗詩以贈別。見李斗《永報堂詩集》卷二《送金棕亭廣文往高郵》。

與故里親朋好友汪草亭會。《棕亭詩鈔》卷一三《喜晤汪草亭》：『爾我髫年友，相看各老蒼。謀身惟用拙，對酒尚能狂。好下舊時榻，休褰前路裳。紗籠佳句在，香繞谷林堂。』

十二月，程晉芳以六十自壽詩郵示，次韻。見《棕亭詩鈔》卷十三《丁酉冬日，程魚門編修以六十自壽詩六首郵示，余六十生辰適在除夕，守歲不寐，次韻寄之》。

除夕，詩以感懷。見《棕亭詩鈔》卷十三《丁酉除夕》詩。

大約在本年前後，廣陵文學群的最後存世者玉井閔華在苦風淒雨中艱難地度著餘生。《棕亭古文鈔》卷四《汪茶谷補録詩冊序》：『而玉井一叟，八十之年，衰病無嗣，見者慨然。』

乾隆四十三年　戊戌（一七七八）　六十一歲

正月初一，詩以抒懷。見《棕亭詩鈔》卷十三《戊戌元旦》詩。

曹忍庵過署齋，以詩見贈，和之。見《棕亭詩鈔》卷一三《曹忍庵枉過署齋以詩見贈，依韻和之》詩。按：曹自鋈，字忍庵（菴），歙縣人，監生，官戶部員外。著有《忍菴詩鈔》，兆燕爲其序。事具石國柱修許承堯纂《民國歙縣志》卷一五、王昶輯《國朝詞綜》卷四一。

同沈赤然、陳鴻寶、施學濂、吳錫麒、潘銓遊法源寺。見沈赤然《五研齋詩鈔》卷四《同陳給諫鴻寶、施侍御學濂、吳編修穀人、金博士兆燕、潘孝廉銓遊法源寺分韻得從字》。

五月十六日，病中。見《棕亭詩鈔》卷一三《五月十六日病中夢謁杜樊川祠題壁》，同卷《哭吳松原》：『五月二十日，老夫病兼旬。』

病中，兩淮鹽運使朱孝純饋食。《棕亭詩鈔》卷一三《病中朱子穎都轉餽食物，詩以謝之》。

五月二十日，吳松原卒，詩以哭之。見《棕亭詩鈔》卷一三《哭吳松原》。

曹南皋藏先祖鐵船道人詩卷，兆燕爲之作跋。《棕亭詩鈔》卷十三《題曹南皋所藏其先祖鐵船道人詩卷後》。

秋，歸里與朱筠湄相逢。《棕亭詩鈔》卷一六《冬日歸里晤朱筠湄賦贈》：『秦淮水閣話秋烟，分手俄驚又五年。故里相逢翻似客，良朋小聚便如仙。』

蔣士銓服終，往京師供職，經揚州，席上金兆燕題扇。見蔣士銓《忠雅堂詩集·藏園詩鈔(戊戌)》有《金棕亭教授席上題扇》六首、《次韻留别金棕亭國子》詩。

乾隆四十四年　己亥(一七七九)　六十二歲

正月初一和唐鵠舉韻。見《棕亭詩鈔》卷十四《己亥元旦和唐鵠舉韻》詩。

正月初七，讀張賓鶴、秦黌唱和詩，次韻。《棕亭詩鈔》卷一四《讀張堯峰、秦西巘唱和詩，因次其韻東示兩公》：『入春已七日，客思正如灼……詩朋聯新舊，花事憶今昨。』

正月十五日，宴集贈雲軒。見《棕亭詩鈔》卷一四《元夕讌集贈雲軒，分體得七律》。按：這裏的『贈雲軒』大概是指兆燕的書室或邸所，王復《晚晴軒稿》卷八《金篠村過訪並出尊人棕亭先生遺集將謀剞劂，話舊述懷成詩五十韻，卽送其還全椒》詩中注云：贈雲是軒名；贈雲軒也指金兆燕後人刻書牌記。

淩次仲遊揚州，兆燕十分賞識而慫恿其入都。張其錦編《淩次仲先生年譜·淩次仲先生事略狀》：『年二十三遊揚州，金棕亭博士兆燕目爲奇人慫恿入都。』

送閔西軒之楚，兼懷江橙里。見《棕亭詩鈔》卷十四《次秦西巘韻送閔西軒之楚，兼懷江橙里》。

秦贇《石研齋集》卷九《積雨無聊適金學博兆燕潘孝廉純鈺和詩同日至三疊前韻奉答》可參看。

與費融詩歌唱和。見費融《己亥之春，遊廣陵將歸，玉井、棕亭外翰，雅堂孝廉有詩送行，秋日里中，吉人待詔爲補韓江錄別圖，系以詩四疊贈金公韻》。其《贈金棕亭學博》云：『邗江佳麗地，必得騷雅宗。全椒金夫子，來續漁洋翁。』（費融《紅蕉山館集》）

四月分簽掣國子監博士缺。兆燕呈御覽之履歷：『臣金兆燕……本年四月，分簽掣國子監博士缺。』（《清代官員履歷檔案全編》第二一冊）

五月，隨劉文清侍郎督學江蘇。閔爾昌編《焦理堂先生年譜》（民國刻本）：『四十四年己亥，十七歲，五月補縣學生，諸城劉文清公時以侍郎督學江蘇，課士簡肅，惡浮僞之習，試經與詩賦尤慎重，覆試日，文清令教授金先生（名兆燕，字鍾越，號椶亭，全椒人，乾隆丙戌進士，後官國子監博士，有《國子先生集》。）呼曰：「《詩》中用『馧馨』字者誰也？」先生起應之。』

六月十六時，方元鹿聞兆燕遷官入都，送別且爲其詞索序。見《棕亭古文鈔》卷六《方竹樓詞序》：『今年夏，竹樓聞余將遷官入都邸，特命櫂來與余別，且出其詞，索余一言以爲弁。』

金陵過隨園謁袁枚，不值。《棕亭詩鈔》卷一三《過隨園謁袁子才，適值其楚行未歸二首》詩下注曰：『君昨歲初舉一子。』袁枚《小倉山房詩集》卷二五（戊戌年）《七月二十三日阿遲生》中有：『六十生兒太覺遲，即將遲字喚吾兒。』

秋，送張星舟之子夢香鄉試。星舟乃兆燕『十數歲應童子試，客州城，與州之俊乂納交』之友。《棕亭古文鈔》卷七《張母陶孺人六十壽序》文：『己亥恩科，余送（夢香）鄉試，與夢香並兩弟竹軒、杉岑同寓。』夢香，張星舟之子，此詩當作於七八月間。

爲程筠榭之子程平泉試草序。見《棕亭古文鈔》卷六《程平泉試草序》。

將還官入都，管澹川以詩贈別。《棕亭詩鈔》卷十四《將還官入都，管澹川以詩贈別，次韻奉詶》詩：『揚州花月地，薄宦十二年。』

吴錫麒聞兆燕將入京，作文相贈。吴錫麒《吴穀人尺牘》卷上《與金棕亭》：『別後於七月中旬抵京。西風健人，布帆無恙。想先生領袖群雅，□將廿載，亦不可謂不樂。閲邸報，知新轉國子先生，不日進都。軟紅香土中，且來嘗此風味何知？』

與秀水王曇仲瞿交遊。見潘衍桐《兩浙輶軒續録》卷一七王曇《平山堂同金棕亭羅兩峯先生作》。王曇《烟霞萬古樓詩選》（清咸豐元年徐渭仁刻本）卷二《重至揚州同人邀觀紅橋芍藥，是夕鐙火甚盛》『初來故老皆黄土』句下注曰：『予年弱冠與金棕亭、羅兩峯諸老蒼交。』

即將赴京任職，金兆燕心中充滿無奈。《棕亭古文鈔》卷四《亡室晉孺人傳》：『余以知縣需次迫就銓，孺人曰：「君才疏而性曠，不可任百里也。」乃以國子官還擢去。』

入京供職引見。《棕亭詩鈔》卷十六《門神和秦西巘韻四首》其四詩下自注曰：『余擢京職引見，正值臘月，是時宫門前皆挂門神。』

十一月三十日，繕履歷以呈御覽：『臣金兆燕，安徽滁州全椒縣進士，年五十八歲。由現任江蘇揚州府教授，遵川運軍糧例，捐國子監博士，雙月選用。本年四月，分簽掣國子監博士缺，敬繕履歷，恭呈御覽，謹奏。乾隆四十四年十一月三十日。』（《清代官員履歷檔案全編》第二一册）

冬，入京任國子監博士任。《棕亭詩鈔》卷一四《張蕚樓上舍屬題新居壁，率賦以應》云：『去冬我初來，草草解囊襆。僦居委巷中，得樹便已足。』

家眷歸全椒。《棕亭古文鈔》卷四《亡室晉孺人傳》：『己亥冬，余入京供職，孺人挈全家以歸。』

除夜，飲施耦堂寓齋。見《棕亭詩鈔》卷十四《除夜飲施耦堂寓齋，卽席成詩二首見示，率次原韻》詩。按：施學濂，字大醇，號耦堂，杭州府錢塘縣人。乾隆三十一年進士。歷官禮部員外郎、山東道御史、兵科給事中。

乾隆四十五年　庚子（一七八〇）　六十三歲

正月初一日，雪中早朝，賜宴太和殿。見《棕亭詩鈔》卷十四《庚子元日雪中早朝，次吴穀人編修韻》、《是日賜宴太和殿，同疊前韻恭紀》。

京都與吴錫麒交遊。見《棕亭詩鈔》卷一四《庚子元日雪中早朝，次吴穀人編修韻》。

兼四庫館繕書處分校官。《棕亭詩鈔》卷一八《朱桐村以張南華題楊子鶴寒窗讀書圖卷子索題，卽步原韻五首》詩下注曰：『余官博士時曾派入四庫館分校。』

正月六日飲施學濂寓齋。見《棕亭詩鈔》卷十四《正月六日同陳給事寶所、錢吉士慈伯飲施侍御耦堂寓齋，次韻二首》詩。

同年京師聚。《棕亭古文鈔》卷九《戴蕁浦詩集跋》：『今年春余以國子博士來官京師，同年生官輦下者爲獻歲之集。』

京城晤吴鐵儂。《棕亭詩鈔》卷十四《都中晤吴鐵儂》：『冷宦頻年共一方，便將異地當家鄉。』

京城居大不易，經濟日益困窘使兆燕精神疲憊，然才情始終不減。《國子先生全集》卷首吳錫麒序：『及余還朝，先生亦補國子博士，既同官日下，又衡宇相望，常常見之。顧長安居大不易，米鹽瑣屑，意興似稍減於曩時，然招之以詩，則諸事可廢，雷霆精鋭坌集筆端，見之者但覺灑灑千言，不假思索，及讀之又若句煅季鍊而始得者，故詩名尤振於京師。』《棕亭詩鈔》卷十四《就館王詒堂編修邸舍，施耦堂侍御以詩見懷，次韻奉答》云：『居向長安原不易，地堪小住便爲佳。塹隨童子呻佔畢，也對春風一放懷。』

與施耦堂、陳給諫等詩酒唱和。見《棕亭詩鈔》卷十四《耦堂寓齋夜酌，卽席疊前韻呈座上諸公》、《耦堂月夜枉過兼以詩贈，次韻奉詶二首》、《耦堂疊前枉贈，疊韻詶之二首》、《同耦堂再疊前韻二首》、《施侍御與陳給諫文讌有作，索余次韻，率成三首奉呈》等。

三月，韋謙恒移居聽雨樓，施學濂以詩見柬，兆燕屬和。見《棕亭詩鈔》卷一四《集韋約軒新居，次韻二首》。韋謙恒《傳經堂詩集》卷十題下自注：『庚子至癸卯』，有《移居聽雨樓，施耦堂侍御以詩見柬，次答二首》、《耦堂復疊前韻，陸耳山學士、陳寶所給諫、謝東君比部、金棕亭國博均爲屬和，再答二首》（有『百年雞黍思前約，三月櫻花正好春』句）、《褚筠心、吳白華、陸耳山三學士、張涵齋侍講、曹習庵中允、秦澹園、端崖兩編修、陳寶所給諫、施耦堂侍御、沈南雷儀部、謝東君比部、金棕亭國博同集聽雨樓，疊韻二首》等。

與王竹所、毛海客交遊酬唱。見《棕亭詩鈔》卷十四《同王竹所飲余月村法源寺寓舍》，《棕亭詞鈔》卷六《浪淘沙慢・庚子六月十三夜，同王竹所飲沈匏樽寓齋》、《奪錦標・庚子仲秋，毛海客招集寓齋索賦》，《棕亭詞鈔》卷七《臺城路・讀王竹所〈杏花邨琴趣〉，偶題一闋，卽用集中原韻》。按：王初桐，字于揚，原名元烈，字耿仲，號竹所，王昶從子。

吴鐵儂官萬泉，次韻送之。見《棕亭詩鈔》卷十四《次韻送吴鐵儂之官萬泉》。

與羅聘、蔣士銓、程晉芳、張塤、翁方綱等交遊酬唱。金兆燕升任國子監教授，蔣士銓服終後在京任職，中秋後四日，兩人與羅聘、程晉芳等人聚翁方綱齋中，後又於城南賞菊賦詩。《棕亭詩鈔》卷一四《中秋後四日同羅兩峰上舍、程魚門編修、汪秀峰員外、蔣心餘編修、張瘦桐舍人、施耦堂侍御集飲翁覃溪學士齋中，即席題秋江蘆鴈圖》、《同蔣清容、周稼堂兩太史，沈南樓吏部，蘇方塘明府，羅兩峰、沈匏尊兩上舍城南看菊分韻》。翁方綱《復初齋詩集》卷二一《秋日魚門辛畬藕塘同訒齋棕亭兩峯集予詩境軒觀元人飛鳴宿食雁圖》可參讀。

秋日爲吴錫麒詞作跋。見《棕亭古文鈔》卷九《吴穀人竹西歌吹跋》。

與游京師李斗交遊唱和。見《棕亭詩鈔》卷十四《次李艾塘贈僕詩韻四首》。

十月十五日夜，與張塤飲酒唱和。見張塤《竹葉庵文集》卷十七《十月十五夜飲馮伍耘孝廉寓齋，同金棕亭博士步月半里許而歸》。

《棕亭詞鈔》卷四《齊天樂·題淥淨老人冬集圖》詞下小序云：『羅兩峰爲其內子方白蓮、閨秀及諸女郎繪也。』關冕鈞《三秋閣書畫錄》記載羅芳淑（羅聘女）繪有梅花冊，並自題：芳淑奉父命畫。羅聘將此畫冊遍徵包括金兆燕等親友題詠。

乾隆四十六年　辛丑（一七八一）　六十四歲

正月初九夜，招王初桐、黃仲則飲，黃仲則病不克赴。王初桐《古香堂叢書·杯湖欸乃》卷三《一枝春・正月九日集金棕亭學博贈雲軒》、黃仲則《兩當軒全集》卷十九《塞垣春・初九夜金棕亭招飲，病不克赴，詞以柬之》可參讀。按：黃景仁，字漢鏞，一字仲則，晚號鹿菲子，陽湖人。兆燕距黃仲則寓齋僅巷南北之隔，但未曾謀面，黃偶因避雨，至兆燕處，二人始定交。《棕亭詩鈔》卷十五《辛丑三月二十八日，黃仲則招集於法源寺寓餞花次韻》：『我居巷南子巷北，一春未識春風面。偶爲避雨過我廬，沽酒聊爲小歡讌。』

正月十三日夜，與張塤、錢世錫飲於寓齋，同步至觀音庵。見張塤《竹葉庵文集》卷十七詩十七（《祕閣集（二庚子八月迄辛丑閏五月）》）《上鐙夜同錢慈伯檢討飲金棕亭博士寓齋同步至觀音庵兒姪輩亦來觀燈有作》。

元夕，與王初桐、黃仲則集法源寺寓齋，飲後看月。《棕亭詞鈔》卷一《月華清》詞下小序曰：『辛丑元夕，同王竹所、黃仲則，小飲余雪村、月村兄弟法源寺寓齋。醉後更深，步至虎坊橋看月。』黃仲則《兩當軒全集》卷十九《月華清・十五夜偕金棕亭、王竹所集少雲法源寺寓齋，因偕步燈市》詞可參看。

新春，得家書後以詩寄示臺駿，抒發思歸之情。《棕亭詩鈔》卷十四《得家書寄示臺駿》云：『隔歲書初到，新年涕一揮……庭花休盡掃，待我共春歸。』

三月二十八日，黃仲則召集於法源寺，兆燕時已倦遊。《棕亭詩鈔》卷十五《辛丑三月二十八日，黃仲則招集於法源寺寓餞花次韻》：『忽然興盡逝將歸，桑下不肯三宿戀……我今垂白滯京華，宦情冷落遊已倦。』《棕亭古文鈔》卷十《祭晉孺人文》：『暮齡棄職，本爲懷安。仍復乖各，饑走江關。』

爲程晉芳子做媒。見《棕亭詩鈔》卷十五《方采芝閨秀將隨宦湖南，賦詩留別，程魚門太史過余齋中見其詩大爲嘉賞，因囑爲其子岸之求婚，余一言而婚定，因次原韻贈行，兼以誌喜》。方芬，字采芝，直隸順天府大興縣人，方維翰之女，嫁歙縣程晉芳子。著有《綺雲春閣詩鈔》。

兆燕與秦黌交遊。《棕亭古文鈔》卷二《錢恕齋先生傳》云：『恕齋先生軼事，余得之同年友秦西壥觀察甚詳。西壥，其戚屬，所傳必有據。』《棕亭詩鈔》卷一四《讀張堯峰、秦西壥唱和詩，因次其韻柬示兩公》、《次秦西壥韻送閔西軒之楚，兼懷江橙里》、《棕亭古文鈔》卷十《秦西壥西湖雜詠詩跋》等皆有述。

王菊莊下第，五月，送其南歸，詩以贈。見《棕亭詩鈔》卷十五《送王菊莊孝廉下第南歸，次蔣清容韻二首》。

兆燕南歸意已定。《棕亭詩鈔》卷一五《杜宇》：『杜宇聲聲動客愁，客心原未擬勾留……殷勤莫向枝頭喚，明日春帆便買舟。』《贈朱二亭》：『去年六月長安客，空齋坐雨正蕭瑟。』夏，與翁方綱詩歌唱和。見翁方綱《復初齋外集》卷一六《匏尊來話別題靜觀卷二首並邀棕亭轂人和》。

南歸前，翁方綱、程晉芳餞行。翁方綱《復初齋詩集》卷二四《枝軒集》之《星橋至都棕亭南返同人集魚門寓齋同用橋亭字二首》：『吳門三載夢歸橈，苑路新秋蛺粉飄。』

辭官南歸全椒，復至揚州，客江春康山草堂，與汪閬洲成莫逆交。《棕亭古文鈔》卷四《亡室晉孺人傳》：『辛丑，余歸里，孺人年六十矣。』《棕亭古文鈔》卷八《汪閬洲七十壽序》：『乾隆辛丑，余自京職請急歸，客邗上江鶴亭方伯家……有一客處儕偶中……一見而成莫逆交。』何澤翰《儒林外史人物本事考略》：『《儒林外史》所寫的鼓勵女兒自殺殉夫的王玉輝這一形象……現在根據金兆燕的詩文，知道作者是攝取汪洽聞和他的女兒的事作爲題材的基礎的。』即指《棕亭詩鈔》卷四《古詩爲新安烈婦汪氏作》一詩，《棕亭古文鈔》卷八《汪閬洲七十壽序》及《棕亭詞鈔》卷二《沁園春·匏樽爲汪洽聞賦》可參看。

爲翠花街寧秋閣命名。李斗《揚州畫舫錄》卷九：『寧秋閣在翠花街，余舊居也，閣外種梅十數株。辛丑間，金棕亭見歌者居紵山小史李秋枝寓閣中，遂名其閣曰寧秋閣。』

冬，爲《嬰兒幻》作序。見《棕亭古文鈔》卷六《嬰兒幻傳奇序》。

至揚州，故友重逢，十分快意。《棕亭詩鈔》卷一五《重到揚州示舊時諸友》云：『我本高陽舊酒徒，白頭空自爲書劬。』《飲紫玲瓏館後移宿小西藏書別館》：『東家食罷西家宿，我生快意此其獨……便思假館常爲客，滌硯鈔書過此生。』

爲《三鳳緣》傳奇題詞。見《棕亭詩鈔》卷一五《三鳳緣傳奇題詞十首》。按：此劇系李漁《凰求鳳》梨園改本，似始編演於揚州，秦黌《石研齋集》卷九《觀〈三鳳緣〉劇十斷句同茅編修元銘賦》可參看。

臺駿至揚州投奔父親，兆燕坐館馬氏玲瓏山館。《棕亭詩鈔》卷一五《以詩代書示璡》：『汝父來揚州，與我同作客。』《寄璡三首》：『玲瓏山館坐松根，汝父相依共一樽。』黃承吉《夢陔堂文集》卷五《金棕亭先生集序》：『先生嗣君篠軒，當予從先生遊時不恒來揚州，雖習見未甚頻數，及君館於揚，而予又遠出，蹤跡由是遂疏，以故今璞生不復知有舊誼。』《棕亭古文鈔》卷十《祭璡文》：『是時，汝父館他宅』。

管平原七十，兆燕作詩祝壽。見《棕亭詩鈔》卷一五《壽管平原七十》。

除夕，和金香署韻。見《棕亭詩鈔》卷十五《除夕和金香署韻》。

乾隆四十七年　壬寅（一七八二）　六十五歲

正月初一，康山分韻。中夜不寐，詩以抒懷。《棕亭詩鈔》卷十五《壬寅元日康山分韻得東字》，《元日作二首》：『棄官仍浪跡，休老知何年。中夜不能寐，照影燈空然。』

正月二十一日，招集小玲瓏山館分韻。秦黌《石研齋集》卷九《首春二十一日金國博兆燕招集小玲瓏山館分韻得窗字》。吴魯《古愚軒詩集》卷六《小玲瓏山館太湖石有序》詩下注曰：『壬寅春，金棕亭國博假寓小玲瓏山館，招集同人。』

在竹溪齋中看梅，有詩。見《棕亭詩鈔》卷一五《竹溪和尚齋中看梅步韻》。兆燕與竹溪和尚交非一日之情，《棕亭古文鈔》卷五《禹門詩稿序（珠湖釋如震慧海）》：『後遊宦揚州，凡郡城大刹無不遍歷，而以風雅作世外緣者，僅建隆寺之夢因、金粟菴之竹溪結契最密。』《棕亭古文鈔》卷九《金粟庵碑記》：『竹溪名祖道，姓范氏，文正公之裔也，故其志趣猶有施貧活族之遺意云。』

三月三日，兆燕招集友人看花。見秦黌《石研齋集》卷十《三月三日金國博兆燕招集紫藤花下》。

金璡至揚州祖父處，三月，病發。《棕亭古文鈔》卷十《祭璡文》：『余時客居於揚，而汝來省吾，且將迎娶，寓居馬氏之小瓏瓏山館』，《棕亭詩鈔》卷一五《寄璡三首》其一所云『驚心秋月夜，清醮臥雷壇』，《棕亭古文鈔》卷十《祭璡文》：『七月三日，汝侍我燈下讀書，揮汗寫劉琦《黄鵠賦》一通乃寢，中夜聞夢魘聲，呼汝起，汝曰：「被毛人壓於身。」……於是遷汝於南門雷壇養病，謁醫召巫無虛日。吾虔禱於斗姥，爲汝持齋三年。』袁枚《子不語》卷十八《吴二姑娘》云：『顛狂月餘，有林道士者來，言拜斗可以禳遣。椶亭於是設壇齋醮，終日誦經……此乾隆四十七年三月間事，椶亭先生親爲余言。』

寒食節前，吴娘已離世。《椶亭詩鈔》卷一五《贈應叔雅八綫表媵以詩》：『吴（杉亭）戴（東原）已死盛（秦川）遠客。』

寒食日，見燕起興。《椶亭詩鈔》卷十五《寒食日見燕》：『知爾處堂原不易，夕陽影裏幾回看。』按：查年曆知本年清明是農曆二月二十三。

贈葛步雲詩，詩中抒發對流浪漂泊的厭倦。《椶亭詩鈔》卷十五《贈葛步雲》：『舊地重爲客，樽前且盡歡。津梁吾已倦，歲月子休寬。』

秦黌六十歲，自號石翁，作《石翁吟》寄示，兆燕詩以和。見《椶亭詩鈔》卷一五《餞花詞同秦石翁作》。秦黌《石研齋集》卷九《都門金國博兆燕無錫顧觀察光旭各和余〈石翁吟〉詩，先後郵至，仍用前韻寄酬》，顧光旭《響泉集》卷一五《石翁吟——秦西巘同年六十自署石翁作詩減寄走筆次韻》。按：《椶亭詞鈔》卷一《探春慢·正月十九日，秦西巘招同張堯峰、林鐵簫、意庵上人湖上泛舟》詞下注云：『時值西巘誕辰。』正月十九日爲秦黌生日。

乾隆四十六年（一七八一）至四十七年，應兩淮鹽運使伊齡阿聘，淩廷堪入揚州詞曲局，與黄文暘等修改古今詞曲。按：淩廷堪，字仲子，一字次仲，徽州府歙縣人。兆燕、金璡及臺駿同入揚州詞曲局。揚州詞曲局於乾隆四十五年冬設立。總校黄文暘。揚州詞曲局修曲人員，《揚州畫舫録》（卷五）僅提及數人，較爲詳細的記録見載《淩次仲先生年譜》，《年譜》卷一：『全椒金棕亭博士（兆燕）、退谷（璉）（此處當是『退若（璡）』之誤）、篠村（臺駿）』等在目。

四月，金兆燕邀淩廷堪、林道源、吳魯、金蘭至尺五樓看芍藥。見淩廷堪《梅邊吹笛譜》卷下《揚州慢·博士金棕亭先生招同林庾泉、吳暮橋、金畹芳尺五樓看芍藥花》。

秋，揚州詞曲館撤館，兆燕慫恿淩廷堪入都。淩廷堪入京後拜訪程晉芳，謁見翁方綱，拜師求學。張其錦《淩次仲先生年譜》乾隆四十七年條：『春夏客揚州，季秋始入京都。初金棕亭先生與先生相見於揚州小玲瓏山館，目爲曠代奇才。是年秋，圖直指明阿撤去詞館，因慫恿入都。』淩廷堪《校禮堂文集》卷九《謝金棕亭博士惠鰣魚蒸餅啟》：『淮濱落拓，疲宜博士之羊；邪上經過，冷合廣文之飯。冀賜鮮於燕市，恍登粉署班聯；思開宴於曲江，如被紅綾寵錫。』

七月，金璡癲癇病發，蔣春農曾贈天師符一張以鎮邪。袁枚《子不語·吳二姑娘》。李斗《揚州畫舫録》卷一二：『金兆燕，字鍾樾，號棕亭，全椒人；蔣宗海，字春農，丹徒人，皆館於秋聲館。』

爲孫金璡納婦。《棕亭古文鈔》卷四《亡室晉孺人傳》：『壬寅爲璡孫納婦。』

孫媳祖父李晴山移居，詩以賀。《棕亭詩鈔》卷一五《李晴山移居》『倘留餘地爲甥館，喚取童孫作寄蝸』句下自注曰：『璡孫，其子婿也。』

秋，郊外試馬，次韻。見《棕亭詩鈔》卷一五《秋郊試馬次汪茱谷韻三首》。汪玉樞父子與金兆燕較早結下深厚交情。

六月，憶去年此時，更覺辭職後的自由。《棕亭詩鈔》卷一五《贈朱二亭》：『去年六月長安客，空齋坐雨正蕭瑟……今年六月苦炎蒸……科頭箕踞笑相對。』

趙翼揚州主講安定書院期間，二人多交遊唱和。《棕亭詩鈔》卷一五《趙甌北驚見白鬚，作詩屬和》與赵翼《瓯北集》卷二八《白髮》可參讀。

除夕，惠照寺守歲。見《棕亭詩鈔》卷十五《次韻吴暮橋除夜惠照寺守歲同誦苕上人談禪》詩。

乾隆四十八年　癸卯（一七八三）　六十六歲

元日述懷有感。見《棕亭詩鈔》卷一六《癸卯元日述懷，次朱立堂韻》。

程中之持畫索記。《棕亭古文鈔》卷九《鮑竹溪同老圖記》：『乾隆癸卯正月之初，揚州程明經中之持鮑竹溪先生《同老會圖》索余爲記。』

二月，方采芝閨秀以花朝日西湖看桃花詩寄示，兆燕次韻。見《棕亭詩鈔》卷一六《方采芝閨秀以花朝日西湖看桃花詩寄示，步韻卻寄兼呈藕堂程葯泉二首》。

兆燕奬掖後進，慧眼識黄承吉。黄承吉幼聰敏，李斗《揚州畫舫錄》卷一二：『學唐人詩律有得。年二十，以白蝶詩爲棕亭博士所賞。』阮元《揅經室集續集》（清道光阮氏文選樓刻本）卷二《江都春谷黄君墓誌銘》：『幼讀書聰敏，博綜兩漢諸儒論説，府教授全椒金棕亭先生退官時僑居相近，一見卽贈詩曰：「騏驥在東隣，三年不相識。」又曰：「顧我桑榆人，十駕安可及。」其傾許若此。』

黄承吉《夢陔堂文集》卷五《金棕亭先生集序》、《夢陔堂詩集》卷一《金棕亭先生兆燕招集湖上》（此時黄承吉僅十五歲）及卷五《過秋聲館有懷金棕樱亭先生》可參看。按：黄承吉，清揚州學派的代表人物。

登金山，朗吟王士禛詩。黄承吉《夢陔堂詩集》卷一《同金棕亭先生登金山時，先生朗吟漁洋山人二詩，屬予亦賦七律》。

作金閶曲贈藝人楊郎。見《棕亭詩鈔》卷一六《金閶曲贈楊郎》。與燕尊重藝人，多與他們平等交往，肯定他們對社會之貢獻，《棕亭古文鈔》卷四《浦挑子傳》云：『賢者好讀書，不能讀者亦好聽書，耳治與目治一也。』對説話藝人多有肯定。、品香，兆燕爲其寫傳，見《棕亭古文鈔》卷十《馬大寶字其玉説》是蘇州藝人馬大寶的傳記；《棕亭詞鈔》卷三《綺羅香》序中云：『時觀其演浣紗採蓮劇作，西子妝，明豔奪目，卽席倚聲授之。』並爲其畫像題詞。

秋夜思歸。《棕亭詩鈔》卷一六《秋夜思歸》：『人抱秋心增感槩，天留衰骨到蕭涼。』

送吳山尊歸里。見《棕亭詩鈔》卷一六《送吳山尊歸里》。吳鼒，字及之，一字山尊，號抑庵，安徽全椒人。有《吳學士詩文集》、《百萼紅詞》等。

四十年前鄉試題壁，門人録之，遂引起兆燕頗多感慨。《棕亭詩鈔》卷一六《甲子闈中『往』字號題壁，癸卯秋試，門人史望之見而録歸，蓋已四十年矣》。

秋，妻晉氏病，兆燕歸鄉探望。《棕亭古文鈔》卷十《祭晉孺人文》：『前月我歸，孺人在牀。病已六月，左體半僵。』

晉氏卒於全椒。《棕亭古文鈔》卷四《亡室晉孺人傳》：『孺人卒於乾隆四十八年十月二十五日，踰月渴葬，未有志銘。』

孫金璡科試補廩，八月璡應鄉試，舊病復發，十一月祖母安葬，璡哀號成禮。見《棕亭古文鈔》卷十

《祭璡文》。

冬，歸全椒，修墓，年前又至揚州。見《棕亭詩鈔》卷一五《冬日歸里晤朱筠湄賦贈》、《墓成》。《棕亭古文鈔》卷十《祭璡文》：『十二月十四夜，汝父宿壙中，汝與吾同宿茅舍，縱談一夜。次日成墳，吾即就道復來揚州。』

乾隆四十九年　甲辰（一七八四）　六十七歲

正月初一日，和唐鵠舉韻二首。《棕亭詩鈔》卷十六《甲辰元旦和唐鵠舉韻二首》詩：『殘歲纔從故里還，新年空愴客中顔。』

二月，淩廷堪下第南還至揚州，兆燕招飲贈詩。張其錦《淩次仲先生年譜》乾隆四十九年條：『甲辰二月至揚州，金棕亭先生招引。』淩廷堪《校禮堂文集》卷五《甲辰二月至揚州金棕亭先生招引兼贈二律卽席次韻》及卷九《謝金棕亭博士惠鰣魚蒸餅啟》可參看。

二月，趙翼贈詩，兆燕詩以和。見趙翼《甌北集》卷二八《贈金棕亭國博》。次韻趙翼詩並寄蔣士銓。見《棕亭詩鈔》卷一六《次趙雲松觀察韻寄蔣清容太史二首》。

夏至，次唐鵠舉韻。見《棕亭詩鈔》卷十六《長至日次唐鵠舉韻二首》。

作詩頌遊孝女孝行。《棕亭詩鈔》卷一六《遊孝女賣卜養親歌》、《潘雅堂見〈游孝女賣卜養親歌〉作詩題後，次韻訓之》。李斗《揚州畫舫録》卷一一：『遊孝女，字文元，以賣卜拆字養其親。金棕亭國博見之，率其子臺駿、孫璡仝作《遊孝女謌》。一時縉紳如秦西巖觀察、汪劍潭國子、潘雅堂戶部，皆有和詩。倉轉運聖裔聞之，招入使署，令教其女，爲擇壻配之。棕亭詩中有「試覓赤繩爲系足」之句，謂此。』

八月一日重修節巖琇禪師塔院，兆燕題記。見《棕亭古文鈔》卷九《重修節巖琇禪師塔院記》。

十二月，寓居康山之麓。《棕亭古文鈔》卷六《蘭堂詩鈔序》：『甲辰冬日寓居康山之麓課花閣中，寒窗短晷，旅思紛如。』

移寓課花閣後，春，有詩抒懷。（本年，立春在年内，臘月二十四立春。）《棕亭詩鈔》卷十六《移寓課花閣疊前韻》：『强移棲息仍漂梗，何日吾廬永息肩。』抒發寄人籬下的無奈。黄承吉《夢陔堂詩集》卷四三《題金耐軒珠陰草堂讀書圖》『課花閣裏童時課』詩下注曰：『予十三時，棕亭先生邀予與君文會之所。』

晚年客揚州，垂老而貧；獎掖後進，待人以禮。黄承吉《夢陔堂文集》卷五《金棕亭先生集序》云：『當是時，吾知先生窶甚，蓋除夕乏狀及前一日謀所以供客者劇不易辦，予皆親見之。然屆日則斂容，布席盛饌，肅然如待上賓，此瑣事予心識之者，則以先生當世聞人先達，年且七十，阮公纔弱冠，予更佔畢童子，而懇款顧注，折節禮之若是。』

六月二十一日程晉芳卒。

乾隆五十年　乙巳（一七八五）　六十八歲

正月初一日登康山懷江春。《棕亭詩鈔》卷十七《乙巳元日登康山分韻得登字，懷江鶴亭》：『榮依帝座偕千叟，飽飫天廚勝百朋。』時江春赴千叟宴。

二月二十三日泛舟至平山堂。見趙翼《甌北集》卷二九《清明前二日壽菊士招同棕亭再可立堂諸公泛舟至平山堂卽事》。

二月二十六日湖舫雅集等。見趙翼《甌北集》卷二九《清明後一日松坪前輩招同西崖函齋椶亭湖舫雅集》、《松坪於齋頭遍插芍藥招同涵齋椶亭再可雅集卽事》、《椶亭治具招同西崖松坪再可爲湖舫之遊》。

琎孫年二十，爲其加字『東戶』。見《椶亭詩鈔》卷十七《琎孫字退若，年二十矣，更請余加小字，余時讀淵明詩至『仰想東戶時』，因以東戶呼之，率成二章寄示且爲之作生日也》。《椶亭古文鈔》卷十《祭琎文》云：『吾謂汝父曰：「吾家門祚衰薄，此兒稍癡蠢則善矣。」』

七夕，康山讌集。見《椶亭詩鈔》卷十七《七夕康山讌集》。

上年移寓雙橋巷之課花閣，不久又遷寓河下之秋聲館，兆燕頗有感觸，而終以豁達之心排解。《椶亭詩鈔》卷十七《自課花閣移居秋聲館二首》（其二）云：『依人一笑雕籠翮，棲息難安又强移。』

子臺駿入臨川黄稼堂太守幕，詩以贈之。《椶亭詩鈔》卷十七《用臺駿留別韻送赴臨川》詩下注曰：『黄稼堂太守招入幕中。』《椶亭古文鈔》卷二《黄稼堂太守傳》可對讀。

四月，與同人集飲紫玲瓏閣。《椶亭詩鈔》卷十七《與同人集飲紫玲瓏閣，次唐再可韻》：『廣陵四月中，傾城謀野矚。』

金琎以除夕元旦詩寄祖父，兆燕次韻答之。見《椶亭詩鈔》卷十七《琎孫以除夕元旦詩寄閲，次韻答之二首》。

爲趙翼《甌北詩集》序。見《椶亭古文鈔》卷五《趙甌北詩集序》，趙翼《甌北集》卷二九《題椶亭見和長篇後並乞其爲拙集作序》。

張松坪招同雅集。見趙翼《甌北集》卷二九《松坪於齋頭遍插芍藥招同涵齋棕亭再可雅集卽事》。

次潘雅堂述懷韻。見《棕亭詩鈔》卷十七《次潘雅堂述懷韻四首》。

招秦黌等作湖舫之遊。見趙翼《甌北集》卷二九《棕亭治具招同西壖松坪再可爲湖舫之遊》。

十月，趙翼以六十自述詩索和，次韻。見《棕亭詩鈔》卷一七《趙甌北以六十自述詩索和，次韻應之八首》，趙翼《甌北集》卷三十《六十自述》、《江鶴亭方伯招同松崖未堂蘧菴松坪棕亭春農游康山卽事》。

十月，程一亭以文見示；仲冬，爲程一亭試草序。《棕亭古文鈔》卷六《程一亭試草序》：『今年十月，一亭獲雋遊黌，其三兄挈之來見，以文示余，且曰：「余兄弟皆得先生爲皇甫士安，今仍敢以弁言請。」』

吳錫麒乞假南歸，過訪兆燕。《國子先生全集》吳錫麒序云：『旣而，先生以病謝歸，垂老而貧，僑居邗上。余以假省還里，順道過訪，猶得一見先生，每話舊遊，輒共太息。』見《棕亭詞鈔》卷六《百字令·田芷香招同吳穀人萬華亭盧竹圃紅橋看荷，次穀人韻》。

乾隆五十一年　丙午（一七八六）　六十九歲

人日，郭霞峰招飲湖上，未赴，次日步韻。見《棕亭詩鈔》卷一七《郭霞峰招飲湖上，余未克赴。次日，應叔雅以卽席詩見示，索余步韻》。

二月七日，郭霞峰再約湖上之飲。見《棕亭詩鈔》卷一七《二月七日郭霞峰再約湖上之飲，疊前韻》。

三月，張表東招飲湖上。見《棕亭詩鈔》卷十七《張表東招飲湖上，卽事次韻八首》。

三月初三禊日，飲淨香園。見《棕亭詩鈔》卷十七《丙午閏秋禊日飲淨香園》。

三月初十，黄穉堂咯血而卒，臺駿上年入其幕，這次幕僚生活也因之結束。《棕亭古文鈔》卷二《黄穉堂太守傳》：『倏於三月初十日早起視事畢，擎粥一甌，咯血數升而卒。』

秋，招趙翼、秦黌等泛舟湖上。見《棕亭詩鈔》卷十七《招趙雲松、唐再可、秦西巖、張松坪泛舟湖上》。趙翼《甌北集》卷二九《棕亭治具招同西巖、松坪、再可爲湖舫之遊》詩似爲同時之作。按：張坦，字芑田，號松坪，陝西西安臨潼縣人。

閏七月二十四日，金琟卒於全椒。《棕亭古文鈔》卷十《哭琟文》：『昨初三日汝父來，知汝已於閏七月二十四日死矣。嗚呼！慟哉……孰意汝父在江省鄉試，家人亦不以聞，直至試畢而歸，始知之耶。』《棕亭古文鈔》卷十《贈君公塾訓跋》：『琟年少能文，好學不倦，克家之器也。年甫逾冠，僅以諸生食餼，四年而亡。』

九月初十，於金粟庵設齋哭奠孫琟。十二月十日，琟葬。見《棕亭古文鈔》卷十《哭琟文》、《祭琟文》。

乾隆五十二年　丁未（一七八七）　七十歲

二月，爲祖父《塾訓》作跋。見《棕亭古文鈔》卷十《贈君公〈塾訓〉跋》。

春，飲吴梅查齋中。《棕亭詩鈔》卷一七《同陳嘿齋樟亭、吴暮橋、許竹泉飲吴梅查齋中次梅查韻》：『小院梅花自有春，偶緣良會乍開門。』

春夏之際，鄭式齋歿，詩輓。《棕亭詩鈔》卷一七《輓鄭式齋封翁》題下注曰：『式齋，西橋侍御之父，紉脩孝廉之祖，是年春夏，西橋、紉脩皆歿。』

七月十六日，於秋聲館序嶽夢淵《黄歙吟詩》，抒發對少年游憩地新安戀念深情。見《棕亭古文鈔》卷六《岳水軒〈黄歙吟〉詩序》。

秋日，爲吴涇陽制義序，對舉業功名的推崇一如既往。見《棕亭古文鈔》卷六《吴涇陽制義序》。

八月十九日，小玲瓏山館主人汪雪礓離世，兆燕爲之作傳。見《棕亭古文鈔》卷二《汪君雪礓傳》。

汪雪礓，字中也，號雪礓，歙縣人。汪得此園後，造亭臺，招延名士，竹西觴詠，仍無虚席。梁章鉅《浪迹叢談》卷二：『此園屢易其主……輾轉十數年園歸汪氏雪礓。汪氏爲康山門客，能詩善畫，今園門石碣題詩入舊逕者猶雪礓筆也。園之玲瓏石，高出簷表，鄰人惑於形家言，嫌其與風水有礙，而憚鴻博名高，隱忍不敢較，鴻博既逝，園爲他人所據，鄰人得以伸其説，遂有瘞石之事。故汪氏初得此園，其石已無可蹤跡，不得已以他石代之。後金棕亭國博過園中觴詠，詢及老園丁，知石埋土中某處，其時雪礓聲光藉甚，而鄰人已非復當年倔强，遂決計諏吉，集百餘人起此石復立焉。惜石之孔竅爲土所塞，搜剔不得法，石忽中斷，今之玲瓏石巋然而獨存者，較舊時石質不過十之五耳。』

送余伯扶歸懷寧，勉勵諸後生用功舉業。見《棕亭詩鈔》卷一七《城隅買舟，招同葛菱溪、陳櫟園昆仲、金畹芳、吴衛中並兒子臺駿餞余伯扶歸懷寧，用臺駿韻》。

十月，秦贇子真州娶婦，詩以賀之。見《棕亭詩鈔》卷十七《秦西壖爲其子真州娶婦》。

十二月，與孔延廬詩歌唱和。見《棕亭詩鈔》卷一七《蠟梅次孔延廬韻》、《孔延廬於廣陵雪後生子，用東坡聚星堂韻賦詩屬和》。

冬至夜，以詩示臺駿。《棕亭詩鈔》卷一七《冬至夜雨中次孔延廬韻，示兒子臺駿》：『光陰爭一綫，文史賴三冬。宿釀深深酌，新衣密密縫。』

七十初度，次韻孔延廬詩。見《棕亭詩鈔》卷一八《丁未小除日七十初度，孔延廬以詩見贈，依韻詶之二首》。《棕亭詩鈔》卷一八《題吴舊浦同年海水移情小照》是兆燕對自己人生的總結。

乾隆五十三年　戊申（一七八八）　七十一歲

元日，閉門獨醉，次唐鵠舉韻。《棕亭詩鈔》卷十八《戊申元旦次唐鵠舉韻》：『新歲閉門還獨醉，晴暉冉冉下椒圖。』

元月五日，詩祝孔延廬生日。見《棕亭詩鈔》卷十八《正月五日孔延廬生日，即用前見贈韻祝之二首》。

元月九日，招客泛舟湖上，憶起亡孫金璡，遂起物是人非之感。見《棕亭詩鈔》卷十八《正月九日泛舟湖上召客分體作詩，得七律四首》。王昶輯《湖海詩傳》卷四十二王尚珏《棕亭教授以新正九日招客泛湖會者四十餘人分體賦詩予不及與即次原韻》也記載此事。

巨超上人過訪。見《棕亭詩鈔》卷十八《巨超上人過訪以詩見贈，次韻詶之四首》。按：乾隆三十七年兆燕在《禹門詩稿序（珠湖釋如震慧海）》云：『巨超游蹤不返。』

元月，爲吴底山所藏汪晴嵓《春風晴雪圖》作記。見《棕亭古文鈔》卷八《汪晴嵓春風晴雪圖記》。

戴亭婿荊雪岩來訪，逗引起與遂堂交誼的回憶，兆燕情深一敘。見《棕亭詩鈔》卷十八《題荊雪岩小像（名塏，直隸安肅人，辛丑進士，戴遂堂先生之女婿也）》。

二月，爲春光所感發，難得好心境。見《棕亭詩鈔》卷十八《春光好》詩。

與孔延廬、蔣宗海、竹溪上人、傳宗上人交遊唱和。見《棕亭詩鈔》卷十八《孔延廬邀同蔣春農中翰、竹溪上人遊木蘭院，即過蓮性寺與傳宗上人談六壬之學，分韻得寒字》。

四月二十日，同友人至篠園看芍藥，晚飲長春橋下。見《棕亭詩鈔》卷十八《戊申四月二十日，許鍾靈椿、王東山文泗、戴馥庭寧、陳向山景賢、朱配青紘、李冠三周南、張禮從本宜、朱方來紱、吳旅徵聯祚諸茂才邀至篠園看芍藥，先至桃花庵，拉石莊上人、郭定水道士同行，晚飲長春橋下，石莊吹簫和道士長歌而別》。

六月十六日，同友人集淨香園。何琪《小山居稿》卷二《六月十六日，江橙里招同金棕亭、蔣春農、吳梅查、羅兩峰、汪對琴、劍潭、秀峰、陳春渠集淨香園》『慨然憶昔游，同輩幾人在』句下注曰：『歲甲午，君嘗招集是地，今十五年矣。』

八月八日，集江昉齋中。見《棕亭詩鈔》卷十八《八月八日集江橙里齋中》。

八月十六日夜，康山觀劇。見《棕亭詩鈔》卷十八《八月十六日夜，康山觀劇樂未闋，朱立堂拉登山頂高臺玩月，主人命侍兒取酒至同飲既醉，命筆放歌》。

與趙翼、張垣詩歌唱和。見《棕亭詩鈔》卷十八《張松坪患癰在足，又驚家人不戒於火，趙雲松以詩慰之，囑余次韻》，趙翼《甌北集》卷三二《松坪足生熱癤未愈近復火燒旁舍數間詩以調之》。

冬，腰膂跌僕而病，精神頹唐，曹醫士醫之痊癒，詩以贈之。《棕亭詩鈔》卷一八《贈醫士曹翰臣》。

病愈，張友堂以詩見慰，步韻奉酬。見《棕亭詩鈔》卷十八《冬日病痊後，張友堂以詩見慰，步韻奉詶二首》。

乾隆五十四年　己酉（一七八九）　七十二歲

正月初七，將歸里。《棕亭詩鈔》卷十八《己酉人日，次竹溪上人韻》詩下注曰：『時余將歸里。』

正月，與汪閬洲子往來。見《棕亭古文鈔》卷八《汪閬洲七十壽序》。

江春卒，金兆燕返回故里，對日後生活全是悲觀預想。趙翼《甌北集》卷三三《江鶴亭輓詩》、《棕亭詩鈔》卷十八《補哭吳奎璧兼呈乃翁暮橋》：『爲言頹老叟，逝將歸故鄉。棲枝既已失，乞食無津梁。歸定追飢寠，相與赴阡岡。』兆燕於詩中憶亡孫金璡，與暮橋同悲，江春卒，兆燕故云『棲枝已失』，加之老之至矣，不如意事愈多，情不能禁，決意要歸故里。

將歸里，張雲璈詩以送之。見張雲璈《簡松草堂文集》詩集卷九《雪後，周小濂招同金棕亭、應叔雅、李嗇生、王少峰集離鄉菴，以二分明月揚州爲韻，分得明字，時予方有泰安之行，棕亭亦將歸全椒，卽此留別兼送棕亭》。

將歸故里，吳本錫贈詩。見吳本錫《寄雲樓詩集》卷四《送金棕亭歸全椒》。

友朋紛紛爲兆燕餞行。見《棕亭詩鈔》卷十八《江橙里邀同人飲餞于古木蘭院，吳梅槎成七律一首送別，次韻詶之》。另有《次吳暮橋送行韻留別》、《次吳學庵送行韻留別》、《次朱二亭送行韻留別》、《次朱立堂送行韻留別》、《次吳梅查送行韻留別》。

兆燕一生如綴網勞蛛。《棕亭詩鈔》卷一八《咏牛和俞耦生韻》乃兆燕在揚州所作最後一首詩，詩曰：『遠道踉蹌一牸牛，無輪可駕且歸陬。已知筋力全衰憊，那有倉箱可代謀。春水溪邊尋柳影，夕陽山上盼汙窶。也知上坂堪休息，可奈全家責饍饈。』

黄承吉《夢陔堂文集》卷五《金棕亭先生集序》：『逮予十九，先生歸老南譙，遂不復出。』

春日歸里，贈袁鯉泉二首。見《棕亭詩鈔》卷十八《春日歸里贈袁鯉泉明府二首》詩。

歸全椒，憶亡友吳烺。《贈陳淡村》：『夢裏家山六七年，今春纔得布帆懸……戚友不堪搜地下（謂吳杉亭）』。

拜訪故里親朋好友。三月初九日，汪草亭七十生日，以詩奉祝。見《棕亭詩鈔》卷十八《汪草亭三月初九日七十初度，余時遠歸奉祝，而主人近出不晤，留此請正》。按：汪草亭是兆燕家鄉故友，兆燕一生大都客居在外，四十歲時《寄汪草亭》詩云：『耦耕倘遂他年約，千尺潭邊好共依。』（《棕亭詩鈔》卷七）六十歲時《喜晤汪草亭》（《棕亭詩鈔》卷一三）云：『爾我髫年友，相看各老蒼。謀身惟用拙，對酒尚能狂。好下舊時榻，休褰前路裳。』《棕亭詞鈔》卷三《喜遷鶯·旅中對雪懷汪草亭》：『倚孤榻，嘆者般岑寂，他鄉風景……何日桃花深處，小岸踏歌重聽。斷烟外，又寒鐘古寺，數聲催暝。』所寫桃花、寒鍾古寺等景物風情皆故鄉全椒之所特有，長年漂泊異鄉，兆燕從未失卻對故鄉的懷念與深情。

步韻吳梅查詩，抒發對友情的珍重與懷念。見《棕亭詩鈔》卷一八《吳梅查同江橙里、吳竹如、羅滦川、項小溪過惠照寺看藤花，辱詩寄懷，步韻奉答兼致諸公》。

晚年心境平和沖淡。兆燕與家鄉父老鄉親相處融洽，其中《贈王仲朗醫士》稱頌醫者的：《招諸戚友集蠱性齋中》是對親情與友情珍重；《贈吳愚溪》不改兆燕『喜鵲』之本性；《壽汪鄰初七十》抒寫姻親之間友愛之情。

葉竹孫自滇南來與兆燕會面，後葉歸新安，贈詩送別。見《椶亭詩鈔》卷一八《葉竹孫自滇南來晤後卽歸新安，詩以送之》。

鄰里陳淡村招賞芍藥。《椶亭詩鈔》卷一八《陳淡村招賞芍藥卽席分賦七律四首》（其四）：『從此比隣來往易，芒鞋竹杖短童扶。』

三伏後，姪孫金潤生來訪，以素箋索句，兆燕口占二首。見《椶亭詩鈔》卷一八《潤生姪孫過書齋以素箋索句，口占應之二首》

乾隆五十五年　庚戌（一七九〇）　七十三歲

在全椒。

乾隆五十六年　辛亥（一七九一）　七十四歲

卒於全椒。吳錫麒《國子先生全集》序云：『後余來主講真州，先生已厭人代，往時吟侶亦都不可蹤蹟』。吳錫麒《有正味齋駢體文》卷八《詹石琴詞序》：『真州去揚不百里，辛亥，余以鹾使全公之聘主講來茲』。袁枚《隨園詩話補遺》卷五：『癸巳年，余與蔣心餘、金椶亭遊揚州建隆寺，與老僧夢因分韻，賦《送春詩》，忽忽二十年矣……今年，渡江與趙偉堂學博游焦山，見其徒孫巨超以詩見示，追憶疇昔，不覺悽愴。蓋儒釋三人都已化去。』秦黌《石研齋集》卷一二《哭金椶亭》二首，其一云：『同年才輟延陵哭（謂吳舊浦），凶問遙傳淚又垂。』其二云：『生小蕪城便是家，（幼讀書，長遊幕，歲補官，暮年僑寓，皆在揚州。）讀書仕宦總才華。多君下筆即千字，信爾撐腸盈五車。揮盡布囊如逝水，坐看世界似恒沙。不須咒願天開眼，福澤應知後代賒。』吴本錫與兆燕交遊較早，《棕亭詩鈔》卷四《吴汝蕃招同吴薗穭飲，即同過二聖院，入豫章書院，訪汪輦雲不值，晚步灌嬰城歸》，《棕亭詩鈔》卷一七《秋海棠次同年吴舊浦韻》、《桂花次同年吴舊浦韻》，《棕亭詩鈔》卷一八《題吴舊浦同年海水移情小照》等皆有記載。吴本錫，字汝蕃，號舊浦，甘泉縣人。生於康熙五十八年（一七一九）。卒於乾隆五十六年（一七九一）。乾隆十二年舉人。王復《晚晴軒稿》卷六《初夏雜詩六首》（其三）云：『膽瓶猶剩殿春枝，相謔何當贈所思。忽憶竹西亭畔看，山丘華屋夢餘悲。十年前薄遊邗上，金棕亭博士招同屢過筱園看芍藥，今棕亭下世已半年餘矣。』趙翼《甌北集》卷三十七《到揚州追悼西巖前輩》『哭到先生第五人』句下注曰：『金椶亭白秋齋吴涵齋唐再可已先下世。』（按：該詩編年爲乾隆五十九年甲寅。）王曇《烟霞萬古樓詩選》（清咸豐元年徐渭仁刻本）卷二《重至揚州同人邀觀紅橋芍藥，是夕鐙火甚盛》『初來故老皆黄土』句下注曰：『予年弱冠與金棕亭、羅兩峯諸老蒼交。』（其後一首爲《穀人先生七十壽》。）吴錫麒《有正味齋駢體文》（清嘉慶十三年刻增修本）卷四《秦西巖前輩遺集序》：『余以丁巳春來主安定講席時，先生已遊神天上，棕亭、並山俱戢影人間，惟對琴以城南之禿翁振竹西之餘韻。』

附錄二　生卒年及家世考證

金兆燕的生卒年

金兆燕詩文中多次言及其生年。《棕亭詩鈔》卷十四《己亥元旦和唐鵠舉韻》詩中注云：『予以戊戌小除日誕生，去年戊戌十二月小盡。』〔一〕《棕亭詞鈔》卷七《輪臺子》詞下小序云：『前詞成後，翦燭孤吟，戴遂堂先生聞「辜負桑蓬」之句，詢知是日爲余四十初度，乃命其小阮藍輝明府張燈設筵，重集同人痛飲達旦，卽席復成此調，以誌感謝之私。』『前詞』指《催雪·丁丑真州除夕》。他的一些詩題也能夠説明，如《棕亭詩鈔》卷九《丁亥除日爲余五十誕辰，適周鶴亭學博以歷歲自壽之作見示，次韻抒懷卽用題後八首》、卷十三《丁酉冬日，程魚門編修以六十自壽詩六首郵示，余六十生辰適在除夕，守歲不寐，次韻寄之》、卷十八《丁未小除日七十初度，孔延廬以詩見贈，依韻詶之二首》。綜上，金兆燕生於康熙五十七年戊戌小除日，依公元計年卽一七一九年二月一七日。

金兆燕的卒年，一説卒於乾隆四十四年（一七八九）以後，一説卒於乾隆五十六年（一七九一）。

〔一〕　中國古代以立春作爲干支紀年的起始，金兆燕云『戊戌小除日』，已是一七一九年。

搜檢《國子先生全集》，其詩詞最遲的紀年是乾隆五十四年己酉（一七八九），其卒年應在此年以後；趙翼《甌北集》卷三七《到揚州追悼西巖前輩》詩下自注云：『金棕亭、白秋齋、吴涵齋、唐再可已先下世。』該卷首自注『甲寅乙卯』，此詩後即《乙卯元日》詩，甲寅爲乾隆五十八年（一七九四），乙卯爲乾隆五十九年（一七九五），以此推知金兆燕卒於一七九五年前；　鄧長風引用秦黌《哭金兆燕》詩，考證金兆燕卒年爲『乾隆五十六年（一七九一）』[二]，《哭金兆燕》詩的創作可以遲於金兆燕卒後若干時間，如果該詩紀年無誤，則兆燕卒年不會後於一七九一年。許雋超引王復《初夏雜詩六首》之詩句：『膽瓶猶剩殿春枝，相謔何當贈所思。　忽憶竹西亭畔看，山丘華屋夢餘悲。（金棕亭博士招同屢過筱園看芍藥，今棕亭下世已半年餘矣。）』該詩作於乾隆五十七年（一七九二），以此推斷金兆燕卒於乾隆五十六年（一七九一）。[三]　另：　費融《紅蕉山館集》卷八《酒簾次汪秀峰觀察韻》，詩下並附金兆燕、翁方綱、吴錫麒和詩，而此詩之前《暮秋詩訪慕園不值奉寄》，詩下注曰：『以下乙卯，時四十有五』，以此推知乾隆六十年乙卯（一七九五）兆燕尚在世。　同卷《醉司後一日，寄方蘭坻山人五十韻，並索金雲章比部和之》詩中云：『錢文端、吴西村、沙斗初、閔玉井、金棕亭、蔣心餘、沈石臞，仙去紛紛痛寐飲。』而此詩之後《社燕二首》詩下注曰：『以下丙辰，時年四十有六』，以此推知《醉司後一日，寄方蘭坻山人五十韻，並索金雲章比部和之》詩作於嘉慶元年丙辰（一七九六），此時，金兆燕已『仙去』，則其卒年不遲於

〔二〕鄧長風著《明清戲曲家考略三編》，上海古籍出版社一九九九年版，第三一三至三一四頁。

〔三〕許雋超《金兆燕卒年補考》，《中國戲曲學院學報》，二〇〇七年第二期。

一七九六年。但是，費融《酒簾次汪秀峰觀察韻》的紀年是乾隆六十年乙卯（一七九五）（翁方綱《復初齋初集》卷一四《酒簾和汪秀峰戶部韻二首》與費融集中所附翁詩内容完全同），而翁方綱《復初齋初集》此卷紀年爲『己亥冬至庚子六月十八』，卽乾隆四十四年至乾隆四十五年，且《酒簾和汪秀峰戶部韻二首》後有詩《元日雪太和殿賜宴恭紀》，以此推知《酒簾和汪秀峰戶部韻二首》詩作於乾隆四十四年（一七七九），這與費融同題唱和詩《酒簾次汪秀峰觀察韻》的紀年乾隆六十年乙卯（一七九五）有出入，可以説費融詩之紀年有誤，故從費融詩中所推論的金兆燕卒年年並不可靠。

金兆燕的家世

金姓的全椒始祖，有文字記載的可追溯到金印，經金惟精、金湛然輩，家世發旺，至金九陛、金光辰時已舉業大發而盛極一時。金兆燕在《俞藕生西泠展墓錄序》中説：『余先世本浙西人，自始祖遷全椒，以武勳爲百戶，年少從戎，失其祖父名字，故後世子孫入浙求譜，不得左驗，至於兆燕，已十有四世矣。每過武林，無由訪先人之塚墓，卽交遊中有杭州金氏者，亦無由聯綴宗支，辨別昭穆。芒乎！芴乎！徒付之浩歎而已。』全椒《金氏家譜》云：『金家爲書香門第，武功之家，故古聯有曰：「東浙武功第，南譙文獻家。」』又云：『據傳，全椒吾族金氏原籍浙東，始祖於明代隨軍征戰後，在全椒落戶。又傳先始祖籍貫徽州，金兆燕詩云：『我本新安豪俊族，家聲越國聯華轂。』後二世兄弟二人，兄任浙江仁和縣（今杭州市）武官，弟任安徽南譙府（古全椒屬南譙郡）文官。從明代隱士金印起綿延至今，約五百年，已有九十代。』王鑄在《國子先生全集》序中說：『全椒以科第、文學世其家，綿延歷數百年而不墜者，首推金氏。』遷居全椒的金氏家族一代代繁衍壯大。如全椒《金氏家譜》統計：『明泰昌元年、清康熙十二年、民國九年以及一九八六年編寫的四種版本的《全椒縣志》中，均載有金氏衆多有名望的人物，如明代金瀅然；廣西守備、都司金九章；崇禎進士、布政使參議、戶部主事郎金九陛；崇禎戊辰進士、大理寺右正金光辰；嘉慶舉人金望欣；乾隆後期揚州教諭金兆燕。』明清時期全椒金氏家族世系情況列表如下：

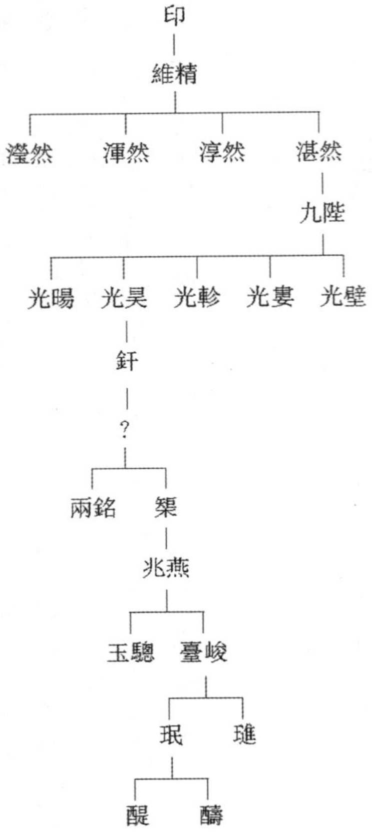

金印，字文信，號東園，淡泊明志。康熙及民國版《全椒縣志》皆有傳，民國版《全椒縣志》云：『先人産腴悉聽兄取，不較……有東園一區，曰：「吾子孫守此足矣。」屢請鄉賓，弗應，晚舉子維精。』〔一〕

金維精，字子一，號對峰，在官能廉政爲民，明泰昌版及清康熙及民國版《全椒縣志》皆有傳，民國版《全椒縣志》云：『任蠡縣訓導，身先率物，表節孝，課文藝，卻寒士饋，完貧士婚。署蠡縣篆，不營己私，撫軍擬薦而卒，冰署蕭然。』〔二〕

金湛然，字伯虛，又字存吾，明泰昌版及民國版《全椒縣志》皆有傳。其父金維精卒於官，『與諸弟扶櫬旋里，會大雪，偃臥櫬旁，不舍去。以少弟瀅然未娶，先人遺産悉歸之。博極群書，兼通《玉髓》諸經』〔三〕，奉儒守孝。

金九陛，字允訥，號樊桐，全椒金氏家族中最煊赫的人物之一，生平事蹟見於《東林列傳》、（雍正）《廣西通志》、《光緒重修安徽通志》、康熙及民國版《全椒縣志》等。金九陛『爲人博學慷慨，好持大節，領萬曆四十三年鄉薦，久不第，授經山中』，崇禎戊辰（一六二八）會試乙榜，授東陽縣縣令，『崇禎初，

〔一〕民國版《全椒縣志》卷十一，《中國地方誌集成》安徽府縣志輯（三五），江蘇古籍出版社一九九八年，第一九〇頁。

〔二〕民國版《全椒縣志》卷十一，《中國地方誌集成》安徽府縣志輯（三五）第一四五頁。

〔三〕民國版《全椒縣志》卷十一，《中國地方誌集成》安徽府縣志輯（三五）第一八一頁。

起至棗陽縣，始至卽辨疑獄，禱雨滅蝗，民驚以爲神』，後流寇肆虐楚中，金九陛剿寇有功，『以功轉本部郎中，榷稅杭州，升廣西蒼梧兵備副使，大破傜賊於鳳凰山……明年奉表入朝，帝召見慰問，賜銀幣』，後推升贛南巡撫，『而九陛年已七十矣，病不能赴，歸一年而有甲申之變，以憂卒。論者悲之』〔一〕。乾隆十四年己巳（一七四九）金兆燕至杭州，拜謁太高祖金九陛遺像，寫下《北新關清惠祠謁先少參公遺像有序》。

金光昊，號侶樵。爲少參金九陛四子。康熙及民國版《全椒縣志》皆有傳。『參議九陛子，崇禎間經魁，少隨父任棗陽，流氛逼城，佐父固守，得完。康熙五年（一六六六）任長子令，盡斥陋規。』〔二〕『先是捐俸買補驛馬及墊解宗産三百餘金，歿後郡守檄追佐喪，子鋆、釬、錞，克成父廉，概辭不受。』〔三〕康熙六年（一六六一）卒，著有《盡興齋文集》。

金釬，金兆燕曾祖。清嘉慶二一年《平江縣志》卷十三『秩官志』記載：『金釬，滁州人，舉人，康熙四十八年任。』金榘《吴母金孺人墓志銘》云：『父漢昌公釬中戊午鄉試，宰楚嶽之平江』〔四〕金榘在《代仲父祭南湖吴姑夫文》說：『歲戊子，先大人作令昌江……居無何，竟挂吏議，先大人由是罷官，且

〔一〕清陳鼎輯《東林列傳》卷二三《金光辰金九陛列傳》，明文書局一九八五年版。
〔二〕民國版《全椒縣志》卷十一，《中國地方誌集成》安徽府縣志輯（三五）。
〔三〕藍學鑒、吴國對纂修，清康熙十二年《全椒縣志》卷七，全椒縣地方誌編纂委員會一九九三年標點校勘本。又，此處『釬』，當爲『釬』字之訛誤。
〔四〕金榘著《泰然齋文集》，清道光二十六年刻本。

由是以疾卒於逆旅。』〔一〕

金榘的父親，生平資料極少。《椶亭文鈔》卷十《贈君公〈塾訓〉跋》，附《塾訓》一篇，金兆燕稱『此先君子少時，祖父自京中所寄諭也。』〔二〕金榘在《哭外姑陶母吴太君文》裏説：『乃不一載而先王父罷官矣，旋見棄矣。先王母亦即世矣。又不再稔而先君子亦棄養矣。於是，榘走三千里奉祖、父兩櫬以歸。』〔三〕賴姑丈吴雷焕資助，金榘祖父及父親的靈柩方得以運回全椒。

陶欽李，金兆燕外祖父，吴敬梓岳父，安徽全椒人。其長女嫁給金榘，次女嫁給吴敬梓。金榘在《次半園（吴檠）韻爲敏軒三十初度同仲弟兩銘作》詩中説：『今吾與子爲僚婿，柴桑門楣夸邢譚』〔四〕，吴烺在《泰然集跋》中自稱『受業愚姨侄吴烺』，金榘娶陶欽李的女兒（《泰然齋文集（上）》），吴敬梓祖母劉氏安人墓誌銘中云：『安人生男子二，次殤，惟長者存，即霖起，候選儒學教諭……孫男一，學栻。聘候選州同知陶景臯女。』〔五〕

〔一〕金榘《泰然齋文集》卷上，清道光二十六年刻本。
〔二〕金兆燕撰《椶亭古文鈔》卷十，清道光十六年贈雲軒刻本。
〔三〕金榘《泰然齋文集》卷上，清道光二十六年刻本。
〔四〕金榘《泰然齋集》卷二《次半園（吴檠）韻爲敏軒三十初度同仲弟兩銘作》，清道光二十六年刻本。
〔五〕李漢秋編《〈儒林外史〉研究新世紀》收王惲忠《吴敬梓家世考》，上海交通大學出版社二〇一三年版，第一四五頁。

金榘，金兆燕父親，字其旋，號絜齋，生於康熙二十三年（一六八四）〔二〕，卒於乾隆二十六年（一七六一）。〔三〕乾隆六年（一七四一）歲貢，鄉試十數次直到六十二歲時以廩貢生的身份出任安徽休寧縣學訓導，有《泰然齋集》六卷，《儒林外史》中余大先生卽以其爲原型。《泰然齋集》初爲乾隆間金兆燕刊刻，後有道光二十六年丙午（一八四六）重刻本。書前有乾隆三十九年（一七七四）壽縣吴宁序，後有吴烺跋。金榘與吴敬梓爲表兄弟兼連襟關係。

金兩銘，生平不詳。何澤瀚説『兩銘似是别號，名尚待考，生平不詳。吴敬梓表兄，金榘弟弟。』《棕亭詩鈔》卷十三《補祝詒有叔六十壽述懷》中金兆燕自注『癸丑歲，先君子開家塾，兆燕相隨叔父讀書』。金兩銘存詩《和韻（吴檠）韻》，附於金榘《泰然齋集》卷二。金榘、金兩銘兄弟詩歌唱和不少，如金榘的《春日出門次仲弟韻》、《寄懷寄示二弟卽用其送燕兒返署韻》、《寄懷舍弟兩銘》、《己巳元旦和二弟寄懷韻》等。其《祖靈文》云：『三年之内，重哀累傷。叔父仲弟，先後云亡。』此處『叔父』當指兩銘。

陶氏，金兆燕母，卒於雍正二年，生平不詳。《棕亭詩鈔》卷十《贈葛菱溪》云：『我生夙偏露，髫

〔二〕吴敬梓《文木山房集》有《千秋歲·四月初一，金其旋表兄五十初度寄祝》，此詞作於雍正十一年癸丑（一七三三），由此推出其生年。

〔三〕金兆燕於乾隆二十六年參加『太后七旬萬壽恩科』，此年『至九月而半匕不進者，旬日遂舍不孝而長逝也耶。』（金兆燕《棕亭古文鈔》卷十《告廣文公文》）

齔失所恃。』在《告廣文公文》説：『憶不孝七歲失怙，大人以慈兼母。』金榘云：『越五歲己丑，里中大疫，外舅病七日而殁，一家上下，輾轉濡染，皆瀕於死。榘夫婦兩人力爲扶持，不忍避去，如是者兩閲月，而榘婦亦以是疾，卒于外姑之家。』〔二〕

晉嶧，金兆燕岳父，生平不詳。乾隆十二年（一七四七），金兆燕與岳父赴鄉試同中舉。乾隆十三年（一四七八），『戊辰會試，余與外舅俱下第。余歸新安，省視先府君於休邑署中，而外舅客游山左，俄卒於歷城』。

胡氏，金兆燕岳母，生平不詳。金兆燕《外姑晉母胡太孺人七衮壽序》：『乾隆丙戌嘉平朔，爲吾外姑胡太孺人七十誕辰……吾自稱未亡人後攻苦擊淡，撫兩子至壯歲，有朝靡夕垂二十年。今兩目昏眵，病骨柴立，尚清晨紉綴，篝燈至夜半不克休……今膝前二子皆成立。長者早有文譽，以第一人入上庠；次亦竭力事親，克奉甘旨。年近上壽而動履矍鑠，神明不衰』，知胡氏生於康熙四十七年（一七〇八），夫死後獨立支撑家庭。

晉氏（一七二二—一七八三），兆燕妻，安徽全椒人。乾隆六年（一七四一）與金兆燕成婚，晉氏賢慧忠厚，金兆燕爲舉業與生計常年奔波於外，家族諸多事務皆由晉氏操持。金兆燕在揚州做府學教授期間，『署以内食指七百，一日食五斗米，内外大小井井然。每日餔以巨案，羅柈椀竟丈餘，孺人一一均

〔二〕《哭外姑陶母吴太君文》，金榘《泰然齋文集》卷一，清嘉慶刻本。

授之畢，然後食。』金兆燕讚譽妻子云：『文遊半天下，而知己乃在閨中。』[一]

金臺駿，金兆燕長子，字冀良[二]、筱村，號个臣，小名『三元』[三]，著有《筱村詩鈔》，未見。臺駿之名，金兆燕《壺中天慢》詞：『駿骨金臺，酒壚燕市，歸夢應回注。』其寓意大致若此。民國版《全椒縣志》卷十（附金兆燕傳後）：『臺駿，增生，亦能詩，舉孝廉方正，不就，著有《筱村詩鈔》。』王城《國子先生全集》跋稱其『廣文公生國子先生，先生生个臣徵君丈，醇愨粹雅，於小學尤精。嘉慶、道光初元詔舉孝廉方正，堅辭不就，遺有《筱村詩鈔》。』金兆燕稱臺駿『謀生知汝拙』，臺駿不善營生，舉業成就平平，金兆燕則將舉業世家的興旺寄於孫輩處。黄承吉《夢陔堂文集》卷五《金棕亭先生集序》云：『先生嗣君筱軒，當予從先生遊時，不恒來揚州，雖習見未甚頻數，及君館於揚，而予又遠出，蹤跡由是遂疎，以故今璞生不復知有舊誼。』（黄承吉《夢陔堂文集》卷五，清道光二十三年刻本）不知此處『筱軒』是否即是臺駿的字號。

[一]《棕亭古文鈔》卷四《亡室晉孺人傳》。

[二] 從《棕亭詞鈔》卷五《秋霽・癸未九日，同吴杉亭舍人，攜兒子臺駿，泛舟至平山堂》及吴烺《杉亭集・詞》卷四《秋霽・九日棕亭攜令子冀良同余平山堂登高，先成此解，倚聲和之》可以確定冀良即爲臺駿的字。

[三] 金兆燕《告廣文公文（附錄）》：『自次孫冬郎殤後，尤憐長孫三元最篤，彌留時呼三元在側，猶錯呼冬郎。』此處『三元』與『冬郎』對舉，《棕亭詞鈔》卷三《減字木蘭花・偶讀陳迦陵集中歲暮燈下作家書後小令數闋，走筆效之》中『撫塵學步，懷裏嬌兒應斷乳。名喚冬郎』句後注曰：『次兒小名。』則可推知『三元』乃臺駿小名。

按：全椒金、吳兩家世代通婚，兆燕子臺駿娶吳烺女兒爲妻。金兆燕詩《吳杉亭舍人僑居邗上，余亦攜兒作客，卽令移寓就婚，共送歸里，禮筵之夕賦呈杉亭，兼同社諸子八首》、《棕亭攜令子冀良就婚于余寓邸成長句八章余亦撫今追昔悵然於懷作此奉答》皆記載此事，并於詩中自注云『亡内在日已有朱陳之約。』其《悼亡三首》云：『鳴環從此爲新婦，酹酒真堪報昔人。』沈大成《學福齋詩集》卷二十三《棕亭孝廉攜子就昏廣陵旋歸珂里其親家卽杉亭舍人中表也》亦記此事。

金玉驄，金兆燕次子，小名冬郎，其生平資料不多，生於乾隆十七年（一七五二），金兆燕《壬申冬日初歸感賦四首》詩中注『新得次兒玉驄』〔一〕。在《棕亭詞鈔》卷三《減字木蘭花·偶讀陳迦陵集中歲暮燈下作家書後小令數闋，走筆效之》中『撫塵學步，懷裏嬌兒應斷乳。名喚冬郎』句後注曰：『次兒小名。』在《棕亭古文鈔》卷三《告廣文公文》中曰：『大人最愛兩孫，雖衰病猶以課孫爲務。自次孫冬郎殤後，尤憐長孫三元最篤，彌留時呼三元在側，猶錯呼冬郎。』

鶴齡，吳烺《賀新郎·棕亭爲鶴齡娶婦，用迦陵送紫雲郎合巹韻贈之》詞及金兆燕詞《賀新郎·鶴齡娶婦，同荀叔用迦陵送紫雲郎合巹韻贈之》都提及金兆燕爲鶴齡成家事，有關鶴齡的材料不多，全椒縣《金氏家譜》記載，金鶴齡是金兆燕之子，對照金兆燕《亡室晉孺人傳》文中的記載，『庚寅夏，冢媳亡，有人欲爲臺駿謀繼室者，孺人曰：「君以從弟之寡妻孤子鞠育至今，今其子已長，尚未婚，一不了事也。亡友之子攜之來者，才俊人也，已爲之聘，亦當娶矣。」於是先爲從子娶，爲亡友之孤娶，而後爲

〔一〕金兆燕《棕亭詩鈔》卷四《壬申冬日初歸感賦四首》（其二）。

臺駿繼娶焉。』不知鶴齡是兆燕子，抑或爲兆燕『從弟之寡妻孤子』？又：黄承吉《夢陔堂文集》卷五《金棕亭先生集序》云：『時金君耐軒，長予數齡，居先生館中，就與共爲文會，命題作時藝……』不知金耐軒是否爲兆燕『從弟之寡妻孤子』？

金兆燕之兄弟：金兆燕《祖靈文》云：『三年之内，重哀累傷。叔父仲弟，先後云亡。』以此推知，兆燕當有兩兄弟。

金兆燕姊妹：《棕亭古文鈔》卷四《亡室晉孺人傳》：『仲妹之夫，孺人之從弟也』；《棕亭古文鈔》卷八《夏寔原配黄孺人五十壽序》『余署中有先君子之老妾暨余一妹』。

金兆燕之女兒：《棕亭古文鈔》卷八《夏寔原配黄孺人五十壽序》『余署中有先君子之老妾暨余一妹、二女、一媳、一吾友孤子之婦，余妹及余長女各攜稚女一，余次女攜一兒一女，余媳攜一兒二女』，兆燕長女名字不詳，《棕亭古文鈔》卷四《亡室晉孺人傳》云：『長女早寡，攜其孤女大歸』；次女阿雋，《棕亭詩鈔》卷七《次女阿雋十歲，詩以寄示》云：『是時汝初生，吾父大慰悦。命名曰阿雋，錦綳錫綵纈。此意何懇懇，應同屐齒折。』《棕亭詩鈔》卷一八《壽汪鄰初七十》：『余次女適君胞姪，名梯雲；長孫女字君；次孫名丙。』阿雋之名乃祖父金榘所賜，嫁同里汪梯雲。

金璡，字退若〔一〕，又字東戶，臺駿長子，兆燕長孫。民國版《全椒縣志》卷十（附金兆燕傳後）：『長孫璡，五歲已識字數千，取李賀《高軒過》命汝讀，寓目卽闇誦不忘。年十一應童試，學使亟賞其詩賦；年十六詩章已老成；次年入泮與同人作詩會，忽得狂疾；年十八補廩餼；二十一歲遂夭卒。』金璡十歲時，金兆燕贈其詩云：『十年前事夢中忙，得第生孫共舉觴』〔二〕。乾隆五十一年（一七八六）閏七月廿四日，金璡以症痢亡故。《國子先生全集》卷首王城跋云：『徵君子二：長璡，十齡卽以才名噪於江淮間，惜名諸生而以奇疾早逝』。金兆燕《祭璡文》、袁枚《子不語》卷十八《吳二姑娘》記載金璡事十分詳盡。李斗《揚州畫舫錄》：『自枽至璡，稱爲「金氏四才子」。』〔三〕

金珉，字璞生，臺駿次子，兆燕次孫，『有用世才，而尚浮游諸生中，熟春秋左氏學，文法大蘇，著有

〔一〕李斗《揚州畫舫錄》卷十：『金兆燕，字鍾樾（『樾』誤，當爲『越』），號棕亭，安徽全椒人。父枽，字絜齋……子臺駿，字筱村，名諸生。孫璡，字退谷，十二稱神童，十五爲附生，十六爲廩膳生，十七而死。自枽至璡稱爲金氏四才子。』金兆燕《棕亭詩鈔》卷一七詩題爲《璡孫字退若，年二十矣，更請余加小字，余時讀淵明詩至『仰想東戶時』，因以東戶呼之，率成二章寄示且爲之作生日也》，李斗『谷』誤。彭秋溪《清乾隆朝揚州『詞曲局』修曲人員考》云揚州『詞曲局』的與局人員，李斗《揚州畫舫錄》（卷五）有載，但不完備。較爲詳備的名錄，見於淩廷堪的記載，存於淩氏乾隆五十六年所書《手抄諸經跋》一文中，後淩廷堪弟子張其錦編《淩次仲先生年譜》卷二『乾隆四十六年』下，移錄了這份名單，其中有『全椒金棕亭博士（兆燕）、退谷（璉）、筱村（臺駿）』（《文化遺產》二〇一五年第三期），這裏的『退谷』當爲『退若』，『璉』爲『璡』字之誤。

〔二〕金兆燕撰《棕亭詩鈔》卷一二《璡孫十歲，詩以示之》，清嘉慶十二年贈雲軒刻本。

〔三〕李斗撰《揚州畫舫錄》，中華書局一九六〇年版，第二三四頁。

《金石樓詞稿》』〔二〕，金榘和金兆燕的詩文集多由其校勘編次。民國版《全椒縣志》卷十云：『次孫珉，字璞生，工篆隸，能詩詞，著有《金石樓鈔存》。』丁紹儀《國朝詞綜補》卷五十二錄金珉詞《浣溪紗·題張春槎蝶花樓詞》。《國子先生全集》卷首王城跋云：『國子先生於城大母爲兄弟行，城女弟又爲先生仲孫婦……廣文公生國子先生，先生生个臣徵君丈……徵君子二：長璡……次珉，城妹夫也』，全椒家刻王城《青霞僊館遺集》中有《憶金璞生》詩一首，全椒《金氏家譜》載：『金珉，字璞生，工篆隸，能詩詞，著有《金石樓鈔存》。妻王柔嘉，有文名。幼承父訓（父王肇奎），賢孝聲四著。嫁金後，持家井井有條。珉客遊數十載，仰承父婆，同恤親里，賴以舉火十數家。公認金家賢婦。金珉女嫁增生楊振凡，秉性剛烈，咸豐戊午（一八五八），振凡館於浙，賊至城陷，金氏睹其虜掠，忿甚，罵不絕口，賊怒，斫之頸斷而不殊，愈日乃慘死。』

金某，金兆燕又一孫，字瑄生，生平不詳。金兆燕詩《璡孫十歲，詩以示之》自注云『謂次孫瑄生』。王城在《棕亭古文鈔》跋中說：『徵君子二：長璡……次珉，城妹夫也』，瑄生或爲臺駿續娶再育之兒女，或爲兆燕他子所生。

金疇，字小卣，庠生，金珉長子。《國子先生全集》卷首王城跋云：『次珉，城妹夫也……長甥疇，弱冠能詩：；次甥醍，甫成童，間爲韻語，不受束縛於畦町之中。』民國版《全椒縣志》云：『金酬，字小卣，庠生，議敘國子典簿。工詩畫，鄉里稱其謹厚。咸豐初，輸貲助防營，粵寇陷城，奉母避郊外，遇賊，

〔二〕王城《國了先生全集》跋。

持械衛母，母得免，酬遂遇害。賜恤蔭雲騎尉。子福鴻，髫年入泮，警敏過人，咸豐九年，從官軍守定遠，亦以功敘訓導，城陷遇害。』〔二〕。

金醍，字仲和，民國版《全椒縣志》有傳。傳云：『庠貢，博學，所爲駢體得六朝之遺，詩詞多作於離亂中，沉雄淒婉，有《仲和詩集詞鈔》若干卷待梓。同治間續修縣志，尤有功於桑梓，惜未刊。官懷遠、銅陵、石埭教諭，所至皆知名。』〔三〕《青霞僊館遺集》葉柏青序中云：『若三珠者仲季二珠所嫁皆名廣文。』句後注曰：『謂朱先生篛生〔三〕、金先生仲和。』薛時雨《藤香館詞》中有一首《百字令》，題爲『題金仲和廣文《吟窩小草》，用蔣心餘太史送椶亭國博歸全椒韻，仲和金兆燕曾孫』，《椶亭古文鈔》、《椶亭駢體文鈔》、《椶亭詞鈔》由金疇和金醍校字。

按：全椒金氏與王氏互通婚姻，詩人王城之女時稱『三珠』，『三珠』之姑母王柔嘉（王城妹），嫁與金兆燕之孫金珉；『三珠』中兩姐妹嫁與金氏，季欽即金醍之妻。〔四〕

〔二〕民國版《全椒縣志》卷十一，《中國地方志集成》安徽府縣志輯（三五），第一七九頁。

〔三〕民國版《全椒縣志》卷十『人物志』，《中國地方志集成》安徽府縣志輯（三五），第一六八頁。

〔三〕民國版《全椒縣志》卷十有傳：『朱藜照，字篛生。』

〔四〕金文堂《金氏家譜》，夏正明、金永祥序，襄河中學印刷廠印刷二〇〇一年版。

附錄三　序跋　題辭　記文

金兆燕詩文集所載他人題寫之序跋、題辭、記文，道光丙申本與道光甲辰本所收諸篇排序略異，其中吴錫麒序與吴宁序互調，本書依道光甲辰本所收文章排序。杭世駿與程廷祚二人《題辭》，道光甲辰本未收録；光緒二年刊刻的《國子先生全集》卷首新增謝永泰所作《重刊國子先生全集序》，此三篇一併收録。

重刊國子先生全集序

謝永泰

《國子先生全集》，全椒金椶亭先生之所著也。先生以詩、古文、詞涵今茹古，慨然有傳世志，一時海内名流承蓋扶輪，咸樂與之遊，蓋知先生所作之必傳也。先生殁且數十年，其孫嗣君璞生啟青箱，陳黄絹，爲之編次釐訂，都爲一書，以揚先生手澤而嘉惠士林，先生固於此傳矣。不圖寇氛狂熾流煽，大江南北凡夫前脩翰藻俱付焚如，而是書之板遂致蕩然無存，蓋又幾幾乎可傳而有不傳之憾也。幸繼璞生後者猶有仲和廣文承墜緒於微茫，誦先芬而懷感，迺於牙籤播亂之中搜索一函，得以復識廬山面目。然則先生之作其將復有傳之者乎？惜仲和以清冷一官秉鐸者無多日，屢擬重壽棗梨而宦橐蕭然，無以副其志。時余授宰皖畺，與仲和爲舊相識，仲和爲余述先生梗概並商所事於余。余謂先生之作名籍一時，教施後世，是不可以不傳，遂以十餘年來五斗所入，撙節羨餘，解囊以助之，俾成其美，以速其傳。事既舉，且爲之校讎卷帙而記重刊原起於此，此益知先生之作誠有不可磨滅者，而先生庶終以此傳乎！　至集之佳處有各前輩題詞、序、跋具在，兹不復贅。

時光緒二年歲次丙子五月穀旦，賞戴藍翎欽加同知銜特授江南安徽鳳陽府鳳陽縣知縣卓異加一級回任候陞盧龍謝永泰和庵氏序。

按：光緒二年重刊《國子先生全集》，其卷首新增謝永泰所作序。

序

王　鑄

全椒以科第、文學世其家，綿延歷數百年而不墜者，首推金氏。自勝代入國朝，或以武勳著，或以中外政績著，或以風節品學著，代不乏人。遞衍至椶亭先生，而其名益彰。先生五十後始成進士，宦終不過博士，而獨以英辯敏速之才、沈博絶麗之文、騰踔雋上之氣傾倒一世，淩轢前修。其所著述自有千古，夫固海内人人所共知者也，而不知先生之行尤足以副乎其文。平生篤孝友，重交游，敦氣誼。家本寒素，中年食揚州教授禄，而待舉火者數十家，食客盈東西舍，上下指數百。族婣之無所依者、故人子之孤弱者、諸生中之貧無以自立者皆衣食之、教誨之、室家之，務使各得其所而後已。一皆取給於賣文之資，有人所難能者。且愛才如性命，提唱風雅，嘉進後學，遇一才一藝之長，津津道不置口，一時東南翕然歸之，凡所成就皆爲高才膴仕。揚之人、全之人至今競傳以爲美談。則文之深厚夷和皆根於行之深厚夷和，僅以筆落千言，舌懸萬象，推崇之末矣。

余少猶獲瞻風采，時先生自國博請急歸，旋客揚州，里居日少，不得數數見，後與个臣徵君締忘年之交，令子璞生從余游，又申以吾宗婚姻之好，乃得讀所刻《棕亭詩鈔》，然終未見全集也。嗣余奉職西曹十餘年，先生固久歸道山，卽个臣徵君亦不復相見。去年自湖南道擢兩浙鹺使，輒憶先生先世本浙人，又爲舊游地，且少參公有功德於斯土，祠祀至今勿替。公暇睇南屏之秀拔，鑑西湖之瀓瀠，循韜光靈隱之曲峻，每睪然於先生之文與行，仿佛遇之。適璞生自章門寓書告余近補刊先生古文、駢體、詩餘成，丐余一言弁其首。余嘉璞生之能守先澤，紹貽謀，承數百年不墜之緒，而益知先生之昌其文以昌其後者，其源遠而流長也。因就所見聞而筆諸簡，个臣徵君當亦大慰於九京，而不以余言爲謬耶。謹序。

道光丙申秋九月，鄉後學媚愚弟王鑄頓首拜譔。

序

彭啓豐

有文人之詩，淵靜閑止，優柔雅淡，意有餘於匠，技不傷其本，取裁於初唐人之三昧者也。有才人之詩，雄邁縱恣，捭脱羈束，牛鬼蛇神以爲奇，裁雲鏤月以爲新，自盧仝、李賀以下皆可追逐焉。譬之於山川，連岡疊嶂，逶迤平遠，亦有奇峰仄澗、險絕崎嶇者；譬之於居室，前堂後寢宏麗靚深，亦有曲廊層軒，紆迴迷復者，未可一例觀也。幸生熙和之世，士尚詠歌，江海之間，異才輩出，每覩剡箋之投，輒捧誦不能置。然其間才思各有所限，根柢不深，競爲塗飾者多矣。

全椒金君棕亭，其才既絕高，淹貫載籍，筆如湧泉。時出游大江之濱，由宣城返徽州，至蓮花峰登黄山。其間，紺宇、峭壁、飛瀑、深林，寫難名之狀。參古佛，滌塵緣，古音鏗然，爭奇角勝，雄豪意氣倜乎自遠。而於友朋贈答，曲盡纏綿之致，宏篇短章，間見層出，蓋《唐詩鼓吹》、《光嶽英華》之逸響也。既成進士，爲揚州教授，紅橋歌吹之地與漁洋山人後先掩映。其吟咏之富不止修禊數章而已，是殆以才人之卓犖，更兼文人之詄蕩者與？

余向聞君名籍甚，未得爲雲龍之遇。去歲，君以校書事至吳門，邀集於虎阜山塘，余賦詩爲贈，君捉筆立和，音律妍麗，同人靡不歎服。已而以所刻《棕亭詩稿》示余，余惟今之從仕者大率役役於簿書期會之末，而君獨澹於榮利，好爲山水游，詩瓢酒榼，徜徉游衍，與海内名流相倡和。其在學官監視安定書院，每與蔣太史心餘揚扢風雅，導引後進，風流迥出塵表，是不獨其詩之可傳也，即以詩論，而以是著於廊廟，不徒爲《折楊》、《皇荂》之詞，庶幾慶雲流而景風翔矣乎！爰爲之序，而著其所得云。長洲年世弟芝庭彭啟豐。

序

吳　宁

灌纓洗馬之池，粼粼賸水；孺子灌園之宅，剪剪斜風。當遙天芳草之時，多夜雨紅鐙之會。君嘗挾我頻登酒客危樓，我亦招君屢過詩人舊社。愁填小令，醉放長歌，豈才士之新聞，實狂奴之故態。既而緑波南浦，君爲別客之吟；紅雨東原，我作懷人之句。省識琵琶商婦經過，則感喟爲多；定知鸚鵡才人憑弔，亦欷歔難已。

爾乃晴川歷歷，不少逢迎；雲樹茫茫，更饒吟嘯。踏歌潭上，多情正迓汪倫心來；贈紵庭邊，莫逆早逢吳季鶴關。訪郎官之故迹，濁酒同傾；尋仙子之遺蹤，危磯共陟。樂何如乎，喜可知也。至於倦同飛鳥，歸比閒雲。循舊歷之山程，泊去時之江路。又復裁縑潑素，束來麄比牛腰；緝柳編蒲，載去盈於鴨觜。嗟乎！白雲千里依依，同憶來時；返照一裾冉冉，均旋故國。而納新涼於處暑，愧不如君；且鍛健翮於中秋，憐偏及我。

今者，霜蹏蹀躞，又去天南；油壁葳蕤，將臨薊北。餤紅綾之餅味，不是牙殘；挹斑管之香風，詎矜蘭貴。則憶故人於此後，大都勢隔雲泥；而搜舊事於從前，何弗情關車笠。然而分我池塘之夢，亦協壎篪；時弟寬亦同行。攄君星宿之羅，定搖山獄。則此一編冰雪，雖江深漢永，未罄其奇；而爲五色雲霞，必玉戛金敲，乃鳴其盛。愚弟松原吳宁譔。

序

吳寬

搦管爲儷辭，而口苦吃字，迺斥徐庾爲罷曳，尊韓歐爲上軌，此空單荒頓之學藉以自蓋其陋，非篤論也。《禹貢》『九州攸同，四隩既宅』，已爲偶句濫觴。沿及晉宋，抽黃對白，竟體工妍，才與學所發皇，非櫜格所能約，要之，準理立幹，敷文結繁，百家騰躍，終入環中。既非苟作，未可輕訾矣。昔予沖暗，已雅嗜駢言，前秀櫜篇，不憚流覽。竊謂文有風骨，駢體尤尚。蓋體密則易乖於風，辭縟則易傷於骨。能爲其難，則振采彌鮮，負聲有力。顧按兹程格，求今作者，實獲我心不數數也。

金君鍾越，學既宏博，才復肆辨，自江以北遊江以南，與予訂交，歲且一稔，往反芳訊，詩詞盈篋衍。其所爲駢儷文，尤卓卓可觀，意氣駿爽，文風清焉；結言端直，文骨成焉。其他離衆絶致，美難毛舉。當世名卿鉅公知鍾越者，吾不知其品定爲何如。以予求諸風骨間，則固已嘆爲仲宣之鷹揚、孔璋之獨步也。夫以鍾越窮博義類，取精用宏，使規橅於韓歐之文，亦足升堂而覩奧。而廉頗喜用趙人，樂毅獨懷燕路，意指所向，何可强易乎？昔丁敬禮以文示曹植，植自以爲才不逮若人。今予江南鄙介，膚受末學，不逮作者遠甚。獨意指所嚮，差不甚殊，宜鍾越引爲相知，而欲爲定其文也，然而滋自恧矣。乾隆己巳季冬新安學小弟吴寬拜手書。

按：道光丙申本吴寬序置沈德潛序後。

序

謝墉

予以入都之明年春與同年吴舍人荀叔並寓於南城偏，每自薇省散直，尊酒論文輒歎荀叔之才無所不工，而駢體則尤少陵所謂清新老成者也。荀叔爲予言：『君故未見吾家姨兄金鍾越耳。殆出入徐庾，淩轢王楊，近時陳髯專拾開府餘慧，乃不足數。』予竊訝其言之過，而未有以難也。入夏而鍾越至，急發其篋而觀之，乃不啻如荀叔所稱者。予方洛誦咄歎，而鍾越蹙然謂是小技，比來人詆之久矣。予曰：『吁！不足怪也。昔子山擅名騷壇，初至北方，士多輕之，及見《枯樹賦》，乃知敬重，易世以後則又有仲淹目爲夸誕，令狐斥以輕險，況餘子哉？造化之數，必偶而成；陰陽之理，以兩而化。聖人《繫辭》「元亨利貞」，便爲對待之祖，小技否耶？』鍾越固有感而爲是言，其以予爲韓陵片石可知也。維時鍾越又將偕荀叔南歸，飲餞之頃，聊書數言以誌心折，莫雲春樹，從可知已。乾隆壬申秋九月十四日，鶴湖同學弟謝墉拜書。

序

沈德潛

全椒滁州首邑也，山有神山臥龍，水有迷溝鄭湖，唐韋左司爲刺史，以詩化其邦人，宋王元之、歐陽永叔繼之，故前人若張洎、樂韶鳳、楊于庭並以文章名。

國朝吳編修默崖與名流唱和，有聲於時。其兄山人亦能詩，隱居學仙，王新城尚書和左司《寄全椒道人》詩贈之，至今風雅不絕。金子鍾越，全椒名流也，天才驚逸，少歲即以韻語見長，人謂生長名區，若天使之爲詩人者，其言固然，然吾謂鍾越之成材，天與人兼焉，而不徒藉乎山川之鍾秀已也。今年春，來游吳門，以《椶亭小草》見示，余亟取而讀之，其淩空飛動、縱橫變滅，如蛟龍之不可捕捉，此得之自天者也。若其使事典切，詞有根據而一歸於劌心鉥肝，艱苦誠壹，以之戛戛而獨造，此得之於人者也。中間大半遊黃山作，狀峰巒之奇峻，肖雲物之變幻，詩與境副，尤見得心應手之樂。昔張詹事南華詩才敏捷，遊黃山一日成數十首，後以見知聖主，洊歷卿貳。鍾越少年領鄉薦，方與計偕，詩才不讓南華，他日成就豈出南華下哉？雖然得之天者不待勉也，得之人者愈造愈深，而愈見其無窮。鍾越深不自滿，涵泳乎《風》、《騷》、《選》體，以濬其源；遍歷乎子史百家，以老其識；旁及乎《山經》、《地志》諸書，以盡其變。由是底乎詩學之成，豈徒爲鄉國善士較短長於張、樂諸人也耶？山川亦倍爲生色已。乾隆乙亥秋日，長洲沈德潛題於葑溪之歸愚齋，時年八十有三。

序

吴錫麒

余丙申游揚州，始得交椶亭先生。時揚州物力殷饒，先生以廣文一官開設壇坫，號召名士，問字之酒、束修之羊，資用咸給。每風月佳夕，聯舫於紅橋、白塔閒，擊鉢分牋，互相角勝，獨先生騁其速藻，落筆如飛，余蹩躠追之不能及也。及余還朝，先生亦補國子博士，既同官日下，又衡宇相望，常常見之。顧長安居大不易，米鹽瑣屑，意興似稍減於曩時，然招之以詩，則諸事可廢，雷霆精鋭坌集筆端，見之者但覺灑灑千言，不假思索，及讀之又若旬煅季鍊而始得者，故詩名尤振於京師。既而先生以病謝歸，垂老而貧，僑居邗上。余以假省還里，順道過訪，猶得一見先生，每話舊游，輒共太息。後余來主講真州，先生已厭人代，往時吟侶亦都不可蹤蹟，至於今又二十年矣。令子臺駿始裒集遺稿付梓，而來乞序於余。嗚呼，先生往矣！回念訂交之初，余方壯年，意氣豪上，只知朋友之聚處爲可樂，乃十年之閒既親見先生之衰，又哭先生之死，自念身世，惘然而悲，恐亦冉冉近之，矧又多歷年所，精神頹敗，齒髮日凋，一旦得見故人之詩，覺展讀未終，已有不勝其愴惻者，而謂能已於言哉！

先生詩舊有歸愚宗伯一序，稱其『天才驚逸』，尉薦甚至。然宗伯論詩，齗齗於唐宋之界，若豪髮不能假借者，而先生興來如贈，情往若答，縱横排宕，又不可以派別繩之，譬之雲上於天，峰巒疊興，葩華菶布，而當無心出岫時，固不知所爲之如是也。余不能謂宗伯之論詩爲必然，獨於先生之詩似能知其所以然。然則其所以稱先生者，正不啻奉教於捉管疾書時，而特惜余之亦已老也。嘉慶丁卯孟冬，錢塘吴錫麒撰。

按：道光丙申本篇置於吴宁序後。

題辭

一

唐赤子

駢體散體，詩與詩餘，異曲同工，各不讓專家，此兼人之才也，而又以帖括餘力爲之，眼中見此等少年不過數人，無不卽掇巍科，爲斯文摠持者，君又其一矣。書此以劵。天門唐赤子記。

二

彭湘懷

鍾越負異才，好學如命，齒纔逾壯，著述盈篋。茲帙乃辛未一歲之作，而王孟之超卓，韓蘇之雄肆，所在有之。由此而進，吾不能測其所到矣。鍾越來漢上，一日，邀汪君陶村及余登大別山，僧以畫松屬題，未及三唾成七言長古一章，浩瀚沈摯，老氣横秋，余輩爲之傾倒。李青蓮賦《清平》三章，亦在頃刻，千古豔稱，究較其平日閒暇所作，去之甚遠，以視鍾越，今人何必不勝於前？並記之以爲他年談柄。癸酉五月十二日漢上同學彭湘懷跋。

三

何聲金

庚午春日得讀贈雲軒詩作，爲買舟歸里、紀游題詠，以及興懷贈答、返旌誌別、登臨覽古諸篇什。蓋其浸淫於漢魏，淘汰乎三唐，而自成一家，何其溫以麗、窈而幽也！ 先生天資敦敏，詣力邃密，於諸史名集靡不披覽，以故發爲詩歌，洗盡前人窠臼而獨標穎思。 當夫興會飈舉，其盤礴如潮州，佶屈如柳州，其緜以邈者追陸希謝，而直取材於騷經者深。 昔王貽上先生之評前人詩也，則曰：『耳食紛紛説開寶，幾人眼見宋元詩。』合肥龔芝麓先生之序吳薗次先生詩也，則曰『名士之韻，美人之情』，舉此以書贈雲軒詩後，奚啻與前賢爲雅合云。 花朝日，蘿山世愚弟何聲金跋於燈紅酒綠讀書房。

四

汪軔

寢食於漢魏六朝之中，以吸其神髓； 升盛唐而降中晚，所以調高格老，骨秀神清。 大雅振興，此乃其兆。 詩壇俎豆，可爲豫信之於千載之前。 汪軔拜讀。

五

鄭來

昔昌黎序韋侯十二詩而歎曰『令人棄百事而往與之游』，其相賞爲何如耶？ 余與鍾越無謀面交，後因見鍾越詩，得交鍾越，且時時往還。 鍾越爲人，才氣壓群輩出，所作詩雖不多，而其秀也，如初發春葩。 其幽窅而不諧於俗也，如入谽谷得山水之清氣。 其工麗而不傷於淫巧也，如倩粧之女出於瑤臺璇房，規矩甚肅，見者驚之。 倘不懈而及於古，吾安能爲鍾越等級以寄言耶？ 夫學者於其所好，雖千里之遠猶將褰裳就之，況詩之感人最深乎？ 世之得鍾越詩而詠歌唱歎者，可以跫然起矣。 世同學弟鄭來。

六

戴　亨　遂堂

高天明星麗東壁，照臨下土司文章。精華墮地化才子，上與朝日夕月同輝光。大塊不語代宣洩，靈其窅眇咸森張。冥搜造化入閫奥，陶鎔萬象分否臧。但覺毫端百靈舉，誰知呼吸通天閶。篇終有時一吟嘯，天地震驚，鬼神夜哭。波濤欻忽翻江河，蛟龍騰踔搖山谷。詩人之筆隱顯變幻乃如此，豈與蛙吟蟬噪爭伸縮？何人頹其風，相趨入樊籠，遂令風雅大道埋沒荊榛叢。我欲鼓洪鈞，煽大冶，鑄萬石之金鏞，登高一撞驚群聾。又欲高瀉黄河之水昆崙峰，洗伐皮髓之疲苶，浩浩元氣流心胷。自顧才氣短，老馬力盡日復晚。吁嗟乎，吁嗟，萬鈞之任誰能挽？金子奇才真出群，身騎鸞鳳翔風雲。行將上界朝紫氛，豐隆列缺紛來賓。口吟昭華雲璈之玉琯，手執金枝翠羽之朱竿。指點英奇導仙路，擔當巨任將屬君。嗚呼！擔當巨任將屬君，慎勿降心屈節希悦乎凡耳之聽聞。

七

李　葂　嘯邨

何來三載夢中人，辨難搜奇日與親。茅塞頓開皆是路，寓樓相望便爲鄰。學成自足空時輩，老至真慚步後塵。把卷知君心共力，細於髮也大於身。

和嘯村韻

一

王文寧

本是旗亭畫壁人，高懷偏與草萊親。龍梭織字無凡響，花骨貽芳若比鄰。嗜好相投詩過日，往來不礙雨如塵。庸才紙尾强書後，直似留河一露身。

二　　方求禮

瀝淨鉛華四帙詩，瀫胸吐不盡清奇。縱横實得清蓮妙，格律高趨杜甫師。重握慙非薇露手，細吟纔見錦心詞。盛時自有揚雄薦，我老新忺識項斯。

三　　般成柱

君詩如明珠，走盤光熠熠。又如古神劍，犀鴻見之泣。空館月當門，把玩夜起立。雄筆心魂驚，奇字雙眼澁。霳霹風雲生，精氣相呼吸。寶物豈私藏，彤庭行貢人。

讀吴中吟

一　　江　炎雲谿

涼風撼庭樹，落葉打窗紙。把君詩過日，清吟淡若水。吴中山水佳，卷秩見料理。一往情獨深，三復不能已。

二　　釋汎葯根

大集披深夜，高吟破寂寥。苦辛追漢魏，聲律上雲霄。老樹節偏勁，春花色更嬌。五侯鯖最美，真味待君調。

造化憑探取，天生絕妙才。幾番吟未倦，一卷夜重開。海闊岸難覓，山空鬼欲來。箇中好消息，與世費疑猜。

三

陳大文

溢目盈珠璣，識心早識面。珍重贈雲編，伊人宛可見。三鄣山水勝，此去好題詩。他日肯攜似，相逢説項斯。

四

吴省欽白華

鍾越翩翩楚塞行，無因尊酒慰平生。新詩曾向衙齋見，更有何人識姓名。

五

閔　崋玉井

碧海波濤力掣鯨，五言高格是金城。論詩若準曹唐例，合占麒麟閣上名。枚速何如較馬遲，此中甘苦倩誰知。吾儕至竟教雙得，細膩風光始入時。

讀吴中吟

一

梁同書山舟

五湖鰕菜一輕舟，傳唱《旗亭》紀昔游。撩我鄉思無賴甚，臨平山下藕花秋。用集中句。

二

鮑之鍾雅堂

夢想蘇臺已十年，羨君三月棹游船。一燈暝色寒山寺，寫入詩中倍惘然。雞陂草色鹿城山，才子乘春任往還。幾度放歌湖水淥，洞庭七十二烟鬟。

擊絮女兒歌已稀，客舟歸夢滿前溪。短篷長笛桃花水，吟過楓橋日又西。

唱罷《楊枝》唱《竹枝》，滄浪亭外雨如絲。如何不弔真孃墓，怕惹青衫客淚滋。

嚴長明冬友

三

牢落天涯秋復春，吳根越角漫傷神。贏來好句詩千首，如此江山豈負人。

花草傳來有粹編，前塵昨夢憶經年。瀟瀟暮雨揚州夜，坐對殘釭一悃然。

殷王制大醇

四

天涯地角久游行，小句留題到處成。不道才人詩律細，一編欻使寸心傾。

王初桐竹所

五

布颿三尺下三吳，范蠡湖頭小泊無。賸有數椽烟水際，祇愁花徑就荒蕪。

回首江湖載酒遲，六年鉛槧鬢絲絲。破窗風雨長安夜，快讀先生數卷詩。

滿江紅

吳志鴻

滿目關河，甚處是、才人棲泊。但萍漂蓬轉，屢增離索。赤日一鞭攲席帽，青燈午夜搖蓮幕。笑奚囊、貯得碎金多，誰能攫。　簾影漾，庭花落。頻展誦，添歡謔。憶湖陰折柳，江干贈芍。幾夕聯牀風雨共，一朝分手雲山各。料從今、西望聳吟肩，人如削。

題辭

董浦杭世駿

鍾越五言清妙，上薄錢劉，如『野寺全臨水，山村半在雲』、『沙岸江邊坼，江流天際窮』、『寒雲迷遠岸，野日送孤舟』，如長城天塹，堅不可攻。梵唱迦音，逈絶凡響。不揣荒陋，卽用其《京口》作韻，顛倒頸聯二字，送還全椒覲省，爲後人添一則佳話。

春風忽相送，判袂客愁紛。斷岸帆眠水，遥舟樹貼雲。鄉思劇飛隼，歸路易斜曛。到日晨羞潔，緘詩報我聞。

按：道光甲辰本未收此篇題辭，道光丙申本收錄。《棕亭詩鈔》卷二《贈江村野叟》第三聯：『沙岸屋邊坼，江流天際窮。』

題辭

程廷祚

金子棕亭兼長於詩與詞，工詞者往往能令詩弱，今獨出其賦手，以挽詩教之波靡，其才顧不大哉？覽者勿徒疑其學步昌黎也。觀其五言近體，曷嘗不多沖淡之音，不惟堇浦所取數言也。棕亭富於春秋，使竭其才力，採沈公之論而從事焉，將來所至，何患不與開元、大歷諸名公爭烈乎？予知其必不欲世人許其詞居妙品，而詩居能品矣。青溪弟程廷祚識，時戊寅冬杪，客邗上。

按：道光甲辰本未收此篇題辭，道光丙申本收錄。

題辭

一

陳　鑾芝楣

露華茁玉蕤，雲漿溢瓊汁。醉翁風雅宗，淵然古香浥。脩綆汲深深，寒泉洌得得。速藻發天穎，疾若風雨急。壯采光虬螭，威聲亂鵾鴨。環滁多異才，巖扉水簾羃。螺皺佛髻青，標舉霞城赤。文既追韓蘇，詩亦壓元白。突作天人裝，絳衣而岸幘。博士困退之，高歌神鬼泣。待成文孫名，庶補乃祖缺。苞鳳合引雛，去鴻已如客。何必杜樊川，一官乃一集。

二

陳繼昌蓮史

著作芳年已等身，成名雖晚樂彌真。心原苜蓿杯盤澹，語共蘭苕翡翠新。山水六朝多勝概，文章一代幾傳人。故家留得巾箱業，合有英才步後塵。

題詞

陽湖管遹群

道光戊戌仲春，讀年伯椶亭先生遺集，用集中句成七言截句六章，用誌欽仰。

春風歌吹綠楊城，竹樹池臺盡有名。天遣詩人尋好句，江邊載鶴一舟輕。

槃敦詩壇自不磨，半生書劍久蹉跎。江花江草無終極，綺語翻從懺後多。
聯吟放筆拓長箋，槐市塵中老鄭虔。但得深杯浮白墮，不曾辜負看花天。
每聽當筵説項斯，一官冷舍雪盈髭。詩瓢酒蓋隨身具，應憶桐陰夏課時。
名山歸去臥仍游，禪榻茶烟鬢未休。贏得簫聲留杜牧，今花昔樹滿揚州。
下筆真堪邁等倫，吟窩安樂貯閒身。歐蘇雅韻千秋在，去後何從覓替人。

跋

戴均元

全椒屬滁州，有神山臥龍、迷溝酇湖，唐宋韋左司、歐陽永叔官於斯土，以文章相傳，及於國朝風雅不絕。僕於乾隆、嘉慶年間兩典試於江南，一視學於皖省，椒邑文人輩出，信乎，人材本乎山水！金鍾越先生全椒名流也。僕初入詞垣，即耳食先生之詩名，而未識其面，忽忽於今歲五十餘年。自道光四年引退僦居南昌，獲與文孫璞生晤處，始得棕亭詩文遺稾，讀之天才驚逸，縱橫變滅，豈非得自山川之靈秀耶？而其使事典切，詞有根據，固非好學深思、心知其意者難爲淺見寡聞道也。先生晚年成進士，官止廣文，未能展其底蘊，享一世之文名，流千載之著作，固不偉歟？時人題其籤曰《國子先生全集》，俾後之學者宗之爲大司成也可。道光戊戌年仲春，大庾九十三歲叟戴均元跋。

跋

許乃普

自來京洛風塵之地，未許人閒；維揚花月之場，不宜官冷。加以名途蹇塞，宦況迍邅，誰能索句以閉門，尚欲著書而仰屋。然而鉛紅晳白，結習難忘；酒癖詩狂，豪情未滅。陶彭澤栽花藝柳，便可辭官；鄭廣文抹月批風，居然好客。

全椒勝地，代有才人，如國子先生者髫虎髫齡，騎羊弱歲，文抉宛委、嫏嬛之秘，賦爭《上林》、《羽獵》之奇，固宜蚤徙鵬池，先登雁塔矣。

而乃班超晚貴，梁固遲榮，餅啖牙殘，花簪鬢禿。憶十載行吟京國，烏常三匝以無依；而一官遠到揚州，月更二分而無賴。於是放懷山水，適志烟霞，拓山雲海水以暢文機，擷秋草春花而供吟料。而且情耽延攬，性樂追陪，少蓮社之一十八賢，增蘭亭之四十二客。關左之名流碩彥，盡趨楊震堂前；蜀西之韻士詞人，同赴李膺門下。磅礴分題之地，翠館紅亭；纏緜闘曲之天，楝風梅雨。在曩日，松陵倡和傳鈔，久徧人間；宜今時，槐屋箕裘剞劂，永公海内也。

嗟乎！文人落魄衹合清吟，名士收場大都薄宦。一編宛在，信乎公有傳人；千載知音，得不共推作者？錢唐許乃普跋。

跋

觀瑞

鴻儒偃蹇，今昔同傷；晚翠婆娑，香光必遠。良謂息機退聽，不比馳驅京國之年；閉户自娱，即同教授河汾之事。數似奇而文則茂，曹雖散而志則行，此畸士所汲汲於修名閲世，猶津津於撫卷也。

國子先生毓自環山之區，得有雕龍之管。童年授簡，目一過而不忘；壯歲操觚，手八叉而立就。李泌四言賦弈，燕許且爲改顔；劉郎一咏探珠，元白亦皆壓倒。然而科第遲人，文章憎命。納五車於輦下，莫問孝廉之船；破萬卷於窗前，始對芙蓉之鏡。韓吏部頭童齒豁，纔注學官；鄭廣文夜雨春燈，惟供野客。當夫清曹外補，纏腰之貫無多；遂爾熱做冷官，賣字之錢足用。跡其芳躅，固曰『解嘲』。嗟乎！金帶圍開，大老紛紛觴詠；玉鈎斜畔，遊人處處流連。矧抒莫竭之情，本具不疲之樂。其望古遙集，何難揖杜招歐；其得意疾書，盡看催雲跳雨。蓋擊鉢傳觥之候，直如大俠揮金；而養花飼鶴之餘，還爲故人舉火。爲問邊生腹笥、曹氏書倉，有如是之取給自由，喫著不盡也歟？

夫篇什具存，流風斯在。過蕪城之講室，尚留絲竹遺音；訪鄴上之故居，不少京都剩稿。且今日乞題之雛鳳，即當年著膝之諸龍。是則少陵之子亦有妙才，眘山之兒無慚力學。詩不窮人，文能昌後矣。長白觀瑞跋。

跋

王　城

國子先生於城大母爲兄弟行，城女弟又爲先生仲孫婦。城生也晚，不獲親奉杖屨，而幸得侍个臣徵君丈游時出家藏尺幀片楮見示，想見文采風流，每以未覩全集爲憾。城以貧故不得居里閈，徵君丈又遽即世，妹夫璞生亦遠客江右，不相見者七閱歲。丙申三月，爲武林之游，沿棹而西，訪璞生於章門客舍，久別忽聚，樂極平生，間出先生遺稿，皆徵君丈手録本。詩十八卷，徵君丈丁卯刻於揚州，版旋燬，璞生又重鋟之。兹將補刊古文、駢體及詞凡二十五卷，屬城爲董其役，謹受而讀之，茫然莫測其涯涘。時而駭，時而疑，時而可悲可喜，時而拍案叫絶，釂大白無筭。其感人也如此，而終不能贊一詞。且諸先達鉅公各有論定，亦無俟管窺蠡測爲也。

先生以氣誼才藻震海内，每對客揮毫，纚纚數萬言，咳唾立就，生平作文多不屬稿，今之所存皆徵君丈搜輯裒録，然已不逮十之二三矣。上世以風節著者具載前史，溯自廣文公以品學風雅著江左，遺有《泰然齋集》。廣文公生國子先生，先生生个臣徵君丈，醇慤粹雅，於小學尤精。嘉慶、道光初，元詔舉孝廉方正，堅辭不就，遺有《篠村詩鈔》。徵君子二：長璡，十齡即以才名噪於江淮間，惜名諸生而以奇疾早逝；次珉，城妹夫也，有用世之才，而尚浮游諸生中，熟《春秋左氏》學，文法大蘇，著有《金石樓詩詞稿》。長甥疇，弱冠能詩；次甥醍，甫成童，間爲韻語，不受束縛於畦町之中。兩子他日所就不可知，然固已能承詩教矣。

全椒蕞爾區，即通都大邑，巨閥世家能五世以風雅相沿襲者，指不數屈，亦云盛與！抑城更有感焉。鄉先輩以文藻震耀一時，與先生相後先者，餘沫未遠，乃求其遺集已邈不可得，而《國子先生集》，徵君丈刻之於前，璞生繼其志於後，遂裒然成巨帙，以快當世爭覩之耳目，豈亦有數存乎其間耶？噫！抱先人遺編而不能出以壽世，城亦無辭，其自愧於徵君丈㬋璞生爲何如哉！董役告竣，爰覼縷述之，附名不朽，抑又平生之至幸也夫！表侄孫王城敬跋。

補遺

金棕亭先生集序

黄承吉

戊戌四月，汪曉樓歸自豫章，手一編來，云是金棕亭先生全集，其文孫璞生文學屬以寄予，且丐爲序者，予受而卒讀焉。憶年十三時，與先生比鄰居，初不相識，忽先生見予所作詩，亟稱於人，云將過訪。越日，先君因命往謁，甫逾閾，而先生適來，摳衣未趨，倒屣已出，殆較之伯喈、仲宣之故事而又進之焉。識三日，先生折簡見招。時金君耐軒，長予數齡，居先生館中，就與共爲文會，命題作時藝，固不令即日作，蓋實宴予，所命之題爲君賜生，詰朝製呈，先生贈箋致詩，首云：『騏驥在東鄰，三年不相識。』終之曰：『顧我桑榆人，十駕安可及。』中間都不復記憶。後予以詩追悼先生，所謂『奬借成藻情，謙沖荀卿語』者是也。次年，予應學使試，未售。而今相國阮公方入學，先是，阮公亦恒詣見先生，然予未接洽，先生乃數謂予：『阮實學可師，宜親敬之。』言之殆不容口。至是，則云將饗阮而及予。逮正月甫四日，先生召予陪阮公爲文，命題『先進於禮樂』，亦實不令作，惟各成『林表明霽色』試帖一首，竟日談論，朝暮三數餐。

當是時，吾知先生窶甚，蓋除夕乏狀及前一日謀所以供客者劇不易辦，予皆親見之。然屆日則斂容，布席盛饌，肅然如待上賓，此瑣事予心識之者，則以先生當世聞人先達，年且七十，阮公纔弱冠，予更佔畢童子，而懇款顧注，折節禮之若是，且其重阮公以學，非計及後時之名位，而阮公烜赫偉望，相業儒宗，先生彼時不幾如先見之歟？抑名位在後而學業在先，則先生相賞尤在習俗之外，此前輩流風遺韻所以不可及也。予以幼少伯樂之感，故覼述之，嗣是乃益叨飲食教誨難僂指。逮予十九，先生歸老南譙，遂不復出。予每誦歐陽『環滁皆山』句，悠然神往。逾二十年，還自粵中，一日過秋聲館，懷夙昔之遭遇，慨然身世，歎哲人之萎，爲之歔欷欲絕，於是乃作詩追悼先生篇中所謂『亭邊清風舊，溪上明月古』者，以清風亭、明月溪皆在滁之琅邪山意。先生往者杖屨優游，高情所寄，品實稱之。然而西州之門、東堂之奧，地隔時遙，竟無從仿佛遇之矣。先生嗣君篠軒，當予從先生遊時，不恒來揚州，雖習見未甚頻數，及君館於揚，而予又遠出，蹤跡由是遂疎，以故今璞生不復知有舊誼。近以客西江，聞曉樓言乃知之，遂欣然郵集乞言，傳語肫至，謂予當有以知先生。夫從來擅才者必先有學，先生惟學富故才贍。江河之水，人見汜涘之大，而不知其濫觴之深。憶嘗一日，予錄塾師課讀《爾雅翼》詩奉呈，先生隨摭舉《釋蟲》、《釋木》數事，云舍人孫炎若何注，郭氏若何注，又通其說於《詩》，云《傳》若何，《箋》若何，《正義》若何，源委洞括，諷背若流，且每勖予務璞學，毋蹈浮辭。予時領略梗概，於是乃悟見先生每一執筆輒倚馬擊缽可立成者，乃金玉之相於中，非虎豹之鞟其外也。

先生名重海内數十年，於吾鄉爲尤著，一官秉鐸，非有聲氣之緣、延攬之力，而聞望所至，遠則文章紹別駕之風流，近則詩歌如司李之籠罩。晚赴國學，仍還揚州，蓋亦海漲江濤，風亭月觀所藉以爲輝耀者歟！集凡文十卷，駢體八卷，詩十八卷，詞七卷，璞生於丙申刊成。今二載始獲讀，方恨其晚，然猶幸曉樓往來之蹤，語言之次，一一逢會其適，乃有此寄，俾得盡言之，以著予與先生所以忘年終譽之道也。

按：見黄承吉《夢陔堂文集》卷五，清道光二十三年刻本。《揚州畫舫錄》云：『黄承吉，字謙牧，仰岑次子也。學唐人詩律有得。年十二，以《白蝶詩》爲金樱亭博士所賞。』（李斗撰《揚州畫舫錄》卷十二，中華書局一九六〇年版，第二九一頁）

全椒金樱亭同年兆燕樱亭詩石刻跋

梁同書

予居京師七年，樱亭同年時相過從，每譚甚洽。及戊寅歸里後，數十年音問間闊，而樱亭於十年前歸道山，竟未聞也。今令子筱村臺駿寄示王夢樓太守《樱亭詩石刻》，所謂樱亭者，雖未之見，讀其詩，殆不啻與故人重相晤於宛丘學舍也。懷人傷往，一時并集，爲之綴數語於詩尾。

按：見梁同書撰《頻羅庵遺集》卷十二，清嘉慶二十二年刻本。兆燕寓居京師期間，與梁同書交遊唱和。梁同書曾爲兆燕詩題辭，《國子先生全集》卷首錄梁同書《讀吳中吟》詩一首。

附録四　金兆燕集涉及主要人物小傳

説明：

爲便於讀者瞭解金兆燕的創作背景，茲詳考而編寫其作品涉及主要人物的生平小傳；又爲便於查閱，特編字號姓名對照索引於前。兩個板塊均按首字的漢語拼音排序。對照表中，字號條目置於前，首列金兆燕集中之稱謂，破折號後標示姓名。

人物字號姓名對照表

A

艾塘——李斗

B

白墀——魯贊元（治杭）　　白華——吳省欽　　百泉——錢世錫

半查——馬曰璐　　抱孫——盧見曾　　寶所——陳鴻寶

賓谷——江昱　　並山——吳珏　　秉之——潘銓

伯扶——余鵬年（鵬飛）　伯堅——王城　伯元——阮元
伯子——蔣湘培　步皋——秦潮　步江——鮑臯
補堂——侍朝

C

采芝——方芬　草亭——費融　岑華——吳檠
成嘉——江德量　橙里——江昉　樫亭——汪槐
赤泉——金焜　春圃——袁鑒　春橋——朱方靄（方藹）
春渠——陳振鷺　春渚——何琪　純一——金成性
蓴浦——戴純　粹中——馮祚泰　存南——汪履基

D

大木——張梁　澹泉——朱若水　丹叔——陸丹叔
東井——高文照　東君——謝垣　東萊——方儻
東山——王文泗　東亭——鄭宗彝　東冶——程際盛
東有——嚴長明　東原——戴震　冬心——金農
度西——張九鉞　對鷗——陳臯　對琴——汪棣

E

萼樓——張彤　二匏——吳寬　二亭——朱賓

耳山——陸錫熊

F

樊川——張裕犖　樊榭——厲鶚　梵珠——蔡履元
芳亭——黃文蓮　鳳九——方苞　楓人——鄭澐

G

紺珠——鄭汝暘　羹堂——李調元　公三——吳均
穀人——吳錫麒　穀原——王又曾　冠三——李周南
桂巖——張賜寧　歸愚——沈德潛

H

海峰——劉大櫆　海客——毛大瀛　漢芝——唐金
鶴關——吳邦治　鶴亭——周士魁　鶴亭——江春
蘅叔——吳煐（文熊）　橫山——周翼聖　恒齋——趙之壁
岵瞻——王景曾　華亭——萬應馨　寰宗——僧慧琳

J

姬傳——姚鼐　季鴻——許乃普　磯漁——盧文弨
稼堂——黃凝　劍潭——汪端光　簡齋——袁枚
介巖——王鎬　金圃——謝墉　堇浦——杭世駿

經耘——汪存寬
靜宰——姜恭壽
舊浦——吳本錫
巨超——僧清恒
菊莊——王金英
覺生——鮑桂星
俊公——唐英

K

看雲山人——張棟
可亭——戴均元
克柔——鄭燮

L

來殷——曹仁虎
蘭陔——鄭王臣
蘭谷——吳清藻
蘭泉——王昶
藍輝——戴秉瑛
朗圃——朱士鉦
閬洲——汪洽聞
楞香——吳苑
荔村——徐麟趾
荔門——張式
立堂——朱森桂（本）
蓮盉——吳煊
蓮史——陳繼昌
兩峰——羅聘
領從——任基振
令輿——童經正
留封——徐書受
蘆山——沈泰
魯齋——吳賢
蘿村——李御

M

幔亭——周榘
夢樓——王文治
夢因——僧復顯
密庵——方輔
緜莊——程廷祚
暮橋——吳魯
牧亭——胡紹鼎

N

南耕——程嗣章

南華——張鵬翀

南雷——沈世煒

念堂——彭湘懷

輩雲——汪韌

O

藕船——蔣知讓

耦生——俞大謨

澫塘——方維翰

耦堂——施學濂

P

匏尊——沈心醇

彭年——陳嘉綬

平原——管希寧

璞函——趙文哲

璞堂——陸伯焜

Q

企晉——吳泰來

磽岩（巖）——汪堂

琴山——汪元均

琴學——廖景文

晴初——汪上林

晴山——李道南

青雷——朱文震

秋塍——王復

秋平——黃文暘

秋齋——白雲上

R

訒葊——汪啟淑

忍庵——曹自鋆

仁趾——金夢麟

容甫——汪中

瑞屏——宋維藩

蕊中——金榜

若冰——徐映玉

若農——王尚珏

S

T

W

X

西橋——鄭爔
西巖——秦贇
西莊——王鳴盛
息齋——李燿
霞村——仇塏
香涇——蔣麟
香樹——錢陳群
湘人——夏之璜（畹）
湘英——顧信芳
嘯村——李葂
小濂——周貽徽
小鐵——施朝幹
小溪——項佩魚
嶰谷——馬曰琯
辛楣——錢大昕
心來——汪焯
心餘——蔣士銓
省堂——朱文潮
荇賓——曹柔和
荇村——汪兆宏
星堂——朱斗南
星嚴——蔣宗海
虛谷——武億
軒來——金啟南
學庵——吳煥仕
雪礓——汪淼
雪香——羅士珏
雪崖——程襄龍
雪岩——荊塏
荀叔——吳烺
熏仲——俞鳴南

Y

雅堂——潘純鈺
雅堂——鮑之鍾
硯農——吳光國
藥根——釋湛性
一山——吳楷
一亭——程贊普
詒堂——王燕緒
漪園——秦泉
癭瓢——黃慎
英石——查洪坩
又群——陳實孫
有亭——雙慶

玉成——王玉成　玉暉——沈赤然　玉井——閔華
玉屏——江立（江炎）　漁浦——吴玉生　于九——江恂
魚門——程晉芳　庾泉——林道源　餘庭——陳大可
淵如——孫星衍　月溪——許月溪　約軒——韋謙恒
雲表——鮑元標　雲際——沈樹聲　雲松——趙翼
蘊山——謝啟昆　筠樹——程名世　筠心——褚廷璋

Z

再可——唐思　兆籛——管遹群　哲甫——吴蔚光
震亭——曹學詩　鄭堂——江藩　稚川——汪肇龍
芝楣——陳鑾　芝庭——彭啟豐　芝巖——范毓馪
植垣——洪梧　仲倫——張秉彝　仲謀——張賓鶴
仲則——黄景仁　仲子——淩廷堪　中之——程贊和
竹君——朱筠　竹樓——方元鹿　竹樓——觀瑞
竹所——王初桐　竹町——陳章　子大——沈起元
子鶴——楊晉　子穎——朱孝純

人物小傳

B

白雲上，字凌蒼、秋齋，河南河内人，乾隆辛未科武進士，以藍翎侍衛俸滿，歷官江南平望營都司、揚州營游擊等，工詩善草書，慧因寺書『了然』二字今刻石陷樓壁。事具震鈞輯《國朝書人輯略》卷四、袁通修《道光河内縣志》卷二十三及二六、李斗《揚州畫舫録》卷二、竇鎮輯《國朝書畫家筆録》卷二、《清史列傳》卷七五、李桓輯《國朝耆獻類徵初編》卷三二九。

鮑臯（一七〇八—一七六六），字步江，號海門，江蘇丹徒人。乾隆元年舉博學鴻詞以疾辭不赴，工詩善畫。著有《海門詩鈔》。事具李濬之編輯《清畫家詩史》丙上、《清史列傳》卷七一、劉大櫆《海峰文集》卷七《海門鮑君墓志銘》。

鮑桂星（一七六四—一八二六），字雙五，號覺生，安徽歙縣人，鮑倚雲子。乾隆五十七年舉順天鄉試舉人，嘉慶四年進士，散館授編修，歷官工部右侍郎，罷復賞編修官至詹事。著有《覺生詩文集》。事具夏寶晉《冬生草堂文録》卷三《詹事府詹事鮑公行狀》、《清史列傳》卷三二、鮑桂星《覺生詩續鈔》附年譜、陳用光《太乙舟文集》卷八《詹事鮑覺生先生墓志銘》。

鮑倚雲（一七〇八—一七七八），字薇省，號退餘、蘇亭，歙縣人，鮑桂星父。優貢。乾隆南巡召試，以病未就。著有《壽藤齋詩集》。事具《清史列傳》卷七二、李放纂輯《皇清書史》卷二五、姚鼐《惜抱軒文集》卷一三《鮑君墓志銘并序》。

鮑元標，生卒年不詳，字雲表，歙縣人。工小楷書。事具李放纂輯《皇清書史》卷二五、震鈞輯《國朝書人輯略》卷四、李斗《揚州畫舫錄》卷一二、石國柱修及許承堯纂《民國歙縣志》卷十。

鮑之鍾（一七四〇——一八〇二），字雅堂，號論山，江南丹徒人。鮑臯子。乾隆三十四年進士，官至戶部郎中。著有《論山詩稿》。事具《清史列傳》卷七一、張維屏輯《國朝詩人徵略初編》卷四十、李桓輯《國朝耆獻類徵初編》卷一四六。

C

蔡履元，字梵珠，號梓南，浙江石門縣人。乾隆二十八年癸未（一七六三）進士，由戶部郎中考選官湖廣道監察御史。著有《資敬堂石刻》。事具黄叔璥《國朝御史題名》乾隆四十一年條下、蘇益馨修《嘉慶石門縣志》卷一五、阮元輯《兩浙輶軒錄補遺》卷六。

曹仁虎（一七三一——一七八七），本姓杭，字來殷，號習庵，嘉定人。乾隆二十二年南巡召試賜舉人，二十六年成進士。歷官内閣中書、編修、侍講學士、廣東學政。著有《宛委山房集》、《蓉鏡堂文稿》等。《清史稿·文苑·曹仁虎傳》云曹仁虎與王鳴盛、王昶、錢大昕、趙文哲及吴泰來、黄文蓮並稱『吴中七子』。（沈德潛編有《吴中七子詩》，故名）事具《清史列傳》卷七二、錢大昕《潛研堂集》卷四十三《日講起居注官翰林院侍講學士曹君墓志銘》、趙爾巽等撰《清史稿》卷四九〇、李桓輯《國朝耆獻類徵初編》卷一二九、徐世昌纂《清儒學案小傳》卷一。

曹柔和，字荇賓，上海孝廉黄文蓮室。著有《玉暎樓吟稿》。事具應寶時修及俞樾纂《同治上海縣志》卷二六、《清代閨閣詩人徵略》卷五、金兆燕《棕亭駢體文鈔》卷三《閨秀曹荇賓玉暎樓詩序》。

曹學詩（一六九七—一七七三），字以南，號震亭，歙縣人。雍正七年（一七二九）舉人，乾隆十三年（一七四八）進士。知湖北西陵、崇陽縣，有政聲，以艱歸，遂不出。著有《竺蔭樓詩鈔》、《香雪詩鈔》等。事見錢儀吉纂錄《碑傳集》卷一百〇五（據鄭虎文《吞松閣集》卷三十一《曹震亭傳》）、勞逢源修及沈伯棠纂《道光歙縣志》卷八之五、葛韻芬修及江峰青纂《民國重修婺源縣志》卷一五。

曹學詩（一六九七—一七五八），字以南，震亭，歙縣人。乾隆十三年（一七四六）戊辰進士，令麻城、崇陽，皆有聲，親歿遂授徒終老。工駢體文，詩才藻麗。著有《香雪詩鈔》、《香雪文鈔》等。見《碑傳集》卷一〇五、石國柱修及許承堯纂《民國歙縣志》卷七、李桓輯《國朝耆獻類徵初編》卷二三六。

曹自鋈，字忍庵，歙縣人，監生，官戶部員外。著有《忍菴詩鈔》。事具《民國歙縣志》卷一五、王昶輯《國朝詞綜》卷四一。

陳大可，字餘庭，浙江紹興人。工篆隸。事具李斗《揚州畫舫錄》卷十、震鈞《國朝書人輯略》卷五。

陳皋，字江皋，號對鷗，浙江錢塘人。貢生。著有《吾盡吾意齋樂府》。事具《清史列傳》卷七一、王昶撰及毛慶善編《湖海詩人小傳》卷一一、李桓輯《國朝耆獻類徵初編》卷四三三。

陳鴻寶，字衛叔，號寶所，浙江仁和人。乾隆十六年召試舉人，由內閣侍讀考選江南道御史，轉刑科掌印給事中。其舉止蕭散似晉魏間人。著有《學福齋詩稿》。事具王昶《湖海詩人小傳》卷一四、黄叔璥《國朝御史題名》『乾隆三十一年』。

陳繼昌（一七九一——一八四九？），字蓮史，廣西臨桂人，連中三元，嘉慶二十五年狀元，官至江蘇布政使。著有《蓮史詩鈔》、《如話齋詩存》。事具王家相《清秘述聞續》卷二、朱汝珍輯《詞林輯略》卷五、《國朝鼎甲徵信錄》卷四。

陳嘉綬，字彭年，當湖陸清獻妹婿，有隱德，好學不倦，藏書甚富，清獻名其堂曰『萬卷子』。事具龔寶琦修《光緒金山縣志》卷二四。

陳鑾，字芝楣、玉生，湖北江夏人，嘉慶二十五年一甲三名進士，授編修，歷官江蘇松江知府、蘇州府知府、江蘇布政使及巡撫等。事具《清史列傳》卷三八、王家相《清秘述聞續》卷二、事具王家相《清秘述聞續》卷三。

陳夢元，字體齋，號涵一，湖南攸縣人。乾隆甲戌進士，官檢討。居京師十餘載，與桐城姚姬傳、休寧戴東原、大興朱竹君切磋討論，得文章正傳。兩主淥江書院前後凡九年。著有《春江詩文集》等。事具陳鯤修《民國醴陵縣志》『教育志』、朱汝珍輯《詞林輯略》卷四、李桓輯《國朝耆獻類徵初編》卷一二六。

陳寶孫，字又群，號師竹，如皋諸生，工詩善書法，精於醫，好交游，廣聲氣。著有《春草堂集》。事具王檢心修及劉文淇纂《道光重修儀徵縣志》卷四十、震鈞《國朝書人輯略》卷五。

陳章，字授衣，號紱齋，錢塘人，陳皋兄。布衣，乾隆元年薦舉博學鴻詞。著有《孟晉齋集》、《竹香詞》。事具李斗《揚州畫舫錄》卷四、《清史列傳》卷七一、王昶輯《國朝詞綜》卷二十八、阮元輯《兩浙輶軒錄》卷一八、線祥保修及桂邦傑纂《民國甘泉縣續志》卷十四。

陳振鷺，字里門、禮門，號春渠，浙江杭州人。嘉慶丙辰舉孝廉方正，工詩畫隸書，以詩自娱。著有《栞壺軒詩稿》。事具李斗《揚州畫舫録》卷一二、震鈞《國朝書人輯略》卷七、阮元輯《兩浙輶軒録》卷三十四。

程晉芳（一七一八—一七八四），初名廷鐄，字魚門，號蕺園，歙縣人。乾隆二十七召試，授内閣中書，三十六年進士，以吏部員外郎，與修四庫全書，欽命改翰林院編修。不善治生，家事委之僕人，至貧而債主剝啄之聲不絶，後乞假游畢沅幕，卒於幕中。著有《勉行堂集》、《毛鄭異同考》、《讀詩疏箋鈔》等。事具江藩撰《漢學師承記》卷七、翁方綱《復初齋文集》卷一四《皇清誥授奉政大夫翰林院編修加四級蕺園程先生墓志銘》、袁枚《小倉山房文集》卷二十六《翰林院編修程君魚門墓志銘》、《清史列傳》卷七二、李桓輯《國朝耆獻類徵初編》卷一三〇。

程際盛（一七三九—一七九六），原名炎，字東冶、焕若，江南長洲人。乾隆四十五年進士，授内閣中書，官至監察御史。著有《稻香樓集》。事具徐世昌纂《清儒學案小傳》卷九、《清史列傳》卷六八。

程夢星（一六七九？—一七五五？），字午橋、伍喬，號洴江、香溪，江南江都人。康熙五十一年進士，散館授翰林院編修。工書畫，善彈琴，丁内艱後購篠園於廿四橋旁，日與名流游讌其間。著有《今有堂集》、《香溪集》等。事具朱汝珍輯《詞林輯略》卷二、張維屏輯《國朝詩人徵略初編》卷二一、徐世昌《晚晴簃詩匯》卷五十八、李濬之編輯《清畫家詩史》乙下。

程名世（一七二六—一七七九），字令延，號筠榭，江蘇儀徵人，祖籍新安。乾隆二十七年高宗南巡，賜四品頂帶。著有《思純堂集》等。事具王逢源修及李保泰纂《嘉慶江都縣續志》卷六、蔣宗海撰

《筠榭程君傳》(附程名世《思春堂集》卷首)、《淮海英靈集庚集》卷一。

程嗣章(一六九三—一七七一),字元樸、南耕,上元人,程廷祚弟。監生。曾入江蘇巡撫宴斯盛幕。著有《明宮詞》、《明儒講學考》等。事具袁枚《小倉山房文集》卷七《程南耕先生傳》、《道光歙縣志》卷八、李慈銘《荀學齋日記》癸集下。

程廷祚(一六九一—一七六七),原名默,字緜莊、啟生,號青溪,上元人。諸生。少好辭賦,從外舅陶氏得顏李之書讀而好之,乾隆元年舉博學鴻詞,十六年舉經學皆報罷,不再應科舉。著有《清溪集》、《蓮花島(傳奇)》等。事具徐世昌纂《顏李師承記》及《清儒學案小傳》卷二、《清史列傳》卷六、李桓輯《國朝耆獻類徵初編》卷四二〇、程晉芳《勉行堂文集》卷六《緜莊先生墓志銘》、袁枚《小倉山房文集》卷四《徵士緜莊先生墓志銘》。

程襄龍(一七〇一—一七五五),字夔侶,號古雪、雪崖,歙縣人。康熙六十一年拔貢,候選教諭。著有《澂潭山房詩集》。事具《道光歙縣志》卷十、吴定《紫石泉山房文集》卷九《贈大夫程騤履先生傳》、徐世昌《晚晴簃詩匯》卷六九。

程贊和,字中之,號燮齋,江都人,程名世子。乾隆四十二年拔貢,授職教諭,工書。著有《燮齋詩存》等。事具李放纂輯《皇清書史》卷一九、英傑修《同治續纂揚州府志》卷一三、張應昌輯《國朝詩鐸》卷首、金兆燕《椶亭古文鈔》卷六《程中之試草序》、震鈞輯《國朝書人輯略》卷七。

程贊普,字一亭,號皛塘,江蘇揚州府儀徵縣人,程名世四子。諸生,工詩文。事具李斗《揚州畫舫錄》卷三、阮元輯《淮海英靈集》丁集卷四、《道光重修儀徵縣志》卷三七。

程贊清（一七六一—一八三六），原名贊寧，字定甫，號靜軒，江蘇儀徵人，名世子。嘉慶七年進士，官至山西按察使。著有《藉綠軒詩集》。事具朱汝珍輯《詞林輯略》卷五、王家相《清秘述聞續》卷一。

褚廷璋（一七二八—一七九七），字左莪，號筠心，江蘇長洲人。乾隆二十八年進士，改翰林院庶吉士，散館授編修，官至翰林院侍讀學士，以事降六品銜，乞歸。掌教吴江震澤書院。著有《筠心書屋詩鈔》。事具朱汝珍輯《詞林輯略》卷四、李桓輯《國朝耆獻類徵初編》卷一二九、《清史列傳》卷七二、潘奕雋《三松堂集》卷十一《挽褚筠心學士》。

D

戴秉瑛，字藍輝，奉天人，戴遂堂侄。乾隆乙丑進士，歷官甘肅高臺知縣，儀徵、昭文兩邑令等。事具趙恭寅修及曾有翼纂《民國瀋陽縣志》卷三、紀昀《閲微草堂筆記》卷一九、金兆燕《棕亭古文鈔》卷十《慶芝堂詩集跋》。

戴純，字渭川，號蓴浦，江蘇丹徒人。乾隆十二年（一七四七）舉人，官鳴鶴場鹽大使。工詞翰。著有《春萍集》。事具徐世昌輯《晚晴簃詩匯》卷七九、何紹章修及吕耀斗纂《光緒丹徒縣志》卷三三、李放纂輯《皇清書史》卷二八。

戴亨（一六九〇—一七六〇），字通乾，號遂堂，遼陽人，原籍錢塘。康熙六十年成進士，官山東齊河縣知縣，與陳景元、馬大鉢號稱『遼東三老』。著有《慶芝堂詩集》。事具錢林輯王藻編《文獻徵存錄》卷三、王昶撰及毛慶善編《湖海詩人小傳》卷二、李放纂輯《皇清書史》卷二八、趙爾巽等撰《清史稿》卷四八五、金兆燕《棕亭古文鈔》卷二《戴遂堂先生傳》及卷十《慶芝堂詩集跋》、戴亨《慶芝堂詩集》自序。

戴均元，字可亭，江西大庾人。乾隆四十年（一七七五）進士，由翰林院編修考選湖廣御史，以大理寺少卿任陞詹事府內閣學士，陞文淵閣大學士。事具《清史列傳》卷三六、黄叔璥《國朝御史題名》乾隆五十八年、朱汝珍輯《詞林輯略》卷四、法式善《清秘述聞》卷八、《續碑傳集》卷二。

戴震（一七二四—一七七七），字東原、慎修，安徽休寧人。乾隆二十七年舉人，三十八年充四庫全書館纂修官，三十九年命與諸貢士同赴殿試，賜同進士，授翰林院庶吉士。著有《戴東原集》、《孟子字義疏證》、《爾雅文字考》等。事具錢大昕《潛研堂文集》卷三九《戴先生震傳》、王昶《春融堂集》卷五五《戴東原先生墓志銘》、江藩撰《漢學師承記》卷五、唐鑒《國朝學案小識》卷一四、徐世昌纂《清儒學案小傳》卷八、《清史列傳》卷六八、段玉裁《戴東原先生年譜》。

F

范毓䭲，字芝巖，弱冠省父塞上，即知山川阨塞，未幾承父業，運銅鉛於諸省。康熙六十年（一七二一）再次西征，清廷以每石一百二十金爲標的，由范芝巖負責籌運，其只用三分之一費用，且日期絕無延宕。雍正七年（一七二九）北伐西征，范芝巖被清廷委以籌解糧草重任，范銜接自如，前綫供給充裕。前後十年，輾轉沙漠萬里，省國費以億萬計，將帥上其功，賜職大僕寺卿用二品服。事具王謀文纂修《乾隆介休縣志》卷九、李桓輯《國朝耆獻類徵初編》卷四五二、錢儀吉纂錄《碑傳集》卷四二。

方苞（一六六八—一七四九），字鳳九、靈皋，號望溪，江南桐城人。康熙四十五年由舉人會試中試，以母病未預殿試。侍直南書房，升授禮部侍郎。著有《望溪先生全集》。事具全祖望《鲒崎亭集》

卷一七《前侍郎桐城方公神道碑銘》、《清史列傳》卷十九本傳、蘇惇元《方望溪先生年譜》、雷鋐《經笥堂文抄》卷下《方望溪先生行狀》。

方芬，字采芝，直隸順天府大興縣人，方維翰之女，嫁歙縣程晉芳子。著有《綺雲春閣詩鈔》。事具《棕亭古文鈔》卷五《閨秀方采芝詩集序》、《棕亭詩鈔》卷一五《方采芝閨秀將隨宦湖南，賦詩留别，程魚門太史過余齋中見其詩大爲嘉賞，因囑爲其子岸之求婚，余一言而婚定，因次原韻贈行，兼以誌喜》、《水曹清暇錄》卷八。

方輔，字君任，號密庵，歙縣人。乾隆時在世。工書，能擘窠大書，善制墨。著有《茹古齋稿》。事具《民國歙縣志》卷十、李放纂輯《皇清書史》卷一四、李斗《揚州畫舫錄》卷二。

方善祖，字聖述、愷林。童子時從塾師讀書極聰穎，後從其叔父夢堂服賈於豫章，經營鹽筴之出入，見理通明，憶事矜審，至老讀書好學不倦。事具劉大魁《海峰文集》卷七《方愷林墓表》。

方儻，字東萊，歙縣路口人，任鳳陽訓導。著有《濠上唱酬詩集》。事具《民國歙縣志》卷一五、張佩芳修及劉大櫆纂《乾隆歙縣志》卷九。

方維翰，字南屏，號種園、漪塘，直隸大興縣人。性姿伉直，最孝友，少年即隨父宦遊維揚，受閔華、金兆燕賞識。苦志力學，潛心經史，後效力四書館得議敘選授浙江藩司經歷。女芬，八歲能詩善畫。事具汪啟淑《續印人傳》卷五《方種園傳》、金兆燕《棕亭古文鈔》卷五《閨秀方采芝詩集序》。

方元鹿，字竹樓，一字萃友，號紅香詞客。歙縣人，寄籍儀徵。家本富裕而耽於翰墨，家業漸廢而藝各臻妙。著有《寒衾集》、《紅香詞》。事具馮金伯撰《墨香居畫識》卷七、阮元輯《淮海英靈集》乙集卷四、《道光重修儀徵縣志》卷四十、金兆燕《棕亭古文鈔》卷六《方竹樓詞序》、王昶輯《國朝詞綜》卷二八。

費融，字草亭，嘉興人。監生。與金兆燕、梁同書、蔣士銓等文字交。著有《紅蕉山館集》。事具阮元輯《兩浙輶軒錄》卷六、丁紹儀《國朝詞綜補》卷一六。

馮祚泰（？—一七五二），字粹中，安徽滁州人。乾隆十七年順天舉人，正白旗官學教習。詩文有奇氣，膽略過人，嘗裹糧徒步出遊，徧歷沿河各地，探黄淮水道利弊。著有《治河前後策》。事具熊祖詒纂修《光緒滁州志》卷七、何紹基《光緒重修安徽通志》卷三三九。

G

高文照（一七三八？—一七七六），字潤中，號東井，江南武康人。乾隆三十年拔貢，三十九年舉人。洽聞强記，青年而著作等身，朱筠典學皖江，辟置幕府。乙未公車北上客死都門。著有《闐清山房詩錄》。事具汪啟淑《水曹清暇錄》卷五、袁枚《隨園詩話》卷一三、張維屏輯《國朝詩人徵略初編》卷四三、《高東井先生詩選》卷首徐熊飛《高東井先生遺詩敘》及卷尾徐金鏡《後敘》。

宫國苞，號霜橋，泰州人。監生。工詩善畫。著有《半紅樓詩鈔》。事具彭蘊璨《歷代畫史彙傳》卷二、王鋆《揚州畫苑錄》卷一、王有慶修及陳世鎔纂《道光泰州志》卷三十、阮亨及王豫輯《淮海英靈續集》庚集卷一。

顧信芳，字湘英，江蘇吳縣人，庶吉士秉直女，諸生程鍾妻。鍾字在山，有才名，偕湘英隱居逸園，園在西磧山下，面臨太湖，中建騰嘯臺，有古梅百株環繞左右。著有《生香閣詩鈔》。事具汪啟淑《水曹清暇錄》卷一四、施淑儀撰《清代閨閣詩人徵略》卷四，馮桂芬《同治蘇州府志》卷一一四。

管幹珍（一七三四—一七九八），原名幹貞，字暘復，號松崖、松厓，江南陽湖人。乾隆二十四年舉人，三十一年進士，改庶吉士，授編修。歷官貴州道御史、工部侍郎，乾隆五十四年起任漕運總督。著有《松崖詩文鈔》。事具《光緒武進陽湖縣志》卷二十二、朱汝珍輯《詞林輯略》卷四、《國史列傳》卷六六、趙爾巽等撰《清史稿》卷三二四、管同《因寄軒文初集》卷八《總督漕運管公行狀》、趙懷玉《亦有生齋集文》卷一八《資政大夫兼兵部侍郎都察院右副都御史總督淮揚等處地方提督漕運海防軍務兼理糧餉管公墓志銘》、李桓輯《國朝耆獻類徵初編》卷一八七。

管遹群，字兆籛，號椒軒，道光三年進士，歷官戶部主事洊升郎中、江西按察使、安徽布政使等。事具《光緒武進陽湖縣志》卷二十二、錢儀吉纂錄《碑傳集》卷二四。

管希寧，字幼孚，一作幼明，號平原，江都人。涉獵諸史百家，旁及金石，而於書畫尤所究心。著有《因鳴集》、《就懦齋集》。事具馮金伯撰《墨香居畫識》卷七、蔣寶齡撰《墨林今話》卷四、《嘉慶揚州府志》卷五四。

觀瑞，字竹樓，索綽絡氏，觀保從子。嘉慶十五年舉人，官至江西糧道。著有《竹樓詩集》。事具揚鍾義撰《八旗文經作者考》卷五九。

桂馥（一七三六—一八〇五），字未谷，號雩門，別號肅然山外史，山東曲阜人。乾隆五十四年己酉科舉人，乾隆五十五年庚戌成進士，選教授，保舉知縣，補雲南永平縣知縣，卒於官。工篆刻，學博而精，尤深於《說文》、小學。著有《晚學集》等。事具阮元《揅經室續集》卷二、震鈞《國朝書人輯略》卷

七、江藩《國朝漢學師承記》卷六、蔣祥墀撰《桂君未谷傳》(附桂馥《晚學集》卷前)、《清史列傳》卷六九、徐世昌纂《清儒學案小傳》卷十。

H

杭世駿(一六九六——一七七二),字大宗,號堇浦,浙江仁和人。雍正二年舉人,乾隆元年舉博學鴻詞,官翰林院編修,改御史。晚年主講廣東粵秀和揚州安定書院。著有《道古堂詩文集》等。事具許宗彦《鑒止水齋集》卷一七《杭太史别傳》、《清史列傳》卷七一、洪亮吉《更生齋集》(《更生齋文》甲集卷四)《書杭檢討遺事》。

何琪,字東甫,號春渚,别號小山居士,以藏有明伎馬湘蘭遺硯,亦號湘硯生,浙江錢塘人。書法似董文敏,尤工八分,以世鮮識故不輕作。著有《小山居稿》。事具李放纂輯《皇清書史》卷一三、震鈞輯《國朝書人輯略》卷六、馬宗霍輯《書林藻鑑清代篇》、潘衍桐《兩浙輶軒續錄》卷一三、張吉安修及朱文藻纂《嘉慶餘杭縣志》卷四十。

洪朴,字伯初,號素人,歙縣人。乾隆三十年乙酉,高宗南巡召試賜舉人,授内閣中書,乾隆三十六年進士,官湖南學政、順德知府。有《洪素人詩賦稿》、《伯初文存》。事具王昶撰、毛慶善編《湖海詩人小傳》卷三二、徐世昌輯《晚晴簃詩匯》卷九四、《民國歙縣志》卷六。

洪梧,字桐生,號植垣,安徽歙縣人,與兄朴、榜素有三鳳之目。乾隆四十五年庚子召試舉人授中書,乾隆五十五年(一七八九)進士,改庶吉士,授編修,任山東沂州府知府,解組後主講安定、梅花書院。著有《易箴》,又與郡人結詩會,編有《韓江酬唱集》。事具謝延庚修及劉壽曾纂《光緒江都縣續志》卷二八、梁章鉅《樞垣記略》卷十八、黄燮清輯《國朝詞綜續編》卷三、法式善《清秘述聞》卷八、《民國歙縣志》卷七。

胡紹鼎，字雨芳，號牧亭，先世黔西人，後居湖北孝感。乾隆六年(一七四一)舉鄉試，十九年(一七五四)會試第一，選庶吉士，授編修，充戊子科雲南鄉試正考官，遷御史。性伉直不屈節，其卒，貧無以殮。著有《所存集》。事具朱筠《笥河文集》卷一三《河南道監察御史胡君墓志銘》、朱希白修及沈用增纂《光緒孝感縣志》卷十五、法式善《清秘述聞》卷七、王昶《春融堂集》卷六十《河南道監察御史胡君墓表》。

黄淳耀，字蘊生，號陶菴，嘉定人。崇禎十六年進士。順治二年(一六四五)，南都失守與其兄淵耀同抗節而死。著有《陶庵全集》。事具《康熙嘉定縣志》卷一六、朱彝尊《静志居詩話》卷二一、錢謙益《牧齋有學集》卷十六《黄陶菴先生合集序》。

黄景仁(一七四九—一七八三)，字漢鏞、仲則，號鹿菲子，武進人。郡庠生。乾隆三十六年入安徽學政朱筠幕，四十一年召試二等，充武英殿書簽例得主簿，入資爲縣丞。著有《兩當軒詩文集》。事具王昶《春融堂集》卷五八《黄仲則墓志銘》、洪亮吉《卷施閣文甲集》卷十《候選縣丞附監生黄君行狀》、《清史列傳》卷七二。

黄凝，字幼安，號稼堂，浙江仁和人也。入貲選授直隸趙州知州。事具金兆燕《棕亭古文鈔》卷二《黄稼堂太守傳》。

黄慎(一六八七—一七七〇?)，字躬懋、恭壽，號癭瓢，福建寧化人。『揚州八怪』之一。著有《蛟湖詩鈔》。事具李桓輯《國朝耆獻類徵初編》卷四三二、易宗夔著《新世説》卷六、竇鎮輯《國朝書畫家筆録》卷一。

黄文蓮，字芳亭，號星槎，上海人。乾隆十五年舉人，任安徽歙縣教諭、全椒縣教諭，官泌陽知縣。著有《聽雨樓集》。事具王昶撰及毛慶善編《湖海詩人小傳》卷一三、趙爾巽等撰《清史稿》卷四八五、徐世昌《晚晴簃詩匯》卷八十、秦國經主編《清代官員履歷檔案全編》第二十一册頁五六七—五六八。

黄文暘（一七三六—一八〇八？），字時若，號秋平，甘泉人。貢生。工詩古文辭，通聲律之學，乾隆時兩淮鹽運使設詞曲局，延爲總裁。曾從阮元於杭州，又入曾燠題襟館中與時名流相唱和。著有《掃垢山房詩鈔》。妻張氏名因，字浄因、淑華，自號淨因道人，湖北江夏縣人。善畫工詩詞。著有《緑秋書屋詩》、《雙桐館詩鈔》。事具《清史列傳》卷七二、阮亨及王豫輯《淮海英靈續集》卷三、英傑修《同治續纂揚州府志》卷一三、金兆燕《棕亭古文鈔》卷五《張淑華閨秀緑秋書屋吟稿序》、蔡殿齊編《國朝閨閣詩鈔》第四册卷八、沈善寶《名媛詩話》卷一、黄文暘《掃垢山房詩鈔》卷五《壽吴柏槎六十》。

J

江春（一七二一—一七八九），字穎長，號鶴亭，安徽歙縣人。揚州籍諸生，後以總理鹽務賜内務府奉宸苑卿，加至布政使。著有《讀書樓詩集》。事具王昶撰及毛慶善編《湖海詩人小傳》卷十九、袁枚《小倉山房文集》卷三二《誥封光禄大夫奉宸苑卿布政使江公墓志銘》、李桓輯《國朝耆獻類徵初編》卷四五七。

江德量，字成嘉，一字秋史，江蘇儀徵人。乾隆四十二年（一七七七）選拔貢生，四十四年舉人，四十五年（一七八〇）探花及第，授編修，改監察御史，歷掌浙江、江西道。精於小學，收藏碑版法書、名畫、古錢。著有《泉志》、《錢譜》等。事具江藩《國朝漢學師承記》卷七、阮元輯《淮海英靈集》丙集卷四、倪模《古今錢略》卷二八、金兆燕《棕亭古文鈔》卷六《江成嘉試草序》。

江藩（一七六一—一八三一），字子屏，號鄭堂，江蘇甘泉人。監生，經學家，纂《國朝漢學師承記》八卷使兩漢儒林家法之承授、本朝經學之源流釐然可考。著有《伴月樓詩鈔》等。事具《清史列傳》卷六九、李桓輯《國朝耆獻類徵初編》卷四一九、徐世昌纂《清儒學案小傳》卷二十、李元度《國朝先正事略》卷三六。

江昉（一七二六—一七九三），字旭東，號橙里、硯農，歙縣人。江春從弟，候選知府。著有《晴綺軒詩集》、《隨月讀書樓詞鈔》。江昉與吳烺、程名世等輯有《學宋齋詞韻》。事具徐世昌《晚晴簃詩匯》卷一百三、李斗《揚州畫舫錄》卷一二、《民國歙縣志》卷十、馮金伯撰《墨香居畫室》卷六、盛叔清輯《清代畫史增編》卷一。

江立（一七三二—一七八〇），初名炎，字聖言，號玉屏、雲溪，歙縣人。僑居揚州，從厲鶚游，學爲詩詞。中歲游杭州，尤愛西湖山水。著有《小齊雲山館詩鈔》、《江玉屏詞》、《夜船吹笛詞》。事具王昶《春融堂集》卷六十《江聖言墓表》、吳德旋撰《初月樓聞見錄》卷二、王昶撰及毛慶善編《湖海詩人小傳》卷一八、王昶輯《國朝詞綜》卷三七。

江恂，字于九，號蔗畦，江昱弟，江蘇儀徵人，乾隆癸酉拔貢，歷官鳳陽知府，遷徽州知府，多政聲官，工詩能隸書，喜寫藕花。事具《道光重修儀徵縣志》卷三十一、彭藴璨《歷代畫史匯傳》卷三、震鈞

《國朝書人輯略》卷五、王昶輯《湖海詩傳》卷十八。

江昱（一七〇六—一七七五），字賓谷，號松泉，江恂兄，江蘇儀徵人。研經術，工詞章，而詩尤著稱於世。諸生。著有《松泉詩集》。事具《清史列傳》卷七十一、《嘉慶江都縣續志》卷六、李桓輯《國朝耆獻類徵初編》卷四二〇。

姜恭壽（一七一七—一七六八），字靜宰，號香巖、東陽外史，江蘇如皋人。乾隆六年辛酉（一七四一）舉人，官教諭。工篆書，善畫事，詩宗魏晉，常往來閩楚間。著有《皋原集》。事具阮元輯《淮海英靈集》申集卷三、楊受廷修及馬汝舟纂《嘉慶如皋縣志》卷一七、馮金伯撰《國朝畫識》卷一一、張庚《國朝畫徵續録》卷下、王昶輯《湖海詩傳》卷九。

蔣麟，字或號香涇，元和人。事具汪啟淑《水曹清暇録》卷二、顧宗泰《月滿樓詩集》卷九。

蔣士銓（一七二五—一七八五），字心餘，號苕生、清容居士，江西鉛山人。乾隆十二年舉人，二十二年進士，官翰林院編修等。性峭直，以剛介爲和珅所抑，後乞假養親，屢主紹興蕺山、杭州崇文、揚州安定書院講習。著有《忠雅堂集》、《藏園九種曲》等。事具錢林輯及王藻編《文獻徵存録》卷六、雷瑨輯《清人説薈》『儒林瑣記』、《清史列傳》卷七二、袁枚《小倉山房續文集》卷二十五《翰林院編修候補御史蔣公墓志銘》、王昶《春融堂集》卷五六《翰林院編修蔣君墓志銘》、洪亮吉《卷施閣文乙集》卷三《翰林院編修記名御史鉛山蔣先生碑文》、蔣士銓《清容居士行年録》、張廷珩修及華祝三纂《同治鉛山縣志》卷三十等。

蔣湘培，字篤因、伯子，湘鄉人。乾隆甲寅舉人。著有《莫如樓詩鈔》。事具《沅湘耆舊集》『總目』

及卷一三四、徐世昌輯《晚晴簃詩匯》卷一〇九、李桓輯《國朝耆獻類徵初編》卷四三八。

蔣知讓，字師退，號藕船，蔣士銓第三子，乾隆庚子召試欽取第一，賜舉人，赴禮部試，不遇。以知縣分發直隸，乙丑春補授唐縣知縣，修文廟，立濬文書院，又倡修義倉，在官勤勞，已卒於署。著有《妙吉祥室詩集》。事具張廷珩修《同治鉛山縣志》卷十二及十五、李元度纂《清朝先正事略》卷四二《蔣心餘先生事略》附。

蔣宗海（一七二〇—一七九六），字星嚴，號春農，江蘇丹徒人。乾隆十七年春舉於鄉，秋即成進士，官内閣中書，工詩，能篆刻，又善丹青。掌如臯雉水書院、儀徵樂儀書院、揚州梅花書院。著有《春農吟稿》。事具王昶撰及毛慶善編《湖海詩人小傳》卷一五、陶湘編《昭代名人尺牘續集小傳》卷一、蔣寶齡撰《墨林今話》卷四、汪啟淑《續印人傳》卷五、李斗《揚州畫舫録》卷三、《嘉慶如臯縣志》卷九『院長題名録』、徐成敷修及陳浩恩纂《光緒增修甘泉縣志》卷一五。

焦士紀，字五斗，鎮江府丹徒縣人。著有《忍冬齋集》。事具阮元輯《淮海英靈集》戊集卷三、李斗《揚州畫舫録》卷十、《嘉慶揚州府志》卷六二。

金榜，字輔之、蕊中、蘂中、檠齋，安徽歙縣人。師婺源江永，稱高足弟子，與休寧戴震相親善。乾隆三十年召試賜舉人授中書；乾隆乙酉召試舉人，授内閣中書，在軍機處行走；乾隆三十七年壬辰以第一人及第，授修撰，散館後即乞假歸，徜徉林下，著書自娱。著有《禮箋》等。事具《道光歙縣志》卷八、江藩《國朝漢學師承記》卷五、錢林《文獻徵存録》卷八。

金成性，字純一，庠生。敦孝友，用心舉業。事具李載陽修《乾隆潛山縣志》卷十。

金焜，初名文濟，字以寧，號赤泉，浙江錢塘人。雍正十三年乙卯舉人，官禮部司務。著有《妙明書屋遺集》、《灑蘭詞》。事具鄭澐修《乾隆杭州府志》卷九四、金兆燕《棕亭詞鈔》卷一《水龍吟·題家赤泉先生灑蘭詞》、王昶輯《國朝詞綜》卷二十三、阮元輯《兩浙輶軒錄》卷二十。

金夢麟，字仁趾，安徽全椒人。諸生。著有《洗墨軒詩鈔》。事具王昶撰及毛慶善編《湖海詩人小傳》卷三四、張其浚修及江克讓纂《民國全椒縣志》卷一五、王昶《蒲褐山房詩話》（稿本）。

金農（一六八七—一七六四），字壽門，號冬心，浙江錢塘人。善書畫，居揚州，爲『揚州八怪』之一。著有《冬心先生集》等。事具《清史列傳》卷七一、李桓輯《國朝耆獻類徵初編》卷四三六、竇鎮輯《國朝書畫家筆錄》卷二。

金敞南，字軒來，安徽全椒人，金兆燕從叔。頻年客蜀，轉客京師。著有《天梯長嘯集》事具《西莊始存稿》卷二十六《金軒來豳風月令詩序》、《棕亭詞鈔》卷三《前調題軒來從叔天梯長嘯集，即步自題原韻》。

荊塏，字朗公，雪岩，號退齋，直隸安肅人。乾隆四十六年進士，署增城。因有政績由高要陞嘉應州知州，甫到任而卒。著有《片石山房詩稿》。事具趙俊修及李寶中纂《嘉慶增城縣志》卷一二、王思章修及賴際熙纂《民國增城縣志》卷一七、李培祜修及張豫塏纂《光緒保定府志》卷四四、金兆燕《棕亭詩鈔》卷一八《題荊雪岩小像（名塏，直隸安肅人，辛丑進士，戴遂堂先生之女婿也）》、《國朝畿輔詩傳》卷四九。

L

雷國楫，字松舟，陝西蒲城人。入貲爲州判，乾隆三十七年署澱山司巡檢，性好山水，能官松江丞。著有《龍山詩話》二卷。事具袁枚《隨園詩話》卷一四、汪祖綬修及熊其英纂《光緒青浦縣志》卷三十、孫鳳鳴修及王昶纂《乾隆青浦縣志》卷二一、楊開第修及姚光發纂《光緒重修華亭縣志》卷一一。

李道南（一七一二—一七八七），字景山，號晴山，江蘇揚州府江都縣人。乾隆二十四年舉於鄉，三十六年成進士。著有《四書集説》。事具《光緒增修甘泉縣志》卷一二、王有慶修陳世鎔纂《道光泰州志》卷八、阮元《揅經室二集》卷二《李晴山喬書西二先生合傳》。

李調元（一七三四—一八〇三），字羹堂，號雨村、童山，四川羅江人。乾隆二十八年進士，改庶起士，授吏部主事。著有《童山集》。事具張維屏輯《國朝詩人徵略初編》卷四十、《清史列傳》卷七二、朱汝珍輯《詞林輯略》卷四、楊懋修編《同治刻續修羅江縣志》卷二四《李雨村先生年譜》。

李斗（一七四九—一八一七），字北有，號艾塘，江蘇儀徵人。上舍生。著有《揚州畫舫録》、《永報堂詩集》、《艾塘樂府》等。事具王昶撰及毛慶善編《湖海詩人小傳》卷四五、英傑修《同治續纂揚州府志》卷一三。

李葂（一七〇五？—一七六四），字嘯村，江南懷寧人。諸生，曾入盧見曾幕府。乾隆元年舉鴻博不就。乾隆十六年上南巡，召試二等。著有《嘯村近體詩選》。事具杭世駿編《詞科餘話》卷三、張維屏輯《國朝詩人徵略初編》卷二五、蔣寶齡撰《墨林今話》卷一、何紹基《光緒重修安徽通志》卷二二三。

李燿，字息齋，廩貢生。少時磊落拔俗，詩古文詞務發性情，晚年署江寧訓導。著有《雨牀淚草》。

事具《民國全椒縣志》卷九、金兆燕《棕亭古文鈔》卷四《李息齋先生詩詞偶刻序》。

李御，字琴夫，號蘿村，别號小花山樵、小花山人，丹徒諸生。工書法。七應南鄉試均被斥，壬午奉母命應順天試再不第，即日騎馬出居庸關，冒風雪走千餘里，游北岳。晚年貧病，常寄跡僧寺道院中。著有《八松庵詩集》等。事具李放纂輯《皇清書史》卷二三、《光緒丹徒縣志》卷三三及三四、《乾隆渾源州志》卷七。

李周南（一七五四？—一八二四？），字冠三，號靜齋，江蘇甘泉人。嘉慶六年拔貢，十二年舉人，十九年進士，以主事籤分刑部，至部方浹旬即以母老乞養歸，侍閲五載，丁母憂，服闋，以子幼展墓無人，決計不出，居家教授生徒，一時推爲文章宗匠。後寓居袁浦以微疾卒。著《洗桐軒集》。事具《光緒增修甘泉縣志》卷一四、徐世昌輯《晚晴簃詩匯》卷一二六、李斗《揚州畫舫録》卷八。

厲鶚（一六九二—一七五二），字太鴻，號樊榭，浙江錢塘人。家貧，性孤峭。康熙五十九年舉人，屢試進士不第。浙西詞派中堅人物，撰有《樊榭山房集》、《宋詩紀事》等。事具全祖望《鮚埼亭集》卷二十《厲樊榭墓碣銘》、《清史列傳》卷七一、支偉成著《清代樸學大師列傳》卷一五、梁啟超撰《厲樊謝先生年譜》。

梁山舟（一七二三—一八一五），字元穎，號同書，浙江錢塘人。乾隆十二年舉人，十七年特賜進士，改翰林院庶吉士，散館授編修，官至侍讀學士。著有《頻羅庵詩》、《梁山舟學士尺牘》等。事具許宗彦《鑒止水齋集》卷一七《學士梁公家傳》、易宗夔著《新世説》卷六、《清史列傳》卷七二、錢林輯王藻編《文獻徵存録》卷九。

廖景文，字覲揚、琴學，號古檀、檀園，婁縣人，居青浦。乾隆十二年舉人，由教習選合肥知縣。著有《倚杖聽吟》等。事具《光緒重修華亭縣志》卷一六、汪祖綬修及熊其英纂《光緒青浦縣志》卷一九、王昶撰及毛慶善編《湖海詩人小傳》卷一三、徐世昌輯《晚晴簃詩匯》卷七九。

林道源，一名道原，字仲深，號庾泉，安徽天長縣人。性豪邁，善騎射，工詩，曾入阮元幕。事具李斗《揚州畫舫錄》卷十二、陳文述撰《畫林新詠》卷一、李放纂輯《皇清書史》卷二二。

淩廷堪（一七五七—一八〇九），字仲子、次仲，歙縣人。乾隆五十四年舉人，五十八年進士，銓授寧國府學教授。著有《校禮堂文集》、《校禮堂詩集》。事具張其錦《淩次仲先生年譜》、江藩撰《漢學師承記》卷七、《清史列傳》卷六八、阮元《揅經室二集》卷四《次仲淩君別傳》。

劉大櫆（一六九八—一七七九），字才甫、耕南，號海峰，安徽桐城人。雍正七年、十年兩舉副貢生，官黟縣教諭。著有《海峰文集》。事具吳定《紫石泉山房文集》卷十《海峰先生墓志銘》、《清史列傳》卷七一、《劉大櫆集》附方苞《劉海峰簡譜》及姚鼐《劉海峰先生傳》。

陸伯焜，字重暉，號璞堂，青浦人。乾隆四十五年進士，散館授編修，官至浙江按察使。著有《玉笥山房詩鈔》。事具王昶輯《湖海詩傳》卷三六、王昶《春融堂集》卷五六《浙江按察使陸君墓志銘》、朱汝珍輯《詞林輯略》卷四、李桓輯《國朝耆獻類徵初編》卷一九二。

（費）陸丹叔，本姓費，上祖嗣於陸，遂以陸費爲復姓，字丹叔，一字磴士，號頤齋，晚年自稱吳涇灌叟，浙江桐鄉縣人。乙酉春乾隆南巡召試一等第三名，恩賜舉人，内閣中書，丙戌成進士，歷官翰林院庶吉士、編修方略館纂修、翰林院侍讀學士、禮部侍郎。著有《頤齋賦稿》、《枝蔭閣詩文集》。事具汪啟淑《續印人傳》卷二《陸頤齋傳》。

陸錫熊（一七三四—一七九二），字健男，一字耳山，上海人。乾隆二十六年進士，官內閣中書，累遷刑部郎中、翰林院侍讀、都察院左副都御史。著有《寶奎堂集》、《篁村集》等。事具王昶《春融堂集》卷五五《督察院左副都御史陸君墓志銘》、《清史列傳》卷二五、李桓輯《國朝耆獻類徵初編》卷九六。

盧見曾（一六九〇—一七六八），字抱孫，號雅雨山人，山東德州人。康熙五十年舉人，六十年進士，初官四川洪雅知縣，歷官至兩淮鹽運使，以吏幹稱，前後兩官淮南。後因受賄，囚死獄中。著有《雅雨堂詩集》、《雅雨堂文集》、《雅雨山人出塞集》等。事具閔爾昌纂錄《碑傳集補》卷一七盧文弨《故兩淮都轉鹽運使雅雨盧公墓志銘》、《清史列傳》卷七十一本傳、徐世昌纂《清儒學案小傳》卷七。

盧文弨（一七一七—一七九五），字紹弓、召弓，號磯漁，浙江錢塘人。乾隆十七年賜進士第三人，授編修，官至湖南學政。著有《抱經堂文集》等。事具段玉裁《經韻樓集》卷八《翰林院侍讀學士盧公墓志銘》、臧庸《拜經堂文集》卷五《皇清故日講官起居注前翰林院侍讀學士盧先生行狀》、《清史列傳》卷六八、支偉成著《清代樸學大師列傳》卷一九、柳詒徵撰《盧抱經先生年譜》。

魯贊元，原名治杭，御賜今名，號白墀，湖北江陵縣人。乾隆三十六年（一六九七）丁丑進士，授工部主事，累陞河南道監察御史，戶科給事中，應黔省貴山書院聘，從遊至三百人，知府廷毓修荊南書院，延贊元經理其事，規畫精密。事具崔龍見修及黃義尊纂《乾隆江陵縣志》卷二七、顧嘉蘅纂《光緒荊州府志》卷四十九、黃叔璥《國朝御史題名》乾隆三十三年、金兆燕《棕亭詩鈔》卷十八。

羅聘（一七三三—一七九九），字遁夫，號兩峰，江都人，原籍歙縣。畫家，嘗從金農學，『揚州八怪』之一。好遊歷，畫花鳥、人物、蘭竹、梅、山水，能各盡其妙，尤喜畫鬼，所作《鬼趣圖》爲時所重。詩亦超然物外。著有《香葉草堂詩存》。事具吳錫麒《有正味齋駢體文》卷二十三《羅兩峰墓志銘》、趙爾巽等撰《清史稿》卷五〇四、馮金伯撰《墨香居畫識》卷六、蔣寶齡撰《墨林今話》卷四。

羅士珏，字庭珠，號雪香，工詩善書，古帖搜羅極富。著有《羅雪香詩稿》，金兆燕爲之序。事具震鈞《國朝書人輯略》卷四、李斗《揚州畫舫錄》卷一二。

M

馬曰琯（一六八八—一七五五），字秋玉，號嶰谷、沙河逸老，祁門人。乾隆元年舉博學鴻詞，不赴。著有《沙河逸老集》等。事具杭世駿《道古堂文集》卷四十三《朝議大夫候補主事加二級馬君墓志銘》、《清史列傳》卷七一、李桓輯《國朝耆獻類徵初編》卷四三五。

馬曰璐（一六九七—一七六一），字佩兮，號半槎、半查、南齋，祁門人。與兄曰琯齊名，稱二馬。乾隆元年薦舉博學鴻詞，不赴。家有小玲瓏山館，藏書甲東南，名流咸集，極觴詠之盛。著有《南齋集》等。事具《清史列傳》卷六八及七一、李桓輯《國朝耆獻類徵初編》卷四三五、吳修編《昭代名人尺牘小傳》卷二十、王昶撰及毛慶善編《湖海詩人小傳》卷六。

冒春榮，字含山，號葚原、花源漁長，江蘇如皋人。諸生，與邑人姜靜宰稱『姜冒』。著有《葚原集》、《縈翠閣詩鈔》。事具阮亨及王豫輯《淮海英靈續集》己集卷四、徐世昌輯《晚晴簃詩匯》卷九九。

毛大瀛（一七三五—一八〇〇），字又蓑，號海客，江蘇寶山人。諸生。由四庫館議敘官簡州知州，勦賊殉難。有《海客詩鈔》、《戲鷗居詩鈔》。事具毛嶽生《休復居文集》卷六《奉直大夫四川簡州知州先大父毛公行狀》、王昶撰及毛慶善編《湖海詩人小傳》卷一九、趙爾巽等撰《清史稿》卷四八九、李桓輯《國朝耆獻類徵初編》卷三六七。

閔華，字玉井、廉風，號蓮峰，江都人。監生。著有《澄秋閣詩集》等。事具《光緒增修甘泉縣志》卷一四、王昶撰及毛慶善編《湖海詩人小傳》卷一八、阮元輯《淮海英靈集》甲集卷四、徐世昌《晚晴簃詩匯》卷七八。

O

歐陽浛，字文達，文忠公裔孫，江西廬陵人。善堪輿家言，尹制軍繼善與之善，高御史重修山堂，辨方定位皆出其手。事具李斗《揚州畫舫錄》卷一六、金兆燕《棕亭詩鈔》卷十《堪輿理數畧》。

P

潘純鈺，字雅堂，號懷甫，甘泉縣人。乾隆四十六年進士，授刑部安徽司主事。性情醇實，故詩筆鴻整有節。卒年三十有七。著有《懷圃詩集》。事具阮元輯《淮海英靈集》丁集卷四、《光緒增修甘泉縣志》卷一四。

潘銓，字秉之，號瓶仙，長興貢生，浙江湖州府德清縣人。雍正十一年進士。著有《東蕁樓詩稿》。事具阮元輯《兩浙輶軒錄補遺》卷七、嵇曾筠《雍正浙江通志》卷一百三十八、張慎爲修及金鏡纂《長興縣志》卷三九。

彭啟豐（一七〇一—一七八四），字翰文，號芝庭（鄉舉之歲芝生庭中，故自號）、香山老人，江蘇長洲人。雍正五年丁未狀元，時會試第一，殿試卷列第三，世宗親擢第一。授修撰，官至兵部尚書。著有

《芝庭先生集》等。事具袁枚《小倉山房續文集》卷二五《經筵講官兵部尚書彭公神道碑》、彭紹升《二林居集》卷一八《皇清光禄大夫經筵講官兵部尚書致仕先考彭府君事狀》、王芑孫《惕甫未定稿》卷十《清故光禄大夫經筵講官兵部尚書致仕彭公神道碑銘》、馮桂芬《同治蘇州府志》卷八九、徐世昌輯《晚晴簃詩匯》卷六六、法式善《清秘述聞》卷一五。

彭湘懷，字念堂，號楝塘，湖北漢陽人。監生，舉鴻博不就。工山水，曾南遊吴越，北出居庸關，遍歷塞外山川。著有《三山游草西湖紀》。事具蔣寶齡撰《墨林今話》卷一八、洪業輯校《清畫傳輯佚三種·讀畫隨筆》、盛叔清輯《清代畫史增編》卷二一。

Q

錢陳群（一六八六—一七七四），字主敬、集齋，號香樹、柘南，浙江嘉興人。康熙六十年進士，授編修。官至刑部侍郎加刑部尚書銜，謚文端。著有《香樹齋詩文集》。事具姚鼐《惜抱軒文集》卷一二《光禄大夫刑部尚書贈太傅錢文端公墓志銘并序》、袁枚《小倉山房續文集》卷二五《刑部尚書加贈太傅錢文端公神道碑》、《清史列傳》卷一九、朱汝珍輯《詞林輯略》卷二、李桓輯《國朝耆獻類徵初編》卷七五。

錢大昕（一七二八—一八〇四），字曉徵、辛楣，號竹汀，嘉定人。乾隆十六年召試舉人，授内閣中書，十九年進士，改庶吉士，散館授編修，入直上書房，官至詹事府少詹事。大昕研精經史，蔚爲著述，於經義之聚訟難决者皆能剖析源流。著有《潛研堂集》。事具王昶《春融堂集》卷五五《詹事府少詹事錢君墓志銘》、江藩撰《漢學師承記》卷三、徐世昌纂《清儒學案小傳》卷九、唐鑒《學案小識》卷一四、

《清史列傳》卷六十八。

錢世錫（一七三三—一七九五），字慈伯，號百泉，浙江秀水人，錢載長子。乾隆三十三年舉人，四十三年進士，官翰林院檢討。著有《麂山老屋詩集》、《復齋隨筆》。事具張維屏輯《國朝詩人徵略初編》卷四五、張應昌輯《國朝詩鐸》卷二十六、徐世昌輯《晚晴簃詩匯》卷六十三、王昶撰及毛慶善編《湖海詩人小傳》卷三六、朱汝珍輯《詞林輯略》卷四。

秦潮（一七四三—一七九八），字步皋，號端崖，江南無錫人，秦泉弟。乾隆三十一年進士，散館授編修，官至安徽學政，國子監司業。事具朱汝珍輯《詞林輯略》卷四、法式善《清秘述聞》卷七、李桓輯《國朝耆獻類徵初編》卷一二九。

秦黌（一七二二—一七九四），字序堂、序唐，號西巖、石翁、石研齋主，江都人。乾隆十七年進士，官至湖南按察使。著有《石研齋集》。事具朱汝珍輯《詞林輯略》卷四、阮亨及王豫輯《淮海英靈續集》庚集卷一、王昶撰及毛慶善編《湖海詩人小傳》卷一四、《光緒增修甘泉縣志》卷一二、《石翁老人自序年譜》。

秦泉，字漪園、繼賢，江南無錫人，秦潮兄。乾隆三十四年進士，散館改授編修，官吏部主事。事具法式善《清秘述聞》卷八、朱汝珍輯《詞林輯略》卷四、李桓輯《國朝耆獻類徵初編》卷一二九。

仇塏，字遐昌，號霞村，湖州歸安人，兆鰲曾孫。幼負不羈之才，攻舉子業，一不售即掉頭棄去，寄情篆籀，肆力聲詩。刀法蒼勁中饒秀雅，一見而知出文人之手。事具汪啟淑《續印人傳》卷三、陸心源等修《光緒歸安縣志》卷四十一。

R

任基振，字領從，號松齋，高郵人。乾隆壬午舉於鄉，己丑進士，官吏部員外，崇祀鄉賢。著有《爾雅注疏箋補》、《松齋集》。事具阮亨及王豫輯《淮海英靈續集》庚集卷三、楊宜崙修及夏之蓉纂《嘉慶高郵州志》卷十、《清史列傳》卷六八。

阮元（一七六四—一八四九），字伯元，號芸臺、雲臺，江南儀徵人。乾隆五十一年舉於鄉，五十四年成進士，官至體仁閣大學士。著有《揅經室文集》等。事具《清史列傳》卷三六、阮常生等撰《雷塘庵主弟子記》、《續碑傳集》卷三、王章濤著《阮元年譜》等。

S

僧道存，一名宗欽，字石莊，上元人，薙染江寧承恩寺。工畫善吹洞簫，蓮香社因湖上建三賢祠，延石莊爲住持，石莊以三賢祠付其徒竹堂，迨卸湛真寺徙是庵，遂迎三賢神主于庵之桐軒。三賢祠復爲篠園，石莊則獨居是庵矣。事具王鋆《揚州畫苑錄》卷四、李斗《揚州畫舫錄》卷二、錢祥保修及桂邦傑纂《民國續修江都縣志》卷三十。

僧復顯，字夢因，號雪廬，張氏子，浙江桐鄉人，出家海寧慶善寺，後主揚州建隆寺。能詩，兼善雲林山水，著《雪廬吟草》。事具王鋆《揚州畫苑錄》卷四、阮元輯《淮海英靈集》癸集卷一、阮元輯《兩浙輶軒錄》卷三九。

僧慧琳，字寰宗，安徽涇縣幕山小天竺菴僧，住持小天竺。工詩，以望海詩得名，雲遊至揚州平山堂，與諸知名人士相往還。卒後葬平山堂下。著有《曉月山房集》。事具阮亨及王豫輯《淮海英靈續集》辛集卷三、李德淦修及洪亮吉纂《嘉慶涇縣志》卷三十二、李放纂輯《皇清書史》卷三二、徐世昌輯《晚晴簃詩匯》卷一九七。

僧清恆，字巨超，號借庵，浙江桐鄉人。俗姓陸，年十六祝髮海昌慶修善寺。乾隆四十七年游鎮江焦山，主焦山定慧寺。著有《借庵詩鈔》。事具徐世昌《晚晴簃詩匯》卷一九七，王昶撰及毛慶善編《湖海詩人小傳》卷四六、潘衍桐輯《兩浙輶軒續錄》卷五一。

沈赤然（一七四五—一八一六），初名玉暉，字韞山，浙江仁和人。乾隆三十三年舉人，官平鄉等縣知縣。著有《五研齋詩鈔》。事具《清史列傳》卷七十二，《五硯齋詩文鈔》卷首附自編年譜。

沈大成（一六九六—一七七一），字學子，號沃田，華亭人。諸生。父卒於官後家遂中落，屢就幕府徵前後四十年。大成壯年時，耽心經籍，通經史百家之書，及天文、樂律、九章諸術。晚遊維揚，客運使盧見曾所，交惠棟、戴震、王鳴盛等，益以學業相砥礪。著有《學福齋集》。事具黃達《一樓集》卷十七《沃田居士傳》、《清史列傳》卷七二、徐世昌纂《清儒學案小傳》卷五、諸可寶撰《清代疇人傳三編》卷一。

沈德潛（一六七三—一七六九），字確士，號歸愚，硯山，長洲人。乾隆四年進士，官至禮部侍郎，謚文慤。著有《歸愚詩文全集》等。事具袁枚《小倉山房文集》卷三《太子太師禮部尚書沈文慤公神道碑》、彭啟豐《芝庭先生集》卷一三《光祿大夫太子太師禮部尚書沈文慤公墓志銘》、沈德潛《沈歸愚全集》附《沈歸愚自訂年譜》、《清史列傳》卷一九。

沈景瀾，字尚賓，號蘋洲、溶溪，江南元和人。雍正十一年成進士，散館授編修，官至掌廣東道監察

御史。事具朱汝珍輯《詞林輯略》卷三、金兆燕《棕亭古文鈔》卷一《沈溶溪先生傳》（收入《國朝耆獻類徵初編》卷一三六）

沈起元（一六八五—一七六三），字子大，號敬亭，太倉人。康熙六十年進士，官至直隸布政使。著有《敬亭詩文集》。事具彭紹升《二林居集》卷一八《故中大夫光祿寺卿加二級沈公事狀》、袁枚《小倉山房文集》卷八《光祿寺卿沈公行狀》、王昶《春融堂集》卷六五《沈起元傳》、《清史列傳》卷七五本傳。

沈世煒，字吉甫，號南雷、沈樓，浙江仁和人。乾隆三十一年進士，散館改禮部主事，官至郎中。著有《澹俱齋集》。事具朱汝珍輯《詞林輯略》卷四、王昶撰及毛慶善編《湖海詩人小傳》卷三一、徐世昌《晚晴簃詩匯》卷二百、李放纂輯《皇清書史》卷二六。

沈樹聲，初名雲際，更名若木，字得路，華亭人。乾隆二十二年進士，考取咸安宮教習，選池州教授，三十九年任安陸府知府。事具《乾隆鍾祥縣志》卷之七、《嘉慶松江府志》卷六〇。

沈泰，字蘆山，江陰人，明經，能詩畫，尤工畫花卉。沈客於楚，楚商周沂塘待之甚善。兩人俱能詩，好交遊，與往來諸名士相唱和無虛日。周性揮霍，後以避債遠去，蘆山無所歸，遂雉經於舊館，乾隆十八年自殺，遺書謂以平昔不能諫阻友故。事具《棕亭詩鈔》卷五《死友歌爲沈蘆山作》詩前小序。

沈心醇，字抱曾，號匏尊，浙江海寧人。諸生，工書畫。以四庫館謄錄敘議得縣丞，分發貴州，官貴州銅仁知縣。事具《民國海寧州志稿》卷一四。

侍朝，字補堂、鷺川、潞川，高郵人。乾隆二十五年（一七六〇）進士，由進士國子監臣以校四庫全書改庶吉士，淹通經史之學。三十二年主講德州書院，三十八年入四庫館。乾隆四十二年卒於任上。

事具阮亨及王豫輯《淮海英靈續集》庚集卷三、李斗《揚州畫舫錄》卷三、朱汝珍輯《詞林輯略》卷四、李桓輯《國朝耆獻類徵初編》卷一三一、朱汝珍輯《詞林輯略》卷四。

施朝幹，字培叔，號小鐵，江蘇儀徵人，乾隆二十八年（一七六三）進士，由翰林院編修考選湖廣道御史，官宗人府府丞。著有《正聲集》。事具黄叔璥《國朝御史題名》乾隆五十一年、王昶輯《國朝詞綜》卷四十、張維屏輯《國朝詩人徵略初編》卷四十、《清史列傳》卷七二、李桓輯《國朝耆獻類徵初編》卷九七。

施學濂，字大醇，號耦堂，浙江錢塘人。乾隆三十一年進士，由禮部員外郎考選山東道御史轉兵科給事中。工詩文，尤精賞鑒，辨周秦物絲毫不爽。晚年風流放誕。著有《耦堂詩鈔》。事具朱汝珍輯《詞林輯略》卷四、阮元輯《兩浙輶軒錄》卷三十一、黄叔璥《國朝御史題名》『乾隆三十九年』、法式善《清秘述聞》卷一六。

石繼登，字履高，號蘇門，江蘇儀徵人。著有《蘇門詩鈔》。事具阮元輯《淮海英靈集》丁集卷二。

釋湛性，字藥根、藥菴、湛丸，姓徐氏，江蘇丹徒縣人。幼祝髮棄家，居揚州祇園菴。性尤嗜詩，且工篆刻，與名流賢士游，所著有《雙樹堂詩鈔》。事具汪啟淑《續印人傳》卷八《釋湛性傳》、張玉藻修高覲昌纂《民國續丹徒縣志》卷十五。

雙慶，字有亭，號西峯、雲樵，滿州鑲白旗人。雍正十一年進士改庶吉士，乾隆元年散館授編修，乾隆十三年提督安徽學政，十五年任滿仍留任，十六年升國子監祭酒，十八年三月擢內閣學士兼禮部侍郎，卒於乾隆三十六年。事具法式善《清秘述聞》卷九、朱汝珍《詞林輯略》卷三、李桓輯《國朝耆獻類徵初編》卷八二。

宋維藩，字瑞屏，烏程貢生。著《滇游遄歸》、《滇游詞》等。事具潘衍桐輯《兩浙輶軒續錄》卷六、王昶輯《國朝詞綜》卷四三、王昶《湖海詩傳》卷三十。

孫希旦（一七三六—一七八四），字紹周、肇周，號敬軒，浙江瑞安人。乾隆四十三年一甲三名進士，改庶吉士，授編修。著有《敬軒詩稿》。事具孫依言《遜學齋文鈔》卷六《敬軒先生行狀》、徐世昌纂《清儒學案小傳》卷一一、阮元輯《兩浙輶軒錄》卷三三、法式善《清秘述聞》卷七。

孫星衍（一七五三—一八一八），字淵如，號季逑，江蘇陽湖人。於經史、文字、音訓、諸子百家，皆通其義。乾隆五十二年一甲二名進士，授編修，散館改刑部主事，乾隆六十一年補山東督糧道，嘉慶十二年任山東布政使。著有《孫淵如先生全集》等。事具《揅經室二集》卷三《山東糧道淵如孫君傳》、王其淦修及湯成烈纂《光緒武進陽湖縣志》卷二十三、《清史列傳》卷六九、張紹南《孫淵如先生年譜》、徐世昌纂《清儒學案小傳》卷一一。

T

唐金，字緘之，號漢芝，遵義人。乾隆戊子舉人，官屯留知縣。劉鍾麟修《光緒屯留縣志》卷四、徐世昌輯《晚晴簃詩匯》卷六十三。

唐思，字再可，江都人。紹祖季子，官雲南知縣，讀書學詩外，尤善騎射、劍槊。甲午歸里，乙巳卒，年七十一。著有《鵠巢詩集》。事具阮元輯《淮海英靈集》丙集卷四。

唐英（一六七七—一七五四），字俊公、叔子，晚號蝸寄老人，滿洲正白旗人。歷官內務府員外郎，榷兩淮，復榷九江，在九江兼督瓷窑。自乾隆元年二月二十日至三年十二月十八日司榷幾及三載，諸弊悉除。著有《陶人心語》。事具趙爾巽等撰《清史稿》卷五〇五、李桓輯《國朝耆獻類徵初編》卷一四一、元成撰《續纂淮關統志》卷八、徐世昌輯《晚晴簃詩匯》卷六二。

童經正，字令輿，號淡泉，浙江錢塘人。工鈎勒花鳥。僑居江陰，乾隆辛亥寓居吳門。事具彭蘊璨《歷代畫史匯傳》卷二、馮金伯撰《墨香居畫識》卷八。

W

萬應馨，字黍維，號華亭，常州宜興人。幼聰慧，與同郡黄景仁齊名，年十五從盧都轉見曾學詩，受知於朱筠，領鄉薦後考取咸安宮教習，入直内廷，乾隆五十四年進士，授廣東仁化繼調新寧，旋引疾歸，主蜀山書院講席。著有《雞肋集》。事具顧名修及吳德旋纂《道光重刊續纂宜荊縣志》卷七、李斗《揚州畫舫錄》卷三、阮升基修《嘉慶重修宜興縣志》卷二。

王昶（一七二五—一八〇六），字德甫，號述庵、蘭泉，青浦人。乾隆十九年進士，以知縣歸班候選，丁丑高宗南巡，召試第一，授内閣中書，入直軍機處，累遷刑部郎中，因漏洩兩淮鹽引事罷職，赴雲南軍營效力，敘功復以吏部主事隨征大小軍川，事平仍直軍機處，官至刑部右侍郎。著有《春融堂集》，輯有《明詞綜》、王昶輯《國朝詞綜》、王昶輯《湖海詩傳》、《湖海文傳》等。事具阮元《揅經室二集》卷三《誥授光禄大夫刑部右侍郎述庵王公神道碑》、江藩《國朝漢學師承記》卷四《王蘭泉先生》、秦瀛《小峴山人文集》卷五《刑部侍郎蘭泉王公墓志銘》、嚴榮《述庵先生年譜》、徐世昌纂《清儒學案小傳》卷九、《清史列傳》卷二六、李桓輯《國朝耆獻類徵初編》卷九二。

王城，原名厘，字伯堅，號小鶴，晚號雪髯，肇奎子，安徽全椒人。嘉慶六年優貢生，充鑲藍旗教習。著有《青霞仙館詩文集》等。事具《民國全椒縣志》卷十、李放纂輯《皇清書史》卷十六。

王初桐（一七三〇—一八二一），原名元烈，字于揚，耿仲，號竹所，嘉定人，王昶從子。諸生。乾隆四十一年召試二等，後以四庫謄錄議敘齊河縣縣丞，歷署新城、淄川、平陰、壽光知縣，寧海州同知，所至政簡刑清。著作匯刻爲《古香堂叢書》。事具王昶撰及毛慶善編《湖海詩人小傳》卷三八。

王復（一七四七—一七九七），字敦初，秋塍，浙江秀水人，又曾次子。監生，入畢沅幕，署河南武陟、考城、商丘、偃師等縣。著有《晚晴軒稿》。事具武億《授堂文鈔》卷八《偃師縣知縣王君行實輯略》（收入《碑傳集》卷一〇七）、李桓輯《國朝耆獻類徵初編》卷二四五）、趙爾巽等撰《清史稿》卷四八五、王昶撰及毛慶善編《湖海詩人小傳》卷三八。

王鎬，字介巖，浙江會稽人，乾隆三十一年知泰州事，重建浴沂亭於學宫，修安定書院，士多向學。事具《棕亭詩鈔》卷一二《贈泰州牧王介巖》、阿史當阿修及姚文田纂《嘉慶揚州府志》卷四五。

王金英，字菊莊，江寧人，乾隆二十七年紀昀分校所取宛平籍舉人，任淮安書院山長，上元縣教諭。著有《冷香館未定稿》。事具金兆燕《棕亭詩鈔》卷十五《送王菊莊孝廉下第南歸，次蔣清容韻二首》、暴大儒修及廖其觀纂《同治峽江縣志》卷首、紀昀《閲微草堂筆記》卷一一、武念祖修及陳栻纂《道光上元縣志》卷十。

王景曾，字岵瞻、霽巖，號枚孫，順天宛平人。乾隆二十五年庚辰（一七六〇）進士，散館授檢討，官至禮部侍郎。事具法式善《清秘述聞》卷四、朱汝珍輯《詞林輯略》卷二。

王鳴盛（一七二二—一七九八），字鳳喈，號禮堂，別號西莊、西沚，江蘇嘉定人。乾隆十九年一甲二名進士，授翰林院編修，官至內閣學士，兼禮部侍郎。著有《西莊始存稿》等。事具錢大昕《潛研堂文集》卷四八《西沚先生墓志銘》、王昶《春融堂集》卷六五《王鳴盛傳》、《清史列傳》卷六八、趙爾巽等撰《清史稿》卷四八七。

王善橚，字令梴，石壁，安徽含山人。乾隆九年（一七四四）舉人，乾隆十九年官石門知縣，事性戇直，榜於堂曰：不貪以爲寶，有慾焉得剛。取前案未結者日理數事，不三月而畢。著有《石壁山房稿》。事具賀長齡編《皇朝經世文編》『姓名總目一』、蘇益馨修梅嶧纂《嘉慶石門縣志》卷十二、沈粹芬《國朝文匯》卷十三。

王尚珏，字若農，嘉興人。監生，以四庫館議敘官西林知縣。事具王昶《湖海詩傳》卷四二。

王嵩高（一七三五—一八〇〇），字少林，號慕堂，江南寶應人。乾隆二十七年舉人，二十八年進士，官至廣西平樂府知府，以乞養歸，遂不復出，爲安定書院院長而卒。著有《游梁集》。事具張維屏輯《國朝詩人徵略初編》卷四十、閔爾昌纂錄《碑傳集補》卷二十二、李桓輯《國朝耆獻類徵初編》卷二四〇。

王文寧，字櫟門、山客，先世山西蒲城，以業鹺移家漢上。著有《挹露詩鈔》。事具侯祖畬修及呂寅東纂《民國夏口縣志》卷一三『人物志一』、丁宿章輯《湖北詩徵傳略》卷七、李斗《揚州畫舫錄》卷一三。

王文泗，字東山、伯魯，號榕臺，儀徵諸生。工文詞，詞賦宗法六朝三唐，曾燠都轉揚州時極爲稱賞。嗣父國珍，乾隆辛酉舉人。事具阮亨及王豫輯《淮海英靈續集》庚集卷三、《嘉慶江都縣續志》

卷六。

王文治(一七三〇—一八〇二),字禹卿,號夢樓,丹徒人。乾隆二十五年一甲三名進士,授翰林院編修,擢侍讀,旋出爲雲南临安府知府。著有《夢樓詩集》。事具姚鼐《惜抱軒文後集》卷七《中憲大夫雲南臨安府知府丹徒王君墓志銘并序》、《清史列傳》卷七二本傳、朱汝珍輯《詞林輯略》卷四、趙爾巽等撰《清史稿》卷五〇三。

王燕緒,字翼子,號詒堂,山東福山人,乾隆二十五年進士。事具李調元《童山詩集》卷十《别編修王詒堂(燕緒)》、法式善《清秘述聞》卷七、朱汝珍輯《詞林輯略》卷四。

王又曾(一七〇六—一七六二),又名右曾,字受銘,號穀原、丁辛老人,浙江秀水縣人。乾隆十六年高宗南巡,召試一等,賜舉人,授内閣中書。十九年成進士,改禮部主事、刑部主事。著有《丁辛老屋集》。事具《清史列傳》卷七十二、李桓輯《國朝耆獻類徵初編》卷一四五、張維屏輯《國朝詩人徵略初編》卷三十六、趙爾巽等撰《清史稿》卷四八五。

王玉成(不知名),畢節人,舉人,乾隆三十三年任東臺縣知縣。事具《嘉慶揚州府志》卷三十八、周古修《嘉慶東臺縣志》卷七。

汪畲,一名大畲,字中也,號雪礓,江都人,與江橙里同里相善。畫仿倪高士,尤精金石之學。事具李斗《揚州畫舫録》卷一二、馮金伯撰《墨香居畫識》卷六、洪業輯校《清畫傳輯佚三種·讀畫隨筆》卷三五、金兆燕《棕亭古文鈔》卷二《汪君雪礓傳》。

汪存寬,字經耘,號香泉,安徽休寧縣人。乾隆十九年(一七五四)進士,由翰林院編修考選河南道御史，轉工科給事中。事具法式善《清秘述聞》卷七、朱汝珍輯《詞林輯略》卷四、黄叔璥《國朝御史題名》乾隆三十九年條。

汪棣，字韡懷，號對琴，碧谿，歙縣人。儀徵廩生。入貲得國子監助教轉刑部員外郎。著有《持雅堂集》、《春華閣詩》。事具《道光重修儀徵縣志》卷三六、徐世昌《晚晴簃詩匯》卷八十五、阮亨及王豫輯《淮海英靈續集》庚集卷二、李斗《揚州畫舫録》卷十。

汪端光（一七四八—一八二六），初名龍光，字劍潭，澗雲，江蘇儀徵人。乾隆三十六年順天舉人，乾隆南巡，授國子監學正，歷主揚州安定、樂儀書院。著有《汪劍潭詩稿》。事具王昶撰及毛慶善編《湖海詩人小傳》卷三二、道光《重修儀徵縣志》卷三十一、李放纂輯《皇清書史》卷一八。

汪沆，字師李，西灝，號槐堂，錢塘人。諸生。沆早歲能詩，與杭世駿齊名，又好爲有用之學，自農田、水利、邊防、軍政靡不條貫。乾隆元年舉博學鴻詞，報罷。著有《槐堂詩稿》，分修《浙江通志》及《西湖志》。事具《清史列傳》卷七一、張維屏輯《國朝詩人徵略初編》卷二七、徐世昌《晚晴簃詩匯》卷七十三。

汪槐，字樫亭，江寧人。乾隆二十六年進士，補河南商丘縣，遷北司馬，丁艱歸，寄居全椒。著有《敦仁堂詩鈔》，金兆燕爲之序行世。事具《民國全椒縣志》卷九。

汪履基，字存南，安徽全椒人。乾隆三十六年（一七七一）舉人，工詩文，吳鼒嘗從受駢體文法，乾隆五十九年（一七八〇）迎鑾召試，授内閣中書。著有《溯迴草堂集》。事具《民國全椒縣志》卷二及卷十、何紹基《光緒重修安徽通志》卷三二九。

汪啟淑，字慎儀、秀峰，號訒葊、訒庵、訒菴，歙縣綿潭人。工詩好古，又酷耆金石文字，官兵部郎中。著有《訒葊詩存》、《水曹清暇錄》、《續印人傳》等。事具《道光歙縣志》卷八之五『文苑』、何紹基《光緒重修安徽通志》卷二二五、金天翮《皖志列傳稿》卷四《汪啟淑傳》。

汪洽聞，字或號閬洲，安徽歙縣人。賦性樸且惇，養母篤孝，生一男三女，訓之以古誡，次女生最慧，早歲能詩書，手緝《列女傳》。吳敬梓《儒林外史》王玉輝及三姑娘形象即以汪洽聞與其次女爲原型。事具《棕亭古文鈔》卷八《汪閬洲七十壽序》及《棕亭詩鈔》卷四《古詩爲新安烈婦汪氏作》以及《棕亭詞鈔》卷二《沁園春（匏樽爲汪洽聞賦）》、《乾隆歙縣志》卷一五『唐麟杰妻汪氏』、程襄龍《澂潭山房古文存稿》卷一《唐烈婦傳》。

汪軔，字輂雲、迂行，江西武寧人。少孤貧，刻苦向學，戇直重氣誼，與蔣士銓、趙由儀、楊垕稱『江西四子』。以副貢生爲教官卒。著有《魚亭集》。事具曾燠《江西詩徵》卷七一、袁枚《隨園詩話》卷八、包發鸞修《民國南豐縣志》卷三五。

汪上林，字晴初，浙江錢塘人。乾隆二十六年進士，散館授編修，乾隆三十三年任江蘇興化知縣，三十六年再任，官至江西甯都州知州。事具《嘉慶揚州府志》卷三八、何應松修及方崇鼎纂《道光休寧縣志》卷九及卷一一、朱汝珍輯《詞林輯略》卷四。

汪堂，字仲升，磽岩（巖），江蘇儀徵人。於東城圖畫舊址構水香村墅，與四方詩人交，一時稱盛。著有《水香村墅詩》。事具阮元輯《淮海英靈集》丙集卷四。

汪玉樞，字辰垣，號恬齋，安徽歙縣人。事具李斗《揚州畫舫錄》卷七、《民國歙縣志》卷十、《棕亭古文鈔》卷四《汪茮谷補錄詩冊序》及卷五《汪茮谷詩序》、《汪恬齋先生詩集序》。

汪元均，字琴山，號桐軒。安徽蕪湖人。辛酉領鄉薦，辛未挑發廣西知修仁縣事。著有《夢蕙草堂遺集》。事具余誼密修及鮑實等纂《民國蕪湖縣志》卷五十。

汪元麟，字友人、石恬，休寧人。乾隆四年進士，乾隆十三年任江西南昌縣知縣。事具《揚州畫舫》卷三、《道光休寧縣志》卷九及卷一一、許應鑅修及曾作舟纂《同治南昌府志》卷二二、李艾塘《民國揚州叢刻》『揚州畫苑錄三』、彭蘊璨《歷代畫史彙傳》卷三三。

汪兆宏，字文錫、荇村，乾隆三十九年（一七七四）舉人，將赴禮部試，母以路遠爲憂，乃不行；母死，居三年喪。乾隆五十四年（一七八九）己酉科進士，選旌德縣知縣不就，改鳳陽府學教授。事具李斗《揚州畫舫錄》卷十三、《光緒增修甘泉縣志》卷一二。

汪肇龍（一七二一—一七八〇），字松麓，一字稚川，歙縣人。從學江永，與金榜、程瑤田、汪梧鳳、鄭牧、方矩、洪榜並稱『江門七子』。乾隆二十五年（一七六〇）補學官弟子，二十七年（一七六二）壬午副榜，三十年（一七六五）舉進士不第，遂絕意科舉仕途，而手不釋卷，日讀其未見書以資考據，成爲徽派樸學的重要學者。事具《道光歙縣志》卷八之七、徐世昌纂《清儒學案小傳》卷六、李桓輯《國朝耆獻類徵初編》卷四二〇、錢儀吉纂錄《碑傳集》卷一三三、鄭虎文《汪明經肇龍家傳》。

汪中（一七四四—一七九四），初名秉中，字容甫，號庸夫，江都人。少孤貧，母授以書。稍長，助書商販書，得遍讀群書，詩文書翰，無所不工，尤嗜金石文字。年二十補諸生。乾隆四十二年拔貢生，後即絕意仕進。乾隆五十九年在杭州文瀾閣校《四庫全書》，因暴病而卒。著有《述學》、《汪容甫遺詩》

志銘》。

等。事具汪喜孫《汪容甫先生年譜》、《清史列傳》卷六八本傳、淩廷堪《校禮堂文集》卷三五《汪容甫墓志銘》。

汪焯，字心來，歙縣人。工詩書，學詩宗王、韋。著有《陶村詩稿》。事具《民國歙縣志》卷十『人物志·詩林』(附汪士鋐後)。

韋謙恒(一七二〇—一七九六)，字慎旃，號葯仙、葯齋、約軒、木翁，蕪湖人。贅婿全椒並寓居苦讀，因父母葬全椒，遂占椒籍。乾隆二十二年召試舉人，乾隆二十八年探花及第。官至貴州布政使。有《傳經堂詩鈔》存世。事具《民國全椒縣志》卷九、《民國蕪湖縣志》卷五十、王昶撰及毛慶善編《湖海詩人小傳》卷二七、朱汝珍輯《詞林輯略》卷四。

翁方綱(一七三三—一八一八)，字正三，號覃溪、蘇齋，大興人。精研經術，尤精金石之學。乾隆十二年舉人，十七年進士。歷官編修、累官內閣學士，左遷鴻臚寺卿。著有《復初齋詩集》、《復初齋文集》等。事具徐世昌纂《清儒學案小傳》卷九、《清史列傳》卷六八、李桓輯《國朝耆獻類徵初編》卷九一、支偉成著《清代樸學大師列傳》卷一八、沈津《翁方綱年譜》。

吳邦治，字鶴關，號江上放鶴翁，信行人，僑居漢口。有論畫、論詩、論印諸作，皆精當，嘗登大別山作看雪圖。著有《鶴關文賸》。事具《民國歙縣志》卷十及卷一五。

吳本錫(一七一九—一七九一)，字汝蕃，號舊浦，甘泉人。乾隆十二年舉人，官和州學正、潁州府教授。著有《寄雲樓詩集》、《松下清齋集》。事具朱筠《笥河文集》卷十《州二薛孝子祔祠碑記》、秦黌《石研齋集》卷一二《哭金棕亭》、阮亨及王豫輯《淮海英靈續集》庚集卷三、張佩芳修《乾隆歙縣志》卷

八、《光緒增修甘泉縣志》卷一二。

吳鑌，字鐵士，號石屋山人，晚號達安老人，海鹽諸生。工丹青，善寫花卉。事具潘衍桐輯《兩浙輶軒續錄》卷四七。

吳光國，字廷曜，一字硯農。能詩，工篆、隸、楷法，籍於歙，僑於揚，徧游燕、晉、楚、蜀名山大川之區，兩除雲南大理永昌司獄。事具《棕亭古文鈔》卷二《吳硯農傳》。

吳煥仕，字學庵，號竹如。事具《道光重修儀徵縣志》卷三七。

吳敬梓（一七〇一—一七五四），又名學栻，字敏軒、文木，號粒民，自稱『文木老人』、秦淮寓客，安徽全椒人。康熙五十七年（一七一八）考取秀才，雍正十一年（一七三三）移家南京，乾隆元年丙辰（一七三六）薦舉博學鴻詞科試，辭不就，年四十而産盡，賣去全椒江北唯一老屋集資修建先賢祠，乾隆十八年癸酉（一七五三）敕封文林郎內閣中書。著有《儒林外史》、《文木山房集》、《詩説》、《史漢紀疑》。事具《民國全椒縣志》卷一、程晉芳《勉行堂文集》卷六《文木先生傳》、胡適《吳敬梓年譜》。

吳珏，字西玉，號並山，歙縣人。乾隆二十八年進士，官中書。著有《香草詞》。事具《光緒增修甘泉縣志》卷十五『人物寓賢』、李斗《揚州畫舫録》卷三、丁紹儀《國朝詞綜補》卷十四。

吳均，字公三，號梅查，江都人。著有《青棠館詩集》、《翠雲閣詩餘》。事具吳德旋撰《初月樓聞見録》卷九、汪廷儒編撰《廣陵思古編》卷一二《族祖梅查翁青芝館詩集序》（按：『芝』當爲『棠』之誤）。

吳楷，字一山，儀徵籍。工詩文，性喜交遊，與同時諸名士詩酒唱和，才名籍甚。乾隆三十年（一七六五）應南巡召試，官內閣中書，未幾罷歸。著有《含薰詩》、《丹橘林》。事具《嘉慶江都縣續志》卷六、李斗《揚州畫舫錄》卷三、阮元輯《淮海英靈集》丁集卷三。

吳寬（一七二三—一七七二），字栱芍，號二匏，歙縣人，吳宁弟。乾隆三十年拔貢，官至福建汀州府同知。吳寬、吳宁卒後，兆燕作《挽吳二匏》、《哭吳松原》。事具金兆燕《棕亭古文鈔》卷一《汀州司馬吳君二匏傳》（收入《國朝耆獻類徵初編》卷二五五）、王昶撰及毛慶善編《湖海詩人小傳》、朱筠《笥河文集》卷一四《汀州府同知吳君墓志銘》。

吳烺（一七一九—一七八二），字荀叔，號杉亭，吳敬梓的長子，安徽全椒人。工勾股旁要之學，兼工詞。乾隆十六年召試賜内閣中書，官寧武府同知。著有《杉亭集》、《春華小草》。事具《民國全椒縣志》卷十、王昶撰及毛慶善編《湖海詩人小傳》卷一四、阮元撰《疇人傳》卷四、王昶輯《國朝詞綜》卷三十五。

吳良璧，字夢星，四川榮縣人。康熙壬子副榜，康熙五十一年司鐸丹稜，講學不倦。事具黄廷桂《雍正四川通志》卷九下、黄大本纂修《乾隆榮縣志》卷三。

吳魯（一七四四—一八二三），字慕橋、暮橋、迂客，號宣國，甘泉人，歙縣籍。監生，候選州司馬。著有《古愚軒詩集》。事具《棕亭古文鈔》卷三《高太恭人傳》、南京師範大學古文獻整理研究所編著《江蘇藝文志·揚州卷》第二八五頁。

吳宁（？—一七七八），字菌穭，號松原，歙縣人，吳寬伯兄。乾隆十四年（一七四九）爲金兆燕《棕亭古文鈔》作序，乾隆三十九年（一七七四）爲金榘《泰然齋集》作序。事具《棕亭古文鈔》卷八《吳母程太孺人貞節記》、朱滋年輯《南州詩畧》卷四。

吳檠（一六九六—一七五〇），字青然，號岑華、半園，安徽全椒人，吳敬梓堂兄。安徽巡撫都察院右副都御史王紘舉薦，乾隆元年參加博學鴻詞科考試，後落選，乾隆六年辛酉（一七四一）中舉人，乾隆十年（一七四五）乙丑第二甲十一名進士及第。官刑部主事，頗有賢聲，卒於任上。著有《青耳珠談》、《溪上草堂集》、《衢謠集》、《咫聞齋詩鈔》及《陽局詞鈔》。事具吳衡照《蓮子居詞話》卷四、杭世駿撰《詞科掌錄》卷六、沈德潛編《清詩別裁集》卷二九、孟醒仁《吳敬梓年譜》附《全椒吳氏世系（科第、仕宦、著述）一覽簡表》。

吳清藻，字蘭谷，吳錫麒子，浙江錢塘人。兩淮候補鹽知事。著有《夢烟舫詩》。事具潘衍桐輯《兩浙輶軒續錄》卷十四。

吳泰來（一七二二—一七八八），字企晉，號竹嶼，江蘇長洲人。少由副貢生選校官，乾隆二十五年進士，賜內閣中書，不赴。畢沅延主講關中書院，後隨至河南，主講大梁書院。著有《淨名軒集》。事具錢林輯王藻編《文獻徵存錄》卷四、《清史列傳》卷七二、張維屏輯《國朝詩人徵略初編》卷三七。

吳蔚光（一七四三—一八〇三），字哲甫，號竹橋、執虛、湖田外史，江蘇昭文人。妻邵齊芝乃邵齊燾妹。乾隆四十五年進士，官禮部主事。有《素修堂詩集》等。事具法式善《存素堂文集》卷四《例授奉直大夫禮部主事吳君墓表》、閔爾昌纂錄《碑傳集補》卷一一、張維屏輯《國朝詩人徵略初編》卷四七。

吳錫麒（一七四六—一八一八），字聖徵，號穀人，浙江錢塘人。乾隆四十年進士，改翰林院庶吉士，散館授編修，官至國子監祭酒，以親老乞養歸里，至揚州主講安定、樂儀書院。著有《有正味齋集》。事具《清史列傳》卷七十二、張維屏輯《國朝詩人徵略初編》卷四四、李桓輯《國朝耆獻類徵初編》卷一

三二、潘衍桐《兩浙輶軒續錄》卷一一、《清代七百名人傳》第五編『藝事文學』。

吳賢，字魯齋，休寧人。江都令。事具顧宗泰《月滿樓詩集》卷一《棲霞集》有《送吳魯齋宰江都》、吳顥《玉臺新詠箋注》卷末『考訂姓氏』中有『休寧吳賢魯齋』、汪啟淑《讱葊詩存》之《客燕偶存》題詞下署『休寧吳賢魯齋』。

吳省欽（一七三〇—一八〇三），字沖之、充之，號白華，南匯人。乾隆二十二年召試舉人，授內閣中書，二十八年進士。官至左都御史。著有《白華前稿》、《白華後稿》。事具王昶《春融堂集》卷五十六《前經筵講官都察院左都御史吳君墓志銘》、《清史列傳》卷二八、法式善《清秘述聞》卷八、吳省欽《白華後稿》卷首附白華及其子敬樞所續《年譜》。

吳煊，字星濤，號蓮盉，歙縣人，雯炯弟，居南昌。著有《蓮盉堂詩鈔》。事具《民國歙縣志》卷一五『藝文志·書目』、曾國藩修及劉繹纂《光緒江西通志》卷一七七、曾燠《江西詩徵》卷七十、金兆燕《棕亭詩鈔》卷五《贈吳叟星濤》詩前小序。

吳煐，一名文熊，字蘅叔，號渭川，吳敬梓第三子，安徽全椒人。舉人，官廣東潮州府普寧縣知縣。事具周碩勳重修《潮州府志》卷三二、秦國經主編《清代官員履歷檔案全編》第十八冊五五六頁、陳毅《所知集》卷八吳煐《留別李端書、葉翠岩》。

吳玉生，字漁浦，歙縣溪南人，刑部浙江司。事具《民國歙縣志》卷五。

吳苑，字楞香，號鱗潭、潛虯，安徽歙縣人。康熙二十一年進士，官至國子祭酒。著有《北黟山人詩》、《梅莊記》等。事具《國朝詩別裁集》（清抄本）卷一三、《民國歙縣志》卷七、潘耒《遂初堂文集》卷一九《中大夫國子監祭酒吳君墓志銘》、《清史列傳》卷七一。

吳鼒（一七五五—一八二一），字山尊，號及之、抑庵，安徽全椒人。嘉慶四年進士，官翰林院侍講學士。著有《吳學士集》。事具夏寶晉《冬生草堂文錄》卷四《翰林院侍讀學士吳公墓志銘》、《清史列傳》卷七二本傳、張維屏輯《國朝詩人徵略初編》卷五四等。

武億（一七四五—一七九九），字虛谷、小石，號半石山人，河南偃師人。乾隆四十五年進士，官山東博山知縣，以杖和珅遺役罷官。著有《授堂文鈔》、《授堂金石文字序跋》等。事具《清史列傳》卷六八、江藩撰《漢學師承記》卷四、朱珪《知足齋文集》卷五《前博山縣知縣詔起引見武君墓志銘》、法式善《存素堂文集》卷四《武虛谷傳》。

X

夏之璜，原名畹，字湘人、寶傳，晚號考夫，盧雅雨運使高弟。幼失怙，盧見曾初知六安，甚器之。乾隆六年，盧見曾坐累遣軍臺，無肯從者，璜慨然從行，往返萬里無難色。年既老，手不釋卷，乾隆庚子年八十二欽賜舉人，卒年八十有六。著有《橐中集》、《出塞日紀》。事具張應昌輯《國朝詩鐸》卷二一、李蔚修及吳康霖等纂《同治六安州志》卷三三、凌廷堪《校禮堂文集》卷二十三。

項佩魚，字孔亭，號小溪，安徽休寧人。僑寓維揚，工山水，嘗館於江鶴亭家。事具王鋆《揚州畫苑錄》卷一、馮金伯撰《墨香居畫識》卷六、盛叔清輯《清代畫史增編》卷二五。

謝啟昆（一七三七—一八〇二），字蘊山，號蘇潭，江西南康人。乾隆二十五年進士，歷官鎮江及揚州與寧國知府、山西及浙江布政使、廣西巡撫等。著有《樹經堂集》等。事具徐世昌纂《清儒學案小傳》卷九、支偉成著《清代樸學大師列傳》卷十四、姚鼐《惜抱軒文後集》卷七《廣西巡撫謝公墓志銘并序》、《清史列傳》卷三七、李桓輯《國朝耆獻類徵初編》卷一八五。

謝墉（一七一九—一七九五），字昆城，號金圃、東墅，浙江嘉善人。乾隆十六年，南巡召試第一賜內閣中書，十七年進士，十九年散館授編修，因撰閩浙總督喀爾吉善碑文語失當，下部議降調，二十四年直南書房，累官工部侍郎，督江蘇學政。著有《安雅堂詩鈔》。事具李放纂輯《皇清書史》卷二九、《清史列傳》卷二五、李桓輯《國朝耆獻類徵初編》卷九一、朱汝珍輯《詞林輯略》卷四、阮元《揅經室二集》卷三《吏部左侍郎謝公墓志銘》。

謝垣，字東君、載東，號漫叟，嘉善人。乾隆十六年召試二等，三十一年進士。官刑部主事。博學，善鑒古，工詩文書畫。著有《壺領山房詩集》、《鐵網齋文集》。事具馮金伯撰《墨香居畫識》卷六、王昶撰及毛慶善編《湖海詩人小傳》卷三一、江峰青修《光緒重修嘉善縣志》卷二四。

徐麟趾，字荔村，浙江秀水人。工詩，爲尹元長制軍所知，晚居康山草堂。事具李斗《揚州畫舫錄》卷十二、阮亨及王豫輯《淮海英靈續集》庚集卷二。

徐書受，自留封，一字尚之，江蘇武進人。乾隆四十五年副貢，歷官南臺知縣。著有《教經堂詩文集》。事具張維屏輯《國朝詩人徵略初編》卷三十九、張惟驤撰《清代毗陵名人小傳稿》卷五、洪亮吉《更生齋文續集》卷二《敕授文林郎河南南召縣知縣候補知州徐君墓志銘》。

徐映玉，字若冰，沈大成女弟子，吳縣崑山人。嫁孔某，居蘇州之木瀆鎮。學琴，得虞山指法，既嫁曰：此非婦人事也，遂輟不爲。著有《南樓集》。事具葉昌熾《緣督廬日記抄》卷九、汪啟淑《水曹清暇録》卷三、郝玉麟修《清稗類鈔》『飲食類』及『音樂類』。

許乃普（一七八七—一八六六），字季鴻，號滇生、經厓，浙江錢塘人。嘉慶庚辰一甲二名進士，授編修，官至吏部尚書，太子少保，諡文恪。書宗二王，與祁寯藻等爲四書家。著有《堪喜齋集》。事具《清史列傳》卷四七、徐世昌輯《晚晴簃詩匯》卷一二八、朱汝珍輯《詞林輯略》卷五、竇鎮輯《國朝書畫家筆錄》卷三。

許月溪，與金兆燕交好，安徽全椒人。貌寢而性樸，不喜與城市聲華子弟游，居荒村中，授徒養母。事具《棕亭古文鈔》卷五《許月溪詩序》。

Y

嚴長明（一七三一—一七八七），字東有、冬有、冬友、道甫，江寧人。乾隆二十七年召試，賜舉人，授内閣中書，官至侍讀學士。著有《玉井搴蓮集》、《歸求草堂詩集》等。事具錢大昕《潛研堂文集》卷三七《内閣侍讀嚴道甫傳》、《清史列傳》卷七二、徐世昌纂《清儒學案小傳》卷九、黄鍾駿編《清代疇人傳四編》卷二、姚鼐《惜抱軒文集》卷一三《嚴冬友墓志銘并序》。

楊晉，字子和、子鶴，號西亭，自號谷林樵客、鶴道人、野鶴，江蘇常熟人。善畫山水。事具吴修編《昭代名人尺牘小傳》卷一四、馮金伯撰《國朝畫識》卷七。

姚鼐（一七三一—一八一五），字姬傳，夢穀，號惜抱，安徽桐城人。乾隆二十八年進士，官禮部郎中，四庫編修。乾隆三十八年，清廷開《四庫全書》館，姚鼐被薦入館充纂修官。三十九年告歸後主講揚州、鍾山各書院。著有《惜抱軒全集》。事具鄭福照《姚惜抱先生年譜》、吴德旋《初月樓文續鈔》卷八《姚惜抱先生墓表》、姚瑩《東溟文集》卷六《朝議大夫刑部郎中加四品銜從祖惜抱先生行狀》、唐鑒《學案小識》卷五、《清史列傳》卷七二。

俞大謨（一七三〇—一八〇七），字安國，號耦生，江都人。嘉慶元年恩貢生。肄業安定書院，與丹徒王文治、興化徐步雲、寶應王嵩高等並爲院中白眉，以恩貢終。著有《讀易舉例》。事具王豫輯《淮海英靈續集》庚集卷三、《嘉慶揚州府志》卷五二、趙懷玉《亦有生齋集》卷一三《恩貢生候選直隸州州判俞君家傳》、阮元《淮海英靈續集》庚集卷三、《嘉慶江都縣續志》卷六。

俞鳴南，字熏仲，俞大謨次子，江都人，道光元年薦舉孝廉方正。事具凌霄《快園詩話》卷十一、《棕亭詩鈔》卷一七《贈俞耦生次郎熏仲入贅》、英傑修《同治續纂揚州府志》卷七。

余鵬翀（一七五五—一七八四），字少雲，號月邨、息六，鵬年弟，江南懷寧人。諸生，工水墨畫，詩以格勝，落筆多仙語、鬼語。卒年僅二十八。著有《息六齋遺稿》。事具朱之英修《民國懷寧縣志》卷一九、王昶輯《國朝詞綜》卷四五、張維屏輯《國朝詩人徵略初編》卷四十二、李桓輯《國朝耆獻類徵初編》卷四三六。

余鵬年，原名鵬飛，字伯扶，江南懷寧人。家貧游幕四方，得金錢隨手輒盡。乾隆五十一年丙午（一七八六）舉人，與弟鵬翀並以才名，工詩善畫，豪於酒，所至以酒自隨，年四十餘卒。著有《枳六齋詩稿》。事具朱之英修《民國懷寧縣志》卷一九、張維屏輯《國朝詩人徵略初編》卷四十八、王昶輯《湖海詩傳》卷四十。

袁鑒，字汝甘，澍甘，一字春圃，浙江錢塘人。乾隆二十二年進士，由編修官至江寧布政使，降補江寧知府。事具阮元輯《兩浙輶軒錄補遺》卷五、朱汝珍輯《詞林輯略》卷四、黄叔璥《國朝御史題名》『乾隆三十三年』。

袁枚（一七一五—一七九八），字子才，號簡齋、隨園，浙江錢塘人。乾隆四年進士，官江寧等知縣。著有《隨園詩話》、《小倉山房詩文集》等。事具姚鼐《惜抱軒文集》卷十三《袁隨園君墓志銘》、方濬師《隨園先生年譜》、黄金臺《木雞書屋文三集》卷六《袁簡齋先生傳》、《清史列傳》卷七二。

岳夢淵，字峙渟，號水軒，河南湯陰縣人。諸生，負經濟之學，諸大府多以奇士目之，大吏多延致之，爲幕僚有名。著有《海桐書屋詩鈔》、《黄歙吟》。事具馮金伯撰《墨香居畫識》卷七、李桓輯《國朝耆獻類徵初編》卷四三三、《海桐書屋詩鈔》序。

Z

查洪埘，字英石，西門人。乾隆六年副榜，選儒學官，未赴。善詩賦篆隸藻繪，其詩雍容典雅，畫則澄澹瀟踈。事具《道光休寧縣志》卷十及卷十四。

詹肇堂，字南有，石琴，江蘇儀徵人。乾隆五十七年舉人。著有《心安隱室詩集》。事具王昶撰及毛慶善編《湖海詩人小傳》卷四十、阮亨及王豫輯《淮海英靈續集》庚集卷三。

張賓鶴，字仲謀，號堯峰、雲汀居士，浙江錢塘人，吴椒園甥。性豪宕，不羈小節。詩學杜、韓，其七古蒼涼勁健，尤入少陵之室。著有《雲汀詩抄》。事具李放纂輯《皇清書史》卷一五、李桓輯《國朝耆獻類徵初編》卷四〇四、阮元輯《兩浙輶軒錄》卷三五、楊鍾羲《雪橋詩話三集》卷七。

張秉彝，字仲倫，號南垞。儀徵人，貢生。施朝幹所撰傳云以例入成均，潛心詩學，泝流窮源，深入堂奥。乾隆辛未南巡賜内緞荷包，年六十二卒。著有《南垞詩鈔》。事具《道光重修儀徵縣志》卷三六、阮元輯《淮海英靈集》丁集卷三。

張賜寧，字坤一，號桂巖，直隸滄州人。初遊幕於江南，後官通州管河州判，僑寓揚州。工繪事，花卉人物落筆有奇氣。著有《黄花吟館詩集》。事具蔣寶齡撰《墨林今話》卷八、陶梁輯《國朝畿輔詩傳》卷五三、錢泳《履園叢話》卷一一（下）、李斗《揚州畫舫録》卷二。

張道渥，字水屋、封紫，竹畦，山西浮山人。貢生捐納，以鹺務官需次兩淮，官兩淮運判，左遷簡州州判。在揚州與吴穀人羅兩峰諸公交。工書善畫，性不羈，人呼張風子，因以自號張風子。著有《水屋賸稿》。事具震鈞《國朝書人輯略》卷七、李斗《揚州畫舫録》卷三、李玉棻編《甌鉢羅室書畫過目考》卷三、任耀先修及張桂書纂《民國浮山縣志》卷二十六。

張棟，字鴻勳，號玉川、看雲山人，吴江人。邑諸生，家於鶯脰湖之濱，博學工詩文，乾隆十六年兩浙雅中丞聘纂南巡盛典。著有《看雲吟稿》。事具王昶撰及毛慶善編《湖海詩人小傳》卷一九、張庚《國朝畫徵録》卷下、馮桂芬《同治蘇州府志》卷五十、王昶輯《國朝詞綜》卷二十八。

張九鉞（一七二一—一八〇三），字度西，號陶園、紫峴，湖南湘潭人。乾隆二十七年舉人，歷官江西、廣東等縣知縣。著有《紫峴山人詩集》。事具《清史列傳》卷七二、張維屏輯《國朝詩人徵略初編》卷三八及《國朝詩人徵略二編》卷三四、馬傳業修及劉正慧等纂《同治續修羅江縣志》卷二四《李雨村先生年譜》。

張梁，字大木、奕山，號幻花，江南華亭人。康熙五十二年進士，充武英殿纂修官，不樂仕進，戶庭蕭寂，如游方外人。喜鼓琴，興到時弄一二曲。年八十三卒。著有《澹吟樓詩鈔》。事具張維屏輯《國朝詩人徵略初編》卷二十一、徐世昌輯《晚晴簃詩匯》卷六十三、《光緒青浦縣志》卷二一。

張鵬翀（一六八八——一七四五），字天飛，抑齋，號南華，嘉定人。雍正五年進士，官詹事府詹事。著有《南華山房詩鈔》。事具《清史列傳》卷七一、李桓輯《國朝耆獻類徵初編》卷一二五、杭世駿編《詞科餘話》卷四、《國史文苑傳稿》卷二、王昶《春融堂集》卷六五《張鵬翀傳》。

張式，字抱翁，號荔門，夫椒山人，江蘇無錫人。著有《荔門集》。事具蔣寶齡撰《墨林今話》卷一六、盛叔清輯《清代畫史增編》卷一五、震鈞輯《國朝書人輯略》卷九。

張坦，字芑田，號松坪，陝西西安臨潼縣人。乾隆十七年進士。事具法式善《清秘述聞》卷七。

張彤（？——一八一二），字漢槎，號萼樓、鶴柴，浙江烏程人。乾隆五十一年舉人，大挑一等，授太和縣知縣，官山東按察使。輯有《承歡集》。事具《光緒歸安縣志》卷四二『耆舊』。

張塤，字商言，一字商賢，號瘦同、瘦桐、瘦銅、吟鄉、湖莊，吴縣人。精於書畫鑒賞。乾隆三十年舉人，官中書舍人、景山學宫教習，三十八年入四庫館任編校。著有《竹葉庵集》等。事具李放纂輯《皇清書史》卷一五、鄧長風《張塤和他的〈竹葉庵文集〉》。

張繹，字巽言，號墅桐。柔嶺人，江都籍。喜交友，常載酒湖舫爲文宴之會，尤喜藏書，殁後遺稾零落。事具《民國歙縣志》卷十、阮元輯《淮海英靈集》甲集卷三。

張因（一七四一——一八〇七），原名英，字淑華，號淨因道人，湖北江夏縣人，江都舉人黄文暘妻。善畫工詩詞。著有《綠秋書屋詩》、《雙桐館詩鈔》。著有《綠秋書屋詩鈔》。事具阮元《揅經室二集》卷六《浄因道人傳》、蔡殿齊編《國朝閨閣詩鈔》第四冊卷八、沈善寶《名媛詩話》卷一、金兆燕《棕亭古文鈔》卷五《張淑華閨秀綠秋書屋吟稿序》、丁宿章輯《湖北詩徵傳略》卷二、吳德旋撰《初月樓聞見錄》卷五、陳文述撰《畫林新詠》補遺。

張裕犖，字幼穆，號樊川，江南桐城人。乾隆十三年（一七四八）進士，散館授編修，官至國子監祭酒。事具法式善《清秘述聞》卷十五、王昶撰及毛慶善編《湖海詩人小傳》卷一一。

章學誠（一七三八—一八〇一），字實齋，號少巖，浙江會稽人。乾隆四十三年進士，官國子監典籍。不甘於章句之學，有良史才。著《文史通義》、《校讎通義》，纂《和州志》、《永清縣志》等。事具譚獻《復堂文續》卷四《章先生家傳》、《清史列傳》卷七二、徐世昌纂《清儒學案小傳》卷十、胡適撰姚名達訂補《章實齋先生年譜》。

趙文哲（一七二五—一七七三），字損之、升之，號璞函，上海人。以詩文書法著，《清史稿・文苑・曹仁虎傳》云曹仁虎與王鳴盛、王昶、錢大昕、趙文哲及吳泰來、黃文蓮並稱『吳中七子』。（沈德潛編有《吳中七子詩》，故名）乾隆二十七年召試舉人，賜內閣中書，充方略館纂修，軍機處行走。乾隆三十三年坐盧見曾案免。時緬甸用兵，入將軍阿桂幕，以勞績復官，擢戶部主事。後入溫福將軍幕中，乾隆三十八年，進兵木果木，師潰殉難，贈光祿寺少卿。著有《媕雅堂詩集》、《娵隅集》等。事具程晉芳《勉行堂文集》卷六《四死事傳・趙文哲》、王昶《春融堂集》卷五三《卹贈光祿寺少卿戶部主事趙君墓志銘》、《清史列傳》卷六五及七二、林景忠輯《國朝忠義私淑錄初編》卷一一。

趙翼（一七二七—一八一四），字雲崧、雲松、耘松，號鷗北，江蘇陽湖人。乾隆十五年舉順天鄉試，二十六年探花及第。歷官內閣中書、貴西兵備道等。著有《甌北集》、《廿二史劄記》、《陔餘叢考》等。事具清光緒三年重刻《甌北全集》本《甌北先生年譜》、《清史列傳》卷七二、徐世昌纂《清儒學案小傳》卷九、李桓輯《國朝耆獻類徵初編》卷二二二。

趙之壁，字東辰、恒齋，宏燦子，世襲一等子，甘肅寧夏人。性恬靜，生世胄而淡然聲利，由戶部郎歷任府道，陞兩淮鹽運使、江西驛鹽道，又爲長蘆鹽運使。後告病回籍，卒於家。事具楊浣雨《乾隆寧夏府志》卷一三、李斗《揚州畫舫錄》卷二、《清史列傳》卷一二、震鈞輯《國朝書人輯略》卷四、乾隆五年十二月十日敕諭（臺北：『中央研究院』歷史語言研究所明清檔案工作室檔案登錄號一〇四九三五—〇〇一）、震鈞輯《國朝書人輯略》卷四。

鄭來（一六九五—一七六三），字鵬戢、朋集、壽鵬、萊公，號松蓮，歙縣人。好學篤行，力田養母，尤工於書法，客揚州甚久。著有《松蓮詩稿》。事具曹文埴《石鼓硯齋文鈔》卷一九《鄭貞靖先生墓志銘》、李放纂輯《皇清書史》卷二九、《乾隆歙縣志》卷一四、《民國歙縣志》卷十。

鄭汝暘，字紺珠，安徽歙縣人。工書。事具《民國歙縣志》卷十、金兆燕《棕亭詩鈔》卷一《懷鄭詩有序》及卷四《贈鄭松蓮處士，兼寄鄭紺珠一百韻》。

鄭王臣，字慎人，號蘭陔，福建莆田人。乾隆二十一年（一七五六）京兆鄉薦副貢生，官蘭州知府。著有《蘭社詩稿》。事具王誥修及黃鈞纂《光緒永川縣志》卷三、徐世昌輯《晚晴簃詩匯》卷六十三。

鄭爔，字西橋，安徽歙縣人。乾隆二十二年進士，由翰林院編修考選山西道御史。事具《道光歙縣志》卷七、黃叔璥《國朝御史題名》『乾隆四十四年』、朱汝珍輯《詞林輯略》卷四。

鄭燮（一六九三——一七六五），字克柔，號板橋，揚州興化人。乾隆元年進士，歷官范縣、濰縣知縣，『揚州八怪』之一。著有《板橋詩集》。事具《清史列傳》卷七二、李桓輯《國朝耆獻類徵初編》卷二三三、張維屏輯《國朝詩人徵略初編》卷二十八，王昶輯《國朝詞綜》卷二十一。

鄭澐，字晴波，號楓人，江蘇儀徵人。乾隆二十七年舉人，三十年召試賜內閣中書，歷官福建建寧府同知、溫州知府、浙江督糧道。著有《玉鉤草堂詩集》。事具王昶撰及毛慶善編《湖海詩人小傳》卷二七、阮元輯《淮海英靈集》丁集卷四、《民國建甌縣志》卷八。

鄭宗彝，字東亭，江寧籍，乾隆三十七年壬辰（一七七二）進士，爲刑部主事，以終養告歸十餘年。事具《嘉慶江都縣續志》卷六、丁紹儀《國朝詞綜補》卷十四。

周槩，字于平，幔亭，莆田人，居江寧。字窮六書源流，一波一磔不苟下；畫多巧思，能於尺絹畫江河萬里。著有《幔亭集》。事具李濬之編輯《清畫家詩史》丁上、李放纂輯《皇清書史》卷二十一、袁枚《小倉山房文集》卷二六《幔亭周君墓志銘》。

周士魁，一云大魁，字鶴亭，桐城人。乾隆十五年舉人。任山東泗水改全椒教諭。解任後家全椒，曾與姚鼐公車北上時相唱和。著有《鶴亭稿》。事具《民國全椒縣志》卷九。

周貽徽，字譽吉，號藹餘、小濂，廣西臨桂縣人。嘉慶丁丑（一八一七）進士，由翰林院編修考選江南道御史，陞光祿寺少卿。事具王家相《清秘述聞續》卷十四、黄叔璥《國朝御史題名》『道光四年』條、朱汝珍輯《詞林輯略》卷五。

周翼聖，號横山，歙縣人，居蕪湖。性豪俠，工詩善畫山水，年逾六十卒。事具《民國歙縣志》卷十、陶思培輯《畫友録》（手稿本）。

朱昂，字德基、適庭，號秋潭，安徽休寧人，居長州。監生。著有《養雲亭詩鈔》、《緑陰槐夏閣詞》。事具王昶撰及毛慶善編《湖海詩人小傳》卷十二、王昶輯《國朝詞綜》卷三七。

朱斗南，字星堂，揚州人。武生員，工書。其父行九，以鎗法爲安麓村所知，揚州白蠟桿之傳自朱九始。事具《國朝書人輯略》卷四、李斗《揚州畫舫録》卷二。

朱方靄（一七二一—一七八六），又名方藹，字吉人，號春橋，江南桐鄉人。貢生。爲歸愚先生高弟，其畫山水有大家風範。著有《春橋草堂詩集》。事具張維屏輯《國朝詩人徵略初編》卷三三、馮金伯撰《墨香居畫識》卷九、蔣寶齡撰《墨林今話》卷四。

朱若水，字澹泉，森桂兄，邑庠生，張香都人。好學工詩。若水性質直不事彫飾，才情敏練，客揚州鹺幕數十年，鹺務多倚以辦，及老薦森桂自代，合著有《壎篪集》、《西峰唱和詩》。事具阮文藻修及趙懋曜等纂《道光涇縣續志》卷三。

朱森桂，一名本，字立堂，涇縣人。居鄉多義行，僑寓槎溪地有振德育嬰所，多方佽之；寓蘇州，捐米五百石助賑；馬頭鎮胔骼暴露，命諸子建義收卹；及歸里疾革，遺命捐資各數百金爲合族課士賑貧費。著有《夜識軒和陶詩集》。事具《道光涇縣續志》卷三、何紹基《光緒重修安徽通志》補遺一。

朱士鈺，字式如，號朗圃，安徽全椒縣人。雍正十一年進士，觀政兵部。事具《民國全椒縣志》卷十、金兆燕《棕亭古文鈔》卷一《朱朗圃先生傳》。

朱文潮，字學韓，號省堂。早歲小試獲雋時已歸，爲風雨所阻不及應覆試，僅補佾生，自是棄去，客授四方。工書，筆力遒勁。事具陶煦纂《周莊鎮志》卷四。

朱文震，字去羨，號青雷，山東歷城人。好學善吟咏，書宗漢隸。著有《雪堂詩稿》。事具汪啟淑《續印人傳》卷四、馮金伯撰《國朝畫識》卷一二、李玉棻編《甌缽羅室書畫過目考》卷二、惲世臨修及陳啟邁纂《同治武陵縣志》卷四一、應先烈修及陳楷禮纂《嘉慶常德府志》卷四四。

朱孝純（一七三五—一八〇一），字子穎，號思堂，漢軍正紅旗人，先世居山東歷城。乾隆二十七年舉人，官至兩淮鹽運使。著有《海愚詩鈔》。事具王昶《湖海詩傳》卷二十七、《清史列傳》卷七十一、竇鎮輯《國朝書畫家筆錄》卷二、蔣寶齡撰《墨林今話》卷四。

朱質（一七一八—一七九七），字二亭，號市人，江都人。諸生。著有《二亭詩鈔》。事具吳德旋撰《初月樓聞見錄》卷四、閔爾昌纂錄《碑傳集補》卷四五、張維屏輯《國朝詩人徵略初編》卷三三、江藩《炳燭室雜文·朱處士墓表》。

朱筠（一七二九—一七八一），字竹君、美叔，號笥河，順天大興人。乾隆十八年（一七五三）癸酉中式舉人，明年成進士，選庶吉士，丁丑（一七五七）散館授編修，辛巳（一七六一）充會試同考官，旋丁外艱。乾隆三十六年（一七七一）秋奉命視學安徽，以古學教士子，重刻許氏《說文解字》而爲之敘。著有《笥河詩集》、《笥河文集》等。事具朱珪《知足齋文集》卷三《翰林院編修誥授中議大夫前日講起居注官翰林院侍讀學士加二級先叔兄朱公墓志銘》、法式善《清秘述聞》卷九、姚鼐《惜抱軒文集》卷十《朱竹君先生傳》、《清史列傳》卷六八、江藩撰《漢學師承記》卷四、王昶《春融堂集》卷六十《翰林院編修朱君墓表》。

朱雲翔，字遂佺，元和人。著有《蝶夢詞》。許名崙云：《蝶夢詞》融情鍊景，刻羽引商，溯權輿於李唐，備體裁於趙宋，擬之竹垞可與代興。事具陳廷焯《白雨齋詞話》卷四、王昶輯《國朝詞綜》卷三三、馮桂芬《同治蘇州府志》卷四十八。